人生若祇如初見

独家典藏版

收藏编号：2509

叶嘉莹读诵纳兰词全集

典藏版

（上卷）

[清] 纳兰性德 著
纳兰族裔后学 [加] 叶嘉莹 读诵
刘子菲 注

中信出版集团 | 北京

图书在版编目（CIP）数据

叶嘉莹读诵纳兰词全集：典藏版．上卷 /（加）叶嘉莹读诵；刘子菲注．-- 北京：中信出版社，2022.11
ISBN 978-7-5217-4886-4

Ⅰ．①叶… Ⅱ．①叶… ②刘… Ⅲ．①纳兰性德（1654-1685）- 词（文学）- 诗歌欣赏 Ⅳ．① I207.23

中国版本图书馆 CIP 数据核字（2022）第 207301 号

叶嘉莹读诵纳兰词全集　典藏版（上卷）

著　　者：［清］纳兰性德
读　　诵：［加］叶嘉莹
注　　者：刘子菲
出版发行：中信出版集团股份有限公司
（北京市朝阳区惠新东街甲 4 号富盛大厦 2 座　邮编　100029）
承 印 者：北京中科印刷有限公司

开　　本：660mm × 970mm　1/16　　印　　张：56
插　　页：16　　字　　数：980 千字
版　　次：2022 年 11 月第 1 版　　印　　次：2022 年 11 月第 1 次印刷
书　　号：ISBN 978–7–5217–4886–4
定　　价：256.00 元（全 2 册）

策划编辑：李莉
责任编辑：曹威
营销编辑：孙雨露
图片顾问：曾孜荣
装帧设计：鲁明静

服务热线：400–600–8099
投稿邮箱：author@citicpub.com

作者简介

纳兰性德

纳兰性德，叶赫纳兰氏，字容若，号楞伽山人，满洲正黄旗人。生于顺治十一年十二月十二日（1655 年 1 月 19 日），本名成德，为避太子保成讳更名性德。后太子更名胤礽，遂又恢复本名。武英殿大学士明珠长子。自幼饱读诗书，文武兼修。十七岁入国子监。十八岁顺天府乡试中举。十九岁会试中第。二十二岁殿试中二甲第七名进士。任乾清门侍卫八年，随扈出巡南北，并曾奉命访察梭龙（黑龙江流域），考察沙俄侵袭东北边境情况。官至御前一等侍卫。康熙二十四年五月三十日（1685 年 7 月 1 日）因病去世，年仅三十一岁。

纳兰性德品行高洁，扶危济困，至真至诚。一生所交多为汉族布衣文人，为满汉文化融合做出了不可估量的贡献。

他著述颇丰。主编清代首部阐释儒家经义的大型丛书《通志堂经解》1800 余卷，此书后被乾隆皇帝作为《四库全书》底本刊布流传。著有《通志堂集》《渌水亭杂识》《词林正略》等书。与朱彝尊、陈维崧并称“清词三大家”。词集初刊《侧帽集》，后刊《饮水词》，现存词 348 首，不仅在清代词坛享有盛誉，在整个中国文学史上亦占有光彩夺目的一席之地。

子菲手绘《纳兰容若》

作者简介

叶嘉莹

号迦陵，中央文史研究馆馆员、中华诗词学会名誉会长、中华诗词研究院顾问、南开大学中华诗教与古典文化研究所所长、加拿大皇家学会院士、2020年度“感动中国十大人物”。

1924年出生，1945年毕业于北京辅仁大学，曾经在台湾多所大学任教，后辗转海外，于美国哈佛大学、加拿大不列颠哥伦比亚大学等多所著名学府任教，1979年归国，晚年定居南开大学。致力于推广中华诗教达70余年。

叶嘉莹先生以她所挚爱的中国古典诗词研究为自己的终身事业，曾获得“中华诗词终身成就奖”“影响世界华人终身成就奖”等多项荣誉。晚年捐献积蓄3568万元于南开大学成立“迦陵基金”，用于中华诗教和优秀传统文化的推广和传承。

扫码听《叶嘉莹读诵纳兰词全集　典藏版》（上卷）

叶嘉莹读诵音频

叶嘉莹先生

作者简介

刘子菲

北京市海淀区纳兰文化研究中心理事长兼主任、纳兰文化出版中心执行主任、80后青年学者、画家、独立音乐人、纳兰文化传承者。

2015年创立民办非企业单位“北京市海淀区纳兰文化研究中心”，主持海淀区特色“兰”文化名片。主编《海淀区纳兰文化资源梳理与评估》白皮书，担任原创历史剧昆曲《纳兰》的文学顾问、特邀导演及服饰设计师。创作并出版传记体长篇历史小说《纳兰容若传》，发起成立纳兰文化出版中心、纳兰文化出版联盟，策划出版数十部纳兰文化优质出版物。

代表音乐作品：《若只如初见》《蝶恋花》《织女・心丝》《越女》等。

代表服饰作品：昆曲《纳兰》系列人物服饰造型。

代表国画作品：《纳兰容若》《人生若只如初见》等。

扫码看《叶嘉莹读诵纳兰词全集　典藏版》（上卷）
刘子菲读诵视频

扫码听《叶嘉莹读诵纳兰词全集　典藏版》（上卷）
主题曲《若只如初见》

刘子菲女士

木兰花令·拟古决绝词

人生若只如初见。
何事秋风悲画扇。
等闲变却故人心，却道故心人易变。

骊山语罢清宵半。
泪雨零铃终不怨。
何如薄倖锦衣郎，比翼连枝当日愿。

子菲手绘《人生若只如初见》

蝶恋花

辛苦最怜天上月。
一昔如环，昔昔都成玦。
若似月轮终皎洁。
不辞冰雪为卿热。

无那尘缘容易绝。
燕子依然，软踏帘钩说。
唱罢秋坟愁未歇。
春丛认取双栖蝶。

蝶戀花 納蘭性德
辛苦最憐天上月一昔如環昔昔都成玦若似月輪終
皎潔不辭冰雪為卿熱無那塵緣容易絕燕子依然軟
踏簾鈎說唱罷秋墳愁未歇春叢認取雙棲蝶
辛丑季秋子菲作於北京

子菲手绘《蝶恋花》

代 序

论纳兰性德词

——从我对纳兰词之体认的三个不同阶段谈起

叶嘉莹

一

我之赏爱纳兰容若的《饮水词》，盖始于1935年我方始以同等学力考入初中之际。当时我母亲曾给我买了一套“词学小丛书”作为奖励。这套书中所收录的作者与作品甚多，但其中影响我最大的两种著作，则一是王国维的《人间词话》，一是纳兰容若的《饮水词》。前者使我对词之评赏有了初步的领悟，后者则使我对词之创作产生了很大的兴趣。我出生于一个古老的家庭，伯父和父亲很早就教我诵读唐诗，早在我考入初中前就已学习着试写短小的绝句。但伯父和父亲却一向不曾教过我读词和作词。我自己虽也曾读过一些五代和两宋的词人之作，可是却也从来未曾兴起过自己要写词的念头。直到我读到了《饮水词》，从开篇第一首《忆江南》[①]词的“昏鸦尽，小立恨因谁？急雪乍翻香阁絮，轻风吹到胆瓶梅，心字已成灰”开始，我立刻就被这位词人的作品吸引住了。我当时还没有能力对词之优劣做出任何品评，我只是觉得这位词人的作品似乎比我所读过的那些五代

① 康熙三十年（1691）刻本《通志堂集》作《梦江南》。——编者注

两宋之作更为清新自然，更使我感到易于接近。于是，我一口气就把“小丛书”中的一卷《饮水词》读完了。我少年时颇为强记，对《饮水词》中的一些小令，几乎可以过目成诵，于是那天然的口吻和流利的声调，就引起了我跃跃欲试的一种心情。大约一年以后我遂在并无人教导之下开始了填词的尝试。后来我把自己的习作拿给伯父看，并且谈到了我近来所读的《饮水词》。伯父认为我这个孺子尚属可教，对我的习作颇加奖勉，这当然更增加了我填词的一份兴趣；同时伯父还告诉我说，我家原与纳兰同里籍，祖居也在叶赫地，这正是我家何以取“叶”为姓氏的缘故。这当然使我对纳兰容若这位作者，也更增加了一份特殊的亲切感。虽然我平日写作从来不喜欢专意模仿任何一家的风格，但毫无疑问我早年所写的一些小令，是确实曾受过《饮水词》之影响的。此种影响大概一直延续到我进入大学的时代。在这一时期我读词的兴趣和范围虽不断加深加广，但对纳兰词的赏爱则始终未变。这可以说是对纳兰词之体认的第一个阶段。其后，我大学毕业就开始了教书的生涯，又因为战争的原因由大陆流寓到台湾，并且经历了不少切身的忧患，当若干年后我在台湾几所大学开始教“词选”一门课时，我对纳兰词却蓦然失去了早年的一份兴趣。这还不仅只是因为课时的限制使我只能讲授五代两宋的名家之作，因而无暇论及清词的缘故，也因为我对纳兰词的赏爱确实已经减低了。我不知道当年听过我词选课的同学，是否还记得我在讲南唐后主词时所说的一段话。我曾经断章取义地引过《诗经·邶风·谷风》中的“就其深矣，方之舟之；就其浅矣，泳之游之”几句诗，来说明对不同意境与不同风格的诗歌，应采取不同的欣赏角度。有些作品是宜深不宜浅的，如南宋后期的吴文英和王沂孙诸家，他们的作品是要读者细心吟味咀嚼以后，才能品味出其好处所在，但却不能予人以当下直接的感动，这是一类作品。又有些作品是宜浅不宜深的，我当时举的例证就是纳兰的《饮水词》。我认为纳兰词之佳处乃在其情感之真切自然，表现之清新流利，所以读起来油然易入，可以当下予人一种直接的感动，然而却并不耐咀嚼，缺少深远之余味，这是又一类作品。而更有一类作品则是既宜浅又宜深的，即如李后主的《虞美人》（春花秋月何时了）和《相见欢》（林花谢了春红）等作品，都是在初读时就可以予人一种直接的感动，而随着年龄与阅历的增加，又可以在这些表面浅白的词句中，不断发现更深沉更广大的意境，这是又一类作品。因此如果将纳兰词与李后主的这一类词作对比，则后主乃是既宜浅又宜深，而纳兰则是只宜浅不宜深的。这一段话可以代表我对纳兰词之体认的第二个阶段。而近数年来我既曾与四川大学的缪钺教授合作撰写了《灵溪词说》，对于晚唐五代和两宋的词人做过一番由微观到宏观的整理，因而对词之特质及其流变也有了更为周至和更为深刻的一点认识。更且因为要继续撰写《词说》之续编的缘故，我既先后写了《对传统词学与王国维词论在西方理论之观照中的反思》和《迦陵随笔》等理论性的文字，对词之特质与词学之理论，做了一番反省的思考，继而又写了《论王国维词》与《论陈子龙词》两篇文稿，先后对清末与明末两位以令词擅长的作者做了一番结合理论与欣赏的探讨。而在论陈词的一篇文稿中，我既曾引用了清代谭献在其《复堂词话》中所提出的“重光后身惟卧子（按：陈子龙字）足以当之”[①]之说，又曾引用了沈惟贤在其《片玉山庄词存词略序》中所提出的“明末乃有陈卧子《湘真词》，上追六一，下开纳兰”[②]之说。因此在该文篇末我遂提到将写一篇论纳兰词的文稿，并试图在此文中能对这些以令词名家的作者，做一番综合性的讨论。于是近日我遂取纳兰词又以温故知新的心情重新阅读了一遍。因而遂发现对词之评赏，除了我前面所曾提到的“宜深不宜浅”、“宜浅不宜深”和“既宜浅又宜深”的几种意境与风格以外，原来还应列入一种“即浅为深”且“即浅为美”的意境与风格，而纳兰词之佳者则恰好具有此一类之特美。这可以说是我对纳兰词体认的第三个阶段。

以上之所叙写，只是我自己对纳兰词的一些个人体认，此就一般撰写论文之习惯言之，自不免属于浪费笔墨之赘言，但我个人在近来所写的文稿中，却常不免会写有这么一段自白式的看似赘疣的“前言”。即如我在不久前所写的《论王

---

① 谭献《复堂词话》，见《词话丛编》第4册，台湾广文书局1980年版，第3997页。

② 沈惟贤《片玉山庄词存词略序》，原文未见，据《白雨斋词话足本校注》转引，齐鲁书社1983年版，第237页。

国维词》一文中，就也有这么一段“前言”，当时曾有一位熟识的朋友劝我不如把此段文字删去，以便使论文看来更具学术性也更为简洁。我非常感谢这位友人的好意，但我却不仅未曾把那篇文稿的前言删去，而且更在现在所写的这一篇文稿前，也加了这么一段自白式的前言。我之所以这样做，一则是因为我最初阅读王国维与纳兰性德两家作品之时代距今已有五十年以上之久，五十年来我对他们二人之作品的体会，前后已经历了多次的转变。为了忠实地写出我自己的感受，所以我才在这两篇文稿的开端都加了这么一段自白式的前言。再则是因为当我自己对阅读纳兰词的体验做出这种三个阶段之反思时，更曾因为“三”这个数目字之偶合，而使我产生了一些“跑野马”式的联想。第一个联想到的是一则禅家悟道的故事，据《五灯会元》的记载，在南岳大师门下第十三世黄龙禅师法嗣中，有一位青原惟信禅师，这位禅师曾做过一段悟道的见证，说：“老僧三十年前见山是山，见水是水；及至后来亲见，知识有个悟处，见山不是山，见水不是水；而今得个休息处，依前见山只是山，见水只是水。大众，这三般见解，是同是别？”[①] 第二个联想到的则是一段西洋的文学理论。原来自进入 20 世纪以来，西方的文论已曾有过多次转变，先是形式主义取代了过去的实证主义，于是文学批评的重点遂由对作品外围的考证，转移到了对作品本体的研究，继之遂有英、美的新批评，与欧洲的语言学、结构主义和符号学、诠释学等诸学说之纷纭并起。这些学说当然各有其所偏重的差别，但总体而言，则所有这些学派的理论，基本上却可以说是以文学作品之本体作为研究之主要对象的。及至 1960 年代以来，西方学者的研究对象乃又自作品之本体转移到了文学之功能及效果方面。于是乃又有读者反应论与接受美学等理论之兴起，强调了读者的重要性。而我所联想到的则是德国的接受美学家姚斯（Hans Robert Jauss）在其《关于接受美学》（*Toward an Aesthetic of Reception*）一书中所提出的理论，姚氏在该书中第五章曾提出了一个重要的论点，那就是“阅读视野之改变”（the change of horizons of reading）。姚氏以为阅读之视野可以分为三个“层次”（steps）：第一个层次是“美

① 普济《五灯会元》卷十七，台湾广文书局1971年版，第1679页。

感的感知性的阅读”（aesthetically perceptual reading），第二个层次是“反思的说明性的阅读”（retrospectively interpretive reading），第三个层次是“历史性的阅读”（historical reading）。姚氏且曾举法国诗人波德莱尔（Baudelaire）的《烦厌（二）》（*Spleen II*）一诗为例证，依据他自己所提出的三个阅读层次做过一篇精密的实验性质的评说。[①] 至于我个人所提出的对纳兰词之体认的三个阶段，则虽然与我在上面所提出的两则联想恰好有个数目方面的“三”之暗合，但其实我经由对纳兰词之阅读的三个阶段所体认出来的在诗词之评赏方面的反思，与前面两则联想所提出的禅宗法师惟信对悟道所提出的“三般见解”及接受美学家姚斯对阅读所提出的“三个层次”，在性质上实有很大的差别。不过这三者之间却也具有不少可以相通互证之处。以下我就将自己的这种并无章法的“跑野马”式的联想，略加理论化的说明，并希望借此对纳兰词与其他几位名家之令词的风格之异同，略做比较性的探讨。

二

首先我想先对青原惟信禅师在证悟方面所提出的“三般见解”略加说明。不过我自己既没有参禅悟道的体验，对此种禅悟之境界当然不敢大胆妄言，于是我就想到了早在1970年代中我所读到的一篇题为《二度和谐及其他》的文章，原作者是曾在西雅图华盛顿大学执教的美籍华裔学者施友忠先生。施先生不仅对惟信禅师的“三般见解”增加了明白的解说，而且还曾把禅学与诗学做了一番比较。施氏以为惟信禅师所提出的“三般见解”，可以代表“由迷而悟”的“三层阶段”。中间一段是“锻炼阶段”，“渡过了这一架桥梁”，“不再受一切知见的束缚”，“如是便能够以超越的眼睛，透过尘网，把感官世界与理想世界看成一体了”。施氏将此第三段之境界名之为“二度和谐”，而且认为此种境界颇近于道家老子之

① Hans Robert Jauss, Toward an Aesthetic of Reception, University of Minnesota Press, 1985, pp. 139-185.

所谓“复归于朴”，而“所谓‘复归’绝不是一个单纯的历程……而是吾人的心经过磨炼，如醍醐灌顶般悟到它们的新内涵，发现了新宇宙”[①]。至于这种禅悟与诗学的关系，则施氏于诗论中曾举司空图《诗品》中的“洗炼”之说与严羽《沧浪诗话》中的“妙悟”之说为证，以为经过“陶洗熔炼工夫”达到“妙悟”，此种学诗之过程与禅悟之过程正有相似之处。施氏且曾举王维《辋川集》中之《鹿柴》及《竹里馆》诸诗为证，以为此种作品与宇宙自然已进入“二度和谐”之境界。施氏所说自不失为有见地之言，而如果以施氏对惟信禅师之“三般见解”的禅悟之说，与我对纳兰词之体认的“三个阶段”相比较，则在性质上虽颇有不同，但在过程上却也有着可以相通之处。施氏所提出的“以超越的眼睛，透过尘网，把感官世界与理想世界看成一体”的境界，乃是就参禅之证悟的境界而言的。因此施氏所举的司空图和严羽的诗论，以及王维的一些诗作，也就都是与此种禅悟相近的一种文学境界。然而我对纳兰词之体验的三个阶段，则只是自己读词的一种个人经历，我自己既然未曾因此而达到“把感官世界与理想世界看成一体”的禅悟之境界，纳兰词之多愁善感怅惘哀凄，当然也绝不同于王维之与自然合为一体的超然妙悟。这自然是在性质上的根本之歧异。不过尽管我与惟信禅师的“三般见解”在性质上有着如此根本的歧异，但在经历的过程方面，则二者却实在是颇为相似的，那就是我们所体验的，都是从第一度认知经历了一个知解的过程，然后达到了一种第二度的认知。只是我对纳兰词所体认的此种第二度的认知，如果不是属于禅悟的境界，又该是属于怎样的一种认知之境界呢？而为了要说明此一问题，我想，前面所提出的西方美学家姚斯的“三个阅读层次”之说，也许有可供参考之处。

我既想借用姚氏之说，因此自然也就不得不先对姚氏之说略加介绍。本来西方接受美学之兴起，与西方之哲学理论及文学理论都有着相当密切和复杂的关系。姚氏所提出的“阅读视野之改变”的说法，本曾受德国诠释学家伽答默尔（Hans-Georg Gadamer）的影响。他在其《真理与方法》（*Truth and Method*）

① 施友忠《二度和谐及其他》，台湾联经出版事业公司1976年版，第100页。

一书论及“诠释经验的一个理论基础”一节中，曾经提到所谓“诠释的情况”（hermeneutic situation）。他以为“诠释的情况”中最重要的一部分就是所谓“视野”（horizon）的观念。而真正的理解则应是包含个人理解与历史视野（historical horizon）的一个合成视野（fusing of horizons）。他更认为此所谓视野并不是固定不变的，它是随我们自己的转移而转移的。[①] 至于姚斯所提出的视野的三个层次，则虽曾受有伽答默尔之说的影响，但二者却实在也有着相当的差别。伽答默尔所提出的视野之说，主要是指在理解和诠释中的一种普遍情况。而姚氏所提出的视野的三个层次，则是想把在文本之分析中的一些极难以区分的感受与思维之过程分为几个不同的层次。而且姚氏还曾以波德莱尔的《烦厌（二）》一诗为例证，做了一番实践性的分析。他所谓第一个层次的阅读，主要是指在审美感觉范围内的直接理解（immediate understanding within aesthetic perception），即如他在分析波德莱尔《烦厌（二）》一诗时所指出的这首诗在文本（text）之表面上的一些现象，所给予读者的直接的审美的感受[②]；至于所谓第二个层次的阅读，则是指建立在第一个层次以上的一种诠释性的反思的视野（retrospective horizon of interpretation）的阅读活动，即如姚氏在分析波德莱尔的这首诗时，曾将其第一层次阅读所获得的形式方面的发现，与第二层次阅读所做的对主题方面的探索相结合，从而为这首诗做出来的种种诠释的说明[③]；至于第三个层次的阅读，则是指透过前两层阅读以后的一种历史性的理解（historical understanding），这种理解是指一篇作品自发表以来在被不同的读者接受的历史中不断形成的视野与个人审美感觉之阅读相结合以后的一种新的视野的理解，即如姚氏在分析波德莱尔这首诗时，乃将波氏此诗自发表以来所经历的各个不同时期的解说和评论，先做了一

① Hans-Georg Gadamer, Truth and Method, translated by Garrett Barden and John Cumming, New York: Continuum, 1975, p. 269, p. 337, p. 271.

② Hans Robert Jauss, Toward an Aesthetic of Reception, University of Minnesota Press, 1985, p. 141.

③ 同上书， pp. 143-161.

番综合的论述，然后又提出了他自己透过这一番历史性的理解以后所产生的一种新的理解①。姚斯的接受美学有一系列体大思精的著作，在西方哲学及文学方面既有着深远的继承，也有着广泛的影响。本文因篇幅及我个人之能力所限制，对此自无法做深入之介绍。我现在只不过是由于自己对纳兰词之体认既经历了三个不同的阶段，因而联想到了姚氏的“阅读的三个层次”之说，于是乃借用姚氏的一些观点来说明我对纳兰词的几点体认而已。但是中国的诗歌与西方的诗歌在语言和文化传统方面既有着根本的不同，纳兰词之清新自然与波德莱尔那首诗的复杂深晦，在风格上更有着明显的歧异。我们自然不能把姚斯的理论当作一个模式生硬地套在对纳兰词的讨论上。因此当我借用姚氏的论点和术语来讨论我对纳兰词之体认的三个阶段之时，原来只不过是将姚氏之说作为我评析纳兰词的一种方便立说的参考，而并非模式的套用，这是我首先要在此加以声明的。

三

以上我对青原惟信禅师的三般见解与姚斯的三个阅读层次，既做了简单的介绍，现在我就将自己对纳兰词的三个不同的阶段的体认也略加说明。首先我将从第一个阶段的体认谈起，私意以为我在此一阶段的体认，与姚氏所提出的阅读的第一个层次的美感直觉的理解，似乎颇有相似之处。而如果就伽答默尔之诠释学及姚斯之接受美学的理论而言，则即使在此第一层次的美感直觉之理解中，作为一个读者也是将此种理解建立于他自己的期待视野（horizon of expectation）之上的，而一个读者的期待视野之形成，则与个人的生活之经历及阅读之经历都有着密切的关系，我在初读纳兰词时之所以感到其特别清新流利易于接近，这种美感的直觉当然也有我个人之期待视野的一种背景。如我在前文所言，我在读纳兰词时已读过了相当数量的唐诗和五代两宋的词，然而我对于诗与词之区别，以及词

① Hans Robert Jauss, Toward an Aesthetic of Reception, University of Minnesota Press, 1985, pp. 170-185.

之各种不同风格之区别，却都没有什么明确的认知，我只是单纯地感到纳兰词所给予我的感受，与我所读过的其他诗人词人之作都有所不同，及今思之，我想我大概可以把我当时的感受，归纳为以下几点来略加叙述。

先就我当时读过的《唐诗三百首》而言，这本诗选在旧社会中虽然只能算是一册学诗的启蒙读本，但对于当日只是一个初中学生的我而言，却不免在欣赏阅读之余常有一种不甚了了的距离感。记得朱自清先生在《〈唐诗三百首〉指导大概》一文中，曾经提到初学读诗的人往往有几点难处：一是典故，而典故又经常与喻托的意思连在一起，这是一点难处；二是字面和句法，往往与散文及口语都有所不同，这是又一点难处；三是唐诗中往往隐含有一种仕与隐的情结，而这是现代人所没有的，这是另一点难处。[①] 凡此种种，对于当日的我当然都足以造成阅读和了解方面的相当程度的困难。再就我当日所读过的一些五代和两宋的词而言，则《花间集》中一些秾丽的风格，与我的天性似乎不大相近；周邦彦以下的一些南宋词人，又过于繁复深晦；苏、辛二家我对之虽颇为赏爱，但又觉得他们过于高远，难以企及。因此我当时对于唐诗和五代两宋的词虽然也都有所赏爱，但却也都有一种说不出的距离感。直到我读到了纳兰词，其清新自然的风格和口吻，遂立刻使我产生了一种极为亲切的感觉。以上是就我个人阅读经历所形成的视野而言。若再就我个人生活方面所形成的视野而言，则就在我接触了纳兰词的第二年，发生了“七七事变”，父亲随政府南迁，因此而音信断绝，我在此期间又生了一场大病，曾在家休学了一段时期。母亲则因父亲音信隔绝与我的大病而时常在忧伤之中。

在这种情况下，透过我个人由阅读经历与生活经历所形成的一种期待视野，纳兰词遂以其清新流利的风格与悲凄哀婉的情思，给了我一种直觉的美感的深深的打动。即如下面的一些词句：

---

① 朱自清《朱自清古典文学论文集》（下册），上海古籍出版社1981年版，第364—391页。

点绛唇

一种蛾眉，下弦不似初弦好。庚郎未老，何事伤心早。　素壁斜辉，竹影横窗扫。空房悄，乌啼欲晓，又下西楼了。

浣溪纱

谁道飘零不可怜？旧游时节好花天，断肠人去自经年。　一片晕红才著雨，几丝柔柳乍和烟，倩魂销尽夕阳前。

浣溪纱

酒醒香消愁不胜，如何更向落花行，去年高摘斗轻盈。　夜雨几番销瘦了，繁华如梦总无凭，人间何处问多情。①

纳兰容若去世时只有三十一岁，徐乾学为纳兰撰《神道碑》，称其为“自龆龀性异恒儿，背讽经史，常若夙习”②，十八岁中顺天府乡试举人，据《年谱》所考，知纳兰于十九岁时曾参加癸丑科会试，因病，未能参加殿试，病讫后，乃开始编刊《通志堂经解》，并撰写《渌水亭杂识》。而其《摸鱼儿·送别德清蔡夫子》一词，亦作于是年。③这是一首长调慢词，而纳兰的这首词已经写得相当老练成熟。④因此推想，纳兰词中一些清新流利的小词，很可能是他十九岁以前或更早的作品。即如前面所抄录的三首小词，既没有唐诗中的典故、托喻，也没有仕隐的情结，

① 李勖《饮水词笺》，台湾正中书局1959年版，第118、119、131页。

② 同上书，第9页。

③ 同上书，第26—28页。

④ 同上书，第502页。

更不似《花间》词之秾丽，也不似南宋词之深晦，又不似苏、辛词之健笔豪情；纳兰词只是以自然真切的口吻，流利谐婉的音调，写出了他自己由于敏锐善感的心灵，为寻常景物所引发出来的一种凄婉的情思。而这种情思却也正是一些有文学气质的少男少女们，当他们知识初开，却蓦然发现人世间原来竟有着如许多的悲哀和缺憾之时，一种经常共有的情思。只是一般人虽"能感之"却未必"能写之"，我想这很可能就是当年我自己何以如此容易就被纳兰词打动的基本原因。

除去以上所写的这一点基本原因外，纳兰词当年之所以能吸引和打动我的，还有以下几点因素：其一是纳兰词无论写景或言情，都有其所独有的一份敏锐真切的感受，而且能够不因袭前人，全以他自己活泼的想象和生动的语言表现之。先就其写景的词句而言，即如其《天仙子》一首的"水浴凉蟾风入袂，鱼鳞触损金波碎"两句，便极生动地写出了由于见到水波中被风吹碎的月影，词人所引发出的一份敏锐纤细的感受；又如其《生查子》一首的"鞭影落春堤，绿锦障泥卷。脉脉逗菱丝，嫩水吴姬眼"数句，写一个风流少年在岸边马上的摇荡的情思，而却以鲜嫩的水波中恍如被流水逗引的菱丝之荡漾为陪衬，而以写情的"脉脉"二字形容"菱丝"，以写人的"吴姬眼"三字形容"嫩水"，真是写得生动异常；再如其《海棠春》一首的"落红片片浑如雾，不教更觅桃源路。香径晚风寒，月在花飞处"数句，写月夜中朦胧之光影下的落花，便也能在古今所有写落花的诗词中，更写出了一种未经人道的境界。以上还不过只是就其写景之词句而言；若再就其写情之词句而言，则当年使我感动的大概有两类词句，一类是以活泼灵巧取胜的，另一类则是以真切深挚取胜的。前一类的词例如其《如梦令》一首的"正是辘轳金井，满砌落花红冷。蓦地一相逢，心事眼波难定。谁省？谁省？从此簟纹灯影"。这首词写在阶前井旁一次蓦然的相逢所引起的幽微深隐的怀思，而其"心事眼波"与"簟纹灯影"诸句的形象与情思，写得何等活泼而真切。再如其《减字木兰花》一首的"相逢不语，一朵芙蓉着秋雨。小晕红潮，斜溜鬟心只凤翘。待将低唤，直为凝情恐人见。欲诉幽怀，转过回阑叩玉钗"。这首词写一份不能公开的少女的幽隐的恋情，更是写得活泼真切，如闻其声，如见其人。这些词可以说都是以活泼灵巧取胜的一类词例。至于后一类的词例，则如其《蝶恋花》一首的“辛苦最怜天上月，一夕如环，夕夕长如玦。但似月轮终皎洁，不辞冰雪为卿热”，其所写的一份甘为所爱而奉献的情意，乃表现得如此殉身无悔。又如其《采桑子》一首的“而今才道当时错，心绪凄迷，红泪偷垂，满眼春风百事非。情知此后来无计，强说欢期，一别如斯，落尽梨花月又西”，其所写的一份别后的相思，又表现得如此缠绵悱恻。凡此种种，当然都是使我当年深为感动的词句。① 而除去这些词句以外，纳兰词使我感动的，还有其词中所写的两件极为具体的事，一件是纳兰在其悼亡诸作中对其亡妇所表现的悼念的深情，另一件则是纳兰在其赠顾梁汾诸作中所表现的深挚的友谊。加之在我十七岁那年我的母亲又因病弃养而去，只剩下我与两个弟弟相依为命，而远在后方的父亲则久已音信断绝。于是纳兰词中所写的生离死别之情，遂使我产生了一份深切的感动和共鸣。而我自己在此一阶段所写的一些小词，当然也就未免时常带有纳兰词的一些影响。如果有朋友看到我早年的那些词作，与纳兰词比较观之，就应不难看出其中的某些相近之处了。以上可说是我对纳兰词之体认的第一个阶段。

至于我对纳兰词体认的第二个阶段，则始于我在台湾的一些大学中担任“词选”一课之后，那时距离我对纳兰词之体认的第一个阶段，盖已有十年以上之久了。在此十年中，我的生活曾经历了很大的变动和忧患。先是我于 1948 年春离开家乡赴南方结婚，同年冬因外子工作调动，乃渡海赴台湾。翌年夏长女出世。而四个月后，在海军工作的外子即以思想问题被其工作单位的军方所拘捕。五个月后，我又与我工作单位的彰化女中自校长以下六位教师也同样以思想问题被彰化警方所拘捕，我遂携尚在乳哺中的女儿一同被拘。其后我与女儿虽幸获释出，而彰化女中之校长则被押往台北。我既已不能在彰化女中继续任教，而外子原在海军左营军区之宿舍，也已被海军收回，于是四海茫茫，我与未周岁的女儿遂顿成无家可归之人，乃不得不在一亲戚家暂时寄居。亲戚家在左营军区，住处亦不宽裕，因此我不仅没有一间属于自己的卧室，甚至也并没有一张属于自己的床铺。

① 以上所引诸词，见李勖《饮水词笺》，台湾正中书局1959年版，第104、113、281、97、206、375、231页。

白天有时因女儿吵闹打扰亲戚生活，我遂不得不携其外出，在军区内炎阳下的路边觅一树荫为暂时游憩之地。晚间则安排女儿先在走廊上睡下，而我则须俟亲戚全家安眠后，始得在女儿身边睡下休息。暑假后幸而在台南一所私立女中觅得教职，遂迁往学校宿舍。此时我已是求生不暇，当然早无心于诗词之阅读。过去所曾一度喜爱过的多愁善感的纳兰词，于今对我而言，已经成为一种不切实际的“少年不识愁滋味”之时代的一段奢侈的享受。三年后外子幸获释还，我遂经友人介绍由台南转往台北省立第二女中任教，未几又经以前我在辅仁大学读书时的一位老师介绍，遂又转入台湾大学任教，其后又相继在淡江大学及辅仁大学兼课，所担任的课程都以诗词为主。而为了教学的需要，我遂开始注意有关诗词的诠释性和理论性的著作。只因当日的台湾文坛正掀起了一场在理论与创作方面都趋向于现代化的热潮，我自然也不免被此一热潮所波及，而涉猎了一些西方的作品。除去理论方面的著作以外，在创作方面我最耽爱的两位作者，则一是捷克犹太裔的作者卡夫卡（Franz Kafka），另一则是生于爱尔兰的法国作家贝克特（Samuel Backett），我对于他们透过荒谬的故事所掘示出来的人类生活之悲苦与无望，感到强烈的震撼和感动，似乎唯有如此写到极处的作品，才能够使我因经历过深刻的悲苦而布满创伤的心灵感到共鸣和满足。而也就是在这种生活经历与阅读经历的影响下，我对于诗词的评赏，遂又形成了一个新的期待视野。我开始对艰深晦涩和悲苦绝望的作品，感到了强烈的兴趣。不过这时的我已经很少创作而大多只是写一些论说的作品，即如《李义山〈燕台四首〉》、《梦窗词之现代观》及《碧山词析论》等，就都是我在此一时期中的作品。我现在反思我当年之所以喜爱撰写这一类论文，主要大概有两点原因：一则是由于我当时既然已开始耽读一些诠释性和理论性的著作，因此当我面对一些艰深晦涩的作品而从事于论说和诠释的探索时，自然就会感到一种恍如做迷宫之游戏而终于找到出口时一样的快感。再则就是由于我既曾经历了一段悲苦患难的生活，因此当我耽溺于研读这一类悲苦绝望的诗词作品时，就会感到一种如获我心的心灵上的满足感。而纳兰词对于这时的我而言，则显然在这两方面都失去了吸引我的力量。一方面纳兰词既表现得过于直接自然，遂使人感到不耐咀嚼，缺少了令人寻思探索的吸引力；另一方面则纳兰词中的伤感，似乎也只是一个涉世未深的贵介公子的别恨闲愁，尽管写得凄婉动人，但毕竟未曾体认过人间真正的忧患苦难为何物。因此我在当年讲词时遂将纳兰词归入于宜浅不宜深之一类的作品，以为其虽然便于初习者之诵读，然而却并不耐人深思的寻味。以上可以说是我对于纳兰词之体认的第二个阶段。

如果说我对纳兰词之体认的第一个阶段，与姚斯之第一个层次的“美感的感知性的阅读”尚颇有相近之处的话，那么，我对纳兰词之体认的第二个阶段，与姚斯之第二个层次的“反思的说明性的阅读”，则颇有着南辕北辙的背反的意味了。因为在此一层次中，姚氏所要做的乃是对作品做出反思的说明，而以他所举的波德莱尔诗为例证，自然有不少可供探索和说明之处。其实我所经历的此阶段，也同样是对所读的作品，有了一种反思性之说明诠释的要求和兴趣，即如我之论李商隐、吴文英和王沂孙诸家诗词的几篇论文，与姚斯之第二层次的阅读就颇有相近之处，只不过这种方式并不适合于用来作为阅读纳兰词的方式，因此遂产生了南辕北辙之背反的结果。不过却也正是由于此种背反，而更显出了姚氏所提出的第二层次之阅读经历的重要性。

近年来我由于撰写《灵溪词说》，因而对唐五代及两宋的词人既曾依时代之先后做了一番较为系统性的研讨；最近又曾尝试将西方文论融入中国传统词学，对词之特质做了一番融会中西的论析；而且还曾依据我研讨与论析的一点心得，对晚明之陈子龙与晚清之王国维两家之令词，分别做了一番结合理论与欣赏的实践的评说。在这种较为系统性、较为理论性，也较为客观性的反思之探索中，我对于词之特质，以及词之评赏的准则，遂似乎颇形成了一个自我的体系。而如果从这个新的视野再来重读纳兰词，我对纳兰词遂又有了一番新的体认。这一阶段的体认与我在本文开端所举引的青原惟信禅师之“三般见解”中的第三种见解所经历的过程，似乎颇有相近之处。惟信禅师是由“见山是山，见水是水”的单纯直感的认知，经历了一段“见山不是山，见水不是水”的如施友忠教授所说的“陶洗熔炼”的阶段，最后又回到了“见山只是山，见水只是水”虽似乎依旧单纯却已进入了“妙悟”之境界。至于我对纳兰词之体认，则是由直观之美感的第一阶段，欣赏了纳兰词的清新自然之美，然后经历了由知解与诠释去探求的第二阶段，遂以第一阶段直观之美感为浅薄，最后又重新认知了纳兰词之清新自然自有其胜过于知解与诠释的另一境界。我的这种体认，与惟信禅师悟道之过程本来颇为相似，但又并不尽同。我对纳兰词之体认，只不过是当我对词之特质与词之发展有了一种系统化的历史性的认知以后，所达致的一种新的体认而已，当然并不同于禅宗之“妙悟”。而既是透过了历史性之研读的一种认知，于是遂反而与姚斯所提出的第三层次的“历史性的阅读”，似乎颇有可以相通之处了。只不过姚氏在其所举引的波德莱尔一诗之阅读实例中，乃是将自波氏之诗发表以来的各种解说和评论都重新作了一番论述，然后提出了自己的见解。可是纳兰词却从来没有像波德莱尔的诗那样引起过什么不同的诠释和争议。不过，尽管纳兰之词与波氏之诗有着如此截然不同的差别，但我之所以达到了对纳兰词之第三阶段的体认，却确实也曾经历了一番对词之特质与词之发展的历史性的反思。如此说来，则我对纳兰词之论述所采用的方式和所获得的结果，与姚斯在第三层次之阅读中分析波德莱尔诗之方式与结果，虽然并不相同，但我对纳兰词的阅读之所以达到此一阶段，其带有历史性之反思的一点则是相同的。我想这大概也可算是一种理论方面的“相通”吧。以下我就将把我个人对词之特质和词之发展的一点反思之所得，以及透过此种反思所达到的对纳兰词之第三阶段的体认，略加论述。

四

先从词之特质谈起，我以为词之特质的形成，与词之源起及早期词之写作的环境，实在有着极为密切的关系。“词”在初起时本来只是伴随着隋唐以来一种新兴的乐曲而歌唱的歌辞。而为了依乐填词的缘故，因此在形式方面遂形成了字句之长短错落与声调之抑扬婉转的一种特美，此其一。再就早期之写作环境而言，除了最早的一部分民间词以外，自从诗人文士插手为这种新兴的曲调填写歌辞以来，其所写之作品乃大多为歌筵酒席间遣兴娱宾之场合下的产物。这在欧阳炯的《花间集·序》中，已有极为明白具体之叙述足可为证。在这种场合中，写作歌辞者既多是“西园英哲”“绮筵公子”，演唱歌辞者更多是“南国婵娟”“绣幌佳人”，因此在内容情意方面遂形成了一种以写美女与爱情为主的女性化的特点。这两种由形式与环境所形成的特美相结合，遂使得词这种文学体式在基本上具有了一种要眇宜修的婉转纤柔之特点。这种特质落实于具体的作品之中，则又因每位作者的性格与身世之异，乃表现为以下多种不同之内容与风格：有颇为写实的香艳之作，如欧阳炯之《浣溪沙》（相见休言有泪珠）及《南乡子》（二八花钿）诸词；有颇为客观的唯美之作，如温庭筠之《菩萨蛮》（小山重叠金明灭）及同调（宝函钿雀金鸂鶒）诸词；有以写风物取胜的清丽之作，如李珣之《南乡子》（烟漠漠）及同调（沙月静）诸词；有以艳笔写深情的秾挚之作，如顾夐之《甘州子》（一炉龙麝锦帷旁）及《荷叶杯》（金鸭香浓鸳被）诸词；有因身世经历而在写爱情之词中隐有乱离之慨的作品，如韦庄之《菩萨蛮》五首及《谒金门》（空相忆）诸词；有蕴涵家国之忧的沉郁缠绵之作，如冯延巳之《蝶恋花》（谁道闲情抛弃久）及同调（梅落繁枝千万片）诸词；有写亡国之痛的悲慨哀伤之作，如鹿虔扆之《临江仙》（金锁重门荒苑静）及李煜之《虞美人》（春花秋月何时了）诸词。在这些风格各异的作品中，最被后世词评家所称颂赞美的，自当推《花间集》中之温、韦与南唐词之冯、李诸家。即如张惠言与陈廷焯之推尊温词，既曾称其可以上比楚骚；又称韦词为“留蜀后寄意之作”，有“惓惓故国之思”；又谓冯“忠爱缠绵，宛然骚辨之意”。[①] 再如时代较晚之王国维，则特别称美南唐之冯延巳，与中、后二主之词，既谓冯词“堂庑特大”，又谓中主《山花子》词有“众芳芜秽，美人迟暮”之慨；更谓后主词“俨有释迦、基督担荷人类罪恶之意”。[②] 如果综合这些词评家的说法来看，我们就会发现他们所称述的重点都在于这些词人的作品可以引发读者的某些言外之想。这种评量观点的形成，我以为可以归纳为以下两点重要之因素：其一是由于伦理方面之因素，词之源起

① 李次九《词选续词选校读》，台湾艺文印书馆1959年版，第6、38、48页；另见陈廷焯《白雨斋词话》，见《词话丛编》，台湾广文书局1980年版，第3801—3803页。

② 况周颐、王国维《蕙风词话 人间词话》，香港商务印书馆1961年版，第196、198页。

既本为合乐之歌辞，而文士之所写者遂大多为以写美女与爱情为主的筵前应歌之作。此自中国以言志与载道为主之文学传统言之，自为大雅之所不取，词学家为了提高这种本不能登大雅之堂的小词的地位，遂有意地以比兴喻托为之说，这是第一点因素。其二则是由于美学方面之因素，词之所写既多为美女与爱情，因此美人及其衣饰之美，遂可以由美感之联想而引人产生美人香草的喻托之思，而对爱情之期待与追寻的芬芳悱恻的情意，也与贤人君子之不得志的幽约怨悱之情颇有可以相通之处。因此遂易于引起说词者的某些言外之联想，这是第二点因素。而也就正由于词在产生之源起与产生之环境方面，既具有了如我们在前文所提出的两种特美，又在词之评量和诠释方面具有了这种重视言外之意的两点因素，于是词在发展中，遂同时在创作与评说两方面都逐渐形成了一种以幽微婉转而富有深蕴之余味为美的共同的反省和认知。因此南宋的词评家如张炎及沈义父等人，乃对柳永之俗词及苏、辛之末流的豪气词，都提出了不满之意见。这就正是因为词之发展到长调盛行以后，在铺陈叙写中如柳词者遂失去了令词的含蓄之美，而在发扬蹈厉中如苏、辛之末流者也失去了婉转之致的缘故。当然，我们也应该认识到，柳词之铺叙与苏、辛之豪气，就词体之演进言之，本都是时代与作者相结合所必然会产生的一种拓展；只是另一方面我们也不得不承认，词之长短曲折的形式，与诗之五言或七言之整齐的形式，在基本的特质上本来就有所不同。诗可以在平俗的叙写中成就为一种古朴质拙之美，或在发扬蹈厉中表现一种气势浑成之美。而词则由于形式方面之长短错综的原因，不易达成如形式整齐之诗的效果。因此，如写得浅俗，便往往会只显得浅俗，而不易形成一种古朴质拙之美；如写得过于豪放，则又往往会不免流于叫嚣，而不易形成一种浑成之美。[①]在这种情况下，于是无论写词之人或评词之人，遂都养成了一种喜欢深求的趋势。清代常州派的比兴寄托之说之所以能够盛行一时，迄于民初而不衰，可以说就正是这种

① 苏、辛二家词则在豪放中仍能够保有词所特有的一种曲折深蕴的特美，此乃由于二家之学养性情之所得，固非其末流之词人所能模仿企及者。可参看拙撰《论苏轼词》与《论辛弃疾词》二文。——作者注

写词与评词之风气的最好的证明。而这种有意深求的结果，自不免使得工巧渐胜而真意渐失。于是王国维之《人间词话》乃一反常州派之词论，而提出了主“真”的“境界”之说，以为“能写真景物真感情者”，始得谓之为“有境界”。[①]而也就正是在这种评量之标准下，王氏对纳兰词遂提出了极高的赞美，谓“纳兰容若以自然之眼观物，以自然之舌言情。此由初入中原，未染汉人风气，故能真切如此。北宋以来，一人而已”[②]。王氏的这段话说得极有见地，只是对于“未染汉人风气”一句，我以为尚须加一个转语的说明。因为我们如果从纳兰生平的学习经历来看，则据其《墓志铭》、《神道碑》与《年谱》等资料之所记叙，则我们自可见到纳兰之所以有今日之成就，实在正是由于他热心追求和学习汉文化之结果。即如他所编辑和撰写的《通志堂经解》、《渌水亭杂识》，以及《通志堂集》中所收录的诗文诸作，都可以见出他对于汉文化之热心学习与追求。即以其《饮水词》而言，也何尝不是学习和追求汉文化之结果，而王国维乃谓其“未染汉人风气”，故此言乃必须加一转语以作说明。私意以为此处之所谓“汉人风气”，自非泛指一切汉文化之风习，而乃是专指词之写作自南宋以来所逐渐形成的一种以思索安排来有意求深的写词之风气。至于纳兰之所以未曾沾染此种风气，则一则固可能果然由于其初入中原，对于词在发展中所形成的此种重视思力安排而有意求深的习气，尚未受到深刻之影响；再则也可能由于纳兰对于诗词之创作原有其重视性情之真的一贯的主张。即如其《渌水亭杂识》就曾载其论诗之语曰：“诗乃心声，性情中事也。……昌黎逞才，子瞻逞学，便与性情隔绝。”[③]又论词云：“词虽苏、辛并称，而辛实胜苏。苏诗伤学，词伤才。”[④]又综论诗词曲云：“曲起而词废，词起而诗废，唐体起而古诗废，作诗欲以言情耳……好古之士，本无其情，而强效

---

① 况周颐、王国维《蕙风词话 人间词话》，香港商务印书馆1961年版，第193页。

② 同上书，第217页。

③ 纳兰性德《通志堂集》第4册，上海古籍出版社1979年版，第2页。

④ 同上。

其体，以作古乐府，殊觉无谓。”[1]从以上所引的这些话看来，则纳兰在诗词之创作方面其重视“性情之真”的主张，自是明白可见的。因此纳兰词遂特别表现了一种自然真切的品质。虽然这种品质，在我对纳兰词之阅读的第一阶段中，就已经有所体认。然而却一定要透过我们在前文所叙写的这一段历史的反思以后，我们才能够更加正确地看到纳兰词之脱除工巧返归自然的更深一层的意义和价值。不过，我在前面也曾叙及，词在发展中已形成了一种以幽微婉转而富有深蕴之余味者为美的共同的评赏标准，如果纳兰词仅只是具有自然真切之品质，如我在第一阶段之所认知，然而却没有深蕴之余味，浅薄而不耐咀嚼，如我在第二阶段之所评述，则纳兰词便自然只能列入宜浅不宜深的作品，而不值得做更深的探讨了。然而也就是在我经过了如前所述的历史性之反思性的阅读以后，却从中发现了他所具有的一种可以供人探求的幽微深隐的品质。以下，我们就将对纳兰词这方面的品质一加论述，并在论述中把纳兰词与其他令词之名家略加比较和研讨。

五

如我们在前面论及词之特质与词之发展时之所叙述，词在产生之源起与写作之环境中，既已形成了一种婉转纤柔之特质，可是当这种特质落实于作品之中时，却由于不同之作者与不同之风格，乃使后世之评词者在评说中建立了一种以富于感发之潜能及深远之意蕴为美的衡量之标准。因此虽同是写美女与爱情的伤春怨别之词，可是其中却有了高下的区分。于是温、韦、冯、李诸家，遂因其作品之富于引发读者联想之潜能，而在评价上胜过了欧阳炯及顾敻等纯写艳情的作者。关于温、韦、冯、李诸人之所以能在其作品中蕴涵有丰富之潜能，我在《论陈子龙词》一文中，也曾有所论述。我以为令词在发展中之所以形成了这种易于引人产生言外之想的潜能，盖由于以下几点因素：其一是由于在旧传统伦理道德中，男女之关系与君臣之关系颇有相似之处，而美人香草更是早就已形成为一种带有

① 纳兰性德《通志堂集》第4册，上海古籍出版社1979年版，第6页。

托喻性的语言之符码，因此写美女与爱情的小词遂因而也具含了一种引人产生言外之想的潜能，温庭筠《菩萨蛮》诸词，可以为此类作品之代表。其二则是由于令词极为盛行的五代期间，正为一充满战乱之时代，因此不少作者遂在其撰写伤春怨别之小词时，同时也因时代背景之关系，于无意中结合了一份忧患与危机之意识，因而这一类小词遂也具含了引人产生言外之想的潜能。韦庄之《菩萨蛮》，冯延巳之《鹊踏枝》及李璟之《山花子》与李煜亡国后所写的《相见欢》《虞美人》诸词，可以为此类作品之代表。其三则是由于北宋初年的一些名臣，如晏殊、欧阳修、宋祁、范仲淹诸公，都投入了小词的写作，遂于无意中将自己的修养襟抱流露于作品之中，因而这一类作品遂也具含了引人产生言外之想的一种潜能，晏、欧诸家词，可以为此类作品之代表（关于以上诸家词之评述请参看拙著《迦陵论词丛稿》、《唐宋词名家论稿》及《中国词学的现代观》诸书）。如果以纳兰词与此三类词相比较，则纳兰词大多以自然真切取胜，此与温词之秾词丽句，时时可以发现语码，足以引人产生托喻之想的作品，自然有所不同，这是纳兰词与第一类词的差别。再则纳兰词所写者大多为一己的闲愁别恨，此与韦、冯及中主诸家词之隐含家国忧患之感的作品，自然也有所不同。至于以纳兰词与南唐后主词相较，则谭献《箧中词》虽曾引周之琦之评语，谓“纳兰容若，李重光后身也”①，盖以二家词皆具自然真切之风格，故尔初观之乃似乎颇有相近之处，但私意以为二家实有相当之差别，后主率真，纳兰柔婉。后主早期之作有颇为浅率者，但其晚期之作则因曾经历破国亡家之痛，更因其以全心对痛苦之投入，乃能透过个人之悲哀，写出了全人类所共有的悲哀，因而乃成就了如《谭评词辨》所称的“雄奇幽怨乃兼二难”② 的一种特美；至于纳兰词则表现为一贯的一种柔婉凄哀，虽然下不犯后主浅率之病，然而遂亦不能上及后主雄奇之美。于是乃使人觉得在感发方面，纳兰词遂缺少了如后主亡国后所作之词的一种深远之致，而其主要原因当

---

① 谭献《箧中词》，见《历代诗史长编》第21种，台湾鼎文书局1971年版，第21页。

② 谭献《复堂词话》，见《词话丛编》第4册，台湾广文书局1980年版，第3993页。

然也因为纳兰在生活方面也缺少了后主的一种忧患之经历的缘故。这可以说是纳兰词与第二类词的差别。至若再以纳兰词与晏、欧二家词相比较，则如我在《论晏殊词》与《论欧阳修词》二文之所言，晏词在伤感中常表现有一种圆融的理性的观照，而欧词则在伤感中常表现有一种遣玩的意兴，像这些意境可以说就都流露有作者之学养性情以及在人生历练中所形成的一种胸襟和怀抱。而纳兰词则似乎写伤感便只是伤感，而缺少了此种透过人生历练所达致的一种更为深远的意境。这可以说是纳兰词与第三类词的差别。而如果从这种衡量角度再将纳兰词与我在最近曾评说过的陈子龙词一相比较，则我们自然就也可以见到，陈子龙词之佳处原来乃正在其于无意中竟然与以上三类词之蕴含言外深意的特质，都有着某种暗合的因素，这正是何以陈子龙词也易于引起读者的言外之想的缘故。可是纳兰词则似乎缺少了这种与以上三类词相合的可以探求的因素，因此如果以追寻言外之深意的一点来看，纳兰词较之以上诸家乃似乎都有所不及。而这应该也就正是我在对纳兰词之体认的第二阶段中，何以认为纳兰词只宜浅而不宜深的缘故。

可是，如果我们把词之演进再做一次整体回顾的话，我们就会发现，词在演进之途中所增生的这些可以深求的质素，如语码之联想，忧患之意识，以及学养和襟抱等，原来也可以被认为都是属于词之本体以外的一些附加的质素。而如果我们若在此引一句禅宗的话来一加诘问的话，则在《六祖坛经》中曾记有六祖慧能问惠明禅师的一句话，说："不思善，不思恶，正与么时，那个是明上座本来面目？"[①] 私意以为词之为体本来也有一种可以脱除这一切附加之质素的本体之特美。即如我在前文所叙及的词在其产生之源起与演唱之背景中，本已形成了一种婉转纤柔的特美。虽然一般而言，这种特美之形成与早期词中多写美女与爱情的内容不无关系，但是我所说的词在本质方面的特点，却应该是连美女与爱情这种情事都不包含在内的一种纯属精微敏锐之心灵感受方面的婉转纤柔的本质之美。我的这种说法，初听起来似乎颇难理解，因为词中所写既是美女与爱情，那么词

① 《六祖坛经笺注·行由品第一》，美国佛教会据中华佛教图书馆藏版影印，1933年，第17页。

的本质之美又如何会与之并不相关呢？其实这种情况也并不难于理解。盖以词在初起时即本为应歌之作，写词之人本无言志之用心，是以其外表所写的美人与爱情之事件，事实上与作者并没有显意识中的心志之关系。然而词之微妙的作用，则又正在于其所用之形式与所写之内容往往于无意中可以引发作者心灵中某种本质之流露。而词之形式与内容既大多以婉转纤柔为主，因之其所最易引发者，乃亦为作者心灵中与此种性质相近的一种本质的禀赋。此种资质既是属于天生之禀赋，因之每位作者之所得的多寡纯驳，与其显意识中之志意及后天之辞采、工力等，乃并无必然之关系。而如果以此种禀赋而言，则在两宋作者中，自当以秦观为得天独厚的一位作者，是以冯煦在其《宋六十一家词选・例言》中，乃云“他人之词，词才也。少游，词心也，得之于内，不可以传”①。私意以为其所以然之故，即正在于秦氏最善于表达一种心灵中柔婉精微之感受与他人之以辞采、工力，或学识、志意等后天所加之质素取胜者，都有所不同的缘故。即如秦氏之《浣溪沙》（漠漠轻寒上小楼）与《画堂春》（落红铺径水平池）等词，就都可以作为此类作品之代表。只是秦观除了其本质上所禀赋的这种“词心”以外，另一方面他却也曾由于后天之学习而养成了一份追寻功业的志意，又由于仕宦之遭遇而经历了贬逐的挫辱，于是秦氏之词风遂如王国维在《人间词话》之所言，乃自“凄婉”一变而转为了“凄厉”。②这种转化，就正由于他后期的词作已经在其柔婉精微的词心以外，更增加了许多外来之质素的缘故。这种外加之质素，一方面使他的词增加了言外之深蕴的潜能，但另一方面却也使他的醇美之本质受到了相当的斫丧。而如果以纳兰与秦氏相比较，则私意以为纳兰乃是秦观以后也能具有此种“得之于内，不可以传”之难得而可贵之“词心”的另一位值得注意的作者。只不过秦氏既曾有追求功业之志意，又曾有遭遇贬谪之挫辱，因之遂使其本质所禀赋的精微柔婉之“词心”，由后天所增入的一些质素，而有了一种转变。至于纳兰，则

① 冯煦《蒿庵论词》，见《词论丛编》第4册，台湾广文书局1980年版，第3587页。

② 况周颐、王国维《蕙风词话 人间词话》，香港商务印书馆1961年版，第204页。

因其在生活经历方面并未经历过什么重大的挫折忧患，因此就后天所增入之质素而言，较之秦氏虽似乎缺少了某种深度，但另一方面，则纳兰却也因此而保持了较之秦氏更为清纯的一份纤柔婉转的词心。而这实在也就是我在前文所曾言及的“即浅为美”的一种可贵的资质。这种美的认知，与我在对纳兰词之体认的第一阶段中所直觉感受的美，虽然仍同是一种美，但现在的感受却已是经过了对词之特质与词之发展的整体反思之后的一种认知，与第一阶段的认知虽看来相似但事实上却已经有了很大的不同。这当然已是属于我对纳兰词之体认的第三阶段的一种认知，但这种认知却尚非我对纳兰词之此一阶段的体认之全部：那就因为如我在前文所言，我在此一阶段中不仅曾认识到纳兰词之即浅为美的一点特色，同时我还更曾认识到纳兰词之也可以即浅为深的另一点特色。下面我们就将对其即浅为深的特色也略加研讨。

说到词之意境的浅深之问题，本来如我在前文之所言，小词之所以产生了深蕴之潜能，原是由于词在发展中融入了某些外来之质素的缘故。在这方面，纳兰词虽然缺少了如南唐冯、李诸家的忧患与危机之意识，也缺少了如北宋晏、欧诸家的修养和襟抱，更未曾经历过如秦观在仕途中所经历的挫折和打击。然而纳兰却曾自以其天生所禀赋的一份纤柔善感的词心，无待于这些强烈的外加质素，而自我完成了一种凄婉而深蕴的意境。至于这种意境之形成，则私意以为似可分为内在的与外在的两方面之因素。先就内在之因素言之，所谓纤柔善感之词心，本当为词人生而具有的一种最基本的禀赋，只是这种基本的禀赋在不同的词人中又可分别为多种不同之品质。即以一般被认为词风相近的几位词人而言，如南唐之李煜，北宋之秦观，明末之陈子龙，以及我们现在所讨论的清初之纳兰，就其最基本的禀赋言，可以说每个人都不失为一位具有纤柔善感之词心的作者，可是其词心之品质却实在又各有极大的差别。李煜之词心，在敏锐善感以外还具有一种任纵和耽溺之性质，故其词风乃表现为一种无反省无节制的纯真而奔放的感情的投注。秦观之词心，则在纤柔善感以外还具有一种追求仕进的志意，故其词风乃于凄婉以外别有一种理念和情致。陈子龙之词心，则在敏锐善感以外还更有一份才子之柔情与烈士之忠义，故其词风乃表现为一种婉约之风格且富喻托之深意。

至于纳兰之词心，则既不似李煜的任纵奔放，也不似秦观之有一份追求仕进的志意，亦不似陈子龙之诗酒风流和奋发忠义，纳兰所有的似乎只是一份纯乎纯者的易于感发且富于关怀的纤美柔善的心灵。至于这一份纤美柔善之词心何以在其词作中形成了一种凄婉而深蕴的意境，则我们自然就还要结合纳兰生平的一些外在因素来略加说明。

纳兰之一生，从外表来看固正如我在前文所言，似乎只是一个贵介公子，未尝知世间忧患为何物，然而仔细一查考，我们就会发现纳兰的内心中实在也可能深蕴着不少悲苦和矛盾。

而要想了解他这些深蕴的悲苦，我们自不得不对他的家世和生平略加介绍。据《东华录》及《清史稿》之记载，纳兰之先世本为蒙古族裔，原属土默特部族，其后由始祖星根达尔汉率土默特一支占领了纳兰部之土地，遂以纳兰为姓氏，又因其曾孙祝孔革（又作竹孔革、褚孔格）率众定居于叶赫河岸（今吉林四平附近），遂建国称叶赫。后祝孔革之孙清佳砮（又作清佳奴）、杨吉砮（又作杨吉奴）又分别在叶赫河畔筑立二城，清佳砮为西城贝勒，杨吉砮为东城贝勒。据《八旗满洲氏族通谱》记载："先有蒙古人星根达尔汉者，原姓土默特，初灭扈伦国所居张地之纳喇姓部，据其地，因姓纳喇氏。后迁于叶赫河岸，遂号叶赫国。"又据《清太祖高皇帝实录》卷六中记载，在公元十六世纪，竹孔革率部众"迁于叶赫河岸建国，故名叶赫国"。《清史稿·列传十·杨吉砮》中记载："杨吉砮，叶赫部长，孝慈高皇后父也。其先出自蒙古，姓土默特氏，灭纳喇部据其地，遂以地为姓；后迁叶赫河岸，因号叶赫。"

当建州女真族的努尔哈赤扩展其势力时，与叶赫部发生战争。叶赫部大败，纳兰之曾祖金台吉（又作金台什、金台石）被执缢死。[①] 而努尔哈赤则原曾纳金台吉之妹讳称孟古姐姐（又作孟古哲哲）者为其妃嫔，生皇太极。皇太极于努尔哈赤去世后继承汗位，并将国名"后金"改为"清"，改"女真"族名为"满洲"。

① 蒋良骐《东华录》，中华书局1980年版，第10—11页；另见赵尔巽等《清史稿》，中华书局1976年版，第12页。

其后清兵入关，皇太极之子福临（年号顺治）遂成为清朝入关后的第一位皇帝。而纳兰族与清皇族之关系遂由先世之仇雠，一变而为天潢之贵胄。而纳兰之父明珠则在康熙朝曾由总管而授弘文院学士，历任兵部尚书、吏部尚书，累迁武英殿大学士、太子太傅，又升任为太子太师，权倾一朝。① 至于纳兰自己，则于十八岁中顺天府乡试举人，次年会试，因病未能参加殿试。遂致力于读书，开始撰写《渌水亭杂识》，并编订《通志堂经解》。二十二岁参加殿试，赐进士出身，授三等侍卫，其后累迁至一等侍卫。当康熙至关内关外江南江北各地巡幸时，纳兰几乎没有一次不参与扈从之役，甚得康熙赏爱，曾被派遣觇视梭龙诸羌，有意将大用之，而纳兰遘疾遽殁。享年不过三十一岁而已。② 从表面上看纳兰的生命虽然短暂，但生为大学士、太傅明珠之爱子，又仕为圣祖康熙皇帝之近侍，此就常人言之，固应皆属于难得之幸事。然而就纳兰锐感之词心来说，则私意以为其中实蕴涵有深隐难言之痛苦。首先就清朝皇室与叶赫一族之恩怨言之，纳兰曾祖金台什之败死，盖在努尔哈赤立国建元之天命四年（1619），而纳兰则生于顺治十一年二月（1655 年 1 月），其间相去不过仅有三十六年而已。纳兰随康熙巡幸关外至混同江附近时，曾写有一首《满庭芳》词，其中有句云："须知今古事，棋枰胜负，翻覆如斯。叹纷纷蛮触，回首成非。剩得几行青史，斜阳下、断碣残碑。年华共，混同江水，流去几时回。"③ 其所慨者，自当是指清兵入关以前在关外各部间的征战。如此则前清与叶赫部之间的一段恩怨，当然也就可能隐寓在其中了。这种难言的恩怨，还只不过是纳兰心中所可能含蕴的矛盾痛苦之一端而已。其次，再就纳兰与其父明珠之间的关系言之，则据《清史稿》列传所载，谓"明珠既擅政，簠簋不饬，货贿山积。……市恩立威，因而要结群心，挟取货贿"④。而纳兰之为人，则据韩菼为纳兰所撰之《神道碑铭》，曾称其"虽履盛处丰，抑然不自多，

① 赵尔巽等《清史稿》，中华书局1976年版，第9992—9994页。
② 李勖《饮水词笺》，台湾正中书局1959年版，第19—49页。
③ 同上书，第417页。
④ 同注①，第9993页。

于世无所芬华，若戚戚于富贵而以贫贱为可安者。身在高门广厦，常有山泽鱼鸟之思”[①]。徐乾学为其撰《墓志铭》，亦称其“闭门扫轨，萧然若寒素。客或诣者，辄避匿。拥书数千卷，弹琴咏诗自娱悦而已”[②]。纳兰在他自己所写的《金缕曲·赠梁汾》一词中，也曾自谓：“德也狂生耳，偶然间，缁尘京国，乌衣门第。”[③]又在其所写的《满江红·茅屋新成却赋》一词中，也曾自慨云：“问我何心，却构此、三楹茅屋。可学得、海鸥无事，闲飞亲宿？百感都随流水去，一身还被浮名束。”[④]凡此种种记叙，我们都可见到纳兰对富贵利禄之轻视鄙薄的态度，这与他父亲明珠之弄权贪敛之作风可以说是鲜明的对比。我们自不难想见纳兰对他父亲的作风必有不能同意之处。可是在另一方面纳兰却又是一个非常恭谨孝友的人物。《清史稿·文苑传》曾称其“事亲孝，侍疾衣不解带，颜色黧黑，疾愈乃复”[⑤]。是则纳兰与其父明珠之间，一方面既可能有一种由性格不同所形成的矛盾，而另一方面则又有父子天性之至情，两者间要勉力求全，像这种情况可能在其锐感之词心中，也是造成其深隐的矛盾和痛苦的又一端。其二更就纳兰与康熙皇帝之间的关系来说，据徐乾学所撰之《神道碑》谓纳兰之为侍卫“常佩刀鞬随从，虔恭祇慄……遇事劳苦，必以身先，不避艰险退缩，上心怜之。其前后赉予重叠……值万寿节，上亲御笔书唐贾至《早朝》诗赐之。后月余令赋诗献，又令译御制《松赋》，皆称善久之”[⑥]。即此可见康熙对纳兰之爱赏，亦可见纳兰对康熙之忠荩。而谁知就在这种赏爱与忠荩的君臣关系中，纳兰的深心之内也同样蕴涵有一份矛盾与痛苦。严绳孙在《成容若遗稿序》中，即曾谓其“及官侍从，值上巡幸，时时在钩陈豹尾之间，无事则平旦而入，日晡未退，以为常。且观其意惴惴有临履

① 纳兰性德《通志堂集》第4册，上海古籍出版社1979年版，第14页。

② 李勖《饮水词笺》，台湾正中书局1959年版，第4页。

③ 同上书，第478页。

④ 同上书，第409页。

⑤ 赵尔巽等《清史稿》，中华书局1976年版，第13361页。

⑥ 同注①，第10页。

之忧，视凡为近臣者有甚焉”[①]。严氏又曾在其为纳兰所撰之《哀词》中，谓“人以为贵近臣无如容若者，夫以警敏如彼，而贵近若此，此其夙夜寅畏，视凡人臣之情必有百倍而不敢即安者，人不得而知也”[②]。盖亦如我在前文所言，词人所禀赋之词心乃各有不同之品质，如果以纳兰与后主李煜相比较，则后主之词心乃常表现为一种无反省无节制的发泄和投注，而纳兰则以其纤美柔善之品质，既常因其锐感而表现为过度的矜慎，又常因其柔善而表现为一种和柔巽顺的承受。韩菼所写的《神道碑铭》，即曾谓纳兰之为侍从，“上有指挥，未尝不在侧。无几微毫发过。性周防，不与外庭一事”，关心“治乱”“民情”，“而不敢易言之”。[③]纳兰内心之痛苦，原是可以想见的。何况侍从的生活又往往迫使其与所爱之人常在两地分离的相思怀念之中。因此纳兰的诗词凡写到扈从生涯的，除去一些应制之作不得不出之以颂美之言，还有一些写江南或塞外的风光以外，其余大多数作品，如其《清平乐·发汉儿村题壁》一词所写的“参横月落，客绪从谁托。望里家山云漠漠，似有红楼一角。不如意事年年，消磨绝塞风烟。输与五陵公子，此时梦绕花前”，及其《踏莎行·寄见阳》一词所写的“金殿寒鸦，玉阶春草，就中冷暖和谁道。小楼明月镇长闲，人生何事缁尘老”诸句[④]，所写的就是他对侍从之生涯所感到的悲凄无奈之情。这自然是他内心中所深蕴的矛盾痛苦之又一端。

以上我们所叙述的纳兰内心中所深蕴的悲苦之情，一方面虽不似五代之冯、李，北宋之秦观，或明末之陈子龙诸人所遭遇和经历的忧患挫伤，但另一方面则这种父子、君臣、家人、仕宦中的难言之恩怨，却更足以使人感到抑郁悲凄。前者往往是一种强烈的打击，可以使作者之词心在本质上产生某种激变；而后者则往往是一种柔缓的浸润，虽不足以使作者之词心在本质上产生某种激变，但却可以使作者之词境反映出一种特殊的情调和色彩。于是纳兰之词遂能在不伤损其柔

① 纳兰性德《通志堂集》第1册，上海古籍出版社1979年版，第1页。

② 纳兰性德《通志堂集》第4册，上海古籍出版社1979年版，第23页。

③ 同上书，第14页。

④ 李勖《饮水词笺》，台湾正中书局1959年版，第246、460页。

美之词心的本质之情况下，于清新自然中流露了一种凄婉而使人寻味的意境。而这也就正是我在本文开端所曾提出的纳兰词在“即浅为美”以外，所更别具的一种“即浅为深”的意境与风格。这种透过多方面之反思所获得的认识，也就是我对纳兰词之第三阶段的体认。

写到这里，本文原已可以告一结束，但我却还想借此机会，再做一些补充的说明。读者一定还记得我在本文开端曾跑过一次野马，我曾经由我个人对纳兰词之体验的三个阶段，而联想到了禅宗青原惟信禅师所提出的悟道的三般见解，又联想到了西方接受美学家姚斯所提出的阅读的三个层次。我现在所要说明的就是，我在开端所跑的野马并非全然无谓，这三个“三”的数目字的巧合，也并非纯属偶然，虽然这三种体验所意指的范畴并不相同，然而它们却共同说明了人类在学道与读诗的求得知悟的努力中，要想由浅入深，由幼稚到成熟，都必须经过某一种磨炼和反思的过程。记得多年前台湾的名诗人余光中先生曾在一篇文章中提出过“半票读者”之说，其所指者当然就是一些幼稚肤浅在鉴赏方面不够成熟的读者。只是如何方能使一个人的鉴赏水平达到成熟的境界呢？这实在是个极难答复的问题。如果以学诗与学禅并论，青原惟信禅师虽也曾提出了“三般见解”之说，但也未曾明白指示出他自己何以达到第三种见解的过程。记得前几年我在大陆讲授诗词时，就曾有同学问我说：“老师，你对诗词的赏析我们都很喜欢听，只是你能不能把怎样赏析诗词的方法告诉我们呢？”当时这一问确实把我问得不知从何答起，只好告诉同学们说：“诗词之创作本无定法，因此诗词的赏析也并无定法。每一篇作品都是自发而且自足的一个单独的艺术生命，所以诗词的赏析也应该针对每一篇作品而有不同的方式，我们很难为之拟出一个死板的模式。因此你们要想学习怎样赏析诗词，只有从多读和积学入手。读得多了，自然会有神而明之，豁然贯通，取之左右逢其源之一日。”我想那些同学对我这种“本无定法”的回答，一定相当失望。其后不久，我就读到了姚斯的阅读的三个层次之说，我以为姚氏之说，对于诗歌评赏中的此一难题，确实已经就文本之体认和分析之过程方面，做出了极具理论性的说明。姚氏所提出的“美感的感知性的阅读”与“反思的说明性的阅读”两个层次，大体上可以说代表了读者对于文本的感性与知性的两种基本的认知活动。只不过这两种认知活动还都只是一种属于读者的个人视野，而要想真正对一篇作品做出正确的评赏和分析，则更需要有一种历史性的阅读视野。姚氏的这些说法，对于初学诗而不知如何加以赏析的同学们而言，应该可以说是既基本又扼要的一个答复。而因此遂更使我联想到，当我指导学生们撰写论文时，他们所面对的一些困难。一般说来，我所指导的研究生们大体上可分几种不同类型：一类以感性胜，对于诗歌有敏锐的感受而且有强烈的爱憎，但却缺乏反思和说明的能力，因此难以写出像样子的论文；另一类则以知性胜，喜欢征引资料做详细的考证和理论的排比，但对于诗歌本身的评赏则缺乏敏锐的感受，因此虽能写出颇具规模的考证性的论文，但却往往坐对文本而不能赞一辞；更有一类学生则极富于感发之联想，对于一首诗歌可以做出多种不同的诠释。虽然诗歌之可以有多义性，固早已为今日人所共知的一种通行之理论，但多义与谬说的界限究竟何在？怎样才能够在多义的诠释中使之不流于荒谬？对这些学生而言则是一个极大的难题。而姚氏的三个层次之说，则既在第一个层次与第二个层次之间，对感性与知性两方面完成了互补的作用，又在第三个层次方面，以历史性的视野补救了个人的褊狭和荒谬。因此当我读了姚氏之说以后，就很想将姚氏之说对同学们做一个例说的介绍。可是套用一个理论而亦步亦趋的评说方式，又一向为我所不喜，而我对纳兰词之体认既恰好也曾经历了三个不同的阶段，于是遂缘此巧合而将我对纳兰词之体认的三个阶段，与姚氏之阅读的三个层次，做了一番比附的说明，更请了青原惟信禅师来为之做旁证，而且不惜舍身为人，竟然将自己过去幼稚的想法与个人的生活都做了诚实的招供。我的目的只是想为青年的读诗人，提出一个如何在评赏诗歌方面求得渐进的实例的参考。只是，纳兰词对于姚氏的理论而言，实在并不是一个很好的例证，因此我在行文中遂不免显得侧出旁生，突破了谨严的一般论文的规范。不过私意以为，这种似而非是的侧出旁生之说，却也正好可以证明姚氏之说有基本上的可以相通的普遍性。这也就是我之所以在本文加上这一段话来为自己作说明的主要缘故。

最后，我还想附上两段赘言和两首诗句来为本文做一结束。第一我所要说的乃是自己曾由本文之不成章法，而联想到了杜甫的一句诗，和苏轼的一段论行文的话。杜甫在《曲江三章》一诗之开端自叙其为诗，曾写有“我诗非今亦非古”一句话；苏轼在《文说》一篇中自叙其为文，则曾有“如万斛泉源，不择地而出……常行于所当行，常止于不可不止”几句话。我的这篇文稿当然不敢和杜老及苏公相比，不过他们所说的“非今亦非古”及“不择地而出”的话，却颇使我想要借用来做一番自嘲和自解的借口，此其一。第二我所要说的乃是，我近来所撰写的《论陈子龙词》及《论纳兰词》两篇文稿所评说的两位作者，与我个人某些方面都有一些暗合之处。纳兰与我之里籍相同，我在本文开端固已早曾述及；至于号称为卧子的陈子龙，则其生辰乃恰好与我的生日相同，这当然只是一种巧合，我也并没有想要借此来与纳兰及卧子相攀附之意，不过这种巧合却也曾使我在评说中，增加了不少亲切之感，此其二。而由于以上二则赘言所叙写的一些因缘，我遂凑成了两首小诗，现在我就将这两首诗抄录下来，并借之对本文做一结束。诗云：

我文非古亦非今，言不求工但写心。
恰似涌泉无择地，东坡妙语一沉吟。

我与纳兰同里籍，更同卧子共生辰。
偶对遗编闲评跋，敢言异世有扬云。

〔附言〕

为了使中国读者便于理解起见，我想把伽答默尔与姚斯二家之说，用中国式的语言略加说明。伽答默尔的“合成视野”之说，意思是说每个人在阅读时都有由其个人生活经验与读书经验所形成的一个视野水平，他对作品的理解就是透过他自己的这个视野水平而理解的。但如果只凭自己个人的这一视野水平来理解，又不免会产生主观的偏差，所以就必须要结合文化传统的历史视野来阅读，通过这个所谓“合成视野”才能达到较正确的理解。这是指在理解和诠释中的一般情况而言的。

至于姚斯的阅读视野的“三个阶层”之说，则是想把读者阅读和诠释的体验过程再加以深细的剖述而分别为三个层次：第一个层次是对于作品的形式和声音等各方面直觉的美感的感受；第二个层次是较为理性的对作品内涵的反思和探索；第三个层次则是除以上两层理解外，还要参考自这篇作品出现以来，在过去被读者阅读和诠释的接受过程中所形成的多种诠释。如此才不致由个人的主观而产生误解。

私意以为伽、姚二家之说，对吾人理解和诠释作品时的阅读活动，极具参考价值。只不过在参用其理论时，不可将其作为死板的模式来加以生硬的比附，而当就其所提出的阅读及诠释之活动中的某些基本原则，做灵活的或正或反的参考。本文所做的就是这样一种尝试。

1990 年 5 月 5 日写成于温哥华

修改于 2022 年 8 月 9 日

序　言

纳兰性德是清初的杰出词人，本名成德，字容若，被世人亲切地称为“容若公子”。其词纯任性灵，哀感顽艳，以真取胜。康熙十五年（1676），容若以一阕《金缕曲·赠梁汾》而成名，词出京师竞相传抄，称为“侧帽词”。同年，以此为名，初刊其首部词集。康熙十七年（1678）又委托顾贞观在吴中刊刻《饮水词》，取意“如鱼饮水，冷暖自知”，寄寓人生感慨。词集一经问世，便呈现出“家家争唱”的盛况。此后，容若又被称作“饮水词人”。然《侧帽词》与《饮水词》虽刻于容若生前，今却皆不见传本。纳兰词的编辑整理主要在容若身后。

康熙三十年（1691），容若师友徐乾学、顾贞观、严绳孙、秦松龄等人将容若生前作品编刻成《通志堂集》，其中含词四卷，共计三百首，由顾贞观手订。同年，容若挚友张纯修又在扬州为其刊刻《饮水诗词集》，收词与《通志堂集》略有增减，世称“张刻本”。清中后期，有两版纳兰词在补辑佚词方面取得较大成绩。一为道光十二年（1832）汪元治结铁网斋本，一为光绪六年（1880）许增娱园本。然而纳兰词在流传的过程中，难免会出现版本依据差异和讹误之处。因此我们选择以距离容若生活年代最近的康熙三十年《通志堂集》版为底本，另据汪刻本、娱园本、张刻本，以及《今词初集》《瑶华集》《精选国朝诗余》《国朝词综》等古籍和容若存世手迹、《西馀蒋氏宗谱》、《枫江渔父图跋》等文献依据，进行补遗勘校。对于底本中的明显错讹，如夺字、错字、误植词牌等，均依词意，据参校本补定，并给予说明。

本书由纳兰族裔叶嘉莹先生依词牌格律以古诗词传统的读诵声调亲自读诵。由于叶先生年事已高，读诵文本需放大字号，电子版本只找到清光绪六年许增娱园本，故依娱园本读诵。另由于348首纳兰词篇幅巨大，叶先生年近百岁，不胜劳累，读诵过程中难免会有入声字漏读，或部分字词顺文意而读的现象。对此，我们在注释时皆依工具书逐字校对，请叶先生审校后，将疏漏处全部补正。并依《通志堂集》底本录制视频读诵版，与叶先生读诵的“许增娱园本”互为参照，以飨读者。

本书依词牌格律分为五卷，同一词牌下的词作归为一组。每个词牌，皆依《钦定词谱》、万树《词律》、吴藕汀《词名索引》及杨慎《词品》进行说明，便于读者了解不同词牌的格律特点，感受纳兰词读诵的音韵之美。注释部分，参考赵秀亭、冯统一《纳兰性德行年录》《饮水词校笺》，张草纫《纳兰词笺注》等著作，及《史记》《汉书》《后汉书》《世说新语》《晋书》《帝京景物略》《清圣祖实录》《诗词曲语词汇释》等典籍，进行全新精注。更正了容若初恋“宫女说”“丫鬟说”等讹传和长期以来对纳兰词的一些误读、误解之处。如《罗敷媚·赠蒋京少》中的“红泪休垂”非“红泪偷垂”等。

本书采用简体中文，每阕词皆依词牌格律一韵一行排列，且将词中入声字全部标出，并做出相应音韵注解，以便读者识别平仄。这在纳兰词注史上，尚属首例。特别之处，还总设凡例进行了统一说明。

该书从酝酿到完成，得到了叶嘉莹先生、叶先生之侄叶言材老师、兰学研究专家赵秀亭老师、王军老师及南开大学中华诗教与古典文化研究所的大力支持。

纳兰词是纳兰文化的重要组成部分。叶嘉莹先生与纳兰容若同根同源，且叶先生深耕杏坛数十年，一直致力于弘扬中国古典诗词文化，这是纳兰文脉的传承，更是纳兰精神的体现。

叶先生说：“中国的诗词自南北朝以来便形成了格律，每个格律皆有它的声调之美。而这个声调中有一些字，在古代是入声字，现今皆已归入普通话阴、阳、上、去四声之中。当我们读有平仄格律的诗词时，如果遇到入声字，就用短促的仄音，尽量把它读得合乎格律。若减去声调，便等于抽空了诗歌一半的生命。”而词比诗更讲究音韵之美，因此，纳兰词的读诵在纳兰文化的传承中就显得尤为重要。

当我向叶先生表明欲出此书的心意时，叶先生说：“作为纳兰后裔的族人，我会尽力给你协助，并将按照正确的平仄格律，将纳兰词全部读完，希望能做得好。”令我大为感动！更令我没有想到的是，叶先生对我所注的每一卷词，都在文稿上亲自标注批语。每每看到这些，我都热泪盈眶！唯有倍加努力，才能不辜负叶先生和各位专家老师的厚望。

希望在叶先生即将迎来百岁诞辰之际，奉上此部诚意之作，为传承中华古典诗词读诵和纳兰文化，留得尘世一缕香。

子菲

2022 年 8 月 9 日

前　言

2021 年 11 月，我于疫情中归国，隔离于天津的酒店，12 月初解除隔离后，便赶赴南开大学看望姑母叶嘉莹先生。其时，我向叶先生言及子菲有一构想：打算于翌年（2022）出版一套纳兰词读诵集，以供后人仿学。为体现中华传统之“传承”，且担心叶先生年事已高，不胜劳累，我们提议由叶先生以传统音声平仄之习惯读诵纳兰词中的 100 个词牌，以为“传”，再由子菲仿读其余，以为“承”。如此，也可作为叶先生九十八周岁（虚岁一百）之纪念。

姑母叶嘉莹先生之赏爱纳兰容若的《饮水词》，始于 1935 年叶先生 11 岁之时，那时叶先生以同等学力考入了初中，我祖母给她买了一套“词学小丛书”作为奖励。叶先生说：“这套书中所收录的作者与作品甚多，但其中影响我最大的两种著作，则一是王国维的《人间词话》，一是纳兰容若的《饮水词》。前者使我对词之评赏有了初步的领悟，后者则使我对词之创作产生了很大的兴趣。”（可参见本书上卷代序）

子菲认为纳兰词最打动她的是自然真切、纯任性灵、富含哲意，有“大道至简”之美，无雕琢斧凿之痕。纵然相隔三百余年，依然可以直击心灵，令人产生共鸣，毫无距离之感。王国维在《人间词话》中云：“词以境界为最上。有境界则自成高格，自有名句。五代、北宋之词所以独绝者在此。”并赞：“纳兰容若以自然之眼观物，以自然之舌言情。此由初入中原，未染汉人风气，故能真切如此。北宋以来，一人而已。”

据子菲所言，最令她仰慕的是容若的人格魅力。子菲认为容若身上有六大特性，纵观古今中外集这六大特性于一身者，只此一人。

其一，他出身豪门，心向民间，淡泊名利，追求真我。

其二，他天资聪颖，勤奋好学，“立言”明志，著述颇丰，在短暂的人生中，为世人留下了宝贵的文学财富，成就其生命之不朽。

其三，他至情至性堪为“情圣”。发妻离世后，容若悼亡之音骤起，知己之恨尤深，以悼亡之词达到了他词学成就的最高峰。甚至连去世的那天，都是他发妻卢氏八周年的忌辰。他对待友人亦如是，不但将顾贞观视为知己，更尽全力将顾贞观之友，即因“丁酉科场案”受牵流放宁古塔二十余年的吴兆骞成功营救回京，并请他到家中坐馆解决其生计问题；吴兆骞死后，还为他出资料理后事，送其灵柩回归故里，留下了“生馆死殡”的文坛佳话。

其四，他孝敬父母，友爱幼弟，具有仁爱孝悌的美德。

其五，他不但精于诗文，更善骑射，是康熙身边的一等御前侍卫、文武奇才。

其六，他团结汉族文人，为其接济生活，举荐仕途，对清初的民族文化融合做出了重要贡献。

因此她将传承与弘扬纳兰文化作为自己毕生的使命。她认为弘扬纳兰文化，不仅要弘扬纳兰的诗词文化，更要弘扬他至真至诚、至情至性、至善至美的高贵品格，这对青少年树立正确的人生观和价值观具有重要意义。

2015 年纳兰容若诞辰 360 周年之际，子菲在北京海淀区的支持下发起成立“北京市海淀区纳兰文化研究中心”，并计划于 9 月 12 日召开“纳兰文化研究中心成立大会”。9 月 10 日教师节那天，子菲赴南开大学邀请叶先生担任“纳兰文化研究中心总顾问”并为大会录制致辞视频。这是叶先生与子菲的第一次见面，也可称为“传”与“承”的历史性会面。

在这里我也应介绍一下与子菲认识的过程。2016 年 5 月，子菲又一次代表“北京市海淀区纳兰文化研究中心”同吉林省四平市的“四平诗词学会”一起到南开大学拜访叶先生，叶先生很高兴。其后，叶先生给在日本的我打来电话，说：“最近北京市海淀区纳兰文化研究中心的刘子菲主任和四平诗词学会的人来看我，听说四平那里还盖起了一座纳兰楼……”并吩咐我：“我的毛笔字写得不好，你找一位书法家，把我当年写的三首有关纳兰词的绝句（详见封底），书写以后送给他们吧！”

2016 年 11 月初，我赴天津探望姑母，并将拜托岭南画派陈天老师（笔名“一大”）抄写并托裱好的三首题诗交给了叶先生。叶先生给了我一个电话号码，说：“你回北京后，先跟这位刘子菲主任联系。”

我回到北京给子菲打电话，她在电话中告诉我，她 12 岁那年偶然在书店看到了一本《纳兰词》，从此就发誓要弘扬纳兰文化。我因要搭乘第二天中午的航班回日本，约好在去机场的途中交接叶先生的题诗。同年 12 月 24 日，我和子菲又同到南开大学“迦陵学舍”看望叶先生，子菲将叶先生所赠题诗带来，并执题诗与先生合影留念。自此我便开始与子菲保持联系。每当看到或听到子菲又在为纳兰文化四处奔走，我都会相形见绌，愧对“纳兰族裔”之称。我可以直言不讳地说：子菲在叶先生的眼中，比我们这些“家里人”都可靠且值得信任！

叶先生在听了我向她讲述的子菲的提议后表示：既然子菲有此意愿与构想，自己作为“纳兰族裔”，应以自幼所习读诵之法，将本族先人之词作读与后人，传与后人，此乃自己之责任。是以，叶先生今春在南开大学文学院闫晓铮老师的帮助下，将纳兰词全部读诵一遍，再由子菲以视频仿读，交由中信出版集团出版，以传后世。

叶言材

2022 年 8 月 9 日于日本福冈市

目录

◆ 台城路

◆ 点绛唇

◆ 浣溪沙

◆ 南乡子

卷二

◆ 金缕曲

蝶恋花

南歌子

一络索

眼儿媚

荷叶杯

秋千索

好事近

太常引

山花子

菩萨蛮

赤枣子

◆ 鹊桥仙

◆ 踏莎行

◆ 河渎神

◆ 鬓云松令

凡例

在本书的正文里，我们标出了某些字的旧音，和现行普通话的读音不同。这是为了保留传统读诵习惯，让一般读者了解诗词音韵和读诵规律。另外，某些字因字义或词性不同，传统的读书音也相应有所不同。

古入声字在现在的普通话音系里已归入阴平、阳平、上声、去声之中。本书在词的正文里用小圆点对入声字做了标注。

词的正文，依照词牌格律，以一韵一行排列。句，以“，”表示；读，以“、”表示；韵，以“。”表示。

词的正文分上下片者，上下片间空一行，以示区分。

卷一

梦江南

梦江南：词牌名。

始自盛唐开元天宝年间，既关法曲，又关教坊曲。调名本义为歌咏江南风致。又名“忆江南”“望江南”“江南好”“春去也”等。有单调、双调诸体。唐五代时，此词均为单调，至宋始为双调。以唐白居易《忆江南》（江南好）为正体，单调，二十七字，五句，三平韵。容若此组《梦江南》皆为单调。该调清越、和婉，兼具悲情伤感与风流蕴藉的审美意趣，适用题材广泛，除歌咏本义外，还可写景状物、怀古思今、伤春悲秋，抒写离愁别恨。

梦江南

昏鸦尽，小立恨因谁。

急雪乍翻香阁絮，轻风吹到胆瓶梅。

心字已成灰。

注释

昏鸦：黄昏时的乌鸦。

恨因谁：因谁生恨。东汉许慎《说文解字》："恨，怨也。"

急雪乍翻香阁絮：引东晋才女谢道韫"咏絮"的典故。据唐代房玄龄等撰《晋书·列女传》记载："王凝之妻谢氏，字道韫……聪识有才辩。……尝内集，俄而雪骤下，安曰：'何所似也？'安兄子朗曰：'散盐空中差可拟。'道韫曰：'未若柳絮因风起。'安大悦。"此后，人们便用"咏絮之才"指代才女。香阁，香闺，闺阁。

胆瓶梅：胆瓶中的梅花。胆瓶，指长颈大腹形如悬胆的花瓶。

心字已成灰：心字形的熏香已燃成灰烬。明代杨慎《词品·心字香》："所谓心字香者，以香末萦篆成心字也。"清初褚人获《坚瓠集》第四集："心字香，外国以花酿香，作心字，焚之。"

说明

该词为《饮水词》开篇之作，亦是叶嘉莹先生学词启蒙之作。

梦江南

新来好，唱得虎头词。
一片冷香惟有梦，十分清瘦更无诗。
标格早梅知。

注释

新来：新近，近来。

虎头：东晋画家顾恺之的小字。因容若好友顾贞观不仅与顾恺之同姓，更是无锡同乡，故此处用以借指顾贞观。

冷香：清幽冷冽的香气，此谓梅花的清香。引自顾贞观《浣溪沙·梅》词。

标格：风范、品格。

说明

从开篇“唱得虎头词”，到词中引用顾贞观《浣溪沙·梅》“一片冷香惟有梦，十分清瘦更无诗”句来看，该词当为康熙十七年或十八年（1678 或 1679）冬，容若于除夕日收到顾贞观词后所作。

梦江南

江南好，建业旧长安。
紫盖忽临双鹢渡，翠华争拥六龙看。
雄丽却高寒。

注释

建业：今江苏南京的古称，是历史上三国之一的吴国建都的地方。汉称秣陵县。建安十六年（211），孙权将治所迁至秣陵，次年，改秣陵为建业，修筑石头城。后世又名建康、金陵。清代时为江苏江宁织造府所在地。

旧长安：旧都城。长安，今陕西西安，为汉唐都城，后人常以“长安”代指都城。唐李白《金陵三首》中有“晋家南渡日，此地旧长安”句。因建业为六朝古都，故称“旧长安”。

紫盖：紫色的伞盖。伞盖是指古代一种长柄、圆顶、平面、外缘垂幔，可遮阳避雨的仪仗物，紫盖为帝王仪仗之一，代指帝王车驾。另有紫色云气之意，古人因相传老子有紫气，故以紫为祥瑞之色，紫气为祥瑞气象，后人常附会为帝王气象。

鹢：古书上说的一种似鹭的水鸟，形如鹭而大，羽色苍白，善高飞。古代常在船首彩绘鹢鸟，以惧江神。后借指舟船。

翠华：帝王仪仗中以翠羽为装饰的旗幡。西汉司马相如《上林赋》：“建翠华之旗，树灵鼍（扬子鳄）之鼓。”唐李善注：“翠华，以翠羽为葆也。”

六龙：指帝王的车驾。古代天子车驾用六马。《仪礼》郑玄注“马八尺以上为龙”，故称“六龙”。

雄丽却高寒：引自南宋词人张孝祥《水调歌头·金山观月》词：“江山自雄

丽，风露与高寒。”却，胜却。高寒，指天上的广寒宫，即月宫。

说明

康熙二十三年（1684）九月至十一月，容若在而立之年以二等侍卫身份，随扈清圣祖康熙帝首次南巡，抵扬州、苏州、无锡、镇江、江宁等地。自此词以下共十阕《梦江南》，皆为此番南行见闻之作。

声律

“拥”读上声合律，音 yǒng。“看”读平声押韵，音 kān。

梦江南

江南好，城阙尚嵯峨。
故物陵前惟石马，遗踪陌上有铜驼。
玉树夜深歌。

注释

嵯峨：高峻，巍峨。唐代李商隐《咸阳》诗：“咸阳宫阙郁嵯峨。”明代吴斌《青州歌》：“嵯峨城阙帝子宫。”

陵：谓南京明孝陵，即明太祖朱元璋墓，位于南京紫金山（钟山）南麓。惟石马：明清易代之际，明孝陵前的建筑毁于战火，仅剩石人石兽尚存。唐代杜甫《玉华宫》诗：“故物独石马。”

铜驼：铜铸的骆驼。多置于宫门前成对而立，夹道相向。唐代房玄龄等撰《晋书·索靖传》：“靖有先识远量，知天下将乱，指洛阳宫门铜驼，叹曰：‘会见汝在荆棘中耳。’”元代萨都剌《梅仙山行》诗：“咸阳秋色压宫树，金人夜泣铜驼悲。”

玉树：歌曲名，即南朝陈后主陈叔宝所作《玉树后庭花》的省称。唐代魏征等撰《隋书·乐志》谓其：“绮艳相高，极于轻荡，男女唱和，其音甚哀。”唐代杜牧《泊秦淮》诗：“商女不知亡国恨，隔江犹唱后庭花。”

梦江南

江南好，怀古意谁传。
燕子矶头红蓼月，乌衣巷口绿杨烟。
风景忆当年。

注释

怀古意：追怀古代的人和事，因而流露的情态和产生的感慨。东汉张衡《东京赋》：“望先帝之旧墟，慨长思而怀古。”西晋李密《五言诗》：“沾襟何所为，怅然怀古意。”

燕子矶：位于江苏省南京市东北郊观音门外，有“万里长江第一矶”的美誉。因山石直立江上，三面临空，形似燕子展翅欲飞而得名。“燕矶夕照”为清初金陵四十八景之一。

红蓼：开红花的蓼。蓼科草本植物，多丛生于泽畔湿地。其茎直立、具节、中空，高可数尺。初秋开淡红或玫红色小花，花紧密，呈穗状。俗称“水红”“狗尾巴花”。

乌衣巷：位于南京城内秦淮河文德桥南岸。三国时因吴国戍守石头城部队营房设置于此，士兵着乌衣而得名。东晋王导、谢安两大豪门望族皆聚居此地。唐代刘禹锡《乌衣巷》诗：“朱雀桥边野草花，乌衣巷口夕阳斜。旧时王谢堂前燕，飞入寻常百姓家。”清代陈维崧题姚简叔画云：“红板桥东白石祠，乌衣巷口绿杨枝。”

说明

城外的“燕子矶”与城内的“乌衣巷”，秋季的“红蓼月”与春天的“绿杨烟”，该词用两两相对的手法，道出江宁风致。

赵秀亭、冯统一《饮水词校笺》：“清圣祖南巡，十一月初一至江宁，初二谒明孝陵，初四出城，驻跸燕子矶。在江宁凡四日。”

梦江南

江南好，虎阜晚秋天。
山水总归诗格秀，笙箫恰称语音圆。
谁在木兰船。

注释

虎阜：苏州虎丘。相传春秋末期，吴王夫差葬其父阖闾于此，葬后三日有白虎踞其上，故名虎丘。容若《渌水亭杂识》：“虎丘山在吴县西北九里，……先名海涌山，高一百三十尺，周二百十丈。遥望平田中一小丘，比入山，则泉石奇诡，应接不暇。”

诗格：诗的格式、体例与风格、格调。自魏文帝曹丕始撰《诗格》至唐代，《诗格》类书在民间逐渐盛行，王昌龄撰有《诗格》。北宋苏轼《次韵滕元发许仲途秦少游》：“二公诗格老弥新，醉后狂吟许野人。”

笙箫：笙与箫，泛指我国民乐中的管乐器。

语音圆：苏州本为春秋时吴国的都城所在地，其方言轻软圆柔，素有“吴侬软语”之称。

木兰船：指用木兰木造的船，亦称木兰舟、兰舟。古代文学作品中，常用作船的美称，泛指船。南朝梁文学家任昉《述异记》卷下：“七里洲中，有鲁班刻木兰为舟，舟至今在洲中。诗家云木兰舟，出于此。”

说明

此阕词写苏州。

据《康熙起居注》记载：圣祖十月二十六日抵苏州，二十七日游虎丘。

梦江南

江南好，真个到梁溪。
一幅云林高士画，数行泉石故人题。
还似梦游非。

注释

真个：真的，果真。因无锡是容若挚友顾贞观和严绳孙的家乡，他久慕其名，心向往之，如今到达此地，梦想成真，故曰“真个”。

梁溪：水名，源出无锡惠山，北接运河，南入太湖，清时流经无锡西门外，为无锡代称。梁溪的得名有两种说法。一为元代王仁辅《无锡志》记载：“古溪极狭，南北朝时梁大同重浚，故号梁溪。”另一种说法是，相传东汉文人梁鸿曾携其妻孟光隐居于此，故名梁溪。

云林：倪瓒，字泰宇，别字元镇，号云林子，江苏无锡人，元末明初画家、诗人。擅画山水和墨竹，画风平淡天真，笔简意远，惜墨如金。开水墨山水之一代画风，为人品格清高，超然物外，世称高士。此谓无锡的风景犹如云林高士的水墨画卷。另“云林”二字亦可与下句的“泉石”相对，可谓一词双关。

数行句：谓所见泉石上发现了数行故人的题咏。

说明

故人为谁？盖为容若挚友严绳孙。因梁溪为严绳孙故里，容若所到之处，必为严绳孙常游之所。据《清史列传·严绳孙传》记载，严绳孙“兼工书画，梁溪人争以倪云林目之”。因此，容若发现他在泉石上的题咏，既在意料之外，又在情理之中。

梦江南

江南好，水是二泉清。

味永出山那得浊，名高有锡更谁争。

何必让中泠。

注释

二泉：指无锡惠山泉，位于无锡市西郊惠山东麓，源出惠山石穴。相传唐代茶圣陆羽品天下水，评定此泉味居第二，故名“天下第二泉”，又名“陆子泉”。

味永出山那得浊：唐代杜甫《佳人》诗：“在山泉水清，出山泉水浊。”此句谓二泉的水味道隽永甘洌，即便流出山外也依然清洌，不会改变。

有锡：无锡原名有锡。据《锡金县志》记载：周秦时代，无锡西郊的锡山发现铅锡，附近居民，竞相开采，故名“有锡”。但到西汉初年，锡矿就采掘殆尽，以致“有锡”变为“无锡”。历史上首次提到无锡的史书为东汉班固的《汉书·地理志》：“无锡，有历山，春申君岁祠以牛。莽曰有锡。”唐代陆羽《惠山寺记》亦云：“山东峰（指惠山东峰，即锡山）当周秦间大产铅锡，至汉兴，锡方殚，故创无锡县，属会稽。……自光武至孝顺之世，锡果竭，顺帝更为无锡县，属吴郡。”清末杜文澜《古谣谚》曰：“有锡兵，天下争；无锡宁，天下清。”

中泠：中泠泉。在今江苏省镇江市西北金山下的长江中。相传其水烹茶最佳，被茶圣陆羽评为天下第一，故名“天下第一泉”。今因江岸沙涨，泉已没于沙中。北宋苏轼《游金山寺》诗：“中泠南畔石盘陀，古来出没随涛波。”南宋王十朋《东坡诗集注·游金山寺》注引程缜曰：“扬子江有中泠水，为天下点茶第一。”

说明

赵秀亭、冯统一《饮水词校笺》："以上二阕写无锡。二泉一阕尤存深意。杜诗《佳人》'在山出山'句，仇兆鳌注：'谓守正清而改节浊也。'性德友人多前明旧人，纷纷'出山'入仕清朝，词因反杜诗意而用之。南巡十月二十七日夜抵无锡，二十八日圣祖观惠山，日晡启程至丹阳，在无锡不足一日。"

梦江南

江南好，佳丽数维扬。

自是琼花偏得月，那应金粉不兼香。

谁与话清凉。

注释

佳丽：原指美好靓丽的女子，此谓江南优美秀丽的景色。南朝齐诗人谢朓《入朝曲》：“江南佳丽地。”

维扬：古扬州城的发祥地。两千五百年前，吴王夫差在蜀冈上开邗沟、筑邗城，形成了历史上扬州城的雏形。“维扬”之名最早载于《尚书·禹贡》：“淮海惟扬州。”古时“惟”同“维”，故后人将“维扬”代指扬州。

琼花：相传为扬州特有的珍贵名花，花大而瓣厚，一花九朵，其色淡黄，叶柔而莹泽，花蕊与花平，不结子而香。天下仅扬州蕃釐观（现名琼花观，曾为后土祠。“釐”古同“禧”）一株，无法移栽，移栽则枯，世人皆称其为有情之物，颇具传奇色彩。元朝初年随宋朝灭亡而枯萎绝迹。后因“聚八仙”与其形貌相似，便将聚八仙当作琼花称之。至元三十年（1293），道士金丙瑞以聚八仙补种观中，聊作慰藉。现为扬州市花。关于琼花的记载始见于《诗经·国风·齐风·著》：“俟我于著乎而，充耳以素乎而，尚之以琼华乎而。”“琼华”即琼花，古时“华”同“花”。据说汉代时人们将扬州城东的这株琼花视为天界仙葩，时人特为其建“琼花观”；南北朝刘孝威曾有诗云：“香缨麝带缝金缕，琼花玉胜缀珠徽。”北宋诗人王禹偁《后土庙琼花》诗：“谁移琪树下仙乡，二月轻冰八月霜。”北宋韩琦亦作《后土庙琼花》诗赞曰：“维扬一枝花，四海无同类。”可见琼花的确世罕其比。真正令琼花名扬天下的，当数隋炀帝。据说，隋炀帝正是为了到扬州观赏琼花，才下令开凿了大运河。王世充也因画琼花图被隋炀帝赏识而飞黄腾达。北宋文学家欧阳修做扬州太守时，因慕琼花而在花旁建“无双亭”。宋徽宗赵佶也因爱慕琼花，为其居所赐金字匾额，御笔亲题“蕃釐观”。琼花之奇，奇就奇在无法移栽。据宋末元初文学家周密《齐东野语》记载：“扬州后土祠琼花，天下无二本。绝类聚八仙，色微黄而有香。仁宗庆历中，尝分植禁苑，明年辄枯，遂复载还祠中，敷荣（开花）如故。淳熙中，寿皇（宋孝宗尊号“至尊寿皇圣帝”）亦尝移植南内，逾年，憔悴无花，仍送还之。其后宦者陈源命园丁取孙枝，移接聚八仙根上，遂活，然其香色则大减矣。杭之褚家塘琼花园是也。今后土之花已薪，而人间所有者，特当时接本，仿佛似之耳。”然而，聚八仙虽类琼花，但有区别。宋淳熙年间，扬州太守郑兴裔既见过真品琼花，也见过聚八仙，他在《琼花辨》中曰：“琼花大而瓣厚，其色淡黄，聚八仙花小而瓣薄，其色渐青，不同者一也；琼花叶柔而莹泽，聚八仙叶粗而有芒，不同者二也；琼花蕊与花平，不结子而香，聚八仙蕊低于花，结子而不香，不同者三也。”此外，琼花一花九朵，而聚八仙则一花八朵。因此，聚八仙实非琼花，真正的琼花，早在宋亡后就已香消玉殒。明初陈琏《琴轩集》卷九《扬州蕃禧观》诗云：“谁知今日蕃禧观，原是当时后土祠。云散琼花仙去远，月明华表鹤归迟。”

偏得月：犹独得月，谓得月最多。扬州月色，向为古人称道，令无数文士不吝溢美。唐代诗人徐凝《忆扬州》诗曰：“天下三分明月夜，二分无赖是扬州。”谓天下月色扬州独得三分之二，故云。作者以“琼花”代扬州，喻琼花之美独步天下。

那：同“哪”，表疑问。

金粉：原指旧时贵族妇女用的金饰与铅粉，常被引申指繁华绮丽。此谓“六朝金粉”金陵（南京）。元代王实甫《西厢记》二本一折：“香消了六朝金粉，清减了三楚精神。”清代吴伟业《残画》诗：“六朝金粉地，落木更萧萧。”清代孔尚任《桃花扇》：“金粉未消亡，闻得六朝香。”

说明

此阕词写扬州之美，以琼花代维扬（扬州），以金粉代金陵（南京），二者相较，令作者不胜唏嘘。南北朝诗人谢朓《入朝曲》：“江南佳丽地，金陵帝王州。”可见金陵当年是何等的繁华靡丽，天下无双！如今却是“琼花偏得月”“佳丽数维扬”。作者回想起在金陵的见闻，不由得感慨六朝古都的“金粉香消”，从而发出“那应金粉不兼香。谁与话清凉”的慨叹。

关于“金粉”为何，历来众说纷纭。有谓菊花者，有谓花粉者，有谓牡丹者，亦有谓妇女装饰物者，似都显牵强，不足解“那应金粉不兼香。谁与话清凉”。结合此组随扈南下见闻词的前后关照来看，唯有解成“金粉香消”的南京，方才豁然开朗。

梦江南

江南好，铁瓮古南徐。
立马江山千里目，射蛟风雨百灵趋。
北顾更踌躇。

注释

铁瓮：指铁瓮城，即镇江府内子城。镇江古称京口、润州。该城位于京口北固山前，城深狭而坚固，为三国时吴国开国皇帝孙权所筑。唐《图经》曰："古号铁瓮城者，以其坚固如金城之类。"杜牧《润州》诗之二自注："润州城，孙权筑，号为铁瓮。"清代顾祖禹《读史方舆纪要》："郡有子城，周六百三十步，即三国吴所筑，内外皆甃以甓，号铁瓮城。"

南徐：南徐州，江苏镇江古称。东晋侨置徐州于京口城，南朝宋时改称南徐。据南朝梁沈约《宋书·州郡志一》记载："文帝元嘉八年（431），更以江北为南兖州，江南为南徐州，治京口。"唐代王昌龄《客广陵》诗："楼头广陵近，九月在南徐。"

立马：驻马，骑在站立不动的马上。金代完颜亮《题临安山水》诗："提兵百万西湖上，立马吴山第一峰。"

江山：此处写实，指长江与金山。金山位于镇江市西北，原为长江中流的岛屿，有"江心一朵美芙蓉"之称。唐代张祜《题润州金山寺》诗曰："树影中流见，钟声两岸闻。"北宋沈括《夜登金山》诗曰："楼台两岸水相连，江北江南镜里天。"后因"大江东流"，光绪末年金山与陆地连成一片。

千里目：放眼千里，远眺观景。唐代王之涣《登鹳雀楼》诗："欲穷千里目，更上一层楼。"

射蛟：引汉武帝刘彻射获江蛟的典故，颂康熙帝南巡截风射豚之勇武。东汉班固《汉书·武帝纪》：“（元封）五年冬，行南巡狩……自浔阳浮江，亲射蛟江中，获之。”后人常将其作为颂扬帝王神勇威武的典故。唐代李白《永王东巡歌》之九：“祖龙浮海不成桥，汉武寻阳空射蛟。”

百灵：诸方神祇、精灵。唐代柳宗元《为王京兆贺雨表》其四：“圣谟广运，驱百灵以从风。”

北顾：北固山。镇江三大名山之一，位于镇江市东北，以险峻著称。三面临江，为眺望江北之佳地。三国时“甘露寺刘备招亲”的故事就发生于此。南朝宋刘义庆《世说新语·言语》：“荀中郎（荀羡）在京口，登北固望海，云：‘虽未睹三山，便自使人有凌云意。’”

踌躇：流连难舍，徘徊不前。

说明

此阕词写镇江，为纪实称颂之作。

“立马江山千里目”记录了康熙帝驻跸金山临江远眺的情状。容若在其《金山赋》中有详细说明：“天子……泛楼船于中流，遂登兹山，驻跸而骋望焉。于是南眺江路，百川争赴……北眷海门，万壑竞奔……是日也，皇情既畅，天颜有喜，爰亲展宸翰……题以‘江天一览’，永宠光于山寺。时某以小臣，幸得备虎贲之执戟，隶宿卫于钩陈……稽首而献颂曰：圣德备矣巡万方，鸾旗羽葆纷蔽江。蛟龙为驾鼋鼍梁，陟彼金山瞰大荒。……”

“射蛟风雨百灵趋”借汉武帝射蛟的典故，称颂康熙帝南巡乘船遇大风临危不惧，伫立船头迎风射江豚之神勇。据《康熙起居注》记载，圣祖康熙曾自云：“朕甲子年（康熙二十三年，1684）南巡，由江宁登舟，趣金山寺，至黄天荡，风大作，时众皆惧而下篷，朕独令满挂船篷，截风而行，伫立船头射江豚，略不经意。”

梦江南

江南好，一片妙高云。
砚北峰峦米外史，屏间楼阁李将军。
金碧矗斜曛。

注释

妙高：梵语“须弥”之意译。妙高云，谓佛家慈云。金山极顶有北宋僧人佛印元祐年间凿崖而建的妙高台，又名晒经台。其峰即名妙高峰，东西三面均是峭壁，云雾四合，如置仙境。据清代刘名芳《金山志》载：“妙高台在伽蓝殿后，宋元祐僧佛印凿崖为之，高逾十丈，上有阁，一称晒经台。”南宋楼钥《妙高峰》诗：“一峰高出白云端，俯瞰东南千万山。试向岗头转圆石，不知何日到人间。”

砚北峰峦米外史：谓砚山园以北的峰峦似米芾的水墨山水画。砚北，即砚山园以北。据南宋贾似道《悦生随抄》记载：“江南李氏后主尝买一砚山，径长才逾尺，前耸三十六峰，皆大犹手指，左右则引两阜坡陀，而中凿为砚。及江南国破，砚山因流转数十人，为米老元章得。”米老元章即“米外史”米芾，北宋书画家，字元章，号海岳外史，擅书画，尤擅山水，远宗王洽，近师董源，独创以点代皴的写意画法，人称“米点山水”。又因其追求自然、不装巧趣，喜画江南烟云掩映、瞬息万变的云山雾景，所绘山水独具一格，时人又称“米氏云山”。米芾以所得砚山换得镇江甘露寺下一块宅地。南宋绍定年间，米氏宅地归岳飞之孙岳珂所有，岳珂即在此筑园，名砚山园。

屏间楼阁李将军：谓金山佛寺如画屏间李将军所绘的楼阁一般，金碧辉煌。李将军，即李思训，唐宗室李孝斌之子，字建，唐代画家。擅用青绿金碧重色绘山水楼阁，笔格遒劲，金碧辉映，独树一帜，彰显盛唐气象，被后世尊为“北宗”

之祖。唐玄宗开元初年，任左羽林大将军，晋封彭国公，转右武卫大将军，人称“大李将军”。其子李昭道亦善书画，人称“小李将军”。

斜曛：傍晚落日的余晖。

说明

以上二阕词写镇江。

据《康熙起居注》记载：圣祖南巡，十月二十三日自仪真渡江抵镇江，二十四日游金山、焦山，午后启行。

梦江南

江南好，何处异京华。
香散翠帘多在水，绿残红叶胜于花。
无事避风沙。

注释

京华：京城、京都的美称。因京城汇聚物华天宝、八方人杰，故名。

香散翠帘：绿色的帘幔散着幽香，形容清雅的景致。唐白居易《阶下莲》诗："花开香散入帘风。"

无事避风沙：无须躲避风沙。无事，指无须做某事。

说明

此阕词为以上九阕江南见闻之作的总结感会：比照京华，江南有什么不一样呢？除了风土人情有别外，便是无风沙之虞，无须躲避。

忆江南

江南忆，鸾辂此经过。
一掬胭脂沉碧甃，四围亭壁幛红罗。
消息暑风多。

注释

鸾辂：天子王侯所乘之车。据秦吕不韦等撰《吕氏春秋·孟春纪》载："天子居青阳左个。乘鸾辂，驾苍龙。"东汉高诱注曰："辂，车也。鸾鸟在衡，和在轼，鸣相应和。后世不能复致，铸铜为之，饰以金，谓之鸾辂也。"

掬：双手相合屈掌捧物。

胭脂：此谓胭脂井，位于南京市玄武区鸡鸣寺内，南朝陈景阳殿之井，又名景阳井、辱井。南朝陈祯明三年（589），隋兵南下过江，攻占台城，陈后主闻兵至，携贵妃张丽华与孔贵嫔投井避难。至夜，被隋兵发现，将三人从井内牵出，二妃被杀，陈后主被俘。因井上石栏呈红色，旧传，井栏上有石脉，以帛拭之，作胭脂痕，故名胭脂井。后人为记取陈后主亡国的教训，又称其为辱井，并刻《辱井铭》。

碧甃：指青绿色的井壁，泛指井。甃：井壁。北宋黄庭坚《定风波》："碧甃朱阑情不浅。"

红罗：红罗亭。相传南唐后主李煜曾在花园中建一精美小亭，亭壁幛以红罗，饰以象牙玳瑁，雕镂得极其华丽。明代蒋一葵《尧山堂外纪》卷四："（南唐）后主于宫中作红罗亭，四面栽红梅，作艳曲歌之。"

说明

此阕词补遗自清光绪六年（1880）许增娱园刻本《纳兰词》。

赵秀亭、冯统一《饮水词校笺》：“此阕写康熙二十三年冬南巡至江宁事，据首二句，似北还后追忆之作。次年五月底性德卒，故末句‘暑风’云云殊不可解。此词首见于光绪间许增刻本，许氏依据何书，亦未标明，或有讹误。”

声律

“过”读平声押韵，音 guō。

忆江南

春去也，人在画楼东。
芳草绿黏天一角，落花红沁水三弓。
好景共谁同。

注释

春去也：春天过去了。南唐后主李煜《浪淘沙令》词：“流水落花春去也，天上人间。”

画楼：雕梁画栋的楼阁。南唐后主李煜《虞美人》词：“烛明香暗画楼深。”

芳草绿黏天一角：谓芳草碧连天。东汉许慎《说文解字》：“黏，相着也。”

落花红沁水三弓：落花残红飘落水中，将一泓清水映成红色。“三弓”为虚指量词。弓，此谓旧时丈量地亩的计量单位，一弓为五尺，二百四十方弓为一亩，三百六十弓为一里。

说明

此阕词补遗自许增娱园刻本《纳兰词》。

望江南·宿双林禅院有感

挑灯坐，坐久忆年时。
薄雾笼花娇欲泣，夜深微月下杨枝。
催道太眠迟。

憔悴去，此恨有谁知。
天上人间俱怅望，经声佛火两凄迷。
未梦已先疑。

注释

双林禅院：即双林寺，位于现北京紫竹院公园一带，今已不存。因其比邻容若婚后居所桑榆墅，故容若妻卢氏去世后，灵柩暂停于此。据明代刘侗《帝京景物略》卷五记载：“万历四年，西竺南印土僧左吉古鲁，东入中国，初息天宁寺。后过阜成门外二里沟，见一松盘覆，趺坐其下，默持陀罗尼咒，匝月不食不动。僧耳环，手钵，红罽衣，苍紫面而虬鬈，古达摩相也，毕长侍奏之，赐织金禅衣，赐日斋万僧，赐酥燃灯，赐松地居焉，赐寺名西域双林寺。”双林寺毁于清末，民国时仅存一塔，至上世纪六十年代，塔亦拆尽。阜成门外二里沟，即今紫竹院公园一带。

年时：去年。该词源于陕西方言，因陕西方言在古代曾为官话，即雅言，故很多文言用语和古诗词中都保有其方言词汇。此谓去年的这个时候。

薄雾笼花娇欲泣：形容夜晚的鲜花在薄雾的笼罩下显得娇美欲泣。此句引自清代毛先舒《凤来朝》词："正轻烟薄雾笼花泣，疑太早，又疑雨。"

夜深微月下杨枝：形容夜已深沉，一弯新月，从杨柳的枝头落下。微月，指农历月初之月，犹眉月，新月。杨枝，即杨柳的枝条。

恨：此谓遗憾，惆怅。

天上人间：引自南唐后主李煜《浪淘沙令》词："流水落花春去也，天上人间。"

经声佛火：指和尚超度亡灵的诵经声和供奉佛祖的香烛油灯之火。

凄迷：凄凉迷惘。

说明

此阕词为《望江南》双调。康熙十六年（1677），容若发妻卢氏卒，下葬前灵柩厝于双林禅院，容若在此为亡妻守灵，可谓情痴。

从"薄雾笼花娇欲泣，夜深微月下杨枝"可知，该阕约作于夏季，卢氏亡故后不久。上片追忆去年此时，良辰美景，花娇月溶，爱妻深夜催寝；下片回到眼前，伊人已逝，只剩经声佛火，怎不怅然凄迷！自此阕起，容若悼亡之音骤起，知己之恨尤深！开始以悼亡词迈向他词学成就的最高峰。

望江南·宿双林禅院有感

心灰尽，有发未全僧。
风雨消磨生死别，似曾相识只孤檠。
情在不能醒。

摇落后，清吹那堪听。
淅沥暗飘金井叶，乍闻风定又钟声。
薄福荐倾城。

注释

有发未全僧：化用南宋诗人陆游《衰病有感》诗句：“在家元是客，有发亦如僧。”北宋苏轼《与俞奉议》：“在家出家，古有成言，有发无发，俱是佛子。”

清吹：此谓北方民俗之一，即在夜间于亡者灵前奏乐，以示祭奠。

淅沥：形容轻微的风声、雨声、落叶声等。

金井叶：飘于井上的金色落叶。

薄福：没有福气，作者自谓。

荐：献祭。指请和尚道士念经拜忏，以超度亡灵。南宋洪迈《夷坚志·解三娘》：“明日，召僧为诵佛书，作荐事，遂行。”

倾城：原指因女色而亡城，后用以形容女子容貌极美。西汉李延年《李延年歌》：“一顾倾人城，再顾倾人国。”此谓亡妻卢氏。

说明

此阕词补遗自清道光十二年（1832）汪元治结铁网斋刻本《纳兰词》。与上阕《望江南》同调，亦作于同地。从“淅沥暗飘金井叶”句可知，彼时为秋季。

声律

“醒”读平声押韵，音 xīng。“吹”读去声 chuì，此处作名词时例念去声。

望江南·咏弦月

初八月，半镜上青霄。
斜倚画阑娇不语，暗移梅影过红桥。
裙带北风飘。

注释

初八月：上弦月。指每月初七、初八的上半夜，月亮从偏西面出来，月面朝西的月相。

半镜：半面圆镜，此谓上弦月的形态如半圆形镜面。北宋晏几道《减字木兰花》："良时易过，半镜流年春欲破。"

青霄：夜空。

画阑：画栏。阑，同"栏"。

裙带北风飘：此句化用唐代李端《拜新月》诗句："细语人不闻，北风吹裙带。"

说明

此阕词补遗自清康熙十七年（1678）刻佟世南编《东白堂词选初集》卷一。

如梦令

如梦令：词牌名。

此调始于五代，传为后唐庄宗李存勖自度曲。初名“忆仙姿”，嫌不雅，因其词云“如梦，如梦，和泪出门相送”，故更名“如梦令”。“令”多指词中短调，字数在五十八字以内称为小令，五十九至九十字为中调，九十一字以上为长调。该调兼有单调、双调诸体。容若此组《如梦令》为单调，三十三字，七句，五仄韵，一叠韵。此调声情低沉凝重，多抒哀怨之情，自北宋苏轼用以自娱和表旷达之情后，亦有用以言志和写景者。

如梦令

正是辘轳金井。
满砌落花红冷。
蓦地一相逢，心事眼波难定。
谁省。谁省。
从此簟纹灯影。

注释

辘轳：井上汲水的起重装置，利用轮轴原理制成，起源于周代。据《物原》记载："史佚始作辘轳。"史佚是周代初期的史官。早在公元前一千一百年左右，中国就已发明了辘轳。到春秋时期，辘轳开始流行。因辘轳由辘轳头、支架、井绳、水斗等部分构成，摇动有声，汲水又多在清晨，故诗词中常用辘轳声表清晨意象。

金井：雕饰华美的井。北宋周邦彦《蝶恋花》词："更漏将阑，辘轳牵金井。"明代王世贞《西宫怨》诗："谁怜金井梧桐露，一夜鸳鸯瓦上霜。"

砌：台阶。南唐后主李煜《虞美人》："雕栏玉砌应犹在，只是朱颜改。"

蓦地一相逢：谓突然意外相逢。蓦地：突然、意外。

心事眼波难定：谓心中骤起波澜，难揣对方心意，莫名慌张无措。

从此簟纹灯影：谓从此辗转难眠。簟纹：竹子编的席纹。灯影：夜晚灯烛的影子。北宋周邦彦《浣溪沙》词："簟纹如水浸芙蓉。"唐代元稹《灯影》诗："见说平时灯影里，玄宗潜伴太真游。"唐代杜甫《大云寺赞公房》诗："灯影照无睡，心清闻妙香。"

说明

此阕词以白描的手法，用短短三十三个字，便写活了情窦初开的少年与心上人偶遇的情状，那种心慌无措、辗转难眠的青春躁动，如历眼前。心上人为谁？相逢在何处？没有明示，引人揣测。

如梦令

黄叶青苔归路。
屧粉衣香何处。
消息竟沉沉，今夜相思几许。
秋雨。秋雨。
一半因风吹去。

注释

屧粉：鞋垫中的香粉。屧，原指鞋中的草垫，后泛指鞋。古代富贵人家为了祛除鞋中的湿气和异味，便在鞋垫中衬上一层沉香粉，即屧粉。这种衬有香粉的鞋便称作生香屧。元代龙辅《女红余志》：“无瑕屧墙之内皆衬以沉香，谓之生香屧。”东汉许慎《说文解字》：“屧，履中荐也。”荐，原指草垫。

衣香：引汉武帝梦李夫人赠蘅芜香，帝惊醒后香气犹着衣枕，历月不散的典故。此处“衣香”与“屧粉”皆代指心上人。

沉沉：形容杳无音信。唐代杜牧《月》诗：“三十六宫秋夜深，昭阳歌断信沉沉。”宋代张先《清平乐》词：“陇上梅花落尽，江南消息沉沉。”

秋雨几句：引朱彝尊《转应曲·安丘客舍对雨》词句：“秋雨。秋雨。一半回风吹去。”

如梦令

纤月黄昏庭院。
语密翻教醉浅。
知否那人心，旧恨新欢相半。
谁见。谁见。
珊枕泪痕红泫。

注释

纤月：纤细的弯月，指未弦之月，即月牙。唐杜甫《夜宴左氏庄》诗：“风林纤月落，衣露净琴张。”

旧恨新欢：北宋欧阳修《渔家傲·七夕》：“一别经年今始见，新欢往恨知何限。”

珊枕：谓以珊瑚装饰或制成的枕头。南唐后主李煜《更漏子》词：“珊枕腻，锦衾寒，觉来更漏残。”

泪痕红泫：意为红泪滴下。泫，水珠滴落貌。东汉许慎《说文解字》：“泫，湝流也。”湝，形容水流动。此句引“红泪”之典。据东晋王嘉撰《拾遗记》记载：“文帝所爱美人，姓薛名灵芸，常山人也……灵芸闻别父母，歔欷累日，泪下沾衣。至升车就路之时，以玉唾壶承泪，壶则红色。既发常山，及至京师，壶中泪凝如血。”后世因而称“红泪”为美人泪，泛指女子的眼泪。亦指极度伤心之泪。

如梦令

万帐穹庐人醉。
星影摇摇欲坠。
归梦隔狼河，又被河声搅碎。
还睡。还睡。
解道醒来无味。

注释

穹庐：此谓军帐。原指游牧民族居住的圆顶毡帐，因其用毡子做成，中央隆起，四周下垂，形状似天，故称穹庐，即我们常见的蒙古包。《汉书·匈奴传下》："匈奴父子同穹庐卧。"隋唐颜师古注："穹庐，旃帐也。其形穹隆，故曰穹庐。"旃，同"毡"。

星影摇摇欲坠：谓天上的星辰闪烁着耀眼的光芒，倒映在河面上，随着波涛晃动，仿佛摇摇欲坠。唐杜甫《阁夜》诗："三峡星河影动摇。"宋张孝祥《水调歌头·金山观月》："倒影星辰摇动。"

狼河：白狼河，又名白狼水，即今辽宁省境内的大凌河，因发源于白狼山而得名。北魏郦道元《水经注》："辽水右会白狼水，水出右北平白狼县东南。"《清史稿·地理志》："东有布祜图山，汉白狼山，白狼水出焉，今曰大凌河。"

说明

此阕词补遗自许增娱园刻本《纳兰词》。

赵秀亭、冯统一《饮水词校笺》："此阕作于康熙二十一年春随扈东巡时。据高士奇《扈从东巡日录》，二月二十七日'乙巳，清明，暮渡大凌河，驻跸东岸'。又四月二十五日'壬寅，路出十三山下，驻跸大凌河西'。"

采桑子

采桑子：词牌名。

源于唐代教坊曲《杨下采桑》，至五代始成定格。又名“罗敷媚”“罗敷媚歌”“丑奴儿”“丑奴儿令”等。据汉乐府诗《陌上桑》“秦氏有好女，自名为罗敷。罗敷喜蚕桑，采桑城南隅”可知，此曲应是乐府旧曲《采桑》而入燕乐者。以创调者五代词人和凝《采桑子》（蝤蛴领上诃梨子）为正体，双调，四十四字，上下片各四句、三平韵。另有四十八字，上下片各四句、两平韵、一叠韵等变体。该调和缓，用韵甚密，音节明朗。适宜写景抒情。词风既可婉约，又可刚健旷达。

采桑子

彤霞久绝飞琼字，人在谁边。
人在谁边。
今夜玉清眠不眠。

香消被冷残灯灭，静数秋天。
静数秋天。
又误心期到下弦。

注释

彤霞：红色的云霞。彤，红色。相传仙人居处有彤霞环绕，后代指仙家天府。唐代诗人曹唐《小游仙》诗：“红草青林日半斜，闲乘小凤出彤霞。”

飞琼：许飞琼，古代神话传说中西王母的侍女。魏晋志怪小说《汉武帝内传》：“王母乃命诸侍女，王子登弹八琅之璈，又命侍女董双成吹云和之笙，石公子击昆庭之金，许飞琼鼓震灵之簧，……于是众声澈朗，灵音骇空。”北宋李昉等编《太平广记·女仙》：“瑶台有仙女三百余人，皆处大屋。内一人云是许飞琼，遣赋诗。及成，又令改。曰：‘不欲世间人知有我也。’”后泛指仙女。

字：指书信。

今夜玉清眠不眠：该句引自唐代诗人徐凝《和嵩阳客月夜忆上清人》诗：“独夜嵩阳忆上仙，月明三十六峰前。瑶池月胜嵩阳月，人在玉清眠不眠。”此谓道教三清境之一，代指仙境。

香消被冷：暖香消逝，衾被寒冷。南宋李清照《念奴娇》词：“被冷香销新梦觉，不许愁人不起。”香消，常代指年轻美貌的女子亡故。

心期：心愿、期望。北宋晏几道《采桑子》词：“夜痕记尽窗间月，曾误心期。”元代袁易《江城子》词：“燕子只今何处去，庭院悄，误心期。”

下弦：下弦月，与上弦月相对。古人将农历每月二十二或二十三日只能看到月亮东边半圆的月相称作“下弦”。

采桑子

谁翻乐府凄凉曲，风也萧萧。
雨也萧萧。
瘦尽灯花又一宵。

不知何事萦怀抱，醒也无聊。
醉也无聊。
梦也何曾到谢桥。

注释

谁翻乐府凄凉曲： 字面义为谁能演奏或演唱乐府凄凉的曲子。翻，演奏或演唱。乐府，此处代指“曲子词”。

瘦尽灯花又一宵： 此谓又过了一个无眠的长夜。瘦尽灯花，指蜡烛燃尽，代指通宵无眠。瘦尽，即燃尽。灯花，指灯芯燃烧时结成的花状物或爆发出的火花。明末清初曹溶《采桑子》词：“忆弄诗瓢，落尽灯花又一宵。”清代吴绮《南乡子》词：“瘦尽灯花红不语。”

萦怀抱： 指萦绕心中。萦，回旋、缠绕。怀抱，此谓存于心中。汉代阮瑀《为曹公作书与孙权》：“二族俱荣，流祚后嗣，以明雅素中诚之效，抱怀数年，未得散意。”

谢桥： 谢娘桥，代指与恋人约会之所。古人常称所恋的女子为“谢娘”，称其居所为“谢家”，称与其约会的地点为“谢桥”。谢娘为何人未详，常被作为古代男子理想恋人的象征。有谓名谢秋娘者，亦有谓东晋才女谢道韫者。相传六朝时即有“谢桥”之名。若以此桥得名的年代推断，谢秋娘乃唐代李德裕府中的歌姬之说，显然不符。且在古代封建社会，歌姬身份卑微，地位低下，纵然再有才貌，也难以成为男子择偶的典范。而谢道韫则不同，她出身名门望族，乃东晋宰相谢安的侄女，书圣王羲之的儿媳，王凝之的妻子。论家世、才貌，难有出其右者。她几乎满足了男子对女子所有美好的想象，自古便是才女的代称，令世人仰慕。由此可见，“谢娘”指代谢道韫更为合理。北宋晏几道《鹧鸪天》词：“梦魂惯得无拘检，又踏杨花过谢桥。”容若反用其意，谓即使在梦中与恋人相聚，都难以如愿。

采桑子

严霜拥絮频惊起，扑面霜空。
斜汉朦胧。
冷逼毡帷火不红。

香篝翠被浑闲事，回首西风。
何处疏钟。
一穗灯花似梦中。

注释

严霜：极度寒冷的霜。东汉王逸《楚辞章句》：“风霜壮谓之严。”东汉《孔雀东南飞》：“寒风摧树木，严霜结庭兰。”

斜汉：指秋日的银河。因秋季银河向西南方向偏斜，故名。南朝谢庄《月赋》：“斜汉左界，北陆南躔。”唐代李善注：“汉，天汉也。”唐代李周翰注：“秋时又汉西南斜，远于左界。”北宋王禹偁《七夕应制》诗：“斜汉横空瑞气浮，桥边乌鹊待牵牛。”

冷逼毡帷火不红：冷气逼近毡帐，炉火失去暖色。毡帷，犹毡帐，此谓军帐。该句化用南宋杨万里《霰》诗句：“寒声带雨山难白，冷气侵人火失红。”

香篝：熏笼。唐代陆龟蒙《奉和袭美茶具十咏·茶坞》：“遥盘云髻慢，乱簇香篝小。”北宋周邦彦《花犯·小石梅花》词：“更可惜、雪中高树，香篝熏素被。”

疏钟：指稀疏的钟声。唐代王维《黎拾遗昕裴秀才迪见过秋夜对雨之作》诗："寒灯坐高馆，秋雨闻疏钟。"

穟：东汉许慎《说文解字》："穟，禾采之貌。"同"穗"，即稻、麦等谷物花或果实聚生的部分。引申为与其形状相似之物。明代王彦泓《洞仙歌》："打窗风急，闪一灯红穗。"明施绍莘《前调·雨夜醉中作》："偏是雨帘风被，罨盏灯花一穗。"

声律

"拥"读上声合律，音 yǒng。

采桑子

那能寂寞芳菲节，欲话生平。
夜已三更。
一阕悲歌泪暗零。

须知秋叶春花促，点鬓星星。
遇酒须倾。
莫问千秋万岁名。

注释

芳菲节：指花草芳香盛美的时节，代指春季。唐代柳氏《答韩翃》诗："杨柳枝，芳菲节，可恨年年赠离别。"北宋欧阳修《玉楼春》词："洛阳正值芳菲节，秾艳清香相间发。"

点鬓星星：霜染青丝点染两鬓，形容两鬓杂生白发。南宋刘克庄《鹊桥仙·戊戌生朝》词："玄花生眼，新霜点鬓。"星星，头发花白貌。西晋左思《白发赋》："星星白发，生于鬓垂。"唐韦庄《寓言》诗："惆怅沧江上，星星鬓有丝"。

遇酒须倾。莫问千秋万岁名：有酒须倾杯畅饮，不要去管那身后的虚名。问，犹管。千秋万岁，形容岁月长久，喻一生之后。化用唐李白《行路难》诗："且乐生前一杯酒，何须身后千载名。"

说明

赵秀亭、冯统一《饮水词校笺》：“康熙二十三年九月，性德《致顾贞观书》：‘弟比来从事鞍马间，益觉疲顿。发已种种，而执殳如昔，从前壮志，都已隳尽。昔人言“身后名不如生前一杯酒”，此言大是。’书中消斫情绪，与此词相仿佛，词之作期，盖与《致顾贞观书》相近。”

采桑子

冷香萦遍红桥梦，梦觉城笳。
月上桃花。
雨歇春寒燕子家。

箜篌别后谁能鼓，肠断天涯。
暗损韶华。
一缕茶烟透碧纱。

注释

冷香：清幽的花香。

红桥：赤栏桥，多用于诗词中，与上下句的词语形成对偶。唐白居易《新春江次》诗："鸭头新绿水，雁齿小红桥。"

城笳：城上奏响的胡笳。胡笳，我国古代北方的一种民族乐器，形似笛子，是边棱气鸣乐器，民间又称潮尔、冒顿潮尔。唐代窦庠《四皓驿听琴送王师简归湖南使幕》诗："城笳三奏晓，别鹤一声遥。"唐代杜甫《秦州杂诗》："城上胡笳奏，山边汉节归。"

箜篌：中国古代传统弹拨乐器，有卧箜篌、竖箜篌、凤首箜篌三种形制，其中竖箜篌类似竖琴。据《旧唐书·音乐志》记载，卧箜篌七弦，竖箜篌二十三弦。古有"箜篌引""箜篌谣"，或言夫亡，妻为之殉情；或言结交当有始终。后常用作思妇怀人的象征。

鼓：此谓弹奏。

透碧纱：指透过青绿色的窗纱。五代张泌《柳枝》词："腻粉琼妆透碧纱。"南宋诗人万俟绍之《席上次韵》："更长不觉销银烛，寒峭从教透碧纱。"

说明

赵秀亭、冯统一《饮水词校笺》："康熙十一年秋，严绳孙离无锡，北上进京。十二年春，与性德在京相识，遂订交。绳孙北上途中作《风入松》词云：'别时不敢分明语，蹙春山、暗损韶华。'性德此词用严绳孙词句。绳孙在京，又有《减字木兰花》词云：'华灯影里，才饮香醪吾醉矣。试问梅花，春在红桥第几家。'性德词首句'红桥'，亦自严词出。盖词作于与严绳孙相交未久，聊慰其思乡之绪耳。此词见于《今词初集》，可证其作期在康熙十六年前。"

采桑子·九日

深秋绝塞谁相忆，木叶萧萧。
乡路迢迢。
六曲屏山和梦遥。

佳时倍惜风光别，不为登高。
只觉魂销。
南雁归时更寂寥。

注释

九日：指重阳节，节期在每年农历九月初九日。“九”在《易经》中为阳数，“九九”两阳数相重，故曰“重阳”；因日与月皆逢九，故又称为“重九”。九九归真，一元肇始，古人认为九九重阳是吉祥的日子。

绝塞：指极远的边塞。

六曲屏山：原指六扇曲折的屏风。此谓如六曲屏风般蜿蜒连绵的群山。明末清初龚鼎孳《罗敷媚》其四：“分明六曲屏山路，那得朦胧。”

和：连也。宋词恒见，如：郴阳和雁无、和梦也新来不做、腰肢近日和他瘦……

登高：古时重阳节有登高祈福的习俗。唐王维《九月九日忆山东兄弟》诗：“遥知兄弟登高处，遍插茱萸少一人。”

说明

赵秀亭、冯统一《饮水词校笺》：“性德重阳出塞仅一次，即觇梭龙。此词作于康熙二十一年。”

采桑子·咏春雨

嫩烟分染鹅儿柳，一样风丝。
似整如欹。
才著春寒瘦不支。

凉侵晓梦轻蝉腻，约略红肥。
不惜葳蕤。
碾取名香作地衣。

注释

嫩烟：喻初春时的微蒙细雨。唐韦庄《春陌二首》诗其二：“嫩烟轻染柳丝黄，勾引花枝笑凭墙。”

鹅儿柳：谓早春初发鹅黄色嫩芽的垂柳。

风丝：谓随风飘拂的柳丝。北宋欧阳修《初春》诗：“霁色初含柳，余寒尚勒花。风丝飞荡漾，林鸟哢交加。”

似整如欹：谓柳丝随风飘拂，时而整齐时而倾斜。欹，倾斜。

轻蝉腻：谓美人轻盈滑泽的蝉鬓，代指美丽的女子，此处以人喻花。轻蝉，原指轻薄的蝉翼，后代指两鬓如蝉翼般轻薄蓬起的女子发式。腻，光滑润泽。晋崔豹《古今注·杂注》：“魏文帝宫人有绝所宠者，有莫琼树、薛夜来、陈尚衣、段巧笑四人，日夕在侧。琼树乃制蝉鬓，缥缈如蝉翼，故曰蝉鬓。”

红肥：谓花朵盛开，水灵娇艳。

葳蕤：谓花木繁茂。

碾：磨压。南宋陆游《卜算子·咏梅》词："零落成泥碾作尘，只有香如故。"

名香：原指名贵的香料，此谓美丽的落花。

地衣：谓地毯。北宋秦观《阮郎归》词："秋千未拆水平堤，落红成地衣。"南宋陆游《感昔》诗："尊前不展鸳鸯锦，只就残红作地衣。"

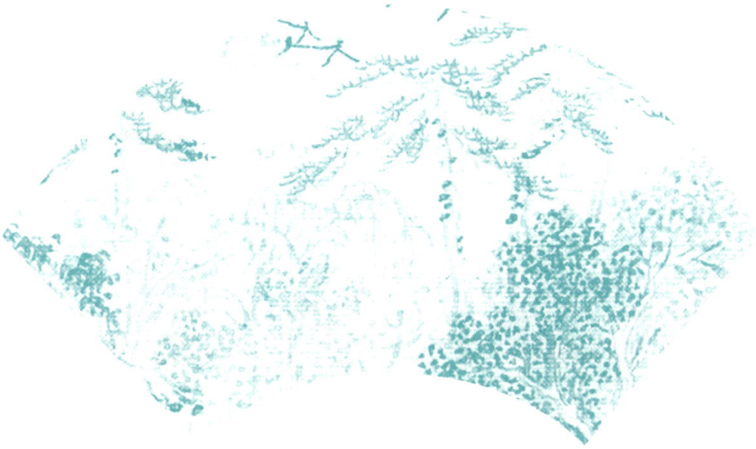

采桑子·塞上咏雪花

非关癖爱轻模样，冷处偏佳。
别有根芽。
不是人间富贵花。

谢娘别后谁能惜，飘泊天涯。
寒月悲笳。
万里西风瀚海沙。

注释

轻模样：谓雪花在空中轻盈飘舞之态。

富贵花：指牡丹或海棠花。北宋周敦颐《爱莲说》：“牡丹，花之富贵者也。”南宋陆游《留樊亭三日，王觉民检详日携酒来饮海棠下，比去，花亦衰矣》诗：“何妨海内功名士，共赏人间富贵花。”

谢娘：谓东晋才女谢道韫。因谢道韫以咏雪而闻名，故引“谢娘”之典。详见《采桑子》（谁翻乐府凄凉曲）“谢桥”注。

瀚海沙：指塞外的风沙。瀚海：原指北方的大湖，明代以后指沙漠戈壁，泛指塞外荒漠之地。

说明

据副题“塞上咏雪花”和词中“万里西风瀚海沙”句可知，时令当在深秋、冬季或早春的塞外飞雪之时。容若出塞与其时令相符者，唯有康熙二十一年（1682）的两次出塞。一为二月杪，随扈东巡奉天、吉林，经广宁，逢大雪，旷野如万顷平沙。另一次为深秋九月至腊月，赴黑龙江觇梭龙。

采桑子

桃花羞作无情死，感激东风。
吹落娇红。
飞入闲窗伴懊侬。

谁怜辛苦东阳瘦，也为春慵。
不及芙蓉。
一片幽情冷处浓。

注释

懊侬：该词出自东汉张仲景《伤寒论》，清汪必昌《医阶辨证》称：“懊侬之状，心下热如火灼不宁，得吐则止。”因病位在胸膈心窝部位，故又称“心中懊侬”。后引申为烦闷懊恼，此处代指烦恼之人。

东阳瘦：成语“东阳销瘦”的简称，形容身体消瘦。出自南朝梁东阳太守沈约因操劳而形体消瘦的典故。据唐初姚思廉撰《梁书·沈约传》记载：“永明末，（沈约）出守东阳，意在止足……而开年以来，病增虑切，当由生灵有限，劳役过差，总此凋竭，归之暮年，牵策行止，努力祗事。外观傍览，尚似全人，而形骸力用，不相综摄。常须过自束持，方可僶俛。解衣一卧，支体不复相关。……百日数旬，革带常应移孔，以手握臂，率计月小半分。以此推算，岂能支久。”北宋贺铸《伤春曲·满江红》词：“谁念东阳销瘦骨。更堪白纻衣衫薄。”

春慵：谓春日的慵散情绪。五代刘兼《昼寝》诗："花落青苔锦数重，书淫不觉避春慵。"北宋贺铸《菩萨蛮》词之五："不许放春慵，景阳临晓钟。"

不及芙蓉：引芙蓉镜之典，言未能及第。芙蓉，指芙蓉镜，一种背面铸有芙蓉花饰的铜镜，泛指明镜。典出唐代志怪小说家段成式《酉阳杂俎·支诺皋中》："相国李公固言，元和六年，下第游蜀，遇一老妪，言：'郎君明年芙蓉镜下及第，后二纪拜相，当镇蜀土，某此时不复见郎君出将之荣也。'明年，果然状头及第，诗赋题有'人镜芙蓉'之目。后二十年，李公登庸。"

一片幽情冷处浓：一片郁结、幽隐的情思，在清冷处更加浓重。明王彦泓《寒词》："个人真与梅花似，一片幽香冷处浓。"

说明

赵秀亭、冯统一《饮水词校笺》："康熙十一年，性德举顺天乡试，十二年二月应礼部春闱，中式。三月方殿试，因病未与。词即缘此而作。'桃花'见时令，'懊侬'说心情，下片切病况。《通志堂集》有《幸举礼闱以病未与廷试》诗。"

采桑子

海天谁放冰轮满，惆怅离情。
莫说离情。
但值凉宵总泪零。

只应碧落重相见，那是今生。
可奈今生。
刚作愁时又忆卿。

注释

海天：此谓如蔚蓝色大海般的夜空。南宋陆游《大雪》诗："海天黯黯万重云。"

冰轮：指洁白的明月。北宋苏轼《宿九仙山》诗："夜半老僧呼客起，云峰缺处涌冰轮。"

碧落：道家称东方第一层天，碧霞满空，名曰"碧落"，谓天空，泛指天上。唐代杨炯《和辅先入昊天观星瞻》："碧落三乾外，黄图四海中。"

那是：哪是，岂是。那，同"哪"。

说明

赵秀亭、冯统一《饮水词校笺》："性德妻卢氏卒于康熙十六年五月（据《卢氏墓志铭》）。此词为悼亡之作，故有'碧落重相见'语。据'但值凉宵'句，知作于卢氏卒后数年。另，此词与《琵琶仙·中秋》词或为同时之作。"

采桑子

明月多情应笑我，笑我如今。
辜负春心。
独自闲行独自吟。

近来怕说当时事，结遍兰襟。
月浅灯深。
梦里云归何处寻。

注释

明月多情应笑我：犹多情的明月应嘲笑我。引自北宋苏轼《念奴娇·赤壁怀古》词："故国神游，多情应笑我，早生华发。"

笑我如今。辜负春心：引自北宋晏几道《采桑子》词："莺花见尽当时事，应笑如今。一寸愁心。"春心，原指因触春景而生发的情愫，后代指男女间的思慕之情。南朝梁元帝《春别应令》诗之一："花朝月夜动春心，谁忍相思不相见。"

结遍兰襟：犹结交尽良友。此句谓，因近来怕说与亡妻生活的往事，便以广交朋友的办法试图排遣。兰，古人以兰花象征美好事物，认为其"花、香、叶"三美俱全，又兼"气清、色清、神清、韵清"四清齐备，是"理想之美，万化之神奇"。襟，交领。喻交友。兰襟，犹兰交、兰契，喻指良友。引自北宋晏几道《采桑子》词："结遍兰襟。遗恨重寻。弦断相如绿绮琴。"

月浅灯深。梦里云归何处寻：月色清浅，灯光暗淡，梦中的伊人已乘云归去，向哪里寻找？引自北宋晏几道《清平乐》词："梦云归处难寻。微凉暗入香襟。犹恨那回庭院，依前月浅灯深。"

采桑子

拨灯书尽红笺也，依旧无聊。
玉漏迢迢。
梦里寒花隔玉箫。

几竿修竹三更雨，叶叶萧萧。
分付秋潮。
莫误双鱼到谢桥。

注释

红笺：以花染色的红色小幅纸笺，人称薛涛笺，又名浣花笺、松花笺、减样笺等，九世纪初造于成都郊外浣花溪的百花潭。多用以题写诗词或作名片等。北宋苏易简《文房四谱》云："元和之初，薛涛尚斯色，而好制小诗。惜其幅大，不欲长剩之，乃命匠人狭小为之。蜀中才子既以为便，后减诸笺亦如是，特名曰薛涛笺。今蜀纸有小样者，皆是也，非独松花一色。"元代费著《笺纸谱》云："府城（指成都，编者注）之南五里，有百花潭，支流为二，皆有桥焉。其一玉溪，其一薛涛。以纸为业者，家其旁。……以浣花潭水造纸故佳，其亦水之宜矣。"北宋晏殊《清平乐》词："红笺小字。说尽平生意。"

玉漏：玉制的漏壶，乃古代计时器，亦用作漏壶的美称。北宋秦观《南歌子》词："玉漏迢迢尽，银潢淡淡横。"

寒花：亦作"寒华"，谓在寒冷时节开放的花。多指菊花或梅花。唐韦应物

《郡中西斋》诗："寒花独经雨，山禽时到州。"北宋司马光《梅花三首》诗其一："从与夫君别，寒花几度春。"此处代指心上人。

玉箫：谓玉制的箫，亦用作箫的美称。唐司空曙《送王尊师归湖州》诗："玉箫遥听隔花微。"

秋潮：谓秋天的潮水。唐骆宾王《冬日野望》诗："灵岩闻晓籁，洞浦涨秋潮。"明王彦泓《错认》诗："夜视可怜明似月，秋期只愿信如潮。"

双鱼：即双鲤，借指书信，寓意相思。典出汉乐府诗《饮马长城窟行》："客从远方来，遗我双鲤鱼。呼儿烹鲤鱼，中有尺素书。"又《古乐府》诗："尺素如残雪，结成双鲤鱼。要知心里事，看取腹中书。"唐李商隐《寄令狐郎中》诗云："嵩云秦树久离居，双鲤迢迢一纸书。"北宋黄庭坚《圣柬将寓于卫行乞食于齐有可怜之色再次韵感春五首赠之》诗其四："双鱼传尺素，何处迷春渚。"

谢桥：见《采桑子》（谁翻乐府凄凉曲）"谢桥"注。

采桑子

凉生露气湘弦润，暗滴花梢。
帘影谁摇。
燕蹴风丝上柳条。

舞鹍镜匣开频掩，檀粉慵调。
朝泪如潮。
昨夜香衾觉梦遥。

注释

湘弦：又名湘瑟，谓琴瑟之弦，代指琴瑟。因战国屈原《远游》诗云："使湘灵鼓瑟兮，令海若舞冯夷。"故称琴瑟之弦为湘弦。湘灵，指传说的湘水之神，即舜帝的妃子娥皇和女英。唐孟郊《湘弦怨》诗："湘弦少知音，孤响空踟蹰。"

燕蹴：燕踏。蹴，踏也。唐杜甫《城西陂泛舟》诗："燕蹴飞花落舞筵。"

舞鹍：飞舞的鹍鸟。此谓镜背錾刻的鹍鸟飞舞状图案。鹍，古代传说中似鹤又似鸡的一种鸟，也称鹍鸡。镜背刻此图案，源自山鸡舞镜的典故。据南朝宋刘敬叔《异苑》卷三记载："山鸡爱其毛羽，映水则舞。魏武时，南方献之，帝欲其鸣舞而无由。公子苍舒令置大镜其前，鸡鉴形而舞，不知止，遂乏死。"

檀粉：古代女子用胭脂和铅粉调和而成的一种檀红色脂粉，化妆时直接涂抹于面颊上。北宋杜衍《雨中荷花》诗："翠盖佳人临水立，檀粉不匀香汗湿。"

采桑子

土花曾染湘娥黛，铅泪难消。
清韵谁敲。
不是犀椎是凤翘。

只应长伴端溪紫，割取秋潮。
鹦鹉偷教。
方响前头见玉箫。

注释

土花：指器物长期被泥土侵蚀而产生的斑迹，亦代指锈痕。北宋梅尧臣《过开封古城》诗："汉兵堕铜镞，青血为土花。"元代王冕《题申屠子迪篆刻卷》："岐阳石鼓土花蚀，绎山之碑野火然。"

湘娥黛：湘娥的画眉之黛，此谓青黑色斑痕。湘娥又称湘妃，指舜帝妃娥皇与女英。东汉张衡《西京赋》："感河冯，怀湘娥。"清代陶澄《泛舟经岳阳长沙》诗其一："湘娥染黛几千岁，朝暮只临明镜中。"

铅泪：晶莹的眼泪，此谓如泪的斑痕。唐李贺《金铜仙人辞汉歌》诗："空将汉月出宫门，忆君清泪如铅水。"

土花曾染湘娥黛，铅泪难消：引"湘妃泪"之典，喻所咏之物上的斑迹。西晋张华《博物志·史补》："尧之二女，舜之二妃，曰湘夫人。舜崩，二妃啼，以涕挥竹，竹尽斑。"

犀椎：谓犀牛角制成的小槌，又名响犀，用于敲奏方响等古磬类打击乐器。唐代苏鹗《杜阳杂编》卷中："俄遂进白玉方响，云本吴元济所与也，光明皎洁，可照十数步。言其犀槌即响犀也，凡物有声，乃响应其中焉。"

凤翘：一边向上翘起的凤形首饰，通常为簪或钗。元代元淮《春闺》诗："倒把凤翘搔鬓影，一双蝴蝶过东墙。"

端溪紫：端溪紫石砚。唐朝初年，端州高要（今广东肇庆）东郊羚羊峡烂柯山的端溪一带开采的砚石，因致密坚实、细腻温润、发墨利笔等优点而饮誉天下，称为端溪砚，简称端砚。因石材略呈紫色，又被称为端溪紫石砚或端溪紫。唐代诗文常有提及。至宋代成为贡品，被奉为"四大名砚"之首。唐代李贺《杨生青花紫石砚歌》："端州石工巧如神，踏天磨刀割紫云。"

割取秋潮：化用自唐李商隐《房中曲》："枕是龙宫石，割得秋波色。"秋潮，犹秋波、秋水。

鹦鹉偷教：一语双关，既写眼前之景，又引北宋蔡确之典。相传蔡确被贬新州时，只有个叫琵琶的侍妾和一只鹦鹉相随，这只鹦鹉极聪慧，能学人语，每当蔡确呼唤琵琶时，只要敲一下小钟，鹦鹉就会呼唤琵琶的名字。不久，琵琶因感染瘴气病故，从此蔡确再没敲过小钟。一天，蔡确不慎误将小钟击响，鹦鹉闻声，又呼琵琶的名字。蔡确触景生情，大感悲怆，遂赋《悼侍儿》诗一首："鹦鹉声犹在，琵琶事已非。堪伤江汉水，同渡不同归。"不久，蔡确在忧郁中故去。

方响：古磬类打击乐器。约始创于南朝梁，通常由十六枚大小相同、厚薄不一的音片组成，分两排悬于架上，用小槌击奏，声音清浊不等，为隋唐燕乐中的常用乐器。《旧唐书·音乐志》："梁有铜磬，盖今方响之类。方响，以铁为之，修八寸，广二寸，圆上方下。架如磬而不设业，倚于架上以代钟磬。"唐代诗人方干《新安殷明府家乐方响》："葛溪铁片梨园调，耳底丁东十六声。"唐代牛殳《方响歌》："长短参差十六片，敲击宫商无不遍。"

玉箫：指心上人。引玉箫再生之典。据宋代皇都风月主人《绿窗新话》记载："韦皋未仕时，寓姜使君门馆，待之甚厚，赠小青衣曰玉箫，美而艳。……乃与玉箫约，七年复来相取，因留玉指环。……皋愆期不至，玉箫叹曰：'韦家郎不来矣！’绝食而卒。后皋镇蜀，时祖山人有少翁之术，能致逝者精魄形见。见玉箫曰：‘……旬日便当托生。后十二年，再为侍妾。’后因诞日，东川卢尚书献歌姬为寿，年十二，名玉箫。遽呼视之，宛然旧人，中指有玉环隐起焉。”

说明

此阕词乃悼亡之作。上片睹故物，引湘娥之典，怀敲击之人。下片自比端溪紫砚，臆斯人相伴之景；引“鹦鹉”“玉箫”之典，言斯人病故，欲再续来生之缘。下片典故中的女主虽为侍妾，并不代表所念之人亦为侍妾。《荷叶杯》（知己一人谁是）乃容若悼念亡妻之作，词中亦引玉箫再生之典，与此阕遥相呼应。故该阕所悼之人，亦当为亡妻卢氏。从词中出现的乐器来看，卢氏通晓音律；从所睹之物的斑驳锈迹可知，卢氏故去已久。

声律

“翘”读平声押韵，音 qiāo。

采桑子

白衣裳凭朱阑立，凉月趖西。
点鬓霜微。
岁晏知君归不归。

残更目断传书雁，尺素还稀。
一味相思。
准拟相看似旧时。

注释

白衣裳凭朱阑立：身着白色衣裳，靠着朱红色的栏杆站立。凭，（身子）靠着。阑，同“栏”。引自明王彦泓《寒词》：“况复此宵兼雪月，白衣裳凭赤栏干。”

趖西：谓西斜。趖，原指缓行，诗词中常引申为日、月西移。五代后蜀欧阳炯《南乡子》词：“铺葵席。豆蔻花间趖晚日。”

点鬓霜微：引吴霜点鬓之典。唐代李贺《还自会稽歌》：“吴霜点归鬓，身与塘蒲晚。”李贺作《还自会稽歌》代南朝梁人庾肩吾写怀。“吴霜点归鬓”句叙写庾氏自会稽还家时已鬓发斑白。后常用“吴霜点鬓”咏叹衰老。

岁晏：年终、岁暮。亦代指人的暮年。唐代李白《江南春怀》诗：“岁晏何所从，长歌谢金阙。”

残更：旧时将一夜分为五更，第五更又称残更，即凌晨三点至五点，夜将尽时。宋代吴芾《江月台》诗：“苦无佳况人空老，数尽残更梦不成。”

目断：竭尽目力远望，直至望到看不见，犹望断。北宋晏殊《诉衷情》词："凭高目断，鸿雁来时，无限思量。"

传书雁：引苏武雁足系书之典，代指信使。典出东汉班固《汉书·苏武传》："数月，昭帝即位。数年，匈奴与汉和亲。汉求武等，匈奴诡言武死。后汉使复至匈奴，常惠请其守者与俱，得夜见汉使。具自陈道。教使者谓单于，言天子射上林中，得雁，足有系帛书，言武等在某泽中。使者大喜，如惠语以让单于。"

尺素：书写用的小幅白色丝织物，代指书信。汉乐府诗《饮马长城窟行》："呼儿烹鲤鱼，中有尺素书。"见《采桑子》（拨灯书尽红笺也）"双鱼"注。

准拟相看似旧时：希望（再次）见面的时候，仍如从前一般。准拟，犹希望。相看，彼此对看。引自唐代刘得仁《悲老宫人》诗："曾缘玉貌君王宠，准拟人看似旧时。"北宋晏几道《采桑子》词："秋来更觉消魂苦，小字还稀。坐想行思。怎得相看似旧时。"

声律

"凭"读去声合律，音 pìng。"看"读平声合律，音 kān。

采桑子

谢家庭院残更立，燕宿雕梁。
月度银墙。
不辨花丛那辨香。

此情已自成追忆，零落鸳鸯。
雨歇微凉。
十一年前梦一场。

注释

谢家：引东晋才女谢道韫之典，代指心上人的居所。见《采桑子》（谁翻乐府凄凉曲）“谢桥”注。唐代元稹《遣悲怀三首》其一：“谢公最小偏怜女，自嫁黔娄百事乖。”后亦以“谢家”谓岳父家。北宋晏殊《少年游》：“谢家庭槛晓无尘。”

燕宿雕梁：燕子住在雕有纹饰的梁上。宿，住、过夜。反用北宋晏几道《少年游》词句：“雕梁燕去，裁诗寄远，庭院旧风流。”

月度银墙：月光照过粉墙。度，泛指过，用于空间或时间。银墙，犹粉墙，谓用白灰粉刷过的墙。

不辨花丛那辨香：夜色朦胧、光线昏暗，分辨不清花丛的位置，又哪里分辨得出花香来自何方。引自唐代元稹《杂忆》诗：“寒轻夜浅绕回廊，不辨花丛暗辨香。”明末王彦泓《和孝仪看灯》亦袭用元诗云：“欲换明妆自忖量，莫教难认暗衣裳。忽然省得钟情句，不辨花丛却辨香。”

此情已自成追忆：这些情事，已经成为回忆。已自，犹已经。自，词缀，无义。追忆，回想记忆中的人或事。追，回溯、追念。唐李商隐《锦瑟》诗：“此情可待成追忆，只是当时已惘然。”

十一年前梦一场：犹这些回忆，不过是十一年前的一场梦罢了。南宋吴文英《夜合花·自鹤江入京，泊葑门外有感》词：“十年一梦凄凉。似西湖燕去，吴馆巢荒。”

说明

此阕词乃悼念亡妻之作。因元稹《杂忆》、李商隐《锦瑟》皆为悼亡诗，词中多引元、李成句，故为悼亡词无疑。按“十一年前梦一场”句推断，该阕当作于康熙二十三年或二十四年（1684 或 1685），因容若与发妻卢氏成婚于康熙十三年（1674），恰为十一年前，故该阕当为容若晚期作品。词作后不久，容若便于卢氏八周年忌辰之日，即康熙二十四年（1685）五月三十日，随亡妻而逝。

采桑子

而今才道当时错，心绪凄迷。
红泪偷垂。
满眼春风百事非。

情知此后来无计，强说欢期。
一别如斯。
落尽梨花月又西。

注释

而今才道当时错：如今才知道当时的错误，表悔意。北宋晏几道《醉落魄》词："心心口口长恨昨，分飞容易当时错。"又南宋刘克庄《忆秦娥》词："古来成败难描摸，而今却悔当时错。"

红泪：谓美人泪或血泪，此谓极度伤心之泪。语出薛灵芸"红泪"之典。见《如梦令》（纤月黄昏庭院）"泪痕红泫"注。

满眼春风百事非：谓春光虽好，却百事皆非，随风而去。唐李贺《河南府试十二月乐词·三月》诗："东方风来满眼春，花城柳暗愁杀人。"

欢期：佳期，欢聚的时日。南宋周紫芝《洞仙歌》词："人生只、欢期难预。"

落尽梨花：梨花落尽。唐李贺《河南府试十二月乐词·三月》："曲水飘香去不归，梨花落尽成秋苑。"又唐代郑谷《下第退居二首》之一："落尽梨花春又了，破篱残雨晚莺啼。"

采桑子·居庸关

嶲周声里严关峙，匹马登登。
乱踏黄尘。
听报邮签第几程。

行人莫话前朝事，风雨诸陵。
寂寞鱼灯。
天寿山头冷月横。

注释

居庸关：位于北京昌平西北，是万里长城上的著名古关城。西汉淮南王刘安《淮南子》曰："天下有九塞，居庸其一焉。"因其两山夹峙，一水旁流，悬崖峭壁，最为险要，号称"天下第一雄关"。居庸关得名，始自秦代，相传秦始皇修筑长城时，将囚犯、士卒和强征来的民夫徙居于此，居庸关即取"徙居庸徒"之意。

嶲周：子规，又名杜鹃鸟。出自《尔雅·释鸟》："巂周。"晋郭璞注："子巂鸟，出蜀中"。嶲，同"巂"，二字古皆通"规"。

登登：象声词，此谓马蹄声。金代董解元《西厢记诸宫调》卷六："骑着瘦马儿圪登登的又上长安道。"清代朱彝尊《百字令·度居庸关》词："瘦马登登愁径滑。何况新霜时候。"

邮签：驿馆或驿船等夜间报时的更筹（漏筹），亦代指路程。唐杜甫《宿青草湖》诗："宿桨依农事，邮签报水程。"

鱼灯：又名鱼烛，即用人鱼膏做的灯烛，传说可长明不灭。此谓帝王陵寝之灯。据西汉司马迁《史记·秦始皇本纪》记载："葬始皇郦山，……以人鱼膏为烛，度不灭者久之。"

天寿山：位于北京市昌平区北。原名黄土山，后因明太祖朱元璋定下帝后合葬制，明成祖朱棣为徐皇后和自己选陵寝于此地，故赐名"天寿山"。此后，这里便形成了中国乃至世界上现存规模最大、帝后陵寝最多的皇陵建筑群——明十三陵。

说明

此阕词补遗自许增娱园刻本《纳兰词》。

罗敷媚·赠蒋京少

如君清庙明堂器，何事偏痴。
却爱新词。
不向朱门和宋诗。

嗜痴莫道无知己，红泪休垂。
努力前期。
我自逢人说项斯。

注释

罗敷媚：词牌名。同“采桑子”。

蒋京少：蒋景祁（1646—1695），清代词人。字京少，一作荆少，蒋永修次子，今江苏宜兴人。曾以岁贡生候补府同知，康熙年间举博学鸿词科，未遇。著有《东舍集》《梧月亭词》《罨画溪词》，辑有《辇下和鸣集》，并将清初顺治、康熙年间词作精华辑成《瑶华集》行世。他自称“凡有去取，必三复详慎而后定”，为清初词选巨制。容若部分词作收录其中。

清庙明堂器：谓可入太庙、登天子之堂的成大器之人。喻国之栋梁。西汉司马相如《上林赋》：“登明堂，坐清庙。”晋郭璞注：“明堂者，所以朝诸侯处；清庙，太庙也。”《孟子·梁惠王下》：“夫明堂者，王者之堂也。”

新词：谓清人新填之词。蒋氏好填词，彼时正辑《瑶华集》。容若亦好填词，曾编《今词初集》，皆为清人新作。南宋辛弃疾《丑奴儿》词：“爱上层楼，为赋新词强说愁。”

不向朱门和宋诗：谓遵从自己的爱好，不趋炎附势、随波逐流。康熙十五年

（1676）后，文坛领袖王士禛倡导宋诗“神韵说”，得到了康熙皇帝的赞同，时文人求进身者纷纷响应，多不屑于词。故云。

嗜痂莫道无知己：犹我们都嗜好填词，可谓知己。嗜痂，典出南朝梁文学家沈约《宋书·刘邕传》：“邕所至嗜食疮痂，以为味似鳆鱼。尝诣孟灵休，灵休先患灸疮，疮痂落床上，因取食之。灵休大惊。答曰：‘性之所嗜。’”后因以称怪癖。

红泪休垂：不要悲伤落泪。红泪，参见《采桑子》（而今才道当时错）注。

努力前期：努力实现之前的约定。期，约。盖为“嗜痂”之约。

我自逢人说项斯：谓我逢人便说起你。犹我对你的欣赏溢于言表。语出唐代杨敬之《赠项斯》诗：“几度见诗诗总好，及观标格过于诗。平生不解藏人善，到处逢人说项斯。”

说明

该阕补遗自蒋聚祺等纂世德堂本《西馀蒋氏宗谱》第二十本第十六卷。

据赵秀亭考证性随笔《纳兰丛话》及赵秀亭、冯统一《饮水词校笺》载，此词原为网传容若佚词，出处在上海图书馆藏世德堂本《西馀蒋氏宗谱》中，清代诸版词集均未收录，难辨真伪。后经赵秀亭老师致电上图谱志室，知确有此词。出处既真，稍可却疑。更须佐以别证，始足确信。后经赵秀亭老师检蒋京少词集，有《采桑子》四首，题为“答容若”，与此阕词同韵，始信确为容若佚作。然未见其原词，不知网传之词是否准确。2018 年夏，我依康熙二十三年（1684）容若随扈清圣祖南巡路线考察，受赵秀亭老师之嘱，至上海图书馆查阅《西馀蒋氏宗谱》，终见此词原貌，便将纳兰词所在宗谱封面及内页申请影印带回。目前上图馆藏《西馀蒋氏宗谱》只有民国九年（1920）世德堂一个版本，原词中“红泪休垂”非网传“红泪偷垂”，且“休垂”文义胜于“偷垂”。至此，学界悬案，终有定论。

该阕词作于容若与蒋京少相识之初。据蒋氏《瑶华集·集述》中称容若为“进士”而非“侍卫”，可知其与容若结交当在康熙十五年（1676）春容若成进士后，至康熙十七年（1678）秋容若任侍卫前。此佚作的发现对了解容若文学思想有着重要意义。

台城路

台城路：词牌名。

本名“齐天乐”，原宋教坊曲名。又名“五福降中天”“如此江山”等。该调本为宋代宫廷宴享之乐，多用于节日或祝寿。调名本义歌咏皇帝寿高，能与天齐。此调别名多出自词句。据《钦定词谱》载：“周邦彦词有‘绿芜凋尽台城路’句，故又名‘台城路’。”以北宋周邦彦《齐天乐·秋思》为正体，双调，一百零二字，上片十句、五仄韵，下片十一句、五仄韵。上片第七、下片第八句第一字是领格，例用去声。此调不急不缓，纡徐和谐，多用以抒情、写景、咏物、祝颂、赠酬，适用题材广泛。

台城路·洗妆台怀古

六宫佳丽谁曾见，层台尚临芳渚。
露脚斜飞，虹腰欲断，荷叶未收残雨。
添妆何处。
试问取雕笼，雪衣分付。
一镜空蒙，鸳鸯拂破白蘋去。

相传内家结束，有帕装孤稳，靴缝女古。
冷艳全消，苍台玉匣，翻出十眉遗谱。
人间朝暮。
看胭粉亭西，几堆尘土。
只有花铃，绾风深夜语。

注释

洗妆台：讹传为辽后萧观音的梳妆台，实为金章宗为其元妃李师儿所建。遗址在北京北海公园（在太液池北）琼华岛白塔寺。明代王圻《稗史汇编·地理门·京都》中云：“琼花岛梳妆台皆金故物也。……妆台则章宗所营，以备李妃行囿而添妆者。”并自注云：“都人讹为萧太后梳妆楼。”

六宫佳丽：谓后宫美丽的妃嫔。唐白居易《长恨歌》：“回眸一笑百媚生，六宫粉黛无颜色。”“后宫佳丽三千人，三千宠爱在一身。”

层台：重台、累台。战国屈原《楚辞·招魂》：“层台累榭，临高山些。”东汉王逸注：“层、累，皆重也。”

芳渚：美丽的小洲，此谓琼岛。隋代刘臻《河边枯树诗》：“奇树临芳渚，半死若龙门。”

露脚斜飞：露滴斜飞。露脚，露滴。唐代李贺《李凭箜篌引》诗：“吴质不眠倚桂树，露脚斜飞湿寒兔。”

虹腰：虹中间拱起的部分。北宋苏辙《新桥》诗：“虹腰宛转三百尺，鲸背参差十五舟。”

雕笼：谓雕刻精美的鸟笼。东汉祢衡《鹦鹉赋》：“闭以雕笼，剪其翅羽。”

雪衣：指羽色雪白的鹦鹉。北宋李昉等编《太平广记·雪衣女》：“天宝中，岭南献白鹦鹉，养之宫中。岁久，颇甚聪慧，洞晓言词。上及贵妃皆呼为雪衣女。”

一镜：谓太液池水明如镜。

白蘋：谓水中浮草。

内家结束：指宫廷的妆束打扮。内家，宫廷。结束，装束打扮。

帕装孤稳，靴缝女古：头上戴饰有美玉的丝帕，脚上着饰有黄金的靴子。孤稳，谓玉；女古，谓黄金。皆契丹语译音。辽代王鼎《焚椒录》：“（后）姿容端丽，为萧氏称首。……宫中为语曰：‘孤稳压帕女古靴，菩萨唤作耨斡么。’盖言以玉饰首，以金饰足，以观音作皇后也。”耨斡么，契丹语译音，皇后的尊称，本义为“地母”，在契丹建国前后方被赋予“皇后”之义。

玉匣：玉饰或玉做的匣子，此谓妆镜匣。

十眉遗谱：遗下的十种不同式样的眉形图谱。明代杨慎《丹铅续录·十眉图》："唐明皇令画工画十眉图。一曰鸳鸯眉，又名八字眉；二曰小山眉，又名远山眉；三曰五岳眉；四曰三峰眉；五曰垂珠眉；六曰月棱眉，又名却月眉；七曰分梢眉；八曰涵烟眉；九曰拂云眉，又名横烟眉；十曰倒晕眉。"

胭粉亭：琼华岛上的一处亭台建筑，乃后妃添妆之所。清代高士奇《金鳌退食笔记》："荷叶殿在方壶前，……胭粉亭在荷叶殿稍西，盖后妃添妆之所也。"

尘土：谓一切成空，人终将化为细小的灰土。南宋辛弃疾《摸鱼儿》词："君不见、玉环飞燕皆尘土。闲愁最苦。"

花铃：原指用以惊吓鸟雀的护花铃，此谓琼华岛白塔上的雕花铃。

说明

容若与诸友人均有关于洗妆台的唱和，明知与辽后萧观音无涉，却俱咏辽后之事，盖将误就误，仅为吟诗怀古唱和而已。

今人在注此阕时，关于洗妆台的主人，均引经据典，说是"金朝金章宗为李宸妃所建之梳妆楼"，其实不然。李宸妃（987—1032）乃北宋第三位皇帝宋真宗赵恒的妃嫔，杭州钱塘人士，1032 年晋封宸妃。而金章宗完颜璟（1168—1208）是金朝第六位皇帝，他的身边只有一位姓李的宠妃李师儿。李师儿（1172—1209）为渥城（今河北安新）人，被金章宗封为元妃，后宫地位实际等同于皇后。因此，洗妆台的主人应为金章宗元妃李师儿，说为李宸妃所建，便属"宋冠金戴"了。

台城路·上元

阑珊火树鱼龙舞，望中宝钗楼远。
靺鞨余红，琉璃剩碧，待嘱花归缓缓。
寒轻漏浅。
正乍敛烟霏，陨星如箭。
旧事惊心，一双莲影藕丝断。

莫恨流年逝水，恨销残蝶粉，韶光忒贱。
细语吹香，暗尘笼鬓，都逐晓风零乱。
阑干敲遍。
问帘底纤纤，甚时重见。
不解相思，月华今夜满。

注释

上元：农历正月十五日元宵节，有元夜观灯之俗。

火树：灯树，即将各式花灯挂于树或树形支架上，满树皆灯，光明夺目。北宋张先《玉树后庭花·上元》词："华灯火树红相斗。往来如昼。"

鱼龙舞：舞鱼灯或龙灯。南宋辛弃疾《青玉案·元夕》词："凤箫声动，玉壶光转，一夜鱼龙舞。"

宝钗楼：泛指京中楼阁。原指唐宋时咸阳旗亭。南宋陆游《采桑子》词："宝钗楼上妆梳晚，懒上秋千。"

靺鞨余红，琉璃剩碧：指灯火已残。靺鞨，古肃慎国名，产大如巨栗的红宝石，俗称"红靺鞨"。碧琉璃，指碧绿色的琉璃宝石。此处皆指光彩明艳的灯火。

待嘱花归缓缓：引"陌上花"之典。相传吴越王妃每年春天必归临安，王以书遗妃曰："陌上花开，可缓缓归矣。"吴人用其语为歌。

烟霏：谓烟云弥漫。北宋欧阳修《秋声赋》："盖夫秋之为状也：其色惨淡，烟霏云敛。"

陨星：指流星。此处应指烟花绽放如流星一般。南宋洪咨夔《春雪》诗："甲子干飞雨，元宵湿陨星。"

藕丝断：谓男女情意消减，情丝折断。明代梁敏《沥湖采莲曲》："藕丝不断为情牵，却问莲心为谁苦。"

蝶粉：此谓唐人的粉面宫妆。唐李商隐《酬崔八早梅有赠兼示之作》诗："何处拂胸资蝶粉，几时涂额藉蜂黄。"清代冯浩注："按：《野客丛书》引《草堂诗余》注：'蝶粉蜂黄，唐人宫妆也。'且引此联以证之。然粉面额黄，岂始唐时哉。"

韶光忒贱：韶光即春光，谓春光虚度。明汤显祖《牡丹亭·惊梦》："雨丝风片，烟波画船，锦屏人忒看的这韶光贱。"

晓风零乱：明陈子龙《虞美人》词："冰心寂寞恐难禁，早被晓风零乱、又春深。"

阑干敲遍：语出北宋周邦彦《感皇恩》词："绮窗依旧，敲遍阑干谁应。"

纤纤：谓女子足，亦代指女子。南宋辛弃疾《念奴娇》词："闻道绮陌东头，行人曾见，帘底纤纤月。”

月华：谓月光、月色，亦代指月亮。唐代李冶《相思怨》诗：“携琴上高楼，楼虚月华满。”

台城路·塞外七夕

白狼河北秋偏早，星桥又迎河鼓。
清漏频移，微云欲湿，正是金风玉露。
两眉愁聚。
待归踏榆花，那时才诉。
只恐重逢，明明相视更无语。

人间别离无数，向瓜果筵前，碧天凝伫。
连理千花，相思一叶，毕竟随风何处。
羁栖良苦。
算未抵空房，冷香啼曙。
今夜天孙，笑人愁似许。

注释

七夕：指农历七月初七，牛郎织女鹊桥相会之夜。

白狼河：大凌河，此处代指边塞河流。详见《如梦令》（万帐穹庐人醉）“狼河”注。

星桥：星汉之桥，即鹊桥。

河鼓：牵牛星。《尔雅》：“河鼓谓之牵牛。”

清漏：清晰的滴漏声。南朝宋文学家鲍照《望孤石》诗：“啸歌清漏毕，徘徊朝景终。”

金风玉露：成语，秋风与白露，泛指秋天的景物。语出李商隐《辛未七夕》诗：“由来碧落银河畔，可要金风玉露时。”

两眉愁聚：两眉愁锁，形容忧愁难遣。南宋韩玉《太常引》词：“愁聚两眉端。又叠起、千山万山。”

榆花：榆树花，俗称榆钱。唐代曹唐《织女怀牵牛》诗：“欲将心向仙郎说，借问榆花早晚秋。”

人间别离无数：化用北宋秦观《鹊桥仙》词：“金风玉露一相逢，便胜却人间无数。”

瓜果筵：七夕民俗之一，据南朝梁学者宗懔《荆楚岁时记》记载：“七夕，妇人结彩缕，穿七孔针，或以金银鍮石为针，陈瓜果于庭中以乞巧。有喜子（长脚小蜘蛛，编者注）网于瓜上，则以为得。”

连理千花：两棵树的枝干合生在一起，开出千朵花来，喻夫妻恩爱。引唐明皇、杨贵妃七夕许愿之典。唐白居易《长恨歌》：“七月七日长生殿，夜半无人私语时。在天愿作比翼鸟，在地愿为连理枝。”

相思一叶：谓一叶寄相思。

羁栖良苦：谓旅人淹留他乡，怀思良苦。羁栖，淹留他乡。金代元好问《得侄抟信》诗之一：“隔阔家仍远，羁栖食更艰。”

天孙：织女星。西汉司马迁《史记·天官书》：“河鼓大星，……其北织女。织女，天女孙也。”唐司马贞《史记索隐》：“织女，天孙也。”唐柳宗元《乞巧文》：

“下土之臣，窃闻天孙，专巧于天。”

说明

赵秀亭、冯统一《饮水词校笺》：“性德七夕居塞外凡二，皆随扈往古北口外避暑。一为康熙二十二年，一为二十三年。然两行皆未至大凌河地，词云白狼河，泛指边塞河流而已。检《康熙起居注》，二十二年七月初七，驻跸斛流河边；二十三年七夕，驻跸松林。则词之作期，或在康熙二十二年。”

点绛唇

点绛唇：词牌名。

始创于五代。又名“点樱桃”“十八香”“南浦月”“沙头雨”“寻瑶草”等。以五代冯延巳《点绛唇》（荫绿围红）为正体，双调，四十一字，上片四句、三仄韵，下片五句、四仄韵。另有双调，四十一字，上下片各五句、四仄韵等变体。此调平缓凝重，多用于酬赠、写景和节令，适于表达忧伤情绪。

点绛唇

一种蛾眉，下弦不似初弦好。
庾郎未老。
何事伤心早。

素壁斜辉，竹影横窗扫。
空房悄。
乌啼欲晓。
又下西楼了。

注释

蛾眉：蛾眉月，又称狼牙月，代指残月。农历月初和月底的月相，因形如美人的秀眉，故得名。

下弦不似初弦好：谓下弦月不如初弦月好。下弦，下弦月，指农历每月二十二、二十三只能在下半夜看到的月面朝东的半圆形月相。初弦，即上弦月，指农历每月初七、初八，在上半夜可见的月面朝西犹如满弓的半圆形月相。因上弦月后月相逐渐饱满，趋于团圆，故为下弦月所不及也。

庾郎：引北周庾信之典，因其著有《伤心赋》，故用以喻多愁善感之人，此为作者自比。宋代姜夔《齐天乐》词："庾郎先自吟愁赋，凄凄更闻私语。"

素壁斜辉：谓素色的墙壁上斜映着月亮的清辉。素壁，白色的墙壁、山壁或石壁。

竹影横窗扫：谓竹影横扫在窗纱上。南宋杨万里《雨晴得毗陵故旧书》："日与山光弄秋色，风将竹影扫窗尘。"

说明

此阕词乃对月悼亡之作。汪元治结铁网斋刻本《纳兰词》有副题"对月"二字。

据叶舒崇《皇清纳腊室卢氏墓志铭》记载，容若发妻卢氏于"康熙十六年五月三十日卒，春秋二十有一"，由"未老""伤心早""空房悄"可知，此阕词当作于康熙十六年（1677）卢氏亡故后不久。

声律

"悄"读上声押韵，音 qiǎo。

点绛唇·咏风兰

别样幽芬，更无浓艳催开处。

凌波欲去。

且为东风住。

忒煞萧疏，争奈秋如许。

还留取。

冷香半缕。

第一湘江雨。

注释

咏风兰：副题清康熙三十年（1691）张纯修刻本《饮水诗词集》作“题见阳画兰”，可见此阕词乃题画之作。风兰，亦称“轩兰”。兰花的一种，花白色，芳香，花瓣倒披针形或近匙形，因喜在通风湿润处生长，古人又喜将其吊至檐下谈论风流，故得“风”“轩”二名。

凌波：原指在水上行走，后形容脚步轻盈，如履碧波之上。此谓风兰的姿态。语出三国魏曹植《洛神赋》：“凌波微步，罗袜生尘。”

忒煞：犹太，过分。明代冯梦龙《醒世恒言·灌园叟晚逢仙女》：“这老官儿真个忒煞古怪，所以有这样事。”

第一湘江雨：此乃赞誉张纯修（号见阳）之词。古人以“随车甘雨”称赞地方官德政广被，走到哪里哪里就有甘霖润泽。因湘江是湖南最大的河流，又代指湖南。张纯修时任湖南江华县令，故云。典出《太平御览》卷十所引三国吴史学家谢承《后汉书》："百里嵩，字景山，为徐州刺史。境旱，嵩出巡遽，甘雨辄澍。东海、祝其、合乡等三县父老诉曰：'人等是公百姓，独不迁降？'回赴，雨随车而下。"

说明

赵秀亭、冯统一《饮水词校笺》："据张纯修刻本副题'题见阳画兰'，及词中'第一湘江雨'句，此亦为投寄张见阳之作。康熙十八年，纳兰性德与张纯修相别未久，曾致书云：'沅湘以南，古称清绝，美人香草，犹有存焉者乎！长短句固骚之苗裔也，暇日当制小词奉寄。'（致见阳第二十八通手简）此作即寄赠之词，当作于康熙十八年秋，见阳南行后不久。见阳既见此词，乃有和作，其词为《点绛唇·咏兰，和容若韵》：'弱影疏香，乍开犹带湘江雨。随风拂处。似供骚人语。九畹亲移，倩作琴书侣。清如许。纫来儿缕。结佩相朝暮。'另，曹寅《楝亭集》有《墨兰歌》，歌序云：'见阳每画兰，必书容若词。'其歌中云：'潇湘第一岂凡情，别样萧疏墨有声。可怜侧帽楼中客，不在熏炉烟外听。'歌中若干字句，俱出自此词。时性德物故已久，见阳、曹寅诸人犹顾念不已，其情谊深切可见。"

点绛唇·寄南海梁药亭

一帽征尘，留君不住从君去。
片帆何处。
南浦沉香雨。

回首风流，紫竹村边住。
孤鸿语。
三生定许。
可是梁鸿侣。

注释

梁药亭：梁佩兰（1629—1705），清初诗人。字芝五，号药亭、柴翁，晚号郁洲。广东南海人，顺治十四年（1657）举人，年近六十得中进士，授翰林院庶吉士。未一年，遽乞假归，结社南湖，诗酒自酬。与屈大均、陈恭尹并称“岭南三家”，著有《六莹堂集》。

征尘：征途中扬起的灰尘，形容长途奔波，劳碌辛苦。出自南宋陆游《剑门道中遇微雨》诗：“衣上征尘杂酒痕，远游无处不消魂。”

留君不住从君去：化用南宋蔡伸《踏莎行》词：“百计留君，留君不住。留君不住君须去。”

南浦：南面的水边，代指送别之地。战国屈原《楚辞·九歌·河伯》：“子交手兮东行，送美人兮南浦。”

沉香：沉香浦，在今广东南海琵琶洲。因“晋代第一良吏”吴隐之操守清廉而得名。据唐代房玄龄等撰《晋书·良吏传》载，晋吴隐之有清操，任广州刺史，后从番禺罢郡归，见妻刘氏藏沉香一斤，遂投于湖亭之水。沉香之处，即称沉香浦，又名投香浦。后以“投香”喻为官清正。唐李商隐《为尚书渤海公举人自代状》：“隐之清节，无惭于投香。”

紫竹村：谓梁药亭南海居处。

孤鸿语：孤单鸿雁的鸣叫。雁常结对成行，一夫一妻制。孤鸿，即孤雁，鸣声悲楚。诗人常借其形容孤单、悲凄。

三生定许：缘定三生。源于佛家的因果轮回说，佛家认为，人有前生、今生和来生，是为三生。

梁鸿侣：如梁鸿和其妻孟光般的眷侣。梁鸿为东汉隐士、诗人，喻指梁药亭。南朝宋范晔《后汉书·逸民列传》：“梁鸿，字伯鸾……家贫而尚节介，博览无不通，而不为章句。……同县孟氏有女。……女曰：‘欲得贤如梁伯鸾者。’鸿闻而聘之。……乃共入霸陵山中，以耕织为业，咏诗书，弹琴以自娱。”

说明

赵秀亭、冯统一《饮水词校笺》：“梁氏离京在壬戌即康熙二十一年秋。词云‘留君不住’‘片帆何处’，是作别未久之作，词当作于康熙二十一年内。另，梁氏宦情颇汲汲，与屈大均志节不类，性德以梁鸿比之，实不侔。”

点绛唇·黄花城早望

五夜光寒，照来积雪平于栈。
西风何限。
自起披衣看。

对此茫茫，不觉成长叹。
何时旦。
晓星欲散。
飞起平沙雁。

注释

黄花城：古代重要长城关戍之一，位于今北京怀柔九渡河镇境内，山水相连，以奇著称。因每到仲夏时节，满山遍野开满黄花，故而得名。

五夜：又名戊夜，即第五更。古人将夜晚分成五个时段，用鼓打更报时，故作五更、五鼓或五夜。五夜即甲夜、乙夜、丙夜、丁夜、戊夜。

积雪平于栈：谓积雪与栅栏相平，形容雪深。积雪，积聚未融之雪。栈，木栅栏。

西风何限：西风风力多大？何限，即多少，几何。此谓风力未知，欲一探究竟。

茫茫：喻无边无际，看不清楚。

何时旦：何时天亮？旦，天亮。北宋贺铸《秋风叹·燕瑶池》词："长宵半。

参旗烂烂。何时旦。”

晓星：谓拂晓的星辰。唐李商隐《嫦娥》诗：“云母屏风烛影深，长河渐落晓星沉。”

平沙：指广阔的沙原。

说明

据赵秀亭、冯统一《纳兰性德行年录》记载：“康熙十九年庚申……性德由司传宣改经营内厩马匹，圣祖出巡用马，皆由拣择。又尝至昌平、延庆、怀柔、古北口等地督牧。”此阕词盖为容若在怀柔牧马时的督牧之作。

点绛唇

小院新凉，晚来顿觉罗衫薄。
不成孤酌。
形影空酬酢。

萧寺怜君，别绪应萧索。
西风恶。
夕阳吹角。
一阵槐花落。

注释

形影空酬酢：谓一人孤酌，唯影相伴。酬酢，指宾主相互敬酒。主敬客为酬，客回敬称酢。

萧寺：代指佛寺。据唐代李肇《唐国史补》记载：“梁武帝造寺，令萧子云飞白大书‘萧’字，至今一‘萧’字存焉。”后遂称佛寺为萧寺。

萧索：谓凄清、落寞、孤寂。

西风恶：谓西风恶劣无情。南宋黄机《忆秦娥》词：“秋萧索。梧桐落尽西风恶。西风恶。数声新雁，数声残角。”

夕阳吹角：引自南宋陆游《浣溪沙·和无咎韵》：“夕阳吹角最关情。”

说明

赵秀亭、冯统一《饮水词校笺》：“此阕缘姜宸英作。姜宸英，字西溟，浙江慈溪人。康熙十二年结识性德，时姜已四十七岁。康熙十七年，西溟重入京，冀得鸿博荐，未果。性德馆之于德胜门北千佛寺，多所轸助。词有‘新凉’‘槐花’句，当作于康熙十八年夏末秋初。”

浣溪沙

浣溪沙：词牌名。

原唐教坊曲名。从字义上看，“浣”指洗涤，“沙”古通“纱”，本义为歌咏春秋越国美女西施浣纱。然而就现存文本作品来看，直接咏其调名的并不存在，这就涉及乐府曲调在“调”不在“题”的音乐本质。该调以唐人韩偓《浣溪沙》（宿醉离愁慢髻鬟）为正体。双调四十二字，上片三句、三平韵，下片三句、两平韵，过片二句多用对偶。另有双调四十四字、四十六字等平韵变体及仄韵体。该调押仄韵者，仅见南唐后主李煜《浣溪沙》（红日已高三丈透）一词，双调四十二字，上片三句、三仄韵，下片三句、两仄韵。无别首可校。此调题材广泛，音节明快，句式整齐，易于上口，风格则突出体现了低回婉转与欢快灵动之两端，为婉约、豪放两派词人所常用。代表作有晏殊《浣溪沙》（一曲新词酒一杯）、秦观《浣溪沙》（漠漠轻寒上小楼）等。

浣溪沙

消息谁传到拒霜。
两行斜雁碧天长。
晚秋风景倍凄凉。

银蒜押帘人寂寂，玉钗敲竹信茫茫。
黄花开也近重阳。

注释

拒霜：木芙蓉的别称。因其仲秋开花，耐寒不落，故名。语出北宋“红杏尚书”宋祁《益部方物略记》：“添色拒霜花，生彭、汉、蜀州，花常多叶，始开白色，明日稍红，又明日则若桃花然。”明代李时珍《本草纲目·木三》：“木芙蓉八月始开，故名拒霜。”

银蒜：形如蒜头的银质帘坠，用于悬在帘幕下压重，以免帘幕被风吹起。故又名帘押。南宋蒋捷《白苎》词：“琼苞未剖，早是东风作恶。旋安排、一双银蒜镇罗幕。”

玉钗敲竹：比喻女子歌唱。古人有击节吟歌的习俗，此谓以玉钗敲击竹子，打节拍唱歌。从“玉钗”可知，敲竹者为女子。语出唐代高适《听张立本女吟》：“自把玉钗敲砌竹，清歌一曲月如霜。”

黄花：此谓金黄色的菊花。北宋晏几道《蝶恋花》词：“金菊开时，已近重阳宴。”

浣溪沙

雨歇梧桐泪乍收。
遣怀翻自忆从头。
摘花销恨旧风流。

帘影碧桃人已去，屧痕苍藓径空留。
两眉何处月如钩。

注释

遣怀：遣兴抒怀。谓抒发情怀，排遣忧闷。

摘花销恨：谓摘碧桃花消除忧愁。引唐明皇“销恨花”之典。据五代王仁裕《开元天宝遗事·销恨花》记载：“明皇于苑中，初有千叶桃盛开，帝与贵妃日逐宴于树下。帝曰：‘不独萱草忘忧，此花亦能销恨。’”千叶桃即碧桃。后遂将碧桃花称作“销恨花”。南宋赵长卿《虞美人·深春》词：“碧桃销恨犹堪爱。妃子今何在。”

屧痕苍藓：谓人走路时鞋痕印在青绿色的苔藓上。屧，本义是木底鞋，泛指鞋。苍藓，即青绿色的苔藓。苍，本义是草色。南宋叶绍翁《游园不值》诗：“应怜屐齿印苍苔，小扣柴扉久不开。”

两眉何处月如钩：谓何处才能消解忧愁呢？月如钩，此谓眉如弯月般不再紧锁，喻指消解忧愁。

浣溪沙

欲问江梅瘦几分。
只看愁损翠罗裙。
麝篝衾冷惜余熏。

可耐暮寒长倚竹，便教春好不开门。
枇杷花底校书人。

注释

江梅：此处喻指女子。南宋范成大《梅谱》：“江梅。……或谓之野梅，凡山间水滨，荒寒清绝之趣，皆此本也。花稍小而疏瘦有韵，香最清。”

愁损翠罗裙：引自北宋孔夷《南浦·旅怀》：“故国梅花归梦，愁损绿罗裙。”

麝篝：谓燃麝香的熏笼。篝，即笼。

余熏：犹余香。

可耐暮寒长倚竹：化用唐杜甫《佳人》诗：“天寒翠袖薄，日暮倚修竹。”可耐，即可奈，怎奈。

枇杷花底校书人：引薛涛之典，喻词中女子。唐代王建《寄蜀中薛涛校书》：“万里桥边女校书，枇杷花里闭门居。”薛涛，乃唐代蜀中才名远播的乐妓，能诗文，时称女校书，与鱼玄机、李冶、刘采春并誉为“唐代四大女诗人”，又与卓文君、花蕊夫人、黄娥齐名，合称“蜀中四大才女”。据《全唐诗·薛涛小传》记载：“薛涛，字洪度。本长安良家女，随父宦，流落蜀中，遂入乐籍。辨慧工诗，有林下风致。韦皋镇蜀，召令侍酒赋诗，称为女校书。”后因以“女校书”为能诗文的妓女的雅称。

说明

该阕或缘容若外室沈宛而作。沈宛，字御婵，号选梦，浙江乌程人，善诗词，著有《选梦词》，才名远播。从康熙二十三年（1684）容若《致顾贞观手简》可知，容若久慕其名，称其为“天海风涛之人”，曾托顾贞观留意，并欲纳其为妾。康熙二十三年岁暮，顾贞观携沈宛进京，圆容若心愿。“天海风涛”语出唐代诗人李商隐为红颜知己柳枝所作的《柳枝五首》序，后人猜测柳枝乃歌妓。由此可知，沈宛亦为“女校书”一流人物。该词或作于康熙二十三年沈宛归容若前后。

声律

“看”“教”读平声合律，音 kān、jiāo。

浣溪沙

泪浥红笺第几行。
唤人娇鸟怕开窗。
那能闲过好时光。

屏障厌看金碧画，罗衣不奈水沉香。
遍翻眉谱只寻常。

注释

浥：沾湿，湿润。唐代王维《送元二使安西》诗：“渭城朝雨浥轻尘。”

红笺：见《采桑子》（拨灯书尽红笺也）注。

屏障：此谓屏风。

金碧画：谓金碧山水画，以泥金、石青和石绿三种颜料为主色，比青绿山水画多泥金一色。泥金一般用于勾染山廓、石纹、坡脚、沙嘴、彩霞，以及宫室楼阁等建筑物。画派代表人物为李思训、李昭道父子。见《梦江南》（江南好，一片妙高云）“屏间楼阁李将军”注。

水沉香：此谓沉香水，染衣之用。唐代冯贽《云仙杂记》：“染衣用沉香水。”明代李时珍《本草纲目·木一》：“沉香……木之心节置水则沉，故名沉水，亦曰水沉。”

眉谱：谓女子画眉的图样。见《台城路·洗妆台怀古》“十眉遗谱”注。

声律

“看”读平声合律，音 kān。

浣溪沙

残雪凝辉冷画屏。
落梅横笛已三更。
更无人处月胧明。

我是人间惆怅客，知君何事泪纵横。
断肠声里忆平生。

注释

残雪：尚未融尽之雪。唐代韩翃《送王府张参军附学及第东归》：“寂寂故园行见在，暮天残雪洛城东。”

冷画屏：谓令画屏冰冷。画屏，指画有彩绘的屏风。唐杜牧《秋夕》诗：“银烛秋光冷画屏。”

落梅横笛：谓以横笛吹奏的落梅曲。落梅，即《落梅花》，又名《梅花落》，古笛曲名。《乐府杂录》：“笛者，羌乐也，古有《落梅花》曲。”唐李白《与史郎中钦听黄鹤楼上吹笛》诗：“黄鹤楼中吹玉笛，江城五月落梅花。”

月胧明：指月色朦胧，不甚分明。

断肠声：此谓笛声幽怨悲凉，令人感伤。断肠，形容人伤心、悲痛到肝肠寸断，比喻极度感伤。唐杜甫《吹笛》诗：“吹笛秋山风月清，谁家巧作断肠声。”

声律

“纵”读平声合律，音 zōng。

浣溪沙

睡起惺忪强自支。
绿倾蝉鬓下帘时。
夜来愁损小腰肢。

远信不归空伫望，幽期细数却参差。
更兼何事耐寻思。

注释

惺忪：谓刚从睡梦中醒来还未完全清醒。

绿倾蝉鬓：乌亮的蝉鬓倾斜。蝉鬓，古代女子鬓如蝉翼的发式，见《采桑子·咏春雨》“轻蝉腻”注。

夜来：双关语，既引魏文帝宠妃薛灵芸（别名“夜来”）之典，又表时间，犹夜里。

愁损：犹愁杀，即因忧愁过度而损伤身体。

小腰肢：谓腰如柳条一般细软，形容美人身材纤柔。唐代韦庄《天仙子》词：“露桃宫里小腰肢。眉眼细，鬓云垂，唯有多情宋玉知。”

远信：远方的书信、消息。

伫望：久立而远望，此谓期盼、等候。

幽期：谓男女私会之期。元代李裕《次宋编修显夫南陌诗四十韵》：“幽期只窨约，私语每防闲。”

参差：此谓蹉跎，错过。北宋秦观《水龙吟》词：“怅佳期、参差难又。”

浣溪沙

十里湖光载酒游。
青帘低映白蘋洲。
西风听彻采菱讴。

沙岸有时双袖拥，画船何处一竿收。
归来无语晚妆楼。

注释

青帘：此谓船上的青色帘布。

白蘋洲：指开满白色蘋花的沙洲。唐代李益《柳杨送客》诗：“青枫江畔白蘋洲，楚客伤离不待秋。”

采菱讴：采摘菱角时所唱的歌曲，又称“采菱”“采菱歌”“采菱曲”，乐府清商曲名。战国屈原《楚辞·招魂》：“陈钟按鼓，造新歌些。涉江、采菱，发扬荷些。”东汉王逸注：“采菱，楚人歌曲也。”亦代指吴歌。

沙岸：沙洲岸。

双袖拥：两袖相抱，此谓不用劳作，呈休闲状。

画船何处一竿收：谓船在江湖上漂泊，何处才能停靠收竿呢？画船，指画有彩绘、装饰华美的船，泛指船。一竿收，此谓船夫结束劳作，收竿回家。

声律

“拥”读上声合律，音 yǒng。

浣溪沙

脂粉塘空遍绿苔。
掠泥营垒燕相催。
妒他飞去却飞回。

一骑近从梅里过，片帆遥自藕溪来。
博山香烬未全灰。

注释

脂粉塘：又名香水溪，相传为春秋时西施沐浴处。南朝梁文学家任昉《述异记》："吴故宫有香溪，俗云西施浴处，又呼为脂粉塘。吴王宫人濯妆于此溪上源，至今馨香。"

营垒：营建巢穴，即筑巢。

梅里：相传为吴国始祖太伯的居处。唐代张守节《史记正义》："太伯居梅里，在常州无锡县东南六十里。"

片帆：孤舟。

博山：博山香炉，兴于汉晋时期的焚香器具。相传汉武帝赴青州遥望海上仙山，观海市蜃楼，回京后胜景难忘，见巧匠们铸造铜熏炉，便令将炉盖模拟《山海经》里的蓬莱、方丈、瀛洲三座仙山，博采众山之长，融为一炉，故名博山炉。《西京杂记》："长安巧工丁缓者……作九层博山香炉，镂为奇禽怪兽，穷诸灵异，皆自然运动。"明代徐𤊹《徐氏笔精》："博山炉，上有盖，如山形，香烟缠绕，不相离也。"

香烬：谓香已燃尽。

说明

赵秀亭、冯统一《饮水词校笺》："此阕与上阕'十里湖光载酒游'作于同时。南巡扈驾似难独自出行，惟偶患病，方得片刻栖迟自适。性德有《病中过锡山》诗二首，可为此二阕词注脚。其一云：'润州山尽路漫漫，天入蓉湖漾碧澜。彩鹢风樯连塔影，飞鸿云阵度峰峦。泉烹绿茗徐蠲渴，酒泛青瓷渐却寒。久爱虎头三绝誉，今来仍向画中看。'其二云：'棹女红妆映茜衣，吴歌清切傍斜晖。林花刺眼篷窗入，药裹关心蜡屐违。藕荡波光思澹永，碧山岚气望霏微。细莎斜竹吟还倦，绣岭停云有梦依。'词云'妒他飞去又飞回'，盖燕可依留从容，人却须一骑匆匆，未能尽其徘徊慨慕之情。"

浣溪沙

五月江南麦已稀。
黄梅时节雨霏微。
闲看燕子教雏飞。

一水浓阴如罨画，数峰无恙又晴晖。
湔裙谁独上渔矶。

注释

麦已稀：此谓麦子成熟，已收割将毕，所剩稀少。

黄梅时节：指春末夏初梅子变黄成熟的时节，因此时江南阴雨连绵，亦代指天气。南宋赵师秀《约客》：“黄梅时节家家雨，青草池塘处处蛙。”

霏微：细雨蒙蒙雾气弥漫状。

罨画：色彩缤纷的画。明杨慎《丹铅总录·订讹·罨画》：“画家有罨画，杂彩色画也。”

晴晖：此谓雨过天晴，阳光明媚。

湔裙：谓洗裙，泛指水畔洗衣。隋代杜台卿《玉烛宝典·正月孟春》：“元日至于月晦，民并为酺食，渡水。士女悉湔裳，酹酒于水湄，以为度厄。”

渔矶：谓可供垂钓的水边岩石。

说明

据《纳兰性德行年录》可知，容若五月未曾前往江南，故此阕非写实之作。赵秀亭、冯统一《饮水词校笺》："顾贞观《弹指词》有《画堂春》一阕，其首句云'湔裙独上小渔矶'，与容若此调末句约略相同。两词刻画景致亦相类，疑同为题画之作。"

声律

"看"读平声合律，音 kān。

浣溪沙·西郊冯氏园看海棠，因忆香严词有感

谁道飘零不可怜。
旧游时节好花天。
断肠人去自今年。

一片晕红才著雨，几丝柔绿乍和烟。
倩魂销尽夕阳前。

校订

底本无副题，此据汪元治结铁网斋刻本《纳兰词》补。

注释

西郊冯氏园：明朝万历大珰（太监）冯保之园，位于今北京广安门外小屯。此园曾颇负盛名，文人雅士竞相游赏。

香严词：明末清初文学家龚鼎孳之词。因其寓所有“香严斋”，故称其词为“香严词”，其词集初名《香严斋存稿》，后刊定名为《定山堂诗余》，中有《菩萨蛮·上巳前一日西郊冯氏园看海棠》《罗敷媚·朱右君司马招集西郊冯氏园看海棠》等数首歌咏海棠之作，可见西郊冯氏园海棠曾名极一时。

飘零：指花、叶凋零飘落。此谓海棠花被风吹残、零落。龚鼎孳《菩萨蛮·西郊海棠已放，风复大作，对花怅然》：“那禁风似箭，更打残花片。莫便踏花归，留他缓缓飞。”

旧游：旧日之游。唐白居易《忆旧游》诗：“忆旧游，旧游安在哉。旧游之

人半白首，旧游之地多苍苔。”

断肠人去：此谓怜惜海棠的“断肠人”即龚鼎孳已经故去。

晕红：谓海棠花色如美人的酒晕红妆。

著雨：淋雨。此处“著”同“着”。唐杜甫《曲江对雨》诗：“林花著雨胭脂湿，水荇牵风翠带长。”

几丝柔绿乍和烟：谓几丝柔绿的嫩柳刚刚笼罩在烟雨中。乍，即刚刚。和，即合。

倩魂：美丽的灵魂，代指少女梦魂。出自唐陈玄祐《离魂记》倩娘离魂之典。此谓海棠花魂。

说明

龚鼎孳（1616—1673），字孝升，因出生时庭院中紫芝正开，故号芝麓，安徽合肥人。明末清初文学家，与吴伟业、钱谦益并称为“江左三大家”。龚鼎孳于明崇祯七年（1634）中进士，官任兵科给事中。崇祯十七年（1644）李自成攻陷北京城后，任直指使。清军入京后，迎降，迁太常寺少卿，后累官至礼部尚书。康熙十二年（1673）龚鼎孳任顺天府会试主考官，容若中试，出其门下。是年秋卒。西郊冯氏园曾为清初游览胜地，龚鼎孳每到海棠花开之季便来游访、歌咏，累年不断。从“旧游时节好花天。断肠人去自今年”句可以推断，该阕或作于康熙十三年（1674）春海棠花开之时，容若故地重游，却再不见恩师身影，忆其词作，不禁感慨。

浣溪沙·咏五更，和湘真韵

微晕娇花湿欲流。
簟纹灯影一生愁。
梦回疑在远山楼。

残月暗窥金屈戌，软风徐荡玉帘钩。
待听邻女唤梳头。

注释

和湘真韵：和明末词人陈子龙的词韵。因陈子龙有《湘真阁存稿》一卷，容若所和之词便是其中的《浣溪沙·五更》。陈词为：“半枕轻寒泪暗流，愁时如梦梦时愁。角声初到小红楼。风动残灯摇绣幕，花笼微月淡帘钩，陡然旧恨上心头。”

微晕娇花：谓天将破晓，在晨露中花朵上笼罩着一层微微的光晕，越发娇美。

簟纹灯影：参见《如梦令》（正是辘轳金井）“从此簟纹灯影”注。

远山楼：引《紫钗记》“远山楼”之典，代指思妇居处。明汤显祖《紫钗记》第四十出“开笺泣玉”一折，写李益臆想小玉在远山楼思念久戍不归的他，云：“他独自个易黄昏，将咱身心想伊情分。则他远山楼上费精神，旧模样直恁翠眉颦。”

金屈戌：屈戌，亦作“屈戍”。指门、窗、柜等物上的环钮搭扣，因多为黄铜材质，呈金色，故名。此处代指闺房。元末明初陶宗仪《南村辍耕录·屈戌》：“今人家窗户设铰具，或铁或铜，名曰环纽，即古金铺之遗意，北方谓之屈戌，其称甚古。”唐李商隐《骄儿诗》：“凝走弄香奁，拔脱金屈戌。”

唤梳头：化用明末清初吴伟业《戏赠》诗其二：“管是夜深娇不起，隔帘小婢唤梳头。”

浣溪沙

伏雨朝寒愁不胜。
那能还傍杏花行。
去年高摘斗轻盈。

漫惹炉烟双袖紫，空将酒晕一衫青。
人间何处问多情。

注释

伏雨：沉伏之雨，谓雨连绵不断。语出唐杜甫《秋雨叹》诗其二："阑风伏雨秋纷纷，四海八荒同一云。"宋代赵子栎注曰："阑珊之风，沉伏之雨，言其风雨之不已也。"

斗轻盈：谓比赛谁更姿态轻盈。斗，比赛争胜。唐代诗人唐彦谦《垂柳》诗："绊惹春风别有情，世间谁敢斗轻盈。"

酒晕：谓酒后脸上泛出的红晕。亦指古代女子的酒晕妆。据唐代宇文士及《妆台记》记载："美人妆，面即傅粉，复以胭脂调匀掌中，施之两颊，浓者为酒晕妆，淡者为桃花妆。"

说明

关于纳兰词数目 348 与 349 首之争，盖缘于此阕。此阕的另一个版本亦收录在许增娱园本中。上片"伏雨朝寒愁不胜，那能还傍杏花行"，娱园版本作"酒醒香销愁不胜，如何更向落花行"。下片"漫惹炉烟双袖紫，空将酒晕一衫青"，娱园本作“夜雨几番销瘦了，繁华如梦总无凭”。因容若在世时，对此词有所改订，遂致一阕词因字句不同，有两版并传于世，从而算作两阕。实不必，只需录其异词言明即可。

声律

“胜”读平声押韵，音 shēng。

浣溪沙

五字诗中目乍成。
尽教残福折书生。
手挼裙带那时情。

别后心期和梦杳，年来憔悴与愁并。
夕阳依旧小窗明。

注释

五字诗中目乍成：谓刚刚通过五言诗定情。语出明王彦泓《有赠四首》诗其二：“矜严时已逗风情，五字诗中目乍成。”五字诗，五言诗。目成，以目传情。战国屈原《楚辞·九歌·少司命》：“满堂兮美人，忽独与余兮目成。”

尽教残福折书生：谓书生宁愿折尽此生残余的福报。明王彦泓《小详之后，勉复弄笔梦游十二首》之四：“相对只消香共茗，半宵残福折书生。”

手挼裙带：谓用手揉搓裙带。挼，揉搓。唐代曹唐《小游仙》诗：“玉女暗来花下立，手挼裙带问昭王。”

杳：谓渺无影踪。

夕阳依旧小窗明：化用《小窗》诗：“夕阳如有意，偏傍小窗明。”

声律

“教”读平声合律，音 jiāo。“并”读平声押韵，音 bīng。

浣溪沙

欲寄愁心朔雁边。
西风浊酒惨离颜。
黄花时节碧云天。

古戍烽烟迷斥堠，夕阳村落解鞍鞯。
不知征战几人还。

注释

欲寄愁心朔雁边：谓欲将忧愁的心事，寄送到边塞大雁的身边。朔雁，北雁，此谓边塞的大雁。朔，北。唐李白《闻王昌龄左迁龙标遥有此寄》诗："我寄愁心与明月，随君直到夜郎西。"

浊酒：未滤之酒，泛指米酒。因用糯米、黄米等酿制的酒，未过滤时较混浊，故名。北宋范仲淹《渔家傲·秋思》词："浊酒一杯家万里，燕然未勒归无计。"

惨离颜：谓离别时凄伤的容颜。惨，悲凄、伤心。

黄花时节碧云天：谓秋季天高云淡，碧空万里。黄花时节，黄叶飘飞，金菊满地的时节，泛指秋季。引自元代王实甫《西厢记》第四本第三折："碧云天，黄花地，西风紧，北雁南飞。"

古戍：古老的戍所，谓古代将士防守边疆的营垒。

烽烟：指古代边防报警之烟。南朝陈文学家徐陵《为贞阳侯重与王太尉书》："广陵京口，烽烟相望。"

斥堠：谓古代侦察、瞭望敌情的土堡，亦代指侦察兵。斥，侦察。堠，古代瞭望敌情的土堡。

解鞍鞯：卸去鞍鞯，此谓卸去战备行装。解，卸下。鞍鞯，指马鞍和马鞍下的托垫。南北朝乐府民歌《木兰诗》："东市买骏马，西市买鞍鞯。"

不知征战几人还：谓不知征战的将士有几人能活着回来。唐代王翰《凉州词》诗："醉卧沙场君莫笑，古来征战几人回。"

说明

从"欲寄愁心朔雁边""黄花时节碧云天"句可知，该阕作于九月的塞外。从"古戍烽烟迷斥堠，夕阳村落解鞍鞯。不知征战几人还"句可知，作者出塞的目的并非扈驾，而是去执行某种危险的军事任务。查阅《纳兰性德行年录》，唯有康熙二十一年（1682）九月至十二月容若赴梭龙执行侦察任务，即"觇梭龙"满足此条件，该阕应作于此时。

浣溪沙

记绾长条欲别难。
盈盈自此隔银湾。
便无风雪也摧残。

青雀几时裁锦字，玉虫连夜翦春幡。
不禁辛苦况相关。

注释

绾长条：谓盘绕柳条打成结。古人送别有折柳寄情之俗，“柳”谐音“留”。绾，盘绕系结。长条，此谓柳条。唐白居易《青门柳》诗：“为近都门多送别，长条折尽减春风。”明王廷相《杨花篇》：“长条不绾思归客，散作飞花愁杀人。”

盈盈自此隔银湾：谓从此与你银汉相隔，天各一方。盈盈，形容清澈晶莹，亦代指仪态美好的女子。自此，从此。银湾，银河。《古诗十九首》其十：“迢迢牵牛星，皎皎河汉女。……盈盈一水间，脉脉不得语。”

摧残：此谓遭受折磨，使人憔悴。

青雀：此谓青鸟，即《山海经》中为西王母取食传信的神鸟。传说西王母驾临前，总有青鸟先来报信，因此青鸟喻指信使。唐李商隐《无题》诗：“蓬山此去无多路，青鸟殷勤为探看。”

锦字：锦字书，代指妻子给丈夫寄语相思的书信。典出《晋书·列女传》：“窦滔妻苏氏，始平人也，名蕙，字若兰。善属文。滔，苻坚时为秦州刺史，被徙流沙，苏氏思之，织锦为回文旋图诗以赠滔。宛转循环以读之，词甚凄惋，凡八百四十字，文多不录。”五代顾敻《浣溪沙》词：“青鸟不来传锦字，瑶姬何处锁兰房，忍教魂梦两茫茫。”

玉虫：此谓虫状的玉雕簪饰，喻指女子。元代于伯渊《仙吕·点绛唇》套曲：“整花枝翠丛，插金钗玉虫，褪罗衣翠绒。”

翦春幡：剪春旗。翦，同“剪”。春幡，又名春旗，旧俗于立春日，妇女剪缯绢为小幡，或挂于花枝、树梢，或簪于头上，以示迎春。

声律

“禁”读平声合律，音 jīn。

浣溪沙

谁念西风独自凉。
萧萧黄叶闭疏窗。
沉思往事立残阳。

被酒莫惊春睡重，赌书消得泼茶香。
当时只道是寻常。

注释

谁念：问语，即谁会惦念。

西风：此谓萧瑟的秋风。古人写风，常用东、南、西、北四个方位对应春、夏、秋、冬四个季节，即东风对应春风，南风对应夏风，西风对应秋风，北风对应冬风。北宋张先《菩萨蛮》词：“何处断离肠，西风昨夜凉。”

萧萧：谓风将树叶吹落的声音。东晋陶渊明《咏荆轲》：“萧萧哀风逝，淡淡寒波生。”

疏窗：窗棂稀疏的窗。

被酒：醉酒。西汉司马迁《史记·高祖本纪》：“高祖被酒，夜径泽中，令一人行前。”

春睡重：春日因醉酒而睡得深沉。南宋程垓《愁倚阑》词：“昨夜酒多春睡重，莫惊他。”

赌书消得泼茶香：引南宋女词人李清照与丈夫赵明诚翻书赌茶之典，喻指与亡妻曾有着如李清照夫妇那样充满情趣、琴瑟和鸣的夫妻生活。李清照《金石录后序》云："余性偶强记，每饭罢，坐归来堂烹茶，指堆积书史，言某事在某书某卷第几页第几行，以中否角胜负，为饮茶先后。中即举杯大笑，至茶倾覆怀中，反不得饮而起。"消得，此谓消受，享受。

说明

此阕词乃悼亡追怀之作。

吴世昌《词林新话》卷五："容若《浣溪沙》……上结'沉思往事'，下联即述往事，故歇拍有'当时'云云。'赌书'句用易安《金石录后序》中故事，知此首亦悼亡之作。"

浣溪沙

十八年来堕世间。
吹花嚼蕊弄冰弦。
多情情寄阿谁边。

紫玉钗斜灯影背，红绵粉冷枕函偏。
相看好处却无言。

注释

十八年来堕世间：谓天人下凡十八年。引自唐李商隐《曼倩辞》：“十八年来堕世间，瑶池归梦碧桃闲。”曼倩乃西汉辞赋家东方朔的字。该句引东方朔岁星（木星）下界之典，喻词中的女子若天仙下凡。典出唐代太上隐者辑《仙吏传·东方朔传》：“朔未死时，谓同舍郎曰：‘天下人无能知朔，知朔者唯大王公耳。’朔卒后，武帝得此语，即召大王公问之曰：‘尔知东方朔乎？’公对曰：‘不知。’‘公何所能？’曰：‘颇善星历。’帝问：‘诸星皆具在否？’曰：‘诸星具在，独不见岁星十八年，今复见耳。’帝仰天叹曰：‘东方朔生在朕傍十八年，而不知是岁星哉。’惨然不乐。”

吹花嚼蕊：亦作“吹叶嚼蕊”，即将叶子吹出声调，将花蕊嚼得满口生香。喻吹奏、歌唱美妙的音乐，亦代指反复推敲声律、辞藻。典出唐李商隐《柳枝五首》序：“柳枝，洛中里娘也。……生十七年，涂妆绾髻，未尝竟，已复起去，吹叶嚼蕊，调丝擫管，作天海风涛之曲，幽忆怨断之音。”序中柳枝曾与李商隐暗生情愫，终因出身不同而遗憾错过。

冰弦：琴弦的美称，原指古西域拘弥国用传说中的冰蚕丝制成的琵琶弦。

阿谁：唐宋时期的口头语，常用作禅林语，犹谁、何人，表疑问。西晋陈寿《三国志·蜀书·庞统法正传》："先主谓曰：'向者之论，阿谁为失。'"

紫玉钗：引歌妓霍小玉之典，典出唐代文学家蒋防创作的《霍小玉传》。该传被誉为"中唐传奇压卷之作"，讲述霍王庶女小玉因变故沦落风尘，她通诗书、善音乐，曾与陇西进士李益有盟约，后李益负约不往，小玉忧思成疾，为打听李益消息，耗尽资材，无奈，只得令侍婢将其衣物首饰托人货卖。文中曰："曾令侍婢浣沙将紫玉钗一只，诣景先家货之。路逢内作老玉工，见浣沙所执，前来认之曰：'此钗，吾所作也。昔岁霍王小女将欲上鬟，令我作此，酬我万钱。我尝不忘。汝是何人，从何而得？'浣沙曰：'我小娘子，即霍王女也。家事破散，失身于人。夫婿昨向东都，更无消息。悒怏成疾，今欲二年。令我卖此，赂遗于人，使求音信。'玉工凄然下泣曰：'贵人男女，失机落节，一至于此！我残年向尽，见此盛衰，不胜伤感。'"后小玉得知李益变心易志，愈加悲愤，病入膏肓。一日有黄衫客强挟李益至小玉处，小玉恸极，含恨而终。李益因小玉冤魂作祟，三娶皆不谐，终生不得安宁。

灯影背：谓背对灯影。唐代张祜《赠内人》诗："斜拔玉钗灯影畔。"

红绵：女子上妆用的粉扑。南宋蔡伸《浣溪沙·仙潭二首》："粲枕随钗云鬓乱，红绵扑粉玉肌香。"

枕函：枕匣，谓如匣般中间可以藏物的枕头。因古人常以木或瓷制枕，中空似匣，可藏物，故名。函，即匣。

相看好处却无言：彼此对看到美妙动情之处，却不知说什么才好。明汤显祖《牡丹亭·惊梦》："是那处曾相见，相看俨然，早难道这好处相逢无一言。"

说明

赵秀亭、冯统一《饮水词校笺》："此阕似为沈宛作，……'吹花嚼蕊''天海风涛'，皆切沈宛身份。另，'十八年''紫玉钗'语皆见于唐传奇蒋防撰《霍小玉传》，'红绵'句情境亦与小玉故事仿佛。小玉，亦歌女也，以词为沈宛而作，庶当无误。康熙二十三年岁杪，顾贞观作伐，沈宛至京，归性德为妾，词即作于此时。”

声律

“看”读平声合律，音 kān。“阿”字旧读仄声，音 è。否则三平尾，失律。

浣溪沙

莲漏三声烛半条。
杏花微雨湿红绡。
那将红豆记无聊。

春色已看浓似酒，归期安得信如潮。
离魂入夜倩谁招。

注释

莲漏：莲花形的刻漏，用以计时。唐代李肇《唐国史补》：“初，惠远以山中不知更漏，乃取铜叶制器，状如莲花，置盆水之上，底孔漏水，半之则沉。每昼夜十二沉，为行道之节，虽冬夏短长，云阴月黑，亦无差也。”唐代郑谷《信美寺岑上人》诗：“我来能永日，莲漏滴阶前。”

杏花微雨：此谓美人垂泪如杏花微雨般娇柔可怜。

红绡：此谓红色的绡帕。绡，生丝织的薄绸，此谓手帕。宋代姚宽《菩萨蛮·别恨》词：“红绡空浥泪。锦字凭谁寄。”

那将红豆记无聊：谓红豆哪能记下这无聊的心绪呢。那，同“哪”。红豆，又名相思子、相思豆，传说为饱尝相思之苦的人滴血泪于树下凝结而成，用以象征爱情或相思。

春色已看浓似酒：春色看起来已如酒般浓郁。犹言春已过半。北宋黄庭坚《和曹子方杂言》：“人言春色浓如酒，不见插秧吴女手。”

安得：犹怎样才能求得，哪里能够得到。唐杜甫《茅屋为秋风所破歌》：“安得广厦千万间，大庇天下寒士俱欢颜。”

信如潮：如潮信。潮水因涨落有定时，称为潮信。信，不发生差误，有规律。此句谓归来的日期怎样才能如潮信般准时呢。明王彦泓《错认》诗：“夜视可怜明似月，秋期只愿信如潮。”

离魂：脱离躯体的灵魂。引唐代陈玄祐《离魂记》之典，该篇讲述张倩娘渴望婚姻自由，为了追随爱人王宙，以魂魄与躯体相离之法，冲破封建礼教的禁锢，最终有情人终成眷属，倩娘魂体合一。

倩：此处读 qìng，动词，意为请某人做事，同“请”。

声律

“看”读平声合律，音 kān。

浣溪沙

身向云山那畔行。
北风吹断马嘶声。
深秋远塞若为情。

一抹晚烟荒戍垒，半竿斜日旧关城。
古今幽恨几时平。

注释

那畔：犹那边。

北风吹断马嘶声：谓北风的呼啸声遮住了马的嘶鸣声。

若为情：犹何以为情。

荒戍垒：谓边防驻军荒凉的营垒。戍垒，戍堡，谓边防驻军的营垒。

半竿斜日：谓太阳西沉到只有半个竹竿的高度。南宋张孝祥《眼儿媚》词："半竿残日，两行珠泪，一叶扁舟。"

旧关城：此谓榆关，即山海关。

浣溪沙·大觉寺

燕垒空梁画壁寒。
诸天花雨散幽关。
篆香清梵有无间。

蛺蝶乍从帘影度，樱桃半是鸟衔残。
此时相对一忘言。

注释

大觉寺：又名大觉禅寺，位于北京西郊阳台山麓。该寺始建于辽咸雍四年（1068），初称“清水院”。金朝时为金章宗西山八大水院之一，后改名“灵泉寺”。明宣德三年（1428）重修，更名为大觉寺。明末又被损毁，至康熙五十九年（1720）方被重修。容若此阕言寺之清冷，盖因此故。

燕垒：燕子筑的巢。

画壁：此谓寺中殿内绘有佛画“诸天花雨”的墙壁。

诸天：佛教语，泛指护法众天神。

花雨：佛教语，诸天为赞叹佛说法之功德而散花如雨。后用作赞颂高僧、颂扬佛法之词。《仁王经·序品》：“时无色界雨诸香华，香如须弥，华如车轮。”

幽关：原指深邃的关隘，此谓幽僻的佛殿。

篆香清梵有无间：谓寺中的香火味与诵经声似有若无，言其冷清。篆香，唐宋时将香料做成篆文形状，点其一端，依香上的篆形印记烧尽计时。此谓寺中的香火气味。清梵，谓诵经之声。唐代韩翃《题僧房》诗：“名香连竹径，清梵出花台。”

蛱蝶：蝴蝶的一科，翅膀多呈赤黄色，有黑色花纹。泛指蝴蝶。

忘言：忘其所言，无须言说。犹只可意会，不可言传。《庄子·杂篇·外物》：“言者所以在意，得意而忘言。”东晋陶渊明《饮酒》其五：“此中有真意，欲辨已忘言。”

声律

“忘”读平声合律，音 wáng。

浣溪沙·古北口

杨柳千条送马蹄。
北来征雁旧南飞。
客中谁与换春衣。

终古闲情归落照，一春幽梦逐游丝。
信回刚道别多时。

注释

古北口：长城重要关口之一，位于今北京市密云区古北口镇东南，地势险峻，是山海关、居庸关两关之间的长城要塞，为辽东平原和内蒙古通往中原地区的咽喉，历来是兵家必争之地。

杨柳千条：古有折柳寄情之俗，喻指送别者对远行者的不舍与牵挂。亦代指春季。明代刘效祖《折杨柳》诗："杨柳千条拂地垂，春风送客妾心悲。"

北来征雁旧南飞：谓今日北来之雁，正是去年南飞之雁。因大雁随季节迁徙，秋季南飞过冬，春季北来度夏。

换春衣：谓冬去春来，天气变暖，换上应季的春衣。唐代岑参《与独孤渐道别长句兼呈严八侍御》诗："借问君来得几日，到家不觉换春衣。"

终古：犹自古。

闲情：闲情逸致。

落照：谓落日的余晖。南宋陆游《鹧鸪天》词："家住苍烟落照间。丝毫尘事不相关。"

一春幽梦：谓一场隐约的春梦。宋代赵彦端《秦楼月·咏睡香》词："一春幽梦，与君相续。"

游丝：空中飘游的蛛丝。北宋晏殊（一说南唐冯延巳）《蝶恋花》词："满眼游丝兼落絮，红杏开时，一霎清明雨。"

刚道：犹只说。

说明

此阕词乃容若督牧之作。据《纳兰性德行年录》记载："康熙十九年庚申……性德由司传宣改经营内厩马匹，圣祖出巡用马，皆由拣择。又尝至昌平、延庆、怀柔、古北口等地督牧。"时年容若虚龄二十有六，妻子卢氏已故去三年，继娶一等公颇尔喷（一作朴尔普）之女瓜尔佳氏，家里妻妾中并无与亡妻相类的知己，来信也只知道说相别已久的话，并不懂嘘寒问暖，也无人寄换春衣，不免怅然慨叹。

浣溪沙

风髻抛残秋草生。
高梧湿月冷无声。
当时七夕记深盟。

信得羽衣传钿合，悔教罗袜葬倾城。
人间空唱雨淋铃。

注释

凤髻抛残秋草生：引杨贵妃之典，谓残破的高髻抛弃在丛生的秋草中，喻物是人非，凄凉衰败。凤髻，唐代宇文士及《妆台记》："周文王于髻上加珠翠翘花，傅之铅粉，其髻高，名曰凤髻。"此高髻为假髻，即义髻，在唐代颇为流行。据北宋欧阳修等人合撰的《新唐书·五行志》记载："杨贵妃常以假鬓为首饰，而好服黄裙，近服妖也。时人为之语曰：'义髻抛河里，黄裙逐水流。'"抛残，此谓抛弃，残破。秋草，秋天之草，喻凄凉衰败。唐白居易《长恨歌》："西宫南内多秋草，落叶满阶红不扫。"

高梧湿月冷无声：引唐白居易《长恨歌》"秋雨梧桐叶落时"和南宋姜夔《扬州慢》词"波心荡、冷月无声"句。

当时七夕记深盟：谓还记得当时七夕夜晚向天发誓，永结同心的盟约。唐白居易《长恨歌》："七月七日长生殿，夜半无人私语时。在天愿作比翼鸟，在地愿为连理枝。"

信得羽衣传钿合：谓相信道士能上天入地寻找亡灵，传递定情信物。典出唐代陈鸿《长恨传》:“适有道士自蜀来,知上心念杨妃如是,自言有李少君之术(即方士招魂之术,编者注)。玄宗大喜,命致其神。方士乃竭其术以索之,不至。又能游神驭气,出天界,没地府,以求之,又不见。又旁求四虚上下,东极绝天涯,跨蓬壶。见最高仙山,上多楼阁,西厢下有洞户,东向,窥其门,署曰‘玉妃太真院’。方士抽簪扣扉,有双鬟童出应门。方士造次未及言,而双鬟复入。俄有碧衣侍女至。诘其所从来。方士因称唐天子使者,且致其命。碧衣云:‘玉妃方寝,请少待之。’于时云海沉沉,洞天日晚,琼户重阖,悄然无声。方士屏息敛足,拱手门下。久之,而碧衣延入,且曰:‘玉妃出。’俄见一人,冠金莲,披紫绡,佩红玉,曳凤舄,左右侍者七八人。揖方士,问皇帝安否,次问天宝十四载已还事。言讫,悯然。指碧衣女取金钗钿合,各拆其半,授使者曰:‘为谢太上皇,谨献是物,寻旧好也。’”羽衣,原指以羽毛织成的衣服,如霓裳羽衣。后代指道士或神仙所着之衣,此谓道士。钿合,亦作“钿盒”,即镶有金、银、玉、贝等之首饰盒,古代常作为爱情信物。唐白居易《长恨歌》:“唯将旧物表深情,钿合金钗寄将去。”

罗袜:罗丝织成的袜子,此谓杨贵妃死于马嵬坡时的遗袜,又称“马嵬袜”。典出北宋乐史《杨太真外传》:“妃子死日,马嵬媪得锦袎袜一只。相传过客一玩百钱,前后获钱无数。”南宋葛立方《韵语阳秋》卷五:“寺即是景阳宫故地也,以井在焉,好事者往来不绝,寺僧颇厌苦之。张芸叟尝有诗戏僧云:‘不及马嵬袜,犹能致万金。’”

倾城:此谓杨贵妃。语出春秋《诗经·大雅·瞻印》“哲夫成城,哲妇倾城”,言“美女亡国”。后代指绝色美女。西汉李延年《李延年歌》:“宁不知倾城与倾国,佳人难再得。”

雨淋铃:雨霖铃。原为唐教坊曲名,后为词牌名。据唐代郑处诲《明皇杂录·补遗》云:“明皇既幸蜀,西南行,初入斜谷,属霖雨涉旬,于栈道雨中闻铃,音与山相应。上既悼念贵妃,采其声为《雨霖铃》曲,以寄恨焉。……其曲今传于法部。”

说明

此阕词引杨贵妃唐明皇之典，感怀兴衰难料、世事无常，意难平。

声律

“教”读平声合律，音 jiāo。

浣溪沙

败叶填溪水已冰。
夕阳犹照短长亭。
何年废寺失题名。

倚马客临碑上字，斗鸡人拨佛前灯。
净消尘土礼金经。

注释

败叶：谓枯萎凋落的叶子。

短长亭：短亭和长亭。古时驿道边筑亭以计路程、供行人歇息或送别之用。北周庾信《哀江南赋》："十里五里，长亭短亭。"唐代白居易撰、宋代孔传续撰《白孔六帖》："十里一长亭，五里一短亭。"

失题名：废寺失去了门额上的题名。此谓寺庙荒废多年，已看不清门额上的寺名。

倚马客临碑上字：闲游的过客驻足倚马临摹石碑上的刻字。

斗鸡人拨佛前灯：悟尽前非的纨绔子弟拨弄佛前的灯烛。斗鸡人，引贾昌之典。唐代陈鸿所作传奇小说《东城父老传》中说，唐玄宗喜好斗鸡，贾昌幼年以斗鸡得宠，后遭安史之乱，身经沧桑，尽悟前非，遂出家为僧。

礼金经：礼诵佛经。金经，指《金刚经》，此谓佛经。

说明

此阕词不胜苍凉，寓意深远，耐人寻味。容若虽为富贵家儿，却多愁善感，参悟红尘。正如其好友梁佩兰所云：“君本春人，而多秋思。”

浣溪沙·庚申除夜

收取闲心冷处浓。
舞裙犹忆柘枝红。
谁家刻烛待春风。

竹叶樽空翻采燕，九枝灯灺颤金虫。
风流端合倚天公。

注释

庚申除夜：谓康熙十九年（1680）除夕之夜。

收取闲心冷处浓：谓本欲收起闲心，而幽冷的心情却愈发浓烈。明王彦泓《寒词》："个人真与梅花似，一片幽香冷处浓。"

舞裙犹忆柘枝红：谓舞女衣裙的颜色令人依稀回忆起书中描绘的柘枝红。柘枝红，即柘枝舞裙的红色。柘枝舞是由古郅支（今哈萨克斯坦南部的江布尔）传来的舞蹈，初为女子独舞，唐代兴双人舞，宋代演变为队舞。自元代以来，唯于词曲中尚存《柘枝令》牌名，舞已失传。唐代张祜《周员外出双舞柘枝妓》诗："金丝蹙雾红衫薄，银蔓垂花紫带长。"

刻烛：在蜡烛上刻标记，燃烧蜡烛以计时。据唐代李延寿《南史》卷五十九："竟陵王子良尝夜集学士，刻烛为诗，四韵者则刻一寸，以此为率。文琰曰：'顿烧一寸烛，而成四韵诗，何难之有。'"后以"刻烛"喻诗才敏捷。北宋秦观《同子瞻端午日游诸寺》诗："愧无刻烛敏，续此金玉音。"

竹叶樽空翻采燕：谓人们饮罢竹叶青酒，将翻飞的彩燕戴在头上，讨个新春好彩头。竹叶，指竹叶青酒。该酒历史悠久，可追溯到晋代。西晋张华《轻薄篇》诗："苍梧竹叶青，宜城九酝醝。"醝即白酒。古代竹叶青酒以白酒加竹叶合酿而成。南朝梁简文帝萧纲有"兰羞荐俎，竹酒澄芬"的诗句，北周文学家庾信在《春日离合诗二首》中有"三春竹叶酒，一曲鹍鸡弦"的佳句。樽空，酒杯已空，谓酒已喝尽。采燕，旧俗于立春时剪彩绸为燕子形，饰于头上，寓意太平吉祥。

九枝灯灺颤金虫：谓一干九枝的灯烛将熄，灯花如金虫般颤动。九枝灯，一干九枝，各托一盏的古代灯具，常为宫廷和王公贵胄家使用。唐李商隐《楚宫》诗："如何一柱观，不碍九枝灯。"灺，指灯烛将熄。金虫，比喻灯花。

风流端合倚天公：此谓风流富贵皆倚靠天子的恩赐。端合，应该，应当。唐代陆龟蒙《白莲》诗："素花多蒙别艳欺，此花端合在瑶池。"天公，以天拟人，此谓天子。

浣溪沙

万里阴山万里沙。
谁将绿鬓斗霜华。
年来强半在天涯。

魂梦不离金屈戌，画图亲展玉鸦叉。
生怜瘦减一分花。

注释

阴山：蒙古语称“达兰喀喇”，意为“七十个黑山头”。泛指今河套以北、大漠以南诸山。东汉班固《汉书·匈奴传》：“北边塞至辽东，外有阴山，东西千余里。”

绿鬓：谓乌黑亮泽的头发。唐代徐夤《绿鬓》诗：“绿鬓先生自出林，孟光同乐野云深。”

斗：争胜。

霜华：此谓白发。明朱有燉《元宫词》：“纵使深宫春似海，也教云鬓点霜华。”

强半：谓大半、过半。北宋苏轼《山村五绝》诗：“赢得儿童语音好，一年强半在城中。”

金屈戌：又称“金屈戌”，门窗上的环扣，因多为铜制，呈金色，故名。此处代指家园。

玉鸦叉：玉丫叉，此谓玉制的画叉。画叉，即用以悬挂或取下高处立幅书画的长柄“丫”形叉子。北宋郭若虚《图画见闻志》：“张文懿性喜书画……爱护尤勤。每张画，必先施帟幕，画叉以白玉为之。”

生怜：产生怜惜之情，此谓可怜。南宋陈造《次韵朱万卿五首》其一：“生怜自谋拙，人谓不堪忧。”

瘦减一分花：形容人如花般消瘦了一些。明汤显祖《牡丹亭·写真》：“这是：春梦暗随三月景，晓寒瘦减一分花。”

说明

赵秀亭、冯统一《饮水词校笺》：“康熙二十一年二月至五月，纳兰性德随扈吉林；九月至腊月，又奉使梭龙，与‘强半在天涯’句合。梭龙遥远，与‘万里阴山’句合。自梭龙归，倩人绘《楞伽出塞图》，此阕有‘画图亲展’句，当为题图之作。”

浣溪沙

肠断班骓去未还。
绣屏深锁凤箫寒。
一春幽梦有无间。

逗雨疏花浓淡改，关心芳草浅深难。
不成风月转摧残。

注释

肠断班骓去未还：谓丈夫远行，久去未归，令人柔肠寸断。肠断，谓悲伤至极。语出东晋干宝《搜神记》卷二十：“临川东兴有人入山，得猿子，便将归。猿母自后逐至家。此人缚猿子于庭中树上，以示之。其母便搏颊向人，欲乞哀状，直谓口不能言耳。此人既不能放，竟击杀之。猿母悲唤，自掷而死。此人破肠视之，寸寸断裂。”班骓，即斑骓，谓长有斑点、毛色青白相杂的马，泛指杂色马。古诗词中常以之代指心上人的坐骑。班，同“斑”，谓斑点或斑纹。骓，指毛色青白相杂的马。唐李商隐《无题》诗：“斑骓只系垂杨岸，何处西南待好风。”

绣屏深锁凤箫寒：谓独守空房，了无生趣，绣屏被深锁起来，凤箫声显得格外寒冷，也不再吹奏。绣屏，谓在丝织物上刺绣图案装裱而成的屏风，常置于寝室。五代魏承班《满宫花》词：“春朝秋夜思君甚，愁见绣屏孤枕。”凤箫，排箫，比竹为之，参差如凤翼，故名。唐代沈佺期《凤箫曲》诗：“昔时嬴女厌世纷，学吹凤箫乘彩云。”

逗雨疏花浓淡改：谓连绵不断的春雨令花朵稀疏，花色的浓淡发生改变。逗雨，逗留之雨，谓雨连绵不断。逗，停留。北宋张先《山亭宴慢》词：“天意送芳菲，正黯淡、疏烟逗雨。”

关心：此谓注意、留意。

芳草：芳香之草，泛指草，亦喻美德。古人常以芳草寄离情。北宋张先《熙州慢·赠述古》：“潇湘故人未归，但目送游云孤鸟。际天杪。离情尽寄芳草。”

浅深难：谓草色深浅难辨。

不成：难不成，犹难道，用于句首表反诘。

说明

此阕词以思妇口吻盼郎归，与前阕《浣溪沙·古北口》对照来看，颇有意味。明为思妇念远，实乃孤影自惜。不愧“自伤情多”，可怜可叹！

浣溪沙

容易浓香近画屏。
繁枝影著半窗横。
风波狭路倍怜卿。

未接语言犹怅望，才通商略已瞢腾。
只嫌今夜月偏明。

注释

画屏：画有彩绘的屏风。

繁枝影著半窗横：谓月光下，繁茂的枝叶将影子横斜着映在窗上，占据了半个窗棂。南宋范成大《卜算子》词："冷蕊疏枝半不禁，更著横窗影。"

风波狭路倍怜卿：谓你历经波折，无路可退，令我倍感怜惜。风波，喻波折。狭路，即狭窄的路，喻无路可退。卿，古时夫妻、恋人或好友间的昵称。明王彦泓《代所思别后阿姚五首》其三："风波狭路惊团扇，花月空庭泣浣衣。"

未接语言犹怅望：还未接话，便开始迟疑、惆怅地望向对方。语言，此谓话语。明王彦泓《和端己韵》诗其一："未接语言当面笑，暂同行坐夙生缘。"犹怅望，谓迟疑、惆怅地相望。犹，迟疑。

才通商略已瞢腾：谓才开始交谈，便已心神迷蒙，语无伦次，不知所云。商略，原义为商讨，此谓交谈。瞢腾，即心神迷蒙。明王彦泓《赋得别梦依依到谢家八首》其一："今日眼波微动处，半通商略半矜持。"

浣溪沙

抛却无端恨转长。
慈云稽首返生香。
妙莲花说试推详。

但是有情皆满愿，更从何处著思量。
篆烟残烛并回肠。

注释

无端：无缘无故。

恨转长：谓愁绪变得更加绵长。明代唐寅《花月吟效连珠体十一首》其八：“有花无月恨茫茫，有月无花恨转长。”

慈云：佛家语，谓佛祖的慈悲心。

稽首：稽首礼，古代九种礼拜形式中最恭敬、隆重的一种跪拜礼。行礼时，施礼者屈膝跪地，男子双腿打开，呈外八字状跪下；女子则双腿并拢跪下。双手掌心向下，左手按于右手上，拱手于地，头也缓缓至于地，手在膝前，头在手后，停留一段时间后方算礼成。

返生香：可使人起死回生之香。据西汉东方朔《海内十洲记·聚窟洲》记载：“聚窟洲在西海中，申未之地。……洲上有大山，形似人鸟之象，因名之为神鸟山。山多大树，与枫木相类，而花叶香闻数百里，名为反魂树。……伐其木根心，于玉釜中煮，取汁，更微火煎，如黑饧状，令可丸之，……名之为反生香，……香气闻数百里。死者在地，闻香气乃却活，不复亡也。以香熏死人，更加神验。”

妙莲花：指《楞严经》《妙法莲华经》等佛教经典所表述的佛门妙法。“莲花”亦作“莲华”。北宋王安石《次吴氏女子韵》诗：“秋灯一点映笼纱，好读楞严莫念家。能了诸缘如梦事，世间唯有妙莲花。”

推详：推究。语出南朝梁文学家萧绮《拾遗记·序》：“推详往迹，则影彻经史。”

但是：犹凡是。“但”在此处作副词，意为凡，凡是。唐白居易《李白墓》诗：“但是诗人多薄命，就中沦落不过君。”

有情皆满愿：谓有情众生的愿望皆能圆满实现。满愿，佛家语，即圆满愿望，实现心愿。明王彦泓《和于氏诸子秋词》其十九：“但是有情皆满愿，妙莲花说不荒唐。”

篆烟：篆香之烟。

回肠：喻忧思回旋，愁肠百转，痛苦已极。唐李商隐《初起》诗：“五更钟后更回肠。”

说明

据“返生香”句可知，该阕作于容若发妻卢氏卒后，即康熙十六年（1677）后，乃悼亡之作。创作地点或为大觉寺（可参阅前阕《浣溪沙·大觉寺》），抑或为双林禅寺卢氏停灵处。

浣溪沙·小兀喇

桦屋鱼衣柳作城。
蛟龙鳞动浪花腥。
飞扬应逐海东青。

犹记当年军垒迹，不知何处梵钟声。
莫将兴废话分明。

注释

小兀喇：今吉林省吉林市，又称“吉林乌拉”。“兀喇”为满语音译，又写作“乌拉”。据《吉林通志》记载：“吉林谓沿，乌拉谓江。”“吉林乌拉”意为“沿江的城池”，名唤“小乌拉”是为了区别于“大乌拉”，大乌拉在小乌拉下游八十余里处，即今吉林省吉林市龙潭区乌拉街镇。据清代萨英额《吉林外纪》记载：“吉林乌拉……为满洲虞猎之地，在京师东北二千三百里。顺治十五年，因防俄罗斯，造战船于此，名曰船厂。”清代杨宾《柳边纪略》：“船厂即小吴喇，南临混同江，东西北三面，旧有木城。”

桦屋鱼衣：以桦树筑屋，以鱼皮制衣，东北黑龙江流域旧俗。清代高士奇《扈从东巡日录·附录》：“海滨有鱼，名‘打不害’，肉疏而皮厚，长数尺，每春涨，溯乌龙江而上入山溪间。乌稽人取其肉为脯，裁其皮以衣，无冬夏袭焉。日光映之，五色若文锦。”

柳作城：东北古俗，植柳条作墙，名“柳条边”“柳边”，是标示禁区的界线，其边门曾作为稽查收税的关卡和联系东北地区的交通孔道。柳条边主要由流徙罪犯修建，是一条高、宽各一米，总长度一千三百余公里的土堤，呈‘人’字形横亘在东北平原上。堤上每隔五尺插柳条三株，柳条粗四寸，高六尺，埋入土内二尺，外露四尺。各柳条之间再用绳连结，称之为“插柳结绳”。外侧挖一口宽八尺、底宽五尺、深八尺、横断面为倒梯形的壕沟，壕沟与土堤并行。清代魏源《圣武记》：“盛京、吉林则以柳条结边为界，柳条边依内外兴安岭而建。”

蛟龙：蛟，古代传说中似龙而无角的神兽，历劫可化为真龙。宋末元初黄公绍《古今韵会》：“蛟，龙属。无角曰蛟。”此谓松花江中的大鱼。康熙东巡作《松花江放船歌》云：“松花江，江水清，……乘流直下蛟龙惊。”

海东青：雕的一种，可驯服为猎鹰，属大型猛禽，体重健壮，其飞极高，能袭天鹅，搏鸡兔，产于东北黑龙江、吉林等地。宋代庄绰《鸡肋编》卷下：“鸷禽来自海东，唯青鸡最嘉，故号海东青。”清代吴桭臣《宁古塔纪略》：“鹰第一等名海东青，能捉天鹅，一日能飞二千里。”

当年军垒迹：小乌拉曾为女真诸部争战的战场，留有当年军垒的遗迹。明嘉靖年间，将居于松花江流域的女真人称作海西女真，海西女真又分叶赫、哈达、辉发、乌拉四部，合称“扈伦四部”，四部间屡有杀伐争战。

莫将兴废话分明：兴亡成败转头空，俱往矣，不必再说了。此句非泛言，乃作者的由衷慨叹。因作者的先世为海西女真扈伦四部中一度最为强大的叶赫部。叶赫部于明嘉靖十三年（1534）由首领祝孔革迁居叶赫河畔筑城而得名，明万历四十七年（1619），在建州女真首领即清太祖努尔哈赤的第四次征伐中战败，被编籍入旗并入建州女真。短短八十五年间，其兴也速，亡也遽。如今，故地重临，满目兴亡，或奴或主，怎好言说。

说明

康熙二十一年（1682）春，康熙因三藩平定，东巡祭祖，并至乌拉行围，容若随扈，该阕乃见闻之作。

浣溪沙·姜女祠

海色残阳影断霓。
寒涛日夜女郎祠。
翠钿尘网上蛛丝。

澄海楼高空极目，望夫石在且留题。
六王如梦祖龙非。

注释

姜女祠：根据“孟姜女哭长城”的传说，为纪念孟姜女而建的供舍，又称“贞女祠”“姜女庙”。该祠位于今秦皇岛山海关东十三里的望夫石村北凤凰山小丘陵之巅，始建于宋代，明万历年间重修，至今犹存。

断霓：此谓残阳倒映在海中犹如一段霓。霓是彩虹旁边的副虹，颜色排列与虹相反，色彩比虹淡。

女郎祠：姜女祠。

翠钿：镶有翠玉或点有翠羽并嵌有珠宝的金银首饰，此谓孟姜女雕像上的头饰。

澄海楼：位于明长城东端的山海关老龙头，始建于明末。“澄海”即“大海澄清、海不扬波”，象征圣人治国天下太平，曾被称作“知圣楼”。登楼极目远眺，海天一色，巨浪奔涌，气吞海岳。

望夫石：此谓姜女祠主殿后的一块巨石，上刻“望夫石”三字。相传为孟姜女望夫之处。

留题：留给后人题咏。

六王：指战国齐、楚、燕、韩、赵、魏六国之王。

祖龙：原指古代神话中的龙族祖先，此谓秦始皇。据西汉司马迁《史记·秦始皇本纪》记载，使者从关东夜过华阴平舒道时，有人拦住他说："今年祖龙死。"南朝史学家裴骃《史记集解》注曰："祖，始也；龙，人君象。谓始皇也。"

说明

该阕亦为康熙二十一年（1682）容若随扈东巡之作。

声律

"钿"读平声合律，音 tián。

浣溪沙

旋拂轻容写洛神。
须知浅笑是深颦。
十分天与可怜春。

掩抑薄寒施软障，抱持纤影藉芳茵。
未能无意下香尘。

注释

旋拂：旋转着拂拭。此谓画笔游走，言行笔的动态。北宋杨亿《冬夜》诗："旋拂流尘抚素琴。"

轻容：原指无花薄纱，此谓绘画用的素绢。南宋周密《齐东野语·轻容方空》："纱之至轻者，有所谓轻容，出唐《类苑》云：'轻容，无花薄纱也。'"

洛神：中国先秦神话中司掌洛水的女神，名唤宓妃。三国魏曹植在《洛神赋》中极言其美，使其成为中国理想美神的化身。此谓画中女子。

浅笑是深颦：谓浅笑中蕴含着深深的愁绪。颦，皱眉。明代祝允明《忆青娥》诗："云窗梦破十年春，浅笑深颦隔一春。"

天与：谓天然、天赋。

可怜春：谓值得怜爱的春天。可，值得。怜，爱惜。南宋姜夔《鹧鸪天·己酉之秋苕溪记所见》："与谁同度可怜春。"

掩抑：此谓遮挡。

薄寒：微寒。此谓画绢质地轻薄微寒。战国宋玉《楚辞·九辩》："憯凄增欹兮，薄寒之中人。”

施软障：添加裱画的幛子。施，添加。软障，指由绢帛绫锦等丝织品制成的裱画幛子。唐代杜荀鹤（一说李濬）《松窗杂录》：“唐进士赵颜于画工处得一软障，图一妇人甚丽。”

抱持：抱住。语出东汉班固《汉书·李广苏建传》：“卫律惊，自抱持武。”

纤影：谓轻盈、纤柔的身影。

藉：垫、衬。

芳茵：原指茂美的草地，此谓装裱时用于衬托画心的精美丝织品。

未能无意：有意。

香尘：本义为芳香之尘，多因美人步履而起。三国魏曹植《洛神赋》：“凌波微步，罗袜生尘。”唐温庭筠《莲花》：“应为洛神波上袜，至今莲蕊有香尘。”引申为佛家语“色、声、香、味、触、法”六尘之一。此谓凡尘。下香尘即下凡尘。

说明

此阕词乃题咏美人画像之作，从词中内容来看，容若似亲历了绘画和装裱的过程。画中美人或为洛神，或为容若心仪的女子。画者为谁，没有明示，或为容若友人，抑或为其自己。

浣溪沙

十二红帘窣地深。
才移划袜又沉吟。
晚晴天气惜轻阴。

珠衱佩囊三合字，宝钗拢髻两分心。
定缘何事湿兰襟。

注释

十二红帘：谓绣有“十二红”即小太平鸟的帘幕，古代女子闺房常以其为装饰。十二红，指小太平鸟，因其十二枚尾羽末端呈绯红色，故名。南宋吴文英《喜迁莺》词：“万顷素云遮断，十二红帘钩处。”

窣：此谓下垂。

划袜：以袜划地，谓只穿袜子着地。划，同“铲”，削，平。南唐后主李煜《菩萨蛮》词：“划袜步香阶，手提金缕鞋。”

轻阴：微阴的天色。唐代张旭《山中留客》诗：“山光物态弄春晖，莫为轻阴便拟归。”

珠衱：谓缀有珠玉的裙带。唐杜甫《丽人行》诗：“背后何所见，珠压腰衱稳称身。”南宋蔡梦弼《杜工部草堂诗笺》注：“腰衱，即今之裙带也。”

佩囊：此谓随身佩带的香囊。

三合字：在成对的香囊上共绣三个字，每只各绣字的半边，合则三字完整。香囊一枚自留，一赠所欢，两人各佩其一，以示同心相爱。南宋高观国《思佳客》

词："同心罗帕轻藏素，合字香囊半影金。"

宝钗拢髻两分心：谓先将头发拢于头顶束起，再以一支扁长的发簪为基座，将发丝从中间分成两绺，沿发簪各向左右两边缠梳成髻，形如一个"心"字。此即满族女子的特有发式"两把头"。这种扁长的发簪名唤扁方，是满族女子梳旗头的主要首饰，贵族女子的扁方通常用金银、玉石、玳瑁制成，或錾刻雕花，或镶嵌珠宝。现存的扁方最早可见于明代。宝钗，即嵌有珠宝的双股簪，代指扁方。

定缘：谓缘分已定。

湿兰襟：泪湿衣襟。兰襟，本指绣有兰花或泛着芬芳之气的衣襟，此为衣襟的美称。

声律

"髻"字有去、入二音。念入声时，是灶神名。此处念去声 jì，乃发髻之意。

浣溪沙·红桥怀古，和王阮亭韵

无恙年年汴水流。
一声水调短亭秋。
旧时明月照扬州。

曾是长堤牵锦缆，绿杨清瘦至今愁。
玉钩斜路近迷楼。

注释

红桥：古桥名，位于江苏省扬州市西。明崇祯时建，为扬州游览胜地之一。清代王士禛《红桥游记》：“出镇淮门，循小秦淮折而北，陂岸起伏多态，竹木蓊郁，清流映带。人家多因水为园。亭榭溪塘，幽窈而明瑟，颇尽四时之美。拿小艇，循河西北行，林木尽处，有桥宛然，如垂虹下饮于涧；又如丽人靓妆袨服，流照明镜中，所谓红桥也。游人登平山堂，率至法海寺，舍舟而陆径，必出红桥下。桥四面皆人家荷塘。六七月间，菡萏作花，香闻数里，青帘白舫，络绎如织，良谓胜游矣。予数往来北郭，必过红桥，顾而乐之。”

怀古：追怀古代的人和事，多用作有关古迹的诗（词）题。

和王阮亭韵：和王士禛的词韵。王士禛，字贻上，号阮亭，又号渔洋山人。清顺治十七年（1660）至康熙二年（1663）任扬州推官，《红桥游记》便作于任上。康熙元年（1662）夏，王阮亭曾与袁于令、杜浚、陈允衡、陈维崧等一众友人游览红桥，并赋《浣溪沙》词。《红桥游记》将此事记录如下：“壬寅季夏之望，与箨庵、茶村、伯玑诸子偶然漾舟，酒阑兴极，援笔成小词二章，诸子倚而和之。……而红桥之名，或反因诸子而得传于后世，增怀古凭吊者之徘徊感叹，如予今日，未可知也。”容若于康熙二十三年（1684）随扈南巡至扬州，用王阮亭《浣溪沙》第一阕韵作此阕和之。

无恙：原指无疾，引申指未受不良侵害的影响，此谓安好。战国宋玉《楚辞·九辩》：“赖皇天之厚德兮，还及君之无恙。”

汴水：古河名，唐宋时指通济渠黄河至淮河的一段，称汴河、汴水、汴渠。隋炀帝大业元年（605）开通济渠，连接黄河、淮河与长江。唐白居易《长相思》词：“汴水流，泗水流，流到瓜州古渡头。吴山点点愁。”

水调：曲调名，传为隋炀帝开汴河时自造曲。明代胡震亨《唐音癸签·乐通二》：“《海录碎事》云：‘隋炀帝开汴河，自造《水调》。’按，《水调》及《新水调》，并商调曲也。唐曲凡十一叠，前五叠为歌，后六叠为入破。”唐杜牧《扬州三首》诗：“谁家唱水调，明月满扬州。”

短亭：旧时城外大道旁，五里设短亭，十里设长亭，为行人休憩或送行饯别之所。

长堤：指隋堤。汴渠广四十步，旁筑御道，并植杨柳，后人谓之隋堤。唐白居易《隋堤柳》诗：“隋堤柳，岁久年深尽衰朽。风飘飘兮雨萧萧，三株两株汴河口。……大业年中炀天子，种柳成行夹流水。西自黄河东至淮，绿阴一千三百里。……”

锦缆：锦帆彩缆。《大业拾遗记》载：“至汴，帝御龙舟，萧妃乘凤舸，锦帆彩缆，穷极侈靡。……每舟择妙丽长白女子千人，执雕板镂金楫，号为‘殿脚女’。”后以“锦缆”之典喻指帝王穷奢极侈，招致国破身亡。唐杜牧《汴河怀古》诗：“锦缆龙舟隋炀帝，平台复道汉梁王。”

绿杨：指隋堤垂杨柳。《隋炀开河记》载：“帝意欲在广陵，……时恐盛暑，翰林学士虞世基献计，请用垂柳栽于汴渠两堤上。……诏民间有柳一株，赏一缣。百姓竞献之。……帝御笔写赐垂杨柳姓杨，曰杨柳也。”

玉钩斜：古代著名游宴地，位于江苏江都县境。相传为隋炀帝葬宫人处。后泛指葬宫人处。北宋李昉等编《太平广记·李蔚》：“咸通中，丞相李蔚拜端揆日，自大梁移镇淮海……一旦，命于戏马亭西，连玉钩斜道，开创池沼，构葺亭台。挥斤既毕，号曰‘赏心’。”北宋苏轼《与舒教授张山人参寥师同游戏马台书西轩壁兼简颜长道二首》诗其一：“路失玉钩芳草合，林亡白鹤古泉清。”

迷楼：传说中隋炀帝在扬州建造的行宫，位于扬州西北郊。《迷楼记》载：“凡役夫数万，经岁而成。楼阁高下，轩窗掩映，幽房曲室，玉栏朱楯，互相连属……帝幸之，大喜，顾左右曰：‘使真仙游其中，亦当自迷也。可目之曰“迷楼”。’”

说明

张秉戍《纳兰词笺注》：“词以情景俱到之法出之。上片写红桥一带之景物和感受，其今昔之感已见篇中。下片点出炀帝旧事，怀古之意显明鲜活。结处尤为深刻，‘玉钩斜’‘迷楼’于一句中形成对比，意含深曲，令人回味深思。”

浣溪沙

一半残阳下小楼。
朱帘斜控软金钩。
倚阑无绪不能愁。

有个盈盈骑马过，薄妆浅黛亦风流。
见人羞涩却回头。

注释

朱帘斜控软金钩：谓红色的帘幔斜挂在软金钩上垂下地来。朱帘，红色的帘幔。控，此谓使帘幔悬空垂下。元代奥敦周卿《南吕·一枝花》：“人寂静、门初掩，控金钩、垂绣帘。”

倚阑：倚靠栏杆。阑，同“栏”，栏杆。

无绪：谓没有情绪，百无聊赖。北宋柳永《雨霖铃》词：“都门帐饮无绪，留恋处、兰舟催发。”

盈盈：容貌美好，仪态轻盈。此谓年轻的美女。《古诗十九首》其二：“盈盈楼上女，皎皎当窗牖。”唐代李善注：“《广雅》曰：‘嬴，容也。’‘盈’与‘嬴’同。”

薄妆：淡妆。南朝张率《日出东南隅行》：“虽资自然色，谁能弃薄妆。”

浅黛：谓眉色画得浅淡，代指浅眉。北宋张先《卜算子慢》词：“惜弯弯浅黛长长眼。”

风流：此谓风韵。

说明

此阕词补遗自清乾隆三十二年（1767）蒋重光经锄堂刻本《昭代词选》卷九。

浣溪沙

锦样年华水样流。
鲛珠迸落更难收。
病余常是怯梳头。

一径绿云修竹怨，半窗红日落花愁。
愔愔只是下帘钩。

注释

锦样年华：谓锦绣般的青春年华。

鲛珠：原指鲛人眼泪所化的珍珠，比喻泪珠。语出西晋张华《博物志》卷二："南海外有鲛人，水居如鱼，不废织绩，其眼能泣珠。"

迸落：涌出掉落。迸，涌出。唐代刘禹锡《祭柳员外文》："涕泪迸落，魂魄震越。"

病余常是怯梳头：谓生病之余常怕梳头，因梳头看见头发掉落，更添伤感。怯：胆小害怕。

绿云：谓如绿色的云雾般繁茂的枝叶。

修竹：修长的竹子。东晋王羲之《兰亭集序》："此地有崇山峻岭，茂林修竹。"

愔愔：此谓红日西下时的悄寂貌。明汤显祖《紫钗记·谒鲍述娇》："青门近狭斜，愔愔陌巷是谁家。"

下帘钩：此谓红日西斜，落下帘钩。南宋李清照《满庭芳·残梅》词："篆香烧尽，日影下帘钩。"

说明

此阕词补遗自许增娱园刻本《纳兰词》。

浣溪沙

肯把离情容易看。
要从容易见艰难。
难抛往事一般般。

今夜灯前形共影，枕函虚置翠衾单。
更无人与共春寒。

注释

一般般：犹一桩桩、一件件。此为所述之物的数量单位。元代秦简夫《东堂老》第四折：“摆设的一般般肴馔美，酬酢的一个个绮罗新。”

灯前形共影：灯前只有自己的影子相伴，谓孤单。

枕函：谓中空可藏物的枕头。见《浣溪沙》（十八年来堕世间）注。

翠衾：谓翠色或织有翠羽花纹的锦被。泛指就寝盖的被子。衾，被子。唐李商隐《药转》诗：“忆事怀人兼得句，翠衾归卧绣帘中。”

说明

此阕词补遗自许增娱园刻本《纳兰词》。

声律

“看”读平声押韵，音 kān。

浣溪沙

已惯天涯莫浪愁。
寒云衰草渐成秋。
漫因睡起又登楼。

伴我萧萧惟代马，笑人寂寂有牵牛。
劳人只合一生休。

注释

已惯天涯：谓已经习惯浪迹天涯。

浪愁：无谓地忧愁，空愁。浪，空、徒。南宋杨万里《无题》诗：“渠侬狡狯何须教，说与旁人莫浪愁。”

漫：此谓莫、不要。唐杜甫《一百五日夜对月》诗：“牛女漫愁思，秋期犹渡河。”

萧萧：象声词，此谓马的嘶鸣声。《诗经・小雅・车攻》：“萧萧马鸣，悠悠旆旌。”唐李白《送友人》诗：“挥手自兹去，萧萧班马鸣。”

代马：春秋时期北地培育的良马。泛指胡马、北方良马。代，古代郡地，泛指北方边塞地区。

寂寂：此谓孤单、落寞。东汉秦嘉《赠妇诗》：“寂寂独居，寥寥空室。”

牵牛：牵牛星，又名牛郎星。因“牛郎织女”的传说而家喻户晓。此谓天上的牛郎与织女尚有一年一度的鹊桥相会，而容若却与妻子天人永隔，再不能相见，连牛郎都笑话他。

劳人：此谓忧伤之人。《诗经·小雅·巷伯》："骄人好好，劳人草草。苍天苍天，视彼骄人，矜此劳人。"东汉高诱《淮南子注》曰："劳，忧也。劳人即忧人也。"

只合：谓只应。唐代薛能《游嘉州后溪》诗："当时诸葛成何事，只合终身作卧龙。"

一生休：一生休矣。谓一辈子就这样罢了，对生活不再抱有希望。

说明

此阕词补遗自许增娱园刻本《纳兰词》。

纵观全词，该阕当作于康熙十九年（1680）至康熙二十一年（1682）间的一个七夕之夜，乃容若任马曹时的塞外督牧之作，满纸落寞，充满消极意味。

浣溪沙·寄严荪友

藕荡桥边理钓筒。
苎萝西去五湖东。
笔床茶灶太从容。

况有短墙银杏雨，更兼高阁玉兰风。
画眉闲了画芙蓉。

注释

严荪友：严绳孙（1623—1702），字荪友，号秋水、勾吴严四，晚号藕荡渔人。无锡县胶山（今江苏无锡东北塘乡）人。与容若相识于康熙十二年（1673）。康熙十八年（1679）以布衣应博学鸿词试，授检讨，官至右中允兼翰林院编修。康熙二十四年（1685）四月谢病归。工诗词古文，亦善书画。著有《秋水词》。

藕荡桥：严绳孙家乡无锡的一座桥。清代朱彝尊为严绳孙撰写的墓志铭道："当君未仕，爱县西洋溪丘壑竹树之胜，思买墓田丙舍终老。溪有桥曰'藕荡'，因自号藕荡渔人。"

钓筒：浸在水中捕鱼的竹篓，腹大口小，鱼进去不得出。

苎萝：苎萝山，在今浙江诸暨市城南。相传为春秋时越国美女西施、郑旦出生之地。东汉赵晔《吴越春秋·勾践阴谋外传》："乃使相者国中得苎萝山鬻薪之女，曰西施、郑旦。"元代徐天祜注："《会稽志》：'苎萝山在诸暨县南五里。'《舆地志》：'诸暨苎萝山，西施、郑旦所居。'"

五湖：太湖和周边四湖的总称，亦代指太湖。相传春秋时范蠡助越灭吴后，功成身退，携西施泛舟于此。故后人多以“五湖”喻归隐不仕。东汉赵晔《吴越春秋·夫差内传》：“入五湖之中。”三国时吴国史学家韦昭曰：“胥湖、蠡湖、洮湖、滆湖，就太湖而五。”

笔床：谓搁放毛笔的用具，犹文具盒。据文献记载，其材质有镏金、翡翠、紫檀和乌木等多种，现存世器物多为瓷或竹木制成。南朝陈文学家徐陵《玉台新咏序》：“琉璃砚匣，终日随身；翡翠笔床，无时离手。”

茶灶：谓烹茶的小炉灶。唐代陈陶《题僧院紫竹》诗：“幽香入茶灶，静翠直棋局。”

短墙：矮墙。

银杏雨：谓银杏树在细雨中的风致。

高阁：此谓放置书籍、器物的高架。唐韩愈《寄卢仝》诗：“《春秋》三传束高阁，独抱遗经究终始。”

玉兰风：谓玉兰花散发的香气弥漫在空中。此二句引自清代严绳孙《望江南》词：“暗绿扑帘银杏雨，昏黄扶袖玉兰风，人在小窗中。”

画眉：引西汉张敞画眉之典。据说张敞为官没有官架子，与夫人感情极好，夫人因幼时受伤，眉角有缺，张敞便每日为其画好眉后，方才出门。汉宣帝闻听此事，当众向他询问。张敞说：“闺房之乐，有甚于画眉者。”后世以此作为夫妻恩爱的典范，津津乐道。

画芙蓉：为美人画像。芙蓉，即芙蓉面，谓女子面如芙蓉花般娇美。此谓美人。唐白居易《长恨歌》：“芙蓉如面柳如眉，对此如何不泪垂。”因严绳孙善绘事，故云。此句犹云，为妻子画眉之余还可为妻子画像，喻夫妻恩爱和睦。

说明

此阕词补遗自清康熙十六年（1677）容若与顾贞观合编的《今词初集》。

赵秀亭、冯统一《饮水词校笺》：“严荪友于康熙十五年春夏间南归，原无再出仕意。性德康熙十六年十二月寄严书云‘息影之计可能遂否’，即指此。此词上片三句亦出同一背景。后严氏应博学鸿词试，实出被迫无奈。此词见《今词初集》，故当作于康熙十六年。又，同时高士奇曾云：‘严藕渔负卓荦之才，高尚其志，徜徉山水数十年，所怀狷洁，轩冕富贵不动其心，诗酒笔墨自娱而已。梁溪人争以倪云林目之。’（法式善《槐厅载笔》卷十四引《高澹人文稿》）容若此词亦以云林赞严氏。”

浣溪沙·郊游联句

出郭寻春春已阑。（陈维崧）
东风吹面不成寒。（秦松龄）
青村几曲到西山。（严绳孙）

并马未须愁路远，（姜宸英）看花且莫放杯闲。（朱彝尊）
人生别易会常难。（成德）

注释

联句：诗词的创作方式之一，由两人或多人合作一首，每人出一句或几句，联结成篇。旧传始于汉武帝与众臣合作的《柏梁台诗》。联句作诗初无定式，有一人一句一韵、两句一韵乃至两句以上者，依次而下，联成一篇；亦有一人出上句，继者出下句，第三人再出上句，轮流相续，直至终篇。诗若较长，还可依次再接第二轮或第三轮，直至终篇。联句诗词多为友人间郊游宴饮时的遣兴之作，难有佳篇。此阕《浣溪沙》共六句，由六人每人一句，联结而成。

出郭：出城，此谓去往郊外。郭，古代在城的外围加筑的一道城墙。

春已阑：犹春已残。阑，将尽。

陈维崧：1625—1682，字其年，号迦陵，南直隶常州府宜兴县（今江苏宜兴）人。明末清初词人、骈文家，阳羡词派领袖。“明末四公子”之一陈贞慧之子。与纳兰性德、朱彝尊并称“清词三大家”。

秦松龄：1637—1714，字汉石，又字次椒，号留仙，又号对岩，晚号苍岘山人。江苏无锡人。顺治十二年（1655）进士，选内翰林国史院庶吉士。时顺治帝召试《咏鹤》诗，因松龄有“高鸣常向月，善舞不迎人”句，顺治帝褒扬，示阁臣曰：“此人必有品。”遂置第一。顺治十四年（1657）授内翰林国史院检讨，因逋粮案削籍。康熙十八年（1679），举博学鸿词科一等第八名，复授翰林院检讨。参与编修《明史》。历充顺天府乡试正考官，又因磨勘落职，得徐乾学援救，放归故里。家居三十年，耽研经训，尤深于诗。著有《苍岘山人集》，词集名曰《微云词》。

严绳孙：见前阕《浣溪沙·寄严荪友》“严荪友”注。

并马：并马而行，指两匹马并排前进。

姜宸英：1628—1699，字西溟，号湛园，又号苇间，浙江慈溪人。清初书法家、史学家，与朱彝尊、严绳孙并称“江南三布衣”。康熙十二年（1673），经徐乾学介绍与容若相识。康熙十八年（1679）受荐博学鸿词科，因故失期而作罢。康熙十九年（1680）以布衣荐入明史馆任纂修官，分撰刑法志，记述明三百年间诏狱、廷杖、立枷、东西厂卫之害。又从徐乾学在洞庭山修《大清一统志》。康熙三十六年（1697）七十岁始中进士，以殿试第三名授翰林院编修。越两年为顺天乡试副考官，因主考官舞弊，被连累下狱病卒。著有《湛园集》《苇间诗集》《大清一统志·海防总论》，后人辑为《姜先生全集》。

朱彝尊：1629—1709，字锡鬯，号竹垞，又号醧舫，晚号小长芦钓鱼师，别号金风亭长，浙江秀水（今浙江嘉兴）人。清朝词人、学者、藏书家。康熙十八年（1679），举博学鸿词科，授翰林院检讨。康熙二十二年（1683），入直南书房。博通经史，参加纂修《明史》。康熙二十三年（1684），因私自抄录四方所进图书，为掌院学士牛钮所劾，被“降一级”，谪官。康熙二十九年（1690）复官，康熙三十一年（1692）又因故被弹劾罢官，遂携家眷离京，南归故里。康熙四十八年（1709）卒，年八十一。朱彝尊词风清丽，为浙西词派创始人，与陈维崧并称“朱陈”，与王士禛并称南北两大诗宗，合称“南朱北王”。著有《曝书亭集》八十卷，《日下旧闻》四十二卷，《经义考》三百卷；选《明诗综》一百卷，《词综》三十六卷（汪森增补）。所辑《词综》是中国词学的重要选本。

人生别易会常难：谓人生离别容易，相会却常常很难。南唐后主李煜《浪淘沙令》词："别时容易见时难。"

说明

此阕词补遗自1961年上海图书馆影印《词人纳兰容若手简》朱彝尊跋手迹。

声律

"看"读平声合律，音kān。

南乡子

南乡子：词牌名。

原为唐教坊曲名，多咏江南风物，又名“好离乡”“蕉叶怨”。初为单调，以后蜀欧阳炯《南乡子》（画舸停桡）为正体，二十七字，五句，两平韵、三仄韵。另有二十八字、三十字等变体，平仄换韵。后至南唐冯延巳始增为双调，以《南乡子》（细雨湿流光）为正体，五十六字，上下片各四平韵，一韵到底。另有五十四字、五十八字等变体。此调以七字句为主，用平韵甚密，形成音节响亮，气势奔放的艺术效果。前后片各一个两字词，又使奔放的气势略顿，产生回环意味。宋人作者甚众，除抒情外，亦有写景、言志之作。

南乡子·捣衣

鸳瓦已新霜。
欲寄寒衣转自伤。
见说征夫容易瘦，端相。
梦里回时仔细量。

支枕怯空房。
且拭清砧就月光。
已是深秋兼独夜，凄凉。
月到西南更断肠。

注释

捣衣：制衣前的一道工序，即妇女把织好的布帛铺在平滑的砧板上，用木棒敲平，以求柔软熨贴，好裁制衣服。多于秋夜进行。在古典诗词中，凄冷的砧杵声又称为“寒砧”，往往表现征人离妇远别故乡的惆怅情绪。明杨慎《丹铅总录·捣衣》：“古人捣衣，两女子对立执一杵，如舂米然。……尝见六朝人画捣衣图，其制如此。”唐李白《子夜吴歌·秋歌》诗：“长安一片月，万户捣衣声。秋风吹不尽，总是玉关情。何日平胡虏，良人罢远征。”

鸳瓦：鸳鸯瓦。指成对的瓦一俯一仰，形同鸳鸯依偎交合，故称。唐李商隐《当句有对》诗：“密迩平阳接上兰，秦楼鸳瓦汉宫盘。”

已新霜：谓天气转冷，瓦上已开始结霜。

欲寄寒衣转自伤：想要为他寄去寒衣，转而又暗自伤感。

见说：犹听说。唐李白《送友人入蜀》诗：“见说蚕丛路，崎岖不易行。”

征夫：指出征的战士或离家远行的人。

端相：犹端详、细看。唐司空图《障车文》：“儿郎伟，且仔细思量，内外端相，事事相称，头头相当。”

梦里回时仔细量：谓等我梦见他回来的时候仔细测量。

支枕怯空房：谓孤枕难眠，害怕一个人独守空房。支枕，以枕支头，犹躺在枕上。

且拭：姑且擦拭。

清砧：捣衣石的美称。唐白居易《和谈校书秋夜感怀，呈朝中亲友》诗：“遥夜凉风楚客悲，清砧繁漏月高时。”

独夜：孤独的夜晚，一人独自过夜。南宋陆游《夜游宫》词：“独夜寒侵翠被。奈幽梦、不成还起。”

月到西南更断肠：谓月亮转到西南方，天就要亮了，令人倍感心伤，肝肠寸断。明王彦泓《纪事》诗：“月到西南倍可怜。”

声律

“相”读平声押韵，音 xiāng。“量”读平声押韵，音 liáng。

南乡子·为亡妇题照

泪咽却无声。
只向从前悔薄情。
凭仗丹青重省识，盈盈。
一片伤心画不成。

别语忒分明。
午夜鹣鹣梦早醒。
卿自早醒侬自梦，更更。
泣尽风檐夜雨铃。

注释

为亡妇题照：为亡妻卢氏的画像题词。

泪咽却无声：流泪哽咽，却饮泣无声。

悔薄情：悔恨自己用情不够深彻。薄，犹少。

凭仗：凭靠、倚仗、凭借。唐元稹《苍溪县寄扬州兄弟》诗：“凭仗鲤鱼将远信，雁回时节到扬州。”

丹青：指亡妻画像。

省识：犹认识。南宋陆游《老学庵笔记》卷一：“弟子出遗像，乃一老僧。使今见其人，亦不复省识矣。”

盈盈：谓见画中的亡妻仪态美好，不禁酸泪盈眸。

一片伤心画不成：谓我的一片伤心难以言说，描画不成。唐高蟾《金陵晚望》诗："世间无限丹青手，一片伤心画不成。"

别语忒分明：谓亡妻临终诀别的话语，至今仍声犹在耳，特别清楚。忒，太、特。分明，清楚。

午夜鹣鹣梦早醒：午夜，与你夫妻相会比翼双飞的美梦早早醒来。鹣鹣，古代传说中的比翼鸟，又名蛮蛮。此鸟仅一目一翼，雌雄必须并翼才能飞翔，喻夫妻恩爱，形影不离。《尔雅·释地》："南方有比翼鸟焉，不比不飞，其名谓之鹣鹣。"晋郭璞注："似凫，青赤色。"《山海经·西山经》："（崇吾之山）有鸟焉，其状如凫，而一翼一目，相得而飞，名曰蛮蛮，见则天下大水。"

卿自早醒侬自梦：你独自早醒，而我却独自留在梦中。卿，对爱侣的昵称。侬，人称代词，我。

更更：夜一更又一更地过去。

泣尽风檐夜雨铃：夜里，我的泪水随着风雨吹打檐铃的声音尽情流淌，直到天明。唐白居易《长恨歌》诗："行宫见月伤心色，夜雨闻铃肠断声。"

说明

该阕为悼念亡妻之作。起于"泪咽"，结于"泣尽"，满纸泪痕，浸满心伤，令人不忍卒读。

声律

"醒"读平声押韵并合律，音 xīng。

南乡子

飞絮晚悠扬。
斜日波纹映画梁。
刺绣女儿楼上立，柔肠。
爱看晴丝百尺长。

风定却闻香。
吹落残红在绣床。
休堕玉钗惊比翼，双双。
共唼蘋花绿满塘。

注释

飞絮晚悠扬：纷飞的柳絮在晚风中飘忽不定。扬，飘扬。宋曾觌《诉衷情》词："几番梦回枕上，飞絮恨悠扬。"

斜日波纹映画梁：水面的波纹闪动着落日的余晖映照在画梁上。画梁，有彩绘装饰的屋梁。斜日，犹落日。

刺绣女儿楼上立：闺中女儿停下手中的针线，闲立楼头。

柔肠：柔曲的心肠，喻女子情意缠绵。

爱看晴丝百尺长：谓喜爱看长长的蛛丝映着夕阳的光芒在空中飘浮。晴丝，即晴天飘浮在空中的蛛丝。百尺，形容很长。元赵孟頫《见章得一诗因次其韵》

诗：“城南风暖游人少，自在晴丝百尺长。”

风定：犹风停。明冯梦龙《喻世明言·陈从善梅岭失浑家》：“风定始知蝉在树，灯残方见月临窗。”

残红：凋残的花朵。因花多为红色，古诗词中常以“红”代花。

绣床：未出阁少女所睡之床。唐司空图《杨柳枝寿杯词十八首》之七：“池边影动散鸳鸯，更引微风乱绣床。”

休堕玉钗惊比翼：谓不要把玉钗掉进水中惊散鸳鸯。比翼，即比翼鸟。参见前阕《南乡子·为亡妇题照》“午夜鹣鹣梦早醒”注。此谓鸳鸯。

双双：谓鸳鸯成双成对。

共唼蘋花绿满塘：在满塘绿色的蘋花中共食。唼，谓鸳鸯吃食。蘋花，此谓浮萍。元张翥《人雁吟悯饿也二章》诗：“雁下江中唼蘋藻。”

说明

盛冬玲《纳兰性德词选》：“絮飞、花落、日斜、风定，一位少女倦绣无聊，楼头闲立，俯看鸳鸯，心有所感。此词写晚春情思，笔调轻快明朗。读者吟此，自然而然能在自己的脑海中勾勒出一幅色彩美丽、形象生动的画面。”

南乡子·柳沟晓发

灯影伴鸣梭。
织女依然怨隔河。
曙色远连山色起，青螺。
回首微茫忆翠蛾。

凄切客中过。
料抵秋闺一半多。
一世疏狂应为著，横波。
作个鸳鸯消得么。

注释

柳沟：明长城重要关隘，位于今北京市延庆区八达岭北井庄镇柳沟村，始建于明嘉靖二十三年（1544），是明代宣化府延庆州的四大关口之一。据《清史稿·地理志》载："（宣化府延庆州有）口四：周四沟堡、四海冶堡、柳沟城、八达岭。"清初，此地设有马场，容若曾在此督牧。

晓发：拂晓出发。

灯影伴鸣梭：灯影伴着织布的声音。鸣梭，即织布机上鸣响的梭子，谓织布。唐徐彦伯《春闺》诗："裁衣卷纹素，织锦度鸣梭。"

织女依然怨隔河：谓天上的织女依然怨恨银河将他们夫妻阻隔，不得相见。

曙色远连山色起：谓拂晓的天色与远处的山色连在一起。唐陈羽《喜雪上窦相公》诗：“光添曙色连天远，轻逐春风绕玉楼。”

青螺：青色的河螺，喻青山。唐刘禹锡《望洞庭》诗：“遥望洞庭山水翠，白银盘里一青螺。”

微茫：迷漫而模糊。唐韦庄《江城子》词：“角声呜咽，星斗渐微茫。”

忆翠蛾：此谓远山如黛，不禁想起亡妻的蛾眉。翠蛾，即黛色蛾眉，指美人如蛾须般长而弯的黛眉，借喻美女。

凄切客中过：凄凉悲切的岁月在旅居他乡中度过。

料抵秋闺一半多：料想可以抵得在家中一半多的时间。秋闺，指引起悲秋情绪的闺房，借指曾与亡妻生活过的居所。

一世疏狂应为著，横波：谓一生的狂放不羁应为了你那双如秋水般流动的眼眸。疏狂，豪放、不受拘束。著，即“着”，这里作虚词，了。横波，横流的水波。喻女子眼波流动，如水横流。容若在其《柬西溟》诗中云：“廿载疏狂世未容，重来依旧寺门钟。”

消得：犹抵得，值得。金董解元《西厢记诸宫调》卷三：“为郎今夜更相访，消得一人，因君狂荡。”

说明

康熙十九年（1680）至康熙二十一年（1682）间，容若负责经营内厩马匹，圣祖出巡用马皆由其拣择。此阕即为容若至延庆柳沟督牧时悼念亡妻之作。

声律

“过”读平声押韵，音 guō。

南乡子

何处淬吴钩。
一片城荒枕碧流。
曾是当年龙战地，飕飕。
塞草霜风满地秋。

霸业等闲休。
跃马横戈总白头。
莫把韶华轻换了，封侯。
多少英雄只废丘。

注释

淬：指锻造金属兵器时，将烧红的锻件急速浸入水中冷却，以使兵器坚利。西晋佚名《晋太康三年地记》："汝南西平有龙泉水，可以淬刀剑，特坚利，故有龙泉水之剑，楚之宝剑也。"

吴钩：春秋时吴国人善以青铜铸成似剑而弯又类刀的兵器，曰"钩"。古诗词中，常用以作为驰骋疆场、精忠报国的意象。北宋沈括《梦溪笔谈》："唐人诗多有言吴钩者。吴钩，刀名也，刃弯。

枕碧流：靠近碧绿的河流。枕，靠近、邻近。五代李珣《巫山一段云》词："古庙依青嶂，行宫枕碧流。"

龙战地：古战场。龙战，喻群雄争霸之战，语出《易经·坤卦·上六》：“龙战于野，其血玄黄。”

飕飕：形容寒风吹过的声音。唐白居易《效陶潜体诗十六首》：“月明愁杀人，黄蒿风飕飕。”

塞草霜风满地秋：边塞野草茫茫，寒风刺骨，满地皆是凄凉的秋色。霜风，凛冽的寒风。

霸业：指称霸天下或一方的事业。西晋陈寿《三国志·蜀志·诸葛亮传》：“诚如是，则霸业可成，汉室可兴矣。”

等闲休：谓平常耳。此句犹云，霸业不过是平常事罢了。等闲，平常、寻常。休，语气助词。北宋赵光义《缘识》诗：“功成一旦等闲休，岂信升沉满眼愁。”

跃马横戈总白头：谓驰骋疆场、奋勇杀敌的将士总有白头的一天。跃马横戈，即策马腾跃，横持矛戈，形容将士威武、作战英勇。

韶华：美好而短暂的青春年华。

封侯：封拜侯爵，泛指显赫的功名。唐王昌龄《闺怨》诗：“忽见陌头杨柳色，悔教夫婿觅封侯。”

多少英雄只废丘：谓多少英雄到头来也只不过埋骨黄埃，化为一堆堆荒废的土丘。

说明

该阕为深秋塞外咏古战场的怀古之作，或与上阕《南乡子·柳沟晓发》作于同一时期、同一地点，或为康熙二十一年（1682）秋作于觇梭龙途中。

南乡子

烟暖雨初收。
落尽繁花小院幽。
摘得一双红豆子，低头。
说著分携泪暗流。

人去似春休。
卮酒曾将酹石尤。
别自有人桃叶渡，扁舟。
一种烟波各自愁。

注释

烟暖雨初收：谓初夏雨刚停歇便升起了温暖的雾气。收，犹停止。

红豆子：红豆的果实。红豆，即相思子，豆科相思子属植物。藤本，茎细弱，多分枝。荚果长椭圆形，种子宽卵形，平滑具光泽，上部约三分之二为鲜红色，下部三分之一为黑色。古人用以喻指爱情或相思。

分携：离别。北宋晏几道《采桑子》词："黄花绿酒分携后，泪湿吟笺。"

人去似春休：人一离去，仿佛春天也跟着消逝了。休，终止。

卮酒曾将酹石尤：谓曾将杯中之酒浇入河中，祭奠石尤，请求她作大风将你留住。卮酒，犹杯酒。卮，古代盛酒的器皿。酹，指以酒浇地，表示祭奠或立誓。

石尤，即石尤风，指逆风或顶头风。据元郭霄凤《新刊分类江湖纪闻》载："石尤风者，传闻为石氏女嫁为尤郎妇，情好甚笃。尤为商远行，妻阻之，不从。尤出不归，妻忆之，病亡。临亡长叹曰：'吾恨不能阻其行，以至于此。今凡有商旅远行，吾当作大风，为天下妇人阻之。'自后商旅发船，值打头逆风，则曰：'石尤风也。'遂止不行。妇人以夫姓为名，故曰'石尤'。"

别自：独自、各自。

桃叶渡：南京秦淮河上古渡名，位于秦淮河与古青溪水道合流处附近，又名南浦渡，代指情人离别之地。相传，东晋时期，秦淮河与古青溪水道岸边皆是桃树，桃叶常被风吹得落满河面，故名。又传，东晋书法家王献之有个爱妾名唤桃叶，因王献之不放心她独自往来于秦淮两岸，常亲自到渡口迎送，并为之作《桃叶歌》："桃叶复桃叶，渡江不用楫。但渡无所苦，我自迎接汝。"此后渡口名声大噪，被历代文人歌咏。南宋曾极《桃叶渡》诗："裙腰芳草抱长堤，南浦年年怨别离。水送横波山敛翠，一如桃叶渡江时。"

扁舟：犹小船。唐王昌龄《卢溪主人》诗："武陵溪口驻扁舟，溪水随君向北流。"

一种烟波各自愁：同样是烟雾笼罩的水面，只是各自有各自的离愁罢了。

说明

赵秀亭、冯统一《饮水词校笺》："此为送友南还词。虽不忍分携，念其家中'别自有人'盼夫归，故惟祷其一路顺风而已。以词中节令看，似作于康熙十五年初夏严荪友南归之际。"

南乡子·秋莫村居

红叶满寒溪。
一路空山万木齐。
试上小楼极目望，高低。
一片烟笼十里陂。

吠犬杂鸣鸡。
灯火荧荧归骑迷。
乍逐横山时近远，东西。
家在寒林独掩扉。

注释

秋莫：秋暮，秋天的傍晚。“莫”是“暮”的本字，指太阳落山的时候。

红叶满寒溪：谓寒冷的溪水中飘满红色的落叶。

一路空山：一路上山林幽寂，人烟稀少。

万木齐：谓漫山的树木整齐划一。北宋潘阆《泊禹祠》诗：“禹庙高高万木齐，蟾蜍影里月光低。”

极目望：用尽目力远望。南宋林用中《自西园登山宿方广寺》诗：“登山极目望，梵宇自鲜明。”

高低：谓群山连绵，高低起伏。

一片烟笼十里陂：一片烟雾笼罩着十里溪塘。陂，池塘、湖泊。金元好问《被檄夜赴邓州幕府》诗："十里陂塘春鸭闹，一川桑柘晚烟平。"

吠犬杂鸣鸡：狗叫声夹杂着鸡鸣声。

灯火荧荧：谓暮色渐浓，远处闪动着微弱的灯光。荧，微弱的光亮。北宋张继先《渔家傲·对酒呈介甫》词："灯火荧荧山悄悄。"

归骑迷：谓归家所骑之马辨不清道路。明冯惟敏《次兴济感事留示冯云亭时方不理于口》诗："归骑迷荒渡，空城枕浊河。"

乍逐横山时近远，东西：暂且随着那横陈的山势时近时远，忽东忽西的转悠。乍，暂时。逐，随。

寒林：指秋冬季节寒冷的林木。唐王维《过李楫宅》诗："客来深巷中，犬吠寒林下。"

独掩扉：独自关着门。掩，关。扉，门扇。唐丘为《泛若耶溪》诗："住处无邻里，柴门独掩扉。"

说明

该阕补遗自清乾隆二十七年（1762）刻陈淏编《精选国朝诗余》。

赵秀亭、冯统一《饮水词校笺》："据'试上小楼'句，似作于桑榆墅（双榆树）之三层小楼。《通志堂集》卷三有《桑榆墅同梁汾夜望》诗云：'登楼一纵目，远近青茫茫。众鸟归已尽，烟中下牛羊。不知何年寺，钟梵相低昂。无月见村火，有时闻天香。'颇类此词之境。顾梁汾《弹指词》末附跋语云：'忆桑榆墅有三层小楼，容若与余昔年乘月去梯，中夜对谈处也。'亦述及小楼。又，一九三六年刊陈乃乾编《清名家词》第四册《通志堂词》亦收此词，于下片第二句之'归骑'作'归路'，未详其所据。"

声律

"骑"读去声合律，音 jì。

卷二

金缕曲

金缕曲：词牌名。

本名“贺新郎”，又名“金缕词”“金缕歌”“乳燕飞”“貂裘换酒”“风敲竹”“贺新凉”等。相传该调由北宋苏轼首次填写，以《东坡乐府》所收为最早，惟句读平仄，与诸家颇多不合，因以《稼轩长短句》为准，盛于南宋，衰于金元。该词牌共一百一十六字，上片五十七字，下片五十九字，各十句，六仄韵。此调声情沉郁苍凉，宜抒发激越情感，历来被词家所习用。代表作有南宋叶梦得《贺新郎》（睡起流莺语）、南宋辛弃疾《贺新郎》（把酒长亭说）、南宋刘克庄《贺新郎》（北望神州路）等。因叶梦得《贺新郎》词有“谁为我，唱金缕”句，故名。

金缕曲·赠梁汾

德也狂生耳。
偶然间、缁尘京国，乌衣门第。
有酒惟浇赵州土，谁会成生此意。
不信道、遂成知己。
青眼高歌俱未老，向樽前、拭尽英雄泪。
君不见，月如水。

共君此夜须沉醉。
且由他、蛾眉谣诼，古今同忌。
身世悠悠何足问，冷笑置之而已。
寻思起、从头翻悔。
一日心期千劫在，后身缘、恐结他生里。
然诺重，君须记。

注释

梁汾：顾贞观（1637—1714），清代文学家。原名华文，字远平、华峰，号梁汾，江苏无锡人。明末东林党人顾宪成四世孙。康熙五年（1666）举人，擢内国史院典籍。康熙十五年（1676）与容若相识，从此交契，互为知己。康熙二十三年（1684）致仕，读书终老。著有《弹指词》《积书岩集》等。顾贞观与陈维崧、朱彝尊并称明末清初“词家三绝”，同时又与纳兰性德、曹贞吉同被誉为清初“京华三绝”。

德也狂生耳：谓我就是个狂生罢了！德，容若自谓，因其本名“成德”，后更名“性德”，皆有“德”字，故称。狂生，指不受世俗浸染、崇尚真性情、狂放不羁之人。耳，谓而已、罢了。

缁尘：黑尘，喻世俗污垢。缁，黑色。南朝齐诗人谢朓《酬王晋安》诗：“谁能久京洛，缁尘染素衣。”

京国：谓京城；国都。三国魏曹植《王仲宣诔》：“我公实嘉，表扬京国。”

乌衣门第：谓名门望族。因东晋名相王导、谢安所属的两大世族聚居于乌衣巷，故称。乌衣，即南京乌衣巷。门第，即家世，后指显贵之家。

有酒惟浇赵州土：有好酒只拿去浇祭赵国平原君的墓土，表达容若对平原君的敬仰。引自唐代李贺《浩歌》诗“买丝绣作平原君，有酒惟浇赵州土”。平原君姓赵名胜，战国时赵国邯郸（今河北邯郸）人，赵武灵王之子，赵惠文王之弟，封于东武城，号平原君。他喜宾客，爱才士，养门客数千人，与齐国孟尝君、楚国春申君、魏国信陵君合称“战国四公子”。赵孝成王七年（前259），秦国围赵都邯郸，他在城中坚守了三年，之后率领毛遂等门客求救于楚、魏，最终击败秦军，救赵国于水火。浇，即浇酒祭祀。赵州土，谓平原君的墓土。

谁会成生此意：谁能领会我的这片心意。会，领会、了解、懂得。成生，因容若本名成德，故自称“成生”。

不信道：不信得。道，犹得。唐代白居易《和高仆射》诗：“鞍辔闹装光满马，何人信道是书生。”

遂成知己：犹竟成为知己。遂，竟然。战国屈原《楚辞·天问》：“纂就前绪，遂成考功。”

青眼高歌：青眼相望，高声歌唱。语出唐代杜甫《短歌行赠王郎司直》诗：“青眼高歌望吾子，眼中之人吾老矣。”青眼，用正眼相看，表示对人器重或喜爱，与“白眼”相对，犹青睐。典出唐代房玄龄等撰《晋书·阮籍传》：“籍又能为青白眼，见礼俗之士，以白眼对之。及嵇喜来吊，籍作白眼，喜不怿而退。喜弟康闻之，乃赍酒挟琴造焉，籍大悦，乃见青眼。”

俱未老：谓都未老去。容若与梁汾定交于康熙十五年（1676），时容若年二十二岁，梁汾近四十岁。

向樽前、拭尽英雄泪：谓在酒樽前擦干英雄的眼泪。樽，古代盛酒的器具。英雄泪，此谓容若与友人英雄相惜，流下泪来，喻二人皆不如意。英雄，谓才能出众、品德高尚的人，代指容若与友人。

蛾眉谣诼，古今同忌：谓遭人嫉恨、造谣中伤，古往今来皆令人忌惮。忌，犹怕。典出战国屈原《楚辞·离骚》：“众女嫉余之蛾眉兮，谣诼谓余以善淫。”谣诼，造谣毁谤。此乃纪实之叹，容若与梁汾定交，曾遭人讥谤。梁汾亦在与容若结交前，即任内国史院典籍期间，因受同僚排挤，落职归里，自称“第一飘零词客”。

从头翻悔：彻底幡然悔悟。指思想完全转变，彻底醒悟。是年容若中二甲第七名进士，满心期待进入翰林院成为庶吉士，然圣意难测，迟迟不得消息，亦无委任，容若颇为沮丧，寻思原因，盖由身世之故。故云。

心期：此谓以心深交，结为知己。

千劫：佛家语，指旷远的时间与无数的生灭成坏，犹谓永恒。此句犹云一日定交，永恒不变。

后身缘：来世缘。后身，佛教有“三世”之说，称转世之身为后身。

然诺重：承诺郑重。然诺，承诺。重，郑重。南朝梁文学家江淹《杂体诗三十首·陈思王曹植赠友》诗：“延陵轻宝剑，季布重然诺。”

说明

赵秀亭、冯统一《饮水词校笺》：“顾贞观和词有附跋云：‘岁丙辰，容若年二十二，乃一见即恨识余之晚。阅数日，填此阕为余题照，极感其意，而私讶他生再结，殊不祥，何意为乙丑五月之谶也。’可证此词作于康熙十五年初识梁汾之时。词之副题，《今词初集》作‘赠顾梁汾题杵香小影’，毛际可和词及徐釚撰《词苑丛谈》则作‘题顾梁汾侧帽投壶图’，实同为一图。梁汾赴京前，作《梅影》词自题其图，有‘缓却标题，留些位置’语，图固无定题；又有‘侧帽轻衫，风韵依然’句，知图中梁汾作侧帽状。容若此调为成名之作，词出，京师竞相传抄，称之为‘侧帽词’。同年，性德初刊其词集，即以‘侧帽词’名之。”

金缕曲·姜西溟言别，赋此赠之

谁复留君住。
叹人生、几番离合，便成迟暮。
最忆西窗同翦烛，却话家山夜雨。
不道只、暂时相聚。
衮衮长江萧萧木，送遥天、白雁哀鸣去。
黄叶下，秋如许。

曰归因甚添愁绪。
料强似、冷烟寒月，栖迟梵宇。
一事伤心君落魄，两鬓飘萧未遇。
有解忆、长安儿女。
裘敝入门空太息，信古来、才命真相负。
身世恨，共谁语。

注释

姜西溟：姜宸英。见《浣溪沙·郊游联句》“姜宸英”注。

赋此赠之：姜宸英康熙十二年（1673）与容若结识，康熙十八年（1679）为母亡奔丧南归，此阕乃姜宸英南归前，容若赠别之作。

迟暮：喻暮年、老去。语出战国屈原《楚辞·离骚》：“惟草木之零落兮，恐美人之迟暮。”东汉王逸注：“迟，晚也。……而君不建立道德，举贤用能，则年老耄晚暮，而功不成，事不遂也。”

最忆西窗同翦烛，却话家山夜雨：最难忘的是与你在窗下秉烛夜谈，听你讲家乡的夜雨。引自唐代李商隐《夜雨寄北》诗：“何当共剪西窗烛，却话巴山夜雨时。”翦烛，“翦”同“剪”。古代夜间用烛火照明，蜡烛燃烧久了，露出的烛芯会变长下垂加快烛身的熔化，所以需要剪掉多余的烛芯来维持蜡烛的正常燃烧。后以“剪烛”喻促膝夜谈。家山，家乡。

不道：不料。

衮衮长江萧萧木：谓长江水滚滚而来，落叶萧萧飘下，形容秋景苍凉悲怆。引自唐代杜甫《登高》诗：“无边落木萧萧下，不尽长江滚滚来。”衮衮，同“滚滚”，谓江水奔流不绝、旋转翻滚貌。萧萧，木叶飘落的声音。

白雁：生长于北方的白色大雁，每逢深秋则南飞。古谚云：“白雁至则霜降。”故又名“霜雁”“霜信”。唐代诗人唐彦谦《留别》诗：“白雁啼残芦叶秋。”

栖迟梵宇：谓在寺庙中栖身滞留。因当时姜西溟被容若安顿于德胜门北八步口千佛寺，故称。栖迟，栖身滞留。梵宇，佛寺。

两鬓飘萧未遇：两鬓斑白稀疏，仍未得到赏识和重用。飘萧，鬓发稀疏貌。遇，得志，此谓姜西溟年逾半百仍失意潦倒，没有功名。

有解忆、长安儿女：谓与远在家乡的儿女相互思念。引自唐杜甫《月夜》诗：“遥怜小儿女，未解忆长安。”

裘敝：谓破烂的衣服，喻穷困。典出西汉刘向《战国策·秦策》：“（苏秦）说秦王，书十上而说不行，黑貂之裘敝，黄金百斤尽，资用乏绝，去秦而归。”

太息：中医术语，即叹息，叹气。指情志抑郁，胸闷不畅时发出长吁或短叹声的症状。太息之后自觉宽舒，是情志不遂，肝气郁结之象。语出《黄帝内经·灵枢·口问》："黄帝曰：人之太息者，何气使然？岐伯曰：忧思则心系急，心系急则气道约，约则不利，故太息以伸出之。"

信古来、才命真相负：相信自古以来才华与命运真是相互辜负的。引自唐代李商隐《有感》诗："古来才命两相妨。"

声律

"复"字一般读入声，作"又、再"讲时，旧读去声 fòu。"落魄"的"魄"旧读 tuò，亦写作"落拓""落托"。

金缕曲·简梁汾

洒尽无端泪。
莫因他、琼楼寂寞，误来人世。
信道痴儿多厚福，谁遣偏生明慧。
莫更著、浮名相累。
仕宦何妨如断梗，只那将、声影供群吠。
天欲问，且休矣。

情深我自判憔悴。
转丁宁、香怜易爇，玉怜轻碎。
羡杀软红尘里客，一味醉生梦死。
歌与哭、任猜何意。
绝塞生还吴季子，算眼前、此外皆闲事。
知我者，梁汾耳。

注释

简梁汾：写给顾贞观的书信。简，本义为竹简，即古代用来书写文字的狭长竹片，引申为书籍，后又转指书信。此阕作于顾贞观寄吴汉槎《金缕曲》二首之后，容若感动于二人的友谊，故作此篇。吴汉槎即顾贞观挚友吴兆骞（1631—1684），清初诗人，字汉槎，号季子，吴江松陵镇（今属江苏苏州）人。少有才名，与华亭彭师度、宜兴陈维崧并称“江左三凤凰”。顺治十四年（1657）举乡试，因丁酉科场案无辜遭累，遣戍宁古塔多年不得归。顾贞观为其多方奔走，求助于容若。本阕娱园本副题作“简梁汾，时方为吴汉槎作归计”，点明了此信的主旨，即容若向顾贞观承诺，定要将流放于苦寒绝塞的吴兆骞活着营救回来。后经容若父亲明珠相助，终将流放二十三年的吴兆骞赎还。吴兆骞抵京后，容若将其聘为馆师，教授仲弟学业。三年后吴兆骞病卒，容若又出资为其操办丧事并将其灵柩送归吴江故里，留下了一段“生馆死殡”的文坛佳话。

琼楼：美玉筑成的楼阁，常指仙境殿宇。此谓雪后的佛寺，指顾贞观的居处。顾贞观《金缕曲》小注云：“寄吴汉槎宁古塔，以词代书，丙辰冬，寓京师千佛寺，冰雪中作。”

痴儿多厚福：傻人多福。语出明代洪应明《菜根谭》：“痴人每多福，以其近厚也。”

谁遣：犹谁让。

断梗：折断的苇茎，比喻漂泊不定，前途渺茫。此谓无意仕途。

声影供群吠：谓庸众如群吠之犬般，随声附和胡言乱语。出自俗语“一犬吠影，百犬吠声”。顾贞观与容若结交，容若父亲明珠时任吏部尚书，坊间常有说顾贞观“攀附权贵”的流言蜚语。

判憔悴：不顾憔悴。判，同“拚”，舍弃，不顾惜。

丁宁：同“叮咛”，谓再三嘱咐。

易爇：易燃烧。东汉许慎《说文解字》：“爇，烧也。”

软红尘里客：谓繁华喧嚣中的世俗之人。软红尘，谓飞扬的尘土，代指繁华热闹。南宋杨万里《送马庄父游金陵》诗：“东华蹈遍软红尘”。

吴季子：本指春秋时吴王寿梦第四子季札，季札封于延陵（今江苏丹阳一带），又名“延陵季子”，因品德高尚，广交当世贤才，被孔子称为“君子”。此处代指吴兆骞。因吴兆骞在家中行四，依古人长幼按“伯、仲、叔、季”排序之俗，故称吴季子。容若此处亦呼应顾贞观《金缕曲》“季子平安否”句。

声律

“供”读平声合律，音 gōng。“判”读平声合律，音 pān。

金缕曲·寄梁汾

木落吴江矣。
正萧条、西风南雁，碧云千里。
落魄江湖还载酒，一种悲凉滋味。
重回首、莫弹酸泪。
不是天公教弃置，是南华、误却方城尉。
飘泊处，谁相慰。

别来我亦伤孤寄。
更那堪、冰霜摧折，壮怀都废。
天远难穷劳望眼，欲上高楼还已。
君莫恨、埋愁无地。
秋雨秋花关塞冷，且殷勤、好作加餐计。
人岂得，长无谓。

注释

木落吴江：言顾贞观南归。吴江即吴淞江，正源出自今江苏苏州吴江区的太湖瓜泾，与顾贞观无锡故里同属江苏，此处代指顾贞观家乡。南宋陆游《夜步》诗："枫落吴江又一秋。"

南雁：谓大雁南飞。

落魄江湖还载酒：谓虽漂泊天涯，潦倒失意，却仍以酒遣怀，不失洒脱。化用唐代杜牧《遣怀》诗"落魄江湖载酒行"句。落魄，潦倒失意。

天公：指老天，以天拟人，故称。

南华：指《南华经》，《庄子》别名。

方城尉：方城县尉，引唐代花间词派创始人温庭筠典。据元代辛文房《唐才子传·温庭筠》记载："（庭筠）举进士，数上又不第，出入令狐相国书馆中，待遇甚优。……绹又尝问玉条脱事，对以出《南华经》，且曰：'非僻书，相国燮理之暇，亦宜览古。'……讥绹无学，由是渐疏之。自伤云：'因知此恨人多积，悔读《南华》第二篇。'……后谪方城尉。……庭筠之官，文士诗人争赋诗祖饯，惟纪唐夫曰：'凤凰诏下虽沾命，鹦鹉才高却累身。'唐夫举进士，有词名。庭筠仕终国子助教，竟流落而死。"此处代指顾贞观。

孤寄：孤身在外，寄居他乡。

壮怀都废：谓满怀的雄心壮志都废弃了，言自己不得志。壮怀，壮志满怀。南宋岳飞《满江红》词："抬望眼、仰天长啸，壮怀激烈。"

天远难穷劳望眼，欲上高楼还已：谓天际很远，望不到尽头，本欲登高再望得远些，犹豫再三，还是放弃了。反用南宋词人辛弃疾《满江红》词句："天远难穷休久望，楼高欲下还重倚。"

埋愁无地：谓忧愁无处排遣。南宋曾极《李氏宫》诗："埋愁无地奈君何，可是黄垆饮恨多。"

人岂得，长无谓：人岂能永远没有作为呢？无谓，没有价值和意义，代指没有作为。化用唐李商隐《无题》诗："人生岂得长无谓，怀古思乡共白头。"

声律

"教"读平声合律，音 jiāo。

金缕曲·再赠梁汾，用秋水轩旧韵

酒涴青衫卷。
尽从前、风流京兆，闲情未遣。
江左知名今廿载，枯树泪痕休泫。
摇落尽、玉蛾金茧。
多少殷勤红叶句，御沟深、不似天河浅。
空省识，画图展。

高才自古难通显。
枉教他、堵墙落笔，凌云书扁。
入洛游梁重到处，骇看村庄吠犬。
独憔悴、斯人不免。
衮衮门前题凤客，竟居然、润色朝家典。
凭触忌，舌难翦。

注释

秋水轩：明末清初政治家、收藏家孙承泽的别墅，位于北京正阳门西，因其背城临河、藏书颇丰，主人又博通经史、惜才好客，遂成文人聚集唱和之所，大有当年庄子和惠子在濠水的桥梁上游玩辩论鱼乐之雅趣，故有“都市濠梁”之称。

旧韵：秋水轩旧日的词韵，源于清初的一场词坛盛事“秋水轩唱和”。康熙十年（1671），清代藏书家、词人周在浚于秋水轩小住，“一时名公贤士无日不来，相与饮酒啸咏为乐”。曹尔堪“见壁间酬唱之诗，云霞蒸蔚”，偶赋“剪”字韵《贺新郎》（即《金缕曲》）一阕，随后龚鼎孳、纪映钟、徐倬等词人纷纷加入唱和，接连举办多次唱和活动，持续至年末，一时藻制如云，波及全国。后来周在浚将词作辑录成书，名为《秋水轩唱和词》。严迪昌先生认为，秋水轩唱和意义重大，“是‘辇下诸公’发挥影响力的一场社集性质的群体酬唱活动，也是‘稼轩风’从京师推向南北词坛的一场大波澜”。“秋水轩唱和”之时，容若年方十七，刚入国子监读书，未及参与，多年后仍心向往之，遂用曹尔堪当年的“剪”字韵作此阕，故称旧韵。

酒涴：谓酒渍浸湿。涴，浸渍。

风流京兆：引西汉张敞画眉之典。张敞曾官任京兆尹，因善为妻画眉，遭人非议而不得重用，人称“风流京兆”。南宋张孝祥《丑奴儿》词：“画眉京兆风流甚”。

江左知名：谓名满江左。江左即江东，指长江以东地区。古时，地理上以东为左，以西为右，故名。明末清初散文家魏禧《日录·杂说》中云：“江东称江左，江西称江右，盖自江北视之，江东在左，江西在右耳。”顾贞观是江苏无锡人，亦称江左人士，其挚友吴兆骞被誉为“江左三凤凰”之一。

枯树泪痕休泫：以庾信喻梁汾，此为劝慰之语。泫，泪水滴落。引自北周庾信《枯树赋》：“桓大司马闻而叹曰：‘昔年种柳，依依汉南，今看摇落，凄怆江潭。’”庾信晚年多作乡关之思，其赋“篇篇有哀”。

玉蛾：白色的飞蛾，喻雪花，此谓柳絮。

金茧：金色的蚕茧，喻柳花。明代俞彦《蝶恋花·柳絮》词：“飞絮粘空，总被东风唤。金茧玉蛾寒食半，永丰坊里天涯畔。”

多少殷勤红叶句，御沟深、不似天河浅：引唐人“御沟红叶题诗得良缘”之典，反其意而用之。唐代范摅《云溪友议》卷十云：“卢渥舍人应举之岁，偶临御沟，见一红叶，命仆搴来，叶上乃有一绝句。置于巾箱。或呈于同志。及宣宗既省宫人，初下诏，许从百官司吏，独不许贡举人。渥后亦一任范阳，获其退宫人，睹红叶而吁嗟久之，曰：‘当时偶题随流，不谓郎君收藏巾箧。’验其书迹，无不讶焉。诗曰：‘流水何太急，深宫尽日闲。殷勤谢红叶，好去到人间。’”御沟，流经宫苑的河道，喻朝廷之事。此谓朝廷的水比天河水还要深，言其凶险，难有好机遇。

空省识，画图展：省识，即认识。引昭君出塞之典，喻空有才华无人识，反遭人陷害、流落他乡。唐代杜甫《咏怀古迹五首》诗其三：“画图省识春风面，环佩空归月夜魂。”据西汉刘歆《西京杂记》记载：“元帝后宫既多，不得常见，乃使画工图形，案图召幸之。诸宫人皆赂画工，……独王嫱不肯，遂不得见。匈奴入朝，求美人为阏氏，于是上案图，以昭君行。及去，召见，貌为后宫第一，……帝悔之。”

堵墙落笔：写文章时，围观者众多，排列如墙。谓才华出众，引人注目。语出唐代杜甫《莫相疑行》诗：“集贤学士如堵墙，观我落笔中书堂。”

凌云书扁：扁，同“匾”。典出唐代房玄龄等撰《晋书·王献之传》：“太元中，新起太极殿，安（谢安）欲使献之题榜，以为万代宝，而难言之，试谓曰：‘魏时陵云殿榜未题，而匠者误钉之，不可下，乃使韦仲将悬橙书之。比讫，须鬓尽白，裁余气息。还语子弟，宜绝此法。’献之揣知其旨，正色曰：‘仲将，魏之大臣，宁有此事！使其若此，有以知魏德之不长。’安遂不之逼。”此谓逼迫人才，用非其道。

入洛游梁：喻仕途坎坷，不得志。入洛，引陆机、陆云兄弟入洛之典。据唐代房玄龄等撰《晋书·陆机传》记载，陆氏兄弟于晋太康末年自吴地入洛阳，得以发迹，但最终失势，遭人谗害。游梁，引司马相如典。西汉司马迁《史记·司马相如列传》谓相如“以赀为郎，事孝景帝，为武骑常侍，非其好也。会景帝不好辞赋，是时梁孝王来朝，从游说之士齐人邹阳、淮阴枚乘、吴庄忌夫子之徒，相如见而说之，因病免，客游梁”。

独憔悴：引自唐代杜甫《梦李白二首》诗其二：“冠盖满京华，斯人独憔悴。”

衮衮：神龙卷曲貌。喻顾贞观才华艳发，卓尔不凡。

题凤客：此谓志节清高有操守、做事宁缺毋滥之人，代指顾贞观。引自南朝宋刘义庆《世说新语·简傲》：“嵇康与吕安善，每一相思，千里命驾。安后来，值康不在。喜（嵇康兄）出户延之，不入。题门上作‘凤’字而去。喜不觉，犹以为欣。故作‘凤’字，凡鸟也。”

朝家典：朝廷典籍。朝家，犹国家。顾贞观曾任内国史院典籍，因被同僚排挤而去官，故云。

凭触忌，舌难翦：谓即使触犯朝廷禁忌，招致灾祸，也仍直言不讳。凭触忌，任凭触犯禁忌。舌难翦，典出唐代戴孚《广异记》：“夔州道士王法朗舌长，呼言不正，乃日诵《道德经》，后梦老君剪其舌，觉来，语言乃正。”翦，同“剪”。

说明

此阕词作于康熙十六年（1677）春梁汾南归前。词中“入洛游梁”“独憔悴”语，均应和梁汾《梅影》词：“入洛愁余，游梁倦极，可惜逢卿憔悴。”

唐圭璋《纳兰容若评传》：“当时满汉之界甚严，居朝中，颇有不学无术之满人，而高才若西溟、梁汾诸人，反沉沦于下。于是容若既怜友人之落魄，复愤当朝之措施失当。观其《金缕曲》云：‘衮衮门前题凤客，竟居然、润色朝家典。凭触忌，舌难剪。’此种愤世之情，竟毫无顾忌，慷慨直陈，而为友之真诚，尤可景仰。”

金缕曲

生怕芳樽满。
到更深、迷离醉影，残灯相伴。
依旧回廊新月在，不定竹声撩乱。
问愁与、春宵长短。
人比疏花还寂寞，任红蕤、落尽应难管。
向梦里，闻低唤。

此情拟倩东风浣。
奈吹来、余香病酒，旋添一半。
惜别江郎浑易瘦，更著轻寒轻暖。
忆絮语、纵横茗椀。
滴滴西窗红蜡泪，那时肠、早为而今断。
任角枕，敧孤馆。

注释

生怕芳樽满：生怕酒杯斟满。化用南宋李清照《凤凰台上忆吹箫》词："生怕离怀别苦。"芳樽，原指精美的酒器，后用作酒器的美称。北宋刘敞《独行》诗："却谢芳樽酒，悠悠谁与欢。"

疏花：此谓稀疏的花枝。

红蕤：此谓红色的花朵。东汉许慎《说文解字》："蕤，草木华垂貌。"蕤亦代指花或花蕊。宋代姜特立《腊中感春》诗："小雨湿红蕤，轻飔动碧池。"

向梦里，闻低唤：谓只有在梦里，才能听到低声的呼唤。引自明代王彦泓《满江红》词："无端梦觉低声唤。"

拟倩：拟请。倩，请某人做事。

病酒：因过量饮酒而生病，代指醉酒。

江郎：指南朝梁文学家江淹。江淹年轻时才思敏捷，诗文绝佳，人称江郎。晚年他文思衰退，人称"江郎才尽"。著有《恨赋》《别赋》。

轻寒轻暖：微寒微暖。南宋陈亮《水龙吟·春恨》词："迟日催花，淡云阁雨，轻寒轻暖。"

絮语：连续不断地低声细语。明代王錂《春芜记·邂逅》："听花前絮语情无已。"

茗椀：茶碗。茗，茶。椀，同"碗"。此处引李清照与赵明诚夫妇赌书泼茶之典。见《浣溪沙》（谁念西风独自凉）"赌书消得泼茶香"注。

红蜡泪：谓红蜡烛燃烧熔化后滴下的蜡汁如同眼泪一般。唐代温庭筠《更漏子》词："玉炉香，红蜡泪，偏照画堂秋思。"

角枕：谓两边翘起、中间呈弧形凹陷、两侧呈方形的形状如角形硬枕，做工精美，通常由玉石雕花而成。《诗经·唐风·葛生》："角枕粲兮，锦衾烂兮。"

攲：斜倚，斜靠。

孤馆：孤寂的客舍。北宋秦观《踏莎行》词："可堪孤馆闭春寒，杜鹃声里斜阳暮。"

说明

此阕乃思念亡妻的悼亡之作。因卢氏卒于康熙十六年（1677）夏，观词中“问愁与、春宵长短”“此情拟倩东风浣”“更著轻寒轻暖”句可知，该阕写于春季，故词之作期应不早于康熙十七年（1678）春。

声律

“倩”做动词，音 qìng，意为请某人做事。

金缕曲·慰西溟

何事添凄咽。
但由他、天公簸弄，莫教磨涅。
失意每多如意少，终古几人称屈。
须知道、福因才折。
独卧藜床看北斗，背高城、玉笛吹成血。
听谯鼓，二更彻。

丈夫未肯因人热。
且乘闲、五湖料理，扁舟一叶。
泪似秋霖挥不尽，洒向野田黄蝶。
须不羡、承明班列。
马迹车尘忙未了，任西风、吹冷长安月。
又萧寺，花如雪。

注释

慰西溟：安慰姜宸英。姜宸英，见《浣溪沙·郊游联句》“姜宸英”注。该阕作于康熙十八年（1679），因姜宸英错过博学鸿词科选期，容若以词慰之。

凄咽：因痛心、悲伤而哽咽。东汉许慎《说文解字》：“悽，痛也。”“悽”同“凄”。

簸弄：在手里摆弄，犹拨弄、玩弄。唐代韩愈《别赵子》诗：“婆娑海水南，簸弄明月珠。”

磨涅：磨砺熏染，喻受挫折。磨，磨砺。涅，染黑。《论语·阳货》：“不曰坚乎，磨而不磷；不曰白乎，涅而不缁。”

藜床：藜草编成的床，谓简陋的卧榻。古诗文中多指贫寒高士之床榻。唐代杜甫《寒雨朝行视园树》诗：“衰颜更觅藜床坐，缓步仍须竹杖行。”

北斗：北斗七星。古诗文中常以北斗喻朝廷。

背高城：因姜西溟时居德胜门北千佛寺，背靠北城墙，故曰。

谯鼓：谯楼上的更鼓。谯楼，指古代城门上建造的瞭望楼。古代城门望楼之上置鼓，称鼓楼，用以击鼓报时。

未肯因人热：谓不肯借他人之力。引“不因人热”之典。据《东观汉记·梁鸿传》记载：“（梁鸿）常独坐止，不与人同食。比舍先炊，已，呼鸿及热釜炊。鸿曰：‘童子鸿不因人热者也。’灭灶更燃火。”

五湖：太湖和周边四湖的总称，亦代指太湖。见《浣溪沙·寄严荪友》“五湖”注。

料理：安排、安置。

秋霖：谓秋日连绵的大雨。战国宋玉《楚辞·九辩》：“皇天淫溢而秋霖兮，后土何时而得漧。”北宋王禹偁《秋霖二首》诗其一：“秋霖过百日，岁望终何如。”

承明：谓在朝为官。承明，即承明庐，指汉代承明殿旁供侍臣值宿之所。后人以“入承明”喻在朝做官。

班列：朝班的行列。

吹冷长安月：喻在京为官的期望冷却了。长安，指京城。

萧寺：指西溟暂居之所千佛寺。

花如雪：谓风吹落花如雪。南朝齐梁诗人范云《别诗二首》其一："昔去雪如花，今来花如雪。"参看清代严绳孙《金缕曲·赠西溟次容若韵》词"烂醉绿槐双影畔，照伤心、一片琳宫月。归梦冷，逐回雪"句，可知"回雪"与容若"花如雪"皆咏槐花被风吹落貌。

声律

"看"读平声合律，音 kān。"车"在古诗词中读 jū，但在韵脚处，根据韵部不同，有 jū 和 chā 两种读音。

金缕曲·亡妇忌日有感

此恨何时已。
滴空阶、寒更雨歇，葬花天气。
三载悠悠魂梦杳，是梦久应醒矣。
料也觉、人间无味。
不及夜台尘土隔，冷清清、一片埋愁地。
钗钿约，竟抛弃。

重泉若有双鱼寄。
好知他、年来苦乐，与谁相倚。
我自终宵成转侧，忍听湘弦重理。
待结个、他生知己。
还怕两人俱薄命，再缘悭、剩月零风里。
清泪尽，纸灰起。

注释

亡妇忌日：据叶舒崇撰《皇清纳腊室卢氏墓志铭》记载，容若发妻卢氏卒于康熙十六年（1677）五月三十日。该阕为卢氏忌日悼亡之作。

此恨何时已：谓遗憾伤感无穷无尽。北宋李之仪《卜算子》词："此水几时休，此恨何时已。"

滴空阶：谓夜雨如泪水般滴落在空空的石阶上，言清冷、忧伤。北宋柳永《尾犯》词："夜雨滴空阶，孤馆梦回，情绪萧索。"

寒更：寒夜中的打更声，亦代指寒夜。唐代骆宾王《别李峤得胜字》诗："寒更承夜永，凉景向秋澄。"

葬花天气：谓暮春时令、落花时节，喻妻子如花般凋落。清代曹雪芹《红楼梦·葬花吟》："花开易见落难寻，阶前愁杀葬花人。"

三载悠悠：谓妻子已故去三年。

杳：远得不见影踪。

夜台：坟墓，亦借指阴间。南朝梁沈约《伤美人赋》："曾未申其巧笑，忽沦躯于夜台。"

埋愁地：埋葬忧愁之地，此谓坟墓。南朝宋范晔《后汉书·王充王符仲长统列传》："寄愁天上，埋忧地下。"

钗钿约：金钗钿合之约，指生生世世永为夫妻的誓言。引唐玄宗、杨贵妃之典。据唐代陈鸿《长恨歌传》记载，唐玄宗与杨贵妃定情之夕，授金钗钿合以固之。"（玉妃）指碧衣取金钗钿合，各析其半，授使者曰：'为我谢太上皇，谨献是物，寻旧好也。'方士受辞与信，将行，色有不足。玉妃固征其意。复前跪致词：'请当时一事，不为他人闻者，验于太上皇。不然，恐钿合金钗，负新垣平之诈也。'玉妃茫然退立，若有所思，徐而言曰：'昔天宝十载，侍辇避暑于骊山宫。秋七月，牵牛织女相见之夕，秦人风俗，是夜张锦绣，陈饮食，树瓜华，焚香于庭，号为乞巧。宫掖间尤尚之。时夜殆半，休侍卫于东西厢，独侍上。上凭肩而立，因仰天感牛女事，密相誓心，愿世世为夫妇。言毕，执手各呜咽。此独君王知之耳。'因自悲曰：'由此一念，又不得居此。复堕下界，且结后缘。或为天，或为人，决再相见，好合如旧。’因言：‘太上皇亦不久人间。幸惟自安，无自苦耳。’使者还奏太上皇，皇心震悼，日日不豫。”

重泉：九泉，指死者归处。南朝梁江淹《杂体诗三十首·潘黄门岳述哀》诗：“美人归重泉，凄怆无终毕。”

双鱼寄：谓寄来书信。双鱼，代指书信，典出汉乐府诗《饮马长城窟行》诗：“客从远方来，遗我双鲤鱼。呼儿烹鲤鱼，中有尺素书。”

忍听：此谓岂忍听，即不忍听。

湘弦重理：此谓续弦。湘弦即湘瑟。传说舜帝二妃娥皇、女英没于湘水，遂为湘水之神，亦称湘妃，其所弹之瑟，称为湘瑟。古人以琴瑟喻夫妻，称丧妻为“断弦”，称再娶为“续弦”。“湘弦重理”即为续弦再娶之意。

缘悭：缘分浅薄。悭，吝啬，欠缺。

剩月零风：犹残月微风。剩，残余的、将尽的。零，零星的、微弱的。形容冷落凄清，谓依然无法长相厮守。清代顾贞观《唐多令》词：“双泪滴花丛，一身惊断蓬，尽当年、剩月零风。”

纸灰：纸钱焚化而成的灰。言亡妻忌日，为妻焚化纸钱的情景。

说明

该词为容若悼亡词中的代表作。从词中“三载悠悠魂梦杳”句可知，该阕作于康熙十九年（1680）五月三十日，即容若发妻卢氏三周年忌辰之日。

钱仲联选注《清词三百首》评曰：“有人物活动，更突出主观抒情，极哀怨之致，这一阕可为代表。”

金缕曲

疏影临书卷。
带霜华、高高下下，粉脂都遣。
别是幽情嫌妩媚，红烛啼痕休泫。
趁皓月、光浮冰茧。
恰与花神供写照，任泼来、淡墨无深浅。
持素障，夜中展。

残釭掩过看逾显。
相对处、芙蓉玉绽，鹤翎银扁。
但得白衣时慰藉，一任浮云苍犬。
尘土隔、软红偷免。
帘幕西风人不寐，恁清光、肯惜鹴裘典。
休使把，落英翦。

注释

疏影临书卷：谓疏朗的花影落到书卷上。临，来临、到达。书卷，书籍，因古时书籍多为卷轴形，故名。

霜华：如白霜般的光华，此谓皎洁的月光。

高高下下：谓花枝高低错落。

粉脂都遣：不施脂粉，谓天然素美。遣，送走。

幽情嫌妩媚：清幽高雅的情致嫌怨妩媚。嫌，嫌弃。

红烛啼痕休泫：谓无须红烛滴泪照明。啼痕，谓蜡烛燃烧流下蜡汁貌。泫，滴落貌。

光浮冰茧：谓月光浮映在洁白的纸上。冰茧，冰蚕吐丝结成的茧，后为蚕茧、素绢、琴弦及素纸的美称。此谓洁白如蚕丝般的宣纸。唐代常衮《晚秋集贤院即事寄徐薛二侍郎》诗："墨润冰文茧，香销蠹字鱼。"

花神：花之神魂，犹花仙。北宋李廌《德隅斋画品·菡萏图》："旧云：'徐熙画花传花神，赵昌画花写花形。'"

供写照：祭献画像。供，献祭。写照，犹画像。

任泼来、淡墨无深浅：谓月光下的花影如泼淡墨的写意画般，没有深浅的变化。

素障：素白的障子，此谓可放于桌上的素绢屏风。唐代杜甫《题李尊师松树障子歌》："障子松林静杳冥，凭轩忽若无丹青。"

残缸掩过看逾显：谓将残灯遮起，看那花影就更加明显。残缸，残灯。"缸"同"釭"，谓（油）灯。掩过，犹遮蔽。

芙蓉玉绽：谓绽放的花朵如美人般洁白如玉。芙蓉，谓美人。

鹤翎银扁：谓花瓣如鹤翎般细长轻薄而又洁白如银。鹤翎，谓如白鹤翎羽般细长的花瓣，亦有菊花品种名曰鹤翎。唐代王建《于主簿厅看花》诗："暖风吹动鹤翎开。"银扁，谓花瓣轻薄，洁白如银。扁，薄。

白衣：谓送酒人，代指酒或饮酒。典出南朝宋史学家檀道鸾《续晋阳秋·恭帝》："王宏为江州刺史，陶潜九月九日无酒，于宅边东篱下菊丛中，摘盈把，坐其侧。未几，望见一白衣人至，乃刺史王宏送酒也。即便就酌而后归。”唐李白《九日登山》诗：“因招白衣人，笑酌黄花菊。”

浮云苍犬：白云苍狗，喻世事无常，瞬息万变。唐代杜甫《可叹》诗：“天上浮云如白衣，斯须改变如苍狗。”

软红：软红尘，原指飞扬的尘土，喻俗世的繁华喧嚣。北宋苏轼《次韵蒋颖叔、钱穆父从驾景灵宫二首》诗其一：“半白不羞垂领发，软红犹恋属车尘。”自注：“前辈戏语：‘西湖风月，不如京华软红香土。’”

帘幕：遮蔽门窗或视线的布幔。明代梁辰鱼《浣纱记·捧心》词：“春已矣，杨花满径东风起，东风起，半投帘幕，半随流水。”

恁清光：那清亮皎洁的月光。恁，犹那。清光，清亮的月光。

鹴裘典：谓典当鹔鹴裘。引司马相如典。据《西京杂记》记载：“司马相如初与卓文君还成都，居贫愁懑，以所著鹔鹴裘就市人阳昌贳酒，与文君为欢。”鹴裘，鹔鹴裘。由鹔鹴鸟的皮制成的裘衣。鹔鹴，传说中的西方神鸟，似雁，颈长，羽绿。明代徐渭《十六日霁与张长治伯仲集城隅次长治韵》诗：“自古阴晴谁料得，莫辞连夜典鹴裘。”

休便把，落英翦：谓不要剪掉初开的菊花。落英，谓初开的菊花。战国屈原《楚辞·离骚》：“朝饮木兰之坠露兮，夕餐秋菊之落英。”游国恩纂义引孙奕曰：“宫室始成而祭则曰落成。故菊英始生亦曰落英。”翦，同“剪”。

说明

该阕为秋季月夜咏白菊之作，词中“西风”“皓月”“鹤翎银扁”“落英”诸语可证。

赵秀亭、冯统一《饮水词校笺》：“性德友人徐倬有同调‘翦’字韵‘灯下菊影’词，时和者甚众，疑容若此阕亦和徐氏之作。”

声律

“恁”字古有 rèn 和 nín 二音，对应不同的字义。遵照读诵的惯例和该字的字义，此处应读 rèn。

金缕曲

未得长无谓。
竟须将、银河亲挽，普天一洗。
麟阁才教留粉本，大笑拂衣归矣。
如斯者、古今能几。
有限好春无限恨，没来由、短尽英雄气。
暂觅个，柔乡避。

东君轻薄知何意。
尽年年、愁红惨绿，添人憔悴。
两鬓飘萧容易白，错把韶华虚费。
便决计、疏狂休悔。
但有玉人常照眼，向名花、美酒拚沉醉。
天下事，公等在。

注释

未得长无谓：人不得长时间没有作为。无谓，没有意义和价值，代指没有作为。语出唐代李商隐《无题》诗："人生岂得长无谓。"

银河亲挽，普天一洗：谓亲自力挽银河，将整个天空清洗干净。化用唐代杜甫《洗兵马》诗："安得壮士挽天河，净洗甲兵长不用。"

麟阁：麒麟阁。汉宣帝曾在未央宫麒麟阁上为霍光等十一位功臣画像，以表彰其功。后遂以画像于麒麟阁作为功勋卓著的最高荣誉。东汉班固《汉书·李广苏建传》："甘露三年，单于始入朝。上思股肱之美，迺图画其人于麒麟阁。"唐代颜师古注曰："武帝获麒麟时作此阁，图画其像于阁，遂以为名。"《三辅黄图·阁》："麒麟阁，萧何造，以藏秘书，处贤才也。"

粉本：中国古代绘画施粉上样的稿本，代指图画。

拂衣归矣：拂衣而去，喻不仕归隐。拂衣，犹振衣。唐李白《侠客行》诗："事了拂衣去，深藏身与名。"

短尽英雄气：英雄气短。谓有才之士因遭遇困顿或挫折而意志沉沦，不思进取。气短：志气沮丧。

柔乡：温柔乡。谓女色温柔、令人沉醉的境地。容若致顾贞观手简云："弟是以甚慕魏公子之饮醇酒、近妇人也。……沦落之余，方欲葬身柔乡，不知得如鄙人之愿否耳。"

东君：谓司春之神。南宋严蕊《卜算子》词："花落花开自有时，总赖东君主。"

两鬓飘萧：谓鬓发飘零、萧索、稀疏貌。唐代杜甫《义鹘》诗："飘萧觉素发，凛欲冲儒冠。"

疏狂：纵情豪放，无拘无束。疏，清除阻碍。狂，纵情，无拘无束。北宋苏轼《次韵王定国马上见寄》诗："疏狂似我人谁顾，坎轲怜君志未移。"

但有玉人常照眼：谓常有美女在眼前相伴。玉人，指美女。引自明代王彦泓《梦游十二首》诗其八："但有玉人长照眼，更无尘务暂经心。"

名花：名贵之花，代指著名的美女，旧时亦常指名妓。

拚沉醉：甘愿沉醉。

说明

此阕词补遗自汪元治结铁网斋刻本《纳兰词》。

词中“暂觅个，柔乡避”“但有玉人常照眼”“向名花、美酒拚沉醉”皆与致顾贞观手简相应，谓欲纳江南名妓沈宛之事。

声律

“拚”在汪刻本中作“拼”。此处按词意，当为“拚”，乃甘愿之意，读平声合律，音 pān。

蝶恋花

蝶恋花：词牌名。

原为唐教坊曲名。本名“鹊踏枝”，又名“凤栖梧”“黄金缕”“卷珠帘”“一箩金”。始创于盛唐，属宫廷宴乐，后经晚唐五代的发展，于两宋达到全盛。南唐后主李煜将其更名为“蝶恋花”，取自南朝梁简文帝萧纲《东飞伯劳歌》诗句“翻阶蛱蝶恋花情”。以北宋晏殊《蝶恋花》（六曲阑干偎碧树）为正体，双调，六十字，上下片各五句、四仄韵。另有变体。该调格律严谨，“诗化”明显，声情缠绵悱恻，悲怆怨慕，多用于相思恋情、感时伤怀等多愁善感的内容。

蝶恋花

辛苦最怜天上月。
一昔如环，昔昔都成玦。
若似月轮终皎洁。
不辞冰雪为卿热。

无那尘缘容易绝。
燕子依然，软踏帘钩说。
唱罢秋坟愁未歇。
春丛认取双栖蝶。

注释

一昔：一夜。昔，同“夕”。

玦：玉玦，指有缺口的环形佩玉，此谓缺月。唐代段成式《酉阳杂俎·忠志》：“九曰玉玦，形如玉环，四分缺一。”

不辞冰雪为卿热：引三国荀粲熨妇之典。荀粲字奉倩，三国时期魏国人，娶大将军曹洪之女为妻。婚后夫妻恩爱，琴瑟和鸣，但好景不长，妻子冬天高烧病重，浑身发热，荀粲便脱光衣服站在冰天雪地中，只为将身体冻冷，回去熨贴在夫人身上，以降低她的体温，减轻病痛。然而，天不遂人愿，妻子终究还是故去了，荀粲也因悲伤过度于次年离世，时年二十九岁。南朝宋刘义庆《世说新语·惑溺》：“荀奉倩与妇至笃，冬月妇病热，乃出中庭，自取冷还，以身熨之。”

无那：无奈。那，同“奈”。

燕子依然，软踏帘钩说：谓燕子依然轻盈地踏在帘钩上呢喃絮语。唐代李贺《贾公闾贵婿曲》诗：“燕语踏帘钩，日虹屏中碧。”

唱罢秋坟愁未歇：谓即使在坟前极尽哀悼，满怀愁绪依然无法消解。化用唐代李贺《秋来》诗：“秋坟鬼唱鲍家诗，恨血千年土中碧。”

春丛认取双栖蝶：引梁祝化蝶之典，谓只有化作蝴蝶才能在春丛中与你相认，双宿双飞。明代彭大翼《山堂肆考》：“俗传大蝶必成双，乃梁山伯、祝英台之魂”。

说明

此阕词乃悼亡词。容若自发妻卢氏去世后，便“悼亡之吟不少，知己之恨尤深”。卢氏卒于康熙十六年（1677）五月三十日，康熙十七年（1678）七月二十八日葬于今北京海淀区上庄镇皂甲屯纳兰氏祖茔。从词中“唱罢秋坟愁未歇”句可以推测，该阕或作于康熙十七年卢氏安葬后。

唐圭璋《纳兰容若评传》：“此亦悼亡之词。‘若似’两句，极写浓情，与柳词‘衣带渐宽’同合风骚之旨。‘一昔’句可见尘缘之短，怀感之深。末二句生死不渝，情尤真挚。”

声律

“无那”在古诗文中兼有二意，一为无限，一为无奈，“那”均读 nuò 音。

蝶恋花

眼底风光留不住。
和暖和香，又上雕鞍去。
欲倩烟丝遮别路。
垂杨那是相思树。

惆怅玉颜成间阻。
何事东风，不作繁华主。
断带依然留乞句。
斑骓一系无寻处。

注释

眼底风光留不住：谓眼前的美好风光是留不住的，即好景难留。引自南宋辛弃疾《蝶恋花·继杨济翁韵饯范南伯知县归京口》词："有底风光留不住。烟波万顷春江橹。"

和暖和香：伴着温暖和芳香。明代王彦泓《骊歌二叠送韬仲春往秋陵》诗其二："怜君辜负晓衾寒，和暖和香上马鞍。"

雕鞍：雕饰精美的马鞍，马鞍的美称。

倩：请某人做事。

烟丝：朦胧雾气中的杨柳丝。

那是：哪是，谓不是。那，同“哪”，表疑问。

相思树：喻男女生死不渝的爱情。典出西晋左思《吴都赋》：“楠榴之木，相思之树。”唐代李善注：“相思，大树也，材理坚……其实如珊瑚，历年不变。”

玉颜：如玉的容颜，代指美丽的亡妻。

间阻：犹阻隔。唐代罗隐《秋日有寄姑苏曹使君》诗：“须知谢奕依前醉，间阻清谈又一秋。”

繁华：繁花。华，同“花”。北宋晏几道《踏莎行》词：“柳上烟归，池南雪尽。东风渐有繁华信。”

断带依然留乞句：割断的衣带上，依然留有乞来的诗句。典出唐代李商隐《柳枝五首》序：“柳枝，洛中里娘也。……余从昆让山，比柳枝居为近。他日春曾阴，让山下马柳枝南柳下，咏余《燕台诗》。柳枝惊问：‘谁人有此？谁人为是？’让山谓曰：‘此吾里中少年叔耳。’柳枝手断长带，结让山为赠叔乞诗。”

斑骓：毛色青白相杂的骏马。

一系：谓将马拴于树下。系，拴、绑。

声律

“倩”做动词，音 qìng，意为请某人做事。“系”读 xì 音。

蝶恋花·散花楼送客

城上清笳城下杵。
秋尽离人，此际心偏苦。
刀尺又催天又暮。
一声吹冷蒹葭浦。

把酒留君君不住。
莫被寒云，遮断君行处。
行宿黄茅山店路。
夕阳村社迎神鼓。

注释

散花楼：京中一酒楼名。

城上清笳：谓城楼上传来凄清的胡笳声。唐代杜甫《洛阳》诗：“清笳去宫阙，翠盖出关山。”

城下杵：谓城下传来阵阵杵声。杵，一头粗一头细的圆木棒，用来洗衣时捶打衣服或在臼中捣粮。

刀尺：制衣用的剪刀和量尺，代指缝制寒衣。唐代杜甫《秋兴八首》诗其一：“寒衣处处催刀尺，白帝城高急暮砧。”

蒹葭浦：长满蒹葭的水边。蒹葭，水草名。《诗经·秦风·蒹葭》：“蒹葭苍苍，白露为霜。所谓伊人，在水一方。”本指在水边思念恋人，此谓思念异地友人。浦，水边。

黄茅山店：山中用黄茅草筑成的客店。黄茅，生于荒野的茅草。山店，山中客店。唐代白居易《代书诗一百韵寄微之》诗：“官舍黄茅屋，人家苦竹篱。”

村社迎神鼓：谓农村秋社之日，鸣奏迎神鼓乐，祭祀土地神，以酬报神明护佑，祈祷来年丰收。古人称土地神和祭祀土地神的地方为“社”，立秋后的第五个戊日是为秋社。古人认为，土生万物，所以土地神被广为敬奉。按照我国古代的民间习俗，每到播种或收获的季节，农民都要立社祭祀土地神。南宋辛弃疾《沁园春·答余叔良》词：“被西风吹尽，村箫社鼓，青山留得，松盖云旗。”

说明

该阕张纯修刻本《饮水诗词集》副题作“送见阳南行”。“见阳”为张纯修的号，故此阕当作于康熙十八年（1679）秋，为容若送张纯修赴任江华县令的送别之作。

蝶恋花

准拟春来消寂寞。
愁雨愁风，翻把春担阁。
不为伤春情绪恶。
为怜镜里颜非昨。

毕竟春光谁领略。
九陌缁尘，抵死遮云壑。
若得寻春终遂约。
不成长负东君诺。

注释

准拟：料想、希望。

翻：翻转，即“反”。

担阁：又作“耽搁”，即耽误。

九陌：原指汉代长安城中的九条大道，泛指京都繁华的大路。

缁尘：黑色的尘土。见《金缕曲·赠梁汾》注。

抵死：犹拼死，竭尽全力。北宋晏殊《蝶恋花》词：“薄雨浓云，抵死遮人面。”

云壑：云雾缭绕的山谷，指远离世俗喧嚣的隐居之所。北宋秦观《三老堂》诗："云壑庆安车，风川驶飞鹢。"

东君：谓司春之神。

蝶恋花

又到绿杨曾折处。
不语垂鞭，踏遍清秋路。
衰草连天无意绪。
雁声远向萧关去。

不恨天涯行役苦。
只恨西风，吹梦成今古。
明日客程还几许。
沾衣况是新寒雨。

注释

又到绿杨曾折处：谓又来到与友人分别的地方。古人送别有折柳寄情之俗，故“绿杨曾折处”即与友人分别之处。

不语垂鞭：谓默默无语，垂着马鞭，意绪消沉地孤独漫行。唐代温庭筠《赠知音》诗：“景阳宫里钟初动，不语垂鞭上柳堤。”

踏遍清秋路：踏遍了清冷秋天的所有道路。唐代李贺《马诗二十三首》其五：“何当金络脑，快走踏清秋。”

萧关：古代关口名。位于今宁夏固原市原州区东南，在六盘山山口依险而立，扼守自泾河方向进入关中的通道，是关中西北方向的重要关口，屏护关中西北的安全。代指遥远的边关。

行役：指因服兵役、劳役或公务而出外跋涉。战国《周礼·地官》贾公彦疏：“行谓巡狩，役谓役作。”

只恨西风，吹梦成今古：只可恨秋风将梦吹散。西风，秋风。今古，现时与往昔，借指消逝的人事或时间。南朝乐府民歌《西洲曲》：“南风知我意，吹梦到西洲”。北宋毛滂《七娘子·舟中早秋》词：“云外长安，斜晖脉脉。西风吹梦来无迹。”

说明

赵秀亭、冯统一《饮水词校笺》：“语境甚落漠，不似扈跸之作。盖为康熙二十一年秋往觇梭龙途中所咏。是年春，随驾至奉天；秋，再出榆关。‘又到’云云即谓此。萧关，谓雁南去而已，非实指。”

蝶恋花

萧瑟兰成看老去。
为怕多情，不作怜花句。
阁泪倚花愁不语。
暗香飘尽知何处。

重到旧时明月路。
袖口香寒，心比秋莲苦。
休说生生花里住。
惜花人去花无主。

注释

萧瑟：原指风吹树叶的声音，形容凄凉、冷清，此谓人孤寂、落寞。

兰成：北周庾信小名，借指容若自己。唐代陆龟蒙《小名录》："庾信幼而俊迈，聪敏绝伦，有天竺僧呼信为兰成，因以为小字。"小字，即小名。

看：指预见到某种变化趋势。

阁泪：含泪。元代高明《琵琶记·南浦嘱别》："归家只恐伤亲意，阁泪汪汪不敢流。"

袖口香寒：谓袖口香气清冷。北宋晏几道《西江月》词："醉帽檐头风细，征衫袖口香寒。"

心比秋莲苦：谓人的心比莲子心还要苦。秋莲，莲子，因荷花秋季结莲子，故称。莲子心味极清苦。北宋晏几道《生查子》词："遗恨几时休，心抵秋莲苦。"

生生：生生世世，一代又一代。

惜花人去花无主：爱惜花的人离去，花便失去主人，无人照管。南宋辛弃疾《定风波·赋杜鹃花》词："毕竟花开谁作主，记取，大都花属惜花人。"惜花人，典出五代王仁裕《开元天宝遗事·惜花金铃》："天宝初，宁王日侍，好声乐，风流蕴藉，诸王弗如也。至春时，于后园中，纫红丝为绳，密缀金铃，系于花梢之上。每有鸟鹊翔集，则令园吏掣铃索以惊之，盖惜花之故也。"

声律

"看"读平声合律，音 kān。

蝶恋花

露下庭柯蝉响歇。
纱碧如烟，烟里玲珑月。
并著香肩无可说。
樱桃暗解丁香结。

笑卷轻衫鱼子缬。
试扑流萤，惊起双栖蝶。
瘦断玉腰沾粉叶。
人生那不相思绝。

注释

庭柯：庭院中的树木。柯：树枝，代指树木。东晋陶潜《归去来兮辞》：“引壶觞以自酌，眄庭柯以怡颜。”

玲珑月：玲珑剔透的月亮，谓月明亮清澈。唐代李白《玉阶怨》诗：“却下水晶帘，玲珑望秋月。”

并著香肩：谓二人肩并肩。著，同“着”，接触，挨着。香肩，肩的美称。

樱桃：指女子如樱桃般的口唇。

丁香结：谓丁香花蕾结而不绽，喻指愁绪郁结不解。唐代李商隐《代赠二首》诗其一：“芭蕉不展丁香结，同向春风各自愁。”

鱼子缬：中国传统染色技艺绞缬（今称扎染）的基本图案之一，纹样形如鱼子，故名。唐代段成式《嘲飞卿》诗："醉袂几侵鱼子缬，飘缨长罥凤凰钗。"

玉腰：玉腰奴，蝴蝶的别名。北宋陶穀《清异录·花贼》："温庭筠尝得一句云：'蜜官金翼使。'遍示知识，无人可属。久之，自联其下曰：'花贼玉腰奴。'予以谓道尽蜂蝶。"

那：同"哪"。

蝶恋花·出塞

今古河山无定据。
画角声中，牧马频来去。
满目荒凉谁可语。
西风吹老丹枫树。

从前幽怨应无数。
铁马金戈，青冢黄昏路。
一往情深深几许。
深山夕照深秋雨。

注释

无定据：无定准，没有定数。宋代毛幵《渔家傲·次丹阳忆故人》词："可忍归期无定据，天涯已听边鸿度。"

画角：传自西羌的古管乐器，发声哀厉高亢，形如牛角，本细末大，以竹木或皮革等制成，因表面画有彩绘或饰有花纹，故称。古时军中多用以警昏晓，振士气，肃军容。帝王出巡，亦用以报警戒严。东晋徐广《车服杂注》："角，本出羌，欲以惊中国之马也。"

牧马频来去：谓北方少数民族曾多次南下，进入中原。牧马，放饲马匹，代指胡骑或征骑。西汉贾谊《过秦论》：“胡人不敢南下而牧马。”

幽怨：郁结于心的愁恨。此谓各民族或部族间的矛盾。

铁马金戈：亦称“金戈铁马”。指战骑全副武装，驰骋沙场。代指战争。南宋辛弃疾《永遇乐·京口北固亭怀古》词：“想当年，金戈铁马，气吞万里如虎。”

青冢：指王昭君墓，在今内蒙古呼和浩特市南郊。唐代杜甫《咏怀古迹五首》诗其三：“一去紫台连朔漠，独留青冢向黄昏。”注曰：“边地多白草，昭君冢独青。故名青冢。”

一往情深：指对人或事物倾注了很深的感情，无法自拔。明代汤显祖《牡丹亭记题词》：“情不知所起，一往而深，生者可以死，死可以生，生而不可与死，死而不可复生者，皆非情之至也。”

深几许：深多少。几许，多少。北宋欧阳修《蝶恋花》词：“庭院深深深几许。”

说明

该阕词副题“出塞”，即为容若出塞之作。从词中“西风吹老丹枫树”“深秋雨”句可知，出塞时间为深秋。纵观赵秀亭、冯统一《纳兰性德行年录》，满足此条件者，唯有康熙二十一年（1682）九月，容若觇梭龙之行。余于2018年8月，沿容若觇梭龙路线实地考察，发现确实可途经内蒙古，依容若嗜古之癖，顺路至昭君墓青冢，不无可能，而青冢正在内蒙古大青山下，故与“深山”句亦相符。

蝶恋花

尽日惊风吹木叶。
极目嵯峨，一丈天山雪。
去去丁零愁不绝。
那堪客里还伤别。

若道客愁容易辍。
除是朱颜，不共春销歇。
一纸乡书和泪摺。
红闺此夜团圞月。

注释

尽日：整日。

惊风：指猛烈、强劲的风，犹狂风。

木叶：指树叶、落叶。语出战国屈原《九歌·湘夫人》：“袅袅兮秋风，洞庭波兮木叶下。”

嵯峨：山势高峻貌。唐代李白《早秋单父南楼酬窦公衡》诗：“泰山嵯峨夏云在，疑是白波涨东海。”

一丈天山雪：巍峨的山上积雪盈丈，一片银白，犹如天山一般。唐代李端《横吹曲辞·雨雪曲》诗："天山一丈雪，杂雨夜霏霏。"天山，主要位于我国新疆境内，因山顶长年积雪，古名"白山"，又名"雪山"，因容若未至新疆，故此处代指塞外雪山。

去去：谓步步远行，犹远去。

丁零：中国北方古代民族，又称"敕勒""狄历"等，最早生活在今贝加尔湖附近。此处代指塞外偏远之地。唐代李端《横吹曲辞·雨雪曲》诗："丁零苏武别，疏勒范羌归。"唐代李涉《六叹》诗："汉臣一没丁零塞，牧羊西过阴沙外。"

销歇：消失。销，同"消"。南朝宋鲍照《行药至城东桥》诗："容华坐销歇，端为谁苦辛。"

一纸乡书和泪摺：一封家书混合着眼泪折起。摺，同"折"。唐代孟郊《闻夜啼赠刘正元》诗："愁人独有夜灯见，一纸乡书泪滴穿。"

团圞月：即圆月。团圞，犹团圆。圞，形容圆。

说明

赵秀亭、冯统一《饮水词校笺》："此阕为觇梭龙途中作。梭龙，亦写作唆龙，通作索伦，清初东北民族名，亦借指其他地域，大略在今科尔沁迤北至黑龙江流域。康熙初，俄罗斯（时称罗刹、老枪）侵扰我黑龙江，清圣祖为固边计，拟予反击。康熙二十一年遣副都统郎坦及侍卫等往索伦觇边事情实，性德亦往行。有关记载详何秋涛编《朔方备乘》卷五《平定罗刹方略》。据《清通典》述'俄罗斯秦时为浑庾、屈射、丁灵诸国'，盖清初人暗于知识，误以为俄罗斯为丁灵（零）之裔。词中之天山，亦借指东北边地之山。《瑶华集》此词有副题'十月望日与经岩叔别'。按，经岩叔，名经纶，姚江人，善绘仕女，《图绘宝鉴续纂》略载其行事。经纶尝作客明珠家，为性德临萧云从《九歌图》。性德使索伦，经纶随行。《通志堂集》另有《唆龙与经岩叔夜话》诗，诗有云：'草白霜气空，沙黄月色死。哀鸿失其群，冻翮飞不起。'尚非大寒景象，计其程，或在旧历九月杪十月初。依此词，则知经岩叔于十月中旬先行返京，因有'客里还伤别'、托捎家书之语。"

南歌子

南歌子：词牌名。

原唐教坊曲名。又名“南柯子”“怕春归”“水晶帘”“春宵曲”“碧窗梦”“风蝶令”等。调名取自东汉张衡《南都赋》“坐南歌兮起郑舞”句。该调《钦定词谱》列七体，单调两体，双调五体。以唐代温庭筠《南歌子》（手里金鹦鹉）为正体，单调二十三字，五句，三平韵。另有变体。双调者，又分平仄两韵格。容若此组《南歌子》为双调，五十二字，上下片各四句、三平韵。该调音节流美，由舒徐渐趋急促，有摇曳生姿、缠绵不尽之致。应用范围广泛、题材不限，既可抒情又可叙事。

南歌子

翠袖凝寒薄，帘衣入夜空。
病容扶起月明中。
惹得一丝残篆、旧薰笼。

暗觉欢期过，遥知别恨同。
疏花已是不禁风。
那更夜深清露、湿愁红。

注释

翠袖：青绿色衣袖。泛指女子的衣衫，亦代指女子。翠，如翠鸟羽毛颜色般的青绿色。唐代杜甫《佳人》诗："天寒翠袖薄，日暮倚修竹。"

凝寒：凝聚着寒气。

帘衣：帘幕。典出唐代李延寿《南史·夏侯亶传》："（亶）晚年颇好音乐，有妓妾十数人，并无被服姿容，每有客，常隔帘奏之，时谓帘为夏侯妓衣。"后因谓帘幕为帘衣。

病容扶起：谓带病强撑着身体起来。唐代李贺《南园十三首》诗其九："病容扶起种菱丝。"

残篆：将要燃尽的篆香。

暗觉欢期过：隐约感觉到欢聚的时间将要过去。

遥知别恨同：（与病中的妻子）遥相感知别离的遗憾是相同的。

疏花已是不禁风：谓稀疏憔悴的花朵已禁不起风吹。

那：同“哪”。

清露：清冷的露水。宋代沈蔚《醉花阴·和江宣德醉红妆》词：“微含清露真珠滴。”

愁红：忧愁之花，代指经风霜摧残的花，亦喻指女子的愁容。五代顾敻《河传》词：“春正浓，愁红，泪痕衣上重。”

说明

该阕词当作于康熙十六年（1677）五月容若发妻卢氏产后患病之时。据《皇清纳腊氏卢氏墓志铭》记载：卢氏“康熙十六年五月三十日卒”，“产同瑜珥，兆类罴熊。乃膺沉痼，弥月告凶”。即卢氏产后成疾，在孩子满月后病亡。从“病容扶起月明中”“暗觉欢期过，遥知别恨同”句可知，卢氏当时病情危重，容若虽在尽力扶持，但已有不祥的预感。

南歌子

暖护樱桃蕊，寒翻蛱蝶翎。
东风吹绿渐冥冥。
不信一生憔悴、伴啼莺。

素影飘残月，香丝拂绮棂。
百花迢递玉钗声。
索向绿窗寻梦、寄余生。

注释

蛱蝶翎：蝴蝶的翅膀。蛱蝶，又名四足蝶，是蛱蝶科昆虫的总称，多为中大型蝴蝶。翎，鸟翅和尾上长而硬的羽毛，代指翅膀。

冥冥：幽暗深远，模糊不清。《诗经·小雅·无将大车》：“无将大车，维尘冥冥。”南宋朱熹《诗集传》：“冥冥，昏晦也。”

素影飘残月：素雅的身影从残月中飘来。素影，此谓亡妻着素服的幻影。因容若有词《沁园春》序中云：“丁巳重阳前三日，梦亡妇淡妆素服，执手哽咽。……临别有云：‘衔恨愿为天上月，年年犹得向郎圆。’”

香丝：此谓美人的发丝。唐代李贺《美人梳头歌》诗：“一编香丝云撒地，玉钗落处无声腻。”

绮棂：糊有绮纱的窗棂。绮，带有花纹或图案的丝织品。

迢递：从远处传递。南宋丘密《夜行船·越上作》词：“犹有清歌，随风迢递，声在芰荷深处。”

说明

该阕词为悼亡之作。从“樱桃蕊”“东风”语可知，该阕当作于容若发妻卢氏病故后的某年春天。卢氏于康熙十六年（1677）五月三十日卒，故作期应不早于康熙十七年（1678）春。

南歌子·古戍

古戍饥乌集，荒城野雉飞。
何年劫火剩残灰。
试看英雄碧血、满龙堆。

玉帐空分垒，金笳已罢吹。
东风回首尽成非。
不道兴亡命也、岂人为。

注释

古戍：古代防守边疆的营垒。

饥乌：饥饿的乌鸦。唐代李商隐《故驿迎吊故桂府常侍有感》诗："饥乌翻树晚鸡啼，泣过秋原没马泥。"

野雉：野鸡。

劫火：佛家语，谓坏劫之末所起的大火。借指战火。

碧血：忠臣志士为正义而流的血。典出《庄子·外物》："人主莫不欲其臣之忠，而忠未必信，故伍员流于江，苌弘死于蜀，藏其血，三年而化为碧。"

龙堆：白龙堆。古西域沙丘名，代指沙漠。东汉班固《汉书·匈奴传下》："岂为康居、乌孙能逾白龙堆而寇西边哉，乃以制匈奴也。"唐代颜师古注引孟康曰："龙堆，形如土龙身，无头有尾，高大者二三丈，埤者丈余，皆东北向，相似也。在西域中。"

玉帐：如玉之坚的帐幕，代指将帅所居的军帐。唐代李商隐《重有感》诗："玉帐牙旗得上游，安危须共主君忧。"

金笳：胡笳的美称。汉代流行于塞北和西域一带，是汉、魏鼓吹乐中的主要管乐器。

东风回首：引自南唐后主李煜《虞美人》词："小楼昨夜又东风，故国不堪回首月明中。"

不道兴亡命也、岂人为：国之兴亡乃是天命，岂是人力可为的。春秋左丘明《国语·晋语》："范成子曰：'国之存亡，天命也。'"东晋干宝《晋纪·论晋武帝革命》："帝王之兴，必俟天命，苟有代谢，非人事也。"

说明

赵秀亭、冯统一《饮水词校笺》："有'龙堆'辞，必作于塞外；有'东风'辞，必作于春季。'兴亡'句用意甚深，必切当时实事。是阕必为康熙二十一年春东巡时作。高士奇《扈从东巡日录》：'三月丁巳（初九），銮舆发盛京，过抚顺。旧堡败垒，榛莽中居人十余家，与鬼伥为邻。抚顺在奉天府东北八十余里，前朝版图尽于此矣。'有如此背景，方称此词。四月十二，东巡过性德祖居叶赫城之墟，则'英雄碧血''东风回首'，更觉字字千钧。"

一络索

一络索：词牌名。

此调始兴于宋代，调名本系宋人俗语，犹言“一大串”，后乃用为词调，即咏本义。又名“洛阳春”“玉连环”“上林春”“窗下绣”“一落索”“金落索”等。《钦定词谱》以《梅苑》无名氏《一落索》（腊后东风微透）为正体，双调，四十四字，上下片各四句、三仄韵。另有七种变体。容若此组《一络索》为变体之一，双调，四十六字，上下片各四句、三仄韵。该调音节婉转，顿挫有致，既可抒闺思春怨，又可表怀古悲秋。

一络索

过尽遥山如画。
短衣匹马。
萧萧落木不胜秋，莫回首、斜阳下。

别是柔肠萦挂。
待归才罢。
却愁拥髻向灯前，说不尽、离人话。

注释

短衣匹马：成语，意为穿着短衣，骑一匹骏马。形容士兵英姿矫健。短衣，短装。语出唐代杜甫《曲江三章》诗之三："短衣匹马随李广，看射猛虎终残年。"此谓轻装出塞。

萧萧落木：风吹落叶，凄凉萧索。语出唐杜甫《登高》诗："无边落木萧萧下，不尽长江滚滚来"。

萦挂：牵挂。萦，牵缠。元代高明《琵琶记·激怒当朝》："朝夕萦挂，只为孩儿多用心。"

拥髻：捧持发髻。引夫妇灯下相聚之典。典出旧题汉代伶玄撰《赵飞燕外传》附《伶玄自叙》："通德占袖，顾视烛影，以手拥髻，凄然泣下。"

说明

此阕词为康熙二十一年（1682）秋容若觇梭龙途中之作。

声律

"胜"读平声合律，音 shēng。

一络索

野火拂云微绿。
西风夜哭。
苍茫雁翅列秋空，忆写向、屏山曲。

山海几经翻覆。
女墙斜矗。
看来费尽祖龙心，毕竟为、谁家筑。

注释

野火拂云微绿：谓远远望去，成片的“鬼火”幽幽闪动，拂触着天边的云，映出微绿的光芒。野火，磷火，又称“鬼火”。因人和动物的身体腐烂后，骨骼中的磷元素会生成磷化氢，磷化氢燃点很低，可自燃，便会形成磷火，磷火有光无焰，大多呈绿色或蓝绿色。又因其常出现于荒野或墓地，世俗迷信，以为是鬼点的火，故俗称“鬼火”。战国列御寇《列子·天瑞》：“羊肝化为地皋，马血之为转邻也，人血之为野火也。”拂云，触到云。

西风夜哭：谓夜里秋风凄厉，似鬼哭一般。西风，即秋风。哭，风声凄厉。清代吴伟业《送友人出塞》诗：“鱼海萧条万里霜，西风一哭断人肠。”

雁翅列秋空：大雁展翅列队飞翔在秋季的天空。

写：此谓描摹。

屏山曲：因屏风由多扇竖屏组成，展开成曲折状，故称。

山海几经翻覆：谓江山几度兴亡。山海，代指国家。翻覆，指兴亡交替。

女墙：女儿墙，筑在城墙顶部的凹凸形短墙，作战时用以窥视敌情、掩护守城士兵，是古代城墙必备的传统防御建筑。此谓长城。东汉刘熙《释名·释宫室》："城上垣，曰睥睨，……亦曰女墙，言其卑小，比之于城，若女子之于丈夫也。"

费尽祖龙心：指秦始皇为防御北方游牧民族侵扰，修建长城，费尽心力。祖龙，即秦始皇。见《浣溪沙·姜女祠》"祖龙"注。

说明

此阕词为康熙二十一年（1682）秋容若觇梭龙途经长城有感而作。

声律

"看"读平声合律，音 kān。

眼儿媚

眼儿媚：词牌名。

北宋新声。又名“秋波媚”“小阑干”“东风寒”等。始于北宋，调名本义咏美女顾盼流动的目光。以阮阅词《眼儿媚》（楼上黄昏杏花寒）为正体，双调四十八字，上片五句、三平韵，下片五句、两平韵。另有双调四十八字，上下片各五句、三平韵变体。该调每片由一个七字句、一个五字句、三个四字句组成，音节柔婉缠绵，多用以抒写恋情、感怀心事。

眼儿媚

林下闺房世罕俦。
偕隐足风流。
今来忍见，鹤孤华表，人远罗浮。

中年定不禁哀乐，其奈忆曾游。
浣花微雨，采菱斜日，欲去还留。

注释

林下闺房：有林下之风和闺房之秀的女子。林下之风，指女子才华超逸、风致高远。闺房之秀，指女子娴静典雅、蕙质兰心。典出南朝宋刘义庆《世说新语·贤媛》：“谢遏绝重其姊，张玄常称其妹，欲以敌之。有济尼者，并游张、谢二家。人问其优劣。答曰：‘王夫人（即王凝之的妻子谢道韫，编者注）神情散朗，故有林下风气。顾家妇（即张玄的妹妹张彤云，编者注）清心玉映，自是闺房之秀。’”

世罕俦：世间少有可以匹敌的。俦，匹敌。

偕隐：一同归隐。偕，一同。此谓夫妻同隐山林。典出南朝宋范晔《后汉书·列女传·鲍宣妻》：“妻乃悉归侍御服饰，更著短布裳，与宣共挽鹿车归乡里。”

足风流：足够逍遥自在。风流，此谓自在快活，无拘无束。

忍见：不忍见、岂忍见。

鹤孤华表：谓人已故去。典出《搜神后记》：“丁令威，本辽东人，学道于灵虚山。后化鹤归辽，集城门华表柱。时有少年，举弓欲射之。鹤乃飞，徘徊空中而言曰：‘有鸟有鸟丁令威，去家千年今始归。城郭如故人民非，何不学仙冢垒垒。’”

罗浮：罗浮山，位于今广东省博罗县西北境内东江之滨。自古便被赋予神话色彩，成为“修仙之地”。东晋袁宏《山记》称：“罗山自古有之。浮山本蓬莱之一峰，尧时洪水泛海，浮来傅于罗山”。此谓美梦，引罗浮梦之典。典出唐代柳宗元《龙城录》：“隋开皇中，赵师雄迁罗浮，一日天寒日暮，在醉醒间，因憩仆车于松林间酒肆傍舍，见一女子淡妆素服出迓师雄，时已昏黑，残雪对月色微明，师雄喜之与之语，但觉芳香袭人，语言极清丽，因与之扣酒家门，得数杯相与饮。少顷，有一绿衣童来，笑歌戏舞亦自可观。顷醉寝，师雄亦懵然，但觉风寒相袭。久之，时东方已白，师雄起视，乃在大梅花树下，上有翠羽啾嘈相顾，月落参差，但惆怅而尔。”人远罗浮，即美梦已醒。

中年定不禁哀乐：谓人到中年，心力交瘁，肯定是禁不起悲哀与快乐的。典出南朝宋刘义庆《世说新语·言语》：“谢太傅语王右军曰：‘中年伤于哀乐，与亲友别，辄作数日恶。’”

其奈：怎奈。

浣花微雨：微雨沐浴着花树。浣，洗、沐。

欲去还留：想离去又不忍离去。南宋刘克庄《送王实之》诗：“欲去还留每自怜，竟为吾子弟先鞭。”

说明

此阕词为悼亡之作。容若偶至与亡妻曾游之地，不禁触景伤怀，“欲去还留”尤耐寻味，即不忍触痛，又不能忘情。他称亡妻卢氏为“林下闺房世罕俦”，可见评价之高，爱慕之切。又言“中年定不禁哀乐”，可知作此词时，卢氏故去已久，容若也已人到中年。因容若卒于康熙二十四年（1685）五月三十日，春秋三十有一。故此阕词作期当与此年相近。

声律

“浣”字旧读上声，音 huǎn，现在普通话读去声，音 huàn。因词比诗更讲究四声分明，且读取旧音更合乎音律，故遵照读诵的惯例，此字应念上声，音 huǎn。

眼儿媚·咏红姑娘

骚屑西风弄晚寒。
翠袖倚阑干。
霞绡裹处，樱唇微绽，靺鞨红殷。

故宫事往凭谁问，无恙是朱颜。
玉墀争采，玉钗争插，至正年间。

注释

红姑娘：茄科多年生草本植物。学名酸浆果，又名洛神珠、灯笼果、挂金灯等，北京话作“姑蔫儿”。果实圆润，颜色多为朱红色，外罩一层薄如蝉翼的心形果萼，可食，味道酸甜，亦可入药，有清热解毒之功效。明代徐一夔《元故宫记》云：“金殿前有野果，名红姑娘，外垂绛囊，中空有子，如丹珠，味酸甜可食，盈盈绕砌，与翠草同芳，亦自可爱。”本阕词即为咏元故宫红姑娘之作。

骚屑西风：秋风凄清。骚屑，风声。西风，秋风。西汉刘向《九叹·思古》：“风骚屑以摇木兮。”东汉王逸注：“骚屑，风声貌。”

翠袖倚阑干：谓红姑娘如少女般，倚靠着栏杆。翠袖，青绿色的衣袖，代指年轻女子，此处喻指红姑娘。阑干，同“栏杆”。

霞绡：谓罩在浆果外的心形果萼，色如红霞，薄如绡纱。

樱唇微绽，靺鞨红殷：谓浆果自果萼中微微绽露，如靺鞨宝石一般殷红。靺鞨，隋唐时活跃在我国东北部的民族，产大如巨栗、赤如樱桃的红玛瑙，俗称“红靺鞨”。

故宫：指元故宫。

无恙是朱颜：化用南唐后主李煜《虞美人》词："雕栏玉砌应犹在，只是朱颜改。"

玉墀争采，玉钗争插：想象元故宫中的宫女们争相采摘宫殿石阶旁的红姑娘，将其当作玉钗插在头上的情景。玉墀，宫殿前的石阶。

至正年间："至正"是元顺帝第三个年号（1341—1370）。自此年号起，元顺帝开始实施称为"至正新政"的改革措施。其中包括减少宫廷开支，裁减宫女、宦官等。词中"玉墀争采，玉钗争插"，便是想象至正年间实施"至正新政"时的景象。

声律

"殷"，指暗红色，读 yān 押韵。

眼儿媚·中元夜有感

手写香台金字经。
惟愿结来生。
莲花漏转，杨枝露滴，想鉴微诚。

欲知奉倩神伤极，凭诉与秋檠。
西风不管，一池萍水，几点荷灯。

注释

中元：中元节，民间俗称“七月半”，即农历七月十五。佛教则称盂兰盆节。民间于此日祭奠亡故亲人。

香台：烧香之台，代指佛堂。

金字经：金字佛经，因经文常以金粉抄写书就，故称。

莲花漏转：谓时间流转。莲花漏，即莲花形的刻漏，用以计时。参见《浣溪沙》（莲漏三声烛半条）“莲漏”注。此处一语双关，莲花亦喻指佛门妙法。

杨枝露滴：滴下杨枝甘露，起死回生。杨枝，杨柳的枝条。佛教称杨枝水为能使万物复苏、起死回生的甘露。

想鉴微诚：想鉴证人能起死回生，却又不太相信。鉴，鉴证。

奉倩神伤极：引三国奉倩神伤之典。指因丧妻而极度哀伤，以至情深不寿。东晋孙盛《晋阳秋》载：“荀粲（字奉倩）妻有美色，染病亡，粲不哭神伤，曰：‘佳人难再得。’痛悼不已，岁余亦亡，年仅二十九岁。”不想，容若竟一语成谶。

秋檠：秋灯。檠，同“檠”，灯台，亦代指灯。

西风：秋风。

荷灯：放于河中的荷花灯。旧俗中元节的夜晚，为祭奠亡人，制荷花形的灯，上写亡者姓名，中置小烛，点燃放于河中。据清代吴长元《宸垣识略》中载：“每岁中元建盂兰盆会，放荷灯以数千计。南至瀛台，北绕万岁山而回，为苑中盛事。”容若亦在其《西苑杂咏和荪友韵》中云：“新凉却爱中元节，万点荷灯散玉河。”

说明

此阕词为中元节悼念亡妻卢氏之作。

眼儿媚·咏梅

莫把琼花比澹妆。
谁似白霓裳。
别样清幽，自然标格，莫近东墙。

冰肌玉骨天分付，兼付与凄凉。
可怜遥夜，冷烟和月，疏影横窗。

注释

澹妆：淡妆。此处“澹”同“淡”。此谓梅花。北宋欧阳修《渔家傲》词：“仙格淡妆天与丽，谁可比。”

琼花：传说中的仙界之花，一花九朵，冰洁如玉，凡间唯扬州独有，后已绝种。详见《梦江南》（江南好，佳丽数维扬）注。

白霓裳：白色的仙衣。霓，副虹。相传神仙以云为裳。亦借指白色的云雾。此喻梅花的姿容。战国屈原《九歌·东君》：“青云衣兮白霓裳，举长矢兮射天狼。”

自然标格：天然的风度、品格。北宋柳永《满江红》词：“就中有、天真妖丽，自然标格。”

莫近东墙：谓莫要窥视。引成语东墙窥宋之典。典出战国宋玉《登徒子好色赋》：“天下之佳人，莫若楚国，楚国之丽者，莫若臣里，臣里之美者，莫若臣东家之子。……然此女登墙窥臣三年，至今未许也。”

冰肌玉骨：如冰雪般的肌肤，似美玉般的骨骼。本喻女子肤如冰雪，清丽脱俗。此谓梅花冰清玉洁，风姿超逸。玉骨，梅枝的美称。语出《庄子·逍遥游》：

“藐姑射之山，有神人居焉，肌肤若冰雪，绰约若处子。”

天分付：谓上天赋予，自然天成。分付，即分配交付，犹给予、赋予。

遥夜：战国宋玉《九辩》：“靓杪秋之遥夜兮，心缭悷而有哀。”

疏影：梅花疏朗的枝影。语出北宋林逋《山园小梅二首》诗其一：“疏影横斜水清浅，暗香浮动月黄昏。”

说明

此阕词咏白梅。

唐圭璋《纳兰容若评传》：“‘别样清幽，自然标格，莫近东墙’，则就花之神情描写而隐有寄托者，皆一面写花，一面自道也。”

眼儿媚

独倚春寒掩夕扉。
清露泣铢衣。
玉箫吹梦，金钗划影，悔不同携。

刻残红烛曾相待，旧事总依稀。
料应遗恨，月中教去，花底催归。

注释

掩夕扉：夜晚关上房门。掩，关闭。夕，夜晚。扉，门扇，代指门。

铢衣：原指仙衣，后喻极轻之衣。铢，古代重量单位，二十四铢为一两，古一两约为今半两。唐代韩偓《浣溪沙》词："宿醉离愁慢髻鬟，六铢衣薄惹轻寒。"

悔不同携：谓后悔没有同她携手归去。

玉箫吹梦，金钗划影：谓玉箫声吹入梦乡，恋人头戴金钗的剪影浮现在窗前。

刻残红烛曾相待：谓恋人曾在这烧残的红烛前计算着时间，等待自己归来。刻烛，古人在蜡烛上刻标记，烧以计时。相待，即相等待。

旧事总依稀：谓往事总是依稀记得。旧事，犹往事。

遗恨：指未尽的心愿，遗憾、怨恨。

月中教去：谓月上中天时被人叫走离去。月中，此谓月上中天，即深夜。教，令。去，离去。

说明

此阕词为悼亡之作。容若于早春之日，又回到他与亡妻曾经生活过的地方（当为京城外别业桑榆墅，位于今北京市海淀区双榆树一带），度过了一个孤独的夜晚。眼前物是人非，容若触景生情，半梦半醒间，满是对亡妻的无限思念。全词虚实交融，意象扑朔迷离，满纸遗恨孤凄。

眼儿媚

重见星娥碧海槎。
忍笑却盘鸦。
寻常多少，月明风细，今夜偏佳。

休笼彩笔闲书字，街鼓已三挝。
烟丝欲袅，露光微泫，春在桃花。

注释

重见星娥碧海槎：谓乘着木筏浮上青天，与织女重会。星娥，即织女，此喻亡妻。槎，木筏。碧海，指青天。典出唐代李商隐《海客》诗：“海客乘槎上紫氛，星娥罢织一相闻。”据西晋张华《博物志》记载：“旧说云：天河与海通，近世有人居海滨者，年年八月有浮槎去。”

盘鸦：谓女子将乌黑亮泽的秀发盘卷成髻。鸦，乌鸦，此谓女子的秀发如乌鸦羽色般黑亮。唐代李贺《美人梳头歌》：“纤手却盘老鸦色，翠滑宝钗簪不得。”

休笼彩笔闲书字：谓不要握笔闲书那些辞藻华丽的文字。言外之意是，再华丽的辞藻也无法表达此刻愉悦的心情。笼，犹握。彩笔，引江淹梦笔之典。据北宋李昉等编《太平广记·梦二》记载：“江淹少时，尝梦人授以五色笔，故文彩俊发。”此句引自唐代赵光远《咏手》诗：“慢笼彩笔闲书字。”

街鼓已三挝：谓街上已敲三更鼓，即夜已三更。街鼓，原指设置于街道的警夜鼓，宵禁开始和终止时击鼓通报，始于唐代，宋后改称“更鼓”。此谓街上打更人敲的更鼓。挝，同“抓”，击打。

露光微泫：露珠闪着光芒微微滴落。泫，滴落。此谓恋人短暂相聚。北宋周邦彦《荔枝香》词："夜来寒侵酒席，露微泫，舄履初会，香泽方薰。"

说明

该阕词与上阕似作于同时、同地，同是悼念亡妻。上片写梦中与亡妻重聚的欢愉情景，下片写三更梦醒，仍意犹未尽，想提笔抒情，却又觉词穷。全阕词充满了与亡妻重逢的喜悦，然而愈是喜悦，就愈觉悲凉。

荷叶杯

荷叶杯：词牌名。

原唐教坊曲名。北宋苏轼《中山松醪·寄雄州守王引进》诗自注：“唐人以荷叶为酒杯，谓之碧筒酒。”调名或本此。以唐代温庭筠《荷叶杯》（一点露珠凝冷）为正体，单调二十三字，六句，四仄韵、两平韵。另有变体。容若此组《荷叶杯》为变体之一：双调，五十字，上下片各五句，两仄韵、三平韵。此调平韵与仄韵互换，奇句与偶句相间，音节曲折、极富变化，宜于表现苦涩、沉郁的复杂情感。

荷叶杯

帘卷落花如雪。
烟月。
谁在小红亭。
玉钗敲竹乍闻声。
风影略分明。

化作彩云飞去。
何处。
不隔枕函边。
一声将息晓寒天。
肠断又今年。

注释

烟月：谓月亮被如烟的云雾笼罩，即月色朦胧。唐代张九龄《初发道中赠王司马兼寄诸公》诗："林园事益简，烟月赏恒余。"

玉钗敲竹：谓用玉钗敲击竹子，打节拍吟唱。语出唐代高适《听张立本女吟》诗："自把玉钗敲砌竹，清歌一曲月如霜。"

风影：随风晃动的影子，此谓风中的人影。南朝陈后主陈叔宝《自君之出矣》

诗其一："思君若风影，来去不曾停。"

化作彩云飞去：谓如云般飘散。引自唐代李白《宫中行乐词八首》诗其一："只愁歌舞散，化作彩云飞。"

不隔枕函边：犹在枕边。枕函，中空可储物的枕头。见《浣溪沙》（十八年来堕世间）"枕函"注。不隔，真切。

将息：劝人将养休息，珍重身体。北宋谢逸《柳梢青·离别》词："香肩轻拍，尊前忍听，一声将息。"

肠断：谓极度悲痛。参见《浣溪沙》（肠断班骓去未还）"肠断班骓去未还"注。

说明

此阕词为悼念亡妻之作。上片写景，似见亡妻身影，下片抒情，犹闻亡妻声音，又忆起亡妻往日的温存和关切的话语，不禁肠断。

荷叶杯

知己一人谁是。

已矣。

赢得误他生。

有情终古似无情。

别语悔分明。

莫道芳时易度。

朝暮。

珍重好花天。

为伊指点再来缘。

疏雨洗遗钿。

注释

赢得：犹落得。唐代韩偓《五更》诗："光景旋消惆怅在，一生赢得是凄凉。"

终古：此谓永远。战国屈原《楚辞·离骚》："怀朕情而不发兮，余焉能忍而与此终古。"朱熹集注："终古者，古之所终，谓来日之无穷也。"

别语：离别之语，此谓妻子临终之言。

芳时：花开时节，代指良辰。语出南朝宋诗人颜延之《北使洛》诗："游役去芳时，归来屡徂愆。”

好花天：谓鲜花满天的美好时光。

再来缘：谓再续来生之缘。引玉箫再生之典。参见《采桑子》（土花曾染湘娥黛）“玉箫”注。

疏雨：稀疏的雨，犹细雨。此谓扑簌的眼泪。

遗钿：一语双关，既指亡妻遗下的首饰，又引杨贵妃、唐玄宗“钗钿约”之典，喻与亡妻之情生死不渝，虽人天永隔，仍欲续来世之缘。钿，古代用金银珠翠等制成的花朵形首饰。参见《金缕曲·亡妇忌日有感》“钗钿约”注。

说明

赵秀亭、冯统一《饮水词校笺》：“康熙十七年七月，卢氏葬京西北郊皂荚屯。叶舒崇撰《卢氏墓志铭》有‘于其没也，（成德）悼亡之吟不少，知己之恨尤深’之句，叶氏似曾见此词。”

声律

“钿”有平去二读，此处读平声合律，音 tián。

秋千索

秋千索：词牌名。

原名“拨香灰”，明末清初毛先舒自度曲。因容若填此调有“弄一缕、秋千索”句，遂更名“秋千索”。双调，五十四字，上下片各四句、三仄韵。该调缠绵缱绻，多用于抒写别绪离愁、伤春闺怨。

秋千索

游丝断续东风弱。
浑无语、半垂帘幕。
茜袖谁招曲槛边，弄一缕、秋千索。

惜花人共残春薄。
春欲尽、纤腰如削。
新月才堪照独愁，却又照、梨花落。

注释

游丝：飘游在空中、断了的蜘蛛丝。南朝梁沈约《三月三日率尔成章诗》诗："游丝映空转，高杨拂地垂。"

东风弱：春风微弱。东风，春风。化用唐代李商隐《无题》诗："东风无力百花残。"

浑无语：浑然无语。犹完全不知道说些什么。浑，全。

帘幕：参见《金缕曲》（疏影临书卷）注。

茜袖：用茜草所染的红色衣袖，代指美女。茜，即茜草，其根可做红色染料，代指红色。唐代李商隐《和郑愚赠汝阳王孙家筝妓二十韵》诗："茜袖捧琼姿，皎日丹霞起。"

曲槛：曲折的栏杆。槛，栏杆。

秋千索：秋千上的绳索。唐代韩偓《夜深》诗："夜深斜搭秋千索，楼阁朦胧烟雨中。”

惜花人共残春薄：谓怜惜花的人同残春一般单薄。惜花人，参见《蝶恋花》（萧瑟兰成看老去）“惜花人去花无主”注。残春，即暮春，谓春天将尽。

纤腰如削：形容女子腰肢纤细，如用刀削成的一般。南朝梁简文帝萧纲骈文《七励》：“发鬓如点，纤腰成削。”

说明

该阕词以生动之笔、真挚之情，追忆过往，伤春怀旧。全词意象朦胧，虚实结合，时空交错，化用典于无形，大有其所标格的“烟水迷离之致”。

秋千索·渌水亭春望

垆边唤酒双鬟亚。
春已到、卖花帘下。
一道香尘碎绿蘋，看白袷、亲调马。

烟丝宛宛愁萦挂。
剩几笔、晚晴图画。
半枕芙蕖压浪眠，教费尽、莺儿话。

注释

渌水亭：位于北京什刹后海北岸，纳兰家门前，今已不存。容若仲弟揆叙《禾中留别竹垞先生得五百字》诗云："门前渌水亭，亭外泊小船。"容若另有《渌水亭》诗和《渌水亭宴集诗序》等作品传世。此是容若与友人吟诗作赋、宴饮集会的重要场所。

垆边：酒垆边。垆，指酒馆里安放酒瓮的土台子，代指酒馆、酒家。唐代韦庄《菩萨蛮》词："垆边人似月，皓腕凝霜雪。"

双鬟：古代少女在头的左右两边分别挽成的环形发髻。借指少女或年轻婢女。南宋朱淑真《秋日偶成》诗："初合双鬟学画眉，未知心事属他谁。"

亚：通"压"，即将酿好的酒从酒糟中压出。代指为客人斟酒。唐代李白《金陵酒肆留别》诗："风吹柳花满店香，吴姬压酒劝客尝。"

一道香尘碎绿蘋：此谓女子泛舟湖上，船桨划出的一道水痕，搅碎了湖面上的绿色浮萍。香尘，即芳香之尘，多指因女子步履而起。

白袷：旧时平民所穿的白色夹衣，代指平民百姓。袷，同“夹”。

调马：驯调马匹。唐代李洞《秋宿梓州牛头寺》诗：“石室僧调马，银河客问牛。”

烟丝宛宛愁萦挂：谓烟雨中细弱的柳丝，萦挂着忧愁。宛宛，细弱貌。唐代陈羽《小苑春望宫池柳色》诗：“宛宛如丝柳，含黄一望新。”

晚晴：指傍晚雨后初晴。唐代李商隐《晚晴》诗：“天意怜幽草，人间重晚晴。”

芙蕖：荷花。

教费尽、莺儿话：谓黄莺不断地啼鸣。语出北宋王安国《清平乐·春晚》词：“留春不住，费尽莺儿语。”莺儿，即黄莺，又名黄鹂、黄鸟，立春后开始鸣叫，声音清脆悦耳，暮春至初夏叫得最欢。唐代顾况《山径柳》诗：“年年立春后，即被啼莺占。”

说明

赵秀亭、冯统一《饮水词校笺》：“此词有孙致弥和作，词之作期可据以考知。孙氏《杕左堂集》词三载《拨香灰》“容若侍中索和楞伽山人韵”词：‘流莺并坐花枝亚，帘影动、合欢窗下。绿绣笙囊紫玉箫，称鹿爪、调弦马。宣和宫裱崔徽挂，恰侧畔、有人如画。几许伤春梦雨愁，都付与、鹦哥话。’性德与孙氏词皆写晚春初夏景色。孙氏词副题称性德为‘侍中’，词必作于性德任侍卫之后，即康熙十七年秋之后。考孙氏行迹，惟康熙十八年及二十四年春在京。又孙词有‘流莺并坐’‘恰侧畔、有人如画’等语，乃写性德纳沈宛后情景，因而此词当作于康熙二十四年（一六八五）。”

秋千索

药阑携手销魂侣。
争不记、看承人处。
除向东风诉此情，奈竟日、春无语。

悠扬扑尽风前絮。
又百五、韶光难住。
满地梨花似去年，却多了、廉纤雨。

注释

药阑：庭园中芍药花的围栏，泛指花的围栏。阑，同“栏”。南宋赵长卿《长相思·春浓》词：“药阑东，药阑西，记得当时素手携。”

销魂侣：令人销魂的伴侣。“销魂”亦作“消魂”，本指人的灵魂离开肉体，此谓极度愉悦、飘飘欲仙。

争不记：怎不记。争，犹怎。

看承人：看护人。看承，看护、照顾。南宋吴淑姬《祝英台近·春恨》词：“断肠曲曲屏山，温温沉水，都是旧、看承人处。”

奈：怎奈。

竟日：整日，从早到晚。

又百五：又到清明。百五，指清明，因冬至日至清明共一百零五日，故称。清代彭孙遹《鹊桥仙·清明》词：“韶光百五禁烟时，又过了、几番花候。”清代富察敦崇《燕京岁时记》：“清明即寒食，又曰禁烟节。”

韶光：此谓美好而短暂的春光。

满地梨花：谓梨花飘落满地。唐代刘方平《春怨》诗：“寂寞空庭春欲晚，梨花满地不开门。”

廉纤雨：绵绵细雨。廉，细小。南宋岳珂《满江红》词：“正黄昏时候杏花寒，廉纤雨。”

说明

该阕词为悼念亡妻之作，作期当为卢氏去世后的次年清明，即康熙十七年（1678）春。

清代陈廷焯《云韶集》卷十五：“悲惋。曰似去年，已不胜物是人非之感，再加以廉纤雨，有心人何以为情也。”

声律

“看”读去声合律，音 kàn。

秋千索

锦帷初卷蝉云绕。
却待要、起来还早。
不成薄睡倚香篝，一缕缕、残烟袅。

绿阴满地红阑悄。
更添与、催归啼鸟。
可怜春去又经时，只莫被、人知了。

注释

锦帷：锦帐，此谓织锦的床帐。唐代李商隐《牡丹》诗："锦帏初卷卫夫人，绣被犹堆越鄂君。"

蝉云绕：谓女子的鬓发如乌云般盘绕。蝉云，即蝉鬓如云。

待要：想要，正准备要。元代郑光祖《倩女离魂·楔子》："可待要隔断巫山窈窕娘，怨女鳏男各自伤。"

不成薄睡：谓连浅睡也睡不成。薄睡，即浅睡，睡得很轻。

香篝：熏笼，用于熏香、烘烤衣物或取暖，形制大小因用途而异。北宋周邦彦《花犯·小石梅花》词："更可惜，雪中高树，香篝熏素被。"

红阑悄：红色的栏杆静悄悄的。悄，寂静无声。

催归啼鸟：子规，又名催归、杜鹃、布谷鸟。传说为蜀帝杜宇的魂魄所化，啼声凄切，音如"不如归去"，昼夜不息，故常用作思归或催人归去之辞。元代关汉卿《大德歌·春》："子规啼，不如归，道是春归人未归。"

经时：经过很长时间，犹历久、许久。唐代权德舆《玉台体十二首》诗其九："莫作经时别，西邻是宋家。"

说明

该阕词补遗自许增娱园刻本《纳兰词》。

声律

"绕"读上声押韵，音 rǎo。"悄"读上声押韵，音 qiǎo。

好事近

好事近：词牌名。

该调始于宋代。“近”，乃唐宋杂曲的一种体制，又称“近拍”，是介于令词和慢词之间的中调，体制与“引”相似。调名本义即以“近拍”的曲调形式，歌咏“好事”“好事临近”或讽刺“好事之人”。又名“钓船笛”“倚秋千”“秦刷子”“翠圆枝”等。以北宋“红杏尚书”宋祁《好事近》（睡起玉屏风）为正体，双调，四十五字，上下片各四句、两仄韵。另有双调，四十五字，上下片各四句、三仄韵变体。该调适用题材较广，除歌咏调名本义外，亦多用于怀古伤今或抒写春闺情思、离愁别怨。

好事近

帘外五更风，消受晓寒时节。
刚剩秋衾一半，拥透帘残月。

争教清泪不成冰，好处便轻别。
拟把伤离情绪，待晓寒重说。

注释

帘外五更风：帘外五更天仍刮着风。南宋李清照《浪淘沙》词："帘外五更风，吹梦无踪。"

消受：犹禁受。明末清初沈谦《鹊桥仙·早梅》词："溪桥烟冷月初斜，怎消受五更寒角。"

晓寒时节：拂晓寒冷的时候。时节，犹时光、时候。

秋衾一半：谓同眠之人离去，秋被空出一半，更觉寒冷孤清。

透帘残月：透过帘幔的残月。五代前蜀魏承班《满宫花》词："寒夜长，更漏永。愁见透帘月影。"

争教清泪不成冰：怎能让清泪不结成冰呢？争教，犹怎教。教，令、让。唐代刘商《古意》诗："风吹昨夜泪，一片枕前冰。"

好处便轻别：指夫妻正恩爱情浓，便轻易离别。好处，此谓夫妻恩爱。南宋吴潜《满江红·己未四月九日会四明窗》词："缘底事，春才好处，又成轻别。"

说明

此阕词乃悼念亡妻之作。从“刚剩秋衾一半”句可知，该阕词当作于卢氏亡故后不久，盖为康熙十六年（1677）秋。上片孤寒凄清，下片沉痛淋漓。

声律

“拥”读上声合律，音 yǒng。“教”读平声合律，音 jiāo。

好事近

何路向家园，历历残山剩水。
都把一春冷淡，到麦秋天气。

料应重发隔年花，莫问花前事。
纵使东风依旧，怕红颜不似。

注释

何路向家园：疑问句，哪一条才是通往家园的路呢？

历历残山剩水：战后萧条残破的景象历历在目。残山剩水，指残破、萧条的山水。此谓战后荒残之地。南宋范成大《万景楼》诗："残山剩水不知数，一一当楼供胜绝。"

麦秋天气：初夏麦子成熟的时节。麦秋，即初夏。因农历四五月是麦子成熟的季节，而秋天是丰收的季节，所以古人将初夏称为麦秋。

料应：料想、应该。

隔年花：去年花。南宋戴复古《都中书怀二首》诗其一："瓶余残腊酒，梅老隔年花。"

说明

赵秀亭、冯统一《饮水词校笺》："首句言行役在外，第二句言沿途所经为战后荒残之地，第三、四句言一春未归，已至春尽夏初之时。康熙二十年二至五月，性德扈从至遵化、科尔沁；康熙二十一年二至五月，又随驾至吉林，均与词境相合。"

好事近

马首望青山，零落繁华如此。
再向断烟衰草，认藓碑题字。

休寻折戟话当年，只洒悲秋泪。
斜日十三陵下，过新丰猎骑。

注释

马首望青山：谓骑在马上昂首望去，眼前一片青山。

零落繁华如此：当年的繁华之地，竟衰败成这样。零落，颓败、萧索。

断烟衰草：草木枯萎，荒无人烟。南宋林一龙《越中吟》诗："世事茫茫今复古，断烟衰草共凄凉。"

藓碑：谓被苔藓侵蚀的古碑。北宋韩维《遗吴冲卿大飨碑文》："世变文字异，岁久苔藓蚀。"

折戟：沉没在沙中的断戟，喻战事惨败。语出唐代杜牧《赤壁》诗："折戟沉沙铁未销，自将磨洗认前朝。"

十三陵：明朝十三座皇帝陵寝的总称，位于今北京市昌平区天寿山麓。清朝统治者在附近建有猎场。

过新丰猎骑：明十三陵下，走过异族骑马行猎的人。"新丰猎骑"乃容若自喻。新丰，汉县名，位于今陕西省临潼县东北，原为秦国骊邑。汉高祖刘邦定都长安后，为安抚其父思乡情绪，便依故乡丰邑街貌改筑骊邑，并将家乡父老迁居于该地，更名为新丰。此处代指清统治者携八旗子弟入关定都北京后，为实行

“骑射乃满洲之根本”的国策，择郊外之地依故乡风貌修建的猎场。猎骑，行猎的马队。

说明

该阕乃容若至十三陵行猎的观感之作。上片写衰败之景，下片抒悲怆之情。满纸凭吊之语、兴亡之叹。

声律

“骑”作名词，读去声 jì。

太常引

太常引：词牌名。

又名“太清引”“腊前梅”等。调名“太常”为官职名，秦置奉常，西汉景帝改为太常，为掌宗庙礼仪之官。以南宋辛弃疾《太常引》（仙机似欲织纤罗）为正体，双调，四十九字、上片四句，四平韵，下片五句、三平韵。另有双调，五十字，上片四句、四平韵，下片五句、三平韵变体。该调流畅婉转，富有韵律，适用题材广泛。

太常引·自题小照

西风乍起峭寒生。
惊雁避移营。
千里暮云平。
休回首、长亭短亭。

无穷山色，无边往事，一例冷清清。
试倩玉箫声。
唤千古、英雄梦醒。

注释

西风乍起：秋风突然刮起。

峭寒：刺骨的寒意。峭，风寒冷、尖利。

惊雁避移营：谓惊飞的大雁转移营地躲避。

千里暮云平：傍晚的云层与大地连成一片，绵延千里。唐代王维《观猎》诗："回看射雕处，千里暮云平。"

长亭短亭：参见《浣溪沙》（败叶填溪水已冰）"短长亭"注。

一例：一律，同样。西汉司马迁《史记·礼书》："诸侯藩辅，臣子一例，古今之制也。"

倩：犹请。

玉箫：原指玉制的箫，后为箫的美称。

说明

赵秀亭、冯统一《饮水词校笺》："吴雯《莲洋集》有《题楞伽出塞图》诗：'出关塞草白，立马心独伤。秋风吹雁影，天际正茫茫。岂念衣裳薄，还惊鬓发苍。金闺千里月，中夜拂流黄。'此调副题所云'小照'，即《楞伽出塞图》。图为性德康熙二十一年秋远赴梭龙而绘，作者不详，图今存否亦未详。姜宸英撰《纳腊君墓表》云：'二十一年八月使觇唆龙羌，归时从奚囊倾方寸札出之，叠数十纸，细行书，皆填词若诗。虽形色枯槁不自知，反遍示客，资笑乐。'此词当即奚囊中物，既归，图成，乃以之题照。姜宸英亦有《题容若出塞图》诗二首，第二首云：'奉使曾经葱岭回，节毛暗落白龙堆。新词烂漫谁收得，更与辛勤渡海来。'亦可证题图乃返回后事。"

声律

"倩"做动词，音 qìng，意为请某人做事。"醒"读平声押韵，音 xīng。

于中好

于中好

独背斜阳上小楼。
谁家玉笛韵偏幽。
一行白雁遥天暮，
几点黄花满地秋。

惊节序，
叹沉浮。
秾华如梦水东流。
人间所事堪惆怅，
莫向横塘问旧游。

踏莎美人

踏莎美人

拾翠归迟，
踏青期近。
香笺小叠邻姬讯。
樱桃花谢已清明。
何事绿鬟斜亸宝钗横。

浅黛双弯，
柔肠几寸。
不堪更惹其他恨。
晓窗窥梦有流莺。
也觉个侬憔悴可怜生。

木兰花令

木兰花令

人生若只如初见。
何事秋风悲画扇。
等闲变却故人心，
却道故心人易变。

骊山语罢清宵半。
泪雨零铃终不怨。
何如薄倖锦衣郎，
比翼连枝当日愿。

画堂春

画堂春

一生一代一双人。
争教两处销魂。
相思相望不相亲。
天为谁春。

浆向蓝桥易乞，
药成碧海难奔。
若容相访饮牛津。
相对忘贫。

清平乐

清平乐

凄凄切切。
惨淡黄花节。
梦里砧声浑未歇。
那更乱蛩悲咽。

尘生燕子空楼。
抛残弦索床头。
一样晓风残月，
而今触绪添愁。

虞美人

虞美人

银床淅沥青梧老。
屧粉秋蛩扫。
采香行处蹙连钱。
拾得翠翘何恨不能言。

回廊一寸相思地。
落月成孤倚。
背灯和月就花阴。
已是十年踪迹十年心。

点绛唇

点绛唇

一种蛾眉，
下弦不似初弦好。
庾郎未老。
何事伤心早。

素壁斜辉，
竹影横窗扫。
空房悄。
乌啼欲晓。
又下西楼了。

菩萨蛮

菩萨蛮

催花未歇花奴鼓。
酒醒已见残红舞。
不忍覆余觞。
临风泪数行。

粉香看又别。
空剩当时月。
月也异当时。
凄清照鬓丝。

荷叶杯

荷叶杯

知己一人谁是。
已矣。
赢得误他生。
有情终古似无情。
别语悔分明。

莫道芳时易度。
朝暮。
珍重好花天。
为伊指点再来缘。
疏雨洗遗钿。

采桑子

采桑子

而今才道当时错，
心绪凄迷。
红泪偷垂。
满眼春风百事非。

情知此后来无计，
强说欢期。
一别如斯。
落尽梨花月又西。

蝶恋花

蝶恋花

辛苦最怜天上月。
一昔如环，
昔昔都成玦。
若似月轮终皎洁。
不辞冰雪为卿热。

无那尘缘容易绝。
燕子依然，
软踏帘钩说。
唱罢秋坟愁未歇。
春丛认取双栖蝶。

浣溪沙

浣溪沙

十八年来堕世间。
吹花嚼蕊弄冰弦。
多情情寄阿谁边。

紫玉钗斜灯影背，
红绵粉冷枕函偏。
相看好处却无言。

太常引

晚来风起撼花铃。
人在碧山亭。
愁里不堪听。
那更杂、泉声雨声。

无凭踪迹，无聊心绪，谁说与多情。
梦也不分明。
又何必、催教梦醒。

注释

花铃：护花铃。参见《蝶恋花》（萧瑟兰成看老去）“惜花人去花无主”注。

碧山亭：谓碧水青山中的亭台，抑或为亭台之名。

无凭踪迹：踪迹全无。无凭，没有凭据、线索，无法寻找。

梦也不分明：谓做梦也是朦胧恍惚，不甚分明。明末清初女词人徐灿《菩萨蛮·秋闺》词：“梦也不分明，远山云乱横。”

说明

该阕情景兼到，凄切孤清，有悼亡意味。作期当在卢氏去世后，地点应在郊外西山别业。

声律

“教”读平声合律，音 jiāo。“醒”读平声押韵，音 xīng。

山花子

山花子：词牌名。

原唐教坊曲名。此调在五代时为杂言《浣溪沙》之别名，即就《浣溪沙》各增添三个字的结句，又名“添字浣溪沙”“摊破浣溪沙”“南唐浣溪沙”“感恩多令”。以南唐中主李璟《摊破浣溪沙》（菡萏香销翠叶残）为正体。双调，四十八字，上片四句、三平韵，下片四句、两平韵，过片两句多用对偶。

山花子

林下荒苔道韫家。
生怜玉骨委尘沙。
愁向风前无处说，数归鸦。

半世浮萍随逝水，一宵冷雨葬名花。
魂似柳绵吹欲碎，绕天涯。

注释

林下荒苔：谓树林下那片幽静之地已经荒废，长满苔藓。

道韫：东晋才女谢道韫。喻指亡妻卢氏。参见《梦江南》(昏鸦尽)“急雪句”注及《眼儿媚》(林下闺房世罕俦)“林下闺房”注。

生怜玉骨委尘沙：可怜冰肌玉骨的美人死后也要委身于黄土尘沙之中。生怜，可怜。玉骨，美女清秀的骨架。南朝宋鲍照《芜城赋》:“东都妙姬，南国丽人，蕙心纨质，玉貌绛唇，莫不埋魂幽石，委骨穷尘。”

数归鸦：数着黄昏归来的乌鸦。南宋辛弃疾《玉蝴蝶·叔高书来戒酒用韵》词：“佳人何处，数尽归鸦。”

半世浮萍随逝水：谓半生的命运如浮萍般随水而逝。

一宵冷雨葬名花：一夜之间，无情的冷雨便将名贵的鲜花摧残葬送。名花，即名贵的花，亦代指如名花般的美人。唐代韩偓《哭花》诗：“若是有情争不哭，夜来风雨葬西施。”

魂似柳绵吹欲碎，绕天涯：谓魂魄如柳絮般似要被风吹碎，终日绕天涯飘荡。柳绵，即柳絮，又名杨花。化用五代顾敻《虞美人》词："教人魂梦逐杨花、绕天涯。"

说明

该阕为悼念亡妻之作。上片写景，荒凉、凄婉。下片抒情，哀怨、茫然。末句"魂似柳绵吹欲碎，绕天涯"，虽化自顾敻词"教人魂梦逐杨花、绕天涯"，却比顾词更胜一筹。作者以魂喻柳絮，"吹欲碎"双关心碎与魂碎，"绕天涯"更描摹出心魂俱碎的空洞、漂泊与绝望、茫然。

山花子

昨夜浓香分外宜。
天将妍暖护双栖。
桦烛影微红玉软，燕钗垂。

几为愁多翻自笑，那逢欢极却含啼。
央及莲花清漏滴，莫相催。

注释

昨夜浓香：昨夜浓郁的香味。清代徐釚《减字木兰花》词：“昨夜浓香似梦中。”

分外宜：格外令人舒适、愉悦。宜，合适。南宋辛弃疾《一剪梅》词：“酒入香腮分外宜。”

妍暖：天气晴朗暖和。唐代韩愈《游青龙寺赠崔大补阙》诗：“须知节候即风寒，幸及亭午犹妍暖。”

双栖：谓夫妻如鸳鸯般双宿双栖。

桦烛：用轻软的桦树皮刷蜡液卷制而成的蜡烛，点燃既可照明又有淡淡的清香。唐代沈佺期《和常州崔使君寒食夜》诗：“无劳秉桦烛，晴月在南端。”

红玉：红色的美玉，此谓美人红润光泽的肌肤。元代萨都剌《洞房曲》：“美人骨醉红玉软，满眼春酣扶不起。”

燕钗：指旧时女子簪在发髻上的燕形钗。初为玉制，后亦有金、银、珠、翠、花丝、嵌宝等多种形制。古代女子新婚有簪“双飞燕”之俗，寓意夫妻和美，比翼双飞。据南朝梁任昉《述异记》卷下记载：“汉武帝元鼎元年，起招灵阁，有一神女，留一玉钗与帝，帝以赐赵婕妤。至昭帝元凤中，宫人见此钗，光莹甚异，共谋欲碎之。明视钗匣，唯见白燕，直升天去。后宫人常作玉钗，因名玉燕钗。”唐代刘言史《赠成炼师四首》诗：“当时白燕无寻处，今日云鬟见玉钗。”

央及：央告、恳求。

莲花清漏滴：莲花漏清亮的水滴声，此谓时间的流逝。莲花漏，古代的一种莲花形刻漏，用以计时。

说明

该阕似为与发妻卢氏新婚之作。

山花子

风絮飘残已化萍。
泥莲刚倩藕丝萦。
珍重别拈香一瓣，记前生。

人到情多情转薄，而今真个悔多情。
又到断肠回首处，泪偷零。

注释

风絮飘残已化萍：风中的柳絮，飘零残落到水中，已化为浮萍。北宋苏轼《再次韵曾仲锡荔支》诗："柳花著水万浮萍。"自注云："柳至易成，飞絮落水中，经宿即为浮萍。"

泥莲刚倩藕丝萦：淤泥中的莲藕，偏要让藕丝牵连不断。刚倩，犹偏要让。刚，犹偏、只。倩，动词，犹请、让。萦，牵连、牵挂。

珍重别拈香一瓣，记前生：劝慰语。即珍重身体，好好保养，不要焚香祷告，祈求记得前生。拈，用指取物。佛教禅宗称焚一炷香为"一瓣香"。

人到情多情转薄：人用情至深，情缘反而会变浅。薄，缘分浅薄。

而今真个悔多情：如今真的悔恨自己多情。容若镌有闲章"自伤情多"。

说明

此阕为悼念亡妻之作。

山花子

欲话心情梦已阑。
镜中依约见春山。
方悔从前真草草，等闲看。

环佩只应归月下，钿钗何意寄人间。
多少滴残红蜡泪，几时干。

注释

梦已阑：谓梦已尽，犹梦醒。阑，将尽。南宋辛弃疾《南乡子·舟中记梦》词："欲说还休梦已阑。"

依约：犹隐约。

春山：因春日山色黛青，故用作女子眉的美称。元代吴昌龄《端正好·美妓》套曲："秋波两点真，春山八字分。"

草草：草率、粗心。南宋辛弃疾《永遇乐·京口北固亭怀古》词："元嘉草草，封狼居胥，赢得仓皇北顾。"

环佩：指女子禁步上的环形佩玉。唐代杜甫《咏怀古迹五首》诗其三："画图省识春风面，环佩空归月夜魂。"

钿钗：金钗钿合，指夫妻定情信物。引杨贵妃之典。参见《金缕曲·亡妇忌日有感》"钗钿约"注。

蜡泪：指蜡烛燃烧滴下的蜡液如眼泪一般。唐代温庭筠《更漏子》词："玉炉香，红蜡泪，偏照画堂秋思。"

说明

此阕亦为悼亡之作，与前阕似作于同时。

声律

“看”读平声押韵，音 kān。

山花子

小立红桥柳半垂。
越罗裙飏缕金衣。
采得石榴双叶子，欲贻谁。

便是有情当落日，只应无伴送斜晖。
寄语东风休著力，不禁吹。

注释

越罗裙：指以越地所产的罗制成的裙子。越罗，即产于浙江东部、织纹呈弧形或环状孔眼的丝织品，以轻柔精致著称。

飏："扬"的古字。东汉许慎《说文解字》："风所飞扬也。"

缕金衣：金缕衣，指以金色丝线编织而成的衣服。五代顾夐《荷叶杯》词："菊冷露微微，看看湿透缕金衣。"

石榴双叶子：石榴自古便是祥瑞的象征。古人尚红，其花红艳，寓意吉祥喜庆；其叶对生，寓意成双成对；其果寓意多子多福。因此古人常用"石榴双叶子"表达对爱情的祈盼和坚贞不渝。北宋黄庭坚《江城子·忆别》词："寻得石榴双叶子，凭寄与、插云鬟。"

欲贻谁：欲赠谁。贻，赠送。

送斜晖：送别傍晚西斜的阳光。唐代李商隐《落花》诗："参差连曲陌，迢递送斜晖。"

著力：用力、尽力。"著"是"着"的正字。南宋杨万里《大儿长孺赴零陵簿示以杂言》诗："好官易得忙不得，好人难做须著力。"

不禁：禁受不住。禁，耐、受得住。

声律

"著"读入声，音 zhuò。"禁"读平声合律，音 jīn。

摊破浣溪沙

一霎灯前醉不醒。
恨如春梦畏分明。
澹月澹云窗外雨，一声声。

人道情多情转薄，而今真个不多情。
又听鹧鸪啼遍了，短长亭。

注释

摊破浣溪沙：词牌名。同“山花子”。

一霎灯前醉不醒：瞬间倒在灯前沉醉不醒。

恨如春梦畏分明：忧怨如春梦模糊不清。春梦，思春之梦。畏，怕。分明，清楚。唐代张泌《寄人》诗：“一场春梦不分明。”

人道情多情转薄，而今真个不多情：参见《山花子》（风絮飘残已化萍）注。

鹧鸪啼遍：鹧鸪鸟的啼声嘶哑，听起来像“行不得也哥哥”，极易勾起离人的满腔愁绪，象征哀怨。清代朱彝尊《洞仙歌·津亭回首》词其一：“数邮签万里，岭路千重，行不得，懊恼鹧鸪啼遍。”

短长亭：谓送别之处。参见《浣溪沙》（败叶填溪水已冰）注。

说明

该阕词补遗自蒋重光经锄堂刻本《昭代词选》卷九。

此阕为悼亡之作。下片与《山花子》（风絮飘残已化萍）颇类，盖作于同时。

声律

“醒”读平声押韵，音 xīng。“听”读去声合律，音 tìng。

菩萨蛮

菩萨蛮：词牌名。

原唐教坊曲名。据唐代苏鹗《杜阳杂编》记载：“大中初，女蛮国入贡，危髻金冠，璎珞被体，号‘菩萨蛮队’。当时倡优遂制《菩萨蛮曲》，文士亦往往声其词。”据此可知，其调原出自外来舞曲。但唐开元年间，时人崔令钦所著的《教坊记》中已有此曲名，可见这种舞队不止一次进入中国。又名“子夜歌”“重叠金”“花间意”“梅花句”“花溪碧”“晚云烘日”等。以李白词《菩萨蛮》（平林漠漠烟如织）为正体。双调小令，以五、七言组成。四十四字，前后片各四句，两仄韵、两平韵。用韵两句一换，平仄递转。情调由紧促转低沉，以繁音促节表现深沉而起伏的情感。

菩萨蛮

窗前桃蕊娇如倦。
东风泪洗胭脂面。
人在小红楼。
离情唱石州。

夜来双燕宿。
灯背屏腰绿。
香尽雨阑珊。
薄衾寒不寒。

注释

窗前桃蕊：窗前的桃花含苞欲放。蕊，即花蕊，引申为花苞。唐代温庭筠《春暮宴罢寄宋寿先辈》诗：“窗间桃蕊宿妆在，雨后牡丹春睡浓。”

娇如倦：娇媚的样子如慵倦了一般。明代姚汝循《雨后行园》：“柳似酣眠客，花如倦舞人。”

东风：春风。

胭脂面：指涂有胭脂的红润脸庞。代指花朵娇美红艳，或美女妆容姣好。唐代白居易《后宫词》：“三千宫女胭脂面，几个春来无泪痕。”

石州：乐府商调曲名。宋代郭茂倩《乐府诗集·近代曲辞》引《乐苑》曰：

“《石州》，商调曲也，又有舞石州。”该调凄怆哀怨，多表凄清伤感之情。唐初天下皆歌之。唐代李商隐《代赠》诗云：“东南日出照高楼，楼上离人唱石州。”

灯背屏腰绿：谓双燕背灯而宿，身影投映到屏风的中间，令屏腰处昏暗不明。绿，此谓黑、暗。唐代李商隐《饮席戏赠同舍》诗：“兰回旧蕊缘屏绿。”

香尽：指熏炉中的香已燃尽。

雨阑珊：雨将尽。阑珊，将尽。北宋贺铸《小重山》词：“歌断酒阑珊，画船箫鼓转，绿杨湾。”

薄衾：薄被。衾，被子。南宋朱淑真《阿那曲·春宵》：“薄衾无奈五更寒，杜鹃叫落西楼月。”

菩萨蛮

朔风吹散三更雪。
倩魂犹恋桃花月。
梦好莫催醒。
由他好处行。

无端听画角。
枕畔红冰薄。
塞马一声嘶。
残星拂大旗。

注释

朔风：北风。朔，北方。唐代杜甫《咏怀古迹五首》诗其三："一去紫台连朔漠，独留青冢向黄昏。"

倩魂：美丽的灵魂，代指少女的梦魂。出自唐代陈玄祐《离魂记》倩娘离魂之典。此处为作者自喻。

桃花月：桃花盛开的月份。此谓梦中与恋人花前月下的甜美时光。

由他：任由他。

好处：指令人沉醉的美好梦境。

无端：没有来由。唐代李商隐《为有》诗："无端嫁得金龟婿，辜负香衾事早朝。”

画角：画有彩绘或饰有花纹的牛角形管乐器。古时军中多用以警昏晓，振士气，肃军容。参见《蝶恋花·出塞》注。

红冰：指伤怀之泪结成的冰。典出五代王仁裕《开元天宝遗事》：“杨贵妃初承恩召，与父母相别，泣涕登车。时天寒，泪结为红冰。”

塞马一声嘶：边塞的战马一声嘶鸣。

残星拂大旗：指军中大旗挥舞，拂过黎明的星辰。残星，指黎明天上剩余的星星。

声律

“醒”读平声押韵，音 xīng。

菩萨蛮

问君何事轻离别。
一年能几团圆月。
杨柳乍如丝。
故园春尽时。

春归归不得。
两桨松花隔。
旧事逐寒潮。
啼鹃恨未消。

注释

问君：君，敬辞，称对方。此处为作者自问。南唐后主李煜《虞美人》词："问君能有几多愁。"

何事：因为何事，犹何故，为何。

轻离别：轻易离别。南宋吕本中《踏莎行》词："为谁醉倒为谁醒，到今犹恨轻离别。"

一年能几团圆月：反问，一年中能有多少个圆月？犹言一年中能与家人团圆几次。

杨柳乍如丝：指塞外的杨柳刚刚吐出嫩芽如绿色的丝绦。乍，刚刚。丝，丝绦。

故园春尽时：故乡的家园已到了春尽的时候。

春归归不得：谓故乡的春天已经归去，而离人却不能归家。

松花：指松花江。中国七大河之一。

旧事：盖为容若先世沦亡之事。

啼鹃：引望帝啼鹃之典。相传，望帝名杜宇，乃周朝末年蜀地的君主。后禅位于其相鳖灵，归隐山林，不幸国破身亡，死后魂化为鸟，名为杜鹃。杜鹃暮春啼苦，昼夜悲鸣，啼至血出乃止。其声哀怨，动人肺腑。故在中国古典诗词中，常将“啼鹃”与悲苦之事关联，寄托幽怨、哀愁。南宋文天祥《金陵驿二首》：“从今别却江南路，化作啼鹃带血归。”元代关汉卿《窦娥冤》：“若没些儿灵圣与世人传，也不见得湛湛青天。我不要半星热血红尘洒，都只在八尺旗枪素练悬。等他四下里皆瞧见，这就是咱苌弘化碧，望帝啼鹃。”

恨：幽怨、遗恨。

说明

该阕在1982年中华书局影印本《瑶华集》中有副标题“大兀剌”。大兀喇虞村为叶赫部旧地。

据康熙初年东北流人张缙彦《宁古塔山水记》记载：“有大乌喇者，每遇阴雨，多闻鬼哭。若铁冶造作，则中夜狂沸，铁马金戈之声，如万骑奔腾，盖旧系灭国古战场也。”

赵秀亭、冯统一《饮水词校笺》：“《瑶华集》此阕有副题‘大兀剌’，知作于康熙二十一年春扈从东巡时。据高士奇《扈从东巡日录》，‘三月丙子（二十八日），驻跸大乌喇虞村，是日已立夏矣’，至四月初三，方起程。词中‘旧事’‘啼鹃’句，显然与性德先世事有关。明万历四十七年（一六一九），海西女真叶赫部贝勒金台什败于清太祖努尔哈赤，被太祖缢死，叶赫遂亡。金台什即性德曾祖。东巡经祖籍旧地，时距叶赫之亡仅六十余年而已，往事历历，因生感慨。疑前同调之‘朔风吹散三更雪’一阕亦扈驾东巡时作。”

菩萨蛮·为陈其年题照

乌丝曲倩红儿谱。
萧然半壁惊秋雨。
曲罢髻鬟偏。
风姿真可怜。

须髯浑似戟。
时作簪花剧。
背立讶卿卿。
知卿无那情。

注释

陈其年：陈维崧（1625—1682），字其年，号迦陵，南直隶常州府宜兴县（今江苏宜兴）人。明末清初词人、骈文家，阳羡词派领袖。明末四公子之一陈贞慧之子。十七岁应童子试，被阳羡令何明瑞拔童子试第一。与吴兆骞、彭师度同被吴伟业誉为“江左三凤凰”。与吴绮、章藻功并称“骈体三家”。明亡后，科举不第。康熙元年（1662）至扬州，与王士祯、张养重等修禊红桥。康熙十七年（1678）入京，与纳兰性德结识。康熙十八年（1679），举博学鸿词科，授官翰林院检讨，纂修《明史》。康熙二十一年（1682）五月初七日病逝，享年五十八岁。撰有《湖海楼词》，全三十卷，收其词作1650余首，词风豪迈，气魄大、笔力遒，诸短调，波澜壮阔，气象万千，填词之富，古今无两。与纳兰性德、朱彝尊并称“清词三大家”。

乌丝曲：陈维崧词的唱曲。乌丝，陈维崧词集初名《乌丝词》。

倩红儿谱：谓请歌妓谱唱。倩，请。红儿，即唐代名妓杜红儿。据唐末诗人罗虬《比红儿诗序》和北宋李昉等人编纂的《太平广记》记载，杜红儿姿色殊绝，善为音声，因罗虬请其歌不应而被杀。罗虬追念红儿之冤，便取古之美女，有姿艳才德者，作绝句一百首，以比红儿，名曰《比红儿诗》，大行于时。后泛指歌妓。此谓画像中的女子。

萧然：谓曲声萧索、空寂。

半壁：此谓乐曲的一半。

惊秋雨：谓乐曲声高亢哀婉，动人心魄。唐代李贺《李凭箜篌引》诗：“石破天惊逗秋雨。”

髻鬟偏：环形的发髻偏歪。髻鬟，古代女子将头发挽束于顶的环形发髻。南宋王谌《渔父词》：“小姑颜貌正笄年。头发乱，髻鬟偏。”

风姿：风韵、姿态。唐温庭筠《春暮宴罢寄宋寿先辈》诗：“苏小风姿迷下蔡，马卿才调似临邛。”

可怜：可人怜爱。明代张仲立《浣溪沙·题情》词：“浅束深妆最可怜，明眸玉立更娟娟。”

须髯浑似戟：谓络腮胡须硬得像戟。髯，两腮的胡子。浑似，完全像。戟，古代冷兵器，是戈和矛的合体，即在戈的头部再装矛尖，具有勾斫和刺击双重格斗功能。此谓须髯之硬。《清史稿·列传·卷二百七十一》：“维崧清臞多须，海内称陈髯。”

簪花：将花戴在头上。簪，插、戴。

剧：玩，戏耍。唐李白《长干行》诗：“妾发初覆额，折花门前剧。”

讶：惊讶、诧异。

卿卿：指夫妻或恋人间的昵称。语出南朝宋刘义庆《世说新语·惑溺》：“亲卿爱卿，是以卿卿；我不卿卿，谁当卿卿。”

无那情：无限情。无那，犹无限。

说明

该阕作于康熙十七年（1678）。词人所咏之画作，名《陈迦陵填词图》，乃广东诗僧释大汕所绘，上有题字："岁在戊午闰三月二十四日，为其翁维摩传神，释汕。"图中，陈其年掀髯露项，提笔吟词，旁有丽人坐于芭蕉叶上，拈洞箫而吹，膝横琵琶。现有清乾隆五十九年陈氏家刊本。旧装一函二册全。榜纸初印，乾嘉间又新刻板，纸墨俱佳。各家书目少见著录，颇为罕传。书经长洲蒋氏十印斋与苏州顾氏过云楼两家递藏。朱彝尊、纳兰性德、洪升、蒋士铨、翁方纲、阮元等百零三人题咏于上。然而，刊本上所录纳兰之词与此阕字句多有出入，现摘录如下："乌丝词付红儿谱。洞箫按出霓裳舞。舞罢髻鬟偏。风姿真可怜。倾城与名士。千古风流事。低语嘱卿卿。知卿无那情。"

声律

"倩"做动词，音 qìng，意为请某人做事。"无那"在古诗文中兼有二意，一为无限，一为无奈，均读 nuò 音。

菩萨蛮·宿滦河

玉绳斜转疑清晓。
凄凄月白渔阳道。
星影漾寒沙。
微茫织浪花。

金笳鸣故垒。
唤起人难睡。
无数紫鸳鸯。
共嫌今夜凉。

注释

滦河：在今河北省东北部。古称濡水，因发源地有众多温泉而得名。濡后讹为濡。唐朝演化为滦，元朝又称“御河”或“上都河”。源头位于内蒙古多伦县城北，闪电河与黑风河的交汇处，自多伦县折向东南，始称滦河，沿东南方向流经燕山山地，在乐亭、昌黎之间入渤海。是北京至山海关的必经之地。

玉绳：代指北斗星，原指北斗第五星之北两星。南朝梁萧统《文选·张衡〈西京赋〉》：“上飞闼而仰眺，正睹瑶光与玉绳。”唐代李善注引《春秋元命苞》曰：“玉衡北两星为玉绳。”

清晓：犹拂晓，天将亮时。宋代向滈《好事近》词：“清晓渡横江，江上月寒霜白。”

凄凄：凄凉寒冷。唐代杜牧《阿房宫赋》：“舞殿冷袖，风雨凄凄。”

月白：月色洁白而明亮。唐代杜牧《猿》诗：“月白烟青水暗流，孤猿衔恨叫中秋。”

渔阳：古代行政区名。燕昭王二十九年（前283）置渔阳郡，治所即今北京市密云区十里堡镇统军庄村东，因其位于渔水（今白河）之阳而得名。

星影漾寒沙：星光映射在水中，随着水流的波动，荡漾在河岸寒冷的沙滩上。

微茫：隐约、迷漫、模糊不清。元代鲜于枢《念奴娇·八咏楼》词：“潇洒云林，微茫烟草，极目春洲阔。”

金笳：胡笳的美称。胡笳，参见《采桑子》（冷香萦遍红桥梦）“城笳”注。唐代武元衡《汴河闻笳》诗：“何处金笳月里悲，悠悠边客梦先知。”

故垒：旧时战守两用的军事堡垒。北宋苏轼《念奴娇·赤壁怀古》词：“故垒西边，人道是三国周郎赤壁。”

紫鸳鸯：学名“鸂鶒”，水鸟名。形大于鸳鸯，而多紫色，俗称紫鸳鸯。旧传雌雄偶居不离，古称“匹鸟”，好并游，栖息于内陆湖泊和溪流边。在我国内蒙古和东北北部繁殖，越冬时迁徙至长江以南和华南一带。明清两代七品文官官服补子上绣的便是此鸟。唐代徐延寿《南州行》：“河头浣衣处，无数紫鸳鸯。”

说明

该阕为深秋时节容若夜宿滦河之作。据《康熙起居注》记载，清圣祖谒遵化孝陵，驻跸滦河岸者两次，一为康熙十七年十月二十、二十二日，一为康熙二十年十一月三十日。然两次驻跸节令均与词作不符。因其所载月份均为农历，最早的一次，都已到阳历11月中下旬，过了立冬节气，京中尚已飘雪，塞外更无秋意可寻。因此，该阕并非扈从之作，而是康熙二十一年（1682）九月，容若觇梭龙途中之作。吾于2017年9月23、24日至滦河实地考察，并夜宿岸边，切实感受到了深秋的寒意，其拂晓之景也确如词中所绘。

菩萨蛮

荒鸡再咽天难晓。
星榆落尽秋将老。
毡幕绕牛羊。
敲冰饮酪浆。

山程兼水宿。
漏点清钲续。
正是梦回时。
拥衾无限思。

注释

荒鸡：指三更（即午夜 11 点至凌晨 1 点）前啼鸣的鸡。旧以其鸣为恶声，主不祥。认为荒鸡叫则战事生。北宋苏轼《召还至都门先寄子由》诗："荒鸡号月未三更，客梦还家得俄顷。"

再咽：（任荒鸡）再如何啼咽。咽，悲哽。

星榆落尽：谓榆树的叶子落尽、掉光。星榆，指白榆，即榆树。因其榆荚形似钱，色白成串，如繁星点点，故名。后亦以"星榆"喻繁星。唐代刘禹锡《和兵部郑侍郎省中四松诗十韵》诗："月桂花遥烛，星榆叶对开。"

秋将老：谓深秋，秋天将尽。

毡幕：毡帐，指用毛毡搭成的帐幕。

酪浆：指以驼马或牛羊的乳汁发酵而成的浓稠奶浆。西汉李陵《答苏武书》："羶肉酪浆，以充饥渴。"

漏点清钲续：谓漏刻的点滴声被军中清脆的钲铙声接续。钲，东汉许慎《说文解字》："钲，铙也，似铃，柄中上下通。"古时行军击钲使士兵肃静，击鼓使士兵前进。

拥衾：拥被。谓将被子裹于腋下，手抱被于胸前而卧。南宋曾丰《京都旅卧》："喜得家书睡不成，拥衾欹枕数寒更。"

说明

此阕词与前阕均作于康熙二十一年（1682），容若觇梭龙途中，只是作期比前阕略晚，前阕刚至塞外滦河，此阕应已至东北苦寒之地，否则深秋时节，不至于"敲冰饮酪浆"。

菩萨蛮

新寒中酒敲窗雨。
残香细袅秋情绪。
才道莫伤神。
青衫湿一痕。

无聊成独卧。
弹指韶光过。
记得别伊时。
桃花柳万丝。

注释

新寒：天气刚刚转冷。谓初秋时令。南宋陆游《新寒》诗："谁知老子闲眠处，恰是新寒细雨时。"

中酒：饮酒之中，半酣，似醉非醉。语出东汉班固《汉书·樊哙传》："项羽既飨军士，中酒，亚父谋欲杀沛公。"唐代颜师古注："饮酒之中也。不醉不醒，故谓之中。"

敲窗雨：谓秋雨敲打窗棂。清代曹雪芹《红楼梦》中的《葬花吟》："青灯照壁人初睡，冷雨敲窗被未温。"

残香：谓将要燃尽之香。南宋周密《木兰花慢》词："薇帐残香泪蜡，有人病酒恹恹。”

细袅：形容残香的烟丝细长缭绕。

秋情绪：悲秋情绪。指被秋天草木凋零、凄凉萧瑟的景象感染，产生的悲伤情绪。

青衫：本指青色的衣衫，有多解，此谓读书人的家常便服。

无聊：百无聊赖。

弹指：两指相弹，佛家语，喻时间极短。据南宋平江（治所在今江苏苏州）景德寺僧法云编佛教辞书《翻译名义集·时分》中记载：“僧祇云，十二念为一瞬，二十瞬为一弹指。”

韶光：美好的春光。

说明

赵秀亭、冯统一《饮水词校笺》：“此阕见载于《今词初集》，为康熙十七年以前之作。《今词初集》‘才道莫伤神’句作‘端的是怀人’，可证为怀友之作。康熙十五年八月初六性德《致严绳孙书》云：‘别后光阴，不觉已四越月，重来之约，应成空谈。明年四月十七，算吾咏‘正是去年今日别君时’也。’同时又有《暮春别严四荪友》诗云：‘可怜暮春候，病中别故人。莺啼花乱落，风吹成锦茵。’词云‘记得别伊时，桃花柳万丝’，与书、诗皆切，故此词当为怀严绳孙作，作于康熙十五年夏秋之际，或即随书以寄。”注：“四月十七，正是去年今日，别君时。”出自唐韦庄词《女冠子》。

菩萨蛮

白日惊飙冬已半。
解鞍正值昏鸦乱。
冰合大河流。
茫茫一片愁。

烧痕空极望。
鼓角高城上。
明日近长安。
客心愁未阑。

注释

惊飙：谓突发的狂风。飙，暴风、疾风。语出东汉张衡《南都赋》："足逸惊飙，镞析毫芒。"

解鞍：解下马鞍，停驻。典出西汉司马迁《史记·李将军列传》："广令诸骑曰：'前！'前未到匈奴陈二里所，止，令曰：'皆下马解鞍！'其骑曰：'虏多且近，即有急，奈何。'广曰：'彼虏以我为走，今皆解鞍以示不走，用坚其意。'于是胡骑遂不敢击。"

昏鸦乱：谓黄昏的乌鸦在空中慌乱飞翔。

冰合大河流：大河中的水流已被冰封。冰合，即冰封。唐代杜荀鹤《塞上》

诗：“草白河冰合，蕃戎出掠频。”

烧痕：被火烧过的痕迹。北宋苏轼《正月二十日往岐亭郡人潘古郭三人送余于女王城东禅庄院》诗：“稍闻决决流冰谷，尽放青青没烧痕。”

极望：尽目力所及远望。唐代尚颜《述怀》诗：“青门聊极望，何事久离群。”

鼓角：战鼓和号角。古代军中用于发号施令的吹擂之物。语出南朝宋范晔《后汉书·公孙瓒传》：“袁氏之攻，状若鬼神，梯冲舞吾楼上，鼓角鸣于地中，日穷月急，不遑启处。”

长安：十三朝古都西安的古称，是中国历史上第一座被称为“京”的都城。代指京城。

客心愁未阑：谓旅人的愁思没有尽头。客心，此谓旅人之情，游子之思。阑，将尽。南朝齐谢朓《暂使下都夜发新林至京邑赠西府同僚》诗：“大江流日夜，客心悲未央。”

说明

赵秀亭、冯统一《饮水词校笺》：“此阕当作于康熙二十三年冬南巡返程中。十一月初九至十一日，自清河至宿迁，圣祖巡查河工，沿黄河行。十二日始折入山东境。词上片云‘冬已半’‘大河流’皆属写实。”

声律

“烧痕”的“烧”，作名词，读去声，音 shào。

菩萨蛮

萧萧几叶风兼雨。
离人偏识长更苦。
欹枕数秋天。
蟾蜍早下弦。

夜寒惊被薄。
泪与灯花落。
无处不伤心。
轻尘在玉琴。

注释

萧萧：此谓风雨声。东晋陶潜《咏荆轲》诗："萧萧哀风逝，淡淡寒波生。"

离人：饱尝离别之苦的人，作者自谓。元代王实甫《西厢记·长亭送别》："晓来谁染霜林醉，总是离人泪。"

长更：犹长夜。更，旧时夜间的计时单位。一夜分五更，每更约两小时。南唐后主李煜（一说唐代韦应物）《三台令》诗："不寐倦长更，披衣出户行。"

欹枕：斜靠着枕头。欹，倾斜、斜倚。唐代郑谷《欹枕》诗："欹枕高眠日午春，酒酣睡足最闲身。"

数秋天：秋天数着日子过，谓秋日难熬、度日如年。

蟾蜍：代指月亮。据西汉淮南王刘安《淮南子·精神训》记载："日中有踆乌，而月中有蟾蜍。"又《淮南子·说林训》："月照天下，蚀于詹诸（蟾蜍）。"

早下弦：谓早已变成下弦月。因下弦月出现在下半月的下半夜，犹言又是一个月，辗转难眠。

泪与灯花落：谓泪珠与灯花共同落下。灯花，指灯芯燃烧时结成的花状物。宋代花仲胤妻《伊川令·寄外》词："教奴独自守空房，泪珠与灯花共落。"

轻尘在玉琴：谓琴上已落了一层薄薄的灰尘。犹言琴已有段时间无人弹奏了，暗指琴的主人离去。玉琴，琴的美称。

说明

此阕似作于发妻卢氏亡故后不久，盖为康熙十六年（1677）秋季。上片离人悲秋，凄风苦雨，孤枕难眠。下片睹琴思人，伤心落泪，更觉凄凉。

声律

"更"读平声，指夜间的计时单位，音 gēng。

菩萨蛮

催花未歇花奴鼓。
酒醒已见残红舞。
不忍覆余觞。
临风泪数行。

粉香看又别。
空剩当时月。
月也异当时。
凄清照鬓丝。

注释

催花：击鼓催花。典出唐代南卓《羯鼓录》："上（唐明皇）洞晓音律……尤爱羯鼓玉笛，常云：'八音之领袖，不可无也。'尝遇二月初，诘旦，巾栉方毕，时当宿雨初晴，景色明丽，小殿内庭柳杏将吐，睹而叹曰：'对此景物，岂得不与他判断之乎。'左右相目，将命备酒，独高力士遣取羯鼓。上旋命之临轩纵击一曲，曲名《春光好》，神思自得。及顾柳杏，皆已发坼。上指而笑谓嫔御曰：'此一事不唤我作天公，可乎。'"后用作酒令。鼓响传花，声止，持花未传者即须饮酒。后因有"催花鼓"之语 。今亦用作击鼓传花游戏。

未歇：没有停歇。

花奴鼓：唐玄宗时，汝南王李琎小名花奴，善击羯鼓，玄宗尝谓侍臣曰："速召花奴将羯鼓来，为我解秽。"后因称羯鼓为"花奴鼓"。

残红舞：谓落花飞舞。残红，即凋残的落花。

不忍覆余觞：不忍饮杯中的余酒。覆，翻转、倾覆。觞，古代酒器，代指酒杯、饮酒或酒。宋代刘子翚《夜过王勉仲家宿酒数行为作此歌》诗："明朝分手更愁人，且覆清觞莫留剩。"

临风泪数行：迎着风，流下数行清泪。

粉香看又别：谓恋人似在眼前，却又离别。粉香，即脂粉的香气，代指美人。

空剩：犹只剩。空，只、仅。南宋吴文英《夜飞鹊·蔡司户席上南花》词："空剩露华烟彩，人影断幽坊，深闭千门。"

月也异当时：谓月亮也和当时的不一样了。当时，犹那时，谓过去曾与恋人在月下的美好时光。

凄清照鬓丝：即月亮凄凉清冷的照着鬓发。鬓丝，鬓发。

说明

该阕为悼亡之作，描述了卢氏亡故后的孤凄生活。上片借酒浇愁愁更愁，临风泪暗流。下片月下思卿不见卿，清影伴残英。

声律

"醒"读平声合律，音 xīng。"看"读平声合律，音 kān。

菩萨蛮

惜春春去惊新燠。
粉融轻汗红绵扑。
妆罢只思眠。
江南四月天。

绿阴帘半揭。
此景清幽绝。
行度竹林风。
单衫杏子红。

注释

惜春：怜惜春光。南宋黄机《摸鱼儿》词："惜春归、送春惟有，乱红扑蔌如雨。"

惊新燠：惊恐天气突然变热。燠，热。

粉融：脸上的脂粉被汗水融化。

轻汗：犹微汗。北宋苏轼《浣溪沙·端午》词："轻汗微微透碧纨，明朝端午浴芳兰。"

红绵扑：红丝棉的粉扑，女子化妆用品。唐代白居易《和梦游春诗一百韵》诗："朱唇素指匀，粉汗红绵扑。"

妆罢：谓补完妆。

四月天：指初夏。

清幽绝：极为清静幽僻。绝，极。

行度竹林风：行走时竹林间有清风拂过。度，指风吹过。唐代祖咏《宴吴王宅》诗："砌分池水岸，窗度竹林风。"

单衫杏子红：杏红色的单薄衣衫。杏子红，亦称杏红，因杏子熟透后果皮会由黄转红，接近深橘色，故称。南朝民歌《西洲曲》云："忆梅下西洲，折梅寄江北。单衫杏子红，双鬓鸦雏色。"

说明

赵秀亭、冯统一《饮水词校笺》："此词见于《清平初选后集》（康熙十七年刊），当作于康熙十六年前，时性德未曾去过江南，疑为题画之作。"

菩萨蛮

榛荆满眼山城路。
征鸿不为愁人住。
何处是长安。
湿云吹雨寒。

丝丝心欲碎。
应是悲秋泪。
泪向客中多。
归时又奈何。

注释

榛荆：谓草木丛生，荆棘满地。唐代柳宗元《首春逢耕者》诗："故池想芜没，遗亩当榛荆。"

征鸿：远飞的大雁。征，走远路。鸿，大雁。南朝梁江淹《赤亭渚》诗："远心何所类，云边有征鸿。"

住：停歇。

长安：代指京城。参见《菩萨蛮》（白日惊飙冬已半）注。

湿云：谓湿度大的阴雨之云。北宋苏轼《菩萨蛮》词："湿云不动溪桥冷。嫩寒初透东风影。"

丝丝：谓细雨如丝绵绵落下。元代赵孟頫《太常引》词：“弄晴微雨细丝丝。山色淡无姿。”

悲秋泪：看到秋天萧瑟的景象而悲伤落泪。

客中：漂泊在外，旅宿他乡。唐代孟浩然《早寒江上有怀》诗：“我家襄水曲，遥隔楚云端。乡泪客中尽，孤帆天际看。”

说明

该阕词以白描手法描绘女子伤春闺怨。虽全为景语，但动静相映，情景交融，自然含蓄，婉约朦胧，大有花间之风。

菩萨蛮

春云吹散湘帘雨。
絮黏蝴蝶飞还住。
人在玉楼中。
楼高四面风。

柳烟丝一把。
暝色笼鸳瓦。
休近小阑干。
夕阳无限山。

注释

湘帘雨：指竹帘外的雨。湘帘，即用湘妃竹制作的帘子，代指竹帘。

絮黏蝴蝶：谓柳絮附着在蝴蝶的身上。

玉楼：传说中天帝或仙人的居所。代指华丽的楼阁，妓楼，或用作楼的美称。

柳烟：谓初春的柳丝刚吐新绿，远看如烟雾一般。唐代韦庄《酒泉子》词：“柳烟轻，花露重，思难任。”

暝色：暮色。暝，天色昏暗，引申为日落、黄昏。南朝宋谢灵运《石壁精舍还湖中作》诗：“林壑敛暝色，云霞收夕霏。”

鸳瓦：鸳鸯瓦。因中国传统屋瓦形式，一俯一仰，形如鸳鸯依偎交合，故称。

唐代白居易《长恨歌》诗：“鸳鸯瓦冷霜华重，翡翠衾寒谁与共。”

休近小阑干：不要再靠近小楼上的栏杆。犹不要再凭栏远望。

夕阳无限山：谓落日下的群山如无尽的愁绪，连绵不绝。

菩萨蛮

晓寒瘦著西南月。
丁丁漏箭余香咽。
春已十分宜。
东风无是非。

蜀魂羞顾影。
玉照斜红冷。
谁唱后庭花。
新年忆旧家。

注释

晓寒瘦著西南月：谓拂晓天寒，消瘦侵袭着西南的月亮。瘦月，指满月过后，随着日、月位置逐渐靠近，月亮日渐“消瘦”起来，犹残月、月牙。即西南天边挂着一弯纤细的残月。瘦，消瘦。著，犹侵袭。南宋陆游《过邻家》诗：“初寒偏著苦吟身。”

丁丁漏箭余香咽：谓刻漏的水滴声叮咚作响，漏箭随水浮沉，熏炉中剩余的残香断续飘出缭绕的香烟。丁丁，象声词，刻漏的水滴声。漏箭，漏壶上的部件，形如箭，上刻时辰度数，随水浮沉以计时。咽，本指因情绪悲伤，声音受阻，此谓香烟断续缥缈。

春已十分宜：谓春天已十分宜人。

东风无是非：谓春风和煦轻柔，没有生出摧残花朵的是非。

蜀魂：指杜鹃鸟，此处代指伤春之人。参见《菩萨蛮》（问君何事轻离别）“啼鹃”注。南宋林景熙《冬青花》：“蜀魂飞绕百鸟臣，夜半一声山竹裂。”

羞顾影：不愿看见自己的影子。羞，不情愿。顾，看。

玉照斜红冷：谓镜中冷艳的斜红妆，令人愈加感伤。冷，妆容冷艳。玉照，镜的别称。清代厉荃《事物异名录·器用·镜》：“谢华启秀，玉照，镜也。”斜红，又名晓霞妆，是中国古代女子斜抹于眉尾至两鬓间的红色面妆。南朝陈徐陵《玉台新咏·艳歌篇十八韵》：“分妆间浅靥，绕脸傅斜红。”

后庭花：《玉树后庭花》，是南朝陈末代皇帝陈叔宝创作的一首宫体诗歌曲，旨在赞美贵妃张丽华和龚、孔二贵嫔的美色。但由于此歌的诞生伴随着陈朝的灭亡，故被视作败家亡国的靡靡之音。唐代杜牧《泊秦淮》诗：“商女不知亡国恨，隔江犹唱后庭花。”

旧家：犹从前，过去。南宋李清照《南歌子》词：“旧时天气旧时衣，只有情怀不似旧家时。”

说明

此阕词描写歌女拂晓梳妆，伤春念旧的情景。笔调清冷，哀感顽艳。

声律

“丁丁”为象声词，亦音 zhēng zhēng。“咽”音 yè。

菩萨蛮

为春憔悴留春住。
那禁半霎催归雨。
深巷卖樱桃。
雨余红更娇。

黄昏清泪阁。
忍便花飘泊。
消得一声莺。
东风三月情。

注释

为春憔悴留春住：为了春光的流逝而憔悴感伤，想要把春天留住，却又无计可施。

那禁：哪禁，哪里禁受得住。那，同“哪”。

半霎：谓时间极短，犹半刻，霎时，刹那。明代冯梦龙《挂枝儿·泣别》：“可怜半霎儿相见也，好似五更时梦儿里。”

催归雨：催春归去的雨。此句意为：春天哪里还禁得住半点风雨催它归去。南宋辛弃疾《贺新郎》词：“送春归、猛风暴雨，一番新绿。”

深巷卖樱桃：深巷里，有人叫卖樱桃。

雨余红更娇：雨后的樱桃更加红润娇艳。雨余，犹雨后。

清泪阁：眼含清泪。阁，犹含。宋代邵叔齐《扑蝴蝶》词："攀枝嗅蕊，露陪清泪阁。"

忍便花漂泊：岂忍花随处漂泊。忍便，即便忍，犹岂忍。便，岂。宋代赵彦端《鹊桥仙·送路勉道赴长乐》词："南风吹酒玉虹翻，便忍听、离弦声断。"

消得一声莺：怎禁得一声莺啼。消得：犹禁得，意言怎禁得，禁不得。南宋王沂孙《齐天乐·蝉》词："病翼惊秋，枯形阅世，消得斜阳几度。"

东风三月情：又回忆起阳春三月的情形。东风，春风。

说明

赵秀亭、冯统一《饮水词校笺》："此词手迹尚存，为书赠高士奇者。按，高士奇与性德为文字交，在其任内廷供奉之前，之后则'夙兴夜寝，此兴渐阑'（高氏《清吟堂词序》）。高士奇康熙十六年入内廷，比性德充侍卫略早。此词作期当不晚于康熙十七年。"

该阕下片"忍便"纳兰性德手迹作"忍共"，盖词人后来又作修改，方被其座师徐乾学编入《通志堂集》中。

菩萨蛮

隔花才歇廉纤雨。
一声弹指浑无语。
梁燕自双归。
长条脉脉垂。

小屏山色远。
妆薄铅华浅。
独自立瑶阶。
透寒金缕鞋。

注释

隔花：遮住花。隔，阻隔、遮断。北宋欧阳修《浣溪沙·湖上朱桥响画轮》词："隔花啼鸟唤行人。"

才歇：刚刚停歇。

廉纤雨：犹绵绵细雨。廉纤，微小、纤细。宋末元初刘埙《烛影摇红·月下牡丹》词："院落黄昏，残霞收尽廉纤雨。"

弹指：两指相弹，佛家语，谓时间极短。参见《菩萨蛮》（新寒中酒敲窗雨）注。

浑无语：浑然无语，犹完全不知道说什么。唐代秦韬玉《对花》诗："向人虽道浑无语，笑劝王孙到醉时。”

梁燕：梁上的燕子。

长条脉脉垂：细长的柳条含情脉脉地垂下。长条，指长柳条。脉脉，含蓄地流露情意。唐代杜牧《题桃花夫人庙》诗：“细腰宫里露桃新，脉脉无言几度春。”

小屏山色远：指描画之眉，如小屏风上的山色一般，遥远浅淡。即所谓“远山眉”。唐代温庭筠《春日》诗：“屏上吴山远，楼中朔管悲。”另据西汉刘歆《西京杂记》卷二记载：“文君姣好，眉色如望远山。”

妆薄铅华浅：谓妆容淡薄，脂粉也敷得很浅。铅华，指古代女子化妆用的添加铅成分的美白妆粉。西晋崔豹《古今注》：“纣烧铅为粉，曰胡粉，又名铅粉。萧史炼飞雪丹，与弄玉涂之，后因曰铅华，曰金粉。今水银腻粉也。”

瑶阶：本指玉砌的台阶。后用作石阶的美称。唐代杜牧《秋夕》诗：“瑶阶夜色凉如水，坐看牵牛织女星。”

透寒金缕鞋：谓寒气将金丝绣鞋浸透。金缕鞋，指用金丝绣花或织成的鞋子。元代王实甫《西厢记》：“立苍苔将绣鞋儿冰透。”

说明

此阕拟女性视角，写思妇闺情，大有温庭筠花间遗韵。

菩萨蛮

黄云紫塞三千里。
女墙西畔啼乌起。
落日万山寒。
萧萧猎马还。

笳声听不得。
入夜空城黑。
秋梦不归家。
残灯落碎花。

注释

黄云：指因沙尘飞扬而呈黄色的边塞之云。唐代王维《送张判官赴河西》诗："沙平连白雪，蓬卷入黄云。"

紫塞：指长城。西晋崔豹《古今注·都邑》："秦筑长城，土色皆紫。汉塞亦然，故称紫塞焉。"

女墙：参见《一络索》（野火拂云微绿）注。

啼乌起：啼叫的乌鸦飞起。引齐垒啼乌之典，即齐军的营垒中传来乌鸦的啼鸣。形容队伍已经撤离，人走营空。典出战国《左传·襄公十八年》："丙寅晦，齐师夜遁。师旷告晋侯曰：'鸟乌之声乐，齐师其遁。'"

萧萧：指马的嘶鸣声。唐代李白《送友人》诗："挥手自兹去，萧萧班马鸣。"

笳声：胡笳声。参见《采桑子》（冷香萦遍红桥梦）"城笳"注。唐代岑参《胡笳歌送颜真卿使赴河陇》诗："君不闻胡笳声最悲，紫髯绿眼胡人吹。"

残灯：将要燃尽的灯，犹将熄之灯。

落碎花：指灯花（灯芯在燃烧的过程中结成的花状物）爆碎，落了下来。唐代戎昱《桂州腊夜》："晓角分残漏，孤灯落碎花。"

说明

此阕词为边塞之作。上片描绘塞外深秋的苍凉暮色。下片描绘入夜空城的萧煞孤凄和辗转难眠的思乡情绪。作期当在康熙二十一年（1682），容若秋季觇梭龙途中。

声律

"黑"读入声押韵，音 hè。

菩萨蛮

飘蓬只逐惊飙转。
行人过尽烟光远。
立马认河流。
茂陵风雨秋。

寂寥行殿锁。
梵呗琉璃火。
塞雁与宫鸦。
山深日易斜。

注释

飘蓬只逐惊飙转：谓飘飞的蓬草只能跟随狂风旋转。 比喻人或事漂泊不定，身不由己。惊飙，狂风。

行人过尽烟光远：谓随着行人的离去，其脚下的灰尘也变得越来越远。烟光，原指云霭雾气，此谓因行路而起的灰尘。

立马：犹驻马，骑在站立不动的马上。明代高启《大梁行》："立马尘沙日欲昏，悲歌感慨向夷门 。"

认河流：通过河水的流向来辨认方位 。

茂陵：名"茂陵"者有二：一为汉武帝刘彻陵，位于陕西兴平境内；一为明宪宗朱见深陵，位于北京昌平天寿山。此谓明茂陵，代指明十三陵。

寂寥行殿锁：寂静空旷的行宫大门紧锁。行殿，犹行宫。指古代帝王出行时居住的宫室或在行途中临时居住的寓所。元代冯子振《鹦鹉曲·松林》："山围行殿周遭住，万里客看牧羊父。"

梵呗：佛家语。谓和尚诵经的声音。

琉璃火：寺庙琉璃灯中的火焰。琉璃灯，出自明代许仲琳《封神演义》，相传为燃灯道人法宝。

塞雁与宫鸦：指塞外的鸿雁和宫苑中的乌鸦。出自唐代韩偓《故都》诗："塞雁已侵池籞宿，宫鸦犹恋女墙啼。"谓野雁可以随意飞进宫苑，而宫苑中的乌鸦虽已无人投喂，却仍不忍离去。喻行殿废弃，荒芜凄凉。

山深日易斜：谓大山深处，太阳更容易西沉。

说明

该阕作于北京昌平明十三陵附近，或为康熙十九年（1680）至康熙二十一年（1682）间，容若督牧之作。

菩萨蛮

晶帘一片伤心白。
云鬟香雾成遥隔。
无语问添衣。
桐阴月已西。

西风鸣络纬。
不许愁人睡。
只是去年秋。
如何泪欲流。

注释

晶帘：水晶帘。唐代元稹《离思五首》诗其二："闲读道书慵未起，水晶帘下看梳头。"

伤心白：白得令人伤心。犹言极白。

云鬟香雾：谓如云的鬟髻，被带有花露清香的雾气染湿。此处代指亡妻。语出唐代诗人杜甫思念妻子的诗《月夜》："香雾云鬟湿，清辉玉臂寒。"

成遥隔：成为遥远的隔绝。此谓爱妻已逝，人天永隔。

无语问添衣：承接上句，犹言天气冷了，只能心中默问："你在那边添衣了没有？"

桐阴：此谓月光下的梧桐树荫。

月已西：月亮已经西沉。犹言夜已深沉，人未成眠。

西风鸣络纬：络纬在秋风中鸣叫。络纬，昆虫名，即纺织娘，又名莎鸡，俗称络丝娘。形似蚱蜢而个大，绿或褐色。夏秋夜间振翅作声，鸣声急促如纺线，故名。唐代李贺《秋来》诗："桐风惊心壮士苦，衰灯络纬啼寒素。"

只是去年秋：谓秋色仍似去年，只是……这句话到一半，却又止住，不忍再说。未尽之言犹佳人已逝，无人共赏。即去年秋时人尚在，今年秋时人已亡。

如何泪欲流：叫人如何不想流泪。

说明

该阕为悼念亡妻之作，作期当为卢氏去世之年的秋季，即康熙十六年（1677）秋。

菩萨蛮·寄梁汾苕中

知君此际情萧索。
黄芦苦竹孤舟泊。
烟白酒旗青。
水村鱼市晴。

柁楼今夕梦。
脉脉春寒送。
直过画眉桥。
钱塘江上潮。

注释

梁汾：清代文学家顾贞观。参见《金缕曲·赠梁汾》（德也狂生耳）注。

苕中：指苕溪所在的浙江湖州一带，亦称“苕上”。苕溪，位于浙江省北部，是太湖的主要支流，因流域内沿河各地盛长芦苇，秋天，芦花飘飞如雪，煞为壮观，当地人称芦花为“苕”，故名。后亦用作吴兴郡（今浙江湖州）的别称。

情萧索：犹情绪落寞。五代冯延巳《虞美人》词：“画堂新霁情萧索，深夜垂珠箔。”

黄芦苦竹：枯黄的芦苇和苦味的竹笋，形容身处荒凉之境，生活清苦。北宋周邦彦《满庭芳·夏日溧水无想山作》词：“凭阑久，黄芦苦竹，疑泛九江船。”

烟白酒旗青：青色的酒旗飘扬在白色的炊烟中。

水村鱼市：水边村落的贩鱼集市。北宋王禹偁《点绛唇·感兴》词："水村渔市，一缕孤烟细。"

柁楼：柁，同"舵"。指船上舵工蔽身之处，因高起如楼，故称。此谓船中借宿之处。唐代杜甫《陪郑广文游何将军山林》诗之二："翻疑柁楼底，晚饭越中行。"

今夕梦：今夜梦。夕，夜晚。

脉脉春寒送：春寒含情脉脉送人入梦。南宋吴惟信《寄朱嗣宗》诗："京国春寒情脉脉，关山月落梦悠悠。"

画眉桥：指平望的一座桥名，位于今江苏省苏州市吴江区南，平望镇运河边。清代顾贞观《踏莎美人》词："双鱼好托夜来潮，此信拆看，应傍画眉桥。"自注："桥在平望，俗传画眉鸟过其下，即不能巧啭，舟人至此，必携以登陆云。"

钱塘江上潮：谓可以观看钱塘江上的大潮。

说明

该阕为寄赠之作。挚友南归，作者对其处境感同身受，赠词相慰。全篇充满想象。上片想象挚友乘舟南下沿途所见之景，下片想象挚友夜宿舟中，春寒送梦之情，宽慰挚友到达家乡后，可以观赏令人向往的壮美的景观。可谓心思细腻，笔致秀绝，一片赤诚，读来令人感动。

赵秀亭、冯统一《饮水词校笺》："康熙二十一年秋，性德作《送沈进士尔璟归吴兴》诗云：'无限江湖兴，因君寄虎头。'自注：'时梁汾在苕上。'沈湖州乌程人，二十一年九月初四考中进士，旋即归里。其时，性德正有往觇梭龙之命。此词之作期，当在康熙二十二年春。"

菩萨蛮

乌丝画作回纹纸。
香煤暗蚀藏头字。
筝雁十三双。
输他作一行。

相看仍似客。
但道休相忆。
索性不还家。
落残红杏花。

注释

乌丝：原指黑色的丝线，此谓墨线。代指印有墨线栏的笺纸。唐代李肇《唐国史补》："宋亳间，有织成界道绢素，谓之乌丝栏，朱丝栏。"南宋袁文《瓮牖闲评》卷六："黄素细密，上下乌丝织成栏。其间用朱墨界行，此正所谓乌丝栏也。"

画作回纹纸：指画成书写回文诗的纸。回纹，即回文，引前秦才女苏蕙"回文锦书"《璇玑图》之典，指从中央起笔，逐层向外，层层相套，盘曲回环如图画般的诗文。《璇玑图》是苏蕙以五色丝线在八寸见方的锦缎上绣下八百四十个字，排成"文字方阵"组成的诗。无论正读、反读、纵横读、交互读，退一字读，迭一字读，均可成诗。衍化出数以千计的各体诗来，而且每一首都缠绵悱恻，用情至深，令人动容。堪称回文诗登峰造极之作，才情之妙，冠绝古今。后以此典喻指妻子写给丈夫的情书。

香煤：指古代女子的画眉之墨。因这种墨主要采用烟熏集香而成，故名。据南宋陈元靓笔记《事林广记》记载："真麻油一盏，多着灯心搓紧，将油盏置器水中焚之。覆以小器，令烟凝上，随得扫下；预于三日前，用脑、麝别浸少油，倾入烟内和调匀，其墨可逾漆。"然而元代至明清，主要选用京西特产的眉石作画眉之墨。此处仅为代指。金代元好问《眉》诗之二："石绿香煤浅淡间，多情长带楚梅酸。"

暗蚀：暗暗地侵蚀，此谓遮住。

藏头：藏头诗，又名"藏头格"，是杂体诗的一种。有三种形式，常见的一种是将要传递的话语，藏于每句的第一个字中，连读可明其意。此句意为，用画眉之墨遮住藏头诗的第一个字，让读诗者猜测其意。

筝雁：指古筝的雁柱。因筝弦下置筝柱，斜行排列如雁阵，故云。唐代李商隐《昨日》诗："十三弦柱雁行斜。"

输他作一行：此谓作回文藏头诗的女子书写极工整，雁柱斜列成行，不及其整齐划一，全无偏斜。输他，犹不及他。

相看仍似客：谓虽已相熟，但看起来仍似刚来的远客。

索性不还家：干脆不要回家。索性，表直截了当，犹干脆。

落残：残花落尽。

红杏花：指含苞待放的杏花。因杏花含苞时呈红色，开花后颜色逐渐变淡，花落时成白色，故云。

说明

赵秀亭、冯统一《饮水词校笺》："性德妻妾惟沈宛擅诗，疑此词为赠沈宛作。康熙二十三年，成、沈结缡，观此词，沈氏似欲于二十四年春间归省江南，性德劝慰之。婚才数月，故'相看似客'；'休相忆'者，谓勿怀江南故家，索性待杏花落尽，再作归计可也。惜乎是夏五月性德溘逝，沈宛终成悲剧。”

声律

“看”读平声合律，音 kān。

菩萨蛮

阑风伏雨催寒食。
樱桃一夜花狼藉。
刚与病相宜。
锁窗薰绣衣。

画眉烦女伴。
央及流莺唤。
半晌试开奁。
娇多直自嫌。

注释

阑风伏雨：阑珊之风，沉伏之雨，犹风雨不止。参见《浣溪沙》（伏雨朝寒愁不胜）“伏雨”注。

寒食：寒食节。在农历冬至后一百零五日，清明节前一二日。是日初为节时，禁烟火，只吃冷食，故名。南朝梁宗懔《荆楚岁时记》：“去冬节一百五日，即有疾风甚雨，谓之寒食，禁火三日。”该节禁火之俗初载于《周礼》，为远古改火旧俗的沿袭。因每到初春，气候干燥，春雷多发，易起火灾，古人便会举行祭祀活动，将上一年传下来的火种熄灭，再重新钻燧取新火，作为生产与生活新的起点。

狼藉：此谓樱桃花被风雨摧残，凋零满地。

锁窗：将窗关闭。锁，关闭。

薰绣衣：指在熏笼中点燃香料，熏精美的衣服。宋代赵令畤《菩萨蛮》词："两岸野蔷薇。翠笼薰绣衣。"

画眉烦女伴：劳烦女伴代为描画眉形。

央及：恳请、央求。

流莺：指四处飞翔、鸣声婉转如歌的黄莺。

半晌：犹许久、半天。

开奁：打开女子盛放梳妆用品的镜匣。北宋贺铸《菩萨蛮》词："子规啼梦罗窗晓。开奁拂镜严妆早。"

直自嫌：总是对自己不满。直，犹总、不断。嫌，厌、不满。

说明

此阕词写女子闺中生活，承袭《花间集》风气。

菩萨蛮·回文

雾窗寒对遥天暮。
暮天遥对寒窗雾。
花落正啼鸦。
鸦啼正落花。

袖罗垂影瘦。
瘦影垂罗袖。
风翦一丝红。
红丝一翦风。

注释

回文：回文诗，杂体诗的一种。指按照一定法则将字词排列成文，回环往复都能读诵的诗。以反复咏叹达到其“言志述事”的目的，产生回环叠咏的效果。唐代吴兢《乐府古题要解》：“回文诗，右回复读之，皆歌而成文也。”常见的回文诗有三种形式：一、通体回文，即一首诗先从头读至尾，再从尾读至头。二、就句回文，即逐句回读。三、双句回文，即两句一回读。此外，还有本篇回文、环复回文等多种形式。回文诗中的登峰之作，当属前秦才女苏蕙的“回文锦书”《璇玑图》，参见《菩萨蛮》（乌丝画作回纹纸）注。本阕属“就句回文”。

雾窗寒对遥天暮：被雾气浸染的寒窗遥对天空的暮色。

暮天：傍晚的天空。

花落正啼鸦：花朵凋落之时，乌鸦正在啼鸣。

袖罗垂影瘦：垂着罗袖的影子清瘦不已。

风翦一丝红：风如剪刀般，剪出一丝红线，不知良缘牵向何方。翦，同“剪”。一丝红，典出五代王仁裕《开元天宝遗事·牵红丝娶妇》：“郭元振少时，美风姿，有才艺，宰相张嘉贞欲纳为婿……张曰：‘……吾欲令五女各持一丝，幔前使子取便牵之，得者为婿。’元振欣然从命。遂牵一红丝线，得第三女，大有姿色。”后以“红丝”之典喻结成良缘。

说明

回文诗以其特有的趣味，常被古代文人用于社交场合的文字游戏，彰显才思。此阕词或为游戏之作。

菩萨蛮·回文

客中愁损催寒夕。
夕寒催损愁中客。
门掩月黄昏。
昏黄月掩门。

翠衾孤拥醉。
醉拥孤衾翠。
醒莫更多情。
情多更莫醒。

注释

客中：谓漂泊在外，客居他乡。

愁损：因忧愁而损伤身体，犹愁煞，表极度忧愁。宋代郑子玉《八声甘州》词："最苦夕阳天外，愁损倚阑人。"

寒夕：寒冷的夜晚。此句谓漂泊在外的游子极度忧伤，催盼寒冷的夜晚快些过去。

门掩月黄昏。昏黄月掩门：门掩住黄昏的月亮，昏黄的月亮将门掩住。化用宋代赵子崧《菩萨蛮·冬》词："门掩欲黄昏。昏黄欲掩门。"

翠衾孤拥醉：谓翠被拥裹着孤独的醉酒之人。翠衾，指翠色或织（绣）有翠羽纹饰的被子，代指锦被。

醒莫更多情：醒来就不要越发多情。更，越发、更加。

情多更莫醒：谓情多就不要再醒来。更，再。

声律

“拥”读上声合律，音 yǒng。“醒”读平声押韵，音 xīng。

菩萨蛮·回文

研笺银粉残煤画。
画煤残粉银笺研。
清夜一灯明。
明灯一夜清。

片花惊宿燕。
燕宿惊花片。
亲自梦归人。
人归梦自亲。

注释

研笺：指印有花色图案的纸笺。研，本指用光滑的石块碾压或摩擦，使皮革、布帛等密实光亮，此谓压印。

银粉：银色的粉末，指研笺的颜料。

残煤：此谓残墨。煤，墨的别称。

银笺：指用银粉或银屑涂饰的纸笺。

清夜：清冷的夜晚。

宿燕：回巢安寝的燕子。五代冯延巳《酒泉子》词："深院空帏。廊下风帘惊宿燕。"

归人：指已故之人。唐李白《拟古十二首》诗其九："生者为过客，死者为归人。天地一逆旅，同悲万古尘。"

说明

该阕词收录于康熙十七年（1678）刊成的《饮水词》中。是年正月顾贞观携《饮水词》稿回南方刊刻，故该词作期当不晚于康熙十六年（1677）腊月。彼时，容若发妻卢氏新亡，还未安葬。词中"明灯""一夜清""片花""宿燕""归人"等语皆含悼亡悲音。

菩萨蛮·过张见阳山居，赋赠

车尘马迹纷如织。
羡君筑处真幽僻。
柿叶一林红。
萧萧四面风。

功名应看镜。
明月秋河影。
安得此山间。
与君高卧闲。

注释

张见阳：张纯修，号见阳，又号敬斋。祖籍河北丰润，出生于奉天辽阳。以进士第授江华县令，官至庐州知府。与纳兰性德交往，结为异姓兄弟。纳兰性德去世后，张纯修为其辑刻《饮水诗词集》并作序，称其“所以为诗词者，依然容若自言，‘如鱼饮水，冷暖自知’而已”。二人的友谊是“互不以贵游相待”，而“以诗词唱酬、书画鉴赏相交契”。《皇清诰授中宪大夫江南庐州府知府加五级见阳张公墓志铭》的铭文称：“君以佳公子，束发嗜学，博览坟典。为诗卓荦有奇气，旁及书法绘事，往往追踪古人。与长白成公容若称布衣交，相与切劘风雅，驰骋翰墨之场，其视簪袨之荣，泊如也。”

山居：山中居所。此谓张纯修在北京西山的别业见阳山庄。

车尘马迹：指车马行过的痕迹。语出南宋朱熹《卧龙庵记》："余既惜其出于荒堙废坏之余，而又幸其深阻夐绝，非车尘马迹之所能到。"

纷如织：如织布的线般繁多。纷，多。元代张野《满江红·卢沟桥》词："桥下水，东流急。桥上客，纷如织。"

筑处：此谓建造山居之处。

幽僻：清幽僻静。明末清初诗人施闰章在其七言律诗《同毛会侯曹宾及梅耦长宿张见阳西山别业》中云："萝阴别馆缘溪静，竹外繁花拂槛低。雨过林深云不散，残春谷暖鸟初啼。"

柿叶一林红：柿树叶将一整片树林染红。因柿叶经霜即红，诗文中常以其渲染秋色。

萧萧四面风：指四面传来萧萧的风声。萧萧，象声词，形容风声。

功名应看镜：谓何必被功名所累，还是应该看看镜中日益衰老的容颜，珍惜当下的时光。功名，此谓功绩和名望。化用唐代杜甫《江上》诗："勋业频看镜，行藏独倚楼。"反其意而用之。

明月秋河影：明月映在天河水中的倒影。秋河，即银河。犹言虚无缥缈。

安得：怎样才能求得。元代王冕《水竹亭》诗："安得时时携美酒，与君谈笑看云归。"

与君高卧闲：与君在山间高枕而卧，悠闲自在。君，敬辞，称对方。引谢安"东山高卧"之典。据南朝宋刘义庆《世说新语·排调》记载，高灵与谢安语，谓谢安"屡违朝旨，高卧东山"。后人遂以"东山高卧"比喻隐居、不问世事。

说明

该阕词补遗自张纯修刻本《饮水诗词集》卷中。

关于副题，赵秀亭、冯统一《饮水词校笺》："毛际可《张见阳诗序》：'曩者岁在己未，余谬以文学见徵，旅食京华。张子见阳联骑载酒，招邀作西山游，同游者为施愚山、秦留仙、朱锡鬯、严荪友、姜西溟诸公，分韵赋诗，极一时盛事。忽忽十余年，余偶过瓜步，访张子于官舍，语及西山旧作，余已惝怳，不复能记忆，而张子珍之什袭，墨沈如新’。又秦松龄《送张见阳令江华》诗自注：‘春间同愚山、锡鬯诸子宿见阳山庄，历览西山诸胜。’据此，可知张见阳山居在京郊西山。”

因张纯修康熙十八年（1679）秋，赴湖南江华任县令，而据毛际可、秦松龄所言，彼时为康熙十八年春季，与词中“柿叶一林红”的深秋之景不符，故该阕当作于康熙十七年（1678）秋。

张秉成《纳兰词笺注》：“此篇一面表达了对见阳山居的羡慕之情；一面表达了视功名为虚幻，如同镜花水月一般；一面也表达了渴望归隐林下，过悠闲自适的生活。词质而显，但情深意切，不失为佳作。”

声律

“看”读去声合律，音 kàn。

菩萨蛮

梦回酒醒三通鼓。
断肠啼鴂花飞处。
新恨隔红窗。
罗衫泪几行。

相思何处说。
空有当时月。
月也异当时。
团圞照鬓丝。

注释

梦回酒醒：从梦中醒来，醉意全无。北宋苏轼《减字木兰花》：“梦回酒醒。百尺飞澜鸣碧井。”

三通鼓：此谓鼓打三更。通，量词。击鼓一阵为一通。

断肠啼鴂：杜鹃的啼鸣声哀怨凄苦，极其悲伤。断肠，即寸断肝肠，形容极其哀伤。鴂，杜鹃。参见《菩萨蛮》(问君何事轻离别)“啼鹃”注。

新恨：新的哀怨、惆怅。唐代戴叔伦《赋得长亭柳》诗：“送客添新恨，听莺忆旧游。”

团圞：东汉许慎《说文解字》：“团，圆也。”圞，即圆。五代牛希济《生查子》

词："新月曲如眉，未有团圞意。"

鬓丝：犹鬓发，此谓鬓边白发。唐代韦应物《长安遇冯著》诗："昨别今已春，鬓丝生几缕。"

说明

该阕补遗自蒋重光经锄堂刻本《昭代词选》卷九。

词当作于康熙十六年（1677）卢氏亡故后的月圆之夜，乃悼亡之作。与《菩萨蛮》（催花未歇花奴鼓）似作于同时。

声律

"醒"读上声合律，音 xǐng。

赤枣子

赤枣子：词牌名。

原唐教坊曲名。“子”为词调的一种，有小曲的意思。调名本义为歌咏收摘红枣的小曲。以五代欧阳炯《赤枣子》（夜悄悄）为正体，单调二十七字，五句，三平韵，第二、三、五句押韵。

赤枣子

惊晓漏，护春眠。
格外娇慵只自怜。
寄语酿花风日好，绿窗来与上琴弦。

注释

惊晓漏：谓拂晓的滴漏声将人惊醒。

护春眠：犹还想春睡，不愿醒来。

娇慵：娇柔慵懒。唐代李贺《美人梳头歌》诗：“春风烂熳恼娇慵，十八鬟多无气力。”

寄语：寄送之语。寄，托人递送。南朝宋鲍照《代少年时至衰老行》诗：“寄语后生子，作乐当及春。”

酿花：酝酿花，犹催花吐蕊开放。南宋吴潜《江城子·示表侄刘国华》词：“正春妍。酿花天。”

风日好：风和日丽，天气晴好。

绿窗：绿纱窗，代指闺房。唐代李绅《莺莺歌》诗：“绿窗娇女字莺莺，金雀娅鬟年十七。”

上琴弦：为琴上弦，代指弹琴。

赤枣子

风淅淅，雨纤纤。
难怪春愁细细添。
记不分明疑是梦，梦来还隔一重帘。

注释

风淅淅：微风习习。淅淅，象声词，形容轻微的风声。元代李好古《沙门岛张生煮海》第四折：“可则是玉露泠泠，金风淅淅，中秋节序。”

雨纤纤：犹细雨绵绵。纤纤，柔细貌。北宋苏轼《江神子》词：“黄昏犹是雨纤纤。”

春愁细细添：春天的愁绪缓缓地增添。细细，犹缓缓。唐代杜甫《江畔独步寻花七绝句》诗之七：“繁枝容易纷纷落，嫩叶商量细细开。”

梦来还隔一重帘：梦里还是隔着一重帘幕。来，来临、发生。犹言梦中仍不真切。

说明

此阕词补遗自许增娱园刻本《纳兰词》。

鹊桥仙

鹊桥仙：词牌名。

该调为北宋新声，调名本义歌咏牛郎织女鹊桥相会事。又名“鹊桥仙令”“金风玉露相逢曲”等。以欧阳修《鹊桥仙》（月波清霁）为正体，双调，五十六字，上下片各五句、两仄韵。另有双调，五十六字，上下片各五句、三仄韵等变体。该调多赋七夕，亦有写景抒情，或以此调为寿词者。

鹊桥仙

月华如水，波纹似练，几簇澹烟衰柳。塞鸿一夜尽南飞，谁与问、倚楼人瘦。

韵拈风絮，录成金石，不是舞裙歌袖。从前负尽扫眉才，又担阁、镜囊重绣。

注释

月华如水：皎洁的月光如流水般温柔清澈。月华，犹月光。南宋俞桂《秋夜》诗：“月华如水净无尘，千里相思总一心。”

波纹似练：水面上的波纹在月光的映射下如飘动的白绢。练，柔软洁白的绢。

几簇澹烟衰柳：几簇凋枯的柳树笼罩着淡淡的轻烟。澹，同“淡”。衰，凋零、枯萎。

塞鸿一夜尽南飞：塞外的鸿雁一夜之间都尽数向南飞去。

谁与问：犹和谁问。与，和、跟。唐代薛莹《秋日湖上》诗：“浮沉千古事，谁与问东流。”

倚楼人瘦：倚靠在楼边的女子形容消瘦。

韵拈风絮：用美妙的声调拈来风中的柳絮。引东晋谢道韫典，言女子有咏絮之才。参见《梦江南》（昏鸦尽）“急雪乍翻香阁絮”注。

录成金石：引南宋女词人李清照协助丈夫赵明诚编撰《金石录》典，言女子有李清照般的才华。

不是舞裙歌袖：不是寻常的舞女歌姬。

从前负尽扫眉才：谓（你）从前享尽才女的盛名。负，享有。扫眉才，引薛涛典，谓才女。扫眉，即画眉。语出唐代王建《寄蜀中薛涛校书》诗："万里桥边女校书，枇杷花里闭门居。扫眉才子知多少，管领春风总不如。"

担阁：同"耽搁"，犹耽误。

镜囊重绣：相传古有怀镜占卜之术，可问吉凶。此谓用镜占卜情郎归期，若灵验，便为镜子重绣镜袋，以示酬谢。犹言佳人盼郎心切。语出唐代王建《镜听词》："重重摩挲嫁时镜，夫婿远行凭镜听。回身不遣别人知，人意丁宁镜神圣。怀中收拾双锦带，恐畏街头见惊怪。嗟嗟嚓嚓下堂阶，独自灶前来跪拜。出门愿不闻悲哀，郎在任郎回未回。月明地上人过尽，好语多同皆道来。卷帷上床喜不定，与郎裁衣失翻正。可中三日得相见，重绣锦囊磨镜面。"

说明

赵秀亭、冯统一《饮水词校笺》："词言及'风絮''金石''扫眉'诸语，疑为沈宛作，性德妻妾中，唯沈氏堪称才女。宛于康熙二十三年秋九月随顾贞观北上入都，性德方迫于随扈南巡，至十一月底始归。词末句'担阁镜囊'语，拟想沈氏在京等候情形。词应作于此时。"

鹊桥仙·七夕

乞巧楼空，影娥池冷，佳节只供愁叹。
丁宁休曝旧罗衣，忆素手、为予缝绽。

莲粉飘红，菱丝翳碧，仰见明星空烂。
亲持钿合梦中来，信天上、人间非幻。

注释

七夕：指农历七月初七牛郎织女鹊桥相会之夜。

乞巧楼空：谓彩楼空置，当年在此乞巧的佳人今已不在。宋代孟元老《东京梦华录·七夕》：“至初六日七日晚，贵家多结彩楼于庭，谓之乞巧楼。”

影娥池冷：谓当年佳人在池中泛舟弄影，如今佳人已逝，池中冷清。引汉武帝宫中事，典出《三辅黄图·卷四·影娥池》：“武帝凿池以玩月，其旁起望鹄台以眺月，影入池中，使宫人乘舟弄月影，名影娥池，亦曰眺蟾台。”

佳节只供愁叹：美好的节日，只能供人忧愁叹息。

丁宁休曝旧罗衣：叮嘱人不要将我的旧罗衣拿出来曝晒。丁宁，同“叮咛”，指怕对方不重视，再三嘱咐。罗衣，轻软的丝制衣服。

忆素手、为予缝绽：回忆起她用纤纤素手为我缝制衣服的情景。缝绽，缝补破绽，此谓缝制衣服。

莲粉飘红：粉色的莲花上飘着一抹绯红。

菱丝翳碧：细长的菱茎上覆着一层碧绿。菱丝，菱茎。翳，原指用羽毛做的华盖，后引申为遮盖。

仰见明星空烂：仰头只见明月当空，群星灿烂。

亲持钿合梦中来：看见她亲手持着钿盒从梦中走来。钿合，谓定情之物。合，同“盒”。引唐明皇、杨贵妃典，参见《金缕曲·亡妇忌日有感》“钗钿约”注。

信天上、人间非幻：相信只要你我情比金坚，即使天人两隔，也能见面。非幻，指可梦想成真。

说明

该阕为七夕悼念亡妻之作，可谓相思成灾，真情可鉴，一片痴心，感人肺腑。

声律

“供”读平声合律，音 gōng。

鹊桥仙

倦收缃帙，悄垂罗幕，盼煞一灯红小。
便容生受博山香，销折得、狂名多少。

是伊缘薄，是侬情浅，难道多磨更好。
不成寒漏也相催，索性尽、荒鸡唱了。

注释

倦收缃帙：倦怠地收起书卷，谓无心读诵。倦，懈怠。缃帙，浅黄色书套，代指书。

悄垂罗幕：悄悄地垂下罗幕。悄，寂静无声。罗幕，丝罗帘幕。

盼煞：犹盼极。煞，极、很，表程度深。元代张可久《越调·小桃红·春深》："盼煞归舟木兰棹，水迢迢，画楼明月空相照。"

一灯红小：谓一盏灯烛，焰火微小、暗淡。元末明初刘基《瑞龙吟》词："拥衾背壁，一灯红小。"

便容生受：即便容许我享受。便，纵使、即使。容，让、允许。生受，犹享受。元代佚名《锦云堂暗定连环计》第一折："俺可也虚度春秋，强捱昏昼，空生受，肥马轻裘。"

博山香：博山炉所焚的沉水香。借喻夫妻恩爱、欢好。宋代郭茂倩《乐府诗集·清商曲辞》引《读曲歌八十九首》："欢作沉水香，侬作博山炉。"唐李白《杨叛儿》："博山炉中沉香火，双烟一气凌紫霞。"

销折得、狂名多少：又能消耗、折损得了多少狂士的名声？

是伊缘薄，是侬情浅：犹是你我情缘浅薄。伊，代词“你”。侬，代词“我”。

难道多磨更好：难道多磨多难才更好？多磨，犹好事多磨。磨，困难、阻碍。

不成：表反诘，犹难不成、莫非。

寒漏：寒天漏壶的滴水声。

荒鸡唱了：谓半夜鸡鸣。荒鸡指三更前啼叫的鸡。此句犹言干脆让寒漏滴尽，坐等天明。

说明

该阕补遗自汪元治结铁网斋刻本《纳兰词》卷三。

张秉成《纳兰词笺注》：“此篇描绘了与所爱之人（妻子或某一情人）如胶似漆的密意浓情和这段恩爱情缘失去后的痛苦、失落、迷惘的心情。上片忆旧，清丽欢快。下片抚今，忧伤抑郁。上下片对比出之。不过词中‘销折得、狂名多少’，透露了消息，即作者将身世之感托以艳情。其意含骚雅，颇有风人之旨。但单把它看作情词亦无不可。”

鹊桥仙

梦来双倚，醒时独拥，窗外一眉新月。
寻思常自悔分明，无奈却、照人清切。

一宵灯下，连朝镜里，瘦尽十年花骨。
前期总约上元时，怕难认、飘零人物。

注释

梦来双倚：美梦来临，与心上人相互依偎、倚靠。

醒时独拥：梦醒来时，却一个人与孤独相拥。

一眉新月：指农历月初的月相，因形状如眉，故称。南宋卢祖皋《水龙吟·淮西重午》词："问明年此夜，一眉新月，照人何处。"

寻思：犹思索。北宋李昉《赠襄阳妓》诗："夜深无睡暗寻思。"

常自悔分明：经常自己懊悔万分。分明，清楚明了，表悔的程度。

无奈却、照人清切：犹无奈窗外的新月却将人照得如此清晰而又真切。清代严绳孙《念奴娇》词："姮娥知否，照人如此清切。"

一宵灯下，连朝镜里：犹每一晚的灯下，每一早的镜中。一宵，犹每一宵。连朝，犹每一朝。二词对仗，实则同义。以"一宵"之短和"连朝"之长，勾勒出时间的起伏连续，表日日如此，相思不绝。

瘦尽十年花骨：谓十年来已消瘦、憔悴至极。花骨，花本无骨，此乃拟词，形容骨弱如花，不禁摧残。南宋史达祖《鹧鸪天》词："十年花骨东风泪，几点螺香素壁尘。"又清代顾贞观《百字令》词："倦游垂老，为东风瘦尽，十年花骨。"

前期总约上元时：谓之前约会的日期总是定在上元之时。前期，指之前的某一时期。上元，即正月十五元宵节。北宋欧阳修《生查子·元夕》词："去年元夜时，花市灯如昼。月上柳梢头，人约黄昏后。"

怕难认、飘零人物：谓如今再见，只怕难认出我这如枯叶般的飘零之人了。飘零，此谓心无所依、孤独憔悴。

说明

该阕补遗自汪元治结铁网斋刻本《纳兰词》。

本阕乃悼亡之作，盖作于卢氏故去多年以后。

声律

"醒"读平声合律，音 xīng。"拥"读上声合律，音 yǒng。

踏莎行

踏莎行：词牌名。

北宋新声。又名“踏雪行”“柳长春”“惜余春”“喜朝天”等。北宋僧文莹《湘山野录》云：“公（寇莱公，即寇准，编者注）因早春宴客，自撰乐府词，俾工歌之。”认为北宋寇准始创该调。调名取自唐代陈羽《过栎阳山溪》诗“众草穿沙芳色齐，踏莎行草过春溪”句。“莎”，即莎草，是一种常见的野草，其块茎可入药，叫“香附”。踏草是唐宋时期广为流行的活动，又叫踏青。所以，“踏莎行”调名本义即咏春天古代民间盛行的踏青活动。以北宋晏殊《踏莎行》（细草愁烟）为正体，双调，五十八字，上下片各五句、三仄韵。另有双调，六十六字，上下片各六句、四仄韵等变体。该调多写春景、旅情，离愁别怨。

踏莎行

春水鸭头，春山鹦嘴。
烟丝无力风斜倚。
百花时节好逢迎，可怜人掩屏山睡。

密语移灯，闲情枕臂。
从教酝酿孤眠味。
春鸿不解讳相思，映窗书破人人字。

校订

上片“春山”底本原作“春衫”，考虑到应与“春水”对仗，此据汪元治结铁网斋刻本《纳兰词》改。

注释

春水鸭头：谓春天的河水如鸭头的翠羽般碧绿。西汉史游《急就篇》：“春草鸡翘凫翁濯。”唐颜师古注：“春草、鸡翘、凫翁，皆谓染采而色似之，若今染家言鸭头绿、翠毛碧云。”元代佚名《中吕·满庭芳》：“鸭头绿一江浪花，鱼尾红几缕残霞。”

春山鹦嘴：春天的山花如鹦鹉的丹嘴般红艳。

烟丝无力风斜倚：绿如嫩烟的柳丝柔弱无力地随风飘动。风斜倚，即风将柳丝吹斜。唐代韩偓《春尽日》诗：“柳腰入户风斜倚，榆荚堆墙水半淹。”

百花时节：百花争艳的春天。时节，犹季节、节令、时候。

好逢迎：宜迎面相遇，犹今所谓“便于制造偶遇”。好，适宜、便于。

可怜：犹可惜。

人掩屏山睡：人在屏风的掩映下睡觉。屏山，即屏风。古人在睡眠时，常于枕边置一小屏，称为枕屏，用于头部防风。清代朱彝尊《卜算子》词：“残梦绕屏山，小篆消香雾。”

密语移灯：移动灯烛，回想往日说过的私密的话语。

闲情枕臂：枕着手臂，心情闲散，百无聊赖。

从教：犹任凭。北宋苏轼《水龙吟·次韵章质夫杨花词》：“似花还似非花，也无人惜从教坠。”

酝酿孤眠味：慢慢蓄积孤枕难眠的滋味。酝酿，造酒的发酵过程，喻事务逐渐成熟的过程。

春鸿：春天的鸿雁。

不解：不理解，犹不懂。

讳相思：避讳相思。讳，避忌，指有顾忌而躲开某些事或不说某些话。南宋史达祖《三姝媚》词：“讳道相思，偷理绡裙，自惊腰衩。”

映窗：指鸿雁从窗外经过，映入窗中。

书破人人字：谓鸿雁在空中排成的队形如书写的一双“人”字，道破我的心事。破，使真相露出，揭穿。南宋辛弃疾《寻芳草·调陈萃叟忆内》词：“更也没书来，那堪被、雁儿调戏。道无书，却有书中意，排几个、人人字。”

踏莎行·寄见阳

倚柳题笺，当花侧帽。
赏心应比驱驰好。
错教双鬓受东风，看吹绿影成丝早。

金殿寒鸦，玉阶春草。
就中冷暖和谁道。
小楼明月镇长闲，人生何事缁尘老。

注释

见阳：张纯修，号见阳，容若好友。参见《菩萨蛮·过张见阳山居，赋赠》“张见阳”注。

倚柳题笺：倚靠着柳树题写诗笺。笺，用以题诗填词或写信的纸。南宋刘过《沁园春·题黄尚书夫人书壁后》词：“傍柳题诗，穿花劝酒，嗅蕊攀条得自如。”

当花：面对着花儿。清代陈曾寿《浣溪沙·孤山看梅》词：“似此风光惟强酒，无多涕泪一当花。”

侧帽：斜戴着帽子。喻行止潇洒、风雅自赏。典出唐代令狐德棻《周书·独孤信传》：“（独孤）信在秦州，尝因猎日暮，驰马入城，其帽微侧。诘旦，而吏民有戴帽者，咸慕信而侧帽焉。”北宋晏几道《清平乐》词：“侧帽风前花满路。”

赏心：欢畅的心情。南朝宋谢灵运《拟魏太子邺中集诗》序：“天下良辰、美景、赏心、乐事，四者难并。”

驱驰：被人驱使驰骋。明代戚继光《望阙台》诗：“十载驱驰海色寒，孤臣于此望宸銮。”

错教双鬓受东风：犹错让双鬓受入仕之风的摧残。教，犹使、令、让。东风，即春风，喻入仕之风。

看吹绿影成丝早：眼看青丝被早早吹成了白发。绿影，光可鉴人的黑发。成丝，即鬓成银丝，谓生出白发。唐李白《上三峡》诗：“三朝又三暮，不觉鬓成丝。”

金殿寒鸦：金銮殿外寒冷的乌鸦。金殿，喻皇宫。

玉阶春草：宫殿石阶上滋生的春草。玉阶，宫中的汉白玉石阶，喻朝廷。此二句犹言虽身处宫廷之中，却卑如寒鸦，微如草芥，每日战战兢兢，如履薄冰。

就中：犹其中。

小楼明月镇长闲：若能在小楼中与明月长相为伴，总是那么自在悠闲。镇，时常、总是。

人生何事缁尘老：人生又为何要在世俗名利中消磨老去呢？何事，犹为何、何故。缁尘，黑色灰尘，喻世俗污垢。

说明

赵秀亭、冯统一《饮水词校笺》：“此阕表达充任侍卫之厌烦情绪，作期在张见阳南赴江华（康熙十八年）之后。”

声律

“教”读平声合律，音 jiāo。

河渎神

河渎神：词牌名。

原唐教坊曲名。渎，本义为沟渠，衍为入海的河流大川。中国古代自周朝以来，祭祀河神就成了一种定制。调名本义即咏在祠庙举办祭赛河神的活动，乃迎神送神之曲。以唐代温庭筠《河渎神》（河上望丛祠）为正体，双调，四十九字，上片四句、四平韵，下片四句、四仄韵。另有变体：双调，四十九字，上片四句、四平韵，下片四句、两平韵。该调题材不拘于调名本义，亦常用于男女情事，伤春悲秋。

河渎神

凉月转雕阑。
萧萧木叶声干。
银灯飘落琐窗闲。
枕屏几叠秋山。

朔风吹透青缣被。
药炉火暖初沸。
清漏沉沉无寐，
为伊判得憔悴。

注释

凉月：寒凉之月，形容深秋或初冬的月亮。南朝齐谢朓《移病还园示亲属》诗：“停琴伫凉月，灭烛听归鸿。”

雕阑：雕有花纹的栏杆。阑，同“栏”。南唐后主李煜《虞美人》词：“雕栏玉砌应犹在，只是朱颜改。”

萧萧木叶声干：风吹落叶的声音凄凉干涩。木叶，犹树叶，在古典诗词中特指落叶。北宋柳永《倾杯》词：“空阶下、木叶飘零，飒飒声干。”

银灯飘落：银制灯盏中的烛火飘落。五代孙光宪《河渎神》词：“小殿沉沉清夜，银灯飘落香灺。”

琐窗：镂刻有连环图纹的窗棂，古诗词中常用以喻指闺阁。此二句犹云闺阁中灯灭窗闲，主人已不在。

几叠秋山：谓枕屏上画了几座深秋时重叠错落的山峦。

朔风吹透青缣被：犹寒冷的北风吹透锦被。朔风，即北方吹来的寒风，乃四季中最冷的风。青缣，青色的细绢。唐代白居易《冬夜与钱员外同直禁中》诗："连铺青缣被，对置通中枕。"

药炉火暖初沸：煎药的炉火很暖，药已开始沸腾。

清漏沉沉无寐：清晰的滴漏声令人心事沉沉，无法入睡。寐，即睡。

为伊判得憔悴：为你甘愿憔悴。判，甘愿。得，助词，表程度或结果的补语。北宋柳永《蝶恋花》词："衣带渐宽终不悔，为伊消得人憔悴。"

说明

该阕为寒夜病中悼念亡妻之作。

河渎神

风紧雁行高。
无边落木萧萧。
楚天魂梦与香消。
青山暮暮朝朝。

断续凉云来一缕。
飘堕几丝灵雨。
今夜冷红浦溆。
鸳鸯栖向何处。

注释

风紧：犹风急。元赵孟頫《次韵冯伯田秋兴》诗其二："风紧草木变，露寒沙水清。"

雁行高：大雁排列成行，飞翔在高空。

无边落木萧萧：漫无边际的树叶被萧瑟的秋风吹落。萧萧，风吹木叶摇落的声音。唐杜甫《登高》诗："无边落木萧萧下。"

楚天魂梦与香消：喻男女情事的开始与结束。战国宋玉《高唐赋序》："昔者楚襄王与宋玉游于云梦之台，望高唐之观，其上独有云气，崒兮直上，忽兮改容，须臾之间，变化无穷。王问玉曰：'此何气也？'玉对曰：'所谓朝云者也。'

王曰：‘何谓朝云？’玉曰：‘昔者先王尝游高唐，怠而昼寝，梦见一妇人，曰：“妾巫山之女也，为高唐之客。闻君游高唐，愿荐枕席。”王因幸之，去而辞曰：“妾在巫山之阳，高丘之岨，旦为朝云，暮为行雨，朝朝暮暮，阳台之下。”旦朝视之，如言，故为立庙，号曰朝云。’”

凉云：阴凉之云。南朝齐谢朓《七夕赋》：“朱光既敛，凉云始浮。”

飘堕：犹飘落。北宋苏轼《水龙吟》词：“飘堕人间，步虚声断，露寒风细。”

灵雨：犹甘霖、吉雨。喻地方官勤政清明，惠民感天。典出南朝宋范晔《后汉书·郑弘传》：“郑弘字巨君，会稽山阴人也。……拜为驺令，政有仁惠，民称苏息。迁淮阴太守。”唐李贤注引三国吴谢承《后汉书》：“弘消息繇赋，政不烦苛。行春天旱，随车致雨。”后人便以“灵雨随车”作为颂扬地方官吏政绩之典。又《诗经·鄘风·定之方中》云：“灵雨既零，命彼倌人，星言夙驾，说于桑田。”东汉郑玄注：“灵，善也。”东汉许慎《说文解字》：“善，吉也。”

冷红：轻寒时节的花。此谓秋季水边的红蓼，俗称水红。参见《梦江南》（江南好，怀古意谁传）“红蓼”注。

浦溆：水边。北宋王安石《雨花台》诗：“新霜浦溆绵绵净，薄晚林峦往往青。”

说明

赵秀亭、冯统一《饮水词校笺》：“此词用语多及湘楚，殆为寄张见阳词。见阳任江华令，因有‘灵雨’之辞。‘鸳鸯’云云，则颇涉调侃，据知见阳为携眷南行。词当作于康熙十八年秋，时见阳离京未久。”

◆鬓云松令◆

鬓云松令：词牌名。

本名“苏幕遮”，原为唐教坊曲名，又名“古调歌”“云雾敛”“鬓云松”等。以北宋范仲淹《苏幕遮·怀旧》词为正体，双调六十二字，上下片各七句、四仄韵。无变体。后因北宋周邦彦《苏幕遮》词中有“鬓云松，眉叶聚。一阕离歌，不为行人驻”之句而得名“鬓云松令”。此调源于龟兹乐，本为唐高昌国（其都城高昌故城位于今新疆吐鲁番东）民间在盛暑时互相泼水乞寒之歌舞戏，后传入中原。每段由两个三字句、两个四字句、两个五字句和一个七字句组成，句式富于变化，韵位疏密适当，柔情婉转。

鬓云松令

枕函香，花径漏。
依约相逢，絮语黄昏后。
时节薄寒人病酒。
刬地梨花，彻夜东风瘦。

掩银屏，垂翠袖。
何处吹箫，脉脉情微逗。
肠断月明红豆蔻。
月似当时，人似当时否。

注释

枕函香：枕上留有香味。枕函，中间可藏物的枕头。

花径漏：花间的小路泄露着春光。漏，泄露。

依约：隐约、仿佛。唐韦庄《倚柴关》诗："孤吟尽日何人会，依约前山似故山。"

絮语：连续不断地低声说话，犹细语缠绵。清代许传霈《悼亡》诗："疏慵非坐亦非眠，絮语明明在耳边。"

薄寒：犹微寒。

人病酒：指人因过量饮酒而大醉或生病。南朝宋刘义庆《世说新语·任诞》："刘伶病酒，渴甚，从妇求酒。妇捐酒毁器，涕泣谏曰：'君饮太过，非摄生之道，必宜断之！’”

刬地：犹依旧。南宋辛弃疾《念奴娇·书东流村壁》词：“刬地东风欺客梦，一枕云屏寒怯。”

彻夜东风瘦：彻夜，犹整夜。东风，即春风。瘦，减损，谓花枝稀疏、花朵凋残貌。此句谓梨花被春风摧残了整夜，花朵凋零，飘落满地。

掩银屏：掩，遮掩。银屏，指镶银、镏银或银色的屏风。唐代温庭筠《酒泉子》词：“掩银屏，垂翠箔，度春宵。”

垂翠袖：谓女子低垂翠绿色的衣袖。宋代向滈《菩萨蛮》词：“低垂双翠袖。袖薄轻寒透。”

何处吹箫，脉脉情微逗：谓不知哪里吹奏的箫声，暗暗透着情意，绵绵不绝。脉脉，谓箫声绵绵不绝。微，悄悄、暗暗。逗，犹透、露。

肠断月明红豆蔻：谓月光中的红豆蔻令人想起美丽的恋人，和曾与她在花前月下相会时的情景，如今孤单一人，悲不自胜。肠断，谓伤心至极。月明，犹月光。红豆蔻，植物名，象征夫妻恩爱成双，亦喻指拥有豆蔻年华的妙龄女子。南宋范成大《桂海虞衡志·志花》：“红豆蔻花，从生，叶瘦如碧芦。春末发。初开花，先抽一干，有大箨包之，箨拆花见。一穗数十蕊，淡红，鲜妍如桃、杏花色。蕊重则下垂如葡萄，又如火齐璎珞及剪彩鸾枝之状。此花无实，不与草豆蔻同种。每蕊心有两瓣相并，词人托兴如比目、连理云。”

说明

该阕情调柔婉，语言清丽，似为容若早年之作。作期盖为容若与卢氏成婚前，即康熙十三年（1674）前。

鬓云松令·咏浴

鬓云松，红玉莹。
早月多情，送过梨花影。
半饷斜钗慵未整。
晕入轻潮，刚爱微风醒。

露华清，人语静。
怕被郎窥，移却青鸾镜。
罗袜凌波波不定。
小扇单衣，可耐星前冷。

注释

咏浴：歌咏美人沐浴。

鬓云松：谓美人云鬓蓬松。云鬓，形容女子鬓发盛美如云。北宋周邦彦《苏幕遮》词：“鬓云松，眉叶聚。”

红玉莹：喻美人的肌肤如红色的美玉般莹润。北宋柳永《红窗听》词：“如削肌肤红玉莹。”

早月：初升的月亮。唐代李频《送刘山人归洞庭》诗：“半湖乘早月，中路入疏钟。”

半饷：犹好久。饷，同“晌”。金代董解元《西厢记诸宫调》卷四：“打惨了多时，痴呆了半晌。”

斜钗：谓别在髻上的发钗倾斜。钗，由两股簪子合成的头饰。

慵未整：此句谓美人慵懒地泡在水中，好久都没有整理头上倾斜的发钗。

晕入轻潮：谓温热的水汽令美人的脸上似有酒晕般，泛起了轻微的潮红。南宋吴芾《咏梅棠》诗：“浑如酒晕入香腮，宛似胭脂施玉质。”

刚爱微风醒：偏喜爱微风将她吹醒。刚，犹偏、只。爱，喜爱。

露华清：谓美人出浴，身上的水滴如窗外的露珠般闪动着清润的光芒。露华，犹露水。北宋秦观《临江仙》词：“月高风定露华清。”

怕被郎窥，移却青鸾镜：怕被郎君暗中偷看，将镜子移开。青鸾镜，引青鸾舞镜之典，代指镜子。南朝宋刘敬叔《异苑》卷三：“罽宾国王买得一鸾，欲其鸣，不可致，饰金繁，飨珍馐，对之愈戚，三年不鸣。夫人曰：‘尝闻鸾见类则鸣，何不悬镜照之。’王从其言，鸾睹影悲鸣，冲霄一奋而绝。”

罗袜凌波波不定：谓美人出浴，足离水面，步履轻盈貌。罗袜，丝罗制成的袜子。凌波，即美人步履轻盈，踏碧波而行。典出三国魏曹植《洛神赋》：“凌波微步，罗袜生尘。”

小扇单衣：小片单薄的衣衫。扇，犹片。

可耐：怎耐，耐受不住。

星前冷：犹良宵的寒冷。星前，即星前月下，谓月夜良宵。元代吕止庵《双调·风入松》：“常欢喜星前月下”。

说明

该阕绮丽香艳，近花间语，颇具新婚燕尔的闺房之趣。似作于康熙十三年（1674）与卢氏新婚不久。

人生若祇如初見

叶嘉莹读诵 纳兰词全集

典藏版

（下卷）

[清] 纳兰性德 著
纳兰族裔后学 [加] 叶嘉莹 读诵
刘子菲 注

中信出版集团 | 北京

图书在版编目（CIP）数据

叶嘉莹读诵纳兰词全集：典藏版．下卷 /（加）叶嘉莹读诵；刘子菲注．-- 北京：中信出版社，2022.11
ISBN 978-7-5217-4886-4

Ⅰ．①叶… Ⅱ．①叶… ②刘… Ⅲ．①纳兰性德（1654-1685）- 词（文学）- 诗歌欣赏 Ⅳ．① I207.23

中国版本图书馆 CIP 数据核字（2022）第 207295 号

叶嘉莹读诵纳兰词全集　典藏版（下卷）

著　　者：［清］纳兰性德
读　　诵：［加］叶嘉莹
注　　者：刘子菲
出版发行：中信出版集团股份有限公司
（北京市朝阳区惠新东街甲 4 号富盛大厦 2 座　邮编　100029）
承 印 者：北京中科印刷有限公司

开　　本：660mm × 970mm　1/16　　印　　张：56
插　　页：16　　字　　数：980 千字
版　　次：2022 年 11 月第 1 版　　印　　次：2022 年 11 月第 1 次印刷
书　　号：ISBN 978-7-5217-4886-4
定　　价：256.00 元（全 2 册）

策划编辑：李莉
责任编辑：曹威
营销编辑：孙雨露
图片顾问：曾孜荣
装帧设计：鲁明静

服务热线：400-600-8099
投稿邮箱：author@citicpub.com

水调歌头·题岳阳楼图

落日与湖水，终古岳阳城。
登临半是迁客，历历数题名。
欲问遗踪何处，但见微波木叶，几簇打鱼罾。
多少别离恨，哀雁下前汀。

忽宜雨，旋宜月，更宜晴。
人间无数金碧，未许著空明。
澹墨生绡谱就，待倩横拖一笔，带出九嶷青。
仿佛潇湘夜，鼓瑟旧精灵。

纳兰性德手简《水调歌头·题岳阳楼图》

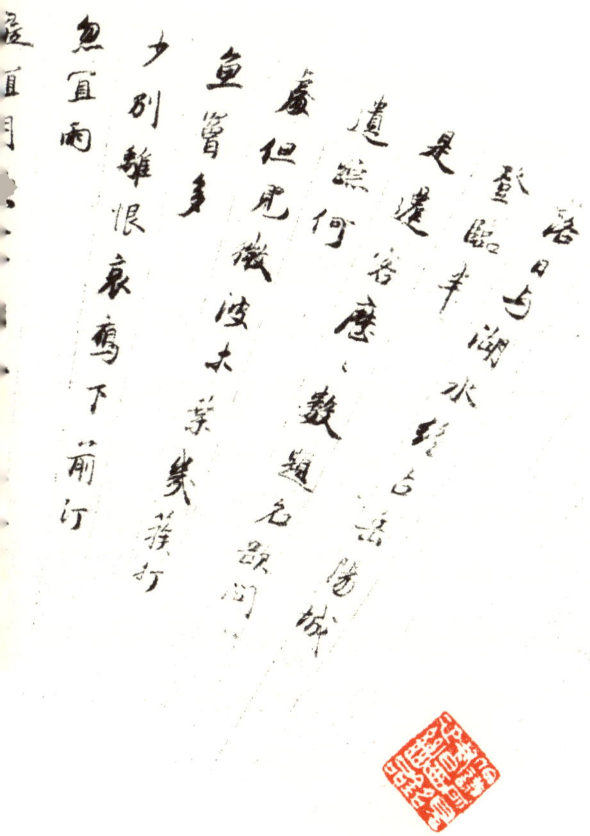
落日与湖水終古岳陽城
登臨半
是遷客歷歷數題名欲問
遺蹤何
處但見微波木葉幾蘋汀
魚曾多
少別離恨哀鴻下蘋汀
忽宜雨
宜月

菩萨蛮

为春憔悴留春住。
那禁半霎催归雨。
深巷卖樱桃。
雨余红更娇。

黄昏清泪阁。
忍共花飘泊。
消得一声莺。
东风三月情。

于中好·咏史

马上吟成鸭绿江。
天将间气付闺房。
生憎久闭金铺暗，花笑三韩玉一床。

添哽咽，足凄凉。
谁教生得满身香。
至今青海年年月，犹为萧家照断肠。

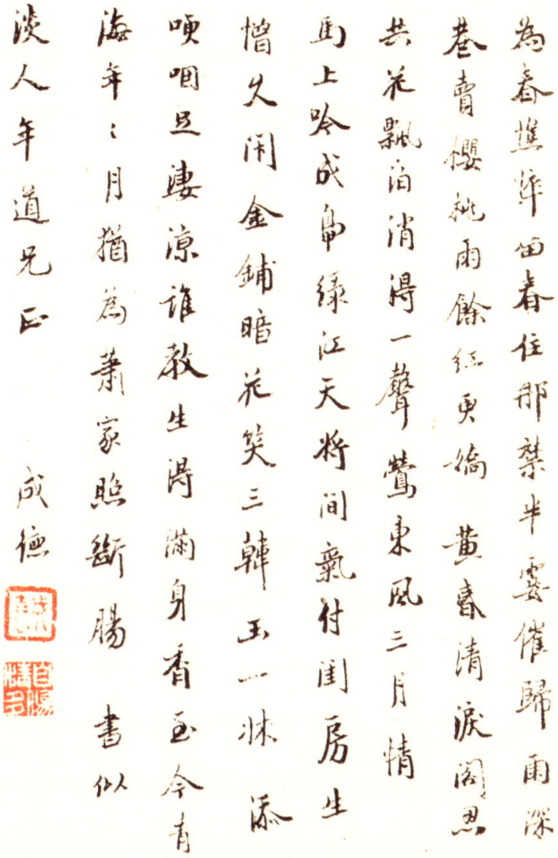
為春憔悴留春住那禁半霎催歸雨深
巷賣櫻桃雨餘紅更嬌 黃昏清淚閣思
共花飄泊消得一聲鶯東風三月情
馬上吟成鴨綠江天將間氣付閨房生
憎久閉金鋪暗花笑三韓玉一牀添
哽咽足淒涼誰教生得滿身香至今青
海年年月猶為蕭家照斷腸 書似
淡人年道兄正
成德

纳兰性德手简《菩萨蛮》(为春憔悴留春住)、《于中好·咏史》

前求镌图书，内有欲镌『藕渔』二字者，若已经镌就则已，倘尚未动笔，望改篆『草堂』二字，至嘱至嘱。茅屋尚未营成，俟葺补已就，当竭诚邀驾作一日剧谈耳。但恨无佳茗供啜也。平子望致意。不宣。

成德顿首，初四日

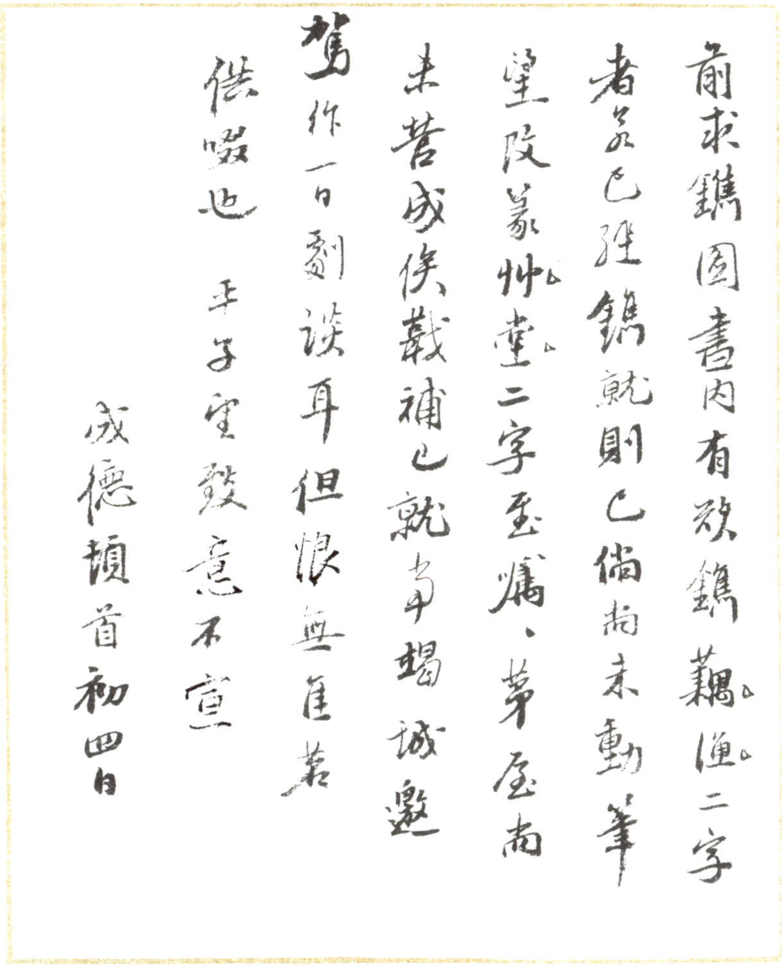

前求鐫圖書內有欵鐫藕漁二字者若已經鐫就則已倘尚未動筆望改篆艸堂二字至囑、茅屋尚未營成俟葺補已就當竭誠邀駕作一日劉談耳但恨無佳者供啜也 平子處致意不宣

成德頓首 初四日

纳兰性德手简《致张纯修手简一》

浣溪沙·郊游联句

出郭寻春春已阑。（陈维崧）
东风吹面不成寒。（秦松龄）
青村几曲到西山。（严绳孙）
并马未须愁路远，（姜宸英）看花且莫放杯闲。（朱彝尊）
人生别易会常难。（成德）

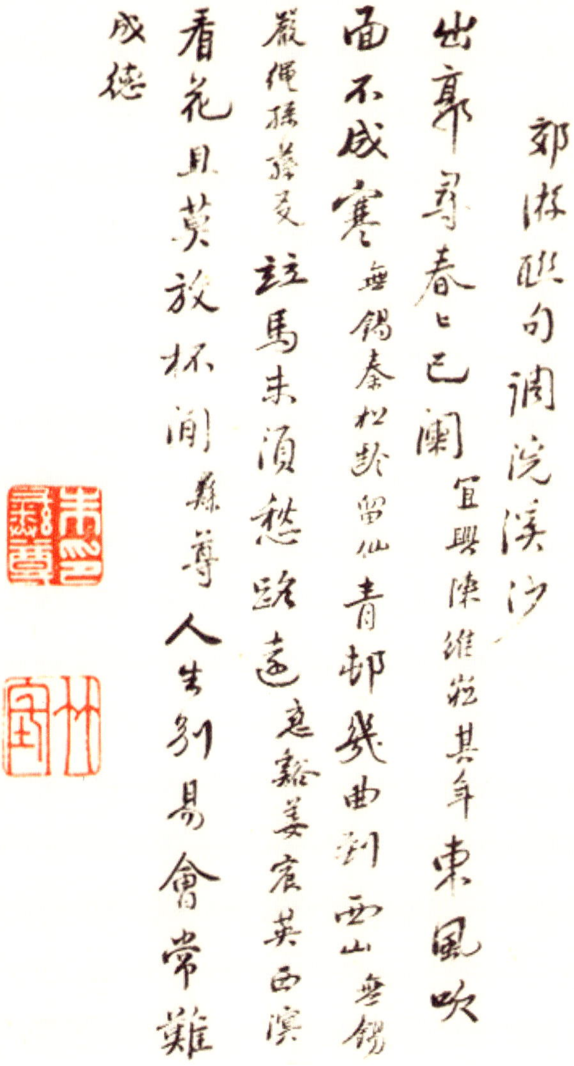

郊游聯句 調浣溪沙

出郭尋春春已闌 宜興陳維崧其年 東風吹面不成寒 無錫秦松齡留仙 青邨幾曲到西山 無錫嚴繩孫蓀友 並馬未須愁路遠 慈谿姜宸英西溟 看花且莫放杯閒 彝尊 人生别易會常難 成德

朱彝尊手简《浣溪沙·郊游联句》

『卿自见其朱门，贫道如游蓬户。』
容兄因仆作此语，构此见招，
有诗刻《饮水集》中。
适睹此札，为之三叹。

贞观

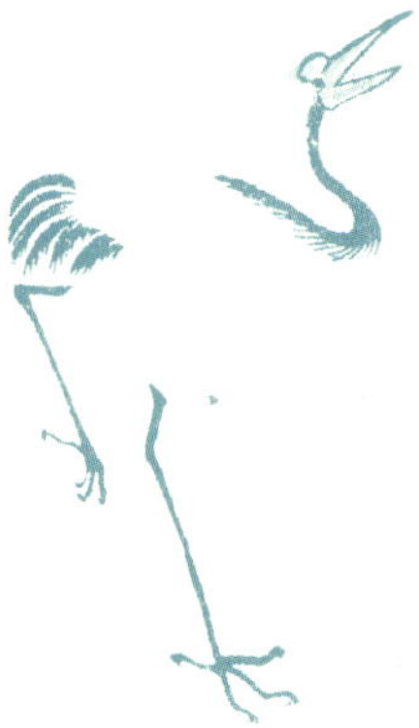

顾贞观跋

扫码听《叶嘉莹读诵纳兰词全集　典藏版》（下卷）

叶嘉莹读诵音频

扫码看《叶嘉莹读诵纳兰词全集　典藏版》（下卷）

刘子菲读诵视频

扫码听《叶嘉莹读诵纳兰词全集　典藏版》（下卷）

主题曲《蝶恋花》

目录

卷三

于中好

凤凰台上忆吹箫

水龙吟

玉连环影

雨中花

相见欢

卷四

忆王孙

卜算子

青玉案

满江红

水调歌头

天仙子

浪淘沙

南楼令

月上海棠

生查子

昭君怨

卷五

木兰花令

长相思

卷三

清平乐

清平乐：词牌名。

原唐教坊曲名，取汉乐府“清乐”“平乐”两个乐调而命名，又名“清平乐令”“醉东风”“忆萝月”。以南唐后主李煜词《清平乐》（别来春半）为正体。双调四十六字，上片四句、四仄韵，下片四句、三平韵。该调适用题材广泛，最初多咏伤春惜别、男女恋情，词风婉约。后历经各代发展，其描写内容和情感基调更为丰富多元。

清平乐

将愁不去。
秋色行难住。
六曲屏山深院宇。
日日风风雨雨。

雨晴篱菊初香。
人言此日重阳。
回首凉云暮叶，黄昏无限思量。

注释

将愁不去：谓愁绪挥之不去。将，携带。南宋辛弃疾《祝英台近·晚春》："是他春带愁来，春归何处。却不解、带将愁去。"

秋色行难住：秋色即将远去，难以留住。

六曲屏山：如屏风般连绵曲折的群山。参见上卷《采桑子·九日》注。

深院宇：此谓幽深的寺院殿宇。唐元稹《度门寺》诗："诸岩分院宇，双岭抱垣墉。"

雨晴篱菊初香：雨过天晴，篱笆下的菊花开始吐露芬芳。

重阳：农历九月初九重阳节。"九"为阳数，日与月皆逢九，阳数相重，故曰"重阳"。古人认为九九归真，一元肇始，重阳日乃吉祥之日，故有登高祈福、饮宴祈寿等习俗。唐德宗年间重阳正式成为国家认定节日，为"三令节"之一。

凉云：阴凉的云。南朝齐谢朓《七夕赋》："朱光既敛，凉云始浮。"

暮叶：傍晚的树叶。北宋李复《还王天倪诗卷》："翘首孤云远，疏林暮叶秋。"

说明

此阕为悼亡之作，盖作于康熙十六年（1677）丁巳重阳。彼时，卢氏新亡不过百日，灵柩暂停于距其婚后居所桑榆墅不远的双林禅院，等待安葬。容若常到此处陪伴亡妻。全篇情景交融，看似平淡，却极具张力。上片悲秋伤怀，幽深的寺院与日日不绝的凄风苦雨为挥之不去的愁绪更添凄楚。下片一句"人言此日重阳"令人动容，可见作者当时悲恸迷心，浑噩度日，已忘节令。

清平乐

凄凄切切。
惨淡黄花节。
梦里砧声浑未歇。
那更乱蛩悲咽。

尘生燕子空楼。
抛残弦索床头。
一样晓风残月，而今触绪添愁。

注释

凄凄切切：凄凉哀伤、幽怨悲切。

黄花节：重阳节。黄花，此谓菊花。因其时正值菊花盛开，故称。南宋王十朋《芦花》诗其一："悲秋已过黄花节，照眼浑疑白帝城。"

砧声：捣衣声。砧，捣衣石。古诗词中常以"砧声"代指凄凉悲切之声。唐孟郊《闻砧》："杜鹃声不哀，断猿啼不切。月下谁家砧，一声肠一绝。"

浑未歇：完全没有停歇。浑，完全。

那更：犹何况、更兼。北宋苏轼《虞美人》词："冰肌自是生来瘦，那更分飞后。"

乱蛩：指蟋蟀乱鸣。蛩，蟋蟀。宋末元初陈允平《庆春宫》词："乱蛩催怨，月明里、依稀数星。"

悲咽：悲哀哽咽。

尘生燕子空楼：喻指亡妻已逝，房中久无人住。引“燕子楼”之典。据唐白居易《燕子楼三首并序》记载，工部尚书张愔有爱妓，名唤眄眄，善歌舞，多风雅。张愔死后，眄眄念旧爱而不嫁，独居彭城张氏旧宅燕子楼中。此处以燕子楼代指亡妻生前居所。

抛残：犹抛弃。清曹雪芹《红楼梦》里的《芙蓉女儿诔》：“抛残绣线，银笺彩缕谁裁。”

弦索：乐器上的弦，代指弦乐器。唐元稹《连昌宫词》：“夜半月高弦索鸣，贺老琵琶定场屋。”

晓风残月：拂晓的风，将落的月。形容清冷凄凉。北宋柳永《雨霖铃》词：“今宵酒醒何处，杨柳岸、晓风残月。”

触绪添愁：触动心绪，增添忧愁。

说明

此阕为悼亡之作，与上阕似作于同时。不同的是，上阕作于黄昏寺院，此阕作于夜晚家中。全篇哀怨凄楚，透满悲凉。

林花榭《读词小笺》中曰：“‘凄凄切切，惨淡黄花节。梦里砧声浑未歇。那更乱蛩悲咽。’凄楚绝似易安，置之《漱玉集》中，亦无逊色。”

清平乐

孤花片叶。
断送清秋节。
寂寂绣屏香篆灭。
暗里朱颜消歇。

谁怜散髻吹笙。
天涯芳草关情。
懊恼隔帘幽梦，半床花月纵横。

注释

孤花片叶：谓花叶极少，喻指人形单影只。

断送：“断”亦“送”，二字平用，犹度、过。唐韩愈《游城南十六首·遣兴》诗：“断送一生惟有酒，寻思百计不如闲。”

清秋节：指清秋时节。清秋，冷清的秋天。北宋柳永《雨霖铃》词：“多情自古伤离别，更那堪，冷落清秋节。”

寂寂绣屏：犹寂寞绣屏。绣屏，指用绣有图案的丝织物制成的屏风，常置于内室。唐韦庄《应天长》词：“寂寞绣屏香一炷。”

香篆：篆香，形似篆文的熏香。

暗里朱颜消歇：红润的容颜已悄然消逝，犹云不觉中已青春不再。朱颜，红润的容颜，代指青春年少。消歇，犹消失。北宋钱惟演《玉楼春》词："情怀渐觉成衰晚，鸾镜朱颜惊暗换。"

散髻：谓解散髻，古代的一种束发形式，喻风流洒脱。据南朝梁萧子显《南齐书·王俭传》记载："（王俭）作解散髻，斜插帻簪，朝野慕之，相与放効。"放効，同"仿效"。清洪亮吉《解散髻》诗："一代风流比谢安，插簪散髻解朝冠。"自注："王俭为国子祭酒，作解散髻，斜插簪，尝谓人曰：'江左风流宰相，惟有谢安。'意以自比。"

关情：牵动情怀。南宋辛弃疾《满江红·暮春》词："更天涯、芳草最关情，烘残日。"

懊恼：犹烦恼。唐韩偓《六言三首》诗之二："惆怅空教梦见，懊恼多成酒悲。"

隔帘幽梦：隔着一重帘幕的幽深梦境。犹言梦境隐约不清。北宋秦观《八六子》词："夜月一帘幽梦，春风十里柔情。"

半床花月纵横：谓无人同床共枕，空出来的半个床面被月光投进来的花影纵横铺满。

说明

该阕与上阕似作于同时，皆为悼亡之作，皆作于不眠之夜，地点或皆为桑榆墅。通过以上三阕《清平乐》，我们基本可以窥见容若丧妻后的日常大略，不是在双林禅院陪伴卢氏灵柩，便是在桑榆墅睹物思人，辗转难眠。情深至此，可怜、可叹！

清平乐·上元月蚀

瑶华映阙。
烘散蓂墀雪。
比似寻常清景别。
第一团圆时节。

影娥忽泛初弦。
分辉借与宫莲。
七宝修成合璧，重轮岁岁中天。

注释

上元月蚀：农历正月十五日元宵节之夜出现的月食天象。月蚀，又写作“月食”。东汉许慎《说文解字》：“日食则朔，月食则望。”月食必发生在满月之夜，彼时，太阳、地球、月球在同一条直线上。

瑶华：月亮的光华。瑶，美玉，代指明月。

映阙：映照宫阙。阙，宫殿。

烘散蓂墀雪：指生有祥瑞之草的宫殿台阶被月光晕染得一片雪白。烘散，渲染、晕散。蓂，蓂荚，古代传说中的祥瑞之草。据《竹书纪年》记载：“有草夹阶而生，月朔始生一荚，月半而生十五荚，十六日以后，日落一荚，及晦而尽，月小则一荚焦而不落。名曰蓂荚，一曰历荚。”因观其荚数可知日期，故名“历荚”。墀，台阶。

比似寻常清景别：与平常月夜之景相比的区别。清景，明月清辉中的景色。

第一团圆时节：因正月十五为一年中第一个月圆之夜，故称。

影娥：喻指月食阴影。典出《三辅黄图·影娥池》：“武帝凿池以玩月，其旁起望鹄台以眺月，影入池中，使宫人乘舟弄月影，名影娥池，亦曰眺蟾台。”

初弦：本指月初的新月，此谓月食初亏至食既前，形如新月貌。

分辉：犹分光。南宋张孝祥《念奴娇·过洞庭》词：“素月分辉，明河共影，表里俱澄澈。”

宫莲：指宫灯。

七宝修成合璧：传说月由七宝修炼合成。此谓月食结束，月亮复圆。典出唐段成式《酉阳杂俎·天咫》：“君知月乃七宝合成乎？月势如丸，其影，日烁其凸处也。常有八万二千户修之，予即一数。”七宝，通常指佛教七宝。后秦鸠摩罗什译《阿弥陀经》云七宝为：金、银、琉璃、水晶、砗磲、赤珠、玛瑙。合璧，完整的圆形玉璧，代指圆月。

重轮：指圆月之外又现光轮，古人视其为祥瑞天象。

中天：本指天顶。喻指天运正中，有颂扬盛世之意。此句犹云祥瑞年年承盛世。

说明

该阕作于康熙二十年（1681）元夜。容若同时代诗人查慎行亦有《辛酉元宵月蚀》诗传世。彼时，容若身为侍卫，入值宫中，故词中描绘多涉宫中之景，不乏歌颂盛世之词。

清平乐

烟轻雨小。
望里青难了。
一缕断虹垂树杪。
又是乱山残照。

凭高目断征途。
暮云千里平芜。
日夜河流东下，锦书应托双鱼。

注释

烟轻雨小：烟轻薄，雨微小。北宋晏几道《清平乐》词："烟轻雨小。紫陌香尘少。"

望里青难了：放眼望去，青色连绵不尽。难了，难以了结，没有尽头，犹未了。唐杜甫《望岳》诗："岱宗夫如何，齐鲁青未了。"

断虹：一段彩虹，犹残虹。北宋欧阳修《临江仙》词："小楼西角断虹明。"

树杪：树梢。

乱山残照：落日的余晖映照着纷乱的群山。

凭高：凭借高处，犹登高。

目断：竭尽目力远望。北宋晏殊《诉衷情》词："凭高目断，鸿雁来时，无限思量。"

征途：远行的道路。

暮云千里平芜：傍晚，天边的云与原野连成一片，绵延千里。平芜，草木丛生的平原旷野。唐王维《观猎》诗："回看射雕处，千里暮云平。"

锦书：锦字书，参见上卷《浣溪沙》（记绾长条欲别难）"锦字"注。

双鱼：代指书信。参见上卷《采桑子》（拨灯书尽红笺也）注。

清平乐

麝烟深漾。
人拥缑笙氅。
新恨暗随新月长。
不辨眉尖心上。

六花斜扑疏帘。
地衣红锦轻沾。
记取暖香如梦，耐他一晌寒严。

注释

麝烟深漾：谓焚麝香而飘出的香烟在房中弥漫荡漾。

缑笙氅：鹤氅，又名神仙道士衣。指直领开襟大袖的御寒长裘。缑笙，借指王子乔。典出《列仙传》卷上："王子乔者，周灵王太子晋也。好吹笙，作凤凰鸣。游伊洛之间，道士浮丘公接以上嵩高山三十余年。后求之于山上，见柏良曰：'告我家，七月七日待我于缑氏山巅。'至时，果乘白鹤驻山头，望之不得到，举手谢时人，数日而去。"氅，羽毛做成的裘，代指外套。

新恨暗随新月长：新生的忧愁怅惘随着日月的更新，也在不觉中暗暗增长。

不辨眉尖心上：分不清愁绪是萦绕在眉尖还是心上，谓悲情不止，愁怀无限。北宋范仲淹《御街行·秋日怀旧》词："都来此事，眉间心上，无计相回避。"南宋李清照《一剪梅》词："此情无计可消除，才下眉头，却上心头。"

六花：雪花，因雪花六瓣，故名。唐高骈《对雪》诗："六出飞花入户时，坐看青竹变琼枝。"

地衣：地毯。

记取：犹记住。唐王諲《十五夜观灯》诗："妓杂歌偏胜，场移舞更新。应须尽记取，说向不来人。"

暖香：温暖的香味。唐温庭筠《菩萨蛮》词："水精帘里颇黎枕，暖香惹梦鸳鸯锦。"

一晌：犹一会儿。南唐后主李煜《浪淘沙》词："梦里不知身是客，一晌贪欢。"

寒严：严寒，犹酷寒，指极度寒冷。

说明

该阕作于白雪飘飞的冬季，乃悼亡之作。全篇愁雾弥漫，忧恨满怀；情景交融，意绪绵长。尾句"记取暖香如梦，耐他一晌寒严"为点睛之笔，面对寒冷，只有依靠与亡妻如梦般的温存记忆，才能耐得片刻。读来犹觉酸楚，更显悲凉。

声律

"拥"读上声合律，音 yǒng。

清平乐

青陵蝶梦。
倒挂怜么凤。
退粉收香情一种。
栖傍玉钗偷共。

愔愔镜阁飞蛾。
谁传锦字秋河。
莲子依然隐雾，菱花暗惜横波。

注释

青陵蝶梦：喻妻子离世，情缘如梦。引战国时期宋国韩凭妻“青陵台殉情化蝶”之典。青陵，即青陵台。据记载，周赧王二十五年（前290），宋国君主宋康王于宋都商丘城外筑青陵台（据说在今河南商丘梁园区水池铺镇龚庄村）。该典最早出自东晋干宝的《搜神记》，书中云：“宋康王舍人韩凭娶妻何氏，美。康王夺之。凭怨，王囚之，论为城旦。……俄而凭乃自杀。其妻乃阴腐其衣。王与之登台，妻遂自投台，左右揽之，衣不中手而死。遗书于带曰：‘王利其生，妾利其死。愿以尸骨赐凭合葬。’王怒，弗听，使里人埋之，冢相望也。王曰：‘尔夫妇相爱不已，若能使冢合，则吾弗阻也。’宿昔之间，便有大梓木生于二冢之端，旬日而大盈抱，屈体相就，根交于下，枝错于上。又有鸳鸯，雌雄各一，恒栖树上，晨夕不去，交颈悲鸣，音声感人。宋人哀之，遂号其木曰‘相思树’。‘相思’之名，起于此也。南人谓：此禽即韩凭夫妇之精魂。”这就是“相思树”、“比翼鸟”与“连理枝”的出典。此时还无“化蝶”情节。至唐代，故事发生了演变，“化蝶”之说兴起。唐李商隐《青陵台》诗：“青陵台畔日光斜，万古贞魂倚暮霞。莫讶韩凭为蛱蝶，等闲飞上别枝花。”北宋乐史《太平寰宇记》亦云：“妻阴腐其衣，与王登台，自投台下，左右揽之，著手化为蝶。”后人亦以此典喻夫妻情深，生死不渝。

倒挂怜么凤：么，同“幺”。幺凤，又称桐花凤，鸟名。作者以幺凤自比，喻形单影只，自怜自叹。

退粉收香情一种：蝴蝶退粉，幺凤收香，情根只为一人种。喻夫妻恩爱专情。退粉，即蝴蝶退去翅上的粉屑。南宋罗大经《鹤林玉露》引《道藏经》云：“蝶交则粉退。”收香，据明刘侗《名物通》云：“倒挂，即绿毛幺凤，性极驯，好集美人钗上。日闻好香，则收藏尾翼间，夜则张翼以放香。”

栖傍玉钗偷共：以幺凤“好集美人钗上”自比，喻只能偷偷地将妻子的玉钗遗物带在身上，聊慰相思。

愔愔镜阁飞蛾：谓幽寂的房中只有蛾在飞舞。愔愔，悄寂、幽深貌。镜阁，女子居处，此谓妻子生前的居室。唐李商隐《镜槛》诗：“斜门穿戏蝶，小阁锁飞蛾。”

谁传锦字秋河：谁会从天上的银河传来书信呢？锦字，即锦字书，代指书信，参见上卷《浣溪沙》（记绾长条欲别难）“锦字”注。秋河，银河。

莲子依然隐雾：怜惜你依然隐身于雾中，谓妻子已逝，人天永隔。莲子，谐音“怜子”。隐雾，隐于雾中，犹隐遁，不见踪迹。《乐府诗集·子夜歌》：“雾露隐芙蓉，见莲不分明。”

菱花：菱花镜。古代铜镜的一种，因形状似菱花或背面刻有菱花图案而得名。代指梳妆镜。

暗惜：暗自珍惜。北宋晏几道《泛清波摘遍》词：“倦客登临，暗惜光阴恨多少。”

横波：喻明眸善睐，如水波横流。东汉傅毅《舞赋》：“眉连娟以增绕兮，目流睇而横波。”唐李善注：“横波，言目邪视，如水之横流也。”

说明

该阕为悼亡之作。

张秉成《纳兰词笺注》：“此篇典丽深婉。词中运用数典，曲折而深挚地表达了对亡妻的怀念。很有清真词的风调。”

清平乐

风鬟雨鬓。
偏是来无准。
倦倚玉阑看月晕。
容易语低香近。

软风吹遍窗纱。
心期便隔天涯。
从此伤春伤别，黄昏只对梨花。

注释

风鬟雨鬓：谓女子的鬓发鬟髻被风吹乱，被雨淋湿。此处代指冒着风雨阻力前来约会的恋人。引“龙女牧羊”之典，出自唐李朝威《柳毅传》：“见大王爱女牧羊于野，风鬟雨鬓，所不忍视。”

来无准：不能准时赴约。无准，没有定准。明高濂《宜春令·恨远人》套曲：“今生此身，恩情两分，暗想来生无准。”

倦倚玉阑：慵倦地倚靠在栏杆上。阑，同“栏”。玉阑，玉石栏杆，亦用作栏杆的美称。南宋罗与之《倦倚》诗：“倦倚阑干消永日，葡萄阴薄柳风多。”

容易语低香近：容易低声细语，靠近恋人身上的香气。北宋晏几道《清平乐》词：“勾引行人添别恨，因是语低香近。”

软风：谓柔和的春风。唐温庭筠《郭处士击瓯歌》："吾闻三十六宫花离离，软风吹春星斗稀。"

心期便隔天涯：谓与恋人相会的心愿便被天涯阻隔，难以实现。天涯，即天的边际，形容彼此距离遥远。

伤春：因春天易逝而忧伤。唐李商隐《杜司勋》诗："刻意伤春复伤别，人间惟有杜司勋。"

伤别：因离别而悲伤。北宋柳永《雨霖铃》词："多情自古伤离别。"

说明

上片"玉阑"底本原作"玉兰"，此据《国朝词综》、汪元治结铁网斋刻本《纳兰词》改。

该阕上片描绘与恋人的约会之景，下片倾诉与恋人的别离之情。约会充满阻力，别离充满无奈与伤痛。

清平乐·弹琴峡题壁

泠泠彻夜。
谁是知音者。
如梦前朝何处也。
一曲边愁难写。

极天关塞云中。
人随落雁西风。
唤取红襟翠袖，莫教泪洒英雄。

注释

弹琴峡：位于今北京市延庆区（清代属昌平州）八达岭南三堡村北五桂头山东侧。因溪水从北流入，水在谷底石罅间流淌激荡，映着山谷的回音，声如弹琴，故名。《大清一统志·顺天府》："弹琴峡，在昌平州西北居庸关内，水流石罅，声若弹琴。"

泠泠彻夜：整夜都可听见峡谷中水石相激发出的泠泠"琴声"。泠泠，形容声音清越。西晋陆机《招隐诗》："山溜何泠泠，飞泉漱鸣玉。"又唐刘长卿《听弹琴》诗："泠泠七弦上，静听松风寒。"

如梦前朝何处也：前朝如梦，今在何处？乃感慨兴亡之叹。据清缪荃孙《云自在龛随笔》云：'弹琴峡'三字，重熙八年李宗江题。""重熙"为辽兴宗年号。

边愁：因边塞战患而忧愁苦闷。唐王昌龄《从军行》诗其二："撩乱边愁听不尽，高高秋月照长城。”

极天关塞云中：谓居庸关地势险要，高可至天，如在云中。化用唐杜甫《秋兴八首》诗其七：“关塞极天唯鸟道，江湖满地一渔翁。”极天，犹至天。西汉孔鲋《孔丛子·答问》：“今世人有言高者必以极天为称，言下者必以深渊为名。”关塞，即边关要塞，此谓居庸关。

人随落雁西风：谓人像被秋风吹落的大雁般，命运不能自主。南宋喻良能《彦礼提宫以诗见招赴惠山登高之集次韵奉酬》：“西风摇落雁南翔，万里晴空一洗凉。”又明王济元《龙津驿问程》诗：“夜泊龙津驿，西风落雁愁。”

唤取红襟翠袖，莫教泪洒英雄：谓唤来歌女消解愁闷，不要让英雄落泪。红襟翠袖，原指女子的服饰，代指美女，此谓披红着绿的歌女。南宋辛弃疾《水龙吟·登建康赏心亭》词：“倩何人唤取，红巾翠袖，揾英雄泪。”

说明

该阕盖为康熙十九年（1680）至康熙二十一年（1682）间，容若至昌平、延庆一带的督牧之作。上片闻水声如琴，彻夜难眠，感慨知音难觅，边愁难解，兴亡无常。下片言边塞险要，抒悲秋之情，满是英雄寂寞、命运不能自主的无奈与苍凉。

声律

该阕上片混押去声祃（mà）韵、上声马（mǎ）韵。“夜”音 yà，“者”音 zhǎ，“也”音 yǎ，“写”音 xiǎ。下片“教”读平声合律，音 jiāo。

清平乐·忆梁汾

才听夜雨。
便觉秋如许。
绕砌蛩螿人不语。
有梦转愁无据。

乱山千叠横江。
忆君游倦何方。
知否小窗红烛，照人此夜凄凉。

注释

梁汾：顾贞观，号梁汾。参见上卷《金缕曲·赠梁汾》注。

便觉秋如许：便感觉秋天的意味浓成了这样。如许，这样、这般。

蛩螿：蟋蟀与寒蝉。南宋姜夔《白石道人诗说》："悲如蛩螿曰吟，通乎俚俗曰谣，委曲尽情曰曲。"

有梦转愁无据：谓即使有梦也会无故转变成忧愁。无据，无所依据，犹无故。

乱山千叠横江：乱山千重横于江上。叠，重叠。

游倦：旅行疲倦。南宋杨万里《四月十三日渡鄱阳湖》诗："游倦当自归。"

说明

该阕为思友悲秋之作，作期不早于康熙十七年（1678）。

清平乐

塞鸿去矣。
锦字何时寄。
记得灯前佯忍泪。
却问明朝行未。

别来几度如珪。
飘零落叶成堆。
一种晓寒残梦，凄凉毕竟因谁。

注释

塞鸿去矣：边塞的鸿雁已向南飞去。

锦字何时寄：书信何时才能寄来。锦字，代指书信。参见上卷《浣溪沙》（记绾长条欲别难）“锦字”注。

别来几度如珪：自分别以来，月亮几度形如玉珪。珪，同“圭”。东汉许慎《说文解字》：“圭，瑞玉也，上圜下方。”此谓缺月。

说明

赵秀亭、冯统一《饮水词校笺》：“疑此阕及上阕作于同时，皆为寄梁汾词。词中‘锦字’‘灯前’等语，诗家亦多用于怀友。‘几度如珪’，谓分别数月。”

清平乐

画屏无睡。
雨点惊风碎。
贪话零星兰焰坠。
闲了半床红被。

生来柳絮飘零。
便教咒也无灵。
待问归期还未，已看双睫盈盈。

注释

画屏无睡：谓失眠。画屏，原指带有画饰的屏风，此处引“画屏择婿”之典自指。典出北宋欧阳修等人合撰的《新唐书·太穆窦皇后传》：“（父毅）因画二孔雀屏间，请昏（婚）者使射二矢，阴（隐）约中目则许之。……高祖最后射，中各一目，遂归于帝。”

雨点惊风碎：雨点被风惊碎。

贪话零星：谓窗外细碎的雨声犹如说不完的零星絮语。

兰焰：古代将泽兰炼成的油脂凝为兰膏，点燃后生成的烛焰称兰焰。亦指形如兰花的火焰。代指灯花、烛火，亦用作灯烛的美称。五代薛昭蕴《浣溪沙》词：“故人相送夜开筵，麝烟兰焰簇花钿。”

闲了半床红被：谓妻子已逝，无人同寝，半床红被空闲出来。

生来柳絮飘零：生来便如柳絮般孤独漂泊。

便教咒也无灵：即便向神明祷告，也不灵验。咒，祝告。

待问归期还未：还未问（妻子）何时归来。待问，等候叩问。

双睫盈盈：犹泪湿双眼。睫，睫毛。盈盈，此谓泪水清澈、晶莹。

说明

该阕补遗自许增娱园刻本《纳兰词》，乃悼亡之作。

声律

“教”读平声合律，音 jiāo。“看”读平声合律，音 kān。

清平乐·发汉儿村题壁

参横月落。
客绪从谁托。
望里家山云漠漠。
似有红楼一角。

不如意事年年。
消磨绝塞风烟。
输与五陵公子，此时梦绕花前。

注释

汉儿村：又名汉儿庄、汉儿城，位于今河北省唐山市迁西县汉儿庄乡。据《迁安县志》记载，金章宗承安二年（1197）曾在此设滦阳县，女真族称汉人为汉儿，故在此设汉儿司和汉儿行宫，金灭亡后此地改名为汉儿庄。明万历八年（1580）在此重修城池。清圣祖康熙帝谒孝陵巡近边，曾多次经汉儿村，驻跸汉儿村西。

参横月落：参星横斜，月亮已落，谓天色将明。参，星宿名，二十八宿之一，白虎七宿中的第七宿，即构成猎户座主体的七颗亮星，其中“猎户腰带”上醒目的三颗星为其标志，称作“参宿三星”。“参”亦从“三”的大写“叁”演变而来。

客绪：客居他乡的愁绪。明文洪《北行道中述怀》诗：“客绪恹恹排不得，坐笼纱帽自煎茶。”

家山：代指家乡。

云漠漠：云雾弥漫。北宋沈括《梦溪笔谈·雁荡山》引唐贯休《诺矩罗赞》诗句："雁荡经行云漠漠，龙湫宴坐雨蒙蒙。"

红楼一角：依稀可见家中红色楼阁的一角。

消磨绝塞风烟：在遥远边塞的风雨烟尘中消磨时光。

输与：不敌，比不上。

五陵公子：指京城豪富之家的纨绔子弟。五陵，即西汉王朝在长安北面设立的五个陵邑，分别为长陵邑、安陵邑、阳陵邑、茂陵邑、平陵邑，皆高官豪富之家所居。东汉班固《西都赋》："北眺五陵。"

说明

该阕补遗自许增娱园刻本《纳兰词》。

据副题可知，本阕为容若随扈清圣祖谒孝陵，途经汉儿村，驻跸次日临出发前的题壁之作。因参宿三星主要现于冬季，查阅《康熙起居注》可知，作期盖为康熙二十二年十一月"二十一日乙未，上入龙井关口，驻跸汉儿城西"的次日清晓。

清平乐

角声哀咽。
襆被驮残月。
过去华年如电掣。
禁得番番离别。

一鞭冲破黄埃。
乱山影里徘徊。
蓦忆去年今日，十三陵下归来。

注释

角声哀咽：角声悲凉滞涩，似哀伤的呜咽。南宋陆游《秋波媚》词其一：“秋到边城角声哀。”

襆被驮残月：谓马驮着行李，头顶拂晓的残月，踏上征途。残月，将落的月亮。襆被，用包袱裹束衣被，意为整理行李。

电掣：犹电闪，谓电光急闪而过，转瞬即逝。南朝梁简文帝《金錞赋》：“野旷尘昏，星流电掣。”

禁得：犹怎禁得，禁受不住。

黄埃：此谓途中扬起的黄土尘埃。

说明

此阕补遗自许增娱园刻本《纳兰词》。

此阕与上阕情绪相类，或为同期之作。

声律

“禁”读平声，音 jīn。

虞美人

虞美人：词牌名。

原唐教坊曲名。初咏项羽宠姬虞美人，因以为名。又名“一江春水”“玉壶水”“巫山十二峰”等。以南唐后主李煜词《虞美人》（春花秋月何时了）为正体，双调五十六字，上下片各四句，两仄韵转两平韵。此调以七字句和五字句为主，配以一个九字句为结，凡四换韵，仄韵与平韵相间，每句用韵，因而音节明快响亮，气势奔放，以悲歌慷慨为基本特色。

虞美人

峰高独石当头起。
影落双溪水。
马嘶人语各西东。
行到断崖无路小桥通。

朔鸿过尽归期杳。
人向征鞍老。
又将丝泪湿斜阳。
回首十三陵树暮云黄。

注释

峰高独石当头起：山峰很高，一块巨石迎头凸起。

双溪：此为北京昌平境内的溪水名。

马嘶人语各西东：谓队伍于山间分东西两路各自行进，隔岭遥闻马的嘶鸣声与人的话语声。

朔鸿：自北向南迁徙过冬的大雁。

归期杳：归来的日期遥不可知。杳，远得不见踪影。

人向征鞍老：人对着征途中的马鞍老去。谓人长期漂泊在外，与鞍子和马匹相伴，任青春消逝，逐渐老去。

丝泪：如丝般的眼泪。南朝宋鲍照《代君子有所思》诗："蚁壤漏山河，丝泪毁金骨。"唐李善注："丝泪，泪之微者。"唐韦应物《拟古诗十二首》诗："年华逐丝泪，一落俱不收。"

十三陵树暮云黄：十三陵的树木被傍晚的云霞映成了黄色。

说明

该阕词在清顾彩编选的《草堂嗣响》中有副题"昌平道中"。

赵秀亭、冯统一《饮水词校笺》："此非扈从词，亦非郊游词，疑与性德曾司马监有关。与性德同时之傅尔都《送随义文奉使监牧口北》诗云：'玉垒云深堆苜蓿，银蹄秋老破风霜。居庸翠涌千峰秀，定有题诗贮锦囊。'可知京北昌平一带为监牧之地。容若词所记，正在同一地区。"

虞美人

黄昏又听城头角。
病起心情恶。
药炉初沸短檠青。
无那残香半缕恼多情。

多情自古原多病。
清镜怜清影。
一声弹指泪如丝。
央及东风休遣玉人知。

注释

又听城头角：又听到城头吹起的角声。南宋吴潜《满江红·豫章滕王阁》词：“向黄昏、断送客魂消，城头角。”

短檠青：短柄青灯。檠，灯架，借指灯。青，灯焰青荧。宋赵长卿《念奴娇·夜寒有感》词：“檠短灯青。”

无那：犹无奈。

恼多情：惹出多情。恼，惹。北宋苏轼《蝶恋花·春景》词：“笑渐不闻声渐悄，多情却被无情恼。”

多情自古原多病：自古多情原本是多病。北宋苏轼《采桑子·润州多景楼与孙巨源相遇》词：“多情多感仍多病，多景楼中。”北宋柳永词残句：“多情到了多病。”

清镜怜清影：谓明亮的镜子怜惜镜中人清瘦的身影。即揽镜自照，对影自怜。

一声弹指泪如丝：诵一声《弹指词》，泪水便如丝线般滑落。弹指，此谓顾贞观所著词集《弹指词》，其名盖取自“弥勒弹指，楼阁门开”之说。清秦赓彤在《重刻弹指词·序》中说：“先司寇题语有云：‘有才如此，而不永年，惜哉！’《弹指词》则曰：‘本朝词家，以弹指为最。’窃展卷诵之，惊为自古词家所未有，盖唐宋以来词格，凡几变矣，先生之词，穷其变而会通，而极其至。神明变化，开前人未开之境，洵乎为一代之词宗，而叹先司寇公评骘之当也。”

央及：恳求。

东风休遣玉人知：春风不要把我病中的哀伤告诉玉人。遣，派送。玉人，即如玉之人。先秦《诗经·国风·秦风·小戎》：“言念君子，温其如玉。”

说明

该阕为春季塞外行役病中之作。词中的“玉人”似为容若挚友顾贞观。

虞美人·为梁汾赋

凭君料理花间课。
莫负当初我。
眼看鸡犬上天梯。
黄九自招秦七共泥犁。

瘦狂那似痴肥好。
判任痴肥笑。
笑他多病与长贫。
不及诸公衮衮向风尘。

注释

凭君：任凭君。君，称对方的敬辞。

料理：安排、打理，此谓编辑词集之事。宋翁孟寅《齐天乐》词："幽香不受春料理，青青尚余秋鬓。"

花间课：学写花间词的功课，谦辞，指自己的词作。花间，即《花间集》，乃五代后蜀文学家赵崇祚编选的晚唐至五代词作总集。书中选录了以温庭筠、韦庄为代表的十八家词作，共计五百首。多反映君臣花间樽前宴享娱乐的生活，词作注重文采和声情，沿袭了"花间派"鼻祖温庭筠婉约、优美、香软、绮丽的词风，是中国现存最早的文人词总集，被誉为"近世倚声填词之祖"。

莫负当初我：不要辜负我的初心。

眼看鸡犬上天梯：眼看连鸡狗之辈都上了登天的阶梯。引“一人得道，鸡犬升天”之典。典出东汉王充《论衡·道虚》：“淮南王刘安坐反而死，天下并闻，当时并见，儒书尚有言其得道仙去，鸡犬升天者。”又东晋葛洪《神仙传·淮南王》：“淮南王安，好神仙之道，海内方士从其游者多矣。一旦，有八公诣之……乃取鼎煮药，使王服之，骨肉近三百余人，同日升天，鸡犬舐药器者，亦同飞去。”此谓小人将要得势。

黄九自招秦七共泥犁：黄九、秦七，指北宋词人黄庭坚和秦观，因黄排行第九，秦排行第七，二人分别以绮艳、婉约的词风齐名北宋词坛，因以并称。泥犁，佛家语，地狱。南宋胡仔《苕溪渔隐丛话》：“《冷斋夜话》云：‘法云秀老，关西人，面目严冷，能以礼折人。……黄鲁直（黄庭坚字鲁直，编者注）作艳语，人争传之，……秀曰：“公艳语荡天下淫心，……正恐生泥犁耳。”鲁直颔应之。……’苕溪渔隐曰：‘余读鲁直所作晏叔原《小山集序》云：“余少时间作乐府，以使酒玩世。道人法秀独罪余以笔墨劝淫，于我法中当下犁舌之狱，特未见叔原之作邪？”观鲁直此语，似有憾于法秀，不若伯时之能伏善也。’”作者借“黄九、秦七”喻顾贞观与自己不惧流言蜚语，甘愿下地狱，也不改填词之志。

瘦狂那似痴肥好：以“瘦狂”喻自己和顾贞观，以“痴肥”喻嘲笑者。反讽，清瘦而狂放的我们哪里比得上痴傻而肥硕的你们呢？典出唐李延寿《南史·沈昭略转》：“尝醉，……逢王景文子约，张目视之曰：‘汝是王约邪？何乃肥而痴。’约曰：‘汝沈昭略邪？何乃瘦而狂。’昭略抚掌大笑曰：‘瘦已胜肥，狂又胜痴。’”

判任痴肥笑：甘愿任凭痴肥者嘲笑。判，甘愿。

多病与长贫：以“多病”自谓，以“长贫”谓顾贞观。此为写实之语。

不及诸公衮衮向风尘：不如诸位相继不绝地奔向世俗污淖。诸公，众公卿，泛指各位人士。衮衮，相继不绝貌。风尘，喻混乱污浊的俗世。唐杜甫《醉时歌》：“诸公衮衮登台省，广文先生官独冷。”

说明

底本原无副题，此据汪元治结铁网斋刻本《纳兰词》补。

该阕以词言志，可谓容若的填词宣言，好一个率真的狂生！

赵秀亭、冯统一《饮水词校笺》："康熙十五年，性德初识梁汾，共编《今词初集》。十六年，梁汾携初编稿本南归，谋镌刊。十七年，下诏举荐博学鸿词，有欲荐梁汾者，梁汾力辞。同年春，以严绳孙建议，梁汾欲与吴绮共编《饮水词》，性德遂以此词答之，使付剞劂。梁汾董理刻词事，终致刊成。词中'鸡犬上天''诸公衮衮'皆指钻营鸿博者。据'眼看'句，词当作于鸿博名士齐集京师之时。又按，作词而不畏'堕泥犁'，比性德略早之词人沈雄亦云：'泥犁中尽如我辈，便无俗物败人意。'（《古今词话》卷下）与性德意略近。然沈氏为放达语，意轻；性德则为决绝语，乃人生追求之郑重抉择，寄意极重。"

声律

"看"读平声合律，音 kān。

虞美人

绿阴帘外梧桐影。
玉虎牵金井。
怕听啼鴂出帘迟。
恰到年年今日两相思。

凄凉满地红心草。
此恨谁知道。
待将幽忆寄新词。
分付芭蕉风定月斜时。

注释

玉虎：辘轳的美称，因其形似，故名。唐李商隐《无题四首》诗其二："金蟾啮锁烧香入，玉虎牵丝汲井回。"

金井：井的美称。

怕听啼鴂：害怕听见杜鹃的啼鸣。宋末元初张炎《高阳台 · 西湖春感》："莫开帘。怕见飞花，怕听啼鹃。"鴂，即鶗鴂，杜鹃鸟。参见上卷《菩萨蛮》（问君何事轻离别）"啼鹃"注。

红心草：野菜名，即藜，又名红心灰藋。一年生或多年生草本植物，嫩叶可食，老茎可为杖。此处引"红心草"之典，喻美人已逝，遗恨犹存。据唐谷神子《博异志》云："吴兴姚合谓亚之曰：'吾友王炎云：元和初，夕梦游吴，侍吴王。久之，闻宫中出辇，鸣箫击鼓，言葬西施。王悲悼不止，立诏词客作挽歌，炎遂应教作西施挽歌。其词曰："西望吴王阙，云书凤字牌。连江起珠帐，择土葬金钗。满地红心草，三层碧玉阶。春风无处所，凄恨不胜怀。"进词，王甚嘉之。'"

幽忆：幽深的思念。东汉李尤《围棋铭》："诗人幽忆，感物则思。"

分付：犹托付、寄情。宋末元初汤恢《祝英台近》词："都将千里芳心，十年幽梦，分付与一声啼鴂。"

芭蕉：多年生草本植物，植株高可达六米，叶片长圆形，宽大、鲜绿、有光泽，果实似香蕉而个小，回味酸涩。自西汉起，古人便将其作为观赏植物，种于庭院造景。文人墨客常视其为寄情之物，倾诉孤寂怨悱，排遣别绪离愁。唐李商隐《代赠二首》诗其一："芭蕉不展丁香结，同向春风各自愁。"

说明

赵秀亭、冯统一《饮水词校笺》："词用'红心草'典，知为悼亡之作。词云'年年'，作期当不早于康熙十八年。'今日'，必为纪念之期，婚日、忌日、葬日，或为其一。"

虞美人

风灭炉烟残灺冷。
相伴惟孤影。
判教狼藉醉清尊。
为问世间醒眼是何人。

难逢易散花间酒。
饮罢空搔首。
闲愁总付醉来眠。
只恐醒时依旧到尊前。

注释

炉烟：熏炉或香炉的烟火。

残灺：残烛。

判教狼藉醉清尊：甘愿放任自己，醉倒在酒樽前。判，情愿、甘愿。狼藉，犹放任、行为不端。清尊，酒器，代指清酒，尊，同“樽”。唐王勃《寒夜思友三首》诗：“复此遥相思，清尊湛芳绿。”

为问：借问，请问。北宋苏轼《江神子·恨别》词：“为问东风余几许，春纵在，与谁同。”

世间醒眼是何人：犹世间有何人清醒？战国屈原《渔父》：“举世皆浊我独

清，众人皆醉我独醒。”

难逢易散花间酒：谓即使在花间与月对饮，也是难得且易散的。唐李白《月下独酌四首》诗其一：“花间一壶酒，独酌无相亲。举杯邀明月，对影成三人。……我歌月徘徊，我舞影零乱。醒时同交欢，醉后各分散。……”

空搔首：犹白焦虑。空，徒然、白白地。搔首，以手搔头，焦心忧虑或有所思。唐白居易《代书诗一百韵寄微之》：“此日空搔首，何人共解颐。”

闲愁：无端的忧愁。唐张碧《惜花三首》诗其一：“一窖闲愁驱不去，殷勤对尔酌金杯。”

总付醉来眠：总是交付给醉酒来入眠。犹借酒消愁，靠饮醉入睡。

声律

“教”读平声合律，音 jiāo。

虞美人

春情只到梨花薄。
片片催零落。
夕阳何事近黄昏。
不道人间犹有未招魂。

银笺别梦当时句。
密绾同心苣。
为伊判作梦中人。
长向画图清夜唤真真。

注释

春情只到梨花薄。片片催零落：谓春天的情意只到梨花开放，过后就变淡薄，催逼着花朵片片凋落。化用南宋管鉴《醉落魄·正月二十日张园赏海棠作》词："人情不似春情薄。守定花枝，不放花零落。"

夕阳何事近黄昏：夕阳如此美好，为何要接近黄昏，转瞬即逝？何事，为何、何故。化用唐李商隐《登乐游原》诗："夕阳无限好，只是近黄昏。"

不道人间犹有未招魂：不管人间还有未曾招回的魂魄。不道，犹不顾、不管。招魂，将漂泊在外的魂魄招回。唐杜甫《返照》诗："不可久留豺虎乱，南方实有未招魂。"

银笺：用银粉或银屑涂饰的纸笺，亦指素白的纸笺。

别梦：离别后的思念之梦。唐袁晖《正月闺情》诗："晓魂怜别梦，春思逼啼颜。"

当时句：当时说过的话语。

密绾：犹密结。密，紧密或秘密皆通。绾，把长条形的东西盘绕起来打成结。

同心苣：编有"同心苣"花形的同心结。此谓许下永结同心的誓言。苣，即莴苣，花黄色，偶有一穗双头者，即称"同心苣"。另，灯花结穗成双亦称"同心苣"。古诗词中用以喻指爱情。唐牛峤《菩萨蛮》词："窗寒天欲曙，犹结同心苣。"

为伊判作梦中人：为你甘愿作个梦中之人。伊，代词"你"。判，甘愿。

长向画图清夜唤真真：谓寂静的夜晚，对着你的画像长久地呼唤你的名字，希望你能像真真那样从画中走出来与我相会。清夜，清静的夜晚。"真真"代指亡妻。引"赵颜呼画"之典，出自唐杜荀鹤（一说李濬）《松窗杂录》："唐进士赵颜于画工处得一软障，图一妇人甚丽。颜谓画工曰：'世无其人也，如可令生，余愿纳为妻。'画工曰：'余神画也。此亦有名，曰真真。呼其名，百日昼夜不歇，即必应之，应则以百家彩灰酒灌之，必活。'颜如其言，遂呼之百日，昼夜不止。乃应曰：'诺。'急以百家彩灰酒灌之，遂呼之活。下步言笑，饮食如常。"容若好友严绳孙《望江南》词曰："怀袖泪痕悲灼灼，画图身影唤真真。"

说明

该阕作于春季梨花飘飞之时，为悼亡之作。梨花为纳兰词中意象，凡梨花飘处，必有对亡妻的思念之情，盖二人情事与梨花有关。卢氏卒于康熙十六年（1677）五月三十日，彼时梨花花期已过，故此阕作期当不早于康熙十七年（1678）春。

虞美人

曲阑深处重相见。
匀泪偎人颤。
凄凉别后两应同。
最是不胜清怨月明中。

半生已分孤眠过。
山枕檀痕涴。
忆来何事最销魂。
第一折枝花样画罗裙。

注释

曲阑：曲折的栏杆。阑，同“栏”。明叶小鸾《浣溪沙·初夏》词：“曲阑凭遍思偏长。”

匀泪偎人颤：依偎在恋人怀中，颤抖着擦拭眼泪。匀，拭。南唐后主李煜《菩萨蛮》词：“画堂南畔见，一晌偎人颤。”

不胜清怨：不胜，不能承受。清怨，凄清幽怨。唐钱起《归雁》诗：“二十五弦弹夜月，不胜清怨却飞来。”

半生已分孤眠过：已料想下半生将独自度过。分，料想。孤眠，独自就眠，喻独身生活。

山枕：中间凹两端凸的山形枕头。唐温庭筠《更漏子》词："山枕腻，锦衾寒，觉来更漏残。"

檀痕：带有香粉的泪痕，泛指泪痕。檀，木名，此谓粉的原料、香味，或颜色如浅红色、浅赭色。唐尹鹗《醉公子》诗："何处恼佳人，檀痕衣上新。"

浣：浸染。

销魂：魂将离体，谓极度陶醉、愉悦或痛苦、伤感。北宋秦观《满庭芳》词："销魂。当此际，香囊暗解，罗带轻分。"

折枝：花卉画法之一，即不画全株，只画从树干上折下来的部分花枝，故名。唐韩偓《已凉》诗："碧阑干外绣帘垂，猩色屏风画折枝。"

花样：绣花用的底样。南宋谭宣子《谒金门》词："昨夜新翻花样瘦，旋描双蝶凑。"

罗裙：丝罗制的裙子，泛指女子衣裙。唐王昌龄《采莲曲二首》诗其二："荷叶罗裙一色裁，芙蓉向脸两边开。"

声律

"胜"读平声合律，音 shēng。"分"读去声合律，音 fèn。

虞美人

彩云易向秋空散。
燕子怜长叹。
几番离合总无因。
赢得一回僝僽一回亲。

归鸿旧约霜前至。
可寄香笺字。
不如前事不思量。
且枕红蕤欹侧看斜阳。

注释

彩云易向秋空散：彩色的云霞容易向秋季的天空飘散。喻好景不长，恋人易散。唐白居易《简简吟》诗：“大都好物不坚牢，彩云易散琉璃脆。”

燕子怜长叹：燕子听到惆怅之人的长叹声也会感到怜惜。唐李商隐《无题四首》诗其四：“归来展转到五更，梁间燕子闻长叹。”

离合：犹聚散。北宋张耒《风流子》词：“空恨碧云离合，青鸟沉浮。”

总无因：总是没来由，无缘无故。

赢得：犹落得。唐韩偓《五更》诗：“光景旋消惆怅在，一生赢得是凄凉。”

僝僽：烦忧。

亲：情意恳切，情之至也。此谓情深。

归鸿：归来的鸿雁，古有“鸿雁传书”之说，代指回信。

霜前至：秋季霜降前到达。

香笺字：写在香笺上的字，代指女子的书信。香笺，有香味的信笺。

红蕤：红蕤枕，传说中的仙枕，代指绣枕。唐张读《宣室志》卷六载，杜陵韦弇在蜀地游玩，遇见玉清宫群仙，“灵仙篇曰：‘吾有宝三焉，将以赠君，能使君富敌王侯，君其将余受之。’乃命左右出其宝。始出一杯，其色碧而光莹洞彻，顾谓弇曰：‘碧瑶杯也。’又出一枕，似玉微红，蕤枕也。又出一小函，其色紫，亦似玉而莹彻则过之，曰：‘紫玉函也。’已而皆授弇。弇拜谢而出，然行未及一里，回望其亭，茫然无有。”

攲侧：此谓侧卧。攲，倾斜，歪向一边。

说明

赵秀亭、冯统一《饮水词笺校》：“以恋人口吻作寄友诗，亦诗家常伎。此阕实为寄顾贞观词。性德康熙二十三年春寄顾贞观书云‘杪夏新秋，准期握手’，即词‘旧约霜前至’事；词‘几番离合’句，亦与梁汾曾数度南返合。词或二十三年春随书以寄。”

虞美人

银床淅沥青梧老。
屧粉秋蛩扫。
采香行处蹙连钱。
拾得翠翘何恨不能言。

回廊一寸相思地。
落月成孤倚。
背灯和月就花阴。
已是十年踪迹十年心。

注释

银床：井栏。南朝梁庾肩吾《九日侍宴乐游苑应令》诗：“玉醴吹岩菊，银床落井桐。”

淅沥：象声词，形容轻微的风雨声、落叶声等。

屧粉：鞋垫中的香粉。借指恋人的足迹。参见上卷《如梦令》（黄叶青苔归路）注。

秋蛩：秋天的蟋蟀。唐孟郊《西斋养病夜怀多感因呈上从叔子云》诗：“一床空月色，四壁秋蛩声。”

扫：清除，消失。

采香行处：指美人昔日行经处。引“采香径”之典，出自南宋范成大《吴郡志·古迹》："采香径，在香山之傍小溪也。吴王种香于香山，使美人泛舟于溪以采香。"采香，即采集芬芳的鲜花和香草。明卢昭《赋采香径》诗："遥怜采香径，还忆种香时。"

蹙：聚集。

连钱：指苔藓成簇滋生，状若连片的铜钱。谓久无人迹。明文徵明《三宿岩》诗："春苔蚀雨翠连钱。"

翠翘：原指翠鸟尾部的长羽，代指古时女子的一种首饰，其状似翠鸟长羽。唐韦应物《横吹曲辞·长安道》诗："丽人绮阁情飘摇，头上鸳钗双翠翘。"

何恨不能言：有何等的哀怨，却不能言说。何，何等、多么，表程度。恨，哀伤、幽怨。

一寸相思地：曾留下情事、勾起相思的地方。唐李商隐《无题四首》诗其二："春心莫共花争发，一寸相思一寸灰。"

落月成孤倚：变成孤独地倚靠在回廊上看月亮沉落。成，变成、沦为。

就：靠近。

花阴：花树或花丛中不见灯光和月光的背阴处。南宋刘辰翁《临江仙》词："睡过花阴一丈，愁深酒力千钟。"

十年踪迹十年心：十年前的踪迹，十年来的思念和心伤。心，指思想、感情。宋高观国《玉楼春》词："十年春事十年心，怕说湔裙当日事。"

说明

该阕为悼念亡妻之作。作者故地重游，触景生情，悲秋伤怀。据"十年踪迹"可知，此阕或作于与卢氏婚后的第十年，即康熙二十三年（1684）。故地盖为与卢氏婚后的居所桑榆墅。彼时，容若已续娶一等公颇尔喷之女瓜尔佳氏，难免有"何恨不能言"之叹。

声律

"翘"读平声合律，音 qiáo。

虞美人·秋夕信步

愁痕满地无人省。
露湿琅玕影。
闲阶小立倍荒凉。
还剩旧时月色在潇湘。

薄情转是多情累。
曲曲柔肠碎。
红笺向壁字模糊。
忆共灯前呵手为伊书。

注释

信步：随意走动，犹漫步。南宋陆游《龟堂杂兴》诗：“曳杖东冈信步行，夕阳偏向竹间明。”

愁痕：犹苔痕，即苔藓滋生的痕迹。苔藓因生于阴暗潮湿的幽僻之地，故在古诗词中喻指孤独、忧愁。

无人省：无人知晓。省，知晓、懂得。北宋苏轼《卜算子》词：“惊起却回头，有恨无人省。”

琅玕：传说中如玉般的翠色仙树，结子似珠。古诗词中，常以其喻指珠玉或翠竹。此谓青翠的竹子。唐杜甫《郑驸马宅宴洞中》诗：“主家阴洞细烟雾，留客夏簟青琅玕。”明末清初仇兆鳌注：“青琅玕，比竹簟之苍翠。”

闲阶：空寂的台阶。

旧时月色：从前的月色。南宋姜夔《暗香》词：“旧时月色，算几番照我，梅边吹笛。”

潇湘：指潇湘竹，又称“湘妃竹”“斑竹”，代指竹。引潇湘二妃泪染斑竹之典。西晋张华《博物志》：“尧之二女，舜之二妃，曰湘夫人。舜崩，二妃啼，以涕挥竹，竹尽斑。”唐刘禹锡《潇湘神》词：“斑竹枝，斑竹枝，泪痕点点寄相思。楚客欲听瑶瑟怨，潇湘深夜月明时。”后《红楼梦》中称黛玉为“潇湘妃子”，居于潇湘馆，皆源于此。

薄情转是多情累：薄情是被多情牵累转化的。转，转化、改变。累，牵累，连及。

曲曲柔肠碎：我为你写的心曲，曲曲都把柔肠搅碎。曲，即曲子词，词的别称。

红笺向壁字模糊：面壁独坐，看我当年为你书写的诗笺，上面的字迹渐渐模糊。红笺，即红色小幅诗笺，又称薛涛笺。字模糊，或因泪水涌出，或因陷入回忆。

忆共灯前呵手为伊书：回想起寒夜共坐灯前，呵气暖手，为你写字的情景。伊，代词“你”。

说明

此阕补遗自许增娱园刻本《纳兰词》。

此阕为悼亡之作，与上阕《虞美人》(银床淅沥青梧老)词境、时令相类，似作于同时。

临江仙

临江仙：词牌名。

原唐教坊曲名。南宋黄昇《花庵词选》云：“唐词多缘题所赋，“临江仙”则言仙事。”又名“谢新恩”“雁后归”“画屏春”“庭院深深”等。双调小令，上下片各五句、三平韵。此调体例众多，惟以上下片起句、结句辨体。本阕双调六十字，上下片两起句七字、两结句五字，以北宋贺铸《临江仙》（巧剪合欢罗胜子）为正体，音节流丽谐婉，声情掩抑。

临江仙

丝雨如尘云著水，嫣香碎拾吴宫。
百花冷暖避东风。
酷怜娇易散，燕子学偎红。

人说病宜随月减，恹恹却与春同。
可能留蝶抱花丛。
不成双梦影，翻笑杏梁空。

注释

丝雨如尘：丝丝细雨如微尘一般。

云著水：云中附着着水汽。著，依附。

嫣香：娇美芳香，代指鲜花。嫣，美好。唐李贺《南园十三首》诗其一："可怜日暮嫣香落，嫁与春风不用媒。"

碎拾吴宫：谓在花园捡拾飘零的落花。碎，花朵残碎，散成花瓣。吴宫，春秋时吴王的宫殿，因吴王爱花，喻指花园。唐李白《登金陵凤凰台》诗："吴宫花草埋幽径。"又唐李商隐《吴宫》诗："吴王宴罢满宫醉，日暮水漂花出城。"另参见《虞美人》（银床淅沥青梧老）"采香行处"注。

百花冷暖避东风：百花要知冷暖，避开春风的摧残。

酷怜：最怜。酷，极度。唐张侹《寄人》诗："酷怜风月为多情，还到春时别恨生。"

燕子学偎红：燕子也学人怜香，依偎在花下。红，代指花，因花多红色，故借红代花。

人说病宜随月减：人们说，身上的疾病应随着月亮由圆转缺而慢慢减少。宜，应当。

恹恹：形容病态，精神萎靡貌。北宋韩琦《点绛唇》词："病起恹恹，画堂花谢添憔悴。"

可能留蝶抱花丛：可否能留蝴蝶去呵护花丛。抱，同"保"，保护、爱护。战国庄周《庄子·庚桑楚》："全汝形，抱汝生，无使汝思虑营营。"

不成双梦影：谓蝴蝶在梦幻中都不能成双成对。

翻笑杏梁空：反而嘲笑屋梁上的燕巢是空的。翻，犹反。杏梁，即文杏木做的屋梁，言屋宇之高贵，古诗词中用作屋梁的美称。北宋晏殊《采桑子》词："燕子双双，依旧衔泥入杏梁。"

说明

该阕为暮春时节病中之作，抒写愁病交加、凄怆无奈的伤春情绪。词中以"娇易散"的残花喻红颜薄命，以"不成双"的蝴蝶自嘲孤零，含悼亡意味。

临江仙

长记碧纱窗外语，秋风吹送归鸦。
片帆从此寄天涯。
一灯新睡觉，思梦月初斜。

便是欲归归未得，不如燕子还家。
春云春水带轻霞。
画船人似月，细雨落杨花。

注释

长记：长久记得，犹难忘。南宋朱熹《水调歌头·次袁仲机韵》词：“长记与君别。”

归鸦：傍晚归巢的乌鸦。喻指友人南归。明沈明臣《归鸦》诗：“归鸦数点晚霞鲜，近接平芜远接天。”

片帆：犹孤舟。南宋陆游《秋思绝句六首》诗其五：“片帆忽逐秋风起，聊试人间万里途。”

寄天涯：犹漂泊天涯。寄，依附。天涯，犹天边。元王冕《次韵全忠斋》诗：“十年孤影寄天涯。”

一灯：谓一盏灯还未燃尽。

新睡觉：刚睡醒。唐白居易《长恨歌》诗：“云鬓半偏新睡觉，花冠不整下堂来。”

思梦月初斜：回想梦境之时，月亮才刚西斜。

便是欲归归未得：假设，谓纵使想归却归不成的话。便是，即使、纵然。

不如燕子还家：不如像燕子那样，春天还飞回来吧。燕子还家，谓燕子秋季去南方过冬，春季来北方消夏，两边都有自己的家，来去自如。南宋方岳《次韵秋夜》诗："别后故人频入梦，秋来燕子已还家。"

春云春水带轻霞：谓待你归来的时候，春天的云和水带着轻轻的霞光。南宋高观国《霜天晓角》词："春云粉色，春水和云湿。"

画船人似月：船上的人似天边的明月。画船，画有彩绘之船，用作船的美称。唐韦庄《菩萨蛮》词："垆边人似月，皓腕凝双雪。"

细雨落杨花：谓细雨绵绵，杨花飘落。

说明

赵秀亭、冯统一《饮水词校笺》："此词见于《今词初集》，作期当不晚于康熙十七年。词为送人南还之作，所送何人，难以确考。"

临江仙·塞上得家报云秋海棠开矣，赋此

六曲阑干三夜雨，倩谁护取娇慵。
可怜寂寞粉墙东。
已分裙衩绿，犹裹泪绡红。

曾记鬓边斜落下，半床凉月惺忪。
旧欢如在梦魂中。
自然肠欲断，何必更秋风。

注释

塞上：指边境地区，犹边塞。亦泛指北方长城内外。唐杜甫《秋兴八首》诗其一：“江间波浪兼天涌，塞上风云接地阴。”

家报：家中传来的书信。

秋海棠：秋海棠科观赏花卉。多年生草本植物，矮生、多花。叶片呈卵形，上面褐绿色，常有红晕，下面色淡，带紫红色。花形较小，聚生，多呈粉红色，亦有红色、杏色、白色等。喜阴凉、湿润，古人多将其盆栽，置于阴湿的墙角、沿阶处，装点庭园。因八月左右开花，故名“八月春”；因寓意“相思”“苦恋”，故又名“相思草”“断肠花”。

六曲阑干：庭园中曲折的回栏。阑干，同“栏杆”。五代冯延巳《鹊踏枝》词：“六曲阑干偎碧树，杨柳风轻，展尽黄金缕。”

倩谁：犹请谁。

护取：犹保护。取，助词，表动态，犹得、着。南宋马子严《海棠春·春景》词：“护取一庭春，莫弹花间鹊。”

娇慵：娇柔慵倦貌。拟人，此谓秋海棠。

粉墙东：言秋海棠的位置在庭园东墙下。粉墙，即用涂料粉刷过的墙。

裙衩绿：两侧开衩的绿色衣裙。喻指秋海棠的枝叶。

泪绡红：鲛人织成的红色薄纱。此谓秋海棠的叶子绿中带红，似在绿裙之外又裹了层红纱。泪绡，即鲛绡。北宋李昉等《太平御览》引西晋张华《博物志》曰："鲛人从水出，寓人家，积日卖绢，将去，从主人索一器，泣而成珠满盘，以与主人。"又东晋干宝《搜神记》云："南海之外，有鲛人，水居，如鱼，不废织绩，其眼，泣，则能出珠。"又南朝梁任昉《述异记》卷上："南海出鲛绡纱，泉先（指鲛人，编者注）潜织。一名龙纱，其价百余金。以为服，入水不濡。"

曾记鬓边斜落下：谓曾记得秋海棠花从美人的鬓边斜落下来。明王彦泓《临行阿琐欲尽写前诗凡十一首》："可记鬓边花落下，半身凉月靠阑干。"

半床凉月惺忪：谓如今从睡梦中醒来，只见半床冰凉、模糊的月影。惺忪，谓刚从睡梦中醒来，神志尚未恢复，眼睛模糊不清。

旧欢：此谓昔日的恋人，即亡妻卢氏。唐温庭筠《更漏子》词："春欲暮，思无穷，旧欢如梦中。"

自然肠欲断：自然伤心得肝肠欲断。引秋海棠"断肠花"之典。元伊世珍《琅嬛记》引《采兰杂志》云："昔有妇人，思所欢不见，辄涕泣，恒洒泪于北墙之下。后洒处生草，其花甚媚，色如妇面，其叶正绿反红。秋开，名曰'断肠花'，又名'八月春'，即今秋海棠也"。

何必更秋风：何必让秋风更添凄凉呢。

说明

该阕作于塞外，作者收到家书，得知秋海棠开花，勾起对亡妻的思念，引发悲秋之叹。

赵秀亭、冯统一《饮水词校笺》："秋海棠八月花，性德扈从巡边近于花期者，唯康熙二十三年五月十九至八月十五，词或作于此时。"

声律

"分"读去声合律，音 fèn。

临江仙·谢饷樱桃

绿叶成阴春尽也，守宫偏护星星。
留将颜色慰多情。
分明千点泪，贮作玉壶冰。

独卧文园方病渴，强拈红豆酬卿。
感卿珍重报流莺。
惜花须自爱，休只为花疼。

注释

谢饷樱桃：感谢馈赠樱桃。饷，此谓尊长馈赠少者。北宋李昉等《太平御览》引《唐书》曰："太宗将致樱桃于鄘公，称'奉'，则以尊；言'赐'，又以卑。问之虞监，曰：'昔梁武帝遗齐巴陵王，称"饷"。'遂从之。"

绿叶成阴春尽也：当绿叶繁茂成荫时，春天便已消逝。典出唐杜牧《叹花》诗："自恨寻芳到已迟，往年曾见未开时。如今风摆花狼藉，绿叶成阴子满枝。"据北宋计有功《唐诗纪事》曰："牧佐宣城幕，……得垂髫者十余岁。后十四年，牧刺湖州，其人已嫁生子矣。乃怅而为诗……。"引此典，喻自己误失春期。

守宫偏护星星：谓如星星般颗颗晶亮的樱桃红艳异常。守宫，即红色的守宫砂。

留将颜色慰多情：将樱桃留下宽慰我这多情之人。颜色，犹气色，代指樱桃。因古人认为食樱桃可令人气色红润，故称。魏晋吴普《吴氏本草》："樱桃味甘，主调中，益脾气，令人好颜色，美志气。”

分明千点泪：谓樱桃分明似千点的红泪。喻伤心情绪。引薛灵芸“红泪”之典。参见上卷《如梦令》（纤月黄昏庭院）“泪痕红泫”注。

贮作玉壶冰：将“千点泪”收藏于玉壶中，存储成冰。犹将悲伤转化为如冰般清坚晶莹的高洁之志。南朝宋鲍照《代白头吟》诗：“直如朱丝绳，清如玉壶冰。”又唐王昌龄《芙蓉楼送辛渐》诗：“洛阳亲友如相问，一片冰心在玉壶。”

独卧文园方病渴：独卧在床，正值病中。文园，因西汉司马相如曾任孝文园令，被誉为赋圣、辞宗，故文人多以“文园”自称。方，副词，正在。病渴，指司马相如因患消渴症抱病闲居，故后以“文园病渴”喻文人患病。

强拈红豆酬卿：谓我勉强支撑身体，作词酬答你。红豆，又名相思豆，寓意爱情、相思，亦喻赤诚之心，代指此篇词作。卿，恋人或亲友间的昵称。

感卿珍重报流莺：感激你如此珍惜看重我，送来樱桃抚慰。流莺，流转漂荡、无所栖居的黄莺，因黄莺喜食樱桃，常以口含之，故樱桃又称含桃。词人以流莺自比，寄托身世之憾，抒写自己误失春期、心志漂泊、抱负难展的苦闷之情，感激为他送来樱桃给予宽慰之人。唐李商隐《流莺》诗：“流莺漂荡复参差，渡陌临流不自持。巧啭岂能无本意，良辰未必有佳期。”

惜花需自爱，休只为花疼：以花自喻。谓爱惜花的人，亦当自重自爱，不要只为恨失春期的落花而心疼，却不懂疼惜自己。

说明

该阕看似写情事，实则不然。古代文人作诗词，惯用情事隐正事，如李商隐诸《无题》诗。此阕作于康熙十二年（1673）初夏。彼时，容若因病错过廷试，作《幸举礼闱以病未与廷试》诗抒“误春期”之恨。因放榜之际恰逢樱桃成熟之时，自唐以后，新科进士例以樱桃宴客。五代王定保《唐摭言》云：“新进士尤重樱桃宴。”此俗延至明清犹存。因容若已于康熙十二年二月中礼部会试，成为贡士，而参与廷试的贡士只做排名，并无淘汰制，容若虽未与廷试，实则已等同于进士。故其座师徐乾学饷以樱桃，亦贺亦慰。

末二句意尤深重。赵秀亭、冯统一《饮水词校笺》："末二句以花自喻，劝徐于'惜花''疼花'之际，尤要'自爱'。'自爱'二字，浅而言之，劝徐亦须保重其身；深而言之，师友情虽深，终须有原则，暗示徐慎用选士之权。故此句用意极重，最见性德品格。后若干年，徐乾学操纵选政，终致物议沸腾，其有负性德敬爱之意远矣。"

临江仙·卢龙大树

雨打风吹都似此，将军一去谁怜。
画图曾见绿阴圆。
旧时遗镞地，今日种瓜田。

系马南枝犹在否，萧萧欲下长川。
九秋黄叶五更烟。
只应摇落尽，不必问当年。

注释

卢龙：今河北省秦皇岛市卢龙县，位于山海关西南，因其西北部依傍青龙河而得名。殷商时期，为孤竹国都。隋开皇十八年（598），始名卢龙。清代时为直隶省永平府治，史称“京东第一府”。成语“老马识途”“金石为开”等典故均出于此处。自唐以来，“卢龙”多为诗词套语，代指北部边塞。

雨打风吹都似此：以自然界的风吹雨打，喻历史上的磨难沉浮，言二者都是相似的。南宋辛弃疾《永遇乐·京口北固亭怀古》词：“风流总被、雨打风吹去。”

将军一去谁怜：谓曾经战功卓著的将军，一旦逝去，还有谁怜惜？将军，引东汉开国名将冯异“大树将军”之典。据南朝宋范晔《后汉书·冯异传》载：“异为人谦退不伐……每所止舍，诸将并坐论功，异常独屏树下，军中号曰‘大树将军’。”北周庾信《哀江南赋》：“将军一去，大树飘零。”

画图曾见绿阴圆：在画图中曾见过大树枝繁叶茂、浓密圆满的样子。

旧时遗镞地，今日种瓜田：昔日的战场如今已变成瓜田。有世事变迁、沧海桑田之叹。遗镞地，即征战之地。因卢龙邻近山海关，乃兵家必争之地，故称。遗镞，指战后遗弃或残剩的箭镞。

系马南枝犹在否：问语，曾经拴系战马的树枝还在吗？南枝，朝南的树枝，古诗词中常见套语，词义不定，因语境而异。此谓前朝之事。《古诗十九首》其一：“胡马依北风，越鸟巢南枝。”

萧萧欲下长川：萧萧的秋风欲将大树摇落，吹入历史的长河。萧萧，风吹树叶摇落的声音。长川，犹长河。

九秋黄叶五更烟：谓深秋枯黄的落叶已化作拂晓的炊烟。九秋，即九月深秋。五更烟，即五更的炊烟。五更指拂晓。南朝宋谢灵运《善哉行》：“三春燠敷，九秋萧索。”北宋吕南公《次韵辉卿感春》诗：“往事自惊千里梦，胜游谁犯五更烟。”

只应摇落尽，不必问当年：回应“系马南枝”句。犹当年的“南枝”只应在岁月的摇落中枯朽消逝，就让往事随风，不必再问。摇落，飘摇凋落。战国宋玉《楚辞·九辩》：“悲哉秋之为气也，萧瑟兮草木摇落而变衰。”

说明

词人借咏卢龙大树，抚今追昔，感慨世事变迁、沧海桑田，抒凭吊之情，发兴亡之叹。

赵秀亭、冯统一《饮水词校笺》：“是阕为康熙二十一年秋赴梭龙途中作。所咏‘将军’当为明清易代之际人物。同时尤侗有《金人捧露盘·卢龙怀古》词云‘出长安，临绝塞，是卢龙。想榆关血战英雄，南山射虎将军’，又云‘问当年、人安在，流水咽、古城空’，词境与容若词颇类，所涉史事或亦相同。又顾炎武有诗《玉田道中》亦为同一题材。与容若所咏或为同一人物。”

临江仙·永平道中

独客单衾谁念我，晓来凉雨飕飕。
缄书欲寄又还休。
个侬憔悴，禁得更添愁。

曾记年年三月病，而今病向深秋。
卢龙风景白人头。
药炉烟里，支枕听河流。

注释

永平：清直隶永平府，府治在今河北省卢龙县。境内管辖卢龙县及迁安、抚宁、昌黎、滦州、乐亭、临榆等县。参见《临江仙·卢龙大树》“卢龙”注。

道中：犹中途，路上。西汉刘向《战国策·齐策四》：“孟尝君就国于薛，未至百里，民扶老携幼，迎君道中。”

独客：独自为客。清朱彝尊《乔侍读一峰草堂看花歌》：“疾风经旬不出户，独客懒过三眠蚕。”

单衾：单人薄被。唐韦应物《冬夜》诗：“单衾自不暖，霜霰已皑皑。”

械书：书信。械，同“缄”，信函。唐杜甫《奉汉中王手札》诗：“前后缄书报，分明馔玉恩。”

个侬憔悴：那人病瘦孤虚。个侬，犹那人，此处为作者自谓。南宋廖莹中《个侬》词：“恨个侬无赖，卖娇眼、春心偷掷。”

禁得：犹怎禁得，禁不得。

曾记年年三月病：曾记每年三月都会生病。唐韩偓《春尽日》诗："把酒送春惆怅在，年年三月病恹恹。"

卢龙风景白人头：谓卢龙深秋的风景凄凉萧索，令人备添愁绪，以致暗生白发。

支枕：谓枕支撑头部，即枕着枕头躺下。犹卧床。明冯梦龙《喻世明言》卷十四："《心相篇》有云：'上床便睡，定是高人；支枕无眠，必非闲客。'"

听河流：听滦河的水流声。河，指滦河。

说明

该阕与前阕《临江仙·卢龙大树》作于同时。

声律

"禁"读平声，音 jīn。"听"读去声合律，音 tìng。

临江仙·寒柳

飞絮飞花何处是，层冰积雪摧残。
疏疏一树五更寒。
爱他明月好，憔悴也相关。

最是繁丝摇落后，转教人忆春山。
湔裙梦断续应难。
西风多少恨，吹不散眉弯。

注释

飞絮飞花何处是： 飘飞的柳絮都去哪里了呢？花，指杨花，即柳絮。

层冰： 犹厚冰。

积雪： 积聚未融之雪。南宋辛弃疾《贺新郎·用前韵送杜叔高》词：“千尺阴崖尘不到，惟有层冰积雪。”

疏疏一树五更寒： 犹一树稀疏萧索的枝条怎耐得五更的寒冷。疏疏，稀疏貌。五更，指凌晨三点至五点，即拂晓，乃一天中最冷的时候。南唐后主李煜《浪淘沙》词：“罗衾不耐五更寒。”

憔悴： 病瘦无力貌，此谓柳树衰颓萧疏。

也相关： 也相关照。谓明月之“好”在于，即使柳树凋败了，也一如从前地给予光明关照。

最是： 特别是。

繁丝摇落：指繁茂的柳丝在风中飘摇凋落。

转教人忆：转而使人回想。教，犹使。忆，回想。

春山：春日山色黛青，因喻女子之眉。此由柳叶联想到柳眉，从而追怀所念之人。南宋吴礼之《雨中花》词："眉扫春山淡淡，眼裁秋水盈盈。"

湔裙梦断：以"泰母湔裙"之典，喻所怀之人死于难产，好梦从此断绝。湔，犹洗。唐李百药《北齐书·窦泰传》："窦泰，字世宁，大安捍殊人也。……初，泰母……期而不产，大惧。有巫曰：'渡河湔裙，产子必易。'……泰母从之，俄而生泰。"

西风：秋风。

多少恨：多少忧愁、哀怨、遗憾。

吹不散眉弯：谓愁眉紧锁，不得舒展。

说明

该阕为托柳寄情的悼亡词，凄婉缠绵、感人肺腑。清末词家陈廷焯将其评为纳兰词压卷之作。

从"西风"二字可知，此阕作于秋季，然副题却言"寒柳"，首句又有"层冰积雪"语。唐代边塞诗人岑参《白雪歌送武判官归京》中有"胡天八月即飞雪"句，可见此阕应作于塞外深秋。盖与上阕作于同时，均为康熙二十一年（1682）秋赴梭龙途中作。

吴梅《词学通论》："容若小令，凄惋不可卒读。顾梁汾、陈其年皆低首交称之。究其所诣，洵足追美南唐二主。清初小令之工，无有过于容若者矣。"

声律

"教"读平声合律，音 jiāo。

临江仙

夜来带得些儿雪，冻云一树垂垂。
东风回首不胜悲。
叶干丝未尽，未死只颦眉。

可忆红泥亭子外，纤腰舞困因谁。
如今寂寞待人归。
明年依旧绿，知否系斑骓。

注释

夜来：犹昨夜、夜间。唐孟浩然《春晓》诗："夜来风雨声，花落知多少。"

些儿雪：犹一些雪。南宋张孝祥《卜算子》词："冷艳孤光照眼明，只欠些儿雪。"

冻云：此谓垂柳带雪，玉树琼枝，远望如冰冻的白云。南宋王千秋《好事近·和李清宇》词："六幕冻云凝，谁翦玉花为雪。"

垂垂：此谓柳条低垂貌。南宋张孝祥《浣溪沙·再用韵》词："宫柳垂垂碧照空，九门深处五云红。"

东风：春风，代指春天。此谓美好的往事。

回首：犹回忆。南宋赵鼎《鹧鸪天·建康上元作》词："分明一觉华胥梦，回首东风泪满衣。"

不胜悲：难以承受的悲伤。不胜，不能承受。唐韦庄《女冠子》词："觉来知是梦，不胜悲。”

叶干丝未尽：谓柳叶虽已枯干，柳丝却未枯尽。“丝”谐音“思”。“丝未尽”犹思念没有穷尽。引申义为：伊人已逝，我对她的思念却从未断绝，没有尽头。

未死只颦眉：谓柳树虽未死去，但凋落的柳叶却一直卷曲着，如紧皱的眉头。犹我虽未死，却终日愁眉不展。只，副词，一直。颦，皱眉，此谓柳叶干枯卷曲貌。唐骆宾王《王昭君》诗：“古镜菱花暗，愁眉柳叶颦。”

可忆：犹可记，可曾记得。忆，记得。

红泥亭子：指刷有红色涂料的亭子，即红亭。亦代指长亭，即古代设于路边，供行人休憩或送别的亭舍。清朱彝尊《鸳鸯湖棹歌》诗之六十二：“青粉墙低望里遥，红泥亭子柳千条。”

纤腰：喻柳枝。

舞困：舞至疲倦。困，犹劳累、疲倦。此谓杨柳不停地随风飘摆，摇曳生姿。北宋周邦彦《蝶恋花》词其二：“舞困低迷如著酒。乱丝偏近游人手。”

系：拴，绑。

斑骓：长有斑点、毛色青白相杂的马，代指骏马。喻羁旅之人。唐李商隐《无题》诗：“斑骓只系垂杨岸，何处西南待好风。”

说明

此阕似与上阕《临江仙·寒柳》作于同时。

声律

“胜”读平声合律，音 shēng。“系”读 xì。

临江仙·寄严荪友

别后闲情何所寄，初莺早雁相思。
如今憔悴异当时。
飘零心事，残月落花知。

生小不知江上路，分明却到梁溪。
匆匆刚欲话分携。
香消梦冷，窗白一声鸡。

注释

严荪友：严绳孙，字荪友。参见上卷《浣溪沙·寄严荪友》注。

初莺早雁相思：谓春去秋来思念不绝。初莺，指阳春三月初啼的黄莺。黄莺又名黄鹂，乃春季代表性鸟儿。元代诗人杨载在其《到京师》诗中，称其为“此是春来第一声”，喻春季。早雁，指金秋九月开始南飞的大雁，喻秋季。

如今憔悴异当时：谓我如今形容瘦损，与当年你在时大不相同。

残月落花知：谓心事无人倾诉，无人知晓，只有凋落的花朵和残缺的月亮知道。

生小：犹自小。唐元稹《旱灾自咎贻七县宰》诗：“生小下俚住，不曾州县门。”

江上路：谓乘船通往江南的水路，犹江南路。

却到梁溪：却在梦中到了梁溪。梁溪，代指严绳孙的家乡无锡。参见上卷《梦江南》（江南好，真个到梁溪）“梁溪”注。

分携：犹分离。携，离。北宋晏几道《采桑子》词：“黄花绿酒分携后，泪湿吟笺。”

香消梦冷：谓美好的梦境消失，梦醒。

窗白一声鸡：谓只闻得一声鸡鸣，睁眼一看，窗色发白，天亮了。清顾贞观《菩萨蛮》词：“窗白一声鸡，枕函闻马嘶。”

说明

赵秀亭、冯统一《饮水词校笺》：“康熙十五年夏至十七年夏，荪友在无锡。据‘如今憔悴’句，示卢氏已亡，则词当作于十六年夏至十七年春间。”

傅庚生《中国文学欣赏举隅》十三：“仙品、鬼才，何由判耶？试别举他例以明之。温飞卿《商山早行》云：‘……鸡声茅店月，人迹板桥霜。……’吟哦之余，觉有清清洒洒之致，是仙品也。纳兰容若《临江仙》云：‘别后闲情何所寄？……’寓目之顷，俄有踽踽悸悸之情，是鬼才也。”

临江仙

点滴芭蕉心欲碎，声声催忆当初。
欲眠还展旧时书。
鸳鸯小字，犹记手生疏。

倦眼乍低缃帙乱，重看一半模糊。
幽窗冷雨一灯孤。
料应情尽，还道有情无。

注释

点滴芭蕉：雨一点一滴地打在芭蕉叶上。芭蕉象征离愁，“雨打芭蕉”乃悲凉凄怆之音。南宋史文卿《秋词》诗：“画阑点滴芭蕉雨，一夜将愁向阿谁。”

旧时书：谓恋人从前书写的文字。书，文字。

鸳鸯小字：指写有相思情辞的小楷。小字，即楷体小字。清顾贞观《踏莎美人》词：“痛结沉云，病疏行雨，鸳鸯小字三生语。”

犹记手生疏：还记得恋人当初把笔写字的时候，手还不熟练。明王彦泓《湘灵》诗其一：“戏仿曹娥把笔初，描花手法未生疏。沉吟欲作鸳鸯字，羞被郎窥不肯书。”

倦眼：谓看字的时间太久，眼睛已觉疲倦。

缃帙：用于装书卷或书画的浅黄色帛套。代指书卷或书画。缃，指浅黄色。帙，用布帛制成的书画保护套。

幽窗冷雨一灯孤：谓独坐幽静的窗前，听着凄冷的雨声，只有一盏孤灯相伴。明冯小青《无题》诗："冷雨幽窗不可听，挑灯闲看牡丹亭。"

料应情尽：料想我们应情缘已尽。情，情缘。

还道有情无：仍旧说，我们还有没有情缘呢？犹不甘心情缘已尽的事实，还幻想再续前缘。还，仍旧、依然。道，说。

说明

该阕为悼念亡妻之作。

声律

"看"读平声合律，音 kān。

临江仙·无题

昨夜个人曾有约，严城玉漏三更。
一钩新月几疏星。
夜阑犹未寝，人静鼠窥灯。

原是瞿唐风间阻，错教人恨无情。
小阑干外寂无声。
几回肠断处，风动护花铃。

注释

个人：自称，犹我。

严城：此谓宵禁森严的城中。

玉漏三更：谓夜已深沉。玉漏，古代计时漏壶的美称。三更，指午夜十一点至凌晨一点。南宋李石《临江仙·佳人》词："熏香临欲睡，玉漏已三更。"

一钩新月几疏星：谓深夜的天空中，只有一弯如钩的新月和几点稀疏的星星。新月，指农历每月月初，月亮露出的一弯月牙。南宋程垓《南歌子》词："又是一钩新月、静房栊。"

夜阑犹未寝：夜已将尽，人还未睡。夜阑，夜将尽。寝，睡。

鼠窥灯：老鼠偷窥油灯，欲偷油吃。形容夜深人静。北宋秦观《如梦令》词："梦破鼠窥灯，霜送晓寒侵被。"

瞿唐风间阻：被瞿塘峡的风涛间隔阻碍。喻难以抵抗的巨大阻力。瞿唐，即瞿塘峡，长江三峡之首，亦称夔峡，西起今重庆奉节白帝城，东至巫山大溪乡，两岸悬崖壁立，江流湍急，山势险峻，号称西蜀门户。唐李白《荆州歌》诗：“白帝城边足风波，瞿塘五月谁敢过。”又南宋李曾伯《眼儿媚·和八窗叔韵送之》词：“瞿唐此去风涛恶”。

错教人恨无情：错让人怨她无情。教，犹使、令、让。恨，犹怨。唐王建《宫词一百首》诗：“自是桃花贪结子，错教人恨五更风。”

肠断处：犹伤心处。北宋苏轼《江城子·乙卯正月二十日夜记梦》词：“料得年年肠断处，明月夜，短松冈。”

护花铃：为保护花朵、驱赶鸟雀而在花梢上系的铃铛。参见上卷《蝶恋花》（萧瑟兰成看老去）“惜花人去花无主”注。

说明

该阕补遗自佟世南编《东白堂词选初集》卷七。

声律

“间”读去声，音 jiàn。“教”读平声合律，音 jiāo。

临江仙·孤雁

霜冷离鸿惊失伴，有人同病相怜。
拟凭尺素寄愁边。
愁多书屡易，双泪落灯前。

莫对月明思往事，也知消减年年。
无端嘹唳一声传。
西风吹只影，刚是早秋天。

注释

离鸿：离群的孤雁。北宋宋祁《感秋》诗：“莫就离鸿寄归思，离鸿身世更悠悠。”

惊失伴：为失去伴侣而惊慌失措。

同病相怜：喻有相同遭遇或痛苦者相互怜悯。先秦佚名《河上歌》：“同病相怜。同忧相救。”

拟凭：打算凭借。南宋李曾伯《虞美人·己亥春》词：“拟凭飞燕语归期。”

尺素：一尺来长的素色生绢，用于书写。喻书信。汉乐府诗《饮马长城窟行》：“客从远方来，遗我双鲤鱼。呼儿烹鲤鱼，中有尺素书。”唐吕向注：“尺素，绢也。古人为书，多书于绢。”

寄愁边：谓寄托忧愁。此句犹言打算凭借尺素寄托、排遣忧愁。愁边，古诗词中常用语，词意因语境而异，此处指忧愁，“边”无实意，仅为修饰“愁”的时空范围的虚字。南宋杨万里《诗酒怀赵德庄》诗：“愁边对诗酒，怀抱向谁开。”

愁多书屡易：谓愁绪太多，屡写屡改。书，书写。屡，多次。易，改。

双泪落灯前：两行热泪落于灯前。唐张祜《宫词二首》诗其一：“一声何满子，双泪落君前。”

莫对月明思往事：不要对着明月思念过去的事。月明，即明月。唐白居易《赠内》诗：“莫对月明思往事，损君颜色减君年。”

也知消减年年：也知道自己一年比一年消瘦。消减，犹消瘦。元朱庭玉《祆神急·闺思》套曲：“美容姿消减做瘦形骸。”

嘹唳一声传：谓传来一声凄清嘹亮的雁鸣。嘹，声音响亮。唳，鹤、雁等鸟高亢的鸣叫。此谓孤雁的哀鸣声。唐李绅《宿扬州》诗：“嘹唳塞鸿经楚泽，浅深红树见扬州。”

只影：形单影只，孤独一人。此谓孤雁，亦喻作者。金元好问《摸鱼儿·雁丘词》：“渺万里层云，千山暮雪，只影向谁去。”

刚是早秋天：犹偏是初秋，大雁开始南飞的时候。刚，偏。

说明

该阕补遗自汪元治结铁网斋刻本《纳兰词》卷三。

词人以孤雁自喻，无限哀怨凄清。雁自古就象征夫妻恩爱，忠贞不渝。因雁一旦失去伴侣，另一只便不会独活；若有一只死去，剩下的那只孤雁便会殉情或抑郁而亡。金人元好问的《摸鱼儿·雁丘词》便为世人讲述了“问世间，情是何物，直教生死相许”的大雁殉情之事。容若词中的“孤雁”因何而“孤”？是否也和容若一般丧偶？结局为何？是否也会为爱侣殉情或抑郁而亡？我们不得而知。只知“孤雁”一语成谶，容若终如丧偶的孤雁般，在“嘹唳”的悼亡声中，郁郁而终。

声律

“只影”的“只”是“隻”的简化字。古时“隻”“祇”是音、义不同的两个字，简化后都作“只”。“祇”一般读上声，“隻”读入声。

于中好

于中好：词牌名。

也是曲牌名，本名“鹧鸪天”。取唐人郑嵎诗“春游鸡鹿塞，家在鹧鸪天”句。“鹧鸪”为乐谓名，属笙笛类乐调。此调为北宋初年新声，始词为夏竦所作。以北宋晏几道《鹧鸪天》（彩袖殷勤捧玉钟）为正体。双调，五十五字，上片四句、三平韵，下片五句、三平韵。

于中好

独背斜阳上小楼。
谁家玉笛韵偏幽。
一行白雁遥天暮，几点黄花满地秋。

惊节序，叹沉浮。
秾华如梦水东流。
人间所事堪惆怅，莫向横塘问旧游。

注释

独背斜阳上小楼：独自背对着斜阳登上小楼。斜阳，即傍晚西斜的太阳，犹夕阳。

谁家玉笛韵偏幽：谓何处传来的笛声偏偏如此幽怨。谁家，犹何处、哪里。玉笛，即玉制的笛子，古诗词中常用作笛子的美称。“玉”通常无实意，乃为营造意境而修饰“笛”的意象符号。韵，美妙的声音。唐李白《春夜洛城闻笛》诗：“谁家玉笛暗飞声，散入春风满洛城。”

一行白雁遥天暮：谓放眼望去，只见遥远的天边，一行白雁在暮色中飞翔。白雁，似雁而小的白色候鸟。北宋沈括《梦溪笔谈·杂志一》：“北方有白雁，似雁而小，色白，秋深则来。白雁至则霜降，河北人谓之‘霜信’。”

几点黄花满地秋：凭栏俯瞰，只见几点黄色的菊花和满地萧瑟的秋景。黄花，指秋菊。

秾华如梦水东流：美好的年华如梦幻般随水流逝。秾华，本义为花木繁茂，喻女子青春貌美。此谓美好的青春年华。北宋陈彭年等《广韵》：“秾，花木厚。”

人间所事堪惆怅：谓人间事事都能令人失意伤感。所事，犹事事。堪，能、可以。唐代曹唐《张硕重寄杜兰香》诗：“人间何事堪惆怅，海色西风十二楼。”

莫向横塘问旧游：谓不要向江南问我的故友，他和我的情绪是一样的。横塘，江南古堤塘名，泛指江南水塘，代指江南。旧游，即旧日的游览之地，此谓昔日交游的友人，代指故友。唐温庭筠《池塘七夕》诗：“万家砧杵三篙水，一夕横塘似旧游。”

说明

该阕为怀念江南故友的悲秋之作。

于中好

雁帖寒云次第飞。
向南犹自怨归迟。
谁能瘦马关山道，又到西风扑鬓时。

人杳杳，思依依。
更无芳树有乌啼。
凭将扫黛窗前月，持向今宵照别离。

注释

雁帖寒云次第飞：大雁贴近寒云，依次飞翔。帖，同“贴”，犹紧挨、贴近。寒云，寒天之云。次第，按序依次，一个接一个。北宋舒亶《虞美人·寄公度》词：“背飞双燕贴云寒。”

犹自：尚自、依旧。唐许浑《塞下》诗：“朝来有乡信，犹自寄征衣。”

怨归迟：抱怨回去晚了。此句谓雁群急促南飞，依旧唯恐落后。宋蔡楠《鹧鸪天》词：“惊瘦尽，怨归迟。”

谁能瘦马关山道：谓谁能骑着消瘦的马行走在关山古道上。关山道，即关山古道，是古人跨越关山（即陇山），沟通中原和西域的重要通道。古诗词中，用以代指崎岖险峻的山路。元马致远《天净沙·秋思》：“古道西风瘦马。”

又到西风扑鬓时：谓年复一年漂泊在外，孤凄悲凉，满面风霜。又到，犹云不止一年。西风，秋风。扑，风迎面吹来。鬓，脸颊两侧靠近耳朵的头发。

人杳杳，思依依：谓离人杳无音信，佳人思恋不舍。

更无芳树有乌啼：谓眼前更无花木可赏，只有耳畔传来乌鸦的悲啼。

凭将扫黛窗前月：凭借画眉变成窗前的新月。谓佳人可画眉成月。凭将，犹凭借。将，助词，表凭借的趋向。扫黛，即以黛扫眉，犹画眉，喻新月如眉。

持向今宵照别离：向今晚的夜空寄托相思，这同一个月亮也照耀离别之人。持，犹拿着、握着。

说明

此阕盖为康熙二十一年（1682）秋，容若觇梭龙途中思念亡妻之作。上阕写征人赴边的愁苦孤凄，下阕写夫妻分别的幽怨离情。“人杳杳，思依依”实指天人永隔的无奈与不甘。“凭将扫黛窗前月，持向今宵照别离”幻想亡妻可以在天上画眉成月，照耀彼此，宽慰离情。情痴至此，可怜、可叹！

声律

“思”作心情、思绪解，读去声合律，音 sì。

于中好

别绪如丝睡不成。
那堪孤枕梦边城。
因听紫塞三更雨，却忆红楼半夜灯。

书郑重，恨分明。
天将愁味酿多情。
起来呵手封题处，偏到鸳鸯两字冰。

注释

别绪如丝：谓离别后的愁绪如丝般绵长，剪不断，理还乱。北宋梅尧臣《送仲连》诗：“别绪如丝乱，欲理还不可。”

那堪：犹不堪，承受不了。那，同“哪”。

孤枕：谓独眠。

梦边城：在边城入梦。边城，指边塞的长城。

因听紫塞三更雨：因听到边塞三更天的雨声。紫塞，谓长城，代指北方边塞。西晋崔豹《古今注·都邑》：“秦筑长城，土色皆紫，汉塞亦然，故称紫塞焉。”

却忆红楼半夜灯：却回忆起红楼那半夜未熄的灯光。红楼，红色的楼阁。代指家中恋人的居所。

书郑重，恨分明：书写郑重，幽怨分明。郑重，严肃认真。分明，清楚明显。唐李商隐《无题》诗：“锦长书郑重，眉细恨分明。”

天将愁味酿多情：谓老天将忧愁的滋味酿成了多情。犹天生的多愁善感，酿成了多情的性格。酿，酝酿，渐渐形成。多情，感性、重情，感情丰富。

呵手：用口中呵出的热气暖手。

封题：封信题字。唐白居易《与元微之书》："信手把笔，随意乱书，封题之时，不觉欲曙。"

偏到鸳鸯两字冰：偏偏写到"鸳鸯"二字的时候，不觉心碎，泪水滑落，凝结成冰。鸳鸯，象征爱侣。北宋欧阳修《南歌子》词："笑问双鸳鸯字、怎生书。"

说明

此阕作于塞上。词中所"书"，盖为"欲将尺素寄愁边"类，只为排遣忧愁、寄托对亡妻思念的信。封题后，或留给自己，或烧给天上的亡妻。读来凄楚哀婉，令人心痛。

于中好

谁道阴山行路难。
风毛雨血万人欢。
松梢露点沾鹰绁，芦叶溪深没马鞍。

依树歇，映林看。
黄羊高宴簇金盘。
萧萧一夕霜风紧，却拥貂裘怨早寒。

注释

阴山：此谓景忠山，旧有二名，南曰明山，北曰阴山。位于今河北省唐山市迁西县境内，地处滦河中下游，北靠长城。因明初于山顶建三座忠祠，祀诸葛亮、岳飞、文天祥，“欲人景行仰止”，故取“景仰忠臣”之意，更名“景忠山”。清郑侨生《遵化州志》卷二：“景忠山，州东六十里，旧名阴山。”

风毛雨血万人欢：谓狩猎时禽兽毛血纷飞洒落，万人欢腾。东汉班固《西都赋》：“风毛雨血，洒野蔽天。”该阕前二句化用唐李白《上皇西巡南京歌十首》“谁道君王行路难，六龙西幸万人欢”句，描写皇帝出京行猎的情景。

松梢露点沾鹰绁：谓松梢上的露珠沾湿了栓鹰的绳索。绁，谓栓，也指绳索。我国鹰猎历史悠久，宋朝前就已有之，清代达到顶峰。早在顺治初年，便在宫中设鹰房，驯养猎鹰。出猎时，用绳索拴鹰驾于臂上，每遇猎物，便将绳索解开，放鹰捕捉。

芦叶溪深没马鞍：谓溪边的芦苇深得没过了马鞍。芦叶，即芦苇叶，代指芦苇。深，犹高。马鞍，放于骡、马背上供人骑坐的器具，多由木框内塞软物、外包皮革制成，两头高，中间低，便于骑坐。

映林看：在树林的映衬下观看。

黄羊：又称黄羚、蒙古原羚、蒙原羚、蒙古瞪羚，分布于中国内蒙古及河北、山西、陕西北部等地，栖息于半干旱的草原，草食性，背部毛色棕黄、腹部白色，善于奔跑、跳跃。

高宴：盛大的宴会。唐李世民《春日玄武门宴群臣》诗："驻辇华林侧，高宴柏梁前。"

簇金盘：犹金盘罗列，形容酒宴丰盛。金盘，金属餐盘。簇，聚拢。北宋黄庭坚《再赠陈季张拒霜花二首》诗之一："酒倾玉盏垂莲尽，鲙簇金盘下箸空。"

萧萧：风吹草木、猎马嘶鸣的声音。

霜风：犹凛冽的寒风，形容风寒冷刺骨。南宋陆游《独饮》诗："肃肃霜风劲，萧萧木叶声。"

紧：犹急、猛。北宋苏轼《江神子·冬景》词："风紧离亭，冰结泪珠圆。"

却拥貂裘怨早寒：却抱着貂裘，怨天寒得太早。拥，犹抱。貂裘，即用貂的毛皮制成的衣服。东汉许慎《说文解字》："裘，皮衣也。"

说明

赵秀亭、冯统一《饮水词校笺》："此为扈从行猎词，词中描写，多为写实。康熙十七年九月、十月，清圣祖巡行近边，至遵化及景忠山，与此词节令相合。"

声律

"看"读平声合律，音 kān。"拥"读上声合律，音 yǒng。

于中好

小构园林寂不哗。
疏篱曲径仿山家。
昼长吟罢风流子，忽听楸枰响碧纱。

添竹石，伴烟霞。
拟凭尊酒慰年华。
休嗟髀里今生肉，努力春来自种花。

注释

构：构造、筑建。

寂不哗：寂静清幽，不喧哗。明沈野《赠殷山人》诗：“鹿门高卧寂无哗。”

疏篱曲径：稀疏的篱笆，弯曲的小路。北宋周邦彦《虞美人》词：“疏篱曲径田家小。”

仿山家：仿照山野人家。

昼长吟罢风流子：漫长的白天，吟唱完《风流子》。风流子，词牌名，原唐教坊曲名。词又称曲子词，在古代是用于吟唱的。容若酷爱填词，常与友人在家中唱和，故称。南宋翁森《四时读书乐》诗：“昼长吟罢蝉鸣树。”

忽听楸枰响碧纱：忽然听到碧纱窗里传来敲棋子声。楸枰，即棋盘，因古时多用楸木制作，故称。响，棋子落盘的声音。

添竹石：为园林添置竹子与山石，营造雅趣。古代文人酷爱竹，北宋苏轼

《于潜僧绿筠轩》诗中云："可使食无肉，不可居无竹。无肉令人瘦，无竹令人俗。人瘦尚可肥，士俗不可医。"

伴烟霞：与烟霞相伴。烟霞，即烟雾、云霞，代指自然山水。

拟凭尊酒慰年华：打算凭借杯中之酒来宽慰流逝的年华。尊，同"樽"。樽酒，犹杯酒，代指饮酒。年华，犹美好的青春、岁月、时光。北宋苏轼《望江南·超然台作》词："诗酒趁年华。"

休嗟：不要叹息。嗟，犹叹。

髀里今生肉：谓因久不骑马，如今大腿又长出肉来。形容生活安逸，无所作为。髀，大腿。典出西晋陈寿《三国志·先主传》裴松之注引西晋司马彪《九州春秋》："（刘）备住荆州数年，尝于（刘）表坐起至厕，见髀里肉生，慨然流涕。还坐，表怪问备，备曰：'吾常身不离鞍，髀肉皆消。今不复骑，髀里肉生。日月若驰，老将至矣，而功业不建，是以悲耳。'"成语"髀肉复生"即缘于此。

努力春来自种花：等到春天来临，自然会努力种花，这样就不会无所事事了。

说明

赵秀亭、冯统一《饮水词校笺》："性德尝在其宅中筑茅屋，词即缘此事而作。性德致张见阳第一简云：'茅屋尚未营成，俟葺补已就，当竭诚邀驾作一日剧谈耳。'筑屋必在康熙十八年见阳南赴江华前。手简后顾梁汾跋语云：'卿自见其朱门，贫道如游蓬户——容兄因仆作此语，构此见招。'则又必筑于康熙十六年冬梁汾南还之后。茅屋既成，改称草堂，或花间草堂。草堂落成在康熙十七年内，词即作于堂成之际。"

声律

"听"读去声合律，音 tìng。

于中好·十月初四夜风雨，其明日是亡妇生辰

尘满疏帘素带飘。
真成暗度可怜宵。
几回偷拭青衫泪，忽傍犀奁见翠翘。

惟有恨，转无聊。
五更依旧落花朝。
衰杨叶尽丝难尽，冷雨凄风打画桥。

注释

尘满疏帘：稀疏的竹帘上落满灰尘。

素带：服丧用的白色带子。

真成：犹真是。南朝梁简文帝萧纲《和人以妾换马》诗：“真成恨不已，愿得路傍儿。”

暗度：暗自度过，即私下里一个人度过。

可怜宵：可怜的夜晚。北宋苏轼《临江仙·疾愈登望湖楼赠项长官》词：“徘徊花上月，空度可怜宵。”

几回偷拭青衫泪：几次偷偷地用青衫擦拭眼泪。青衫，即青色的衣衫，古诗词中常用以代指读书人所着的布衣，或失意之人。青衫泪，喻失意之人的伤心泪。典出唐白居易《琵琶行》诗：“座中泣下谁最多，江州司马青衫湿。”

忽傍：忽然靠近。北宋强至《雪霁出郊》诗：“幽禽忽傍粉树语，瘦马时踏

琼田行。”

犀奁、翠翘：指亡妻生前用过的梳妆匣与头饰。犀奁，以犀牛角为装饰的梳妆镜匣。

落花朝：指春季繁花盛极而落的花瓣如雪纷飞貌。借喻凋零的落叶在风雨中漫天飞舞。花朝，原指花在朝阳升起之时开得最为娇美，喻花开盛美。后来人们将每年农历二月十五定为花朝节。南宋吴自牧《梦粱录·二月望》：“仲春十五日为花朝节，浙间风俗，以为春序正中，百花争放之时，最堪游赏。”

衰杨：衰枯的杨柳。

叶尽丝难尽：谓柳叶落尽，柳丝难尽。尽，犹竭、完。“丝”谐音“思”，喻指对亡妻思念不绝。

冷雨凄风：冰冷的雨，凄凉的风。借天气恶劣，喻境遇悲凄。

打画桥：风雨抽打画桥。画桥，雕饰华美之桥。词人触景生情，喻心境悲凉凄苦，如被风雨抽打摧残。

说明

该阕为悼亡词，作于卢氏去世后不久，即康熙十六年（1677）十月初四。

声律

“翘”读平声押韵，音 qiáo。

于中好

冷露无声夜欲阑。
栖鸦不定朔风寒。
生憎画鼓楼头急，不放征人梦里还。

秋潫潫，月弯弯。
无人起向月中看。
明朝匹马相思处，如隔千山与万山。

注释

冷露无声：清冷的露水悄无声息地凝结。唐王建《十五夜望月寄杜郎中》诗：“冷露无声湿桂花。”

夜欲阑：夜将要尽了。欲，将要。阑，将尽。唐徐安贞《闻邻家理筝》诗：“北斗横天夜欲阑。”

栖鸦不定朔风寒：北风寒冷，乌鸦无法安定地栖息。朔风，北方吹来的寒风。

生憎：犹最恨。北宋晏几道《木兰花》词：“生憎繁杏绿阴时，正碍粉墙偷眼觑。”

画鼓：画有图案装饰的鼓。唐李郢《画鼓》诗：“尝闻画鼓动欢情，及送离人恨鼓声。”

楼头急：谓鼓在楼上急切地敲击。楼头，犹楼上。

不放征人梦里还：不让远行的人在梦里回家。放，解除约束、使自由。征，远行。

秋澹澹：犹秋波荡漾。澹澹，水波微荡貌。

无人起向月中看：犹没有人起身望月。明童琥《缺题》诗："最爱夜深霜重处，无人起向月中看。"

明朝匹马：明早又要一个人骑马踏上征途。匹马，即一匹马，喻单人独马。南宋陆游《诉衷情》词："当年万里觅封侯，匹马戍梁州。"

相思处：寄予相思的地方，犹家园。

如隔千山与万山：谓如隔千山万水般遥远。该句化用自唐李嘉祐《夜宴南陵留别》诗："预愁明日相思处，匹马千山与万山。"

说明

该阕为康熙二十一年（1682）秋容若觇梭龙途中之作。

张秉戍《纳兰词笺注》："塞上早寒，冷露先滴，朔风猎猎，可憎的画鼓偏又楼头急响，声声恼人，令'征人'无法入梦还乡。如此寒夜惆怅，况味自是可想。下片点出月儿弯弯，进一步绘景并烘托氛围。而无人看月句则突出了孤独寂寞，凄清伤感。最后虚出，料想明朝更会越行越远，归程阻隔，相思更烈，归思难收了。"

声律

"看"读平声押韵，音 kān。

于中好·送梁汾南还，为题小影

握手西风泪不干。
年来多在别离间。
遥知独听灯前雨，转忆同看雪后山。

凭寄语，劝加餐。
桂花时节约重还。
分明小像沉香缕，一片伤心欲画难。

注释

梁汾：顾贞观，号梁汾。参见上卷《金缕曲·赠梁汾》注。

小影：较小的影像，词人对自己画像的谦称。

握手：彼此伸手相握，犹执手。古人在离别、会晤或有所嘱托时，皆以握手表示不舍、亲近或信任。唐李白《下途归石门旧居》诗："吴山高，越水清，握手无言伤别情。"

年来：此谓一年以来。唐卢纶《春日登楼有怀》诗："年来笑伴皆归去，今日晴明独上楼"。

独听灯前雨：独坐灯前，倾听窗外的雨声。南宋陆游《排闷》诗："孤灯听雨常终夜"。

转忆：转念回想，犹回忆。唐崔涂《春日闲居忆江南旧业》诗："渐谙浮世事，转忆故山春。"

同看雪后山：一同观看雪后的山峦。唐白居易《登天宫阁》诗："高上烟中阁，平看雪后山。"

凭寄语：凭借（我）寄托希望的话语。

劝加餐：犹劝（你）多吃饭，保重身体。《古诗十九首》其一："弃捐勿复道，努力加餐饭。"

桂花时节：指秋季桂花飘香的时候。南宋曹冠《桂飘香·元名花心动》词："一年好处，桂花时节。"

约重还：约定（你）重新回来。

分明小像沉香缕：为了让画像传神，明明熏了缕缕沉香。分明，犹明明、显然。沉香，指瑞香科沉香属乔木老茎受伤后积得的树脂，自古便被视为名贵香料和中药材，有"一两沉香一两金"之说。唐李贺《答赠》诗："沉香熏小像，杨柳伴啼鸦。"又顾贞观《南乡子》词："无计与传神，小像沉香只暗熏。"

一片伤心欲画难：谓（我的）一片伤心情绪想画却难以画出。

说明

赵秀亭、冯统一《饮水词校笺》："康熙十六年十二月十五日性德寄严绳孙书云：'华峰在都，相得甚欢，一旦忽欲南去，令人几日心闷。数年之间，何多离别！订在明年八月间来都，若吾哥明春北来则已，否则秋间即促其发轫，亦吾哥之大惠也。'……据此书可知：一，性德方作书时，梁汾在都，拟将南归，尚未成行。二，约定明年秋梁汾北返。三，明年严绳孙可能北行。实则梁汾乃在作此书后不久，即于康熙十七年初离京南还。词即作于梁汾行前。'桂花时节约重还'句，亦与寄严氏书合。十七年夏，绳孙入京，亦与此书合。惟秋间梁汾未践约回京，盖为避求人举荐鸿博之嫌疑。康熙十六年一年内，春，梁汾在南，约秋季返京，年底又欲南去，故词有'年来多在别离间'句。性德与梁汾之另外几次离别，皆与此词所写不合。如十六年初梁汾南还，时与性德相识未久，第一次离别，不可称‘年来多在别离间’。再如康熙二十年七月梁汾丁内艰南还，或二十一年春南还，时严绳孙在都，与书中‘明春北来’语牴牾。因此，此词作期必为康熙十七年正月。所谓‘小影’，乃容若画像，即后梁汾存于无锡惠山贯华阁者。道光间，像毁于火。”

于中好 · 咏史

马上吟成鸭绿江。
天将间气付闺房。
生憎久闭金铺暗，花笑三韩玉一床。

添哽咽，足凄凉。
谁教生得满身香。
至今青海年年月，犹为萧家照断肠。

校订

副题“咏史”，作者手迹本无，此据张纯修刻本《饮水诗词集》补。

注释

咏史：咏辽后萧观音事。萧观音（1040—1075），枢密使萧孝忠之女，辽道宗耶律洪基的第一任皇后。她姿容端丽，极具才华，为萧氏首，清宁元年（1055）册为皇后。后宫女单登与耶律乙辛密谋，令他人作《十香词》，诬陷萧后与人私通。萧后含冤自尽。

马上吟成鸭绿江：引萧后马上吟诗事，赞其有才。辽王鼎《焚椒录》：“二年八月，上猎秋山，后率妃嫔从行在所。至伏虎林，上命后赋诗，后应声曰：‘威风万里压南邦，东去能翻鸭绿江。灵怪大千俱破胆，那教猛虎不投降。’上大喜，出示群臣曰：‘皇后可谓女中才子。’”

天将间气付闺房：谓上天将天地间的英豪之气付与了女子。间气，谓英雄豪杰上应星象，禀天地特殊之气间世而出。语出汉佚名《春秋演孔图》："正气为帝，间气为臣。"东汉宋均注："间气则不苞一行，各受一星以生。"闺房，旧称女子居住的内室，代指女子。

生憎：犹最恨、偏恨。

久闭金铺暗：犹殿门久闭，无人开启，门环都变暗了。言萧后失宠事。语出萧后《回心院》词第一首："扫深殿，闭久金铺暗。游丝络网尘作堆，积岁青苔厚阶面。埽深殿，待君宴。"金铺，即金色铺首，铺，本义为衔门环的底座，又称铺首。指门扉上具有驱邪意义的环形饰物，大多冶兽首衔环之状。以金为之，称金铺；以银为之，称银铺；以铜为之，称铜铺。亦为门户之美称。唐包佶《朝拜元陵》："宫前石马对中峰，云里金铺闭几重。"

花笑三韩玉一床：谓连花都取笑（萧后）新铺的一床玉席无人来眠。语出萧后《回心院》词第七首："展瑶席，花笑三韩碧。笑妾新铺玉一床，从来妇欢不终夕。展瑶席，待君息。"三韩碧，指产于朝鲜的碧玉。

添哽咽：增添哀伤，垂泪哽咽。

足凄凉：谓萧后事足够凄楚悲凉。南宋刘克庄《无题二首》诗其二："棚空众散足凄凉。"

谁教生得满身香：犹谁让（萧后）生得色艺绝伦，满身才华，招此祸端呢！引耶律乙辛用为诬案的《十香词》第十首："咳唾千花酿，肌肤百和装。元非啖沉水，生得满身香。"

青海：古名西海，位于我国西北，因境内青海湖而得名。唐宋时属于吐蕃，清朝初为卫藏地。借喻边远荒漠之地。清吴兆骞《闰三月朔日将赴辽左留别吴中诸故人》诗："名列丹书难指罪，身投青海已无家。"

犹为：还为，仍旧为。

萧家：萧观音家。

说明

该阕补遗自纳兰性德手迹遗墨，以辽后萧观音文字狱冤案，咏“才色过人多薄命”之旨。寓意深远，有借古喻今之嫌，似影射清初冤案。篇中“谁教生得满身香”句，颇耐寻味，或为“才士生平多薄命”者（因丁酉科场案受牵，流放宁古塔的吴兆骞）深蕴不平。篇末“至今青海年年月，犹为萧家照断肠”，气韵高古，意味绵长。

声律

“教”读平声合律，音 jiāo。

鹧鸪天·离恨

背立盈盈故作羞。
手挼梅蕊打肩头。
欲将离恨寻郎说，待得郎来恨却休。

云澹澹，水悠悠。
一声横笛锁空楼。
何时共泛春溪月，断岸垂杨一叶舟。

注释

鹧鸪天：词牌名，同“于中好”。

背立盈盈故作羞：婀娜的身姿背人而立，故作娇羞。盈盈，举止轻盈柔美，风姿动人。

手挼梅蕊：用手揉弄梅花蕊。挼，揉搓。北宋晏几道《玉楼春》词：“手挼梅蕊寻香径。”

一声横笛锁空楼：谓幽怨的笛声萦绕着空寂的楼阁。锁，封锁、萦绕。

何时共泛春溪月：何时才能在春天的溪水中与你共同泛舟月下。

断岸：水边绝岸。唐代钱起《太子李舍人城东别业》诗：“片水明断岸，余霞入古寺。”

说明

该阕补遗自佟世南编《东白堂词选初集》卷五。

凤凰台上忆吹箫

凤凰台上忆吹箫：词牌名。

北宋新声。又名“忆吹箫”。调名取自战国秦穆公小女弄玉与萧史吹箫引凤、白日飞升的传说，本义为歌咏这对神仙眷侣。以北宋晁补之词《凤凰台上忆吹箫·自金乡之济至羊山迎次膺》为正体，双调九十七字，上片十句、四平韵，下片九句、五平韵。另有九十七字、九十六字、九十五字等变体。此调情思深婉，意蕴悠长。

凤凰台上忆吹箫·守岁

锦瑟何年，香屏此夕，东风吹送相思。
记巡檐笑罢，共捻梅枝。
还向烛花影里，催教看、燕蜡鸡丝。
如今但，一编消夜，冷暖谁知。

当时。
欢娱见惯，道岁岁琼筵，玉漏如斯。
怅难寻旧约，枉费新词。
次第朱幡剪彩，冠儿侧、斗转蛾儿。
重验取，卢郎青鬓，未觉春迟。

注释

守岁：俗称熬年，指除夕守夜通宵不眠。西晋周处《风土记》："至除夕达旦不眠，谓之守岁。"

锦瑟何年：何年还有那琴瑟和鸣的美好时光啊！锦瑟，装饰华美的瑟。喻美好的年华。唐李商隐《锦瑟》诗："锦瑟无端五十弦，一弦一柱思华年。"

香屏此夕：此夜只有香屏为伴。香屏，以檀香木或楠木、香樟等带有香味的名贵木材制作的屏风。泛指华美的屏风。

记巡檐笑罢，共捻梅枝： 记得那年除夕，我们来往于檐下，欢声笑语过后，共同去折梅玩赏。巡，来回走动。捻，用手指揉搓，此谓赏玩梅枝。

燕蜡鸡丝： 旧俗大年初一（正旦）应备的食物。唐代冯贽《云仙杂记》："洛阳人家，正旦造丝鸡、蜡燕、粉荔枝。"此处为押韵而用"燕蜡""鸡丝"。

如今但： 然而如今。但，表转折，犹只是、但是、然而。南宋史达祖《万年欢·春思》词："如今但、柳发晞春，夜来和露梳月。"

一编消夜： 用一卷书来消磨夜晚的时光。一编，犹一卷。明王彦泓《灯夕悼感》诗："一编枯坐过三更。"

道岁岁琼筵，玉漏如斯： 还以为年年都有盛宴，时刻都这般欢娱。玉漏，漏壶的美称，喻美好的时刻。

次第： 依次。

朱幡翦彩： 剪红色的旗幡彩胜。胜，妇女头饰。旧时人日或立春日有戴彩胜之俗，即用有色丝绢或纸剪成双燕、小幡、人形、花朵等样式（统称"彩胜"），戴在头上，以求吉利，博得头彩。宋李元卓《菩萨蛮》词："宜春小胜玲珑剪。"

斗转蛾儿： 节日时用金纸剪成飞蛾，多只结为一组，制成饰物，戴于头上可随人动，且转动有声，俗称"闹蛾儿"。斗转，纷乱旋转。宋康与之《瑞鹤仙·上元应制》词："风柔夜暖。花影乱，笑声喧。闹蛾儿满路，成团打块，簇着冠儿斗转。"此二句犹云人们都忙着过除夕，做应景的装扮。

验取： 查验。

卢郎青鬓： 犹尚未衰老。卢郎，喻老年男子，作者自比。典出北宋钱易《南部新书》："卢家有子弟，年已暮，而犹为校书郎。晚取崔氏子，崔有词翰，结褵之后，微有嫌色。卢因请诗以述怀为戏。崔立成，曰：'不怨卢郎年纪大，不怨卢郎官职卑。自恨为妻生较晚，不见卢郎年少时。'"金完颜璹《临江仙》词："卢郎心未老，潘令鬓先皤。"

未觉春迟： 犹青春依旧。

声律

"教"读平声合律，音 jiāo。

凤凰台上忆吹箫·除夕得梁汾闽中信，因赋

荔粉初装，桃符欲换，怀人拟赋然脂。
喜螺江双鲤，忽展新词。
稠叠频年离恨，匆匆里、一纸难题。
分明见，临缄重发，欲寄迟迟。

心知。
梅花佳句，待粉郎香令，再结相思。
记画屏今夕，曾共题诗。
独客料应无睡，慈恩梦、那值微之。
重来日，梧桐夜雨，却话秋池。

注释

闽中：福建。

荔粉初装：以粉制成的荔枝刚刚装盘。荔粉，即粉荔枝，正月初一（正旦）特有的节日食品。古人云："瑞霙饯腊，粉荔迎年。"

桃符欲换：刚欲换下春联。桃符，古时于新年挂在大门两侧的桃木板，上画神像，用以驱邪避凶，祈求安泰。后将神像以吉利话取代。明代盛行用红纸写或印吉祥话贴于门上，时称春联或春帖。明代叶盛《水东日记》云："京师印卖春

帖。”此处代指春联。

怀人拟赋：怀念故人，打算赋词。

然脂：点燃灯烛。然，同“燃”。

喜螺江双鲤：欣喜收到友人从福建寄来的书信。螺江，亦称螺女江，位于福建省福州市西北，代指福建。双鲤，喻书信，参见上卷《采桑子》（拨灯书尽红笺也）“双鱼”注。

稠叠频年离恨：连续几年的离愁别恨密密叠叠。

临缄重发：临封信前，又打开审读增补内容，再重新发出。缄，封闭信口。唐张籍《秋思》诗：“复恐匆匆说不尽，行人临发又开封。”

梅花佳句：谓顾贞观《浣溪沙·梅》词句“一片冷香惟有梦，十分清瘦更无诗。待他移影说相思”。

粉郎香令：谓高雅之士。粉郎，指三国魏何晏，因其美仪容，面如傅粉，故称。香令，指三国魏荀彧，字文若，官至侍中，守尚书令，人称荀令君。相传荀彧伟美有仪容，喜欢熏香，曾得异香，用以熏衣，久之，身带香气，坐处留香三日不散。据东晋习凿齿《襄阳耆旧记》载：“荀令君至人家，坐处三日香。”此二人皆喻顾贞观。据《清史列传·文苑传》载：“贞观美风仪，才调清丽。”

再结相思：《通志堂集》此句下有容若自注：“辛稼轩客三山有‘梅花相思’之句。”南宋辛弃疾《定风波·三山送卢国华提刑约上元重来》词：“极目南云无过雁。君看，梅花也解寄相思。”因顾贞观词亦有梅花“相思”字，故云。

慈恩梦、那值微之：谓哪里才能像元稹那样做一场“慈恩梦”，梦见此时的你呢。值，碰到，此谓梦到。微之，元稹的字。引唐代诗人元稹梦到好友白居易在千里之外的京中大慈恩寺游园与其作诗互寄之典。喻知己好友千里神交，心有灵犀。据唐孟棨《本事诗》云：“元相公稹为御史，鞠狱梓潼。时白尚书在京，与名辈游慈恩，小酌花下，为诗寄元曰：‘花时同醉破春愁，醉折花枝当酒筹。忽忆故人天际去，计程今日到梁州。’时元果及褒城，亦寄《梦游》诗曰：‘梦君兄弟曲江头，也向慈恩院里游。驿吏唤人排马去，忽惊身在古梁州。’千里神交，合若符契，友朋之道，不其至欤。”

却话秋池：化用唐李商隐《夜雨寄北》诗：“问君归期未有期，巴山夜雨涨秋池。何当共剪西窗烛，却话巴山夜雨时。”期盼友人再次归来重聚，秉烛夜谈。却，再。

说明

据副题可知，该阕词当作于康熙十八年除夕。是年冬，顾贞观在福州作客吴兴祚幕，康熙十九年秋返京。

水龙吟

水龙吟：词牌名。

相传该调源于北齐的一组古琴曲《龙吟十弄》，后经历代演变，至唐末始成定格。又名“龙吟曲”“小楼连苑”“鼓笛慢”“庄椿岁”“丰年瑞”“海天阔处”等。明末清初毛先舒《填词名解》认为该调名取自李白诗句“笛奏龙吟水”。以北宋苏轼词《水龙吟》（露寒烟冷蒹葭老）为正体，双调一百零二字，上片十一句、四仄韵，下片十一句、五仄韵。另有二十余种变体。该调气势雄浑，多为感伤时局、吊古伤今之作。

水龙吟·再送荪友南还

人生南北真如梦，但卧金山高处。
白波东逝，鸟啼花落，任他日暮。
别酒盈觞，一声将息，送君归去。
便烟波万顷，半帆残月，几回首，相思否。

可忆柴门深闭，玉绳低、翦灯夜语。
浮生如此，别多会少，不如莫遇。
愁对西轩，荔墙叶暗，黄昏风雨。
更那堪几处，金戈铁马，把凄凉助。

注释

荪友：严绳孙。参见上卷《浣溪沙·寄严荪友》注。

但卧金山高处：尽管高卧在金山上。但，只管。卧，喻归隐不仕。参见上卷《菩萨蛮·过张见阳山居，赋赠》“与君高卧闲”注。金山，位于江苏省镇江市西北，借指严绳孙家乡。参见上卷《梦江南》（江南好，铁瓮古南徐）“江山”注。

白波东逝：喻光阴流逝。白波，白色的波浪，喻奔流的时光。唐李群玉《题金山寺石堂》诗：“白波四面照楼台，日夜潮声绕寺回。”

一声将息：一声珍重。北宋谢逸《柳梢青·离别》词：“尊前忍听，一声将息。”

半帆残月：船张半帆，月残不圆。形容孤寂凄清。

玉绳低：谓夜已深沉。玉绳，代指北斗。参见上卷《菩萨蛮·宿滦河》注。北宋苏轼《洞仙歌》："试问夜如何，夜已三更，金波淡、玉绳低转。"

翦灯夜语：犹秉烛夜谈。翦，同"剪"。南宋史达祖《绮罗香·咏春雨》词："记当日、门掩梨花，翦灯深夜语"。

浮生如此，别多会少，不如莫遇：感慨人生离别之苦，聚散无常。容若《送荪友》诗："人生何如不相识，君老江南我燕北。何如相逢不相合，更无别恨横胸臆。……"

西轩：严绳孙在容若宅中的客居之所。

荔墙：爬满薜荔的墙。薜荔，又名木莲，攀缘或匍匐灌木。泛指墙壁上的攀缘植物。宋代曹勋《和泉伯幽思韵》诗其一："冷入芭蕉雨，烟轻薜荔墙。"

金戈铁马：喻战事。时值三藩之乱，严绳孙南还，邻近战区，故云。南宋辛弃疾《永遇乐·京口北固亭怀古》词："想当年，金戈铁马，气吞万里如虎。"

说明

该阕补遗自蒋重光经锄堂刻本《昭代词选》卷九。

容若此阕词为《水龙吟》变体之一。双调，一百零二字，上片十二句、四仄韵，下片十一句、四仄韵。

赵秀亭、冯统一《饮水词校笺》："康熙十五年初夏，荪友南还，有息影之计。性德先作七言诗《送荪友》一首，又作此词，因称'再送'。时逢三藩之乱，故二作皆涉及之。《送荪友》诗见《通志堂集》卷三。"

水龙吟·题文姬图

须知名士倾城，一般易到伤心处。
柯亭响绝，四弦才断，恶风吹去。
万里他乡，非生非死，此身良苦。
对黄沙白草，呜呜卷叶，平生恨、从头谱。

应是瑶台伴侣。
只多了、毡裘夫妇。
严寒觱篥，几行乡泪，应声如雨。
尺幅重披，玉颜千载，依然无主。
怪人间厚福，天公尽付，痴儿骙女。

注释

文姬：蔡琰，字文姬，东汉文学家蔡邕之女。博学能文，有才辩，善音律。陈留圉（今河南杞县西南）人。初嫁河东卫仲道，夫亡无子，归母家。汉末天下大乱，为匈奴左贤王所掳，流落南匈奴十二年，生二子。曹操统一北方后，以金璧赎还，再嫁董祀。有《悲愤诗》传世。

名士倾城：知名文士与绝世美女。清顾贞观《梅影》词："须信倾城名士，相逢自古相怜。"

柯亭响绝：柯亭的笛声已成绝响。谓文姬父亡。典出东晋伏滔《长笛赋序》：

“初邕避难江南，宿于柯亭。柯亭之观，以竹为椽，邕仰而眄之曰：‘良竹也。’取以为笛，奇声独绝。”

四弦才断：谓文姬父女猜弦的趣事才刚结束。衬变故突发。典出南朝梁刘昭《幼童传》：“邕夜鼓琴，弦绝，琰曰：‘第二弦。’邕曰：‘偶得之耳。’故断一弦，问之，琰曰：‘第四弦。’并不差谬。”

恶风吹去：谓文姬被突发的灾难冲袭，流亡塞外。

瑶台伴侣：犹神仙眷侣。瑶台，美玉装饰的楼台，亦指神仙居所。谓文姬应拥有良好的境遇，夫妻和美。

毡裘夫妇：毡裘，北方游牧民族以皮毛制成的衣服。谓文姬夫妇在塞外过着艰苦的游牧生活。《胡笳十八拍》：“毡裘为裳兮骨肉震惊。”

觱篥：筚篥，簧管乐器名，又称“管子”。出自西域龟兹，后传入内地，似笛类笳，声音悲亢，流行于边塞。

尺幅重披：犹画图重展，再看。尺幅，谓《文姬图》。披，打开。

痴儿騃女：谓庸人。騃，愚。清陈维崧《贺新郎·送西溟南归和容若韵》词：“说甚凌云遭遇。笑多少、痴儿騃女。”

说明

该阕补遗自汪元治结铁网斋刻本《纳兰词》卷四。

赵秀亭、冯统一《饮水词校笺》：“此阕借《文姬图》而咏吴兆骞事。‘名士倾城’，‘名士’即谓汉槎。‘非生非死’句用梅村送汉槎诗句。‘毡裘夫妇’谓汉槎妻葛氏随戍宁古塔。词多为汉槎感慨不平。据‘依然无主’句，词似作于汉槎入关之后，暂居性德宅中时。《文姬图》，疑为纱灯所绘古迹。康熙二十一年元夕，吴汉槎、陈维崧、姜宸英等与性德集花间草堂，指纱灯所绘古迹，命题作诗词，时汉槎初自塞外还，性德因为赋此。”

玉连环影

玉连环影：词牌名。

此调谱律不载，或为容若自度曲。单调，三十一字，七句，三仄韵转三平韵。

玉连环影

何处。

几叶萧萧雨。

湿尽檐花，花底人无语。

掩屏山。

玉炉寒。

谁见两眉愁聚倚阑干。

注释

几叶萧萧雨：几片叶上传来萧萧的雨声。谓小雨淅沥。北宋晏殊《踏莎行》词："高楼目尽欲黄昏，梧桐叶上萧萧雨。"

湿尽檐花：屋檐下的花枝已经湿透。

掩屏山：合上枕屏。屏山，此谓枕边的屏风。掩，合、关。

玉炉寒：谓玉熏炉里的香已燃尽，冷却。五代孙光宪《生查子》词："玉炉寒，香烬灭，还似君恩歇。"

说明

赵秀亭、冯统一《饮水词校笺》："此词见收康熙十七年刊《清平初选后集》，当作于康熙十五年前后。"

玉连环影

才睡。

愁压衾花碎。

细数更筹，眼看银虫坠。

梦难凭。

讯难真。

只是赚伊终日两眉颦。

注释

愁压衾花碎：心中的愁绪仿佛要将被子上的花压碎了。衾花，织印在被面上的花纹。

细数更筹：仔细计数着时间。更筹，古时夜间用于计时报更的竹签，借指时间。北宋欧阳澈《小重山》词：“无眠久，通夕数更筹。”

银虫坠：灯花坠落。银虫，喻灯花。清孙锦标《通俗常言疏证·动物》：“《尔雅翼》云：‘衣书中虫，始则黄色，既老而身有粉，视之如银，故名曰白鱼。’今俗谓之‘银虫’，当作‘蟫虫’。

赚伊终日两眉颦：落得你整日愁眉紧皱。赚，犹获得、落得。颦，皱眉。明唐寅《一剪梅》词：“愁聚眉峰尽日颦，千点啼痕，万点啼痕。”

说明

该阕补遗自许增娱园刻本《纳兰词》。

雨中花

雨中花：词牌名。

又名“雨中花令”“送将归”。调名本义歌咏被风雨摧残的花朵，始见于唐代，后经演变，至宋代方成定格。以北宋晏殊《雨中花》（剪翠妆红欲就）为正体，双调，五十一字，上下片各四句、三仄韵。另有五种变体。容若词为变体之一，双调，五十四字，上下片各五句、三仄韵。

雨中花·送徐艺初归昆山

天外孤帆云外树。
看又是、春随人去。
水驿灯昏，关城月落，不算凄凉处。

计程应惜天涯暮。
打叠起、伤心无数。
中坐波涛，眼前冷暖，多少人难语。

注释

徐艺初：容若座师徐乾学长子，名树谷，字艺初，江苏昆山人。康熙二十四年（1685）进士。

昆山：今江苏省辖县级市，位于江苏省东南部。容若座师徐乾学的家乡。

天外孤帆：一叶孤舟漂流在天际。天外，极远之处。

云外树：远处的树木一片朦胧。云外，缥缈朦胧貌。

春随人去：谓送别友人心情低落，仿佛春天也随友人而去。南宋吴文英《忆旧游·别黄澹翁》词："送人犹未苦，苦送春、随人去天涯。"

水驿：以船代马的水路驿站。南宋姜夔《解连环》词："水驿灯昏，又见在、曲屏近底。"

关城：古代城镇的主城门。

打叠：犹收拾、整理。元佚名《红绣鞋》曲："强打叠精神怎过。"

中坐波涛：坐于波涛之中。喻身处险境。唐李贺《申胡子觱篥歌》："心事如波涛，中坐时时惊。"

说明

赵秀亭、冯统一《饮水词校笺》："徐树谷为徐乾学长公子，性德卒，树谷曾为作挽诗。此词或为慰其落第而作。郭则沄《十朝诗乘》卷四云：'健庵（即徐乾学）为纳兰容若师，容若事之甚谨。其得罪，则明珠党构之。……王横云（鸿绪）、高江村（士奇）皆与徐氏有连，横云且出健庵门，亦构之甚力。……甲子京兆试，健庵子侄皆取中，以磨勘兴大狱，则江村所为。'郭书晚出，庶或有据，则此词乃作于康熙二十三年。"

雨中花·纪梦

楼上疏烟楼下路。
正招余、绿杨深处。
奈卷地西风，惊回残梦，几点打窗雨。

夜深雁掠东檐去。
赤憎是、断魂砧杵。
算酌酒忘忧，梦阑酒醒，愁思忘何许。

注释

纪梦：记录梦境。纪，同“记”。

正招余：正召唤我。

惊回残梦：从未做完的梦中惊醒。

赤憎：犹可恶，令人恼恨、憎恶。

断魂砧杵：令人悲伤的捣衣声。

算酌酒忘忧：就算喝酒能够忘掉忧愁。酌，饮酒。

梦阑：梦将尽。清顾贞观《东风第一枝·用史梅溪韵》：“梦阑酒醒，早减却、春痕一线。”

说明

该阕补遗自陈淏编《精选国朝诗余》。

声律

“思”读去声合律，音 sì。“忘”读平声 wáng。

相见欢

相见欢：词牌名。

原唐教坊曲名。又名“乌夜啼”“忆真妃”“月上瓜州”等。调名本义歌咏相见后的欢愉，用于漫吟轻诉，体现愉悦婉约。后被加入悲情，亦适于写愁。以唐代薛昭蕴《相见欢》（罗襦绣袂香红）为正体。双调，三十六字，上片三句、三平韵，下片四句、两仄韵，两平韵。另有双调三十六字，上片三句、三平韵，下片三句、两平韵等变体。此调声韵富有变化，可喜可悲，音节流畅，音乐性强。

相见欢

微云一抹遥峰。
冷溶溶。
恰与个人清晓画眉同。

红蜡泪。
青绫被。
水沉浓。
却向黄茅野店听西风。

注释

微云一抹遥峰：遥远的山峰上飘着一抹微云。北宋秦观《满庭芳》词："山抹微云，天连衰草。"

冷溶溶：寒冷如水。溶溶，水流动貌。

个人：犹言那人，指意中人。

画眉：引张敞为妻画眉之典，喻夫妻恩爱。参见上卷《浣溪沙·寄严荪友》注。此句谓遥峰上那一抹微云恰好与那人清早画的眉毛相同。

水沉浓：熏炉中飘出的水沉香味很浓。水沉，即水沉香，参见上卷《浣溪沙》（泪浥红笺第几行）注。

黄茅野店：犹荒村野店。黄茅，禾本科黄茅属丛生草本植物，野生于荒郊。代指野草。

声律

“听”读去声合律，音 tìng。

相见欢

落花如梦凄迷。
麝烟微。
又是夕阳潜下小楼西。

愁无限，消瘦尽，有谁知。
闲教玉笼鹦鹉念郎诗。

注释

落花如梦凄迷：落花如梦幻般凄凉迷茫。北宋秦观《浣溪沙》词：“自在飞花轻似梦，无边丝雨细如愁。”

麝烟微：焚麝香而飘散的轻烟。麝香，麝科动物林麝、马麝或原麝成熟雄体香囊中的干燥分泌物，既可制成名贵的香料用于香熏，又可入药。

闲教玉笼鹦鹉念郎诗：闲来无事，教笼中的鹦鹉念情郎的诗作。玉笼，玉饰的鸟笼，亦作鸟笼的美称。北宋柳永《甘草子》词其一：“奈此个、单栖情绪。却傍金笼共鹦鹉。念粉郎言语。”

说明

该阕补遗自汪元治结铁网斋刻本《纳兰词》卷一。

卷四

百字令

百字令：词牌名。

本名“念奴娇”。得名于唐代天宝年间一位歌声高亢、名叫念奴的歌女。又名“大江东去”“酹江月”“湘月”等。以北宋苏轼《念奴娇·中秋》为正体，双调一百字，上下片各十句、四仄韵。另有双调一百字，上片九句、四仄韵，下片十句、四仄韵等十一种变体。该调声韵激越、豪放悲壮。

百字令·废园有感

片红飞减，甚东风不语、只催漂泊。
石上胭脂花上露，谁与画眉商略。
碧甃瓶沉，紫钱钗掩，雀踏金铃索。
韶华如梦，为寻好梦担阁。

又是金粉空梁，定巢燕子，一口香泥落。
欲写华笺凭寄与，多少心情难托。
梅豆圆时，柳绵飘处，失记当初约。
斜阳冉冉，断魂分付残角。

注释

废园：废弃的庭园。

片红飞减：落花飘飞，消减春色。化自唐杜甫《曲江二首》诗其一："一片花飞减却春，风飘万点正愁人。"

甚东风不语：春风正默默无语。甚，犹正。

只催漂泊：只催促着百花凋残，随风飘零。

石上胭脂：谓飘落在石上的残花如胭脂般红艳。

谁与画眉商略：与谁商略画眉，谓画眉之人今已不在。商略，犹商讨。明代查容《杏花天·闺晓》词："更商略、画眉深浅。屏山重叠回娇面。"

碧甃瓶沉：汲水瓶沉入井中，谓井已废弃。碧甃，青绿色的井壁，代指井。唐白居易《井底引银瓶》诗："井底引银瓶，……瓶沉簪折知奈何，……"

紫钱：苔藓。唐李贺《过华清宫》诗："云生朱络暗，石断紫钱斜。"

钗掩：遗落的发钗被苔藓掩盖，犹发钗上生出苔藓。谓庭园已久无人迹。

雀踏金铃索：鸟雀踏在护花金铃的绳索上。谓物是人非。参见上卷《蝶恋花》（萧瑟兰成看老去）"惜花人去花无主"注。

韶华如梦：谓美好的青春年华如梦幻泡影，转瞬即逝。

为寻好梦担阁：为了追寻美好的梦境，甘愿耽误韶华。担阁，同"耽搁"，犹耽误。

又是金粉空梁，定巢燕子，一口香泥落：又是一年春天，燕子归来，见绘有金粉纹饰的屋梁已空，便开始在旧处重建新巢，一口燕泥不慎从梁上掉落。定巢，筑巢定居。香泥，芳香的泥土，此谓燕子筑巢所衔之泥。隋代薛道衡《昔昔盐》诗："暗牖悬蛛网，空梁落燕泥。"又北宋周邦彦《瑞龙吟》词："愔愔坊陌人家，定巢燕子，归来旧处。"

华笺：用来写信、题诗的华美纸笺。唐杜甫《秋日夔府咏怀奉寄郑监李宾客一百韵》诗："远游凌绝境，佳句染华笺。"

凭寄与：凭借（某物）传送给（某人）。南宋刘过《江城子》词："万斛相思红豆子，凭寄与个中人。"

托：托付。此二句犹云，想要写封书信寄给心上人，却又百感交集，难以落笔。

梅豆：梅子。南宋朱淑真《春归五首》诗其五："平畴交绿蔼成阴，梅豆初肥酒味新。"

柳绵：柳絮。南宋陆游《沈园二首》诗其二："梦断香消四十年，沈园柳老不吹绵。此身行作稽山土，犹吊遗踪一泫然。"

失记：犹忘记。

斜阳冉冉：犹夕阳渐落。冉冉，渐进貌，形容事物慢慢变化或移动。北宋周邦彦《兰陵王·柳》词："斜阳冉冉春无极。"

断魂：离开躯体的灵魂，犹失魂。形容用情至深或过于悲哀惆怅，以至失魂落魄。

分付：付托、寄意。北宋毛滂《惜分飞》词："今夜山深处，断魂分付潮回去。"

残角：远处隐约传来的角声。唐代刘复《夕次襄邑》诗："古戍飘残角，疏林振夕风。"

说明

该阕所云"废园"或为容若与发妻卢氏婚后居所桑榆墅。康熙十六年（1677）卢氏去世后，桑榆墅便成了词人不忍触碰的伤心之地，被封存起来。此阕废园感怀或为悼念亡妻之作。作期盖为卢氏故去多年后的春季。

清代谭献《箧中词》引周稚圭评曰："或言纳兰容若南唐李重光后身也，予谓重光天籁也，恐非人力所及。容若长调多不协律，小令则格高韵远，极缠绵婉约之致，能使残唐坠绪绝而复续。第其品格，殆叔原、方回之亚乎！"

百字令·宿汉儿村

无情野火，趁西风烧遍、天涯芳草。
榆塞重来冰雪里，冷入鬓丝吹老。
牧马长嘶，征笳乱动，并入愁怀抱。
定知今夕，庾郎瘦损多少。

使是脑满肠肥，尚难消受，此荒烟落照。
何况文园憔悴后，非复酒垆风调。
回乐峰寒，受降城远，梦向家山绕。
茫茫百感，凭高惟有清啸。

注释

汉儿村：又名汉儿庄、汉儿城，位于今河北省唐山市迁西县汉儿庄乡。参见《清平乐·发汉儿村题壁》注。

榆塞重来冰雪里：谓在冰天雪地里重新来到汉儿村。榆塞，代指汉儿村。典出东汉班固《汉书·韩安国传》：“后蒙恬为秦侵胡，辟数千里，以河为竟，累石为城，树榆为塞，匈奴不敢饮马于河，置烽燧然后敢牧马。”

冷入鬓丝吹老：冷风侵入鬓丝，将人吹老。

征笳乱动：谓征途中旅人吹奏的胡笳声纷杂缭乱。北宋梅尧臣《送吕冲之司谏使北》诗：“知去燕京几千里，胡笳乱动月明时。”

庾郎瘦损多少：庾郎，即庾信，字子山，小字兰成，南北朝时期北周文学家。该句化用庾信《咏怀六首》诗其三“纤腰减束素，别泪损横波”。引庾信《愁赋》之典，自谓愁绪满怀，消瘦憔悴。庾信身经南北朝的颠沛流离，曾以南朝梁国使臣身份出使西魏，却在抵达长安后不久，因江陵陷落而不得南归，屈节敌国，历仕西魏及北周，饱尝人生辛酸。据唐初史学家令狐德棻《周书·庾信传》记载：“信虽位望通显，常有乡关之思。乃作《哀江南赋》以致其意云。其辞曰：‘……楚歌非取乐之方，鲁酒无忘忧之用。追为此赋，聊以记言，不无危苦之辞，惟以悲哀为主。’”他晚年以乡关之思发为哀怨之辞，笔调劲健苍凉，文章更加成熟，结出“穷南北之胜”的文学硕果。曾作《愁赋》，被历代文人称道，该赋虽今已亡佚，但仍可从宋人著作的引用中，窥见吉光片羽。南宋潘自牧《记纂渊海》卷七十一引庾信《愁赋》：“谁知一寸心，乃有万斛愁。攻许愁城终不破，荡许愁门终不开。何物煮愁能得熟，何物烧愁能得燃。闭门欲驱愁，愁终不肯去。深藏欲避愁，愁已知人处。”

脑满肠肥：身体肥胖，满脑糨糊，愚昧无知。典出唐李百药《北齐书·琅邪王俨传》：“琅邪王年少，肠肥脑满，轻为举措，长大自不复然，愿宽其罪。”

消受：犹禁受。明沈谦《鹊桥仙·早梅》词：“溪桥烟冷月初斜，怎消受、五更寒角。”

文园：因西汉司马相如曾任孝文园令，被誉为“赋圣”“辞宗”，故文人多以“文园”自称。

非复：犹不再。北周庾信《杨柳歌》：“独忆飞絮鹅毛下，非复青丝马尾垂。”

酒垆：犹酒肆、酒铺。垆，酒肆里安放酒瓮的土台子，借指酒肆。引司马相如与卓文君夫妻同心、患难与共“当垆卖酒”之典。典出西汉司马迁《史记·司马相如列传》：“相如与俱之临邛，尽卖其车骑，买一酒舍酤酒，而令文君当垆。相如身自着犊鼻裈，与保庸杂作，涤器于市中。”唐李商隐《送崔珏往西川》诗：“卜肆至今多寂寞，酒垆从古擅风流。”

风调：指人的品格情调。唐白居易《和殷协律琴思》诗：“秋水莲冠春草裙，依稀风调似文君。”

回乐峰寒，受降城远：借指边塞寒冷、荒远。回乐峰，本为“回乐烽”，指回乐县烽火台。该县唐时属灵州，为朔方节度使治所，在今宁夏灵武西南。受降城，分为汉受降城与唐受降城。汉受降城位于秦汉长城以北的塞外，为接受匈奴贵族投降而筑，是自西汉以来文献所载的受降城中唯一一座真正为接受敌人投降而建的城，古城址在今内蒙古乌拉特中旗东阴山北。东汉班固《汉书·武帝纪》：“遣因杅将军公孙敖筑塞外受降城。”因杅，匈奴地名。唐代受降城是因后突厥汗国兴起，而在河套地区建的三座防御城池，又称“三受降城”，分别为：西受降城，位于今内蒙古巴彦淖尔市内；中受降城，位于今内蒙古包头市内；东受降城，位于今内蒙古呼和浩特市内。三城虽冠以“受降”之名，却无“受降”之实，而是唐朝在北疆建的进攻型军事重镇防御体系。汉唐受降城皆筑于河套北岸及漠南草原，代指荒远的边塞。唐李益《夜上受降城闻笛》诗：“回乐烽前沙似雪，受降城外月如霜。”

家山：犹家乡。

惟有清啸：只有发出清越而悠长的啸声。啸，撮口出声。东汉许慎《说文解字》：“啸，吹声也。”唐房玄龄等撰《晋书·刘琨传》：“琨乃乘月登楼清啸。”

说明

赵秀亭、冯统一《饮水词校笺》：“词云‘重来’，即一年中两度至汉儿村。清圣祖惟康熙二十年两度赴遵化沿边，一为三月至五月，一为十一月至十二月。词写冬日至汉儿村事。”

百字令

绿杨飞絮，叹沉沉院落、春归何许。
尽日缁尘吹绮陌，迷却梦游归路。
世事悠悠，生涯未是，醉眼斜阳暮。
伤心怕问，断魂何处金鼓。

夜来月色如银，和衣独拥，花影疏窗度。
脉脉此情谁得识，又道故人别去。
细数落花，更阑未睡，别是闲情绪。
闻余长叹，西廊惟有鹦鹉。

注释

绿杨飞絮：绿色的杨柳，飘飞的柳絮。

沉沉：寂静幽深貌。唐魏徵《暮秋言怀》诗："沉沉蓬莱阁，日久乡思多。"

何许：犹何处。唐杜甫《宿青溪驿奉怀张员外十五兄之绪》诗："我生本飘飘，今复在何许。"

尽日：犹终日、整天。唐严恽《落花》诗："尽日问花花不语，为谁零落为谁开。"

缁尘：黑色的灰尘。喻世俗污垢。

绮陌：繁华绮丽的街道。陌，田间东西方向的小路，泛指道路。唐刘沧《及第后宴曲江》诗：“归时不省花间醉，绮陌香车似水流。”

迷却：犹迷失。元杨暹《刘行首》第一折：“你便回头者，休迷却正道。”

悠悠：众多。南朝宋范晔《后汉书·孙穆传》：“悠悠者皆是，其可称乎！”唐李贤注：“悠悠，多也。”

生涯未是：犹人生不是。北宋黄庭坚《次韵几复和答所寄》诗：“作个生涯终未是，故山松长到天藤。”

醉眼：醉酒后迷蒙的眼睛。唐杜甫《九日登梓州城》诗：“弟妹悲歌里，乾坤醉眼中。”

斜阳暮：夕阳暮色，即傍晚太阳落山时的天色。北宋秦观《踏莎行·郴州旅舍》词：“可堪孤馆闭春寒，杜鹃声里斜阳暮。”此三句犹云世上的事很多，人生不是以酒浇愁，浑噩度日。

断魂：因过于惆怅悲伤而失魂落魄。

金鼓：四金和六鼓，用于军中作战发号施令，代指战鼓或战事。四金指錞、镯、铙、铎。六鼓指雷鼓、灵鼓、路鼓、鼖鼓、鼛鼓、晋鼓。打鼓用于命令军队行动与进攻，即鸣鼓而攻；击金用于命令军队停止或退回，即鸣金收兵。《周礼·地官·鼓人》曰：“鼓人掌教六鼓、四金之音声，以节声乐，以和军旅，以正田役。”又《左传·僖公二十二年》曰：“金鼓以声气也。”

夜来：犹入夜。唐杜甫《遣怀》诗：“夜来归鸟尽，啼杀后栖鸦。”

月色如银：月光皎洁如银。北宋苏轼《行香子·述怀》词：“清夜无尘。月色如银。”

和衣独拥：谓不脱衣服，独自抱臂（而卧）。北宋张先《南歌子》词：“醉后和衣倒，愁来殢酒醺。”

花影疏窗度：谓随着渐入深夜，月亮西沉，花影在窗棂上慢慢移动经过。疏窗，即窗棂或窗格不密的窗。度，泛指过。

脉脉此情：这份幽深绵长的情感。南宋辛弃疾《摸鱼儿》词：“千金纵买相如赋，脉脉此情谁诉。”

谁得识：谁能知道。

细数落花：仔细计数凋落的残花。北宋王安石《北山》诗："细数落花因坐久，缓寻芳草得归迟。"

更阑：更深夜阑，犹夜已将尽。更，旧时夜间计时单位。一夜分五更，每更约两小时。阑，将尽。唐方干《元日》诗："晨鸡两遍报更阑，刁斗无声晓漏干。"

别是：犹另是。南唐后主李煜《相见欢》词："别是一般滋味在心头。"

闲情绪：无所事事的闲散情绪。南宋吴潜《贺新郎·用赵用父左司韵送郑宗丞》词："阑干拍手闲情绪。"

闻余长叹，西廊惟有鹦鹉：只有西廊上的鹦鹉听我长叹。意言孤寂。唐李商隐《无题四首》诗其四："归来展转到五更，梁间燕子闻长叹。"

说明

赵秀亭、冯统一《饮水词校笺》："此为送友词。'金鼓'句，当指三藩之乱。词应作于三藩战乱方炽之际。康熙十五年四月严绳孙回南，词之作期，可据以参考。"

百字令

人生能几，总不如休惹、情条恨叶。
刚是尊前同一笑，又到别离时节。
灯灺挑残，炉烟爇尽，无语空凝咽。
一天凉露，芳魂此夜偷接。

怕见人去楼空，柳枝无恙，犹埽窗间月。
无分暗香深处住，悔把兰襟亲结。
尚暖檀痕，犹寒翠影，触绪添悲切。
愁多成病，此愁知向谁说。

注释

人生能几：人生能有多少岁月。元赵孟頫《点绛唇》词："昏晓相催，百年窗暗窗明里。人生能几。"

情条恨叶：如杨柳的枝条与叶片般绵长纷繁的哀怨情愁。宋代王铚《折杨柳》诗："手拗杨柳赠行人，情条恨叶江南春。"

刚是尊前同一笑：刚才还在酒樽前一同欢笑。尊，同"樽"。明王彦泓《续游十二首》诗其一："又到尊前一笑同。"

灯灺挑残：挑去残烛中已烧成灰烬的灯芯。灺，烛烬。南宋吴潜《青玉案》词："挑残灯烬，装成香缕。"

炉烟爇尽：熏炉中的烟已燃尽消散。爇，燃烧。

无语空凝咽：默默无言，徒自哽咽。空，徒然、白白地。凝咽，哭时不能痛快出声，犹哽咽，也作"凝噎"。北宋柳永《雨霖铃》词："执手相看泪眼，竟无语凝噎。"

一天凉露：一天清凉的露水。南宋曾宏正《水调歌头·临桂水月洞》词："秋爽一天凉露，桂子更飘香。"

芳魂：美人之魂。代指亡妻。元吴师道《子昂兰竹图》诗："湘娥清泪未曾消，楚客芳魂不可招。"

偷接：犹偷会。接，会合。

无恙：犹依旧。本指没有疾病、忧患，引申指虽受到不良侵害，但未产生不良影响。恙，忧、病。语出战国宋玉《九辩》："赖皇天之厚德兮，还及君之无恙。"

犹埽窗间月：谓月下的柳影依旧随风飘动，拂过窗间。犹，还、依旧。埽，同"扫"。

无分：没有缘分。北宋黄庭坚《江城子》词："有分看伊，无分共伊宿。"

兰襟亲结：将芬芳的衣襟亲手打成同心结。喻曾与亡妻两情相悦，结为知心伉俪。

尚暖檀痕：亡妻的泪痕还是暖的。檀痕，带有香粉的泪痕，参见《虞美人》（曲阑深处重相见）注。

犹寒翠影：亡妻的身影依旧清寒。

触绪添悲切：触动心绪，增添哀痛。切，忧伤悲凄貌。

说明

该阕为悼念亡妻之作。

沁园春

沁园春：词牌名。

始现于晚唐。又名“东仙”“寿星明”“洞庭春色”等。以北宋苏轼词《沁园春》（孤馆灯青）为正体，双调一百一十四字，上片十三句、四平韵，下片十二句、五平韵。另有双调一百一十六字，上片十三句、四平韵，下片十三句、六平韵等变体。此调以四字句为主，多用对偶，配以八字、七字、六字、五字等句，用平韵，调势活泼生动，婉谐流畅，适用于言志、议论、谐谑、叙事、酬赠、祝颂等题材。

沁园春·代悼亡

梦冷蘅芜，却望姗姗，是耶非耶。
怅兰膏渍粉，尚留犀合；金泥蹙绣，空掩蝉纱。
影弱难持，缘深暂隔，只当离愁滞海涯。
归来也，趁星前月底，魂在梨花。

鸾胶纵续琵琶。
问可及、当年萼绿华。
但无端摧折，恶经风浪；不如零落，判委尘沙。
最忆相看，娇讹道字，手翦银灯自泼茶。
今已矣，便帐中重见，那似伊家。

注释

代悼亡：代替他人写诗词悼念亡者。因西晋文学家潘安在妻子死后作《悼亡》诗三首，后便以“悼亡”特指悼念亡妻。

梦冷蘅芜：犹伊人已逝，鸳鸯梦冷。典出东晋王嘉《拾遗记》：“汉武帝思怀往者李夫人，……帝息于延凉室，卧梦李夫人授帝蘅芜之香。帝惊起，而香气犹着衣枕，历月不歇。”

却望姗姗，是耶非耶：犹却望见伊人姗姗来迟，不知是真是幻。姗姗，形容女子走路从容缓慢貌。语出东汉班固《汉书·孝武李夫人传》："上思念李夫人不已，方士齐人少翁言能致其神。乃夜张灯烛，设帷帐，陈酒肉，而令上居他帐，遥望见好女如李夫人之貌，还幄坐而步。又不得就视，上愈益相思悲感，为作诗曰：'是邪，非邪？立而望之，偏何姗姗其来迟。'"

兰膏：以兰花、兰草等香料按比例调和香油，经过蒸煮等工序提炼萃取而成的润发香膏。唐白居易《任氏行》诗："兰膏新沐云鬓滑，宝钗斜坠青丝发。"

渍粉：浸湿的脂粉。

尚留犀合：还留在妆盒之中。犀合，饰有犀牛角的化妆盒。合，同"盒"。此二句谓伊人新亡遗物尚存。

金泥蹙绣：指"蹙金绣"工艺。该绣法最早出现在隋代文献中，因其组织严密、纹理清晰、金光灿烂、精美绝伦，深受人们喜爱，成为唐代宫廷刺绣的主要针法。唐杜甫《丽人行》诗："绣罗衣裳照暮春，蹙金孔雀银麒麟。"

空掩蝉纱：谓精美的蹙金绣白白绣在了薄如蝉翼的纱衣上。意犹纱衣的主人已逝，衣物再精美也只能闲置。

影弱难持：伊人的身影虚幻微弱，难以支撑。

缘深暂隔：夫妻姻缘很深，暂时断隔。

离愁滞海涯：离别的愁苦凝积在海边。滞，凝积。海涯，海边。北宋苏轼《寄高令》诗："田园知有儿孙委，早晚扁舟到海涯。"

鸾胶纵续琵琶：谓纵然用鸾胶粘接断了的琵琶弦。因古时以琴瑟喻夫妻，故称丧妻为"断弦"，再娶为"续弦"。此句喻续弦，即续娶后妻。鸾胶，粘续断弦之胶。据西汉东方朔《海内十洲记·凤麟洲》载，西海中有凤麟洲，洲上多凤麟，亦多仙家，煮凤喙、麟角，合煎作膏，名"续弦胶"，能续弓弩已断之弦。亦称"鸾胶"。琵琶，因怀抱拨弹，喻怀中之人。

萼绿华：女仙名，代指亡妻。据北宋李昉等偏《太平广记·萼绿华》载："萼绿华者，女仙也。年可二十许，上下青衣，颜色绝整。以晋穆帝升平三年己未十一月十日夜降于羊权家。自云是南山人，不知何仙也。……权及欣，皆潜修道要，耽玄味真。绿华云：'我本姓杨。'又云是九嶷山中得道罗郁也。……赠权诗一篇，并火浣布手巾一，金玉条脱各一枚。”

但无端摧折：但是凭空被摧残折损。唐韩愈《县斋有怀》诗：“蹉跎颜遂低，摧折气愈下。”

恶经风浪：畏惧经历艰险波折。恶，畏怕。风浪，喻艰险的境遇。

零落：草木凋落，喻死亡。南宋陆游《卜算子·咏梅》词：“零落成泥碾作尘，只有香如故。”

判委尘沙：甘愿抛弃尘世。判，甘愿。委，抛弃。尘沙，犹尘世。

娇讹道字：指女子读音不准而撒娇。讹，错误。唐李白《对酒》诗：“道字不正娇唱歌。”北宋苏轼《浣溪沙·春情》词：“道字娇讹苦未成，未应春阁梦多情。”

手翦银灯：手持剪刀去剪银质灯托中的灯芯。翦，同“剪”。

泼茶：以沸水冲茶，犹沏茶。北宋李昉等编《太平广记·宋济》：“此有茶味，请自泼之。”

今已矣：如今伊人已逝。已矣，逝去。北宋王安石《悼四明杜醇》诗：“悲哉四明山，此士今已矣。”

便帐中重见：即便罗帐中重新相见。见“却望姗姗，是耶非耶”注。

那似伊家：哪里还像亡妻呢？那，同“哪”。伊家，犹那人，指亡妻。家，语尾助词，无实义。

说明

赵秀亭、冯统一《饮水词校笺》：“副题‘代悼亡’，通志堂本、张纯修本皆有之，必有据。以内容看，远不及《金缕曲·亡妇忌日有感》之真情动人。惟未悉所代者何人。”

沁园春

试望阴山，黯然销魂，无言徘徊。
见青峰几簇，去天才尺；黄沙一片，匝地无埃。
碎叶城荒，拂云堆远，雕外寒烟惨不开。
踟蹰久，忽冰崖转石，万壑惊雷。

穷边自足秋怀。
又何必、平生多恨哉。
只凄凉绝塞，蛾眉遗冢；销沉腐草，骏骨空台。
北转河流，南横斗柄，略点微霜鬓早衰。
君不信，向西风回首，百事堪哀。

注释

阴山：阴山山脉，是中国北部东西走向的重要地理分界线，横亘在内蒙古自治区中部及河北省北部，西起狼山、乌拉山，中为大青山、灰腾梁山，南为凉城山、桦山，东为大马群山。人文历史底蕴深厚，名胜古迹颇多，如昭君墓（青冢）、战国赵长城、鸡鹿塞、五当召（汉名为广觉寺）、美岱召、百灵庙等。留下过诸多脍炙人口的诗篇，如北朝民歌《敕勒歌》：“敕勒川，阴山下，天似苍穹，笼盖四野。”又如唐代诗人王昌龄《出塞二首》诗其一：“……但使龙城飞将在，不教胡马度阴山。”代指北方边疆山地。

见青峰几簇，去天才尺：看见几簇青色的山峰距离天仅有一尺。极言山峰之高。去，距离。才，只、仅仅。唐李白《蜀道难》诗：“连峰去天不盈尺。”

黄沙一片，匝地无埃：眼前黄沙一片，遍地不见尘埃。匝，遍、满。唐王勃《还冀州别洛下知己序》：“风烟匝地，车马如龙。”

碎叶城：又作素叶城，因其依傍碎叶水（又名素叶水，即今中亚的楚河）而得名。唐王朝在西域仿长安城建置的重镇，与龟兹、疏勒、于阗并称为“安西四镇”，是中国历代王朝在西部地区设防最远的边陲城市。位于今吉尔吉斯斯坦首都比什凯克以东，楚河流域的托克马克城西南八公里处的阿克·贝希姆。

拂云堆：唐代边塞地名。位于今内蒙古包头西北。唐代朔方军大总管张仁愿既定漠北，为防御突厥、削弱后突厥汗国国力，于河套北岸筑中、东、西三受降城以固守。中受降城即在拂云堆，故拂云堆又为中受降城的别称。此二句泛指绝塞边地，非实指。

雕外寒烟惨不开：碉堡外寒冷的烟雾凝聚着悲伤。雕，同“碉”，指用于军事防御的建筑。惨，伤心、悲痛。不开，犹凝聚、难以散开。

忽冰崖转石，万壑惊雷：忽见冰崖上岩石滚落，群山万壑中发出惊雷般的声音。冰崖，凝有寒冰的山崖。转石，转动、滚落的岩石。万壑，形容峰峦、山谷极多。唐李白《蜀道难》诗：“飞湍瀑流争喧豗，砯崖转石万壑雷。”

蛾眉遗冢：指昭君墓，青冢。唐杜牧《青冢》诗：“青冢前头陇水流，燕支山上暮云秋。蛾眉一坠穷泉路，夜夜孤魂月下愁。”

销沉腐草：淹没在荒枯的草中。

骏骨空台：谓燕昭王为招揽天下贤士而筑的黄金台遗存空寂、苍凉。骏骨，骏马之骨，喻贤能之士。引千金市骨之典。据《战国策·燕策一》载，燕昭王即位后，为报齐国打败燕国之仇，欲招天下贤士，因此拜访郭隗，求计问策。郭隗曰：“臣闻古之君人，有以千金求千里马者，三年不能得。涓人言于君曰：‘请求之。’君遣之，三月，得千里马，马已死，买其首五百金，反以报君。君大怒曰：‘所求者生马，安事死马而捐五百金？’涓人对曰：‘死马且买之五百金，况生马乎？

天下必以王为能市马，马今至矣。’于是不能期年，千里之马至者三。”黄金台，亦称招贤台，故址位于今河北省定兴县高里乡北章村。据清康熙十二年（1673）《定兴县志》载：“黄金台燕昭王筑，礼郭隗以致士。乐毅、剧辛先后至。故址在县西三十里北章村。年华旷邈，风雨崩摧于此，愈彰深古，触人远怀。”今遗址尚存。清吴伟业《夜宿阜昌》诗：“草没黄金台，犹忆昭王迎。”

北转河流：河水转向北流去。

南横斗柄：北斗七星的柄向南横斜。斗柄，北斗七星前四星如斗，后三星似柄，斗柄即指玉衡、开阳、摇光三星。唐韦应物《拟古诗十二首》：“天河横未落，斗柄当西南。”

略点微霜鬓早衰：人未老先衰，两鬓已生出星星点点的白发。

说明

赵秀亭、冯统一《饮水词校笺》：“词写秋日远行极边之地，惟康熙二十一年往觇梭龙足以当之。词多用边外古地名，皆非实指。古诗词中用地名，每不合于地理，惟取兴到神会，以求词境辽阔高壮。”

沁园春

丁巳重阳前三日，梦亡妇澹妆素服，执手哽咽。语多不复能记，但临别有云："衔恨愿为天上月，年年犹得向郎圆。"妇素未工诗，不知何以得此也，觉后感赋。

瞬息浮生，薄命如斯，低徊怎忘。
记绣榻闲时，并吹红雨；雕阑曲处，同倚斜阳。
梦好难留，诗残莫续，赢得更深哭一场。
遗容在，只灵飙一转，未许端详。

重寻碧落茫茫。
料短发、朝来定有霜。
便人间天上，尘缘未断；春花秋叶，触绪还伤。
欲结绸缪，翻惊摇落，减尽荀衣昨日香。
真无奈，倩声声邻笛，谱出回肠。

注释

丁巳：指康熙十六年（1677），容若发妻卢氏于此年五月三十日卒。

衔恨：犹含恨。南朝梁沈约《长歌行》诗："衔恨岂云忘，天道无甄别。"

瞬息浮生：虚浮的人生转瞬即逝。瞬息，呼吸的瞬间，形容时间极短。浮生，人生在世，虚浮不定，故称为"浮生"。东晋陶潜《感士不遇赋序》："悲夫。寓形百年，而瞬息已尽。"又唐李白《春夜宴桃李园序》："而浮生若梦，为欢几何。"

薄命如斯：如此命运不好，福分浅薄。斯，代词，这，表示语境中所指的事物。

低徊怎忘：回味往事，怎能遗忘。低徊，留恋地回顾。

绣榻：装饰着绣帐罗衾的床榻。

并吹红雨：一起并肩吹如雨般漫天飘舞的落花。唐李贺乐府诗《将进酒》："况是青春日将暮，桃花乱落如红雨。"

雕阑曲处：栏杆弯曲的地方。雕阑，雕有纹饰的精美栏杆，亦作栏杆的美称。阑，同"栏"。

同倚斜阳：共同倚靠着看夕阳西下。

赢得：犹落得、剩得。唐韩偓《五更》诗："光景旋消惆怅在，一生赢得是凄凉。"

只灵飙一转，未许端详：谓灵魂之风只旋转一圈便消逝了，没允许仔细看清。飙，疾风，泛指风。

重寻碧落茫茫：重新在漫无边际的天上寻找。碧落，泛指天空。茫茫，无边无际，看不清楚。唐白居易《长恨歌》："上穷碧落下黄泉，两处茫茫皆不见。"

料短发、朝来定有霜：料想新生的短发到早晨必定有如白霜。朝来，犹早晨。霜，喻白发。

触绪还伤：触动心绪更加悲伤。

欲结绸缪：想要结下深厚绵长的情缘。西汉李陵《与苏武诗》："独有盈觞酒，与子结绸缪。"

翻惊摇落：反而被你的离世震惊。翻，反转。摇落，木叶凋落，喻亡逝。宋叶梦得《临江仙·西园右春亭新成》词："却惊摇落动悲吟。"

减尽荀衣昨日香：引"荀令衣香"之典。自谓憔悴已极，风采不再。荀令，指三国时的谋士荀彧，参见《凤凰台上忆吹箫·除夕得梁汾闽中信，因赋》"粉郎香令"注。

邻笛：邻人的笛声。引悲邻笛之典。据唐房玄龄等撰《晋书·向秀传》载，三国时嵇康、吕安被司马昭杀害后，其好友向秀过嵇康山阳旧居，听到邻人的笛声，感怀亡友，悲哀难抑，遂作《思旧赋》。后以此典喻悼亡思旧。

谱出回肠：此句谓请幽怨的笛声谱写出如肠般来回盘旋的悲思愁绪。南朝陈徐陵《在北齐与杨仆射书》："朝千悲而掩泣，夜万绪而回肠。"

说明

该阕为悼念亡妻之作。

摸鱼儿

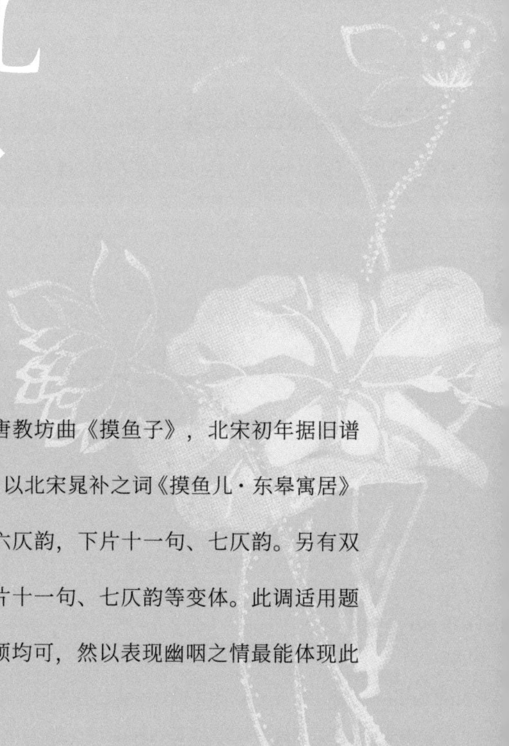

摸鱼儿：词牌名。

又名“买陂塘”“双蕖怨”等。该调源于唐教坊曲《摸鱼子》，北宋初年据旧谱制词名“摸鱼儿”，本为歌咏捕鱼的民歌，以北宋晁补之词《摸鱼儿·东皋寓居》为正体，双调一百一十六字，上片十句、六仄韵，下片十一句、七仄韵。另有双调一百一十六字，上片十句、七仄韵，下片十一句、七仄韵等变体。此调适用题材广泛，凡写景、抒情、咏物、赠酬、祝颂均可，然以表现幽咽之情最能体现此调特点。

摸鱼儿·送座主德清蔡先生

问人生、头白京国，算来何事消得。
不如罨画清溪上，蓑笠扁舟一只。
人不识。
且笑煮、鲈鱼趁著莼丝碧。
无端酸鼻。
向岐路消魂，征轮驿骑，断雁西风急。

英雄辈，事业东西南北。
临风因甚成泣。
酬知有愿频挥手，零雨凄其此日。
休太息。
须信道、诸公衮衮皆虚掷。
年来踪迹。
有多少雄心，几翻恶梦，泪点霜华织。

注释

座主：亦称“座师”。唐代进士用以称主试官。明清举人、进士亦用以称其本科主考官或总裁官。是唐宋以后刚入仕途的举人、进士们的重要政治关系之一。

蔡先生：蔡启僔（1619—1683），字石公，号昆旸，浙江德清人。自幼谦逊好学，胸怀大志，跟随担任吏部侍郎、东阁大学士的父亲蔡奕琛在京师受业。康熙九年（1670）状元，授翰林院修撰，任检讨、日讲起居注官。康熙十一年（1672），与徐乾学同任顺天府乡试主考，力除时弊，倡导复古之学，所取之士皆有才学。纳兰性德即为此榜举人，因称其为座主。次年，蔡启僔与徐乾学皆因顺天府乡试“副榜未取汉军卷”被弹劾，引咎回里，性德填词以赠。康熙十五年（1676）复官，升至詹事府右春坊右赞善，将补以重任。康熙十六年（1677），淡泊仕途，以病告归，不再复出。

问人生、头白京国，算来何事消得：问人的一生，算起来，有什么事值得在京城熬白了头呢？京国，京城，指北京。消得，犹值得。

不如罨画清溪上，蓑笠扁舟一只：谓不如身穿蓑衣，头戴斗笠，驾一叶扁舟，游在罨画溪上。犹不如归隐江湖，悠闲自乐。罨画溪，又名西溪。位于蔡启僔家乡德清以北，即今浙江省长兴县西。风景秀丽，有花木葱茏之胜。据南宋王象之《舆地纪胜》载，罨画溪“在长兴县西八里。花时游人竞集，溪半有罨画亭”。又据清顾祖禹《读史方舆纪要》载，罨画溪“一名西溪。县西北诸山之水汇流为杨店、梓方二涧，经县西北二十里合流，谓之合溪，又东南为罨画溪”。

人不识：犹做个普通的百姓，无人相识、打扰。

且笑煮、鲈鱼趁著莼丝碧：况且还可以趁着莼菜碧绿的时节，愉悦地烹煮鲈鱼，美餐一顿。典出南朝刘义庆《世说新语·识鉴》：“张季鹰辟齐王东曹掾，在洛，见秋风起，因思吴中菰菜、莼羹、鲈鱼脍，曰：‘人生贵得适意耳，何能羁宧数千里以要名爵。’遂命驾便归。”莼丝，即莼菜，又名马蹄菜、湖菜等，是多年生水生宿根草本。浮生于池塘湖沼的水面或潜在水中，嫩茎和叶背有胶状透明物质。嫩茎叶口感圆融、鲜美滑嫩。古人所谓“莼鲈风味”中的“莼”，即指此菜。

无端酸鼻：谓分别时刻，没来由的鼻子发酸，悲痛欲泣。战国宋玉《高唐赋》：“孤子寡妇，寒心酸鼻。”唐李善注：“酸鼻，鼻辛酸，泪欲出也。”

向岐路消魂，征轮驿骑，断雁西风急：在分别的路口，面对即将乘车马远去的蔡先生黯然神伤，抬头又见失群的孤雁在迅猛的秋风中艰难地飞翔，更添凄楚。岐路，犹岔路，指离别分手处。征轮驿骑，远行的车轮与驿马，代指蔡先生所乘之车马。

英雄辈，事业东西南北：谓英雄之辈，志在四方，即使不做官也能成就事业。北宋黄庭坚《同韵和元明兄知命弟九日相忆二首》诗其一：“早为学问文章误，晚作东西南北人。”

临风因甚成泣：迎风因何流泪。甚，犹何、什么。

酬知有愿频挥手，零雨凄其此日：在这细雨蒙蒙、凄凉悲伤的分别之日，望着蔡先生远去的车马，有心酬答知己，却只能频频挥手。零雨，细而慢的小雨。凄其，凄凉悲伤。

休太息：不要叹息。太息，指因情志抑郁、胸闷不畅而发出长吁短叹。

须信道、诸公衮衮皆虚掷：要知道，那些仕途中相继不绝的官僚们，皆不过虚掷年华罢了。信道，犹知道。诸公衮衮，引自唐杜甫《醉时歌》诗：“诸公衮衮登台省，广文先生官独冷。”后以“衮衮诸公”称身居高位而无所作为的官僚们。衮衮，相继不绝貌。虚掷，白白地丢弃、扔舍。

年来踪迹：这一年来走过的足迹。北宋柳永《八声甘州》词：“叹年来踪迹，何事苦淹留。”

泪点霜华织：泪珠与白发交织。霜华，即霜花，喻白发。

摸鱼儿·午日雨眺

涨痕添、半篙柔绿，蒲梢荇叶无数。
台榭空蒙烟柳暗，白鸟衔鱼欲舞。
红桥路。
正一派、画船箫鼓中流住。
呕哑柔橹。
又早拂新荷，沿堤忽转，冲破翠钱雨。

蒹葭渚，不减潇湘深处。
霏霏漠漠如雾。
滴成一片鲛人泪，也似汨罗投赋。
愁难谱。
只彩线、香菰脉脉成千古。
伤心莫语。
记那日旗亭，水嬉散尽，中酒阻风去。

注释

午日雨眺：端午之日雨中眺望。

涨痕添、半篙柔绿：雨中涨水的痕迹增添了半篙柔嫩的绿色。篙，撑船的竿。南宋陆游《杂感》诗："溪添半篙绿，山可一窗青。"

蒲梢：蒲柳，落叶灌木，秋天早凋，生于水边或泽中，通体细长，质地柔软有韧性，可用来编笸箩、篮子等。西晋崔豹《古今注·草木》："蒲柳，水边生，叶似青杨，一曰蒲杨。"又曰："水杨，蒲杨也。枝劲细韧，任矢用。"唐房玄龄等撰《晋书·顾悦之传》："蒲柳常质，望秋先零。"

荇：荇菜，多年生水生草本植物，根生水底，叶略呈圆形，浮于水面，可食。

台榭：中国古代将地面上的夯土高墩称为台，台上有柱无壁的木构敞厅称为榭，两者合称为台榭。汉以后，演变成在城台或墩台上建屋，唐以后又将临水或水中的建筑物称为水榭。后泛指亭台水榭。唐白居易《和梦得夏至忆苏州呈卢宾客》诗："水国多台榭，吴风尚管弦。"

空蒙：细雨迷茫貌。南朝齐谢朓《观朝雨》诗："空蒙如薄雾，散漫似轻埃。"

烟柳暗：烟雾笼罩的杨柳黯然缥缈。

正一派、画船箫鼓中流住：正是一派箫鼓齐鸣，画船齐发，停在水中央的场面。箫鼓，即箫与鼓，泛指奏乐。中流，水流中央，泛指水中。汉武帝刘彻《秋风辞》："箫鼓鸣兮发棹歌，欢乐极兮哀情多。"

呕哑柔橹：谓船橹划水发出的轻柔之声。呕哑，象声词，船橹声。唐李咸用《江行》诗："潇湘无事后，征棹复呕哑。"

又早拂新荷，沿堤忽转，冲破翠钱雨：此句谓船又早已拂过新荷，沿着河堤忽然转弯，冲破滋养新荷的蒙蒙细雨。翠钱，新荷的雅称。

蒹葭渚：长满芦、荻的洲渚。蒹，没长穗的荻。葭，初生的芦苇。渚，水中的小块陆地。宋代苏庠《菩萨蛮·再在西冈兼怀后湖作》词："短船谁泊蒹葭渚。夜深远火明渔浦。"

不减潇湘深处：不亚于潇湘深处。潇湘，湘水中游与潇水合流处。亦作湘江的别称。唐李白乐府诗《远别离》："古有皇英之二女，乃在洞庭之南，潇湘之浦。"

霏霏漠漠如雾：细雨迷蒙，烟云茫茫，如雾一般。霏霏，雨盛密貌。漠漠，云烟密布貌。

滴成一片鲛人泪，也似汨罗投赋：谓如雾般的烟雨似鲛人的眼泪滴成一片，也似投往汨罗江中凭吊屈原的诗赋。鲛人，又名泉先，泉客。神话传说中鱼尾人身的神秘生物。参见上卷《浣溪沙》（锦样年华水样流）“鲛珠”注。

愁难谱：愁怨难以谱写。

彩线：百索，亦名长命缕。端午节有佩长命缕辟邪之俗，以象征五行的五彩丝线编结成索，系于手臂，可避灾除病、保佑安康、延年益寿。北宋苏轼《浣溪沙·端午》词：“彩线轻缠红玉臂，小符斜挂绿云鬟。”

香菰：以菰叶裹黏米包成的粽子。菰叶，茭白叶。据明代王三聘《古今事物考》载：“《续齐谐记》曰：‘屈原五月五日，投汨罗江死，楚人哀之，每贮米竹筒投祭。汉建武中，长沙欧回，见一人自称三闾大夫，曰：“常苦蛟龙所窃，更有惠者，以楝叶塞筒，五彩丝缚之，则蛟龙所惮也。”’世以菰叶裹黏米，谓之角黍，今粽子是也。”

脉脉成千古：脉脉传延，成了千古习俗。

旗亭：犹酒肆。因悬旗为酒招，故名。唐李贺《开愁歌》：“旗亭下马解秋衣，请贳宜阳一壶酒。”

水嬉：水上游戏。其形式多样，有歌舞、竞渡、杂技等。

中酒阻风去：饮酒半酣时，迎风而去。中酒，饮酒之中，半醉半醒，犹半酣。参见上卷《菩萨蛮》（新寒中酒敲窗雨）注。阻风，即被风所阻，犹迎风。清顾贞观《风流子》词：“阻风中酒，浪迹难招。”

说明

据该阕所述端午情貌，盖为什刹海纳兰家附近。

忆秦娥

忆秦娥：词牌名。

又名“秦楼月”“碧云深”“双荷叶”等。世传此调由唐代诗人李白首制，因其《忆秦娥》（箫声咽）中有“秦娥梦断秦楼月”句，故名，并以该词为正体。双调，四十六字，押入声韵，上下片各五句，三仄韵、一叠韵。又有双调四十六字，上下片各五句，三平韵、一叠韵等平韵格变体。“秦娥”本指春秋时秦穆公之女弄玉，她酷爱吹箫，嫁善吹箫之萧史，后夫妻乘龙凤飞天仙去，后泛指秦地女子。

忆秦娥·龙潭口

山重叠。
悬崖一线天疑裂。
天疑裂。
断碑题字，古苔横啮。

风声雷动鸣金铁。
阴森潭底蛟龙窟。
蛟龙窟。
兴亡满眼，旧时明月。

注释

龙潭口：位于今辽宁省铁岭市境内。据清贾弘文《铁岭县志》载：“龙潭口山，城东南五十八里。”明末为北部边防要冲，距纳兰性德祖居地叶赫故城不足百里，时叶赫附明，建州女真努尔哈赤正当兴起之际，龙潭口一带遂成为努尔哈赤与明杀伐之战场。

悬崖一线天疑裂：两侧悬崖峭壁，抬头只见一线天空，疑似天裂开了缝隙。

断碑题字，古苔横啮：古老的断碑上苔藓横生，侵蚀着碑上的题字。啮，本指用齿碾磨食物，此谓侵蚀。唐李白《金陵白下亭留别》诗：“汉水啮古根。”

风声雷动鸣金铁：风声如雷般震动，似兵器击撞般鸣响。金铁，代指金属兵器。北宋欧阳修《秋声赋》："其触于物也，𠌯𠌯铮铮，金铁皆鸣。"

阴森潭底蛟龙窟：相传龙潭口山因潭底有蛟龙而得名，此谓潭底蛟龙的洞穴阴森恐怖。蛟龙，神话传说中能发动洪水的龙，一说无角。

兴亡满眼，旧时明月：天上仍是旧时的明月，见证过多少时代的兴盛与衰亡。

说明

词牌名底本作"忆秦蛾"，此据许增娱园本改。

赵秀亭、冯统一《饮水词校笺》："康熙二十一年春，清圣祖东巡至大兀剌，于返程中经龙潭口。据高士奇《扈从东巡日录》，四月十三日过叶赫，十四日过威远，十五日至开原，十六日至铁岭，途间行围打猎，故行程较缓。性德游龙潭口，当即在此数日内。龙潭口距性德祖居之地不及百里，早年兴亡恩怨记忆犹新，故其慨甚深。过叶赫，想必感慨更甚，然言必触忌，竟至无词。惟及龙潭口，始赋'天裂''兴亡'之句，其旨亦在幽隐难言之间。《扈从东巡日录》曾云：'庚寅（十三日），雨中过夜黑（叶赫）河，见梨花一树，惨淡含烟，为赋《南楼令》词一首。夜黑城在北山之隈，砖甃城根，亦有子城，尚余台殿故址。水草丰美，微有阡陌。太祖高皇帝破之，其地遂墟。'清圣祖是日作《经叶赫故城》诗云：'断垒生新草，空城尚野花。翠华今日幸，谷口动鸣笳。'其感奋之情固自与性德不同。"

声律

"窟"字读 què 押韵。《康熙字典》中"窟"字又叶韵（"叶韵"亦作"协韵"，此处"叶"音 xié，是"协"的古文，非"葉"的简化字），音"阙"。旧时昆曲和京剧韵白中也将"窟"字念为 què。

忆秦娥

春深浅。
一痕摇漾青如翦。
青如翦。
鹭鸶立处，烟芜平远。

吹开吹谢东风倦。
缃桃自惜红颜变。
红颜变。
兔葵燕麦，重来相见。

注释

春深浅：春色深深浅浅。南宋吴元可《采桑子·春夜》词：“江南二月春深浅，芳草青时，燕子来迟。”

一痕摇漾：一痕春水荡漾。南朝梁简文帝《述羁赋》：“云嵯峨以出岫，江摇漾而生风。”

青如翦：青色的水痕如新生之羽般齐整。东汉许慎《说文解字》：“翦，羽生也。一曰矢羽。”清王筠注：“翦者，谓新生之羽整齐之状也。”

鹭鸶：鹭科大、中型湿地水鸟。身体呈纺锤形，具有喙长、颈长、腿长的特点。因其胸前饰羽和头顶冠羽皆长如丝状，故名。是明清两代六品文官朝服上的补子图案。

烟芜平远：烟雾迷茫的草丛平夷远阔。芜，乱草丛生。南宋黄机《踏莎行》词："云树参差，烟芜平远。"

吹开吹谢东风倦：春风将花吹开又吹谢，已经疲倦。

缃桃自惜红颜变：谓缃桃怜惜自己花色已衰，红颜不再。缃桃，结浅红色果实的桃树，亦称缃核桃。南宋陈允平《恋绣衾》词："缃桃红浅柳褪黄，燕初来、宫漏渐长。"

兔葵燕麦：指野草夹杂着麦子共同生长，形容景象荒凉。语出唐刘禹锡《再游玄都观绝句》序："重游玄都，荡然无复一树，唯兔葵燕麦，动摇于春风耳。"兔葵，草名，据宋叶廷珪《海录碎事·草》载："兔葵苗如龙芮，花白茎紫。"

忆秦娥

长飘泊。
多愁多病心情恶。
心情恶。
模糊一片，强分哀乐。

拟将欢笑排离索。
镜中无奈颜非昨。
颜非昨。
才华尚浅，因何福薄。

注释

拟将欢笑排离索：打算用欢笑排解孤独。离索，即离群索居，指离开群体，孤独生活。索，孤单。南宋陆游《钗头凤》词："一怀愁绪，几年离索。"

颜非昨：容颜已非昨日般美好。北宋王安石《冲卿席上得作字》诗："强走十五年，朱颜已非昨。"

才华尚浅，因何福薄：古人云"才人福薄"，故反问之。晚清重臣左宗棠曾在家书中教诲其子："从来人说'佳人命薄，才人福薄'，非天赋之薄也，其自戕自贼、自暴自弃，早将先人余荫、自己根基斫削尽矣。又何怪坎坷不遇，憔悴伤生乎？戒之！戒之！"

说明

该阕补遗自汪元治结铁网斋刻本《纳兰词》。

减字木兰花

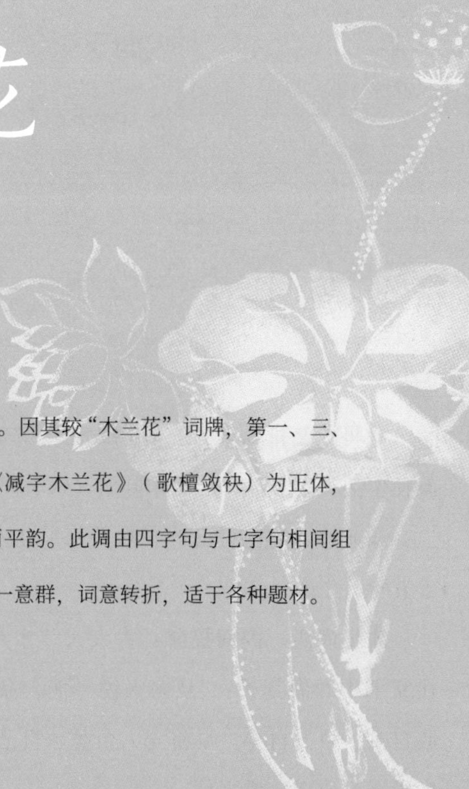

减字木兰花：词牌名。

又名“减兰”“木兰花慢”“偷声木兰花”等。因其较“木兰花”词牌，第一、三、五、七句均减三字，故名。以北宋欧阳修《减字木兰花》（歌檀敛袂）为正体，双调四十四字，上下片各四句，两仄韵、两平韵。此调由四字句与七字句相间组成，每句用韵，仄韵与平韵交互，每两句为一意群，词意转折，适于各种题材。

减字木兰花

烛花摇影。
冷透疏衾刚欲醒。
待不思量。
不许孤眠不断肠。

茫茫碧落。
天上人间情一诺。
银汉难通。
稳耐风波愿始从。

注释

冷透疏衾：夜间的寒气将薄被侵透。疏，单薄。北宋范纯仁《暑雨》诗：“朝泥涴羸屐，夜气凌疏衾。”

不许孤眠不断肠：双重否定表肯定，犹孤枕难眠，伤心欲绝。

银汉难通：引牛郎织女银河相会之典，喻与亡妻天人两隔，难以相见。银汉，即银河。

稳耐风波愿始从：谓只有忍耐银河的风浪，愿望才能实现。稳，犹忍。风波，喻艰难险阻。始，才。从，依顺。

说明

该阕为悼亡之作。

减字木兰花

相逢不语。
一朵芙蓉著秋雨。
小晕红潮。
斜溜鬟心只凤翘。

待将低唤。
直为凝情恐人见。
欲诉幽怀。
转过回阑叩玉钗。

注释

一朵芙蓉著秋雨：谓女子如一朵出淤泥而不染的莲花，在清凉的秋雨中亭亭玉立、静美动人。芙蓉，荷花的别称，亦名莲花、芙蕖。著，同“着”，附着。

小晕红潮：谓因害羞而脸颊泛起微微的红晕。

斜溜鬟心只凤翘：谓凤簪从鬟髻的顶心斜溜下来。溜，滑动。只，东汉许慎《说文解字》：“鸟一枚也。”此谓一支凤簪。北宋周邦彦《南乡子·拨燕巢》词：“不道有人潜看著，从教。掉下鬟心与凤翘。”

待将低唤：打算将她低声呼唤。待，犹打算。将，介词，犹把。南宋蒋捷《行香子·舟宿兰湾》词：“待将春恨，都付春潮。”

直为：犹只因。唐马云奇《怀素师草书歌》：“直为功成岁月多，青草湖中起墨波。”

凝情：情意专注。唐李康成《玉华仙子歌》：“转态凝情五云里，娇颜千岁芙蓉花。”

欲诉幽怀：想要倾诉隐藏于内心的情感。北宋方惟深《都下寄友人叶裴之》诗：“幽怀欲有诉，寤寐不可求。”

回阑：回环曲折的栏杆。阑，同“栏”。

说明

此阕词清人陈淏编选的《精选国朝诗余》有副题“离情”。

赵秀亭、冯统一《饮水词校笺》：“煞拍原作‘选梦凭他到镜台’，‘选梦’，沈宛之号，并为沈氏词集名，此词必缘沈氏而作。‘镜台’亦用晋温峤娶妇典故，正切容若纳沈氏为妾事。沈宛自江南来京师，成、沈结缡，在康熙二十三、二十四年交岁之际，词之作期，大略可知。”

声律

“只凤翘”的“只”是“隻”的简化字。古时“隻”“衹”是音、义不同的两个字，简化后都作“只”。“衹”一般读上声，“隻”读入声。“翘”读平声押韵，音 qiāo。

减字木兰花

从教铁石。
每见花开成惜惜。
泪点难消。
滴损苍烟玉一条。

怜伊太冷。
添个纸窗疏竹影。
记取相思。
环佩归来月上时。

注释

从教：犹任凭。从，同“纵”，犹任。北宋苏轼《水龙吟·次韵章质夫杨花词》：“似花还似非花，也无人惜从教坠。”

铁石：谓心肠如铁石般坚硬，不为感情所动。典出唐皮日休《桃花赋序》：“余尝慕宋广平（唐朝名相宋璟，编者注）之为相，贞姿劲质，刚态毅状，疑其铁肠石心，不解吐婉媚辞。然睹其文而有《梅花赋》，清便富艳，得南朝徐庾体，殊不类其为人也。”元王冕《梅花》诗：“一声羌管过南楼，铁石心肠亦凄楚。”

每见花开成惜惜：每当看见花开，也会心生怜惜。成，变为。惜惜，犹怜惜。五代李存勖《歌头》词：“惜惜此光阴，如流水。”

泪点难消。滴损苍烟玉一条：梅枝在月光下如笼罩着苍烟的美玉。点点梅花似滴落其上的泪痕，难以消除。滴损，滴落损坏。明代刘绩《寄内敬》诗："知君五载思乡泪，滴损营前苜蓿花。"苍烟，苍茫的云雾。宋陈与义《不见梅花六言》诗："想得苍烟玉立，都藏江上人家。"玉一条，形容梅的枝条洁白如玉。唐代张谓《早梅》诗："一树寒梅白玉条。"

怜伊太冷：怜惜你太过冷清。伊，代词，你，指梅花。

添个纸窗疏竹影：谓在梅枝旁添画个纸窗，再用淡墨画几杆稀疏的竹影，加以陪衬。

记取相思：记住彼此的思念。南宋韩元吉《薄幸·送安伯弟》词："相思记取，愁绝西窗夜雨。"

环佩归来月上时：以昭君喻梅花，谓梅花的精魂会在月亮升起的时候归来。环佩，圆环形的玉佩，多指女子饰物，杜诗中喻昭君。典出唐杜甫《咏怀古迹五首》诗其三："群山万壑赴荆门，生长明妃尚有村。一去紫台连朔漠，独留青冢向黄昏。画图省识春风面，环佩空归夜月魂。千载琵琶作胡语，分明怨恨曲中论。"

说明

该阕为题咏梅花图之作。

减字木兰花

断魂无据。
万水千山何处去。
没个音书。
尽日东风上绿除。

故园春好。
寄语落花须自埽。
莫更伤春。
同是恹恹多病人。

注释

断魂无据。万水千山何处去：惆怅的灵魂无所依凭，漫漫坎途，不知去往何处。唐韦庄《木兰花》词："千山万水不曾行，魂梦欲教何处觅。"

没个音书：犹没有音信。南宋廖行之《青玉案》词："家山此去无多路。久没个、音书去。"

尽日东风上绿除：春风整日在长满绿苔的石阶上吹拂。尽日，犹终日、整日。除，台阶。

故园春好：昔日的家园春色尚好。

寄语落花须自埽：告诉凋落的花朵，主人已经离去，须借助春风自行清扫。

埽，同“扫”。

莫更伤春：更不要为春天的消逝而悲伤。

同是恹恹多病人：我们同样是萎靡凋零的多病之人。恹恹，精神萎靡的病态之貌。元王实甫《西厢记》：“恹恹瘦损，早是伤神，那值残春。”

说明

本阕为故园重游、触景生情的伤春之作，蕴含悼亡意味。与《百字令·废园有感》或作于同时同地。上片伤春怀人，诉说妻子去世后自己失魂落魄，心无所依，千山万水，不知去往何处的迷茫之态，渴望在故园寻找妻子的讯息，却见旧日的台阶上，除了春风整日吹拂，早已久无人迹，生满绿苔。下片借景抒情，自比落花，孤寂无助，满目凄凉，故园春色虽好，在词人眼中却俨然一座愁城，只得发出与落花同病相怜之叹。

减字木兰花·新月

晚妆欲罢。
更把纤眉临镜画。
准待分明。
和雨和烟两不胜。

莫教星替。
守取团圆终必遂。
此夜红楼。
天上人间一样愁。

注释

晚妆欲罢：夜晚，天上的妻子即将梳妆完毕。欲，将要。

更把纤眉临镜画：愈加仔细地对着镜子描画纤细的眉毛。更，副词，表程度加深，犹更加。临镜，犹对镜。

准待分明：打算看个清楚。准待，犹打算。分明，清楚。

和雨和烟两不胜：纤眉化作一弯新月，禁不住烟雨交融，一片朦胧。不胜，不能承受。

莫教星替：不要让星星将其代替。教，犹令、让。唐李商隐《李夫人歌》："惭愧白茅人，月没教星替。"

守取团圆终必遂：守护这弯新月，终有月圆之时，我们团聚的愿望最终必将实现。遂，顺心、称意。

红楼：红色的楼阁。古典文学作品中常用以代指华美的楼阁或富贵人家女子的居所。此处指妻子生前的居处。唐白居易《秦中吟》："红楼富家女，金缕绣罗襦。"清人曹雪芹著有《红楼梦》。

天上人间一样愁：天上的妻子和人间的我一样愁绪满怀。

说明

此阕为悼亡之作。词人将天上的新月比作亡妻的纤眉，睹月思人，无限怅惘。"莫教星替"反用李商隐咏汉武帝宠妃李夫人的诗句，表明无意再娶。"守取团圆终必遂"，坚信亡妻还会归来，与他再续前缘。可见词人情深成痴，难以面对爱妻已故的事实。该阕当作于康熙十六年（1677）至康熙十九年（1680）间，即卢氏亡故后至续娶官氏前。由此可断，容若续娶一等公颇尔喷之女，似非本意，盖迫于压力不得已而为之。

声律

"胜"读平声押韵，音 shēng。"教"读平声合律，音 jiāo。

减字木兰花

花丛冷眼。
自惜寻春来较晚。
知道今生。
知道今生那见卿。

天然绝代。
不信相思浑不解。
若解相思。
定与韩凭共一枝。

注释

花丛：丛集而生的鲜花，喻美女众多。

冷眼：冷漠的眼光。清顾贞观《烛影摇红·立春》词："负却韶光，十年眼冷花丛里。"

自惜寻春来较晚：惋惜自己出来游赏春景的时间比较晚。化用唐杜牧《叹花》诗："自恨寻芳到已迟。"参见《临江仙·谢饷樱桃》"绿叶成阴春尽也"注。

知道今生那见卿：犹哪里知道今生能遇见你呢。卿，对恋人的昵称。那，同"哪"。

天然绝代：天生丽质，冠绝当代。

不信相思浑不解：犹不相信你全然不知我对你的爱慕之情。浑，完全。解，了解。北宋刘季孙《题屏》诗："说与旁人浑不解，杖藜携酒看芝山。"

定与韩凭共一枝：犹一定会与我结为连理枝。韩凭，容若自喻。参见《清平乐》（青陵蝶梦）"青陵蝶梦"注。

说明

该阕补遗自汪元治结铁网斋刻本《纳兰词》。疑为沈宛而作。卢氏去世后，容若妻妾中，唯有沈宛与其志趣相投，可暂慰其亡妻之痛。康熙二十三年（1684）九月，顾贞观携沈宛赴京。岁暮，容若纳沈宛为外室。该阕或作于此时。

满庭芳

满庭芳：词牌名。

北宋新声。调名取自唐柳宗元《赠江华长老》诗句“偶地即安居，满庭芳草积”。又名“满庭霜”“潇湘夜雨”“话桐乡”“满庭花”等。以晏几道《满庭芳》（南苑吹花）为正体，双调九十五字，上下片各十句、四平韵。另有双调九十五字，上片十句、四平韵，下片十一句、五平韵；双调九十三字，上片十句、四平韵，下片十一句、五平韵等变体。此调用韵疏密适度，于音情顿挫中见流动奔放。因用平韵，且多用短句，故声韵颇为响亮，适用题材广泛。既可用于抒情、议论、写景，又可用以叙事、祝颂、酬赠。

满庭芳·题元人芦洲聚雁图

似有猿鸣，更无渔唱，依稀落尽丹枫。
湿云影里，点点宿宾鸿。
占断沙洲寂寞，寒潮上、一抹烟笼。
全不似，半江瑟瑟，相映半江红。

楚天秋欲尽，荻花吹处，竟日冥蒙。
近黄陵祠庙，莫采芙蓉。
我欲行吟去也，应难问、骚客遗踪。
湘灵杳，一尊遥酹，还欲认青峰。

注释

芦洲聚雁图：元末明初朱芾绘。朱芾，字孟辨，号沧洲生，松江府华亭县（今上海松江）人。明洪武初年，以征聘至官编修，改中书舍人。工辞章、翰墨之学。善画芦雁，极潇湘烟水之致。该画现藏于台北故宫博物院。朱芾自题云：“夜窗剪烛听雨，偶阅叔升钱君所画古木寒鸦小景，不觉技痒，因写《芦洲聚雁》以配之。适友人黄德谦曰：‘似潇湘水云景也。昔年过二妃庙，今复观此图，恍若重游，但少苦竹翳深耳。’余遂添丛篆中其间，殊有天趣。并赋诗一绝云：‘夜窗听雨话巴山，又入潇湘水竹间。满渚冥鸿谁得似，碧天飞去又飞还。’甲寅春三月修禊日，朱孟辩在西掖记。”此图曾归容若收藏，原画左下角钤有容若藏印。

似有猿鸣，更无渔唱：好似有猿猴啼鸣，却没有渔人歌唱。更，连词，犹反而、却。

依稀落尽丹枫：经霜泛红的枫叶仿佛已经落尽。依稀，仿佛，模糊不清貌。南宋洪适《渔家傲引》："九月芦香霜旦旦，丹枫落尽吴江岸。"

湿云影里，点点宿宾鸿：水边潮湿的云雾中，栖宿着点点鸿雁。宿，过夜。宾鸿，北方飞来客居（过冬）暂未离去的鸿雁。语出西汉戴圣《礼记·月令》："鸿雁来宾。"南朝梁元帝《言志赋》："闻宾鸿之夜飞，想过沛而沾衣。"

占断：犹占尽。北宋晏殊《秋蕊香》词："多情只似春杨柳。占断可怜时候。"

沙洲寂寞：语出北宋苏轼《卜算子》词："拣尽寒枝不肯栖，寂寞沙洲冷。"

寒潮上、一抹烟笼：寒冷的潮水上笼罩着一抹轻烟。

全不似，半江瑟瑟，相映半江红：语出唐白居易《暮江吟》诗："一道残阳铺水中，半江瑟瑟半江红。"此句犹完全不像白居易诗中描绘的江边暮色，一道夕阳铺陈在水中，半江碧绿，半江被映照成红色。瑟瑟，原指碧色宝石，引申为碧绿的江面。

楚天：长江中下游一带（古属楚国）的天空，泛指南方的天空。北宋柳永《雨霖铃》词："念去去千里烟波，暮霭沉沉楚天阔。"

荻花：荻开的花。荻，多年生草本植物，形似芦苇，生在水边，叶长，秋天开紫花。唐代李绅《回望馆娃故宫》诗："飘雪荻花铺涨渚，变霜枫叶卷平田。"

竟日：犹整日。北宋欧阳修《桃源忆故人》词："眉上万重新恨，竟日无人问。"

冥蒙：模糊、幽深貌。北宋周邦彦《华胥引·秋思》词："川原澄映，烟月冥蒙，去舟如叶。"

黄陵祠庙：又名黄陵庙、二妃庙。位于今湖南省湘阴县三塘乡渔场堤外的湘江东岸。传说舜帝南巡，崩于苍梧之野（"苍梧"指洞庭湖之四野，湘阴即"苍梧之野"的一部分），娥皇、女英二妃闻帝崩，哭于湘山，溺于湘水，后人在黄陵山建庙以供祭祀。北魏郦道元《水经注·湘水》："湘水又北径黄陵亭西，……西流，径二妃庙南，世谓之黄陵庙。"又唐代杜佑《通典》："黄陵，即舜二妃所葬之地"。清代尤侗《艮斋杂说续说》："湘阴黄陵庙，刘表所建，以祀舜二妃。"

芙蓉：指木芙蓉，锦葵科木槿属落叶灌木，又名芙蓉花、拒霜花、木莲等。唐宋时期，今湖南湘、资、沅、澧流域广生木芙蓉。木芙蓉高者可达数米，花繁盛丰茂，淡雅素美，有白、黄、淡红数色，颇为壮观。五代诗人谭用之游湘江，作《秋宿湘江遇雨》诗云：“秋风万里芙蓉国，暮雨千家薜荔村。”此后，黄陵庙所在地湖南便有了“芙蓉国”的雅号。

行吟：边行走边吟唱。语出战国屈原《渔父》：“屈原既放，游于江潭，行吟泽畔。”

骚客：源于屈原所作之《离骚》。借指屈原或诗人、文士。唐刘知几《史通·叙事》：“昔文章既作，比兴由生，鸟兽以媲贤愚，草木以方男女。诗人骚客，言之备矣。”

湘灵：传说舜帝二妃娥皇、女英为舜帝投湘水殉情后，化为湘水女神，是为湘灵。语出战国屈原《远游》诗：“使湘灵鼓瑟兮，令海若舞冯夷。”

杳：远得不见踪影。

一尊遥酹：一杯酒浇到地上，遥祭湘灵。尊，同“樽”，犹酒杯。酹，以酒浇地，表祭奠。

还欲认青峰：还想要辨认江上那几座青色的山峰。化用唐代钱起《省试湘灵鼓瑟》诗：“曲终人不见，江上数峰青。”

说明

容若挚友严绳孙作有《南浦·题朱孟辨芦洲聚雁》词。康熙十二年（1673）春，容若结识严绳孙，二人过从甚密，严绳孙曾移居容若邸中，叠有唱和。康熙十五年（1676）初夏，严绳孙回南。该阕与严词咏同一题材，当作于同时。作期应在康熙十二年至十四年（1675）间。

满庭芳

堠雪翻鸦，河冰跃马，惊风吹度龙堆。
阴磷夜泣，此景总堪悲。
待向中宵起舞，无人处、那有村鸡。
只应是，金笳暗拍，一样泪沾衣。

须知今古事，棋枰胜负，翻覆如斯。
叹纷纷蛮触，回首成非。
剩得几行青史，斜阳下、断碣残碑。
年华共，混同江水，流去几时回。

注释

堠雪翻鸦：堠上的积雪很深，乌鸦无法站立，只得上下翻飞。堠，古代标记里程的土堆。五里一堠，十里双堠。唐韩愈《路傍堠》诗：“堆堆路傍堠，一双复一只。”另指瞭望敌情的土堡。参见上卷《浣溪沙》（欲寄愁心朔雁边）“斥堠”注。

惊风：强劲猛烈的风。三国魏曹植《箜篌引》诗：“惊风飘白日，光景驰西流。”

吹度：犹吹过。唐李白《关山月》诗：“长风几万里，吹度玉门关。”

龙堆：白龙堆。古西域沙丘名，代指沙漠。参见上卷《南歌子·古戍》注。

阴磷夜泣：犹夜里磷火闪动，传出“鬼哭”之声。阴磷，即尸骨在腐败过程中产生的磷化氢自燃现象，俗称鬼火。

待向中宵起舞：犹打算在半夜起来舞剑。待，犹打算。向，犹在。中宵，犹半夜。引闻鸡起舞之典，喻有志者及时奋发努力。典出唐房玄龄等撰《晋书·祖逖传》："祖逖字士稚，范阳遒人也。……与司空刘琨俱为司州主簿，情好绸缪，共被同寝。中夜闻荒鸡鸣，蹴琨觉曰：'此非恶声也。'因起舞。"

金笳暗拍：犹暗抒愁怀。引《胡笳十八拍》之典。相传《胡笳十八拍》是汉末女诗人蔡文姬创作的古乐府琴曲歌辞，叙述其在战乱中被掳、胡地思乡、忍痛别子归汉的悲惨遭遇和满腹愁怀。一章为一拍，共十八章，故有此名。金笳，胡笳的美称。参见上卷《南歌子·古戍》注。

须知今古事，棋枰胜负，翻覆如斯：要知道古今之事犹如棋局，胜负难测，反复无常。唐杜甫《秋兴八首》诗其四："闻道长安似弈棋，百年世事不胜悲。"

蛮触：蜗牛的两只触角相互争斗。引蛮触相争之典，喻因小事引起不必要的争端。典出《庄子·杂篇·则阳》："有国于蜗之左角者，曰触氏；有国于蜗之右角者，曰蛮氏。时相与争地而战，伏尸数万。"唐白居易《不如来饮酒》诗其七："相争两蜗角，所得一牛毛。"

回首成非：是非成败转头空。回首，犹回顾。非，消逝。

断碣残碑：断裂、残缺的石碑。形容破败荒凉的景象。南朝宋范晔《后汉书·窦宪传》注："方者谓之碑，圆者谓之碣。"

混同江：黑龙江汇合松花江后到乌苏里江口一段的别称。因松花江含沙较多，水色淡黄，注入黑龙江后，水色北黑南黄，经久始混，故名。然其古今所指不一，此处指松花江。容若在《通志堂集》卷四《松花江》诗自注曰："即混同江也。《金史》有宋瓦江，旧志遂以混同、松花为二江，误矣。"

说明

该阕为咏史之作，与《南歌子·古戍》相类。作于康熙二十一年（1682）觇梭龙途中，词人经先祖故地，满目苍凉，不禁心生悲慨，抒兴亡之叹。

声律

"拍"旧读 pò。

忆王孙

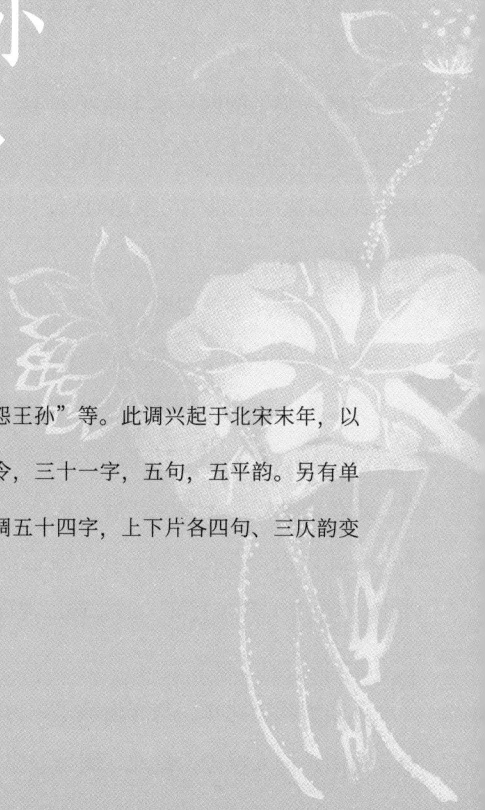

忆王孙：词牌名。

又名“忆君王”“豆叶黄”“画蛾眉”“怨王孙”等。此调兴起于北宋末年，以李重元《忆王孙·春词》为正体。单调小令，三十一字，五句，五平韵。另有单调三十一字，五句，三平韵、两叶韵及双调五十四字，上下片各四句、三仄韵变体。此调多写离情别绪。

忆王孙

暗怜双绁郁金香。
欲梦天涯思转长。
几夜东风昨夜霜。
减容光。
莫为繁花又断肠。

注释

暗怜双绁郁金香：暗自怜惜双袜系带上绣的郁金香。东汉许慎《说文解字》："绁，系也。"此谓袜上的系带。郁金香，据唐陈藏器《本草拾遗》载："郁金香生大秦国，二月、三月有花，状如红蓝，四月、五月采花，即香也。"大秦是古代中国对罗马帝国的称呼。可见郁金香为舶来品，古代的花形与今日之郁金香似非同类。此谓袜带上的彩绣图案。据唐末马缟《中华古今注》载："……角袜，以带系于踝。至魏文帝吴妃，乃改样以罗为之，后加以彩绣画，至今不易。"

欲梦天涯：犹想要在梦中行走天涯。天涯，犹天边，喻很远的地方。南宋辛弃疾《江神子·闻蝉蛙戏作》词："簟铺湘竹帐垂纱。醉眠些。梦天涯。"

思转长：思虑转而变得更加深长。

几夜东风昨夜霜：几夜春风吹过，昨夜又下寒霜。谓乍暖还寒。

减容光：脸上的光彩消减。喻花不再娇艳。此谓花与人同样历经风霜，容颜憔悴。北宋晏殊《浣溪沙》词："乍雨乍晴花自落，闲愁闲闷日偏长。为谁消瘦减容光。"

莫为繁花又断肠：不要为了繁花的凋零又伤心难过。

说明

此阕为伤春之作。词人暗惜袜上的绣花，此花或为亡妻所绣，如今物是人非，绣袜尚且成双，人却已阴阳永隔。想要抛却烦恼，行走天涯，却仿佛身在牢笼，连梦中也不能实现，反而思虑更甚，辗转难眠。天气乍暖还寒，阴晴不定，词人见繁花如他这般憔悴，只得劝慰自己不要再去伤春，因为悲伤改变不了现实，只会令人更加痛苦。全词情景交融，人花互比，自怜自伤，充满了命运不能自主的无奈与心酸。

忆王孙

西风一夜翦芭蕉。
满眼芳菲总寂寥。
强把心情付浊醪。
读离骚。
洗尽秋江日夜潮。

注释

强把心情付浊醪：勉强把寂寥的心情交给浊酒，犹借酒浇愁。浊醪，未经过滤提纯的混浊米酒。

洗尽秋江日夜潮：此句谓只有读《离骚》，才能将如秋日江潮般日夜汹涌的愁绪洗尽。

说明

此阕为悲秋之作。

赵秀亭、冯统一《饮水词校笺》：“三藩乱起，湖湘沦入战火，性德原有投笔立功之志。其《送荪友》诗曾云：‘平生纵有英雄血，无由一溅荆江水。荆江日落阵云低，横戈跃马今何时。’此阕末句汪刻本作‘愁似湘江日夜潮’，亦有请缨无路之意。此词当作于康熙十五年前。”

忆王孙

刺桐花底是儿家。
已拆秋千未采茶。
睡起重寻好梦赊。
忆交加。
倚著闲窗数落花。

注释

刺桐：落叶乔木，花作倾斜排列，种子为深红色，枝干间有圆锥形棘刺，故名。旧时多入诗。唐代王毂《刺桐花》诗："南国清和烟雨辰，刺桐夹道花开新。"

儿家：谓女子之家。元代乔吉《折桂令》曲："多时不到儿家，想绳挂秋千，弦断琵琶。"

已拆秋千：古代寒食节有荡秋千的风俗，传说可令义士介子推的灵魂乘秋千飞升，保江山千秋永固，故又名"秋千节"。据唐欧阳询等撰《艺文类聚》载："北方山戎，寒食日用秋千为戏"。而寒食清明过后便要将秋千拆掉。此谓晚春时节。

赊：遥远。唐王勃《滕王阁序》："北海虽赊，扶摇可接。"

交加：男女亲昵，相互依偎。唐韦庄《春愁》诗："睡怯交加梦，闲倾潋滟觞。"

闲窗：犹安静的窗。北宋柳永《鹤冲天》词："闲窗漏永，月冷霜华堕。"

说明

该阕写情窦初开的少女期盼与心上人相聚相守的怀春之事。

赵秀亭、冯统一《饮水词笺校》:“‘刺桐花’云云，皆设想之词。性德词中，多有类此。此词当作于早期，疑为康熙十五年前作。”

林花榭《读词小笺》:“王荆公诗‘细数落花因坐久’，闲趣也。纳兰云‘倚着闲窗数落花’，乃无聊也。虽同言一事，而情自有别。”

卜算子

卜算子：词牌名。

又名“百尺楼”“眉峰碧”“楚天遥”等。北宋时盛行此曲。相传调名是借用初唐诗人骆宾王的绰号，因骆宾王写诗好用数字，时人笑称他作诗像拨算盘子，故得此号。清人万树撰《词律》则以为调名取义于“卖卜算命之人”。以北宋苏轼《卜算子·黄州定慧院寓居作》为正体。双调，四十四字，上下片各四句、两仄韵。另有两结句增衬字等变体。

卜算子·塞梦

塞草晚才青，日落箫笳动。
戚戚凄凄入夜分，催度星前梦。

小语绿杨烟，怯踏银河冻。
行尽关山到白狼，相见惟珍重。

注释

塞草晚才青： 塞外的野草傍晚才会变青。

日落箫笳动： 太阳落山时，箫笳才会被吹动。箫笳，指箫和胡笳。语出三国魏曹植《与吴季重书》：“若夫觞酌凌波于前，箫笳发音于后。”

催度星前梦： 犹催促天上的妻子度过月下星前，入我梦来。

小语： 犹细语。唐裴思谦《及第后宿平康里》诗：“银缸斜背解鸣珰，小语偷声贺玉郎。”

绿杨烟： 谓妻子的柔声细语如碧绿的杨柳上笼罩的朦胧烟雾。北宋宋祁《玉楼春·春景》词：“绿杨烟外晓寒轻，红杏枝头春意闹。”

怯踏银河冻： 胆怯地踏过冰冻的银河。

行尽关山到白狼： 犹走遍关隘山岭来到白狼河。南宋张孝祥《浣溪沙·洞庭》词：“行尽潇湘到洞庭。”白狼，参见上卷《台城路·塞外七夕》“白狼河”注。

说明

此阕为塞外悼念亡妻之作。

卜算子·五日

村静午鸡啼，绿暗新阴覆。
一展轻帘出画墙，道是端阳酒。

早晚夕阳蝉，又噪长堤柳。
青鬓长青自古谁，弹指黄花九。

注释

五日：指农历五月初五端午节，是集拜神祭祖、祈福辟邪、纪念屈原为一体的民俗大节。与春节、清明、中秋并称为中国四大传统节日。

午鸡啼：鸡在午时啼鸣。午时，即中午十一点至十三点。唐刘禹锡《秋日送客至潜水驿》诗："枫林社日鼓，茅屋午时鸡。"

绿暗新阴覆：绿荫幽暗，新生的枝叶形成的树荫又覆盖过来。

轻帘：谓轻垂的酒帘。帘，酒帘，酒家所用的招子。

画墙：绘有壁画的墙。五代冯延巳《上行杯》词："罗幕遮香，柳外秋千出画墙。"

端阳酒：端午节又名端阳节，此谓端午节饮的药酒。根据阴阳术数之说，午为阳，重午为至阳。古人认为端午日午时为三午相重，乃极阳时分，最能辟阴邪，加之酒可助阳气生发，故有以中药入酒辟邪之俗。常用的药料有雄黄、朱砂、柏子、桃仁、蒲片、艾叶等。据明冯应京《月令广义》载："午日泛菖蒲于雄黄朱砂酒中，各以余酒指染额胸手足心，以辟邪毒，无虫虺之患。以雄黄酒洒诸墙壁门窗处，辟毒虫。"民间传说《白蛇传》中白素贞端午节饮雄黄酒的故事广为流传。

早晚夕阳蝉：夕阳中的蝉从早到晚不停地鸣叫。

又噪长堤柳：又将长堤上的柳树喧扰。噪，群鸣，此谓群蝉喧叫。

青鬓长青自古谁：从古至今，有谁能鬓发长青而不衰老呢？青鬓，犹黑发，形容年轻。北宋贺铸《行路难》词：“酌大斗，更为寿，青鬓长青古无有。”

弹指黄花九：光阴飞逝，转眼就到重阳。弹指，形容时间极短。黄花九，指农历九月初九重阳节。因民谚有“九月重阳菊花黄”之说，故又名黄花节。

卜算子·咏柳

娇软不胜垂，瘦怯那禁舞。
多事年年二月风，翦出鹅黄缕。

一种可怜生，落日和烟雨。
苏小门前长短条，即渐迷行处。

注释

娇软不胜垂：谓杨柳的枝条娇嫩柔软，无力垂下。不胜，犹不能承受。隋炀帝杨广《望江南》词："堤上柳，烟里不胜垂。"

瘦怯那禁舞：谓柳条如少女般瘦弱胆怯，哪里禁得住在风的吹拂下舞动。

多事年年二月风：犹二月的春风每年都做多余的事。

翦出鹅黄缕：谓二月的春风将嫩柳剪出如初生小鹅绒毛般淡黄色的丝条。唐贺知章《咏柳》诗："不知细叶谁裁出，二月春风似剪刀。"翦，同"剪"。

可怜生：犹可怜，值得怜悯。生，尾词，无义。宋赵彦端《虞美人·刘帅生日》词："风流椿树可怜生，长与柳枝桃叶、共青青。"

苏小：指苏小小。苏小小其人，史料并无记载，其身世亦不可考。南朝陈徐陵编《玉台新咏·钱唐苏小歌》："妾乘油壁车，郎骑青骢马。何处结同心，西陵松柏下。"苏小小主动追求爱情的精神被世人所称道，唐代文人通过文学想象将其虚构为南朝歌妓。此后她的故事更为丰满，名字频繁出现于历代文人的诗文、词曲、笔记中，是古代文人通过文化记忆与文学想象塑造出的经典女性形象。唐白居易《杭州春望》诗："涛声夜入伍员庙，柳色春藏苏小家。"

即渐：犹逐渐。元代乔吉《两世姻缘》第二折：“即渐里瘦了身形。”

迷行处：犹迷向处。迷，分辨不清。清顾贞观《菩萨蛮》词：“门前乌柏树，霜月迷行处。”

青玉案

青玉案：词牌名。

又名“一年春”“西湖路”“青莲池上客”等。调名为宋人首创，乃北宋“时调新声”，取于东汉张衡《四愁诗》“美人赠我锦绣段，何以报之青玉案”句。“案”字的含义历来争议较大，综合各类史料和文物考证，应为盛食的托盘。以北宋贺铸词《青玉案》（凌波不过横塘路）为正体。双调六十七字，上下片各六句、五仄韵，上、去通押。另有双调六十七字，上下片各六句、四仄韵；双调六十八字，上下片各六句、四仄韵等十二种变体。该调通过声律的组合转化，使情感的传达更加迂回曲折，多抒发悠远绵长、悲凉哀婉的情思。

青玉案·人日

东风七日蚕芽软。
青一缕、休教翦。
梦隔湘烟征雁远。
那堪又是，鬓丝吹绿，小胜宜春颤。

绣屏浑不遮愁断。
忽忽年华空冷暖。
玉骨几随花骨换。
三春醉里，三秋别后，寂寞钗头燕。

校订

下片“几随花骨换”，底本原无“骨”字，此依词牌格律，据张纯修刻本、汪元治刻本、娱园刻本补。

注释

人日：指农历正月初七。传说女娲初创世，在依次造出了鸡、狗、猪、羊、牛、马等动物后，于第七日造出了人，故将此日作为人类的生日，简称人日。

蚕芽软：桑叶芽娇嫩柔软。

青一缕、休教翦：不要让春风将那缕青色的新芽剪掉。翦，同“剪”。

梦隔湘烟：梦被湘水的云烟隔断。湘，湘江，亦为湖南的别称。

征雁远：迁徙的大雁远在南方。相传北雁飞至湖南衡阳的回雁峰而止，自是北回。唐王勃《滕王阁序》："雁阵惊寒，声断衡阳之浦。"

那堪：犹怎堪，哪能忍受。那，同"哪"。南宋程垓《玉漏迟》词："一春浑不见，那堪又是，花飞时节。"

鬓丝吹绿：犹鬓发被春风吹得乌黑发亮。

小胜宜春颤：宜春的小胜随风颤动。宜，合乎时宜。小胜，即小巧的彩胜。参见《凤凰台上忆吹箫·守岁》"朱幡翦彩"注。

忽忽年华：犹年华飞逝。南宋洪咨夔《用虞提刑见寄诗韵答之》诗其一："纷纷世故肱三折，忽忽年华指一弹。"

玉骨几随花骨换：谓人几乎随着花的枯荣而变换。玉骨，喻身形清丽的女子。花骨，代指花。

三春醉里，三秋别后：谓春天在沉醉里，秋天在离别后。三春，指春季的三个月，即正月孟春、二月仲春、三月季春。三秋，指秋季的三个月，即七月孟秋、八月仲秋、九月季秋。

钗头燕：指女子的首饰燕钗，因钗头以燕造型，故称。北宋吴则礼《满庭芳·立春》词："钗头燕，妆台弄粉，梅额故相夸。"

说明

该阕汪元治刻本与许增娱园刻本副题均作"辛酉人日"，故当作于康熙二十年（1681）正月初七。词人伤离念远，内心孤寂而作此词。

声律

"教"读平声合律，音 jiāo。

青玉案·宿乌龙江

东风卷地飘榆荚。
才过了、连天雪。
料得香闺香正彻。
那知此夜，乌龙江畔，独对初三月。

多情不是偏多别。
别离只为多情设。
蝶梦百花花梦蝶。
几时相见，西窗翦烛，细把而今说。

校订

下片“别离只为”底本原无“离只”二字，此依词牌格律，据《瑶华集》、《昭代词选》、汪元治刻本、娱园刻本补。

注释

乌龙江：此谓松花江。因清代松花江依女真语曾称兀喇江，“乌龙”乃“兀喇”之异音。

东风卷地飘榆荚：春风从地面席卷而过，榆荚飘飞。榆荚，即榆树的翅果，因酷似古代串起来的麻钱儿，又名榆钱，暮春成熟。

才过了、连天雪：谓漫天如雪的杨花刚刚飞过。连天，犹满天。唐韩愈《晚春二首》诗其一：“杨花榆荚无才思，惟解漫天作雪飞。”

多情不是偏多别：谓多情的人不是偏有更多的别离之苦。

别离只为多情设：别离之苦只为多情的人而设。

蝶梦百花花梦蝶：谓与离别的恋人只能在梦中相见，犹如蝴蝶梦见百花，百花梦见蝴蝶一般。

西窗翦烛：语出唐李商隐《夜雨寄北》诗：“何当共剪西窗烛，共话巴山夜雨时。”翦，同“剪”。此谓与思念之人秉烛夜谈。

说明

赵秀亭、冯统一《饮水词校笺》：“此阕作于康熙二十一年春随驾东巡时。自三月二十六日至四月初六，清圣祖一行逗留于松花江沿岸鸡林（吉林）至大乌拉间。据高士奇《扈从东巡日录》：‘四月庚辰（初三），晨兴，细雨犹零，流云未歇。泛舟江中，草舍渔庄映带，冈阜岸花初放，错落柔烟，似江南杏花春雨时，不知身在绝塞也。驻大乌喇虞村。’此词‘乌龙江畔，独对初三月’句，全为写实。”

满江红

满江红：词牌名。

该调为北宋新声。又名“上江虹”“满江红慢”“念良游”“烟波玉”“伤春曲”“怅怅词”。以北宋柳永词《满江红》（暮雨初收）为正体。双调九十三字，上片八句、四仄韵，下片十句、五仄韵。另有双调九十三字，上片八句、五仄韵，下片十句、六仄韵；双调九十三字，上片八句、四平韵，下片十句、五平韵等变体。该调表情丰富，既可传清新绵邈之意，亦可表悲壮激越之情。

满江红·茅屋新成却赋

问我何心，却构此、三楹茅屋。
可学得、海鸥无事，闲飞闲宿。
百感都随流水去，一身还被浮名束。
误东风、迟日杏花天，红牙曲。

尘土梦，蕉中鹿。
翻覆手，看棋局。
且耽闲殢酒，消他薄福。
雪后谁遮檐角翠，雨余好种墙阴绿。
有些些、欲说向寒宵，西窗烛。

注释

却赋：犹再赋。却，再。

三楹：犹三间。房屋一间为一楹。“三”在古诗词中多为虚数，此处或泛指几间茅屋。

海鸥无事，闲飞闲宿：谓如海鸥般清闲无事，悠闲地飞翔、栖息。

迟日：春日。语出《诗经·豳风·七月》：“春日迟迟。”唐杜甫《绝句二首》诗其一：“迟日江山丽，春风花草香。”

红牙曲：用红牙板叩击节拍唱曲。南宋辛弃疾《满江红》词：“佳丽地，文章伯。金缕唱，红牙拍。看尊前飞下，日边消息。”

蕉中鹿：典出战国列御寇《列子·周穆王》：“郑人有薪于野者，遇骇鹿，御而击之，毙之。恐人见之也，遽而藏诸隍中，覆之以蕉，不胜其喜。俄而遗其所藏之处，遂以为梦焉。顺途而咏其事，傍人有闻者，用其言而取之。既归，告其室人曰：‘向薪者梦得鹿而不知其处，吾今得之，彼直真梦矣。’”后以此典喻事物真伪难辨，得失无常。

翻覆手，看棋局：典出西晋陈寿《三国志·王粲传》：“（粲）观人围棋，局坏，粲为覆之。棋者不信，以帊盖局，使更以他局为之。用相比较，不误一道。”喻世事如棋局，被人翻来覆去地操控，不由自主。

耽闲：沉溺闲暇。南宋徐侨《懒书问》诗：“避闹深违俗，耽闲懒作书。”

殢酒：纵酒。殢，犹耽，迷恋、沉溺。南宋辛弃疾《最高楼·楼中有四时歌者，为赋》词：“怎消除，须殢酒，更吟诗。”

消：消受。

些些：少许、一点儿。唐元稹《答友封见赠》诗：“扶床小女君先识，应为些些似外翁。”

说明

赵秀亭、冯统一《饮水词校笺》：“康熙十六年杪，梁汾南归；十七年，性德为之筑草堂以邀之；十九年，梁汾复至京师。性德致张见阳手札第一简末有梁汾跋语云：‘聊自见其朱门，贫道如游蓬户。容若因仆作此语，构此见招。’词当作于康熙十七年内。”

声律

“看”读平声合律，音 kān。

满江红

代北燕南，应不隔、月明千里。
谁相念、胭脂山下，悲哉秋气。
小立乍惊清露湿，孤眠最惜浓香腻。
况夜乌、啼绝四更头，边声起。

销不尽，悲歌意。
匀不尽，相思泪。
想故园今夜，玉阑谁倚。
青海不来如意梦，红笺暂写违心字。
道别来、浑是不关心，东堂桂。

注释

代北燕南：代州以北，燕京以南。代州，即今山西省忻州市代县，北踞北岳恒山余脉，南跨佛教圣地五台山麓。燕京，北京的旧称。

应不隔、月明千里：犹应不算太远。北宋苏轼《浣溪沙》词："梦到故园多少路，酒醒南望隔天涯。月明千里照平沙。"

胭脂山：以产胭脂草而得名，又称燕支山、焉支山。坐落在河西走廊峰腰地带的甘凉交界处，位于山丹县、永昌县交界，属祁连山支脉。

悲哉秋气：秋日的凄清、肃杀之气令人悲伤。哉，语气词，表感叹。语出战国宋玉《九辩》：“悲哉，秋之为气也。”

孤眠最惜浓香腻：犹孤枕难眠，最爱惜（怀念）家中浓郁的熏香味道。腻，犹浓。此香或为亡妻生前常用之物，容若常爇香而眠。

况夜乌、啼绝四更头：夜里的乌鸦一直啼叫到四更头上，才肯停歇。头，开始。绝，犹断。

边声：指边塞凄凉哀怨的声音，如胡笳、羌笛、画角等乐器发出的声响。北宋范仲淹《渔家傲》词：“四面边声连角起，千嶂里，长烟落日孤城闭。”

匀：犹抹、拭。

青海不来如意梦：犹边远之地没有好梦。

红笺暂写违心字：信纸上暂且写下违背心意的文字。此谓写家书不敢流露真情，免让家人担忧。反用五代顾敻《荷叶杯》词“字字尽关心。红笺写寄表情深”句。

浑是：犹全是。

东堂桂：此谓家中事物。唐李商隐《无题》诗：“昨夜星辰昨夜风，画楼西畔桂堂东。”

说明

赵秀亭、冯统一《饮水词校笺》：“康熙二十二年九月十一至十月初九，性德随扈往山西五台山，此词当为是行之作。全词只言思念家中，无他意。‘东堂桂’另有喻科举及第意，与此词无涉。”

满江红

为问封姨，何事却、排空卷地。
又不是、江南春好，妒花天气。
叶尽归鸦栖未得，带垂惊燕飘还起。
甚天公、不肯惜愁人，添憔悴。

搅一霎，灯前睡。
听半晌，心如醉。
倩碧纱遮断，画屏深翠。
只影凄清残烛下，离魂飘缈秋空里。
总随他、泊粉与飘香，真无谓。

注释

为问封姨：犹借问风神。封姨，即封十八姨，又名风姨。神话传说中的司风之神。先秦姜太公《太公金匮》："风伯名姨。"此"风姨"之所本。后遂由男性之"伯"成为女性之"姨"。

何事却、排空卷地：犹因何事却要刮如此猛烈的大风。排空卷地，即推向天空、席卷大地，形容风势大而迅猛。排，犹推。

妒花天气：指春季百花盛开时的风雨天气。据唐谷神子《博异志·崔玄微》载，唐天宝中，崔玄微于春季月夜，遇美人绿衣杨氏、白衣李氏、绛衣陶氏、绯衣小女石醋醋和封家十八姨。崔命酒共饮。十八姨翻酒污醋醋衣裳，不欢而散。明夜诸女又来，醋醋言诸女皆住苑中，多被恶风所挠，求崔每岁元旦作朱幡立于苑东，即可免难。时元旦已过，因请于某日平旦立此幡。是日东风刮地，折树飞沙，而苑中繁花不动。崔乃悟诸女皆花精，而封十八姨乃风神也。

叶尽归鸦栖未得：谓风将树叶全部吹掉，令归来的乌鸦无法栖身。栖，指鸟雀在树上或巢中停留、歇宿。

带垂惊燕：指画轴上的惊燕带。据清梁绍壬《两般秋雨庵随笔》载："凡画轴制裱既成，以纸二条附于上，若垂带然，名曰惊燕。其纸条，古人不粘，因恐燕泥点污，故使因风飞动以恐之也。"

甚天公：犹怪老天。甚，责备、埋怨。

搅一霎：犹乱片刻。搅，乱。一霎，片刻、一会儿。

听半晌：犹听许久。宋赵长卿《蝶恋花》词："独倚危栏听半晌。"

只影：犹形单影只，谓孤独无偶。

离魂飘缈秋空里：离开躯体的灵魂随风飘到秋空里，似有还无，若隐若现。

总随他、泊粉与飘香：犹总是随风，漂泊在粉尘上或飘送到香气中。

真无谓：真是没有意义。北宋晏殊《鹿葱花》诗："农皇药录真无谓，不向萱丛辩纠纷。"

声律

"只影"的"只"是"隻"的简化字。古时"隻""衹"是音、义不同的两个字，简化后都作"只"。"衹"一般读上声，"隻"读入声。

满江红·为曹子清题其先人所构楝亭，亭在金陵署中

籍甚平阳，羡奕叶、流传芳誉。
君不见、山龙补衮，昔时兰署。
饮罢石头城下水，移来燕子矶边树。
倩一茎、黄楝作三槐，趋庭处。

延夕月，承晨露。
看手泽，深余慕。
更凤毛才思，登高能赋。
入梦凭将图绘写，留题合遣纱笼护。
正绿阴、青子盼乌衣，来非暮。

注释

曹子清：曹寅（1658—1712），字子清，号荔轩，又号楝亭。纳兰性德挚友。康熙朝名臣，康熙十一年（1672）入宫为侍卫，历任苏州、江宁织造，官至通政使。工诗词，善书。曾奉旨主持刊刻《全唐诗》《佩文韵府》，著有《楝亭集》等。

先人所构楝亭：先人，指曹寅父曹玺。康熙二年（1663）曹玺以内务府郎中首任江宁织造，曾在金陵（南京古称）官署亲手植楝树一株，并盖亭于树旁。曹玺卒后，曹寅将其重建，取名“楝亭”，并请人作画题咏，留有《楝亭图卷》传世。该词便为题画之作，列于诸题之首。东汉许慎《说文解字》：“构，盖也。”

籍甚：谓家族声名盛大。东汉班固《汉书·陆贾传》："贾以此游汉廷公卿间，名声籍甚。"

平阳：指西汉开国功臣平阳侯曹参。切曹寅之姓氏，喻其出身功臣之家。

奕叶：犹累世。奕，累、重。叶，世、代。东汉蔡邕《琅邪王傅蔡郎碑》："奕叶载德，常历宫尹，以建于兹。"

山龙：谓衮服上绣的山与龙的图案。衮服，简称"衮"，乃中国古代皇帝及上公的礼服。借喻曹家显贵。唐房玄龄等撰《晋书·舆服志》："王公衣山龙以下九章，卿衣华虫以下九章。"

补衮：弥补、劝谏帝王的失误之处。《诗经·大雅·烝民》："衮职有阙，维仲山甫补之。"衮职，古代指帝王的职事。阙，过失。

兰署：又名兰台、御史台，是古代国家最高监察机构。此谓曹氏门第，亦借指金陵江宁织造署。

石头城：又名石首城，本为战国楚金陵邑，东汉建安十七年（212）孙权重筑更名。故址在今江苏省南京市清凉山。城负山面江，南临秦淮河口，当交通要冲，六朝时为建康军事重镇。后代指南京。相传城下之水清澈甘冽，曾有人以其冒充扬子江中泠水，被人识破。

燕子矶：参见上卷《梦江南》（江南好，怀古意谁传）注。

倩一茎：犹请一棵。一茎，原指植物的一条主干，后表数量。

黄楝：楝属落叶乔木，树皮灰褐色，分枝广展，羽状复叶，如槐而尖。春夏开淡紫色小花，芬芳满庭。果实球形，状如小铃，熟时黄色。其花、叶、果实、根皮均可入药。又名苦楝。

三槐：相传周代于宫廷外植三株槐树，三公朝见天子时面三槐而立，后遂以三槐喻三公一类的高官。《周礼·秋官·朝士》："面三槐，三公位焉。"又据北宋学者邵伯温撰《邵氏闻见录》载，北宋王祐尝手植三槐于庭，曰："吾子孙必有为三公者。"后其子旦果入相。此谓在庭中植黄楝，犹如植三槐，寓意子孙后代显达。

趋庭处：犹子承父教处。引孔子教子之典。据《论语·季氏》载："（孔子）

尝独立，（孔）鲤趋而过庭。曰：‘学诗乎？’对曰：‘未也。’‘不学诗，无以言。’鲤退而学诗。”后以趋庭谓承父教。

延夕月，承晨露：延续黄昏之月，承接清晨的甘露。喻子承父业，后继有人。

看手泽：犹看父亲留下的楝亭。手泽，手之润泽，原指手汗，后喻先辈存迹。语出《礼记·玉藻》：“父没而不能读父之书，手泽存焉尔。”

深余慕：加深我的仰慕之情。

凤毛：凤凰的毛羽。喻子孙继承父辈才华。典出南朝宋刘义庆《世说新语·容止》：“王敬伦风姿似父，……桓公望之曰：‘大奴固自有凤毛。’”余嘉锡注：“南朝人通称人子才似其父者为凤毛。”

登高能赋：谓登高望远，能作赋抒怀。古为大夫必备的九种才能之一。代指国家的有用之才。东汉班固《汉书·艺文志》：“传曰：‘不歌而诵谓之赋，登高能赋可以为大夫。’”

合遣：犹应该使。合，合该、应当。遣，犹使、让。

纱笼护：谓以纱蒙护在名士、贵人题咏的手迹上避尘，以示对题咏者的崇敬。典出五代王定保《唐摭言·起自寒苦》：“王播少孤贫，尝客扬州惠昭寺木兰院，随僧斋餐。诸僧厌怠，播至，已饭矣。后二纪，播自重位出镇是邦，因访旧游，向之题已皆碧纱幕其上。播继以二绝句曰：‘……二十年来尘扑面，如今始得碧纱笼。’”后用作诗文出众的赞词。

正绿阴、青子盼乌衣：犹正是绿树成荫、青子满枝的时候，江宁百姓盼着贵人前来做官。青子，泛指尚未成熟的果实。乌衣，指贵族子弟。此喻曹寅即将继任父职。南宋周应合《景定建康志》：“乌衣巷在秦淮南，晋南渡，王谢诸名族居此，时谓其子弟为乌衣诸郎。”

来非暮：赞颂地方官施善政之词。据南朝宋范晔《后汉书·廉范传》载，廉范做蜀郡太守，废除禁止百姓夜间点灯做事的制度，老百姓歌颂其功绩：“廉叔度，来何暮。不禁火，民安作。平生无襦今五裤。”

说明

该阕补遗自张纯修刻本《饮水词集》卷下。

赵秀亭、冯统一《饮水词校笺》：“康熙二十三年冬南巡，性德曾至江宁织造府，会曹寅。康熙二十四年五月初，曹寅至京，携《楝亭图》，性德及顾贞观逐为题咏。此词作于性德卒前不及一月。《楝亭图》今存世。”

声律

“思”读去声合律，音 sì。

水调歌头

水调歌头：词牌名。

又名“元会曲”“台城游”“凯歌”“花犯念奴”等。调名来源于隋炀帝凿汴河所创《水调歌》，乃截大曲《水调》的首章另倚新声而成，故名。以北宋毛滂《水调歌头·元会曲》为正体，双调九十五字，上片九句、四平韵，下片十句、四平韵。另有双调九十五字，上片九句，四平韵、两仄韵，下片十句，四平韵、两仄韵；双调九十五字，上片九句，四平韵、五叶韵，下片十句，四平韵、五叶韵等变体。该调适用题材广泛，词风既可婉约典雅，又可大气磅礴。

水调歌头·题西山秋爽图

空山梵呗静，水月影俱沉。
悠然一境人外，都不许尘侵。
岁晚忆曾游处，犹记半竿斜照，一抹界疏林。
绝顶茅庵里，老衲正孤吟。

云中锡，溪头钓，涧边琴。
此生著几两屐，谁识卧游心。
准拟乘风归去，错向槐安回首，何日得投簪。
布袜青鞋约，但向画图寻。

注释

西山秋爽图：描绘北京西山秋景的图画。据容若友高士奇《江村书画目》载，高氏曾藏有元人盛子昭绘《溪山秋爽图》（赝）。容若所题或为此画。

空山梵呗静：空幽寂静的山中传来诵经之声。

水月影俱沉：如水的明月和水中的月影都已西沉。水月，明净如水的月亮。

悠然一境人外：闲适的世外桃源。一境，一个地方。人外，犹世外。

一抹界疏林：一抹云霞将稀疏的林木隔开。界，犹隔。

老衲：犹老僧。衲，本指补缀，因僧徒之衣常由许多碎布补缀而成，故代指僧衣。

云中锡：犹僧人在云中行走。锡，锡杖，借指僧人。唐李山甫《酬刘书记见赠》诗："禅者行担锡，樵师语隔坡。"

此生著几两屐：犹人这一生能穿破几双鞋呢。屐，木底鞋，泛指鞋。著，同"着"。两，犹双。

卧游心：坐卧观画，心游万里。语出南朝梁沈约《宋书·宗炳传》："（宗炳）有疾还江陵，叹曰：'老疾俱至，名山恐难遍睹，唯当澄怀观道，卧以游之。'"

错向槐安回首：犹不该向虚幻的仕途富贵回头。槐安，即槐安梦，又称南柯梦。据唐李公佐《南柯太守传》载，淳于棼饮酒于古槐下，醉入梦，至一地为槐安国。国王招其为驸马，使任南柯太守三十年，享尽荣华。醒后见树下有一大蚁穴，南枝一小蚁穴，盖梦中之槐安国与南柯郡。富贵荣华不过南柯一梦而已。

投簪：投弃固定官帽的簪子，喻弃官。

布袜青鞋：平民装束。喻弃官为民。语出唐杜甫《奉先刘少府新画山水障歌》："青鞋布袜从此始。"

但向：犹只向。北宋苏辙《蚕市》诗："但向陌上闻吹笙。"

水调歌头·题岳阳楼图

落日与湖水，终古岳阳城。
登临半是迁客，历历数题名。
欲问遗踪何处，但见微波木叶，几簇打鱼罾。
多少别离恨，哀雁下前汀。

忽宜雨，旋宜月，更宜晴。
人间无数金碧，未许著空明。
澹墨生绡谱就，待倩横拖一笔，带出九疑青。
仿佛潇湘夜，鼓瑟旧精灵。

校订

下片“待倩”底本原作“待俏”，此依词意据张纯修刻本、汪元治刻本、娱园刻本改。

注释

岳阳楼图：据容若友高士奇《江村书画目》载，高氏曾藏有明人谢时臣绘《岳阳楼图》，容若所题或为此画。岳阳楼，位于湖南省岳阳古城西门城墙之上、洞庭之滨。始建于东汉建安年间，北宋重修岳阳楼，范仲淹应邀作《岳阳楼记》，使其名满天下。

落日与湖水，终古岳阳城：岳阳城楼自古便是观赏落日与洞庭湖水的绝佳之处。

登临半是迁客：登临者多半是遭贬迁的他乡之客。北宋范仲淹《岳阳楼记》："北通巫峡，南极潇湘，迁客骚人，多会于此。"

但见微波木叶：只见轻微的水波和飘落的树叶。战国屈原《九歌·湘夫人》："袅袅兮秋风，洞庭波兮木叶下。"

打鱼罾：渔网。

汀：水边平滩。唐杜牧《陵阳送客》诗："重此一留宿，前汀烟月昏。"

金碧：金碧山水画。参见上卷《梦江南》（江南好，一片妙高云）"屏间楼阁李将军"注。

未许著空明：未必能画出空灵澄明的意境。未许，犹未必。著，同"着"。

生绡：作画用的未漂煮过的丝织品。北宋王安石《学士院燕侍郎画屏》诗："六幅生绡四五峰，暮云楼阁有无中。"

待倩：犹打算请。

九疑青：九疑山的青色。九疑，又作"九嶷"，即湖南宁远九疑山。据《山海经·海内经》载："南方苍梧之丘，苍梧之渊，其中有九嶷山，舜之所葬，在长沙零陵界中。"晋郭璞注："其山九溪皆相似，故云'九疑'。"

鼓瑟旧精灵：昔日舜帝的二妃之灵弹奏琴瑟。参见《满庭芳·题元人芦洲聚雁图》"湘灵"注。

说明

赵秀亭、冯统一《饮水词校笺》："此词见于《清平初选后集》，作期不晚于康熙十六年。另，今存性德此词手书扇面（图影见《词学季刊》第三卷第三号），词后署：'题画，书为孟公道兄正，松花江渔成德'。无锡安璿，号孟公，清初画家。"

天仙子

天仙子：词牌名。

原唐教坊曲名。又名“万斯年”“秋江碧”等。据唐段安节《乐府杂录·龟兹部》云：“《万斯年》曲，是朱崖李太尉进，此曲名即《天仙子》是也。”因晚唐皇甫松词有“懊恼天仙应有以”句，取之为名。调名本义为歌咏天仙的小曲。以皇甫松《天仙子》（晴野鹭鸶飞一只）为正体，单调三十四字，六句，五仄韵。另有单调三十四字，六句，四仄韵；单调三十四字，六句，五平韵变体。唐人用单调，宋后始有双调。双调即依单调叠一遍，成上下两片，共六十八字。

天仙子·渌水亭秋夜

水浴凉蟾风入袂。
鱼鳞蹙损金波碎。
好天良夜酒盈尊，心自醉。
愁难睡。
西风月落城乌起。

注释

渌水亭：参见上卷《秋千索·渌水亭春望》注。

水浴凉蟾：凉月映在水中。蟾，代指月，因月宫又名蟾宫，故称。北宋周邦彦《过秦楼·夜景》词：“水浴清蟾，叶喧凉吹。”

风入袂：风吹入衣袖。袂，衣袖。

鱼鳞蹙损：秋风将水面吹皱，掀起鱼鳞般的涟漪。蹙，皱。

金波：水波中的金色月影。南宋辛弃疾《太常引·建康中秋夜为吕叔潜赋》词：“一轮秋影转金波，飞镜又重磨。”

好天良夜：美好的时光。北宋柳永《女冠子》词：“相思不得长相聚。好天良夜，无端惹起，千愁万绪。”

酒盈尊：犹酒满杯。尊，同“樽”。五代李珣《渔歌子》词：“酒盈尊，云满屋，不见人间荣辱。”

月落城乌起：月亮西沉，城楼上的乌鸦飞起。谓天将亮。

天仙子

梦里蘼芜青一翦。
玉郎经岁音书远。
暗钟明月不归来，梁上燕。
轻罗扇。
好风又落桃花片。

注释

梦里蘼芜青一翦：梦里看到一片整齐的青色蘼芜。蘼芜，一种香草，叶似当归，香似白芷，茎叶靃弱而繁芜，故名。古诗词中常用以喻指思妇怀人，离愁别怨。翦，齐。

玉郎：女子对心仪男子的爱称。五代顾敻《遐方怨》词：“玉郎经岁负娉婷，教人争不恨无情。”

经岁：犹经年。指经过一年或若干年。明代沈周《立夏日山中遍游后夜宿刘邦彦竹东别墅》诗：“与君再见当经岁，分付清觞缓缓巡。”

暗钟：犹晚钟、暮钟。

轻罗扇：质地轻薄的罗扇。诗词中常用以喻指女子落寞失意。唐杜牧《秋夕》诗：“银烛秋光冷画屏，轻罗小扇扑流萤。”

天仙子

好在软绡红泪积。
漏痕斜罥菱丝碧。
古钗封寄玉关秋，天咫尺。
人南北。
不信鸳鸯头不白。

注释

好在软绡红泪积：柔软的薄纱上依旧积满了悲伤的泪痕。好在，依旧。软绡，轻软的丝织物。典出宋张君房《丽情集》："灼灼，锦城官妓也，善舞柘枝，能歌水调。御史裴质与之善，裴召还，灼灼以软绡聚红泪为寄。"

漏痕：谓书法中的"屋漏痕"笔法。因用笔如破屋壁上雨水的漏痕，故名。宋姜夔《续书谱·用笔》："用笔，如折钗股，如屋漏痕，……屋漏痕者，欲其无起止之迹。"

斜罥：犹斜挂。罥，挂。

菱丝碧：谓如菱蔓般碧绿的绢帛，用于书写。

古钗：亦作"古钗脚"。喻书法笔力浑厚遒劲。

玉关：玉门关。始置于汉武帝开通西域之路，设置河西四郡之时，因从西域输入玉石取道于此而得名。乃汉代重要的军事关隘和丝路要道。代指边关征戍之地。唐刘元济《怨诗》："玉关芳信断，兰闺锦字新。"

天咫尺：谓咫尺天涯，看似很近却相隔遥远。咫尺，周制八寸为咫，十寸为尺。

不信鸳鸯头不白：犹相信鸳鸯会白头。即相信我们也会如鸳鸯一般白头到老。唐李商隐《石城》诗：“共笑鸳鸯绮，鸳鸯两白头。”

天仙子

月落城乌啼未了。
起来翻为无眠早。
薄霜庭院怯生衣，心悄悄。
红阑绕。
此情待共谁人晓。

注释

月落城乌啼未了：犹天快亮了，城头上的乌鸦依旧叫个不停。北宋苏轼《瑞鹧鸪》词："城头月落尚啼乌。"

翻为：反为。唐代曹松《感世》诗："耕烟得铭志，翻为古人思。"

生衣：用纱、罗、葛等轻薄面料裁制，未经捣练，具有良好散热性的夏衣。唐代王建《秋日后》诗："立秋日后无多热，渐觉生衣不著身。"

心悄悄：心忧愁。南宋张玉娘《山之高》词："一日不见兮，我心悄悄。"

说明

此阕词补遗自许增娱园刻本《纳兰词》。

声律

"悄"读上声押韵，音 qiǎo。"绕"读上声押韵，音 rǎo。

浪淘沙

浪淘沙：词牌名。

原唐教坊曲名。又名“浪淘沙令”“卖花声”“曲入冥”“炼丹砂”“过龙门”等。此调有多体，各体皆不相同。调名源于南方水边民歌，表大浪移沙的淘金之事。后淘金人将这一活动加以吟咏得“浪淘沙”小调。中唐刘禹锡、白居易依此调首创乐府歌辞《浪淘沙》单调四句，为七言绝句体。五代时始流行长短句双调小令。以南唐后主李煜词《浪淘沙》（帘外雨潺潺）为正体。双调五十四字，上片五句、三平韵，下片五句、两平韵。北宋柳永创长调慢曲《浪淘沙》，亦称《浪淘沙慢》。该调既可激越凄壮，亦可寄情遥深。多含水意，抒人生浮沉、光阴易逝之概。

浪淘沙

紫玉拨寒灰。
心字全非。
疏帘犹是隔年垂。
半卷夕阳红雨入，燕子来时。

回首碧云西。
多少心期。
短长亭外短长堤。
百尺游丝千里梦，无限凄迷。

注释

紫玉拨寒灰：用紫玉簪拨着冷却的香灰。

心字全非：心字形的盘香已不是原来的样子。喻心如死灰，不复当初。

红雨：落红如雨，指飘飞的落花。

短长亭外短长堤：一程又一程的送别之路。短长亭，参见上卷《浣溪沙》（败叶填溪水已冰）注。

百尺游丝：古人送别有以柳寄情之俗，此谓路边飘摆的柳丝如游在空中的蛛丝般纤长。唐李商隐《日日》诗：“几时心绪浑无事，得及游丝百尺长。”

千里梦：犹梦游千里，喻遥远的思念。唐温庭筠《酒泉子》词其三：“八行书，千里梦，雁南飞。”

浪淘沙

野宿近荒城。
砧杵无声。
月低霜重莫闲行。
过尽征鸿书未寄，梦又难凭。

身世等浮萍。
病为愁成。
寒宵一片枕前冰。
料得绮窗孤睡觉，一倍关情。

注释

过尽征鸿书未寄：南飞的大雁已全部从这里经过完了，我的书信却仍未寄出。古有“鸿雁传书”之说，此谓无人传信。南宋李清照《念奴娇 · 春情》词：“征鸿过尽，万千心事难寄。”

梦又难凭：相思之梦又难以凭靠。难凭，不可凭靠。五代毛文锡《更漏子》词：“人不见，梦难凭，红纱一点灯。”

寒宵一片枕前冰：寒冷的夜里，泪水落在枕前，结成了一片冰。唐代刘商《古意》诗：“风吹昨夜泪，一片枕前冰。”

料得绮窗孤睡觉：料到孤眠的恋人在窗内醒来。料得，预料到。绮窗，装饰华美的窗。

一倍关情：加倍动情。关情，关心，牵动情怀。

浪淘沙·望海

蜃阙半模糊。
踏浪惊呼。
任将蠡测笑江湖。
沐日光华还浴月，我欲乘桴。

钓得六鳌无。
竿拂珊瑚。
桑田清浅问麻姑。
水气浮天天接水，那是蓬壶。

注释

蜃阙半模糊：海市蜃楼若隐若现。唐许敬宗《奉和春日望海》诗：“惊涛含蜃阙，骇浪掩晨光”。

蠡测：用瓢去测海水，喻自不量力。语出东汉班固《汉书·东方朔传》：“以蠡测海。”蠡，瓢。

乘桴：乘坐小木筏。桴，用竹或木并排固定编扎成的水上交通工具，大的叫筏，小的叫桴。《论语·公冶长》：“道不行，乘桴浮于海。”

钓得六鳌无：钓来六只大龟了吗？六鳌，神话传说中背负仙山的六只大龟。据战国列御寇《列子·汤问》载，渤海之东有无底深谷，可注天地之水，名唤归墟。谷中有五座仙山，乃仙人居所，却无固定根基，常随波逐流。于是天帝命人遣十五只巨龟（鳌）轮流背山。五山始峙而不动。谁知龙伯国巨人举足不盈数步便至五山之所，一下钓起六只巨龟，将其带走，致使龟背上的两座仙山沉入大海，从此仙山只剩三座，即方壶、瀛洲、蓬莱。后以“钓六鳌”喻能力出众气概非凡。五代李中《送王道士游东海》诗：“必若思三岛，应须钓六鳌。”

竿拂珊瑚：钓竿也只能轻拂珊瑚罢了。语出唐杜甫《送孔巢父谢病归游江东兼呈李白》诗：“诗卷长留天地间，钓竿欲拂珊瑚树。”

桑田清浅问麻姑：沧海桑田的变化问女仙麻姑才会知道。东晋葛洪《神仙传》：“麻姑自说：‘接待以来，已见东海三为桑田，向到蓬莱，水又浅于往昔，会时略半也，岂将复还为陵陆乎！’方平笑曰：‘圣人皆言，海中行复扬尘也。’”

蓬壶：蓬莱。东晋王嘉《拾遗记》：“三壶，则海中三山也。一曰方壶，则方丈也；二曰蓬壶，则蓬莱也；三曰瀛壶，则瀛洲也。形如壶器。”

说明

赵秀亭、冯统一《饮水词校笺》：“是阕写康熙二十一年扈从东巡时事。东行往盛京途中，二月二十三出山海关，二十四日，高士奇《扈从东巡日录》记：‘迟旦，海日欲出，朝烟变幻，散若绮霞。接顾之顷，焱然四彻，海光浩森，极目无际。’又四月三十日记：东巡返驾，‘将入山海关，过欢喜岭。澄海楼在关西八里许。是日，捧御制《观海》诗。驻跸二十里铺，作《澄海楼观海歌》。’”

浪淘沙

夜雨做成秋。
恰上心头。
教他珍重护风流。
端的为谁添病也，更为谁羞。

密意未曾休。
密愿难酬。
珠帘四卷月当楼。
暗忆欢期真似梦，梦也须留。

注释

夜雨做成秋。恰上心头：夜雨做成的秋恰好淋上了我的心头，合成一个“愁”字。南宋吴文英《唐多令》词：“何处合成愁，离人心上秋。”

教他珍重护风流：让她珍重身体，保护动人的风韵。他，旧时兼称男性、女性以及一切事物。

端的：究竟、到底。

密愿难酬：隐秘的心愿难以实现。酬，实现。

浪淘沙

红影湿幽窗。
瘦尽春光。
雨余花外却斜阳。
谁见薄衫低髻子，抱膝思量。

莫道不凄凉。
早近持觞。
暗思何事断人肠。
曾是向他春梦里，瞥遇回廊。

注释

红影：犹花影。

雨余花外却斜阳：雨后却有一抹斜阳照在花上。唐温庭筠《菩萨蛮》词：“雨后却斜阳，杏花零落香。”

低髻子：犹低着头的女子。髻子，盘于头上的发髻。喻指女子。北宋秦观《临江仙》词：“髻子偎人娇不整。”

持觞：举杯。觞，酒杯。

浪淘沙

眉谱待全删。
别画秋山。
朝云渐入有无间。
莫笑生涯浑似梦，好梦原难。

红咮啄花残。
独自凭阑。
月斜风起袷衣单。
消受春风都一例，若个偏寒。

注释

眉谱：画眉的图谱。

秋山：形容女子眉如秋日的远山。此句犹眉谱要全部删掉，这秋山般的秀眉不用描画。

朝云渐入有无间：谓梦中的恋人渐渐似有若无，看不分明。朝云，典出战国宋玉《高唐赋序》，述楚襄王于云梦台梦会巫山神女，神女曰："妾在巫山之阳，高丘之岨，旦为朝云，暮为行雨，朝朝暮暮，阳台之下。"此喻恋人。

莫笑生涯浑似梦：不要笑人生如梦。生涯，犹人生。浑似，完全像。唐李商隐《无题》诗其二："神女生涯原是梦，小姑居处本无郎。"

咮：喙，鸟嘴。

袷衣：夹衣。西晋潘岳《秋兴赋》："借莞蒻，御袷衣。"唐李善注："袷，衣无絮也。"

消受春风都一例：都一样禁受早春的寒风。一例，犹一律、同样。

若个：犹哪个。

浪淘沙

闷自剔残灯。
暗雨空庭。
潇潇已是不堪听。
那更西风偏著意，做尽秋声。

城柝已三更。
欲睡还醒。
薄寒中夜掩银屏。
曾染戒香消俗念，莫又多情。

注释

闷自剔残灯：闷不作声地拨着将要燃尽的灯芯。剔，拨、挑。元张可久《折桂令·秋夜闺思》曲："剔残灯数尽寒更。"

暗雨空庭：夜里，空幽的庭院中下着雨。暗雨，夜雨。

潇潇已是不堪听：秋雨潇潇，已是不忍去听。潇潇，雨急貌。

著意：犹有意、故意。南宋辛弃疾《卜算子》词："著意寻春不肯香，香在无寻处。"

做尽秋声：谓风将秋天木叶摇落的肃杀之声表现得淋漓尽致。秋声，秋天自然界的声音，如风雨声、木叶凋落声、虫鸣鸟叫声等。宋朱敦儒《相见欢》词："吟蛩作尽秋声。”

城柝已三更：城中传来的梆子声已报三更。柝，古代巡夜时敲击的木梆，用以报更。

染戒香：熏染佛教说戒时所燃之香。喻学佛法。唐司空图《为东都敬爱寺讲律僧惠确化募雕刻律疏》：“启秘藏而演毗尼，熏戒香以消烦恼。”

说明

赵秀亭、冯统一《饮水词校笺》：“此阕有陈维崧和韵词，作期当在康熙十七至十八年间。”

浪淘沙

双燕又飞还。
好景阑珊。
东风那惜小眉弯。
芳草绿波吹不尽，只隔遥山。

花雨忆前番。
粉泪偷弹。
倚楼谁与话春闲。
数到今朝三月二，梦见犹难。

注释

好景阑珊：犹美景衰残。阑珊，将尽、衰残貌。南唐后主李煜《浪淘沙》词："帘外雨潺潺，春意阑珊。"

那惜：哪里顾惜。那，同"哪"。

小眉弯：喻女子的笑脸。五代李珣《南乡子》词："双髻坠，小眉弯，笑随女伴下春山。"

芳草绿波吹不尽：芳草依旧被春风吹得如绿波般荡漾不尽。

只隔遥山：只是心上人如隔远山，难以再见。

花雨忆前番：落花如雨，回忆去年此时。前番，上次。

粉泪偷弹：心上人眼泪偷垂。粉泪，美人的眼泪，因美人粉面，故称。弹，挥洒。南宋刘过《沁园春·美人指甲》词："时将粉泪偷弹。"

春闲：春日的悠闲时光。南宋魏了翁《浪淘沙》词："似是天公偏著意，占破春闲。"

三月二：上巳节的前一日。农历三月初三为上巳节，又名女儿节、桃花节，是少女举行成人笄礼，人们游春赏花、洗濯聚饮、驱邪消灾的日子，亦是男女相会之日。

说明

从"隔遥山""前番""数到今朝三月二""梦见犹难"等词句可知，该阕词或作于容若发妻卢氏去世后的次年上巳前日，作期盖为康熙十七年（1678）。

浪淘沙

清镜上朝云。
宿篆犹熏。
一春双袂尽啼痕。
那更夜来山枕侧，又梦归人。

花底病中身。
懒约湔裙。
待寻闲事度佳辰。
绣榻重开添几线，旧谱翻新。

校订

下片“懒约湔裙”，底本“湔”作“溅”，此依句意改。

注释

清镜上朝云：清如明镜的湖面上映着朝云。

宿篆犹熏：前夜点的篆香还未燃尽。

一春双袂尽啼痕：一整个春天，双袖上尽是泪痕。

那更：犹更兼。北宋苏轼《虞美人》词：“冰肌自是生来瘦，那更分飞后。”

病中身：身在病中。

湔裙：参见上卷《浣溪沙》（五月江南麦已稀）注。

旧谱翻新：旧的刺绣图谱变出新的花样。翻，改变。

浪淘沙·秋思

霜讯下银塘。
并作新凉。
奈他青女忒轻狂。
端正一枝荷叶盖，护了鸳鸯。

燕子要还乡。
惜别雕梁。
更无人处倚斜阳。
还是薄情还是恨，仔细思量。

注释

霜讯：霜期到来的消息，又称霜信。

银塘：明净如银的池塘。北宋苏舜钦《和解生中秋月》诗："银塘通夜白，金饼隔林明。"

新凉：初秋的凉爽。

青女：古代传说中司掌霜雪的女神。借指霜雪，此谓风霜。西汉淮南王刘安《淮南子·天文训》："至秋三月……青女乃出，以降霜雪。"东汉高诱注："青女，天神，青霄玉女，主霜雪也。"

说明

该阕词补遗自许增娱园刻本《纳兰词》。

南楼令

南楼令：词牌名。

南宋新声。本名“唐多令”，又名“糖多令”“箜篌曲”。以南宋刘过词《唐多令》（芦叶满汀洲）为正体，双调，六十字，上下片各六句、四平韵。另有变体双调六十一字及六十二字者，上下片各五句、四平韵。该调流畅、轻快又略有顿挫，流露感伤。词风疏朗而不质实。

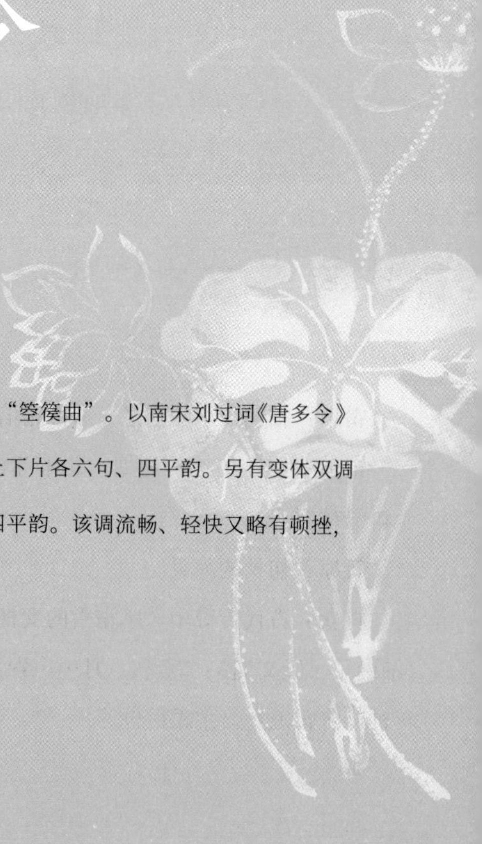

南楼令

金液镇心惊。
烟丝似不胜。
沁鲛绡、湘竹无声。
不为香桃怜瘦骨，怕容易，减红情。

将息报飞琼。
蛮笺署小名。
鉴凄凉、片月三星。
待寄芙蓉心上露，且道是，解朝酲。

注释

金液：本指道家仙药，此谓金褐色的汤药。东晋葛洪《抱朴子·金丹》：“金液，太乙所服而仙者也，不减九丹矣。”

镇心惊：镇定心悸之症。心惊，犹心悸，谓患者心慌不适，胸闷气短，焦虑难眠，怕被惊动的病症。明王彦泓《述妇病怀》诗：“难凭银叶镇心惊，侍女床前不敢行。”

烟丝似不胜：谓病体如含烟的柳丝，孱弱难支。

沁鲛绡：绡帕上渗满泪痕。鲛绡，传说中鲛人所织的纱。参见《临江仙·塞上得家报云秋海棠开矣，赋此》“泪绡红”注。

湘竹无声：引湘妃挥泪成斑竹之典，此二句喻病中人默默拭泪。参见上卷《采桑子》（土花曾染湘娥黛）“土花曾染湘娥黛，铅泪难消”注。

不为香桃怜瘦骨：不为寻求吃了可得长生的仙桃而怜惜那仙桃摘尽后如瘦骨般的枝干。犹不惜一切代价寻求治病良方。香桃，犹仙桃。引西晋张华《博物志·史补》汉武帝种仙桃求长生之典。唐李商隐《海上谣》诗：“海底觅仙人，香桃如瘦骨。”

减红情：减少夫妻情缘。

将息报飞琼：向许飞琼祝告，希望借助仙力，珍摄身体。将息，保重身体。报，上告。许飞琼，西王母侍女。参见上卷《采桑子》（彤霞久绝飞琼字）注。

蛮笺：唐代蜀地出产的十色精美笺纸。传为薛涛创制，人称“十色蛮笺”，又称蜀笺。代指书信。

署小名：信中署上妻子的乳名。

鉴凄凉、片月三星：谓明月如镜，照着心中的凄凉。“片月三星”乃为“心”字，卧钩如残月，三点如三星。北宋秦观《南歌子》词：“天外一钩残月，带三星。”

待寄芙蓉心上露：犹将请求许飞琼寄来仙露。南宋吴文英《齐天乐·白酒自酌有感》词：“芙蓉心上三更露，茸香漱泉玉井。”

且道是，解朝酲：姑且说是，解未醒的宿酒。朝酲，犹朝醒，宿酒未醒。此三句犹言妻子的病如昏醉在床，求仙人赐甘露解救。

说明

赵秀亭、冯统一《饮水词校笺》：“此阕写卢氏病重时事，时在康熙十六年春。卢氏死于产后亏虚或并发症。上阕言竭力求医，下阕言寄希望于神仙援手，其绝望之情已见。”

声律

“液”为入声字，旧读 yì。

南楼令·塞外重九

古木向人秋。

惊蓬掠鬓稠。

是重阳、何处堪愁。

记得当年惆怅事，正风雨，下南楼。

断梦几能留。

香魂一哭休。

怪凉蟾、空满衾裯。

霜落乌啼浑不睡，偏想出，旧风流。

校订

下片“怪凉蟾”底本原作“怪凉蝉”，此依词中句意，据汪元治刻本、娱园刻本改。

注释

重九：农历九月初九重阳节。

古木向人秋：古木苍凉萧索，示人以悲秋之貌。唐刘长卿《将赴岭外，留题萧寺远公院》诗：“内史旧山空日暮，南朝古木向人秋。”

惊蓬掠鬓稠：头顶生出浓密的头发，如杂乱的蓬草掠过鬓角。因清代男子头顶剃发，此谓行役艰苦，久未理发。

断梦几能留：因中断而消失的梦，几时能够留住？

香魂一哭休：美人逝去，一哭也就罢了。香魂，借指发妻卢氏亡故。唐温庭筠《过华清宫二十二韵》诗："艳笑双飞断，香魂一哭休。"

凉蟾：凉月，此谓冰凉的月光。

空满衾裯：谓月光洒满空空的床帐。衾裯，泛指床上卧具。衾，被。裯，床帐。

霜落乌啼：寒霜落下，乌鸦啼鸣。唐代张继《枫桥夜泊》："月落乌啼霜满天。"

浑不睡：全无睡意。

说明

赵秀亭、冯统一《饮水词校笺》："此调亦作悼亡语，'记得当年'，口气已非一年，当作于卢氏卒后数年。康熙二十四年之前，圣祖无重阳出塞巡边事，故此调非随扈之作。康熙二十一年秋往觇梭龙，或可当之。"

唐多令·雨夜

丝雨织红茵。
苔阶压绣纹。
是年年、肠断黄昏。
到眼芳菲都惹恨，那更说，塞垣春。

萧飒不堪闻。
残妆拥夜分。
为梨花、深掩重门。
梦向金微山下去，才识路，又移军。

注释

唐多令：词牌名。同“南楼令”。

丝雨织红茵：丝丝细雨仿佛将飘落的花朵织成了红色的地毯。茵，褥子、垫子、毯子等的通称。

苔阶压绣纹：石阶上长满苔藓，仿佛刺绣花纹一般。

到眼芳菲都惹恨：看到芳花香草，都会牵惹愁怨。芳菲，芳香的花草，代指春色。

那更：犹更何况。

塞垣春：边塞的春色。塞垣，边关城墙，代指边塞。

萧飒不堪闻：不忍听风雨摧残花木之声。

残妆：妆容残褪。唐代吴融《赋得欲晓看妆面》诗："胧胧欲曙色，隐隐辨残妆。"

夜分：夜半。分，半。三国魏曹植《上责躬应诏诗表》："昼分而食，夜分而寝。"

为梨花、深掩重门：为减少风雨对梨花的摧残，将深宅中的重重门户关闭。唐戴叔伦《春怨》诗："金鸭香消欲断魂，梨花春雨掩重门。"

金微山：今阿尔泰山，位于新疆北部。唐张仲素《秋思二首》诗其一："梦里分明见关塞，不知何路向金微。"

移军：军队转移。唐张仲素《秋思二首》诗其二："欲寄征衣问消息，居延城外又移军。"

说明

赵秀亭、冯统一《饮水词校笺》："此为拟闺怨词，以思妇口吻写成。'金微'云云，用唐人张仲素诗典而已。稍认真读此词，必不至以为性德曾往金微山。"

声律

"拥"读上声，音 yǒng。

生查子

生查子：词牌名。

原唐教坊曲名。又名“楚云深”“梅和柳”“陌上郎”“愁风月”等。调名本义为歌咏春树生枝的小调。以唐代韩偓《生查子》（侍女动妆奁）为正体。双调，四十字，上下片各四句、两仄韵，上、去通押。另有双调四十字，上片四句、两仄韵，下片四句、三仄韵等变体。唐、五代至北宋，此调多写恋情，以伤春闺怨居多；南宋后则题材拓宽，尤现劲健。

生查子

短焰剔残花，夜久边声寂。
倦舞却闻鸡，暗觉青绫湿。

天水接冥蒙，一角西南白。
欲渡浣花溪，远梦轻无力。

注释

短焰：烛焰已短。谓灯烛即将燃尽。

剔残花：拨挑烧残的灯花，使烛光明亮。

夜久边声寂：深夜边塞之声消寂。边声，参见《满江红》(代北燕南）注。

倦舞却闻鸡：反用闻鸡起舞之典，谓疲倦于早起舞剑，却偏偏听到鸡鸣。参见《满庭芳》(堠雪翻鸦）“待向中宵起舞”注。

青绫湿：泪水浸湿了青色的绫被。

天水接冥蒙：水天相接处幽暗不明。 南朝梁江淹《杂体诗·颜特进延之侍宴》：“青林结冥蒙，丹巘被葱蒨。”

浣花溪：锦江支流，位于四川省成都市西郊，唐代诗人杜甫曾于溪旁筑草堂而居，号浣花草堂。此处借指四川，作者向往的从戎之地。

说明

赵秀亭、冯统一《饮水词校笺》：“康熙十二年三藩之乱爆发，南方各省相继沦为战火。十三年，吴三桂军经东、西两线北进，川、湘失陷。十五年，东线荆湘战场呈相持状态，西线川陕则因王辅臣军叛变，清军一时退居守势。时性德新举进士，亟欲立功疆场，屡请从戎，终未获允。赋闲京师，中心郁郁，每寄情于诗词。其诗如‘平生纵有英雄血，无由一溅荆江水’（《送苏友》），即因荆楚战事作。此词则见其对川陕战场之关注，而请缨无路之慨，亦与诗同。惟诗、词表达风格有别，所谓‘诗直而词曲’，故诗称‘血溅荆江’，而词仅云‘欲渡浣花’耳。”

生查子

惆怅彩云飞，碧落知何许。
不见合欢花，空倚相思树。

总是别时情，那待分明语。
判得最长宵，数尽厌厌雨。

注释

惆怅彩云飞：为彩云飞逝而感伤。

碧落知何许：不知在天上哪里。

相思树：参见上卷《蝶恋花》（眼底风光留不住）注。

总是别时情：总是离别时的情景。

那待分明语：谓不等把话说清楚人就离开了。那待，犹哪等。

判得最长宵，数尽厌厌雨：甘愿在最长的夜里，将绵绵不尽之雨数尽。厌厌，绵长貌。宋张表臣《蓦山溪》词：“楼横北固，尽日厌厌雨。”

说明

该阕词为悼念亡妻之作。

声律

“厌”读平声合律，音 yān。

生查子

东风不解愁，偷展湘裙衩。
独夜背纱笼，影著纤腰画。

爇尽水沉烟，露滴鸳鸯瓦。
花骨冷宜香，小立樱桃下。

注释

东风不解愁：春风不理解人的忧愁。

偷展湘裙衩：轻轻地吹开如湘水般湖绿色的裙衩。衩，衣裙下摆的开口。唐李群玉《同郑相并歌姬小饮戏赠》诗："裙拖六幅湘江水，鬓耸巫山一段云。"

独夜背纱笼：在孤独的夜晚背对着纱灯。纱笼，用薄纱糊成的灯笼。

影著纤腰画：谓女子背灯而立映出的身影窈窕婀娜，纤腰如画。著，附着。

爇尽水沉烟：沉香燃尽，烟雾飘散。水沉，沉水香。

露滴鸳鸯瓦：夜里的寒露滴落在鸳鸯瓦上。鸳鸯瓦，成对俯仰相扣的瓦。

花骨冷宜香：花枝冷香宜人。花骨，此谓花枝。

小立樱桃下：暂立樱桃树下。明宋懋澄《点绛唇》词："离情难舍，小立梅花下。"

说明

赵秀亭、冯统一《饮水词校笺》："此阕只写一女子夜间孤零形象，初在灯下，复又移于花下。其心情，则已由'东风不解愁'一句示出。此词见于《今词初集》，当作于康熙十六年前。"

生查子

鞭影落春堤，绿锦鄣泥卷。
脉脉逗菱丝，嫩水吴姬眼。

啮膝带香归，谁整樱桃宴。
蜡泪恼东风，旧垒眠新燕。

注释

鞭影：马鞭挥动的影子。南宋陆游《村居》诗：“生憎快马随鞭影，宁作痴人记剑痕。”

鄣泥：马鞯。垫于马鞍之下垂于马背两侧，用以挡泥，故称。鄣，同“障”，阻隔、遮挡。

脉脉逗菱丝：春水含情脉脉地逗弄着细长如丝的菱蔓。

嫩水吴姬眼：嫩绿的春水似吴姬的眼波般清澈动人。吴姬，指吴地即江浙一带的美女。唐代薛能《吴姬十首》诗其一：“眼波娇利瘦岩岩。”

啮膝带香归：宝马带花香而归。啮膝，良马名。引唐孟郊《登科后》诗句“春风得意马蹄疾，一日看遍长安花”及南宋杨湜《古今词话》所载唐人诗句“踏花归去马蹄香”意。

谁整樱桃宴：谁来筹办庆贺新科进士的宴会。整，准备、操办。参见《临江仙·谢饷樱桃》“谢饷樱桃”注。

蜡泪恼东风：蜡烛被春风撩拨得焰火欢腾，留下烛泪来。

旧垒：犹旧巢。

说明

赵秀亭、冯统一《饮水词校笺》："是阕为及第后春游词，作于康熙十五年暮春。首二句言出游，三四句言郊景明媚，五六句言归来宴贺，末二句言心情振奋，顿觉已非旧时之人，所谓'洞房花烛夜，金榜题名时'。据此词，可知性德早年原有积极用世之心，非如后之悲斫沮丧。"

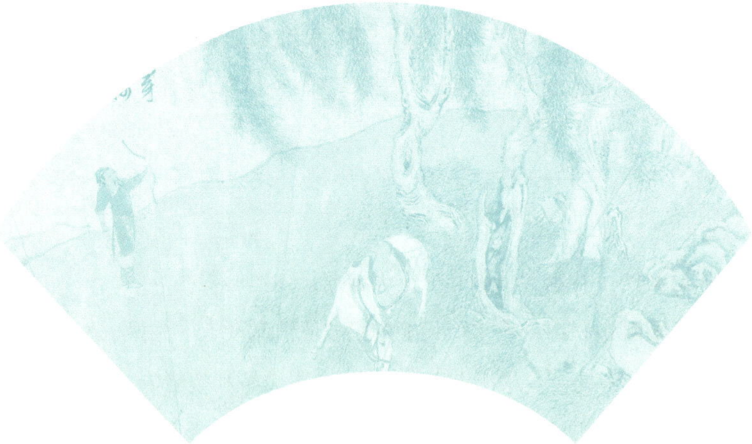

生查子

散帙坐凝尘，吹气幽兰并。
茶名龙凤团，香字鸳鸯饼。

玉局类弹棋，颠倒双栖影。
花月不曾闲，莫放相思醒。

注释

散帙：散开书帙，谓读书。帙，包书的套子。南朝宋谢灵运《酬从弟惠连》诗："凌涧寻我室，散帙问所知。"

坐凝尘：坐在凝积的尘土上。谓对读诵的环境不苛求。唐房玄龄等撰《晋书·简文帝纪》："帝少有风仪，善容止，留心典籍，不以居处为意，凝尘满席，湛如也。"

吹气幽兰并：谓妻子吹出的气息与幽兰并芳。典出东汉郭宪《洞冥记》："（汉武）帝所幸宫人名丽娟，年十四，玉肤柔软，吹气胜兰。"

茶名龙凤团：喝的茶名叫龙凤团。龙凤团，北宋贡茶，因茶饼压印有龙凤图案，故名。北宋王辟之《渑水燕谈录·事志》："建茶盛于江南，近岁制作尤精，龙凤团茶最为上品，一斤八饼。"代指上等好茶。

香字鸳鸯饼：燃的香字唤鸳鸯饼。鸳鸯饼，形似鸳鸯的熏香饼。焚一饼之火，可终日不灭。

玉局类弹棋：谓与妻子对弈如弹棋般有趣。玉局，棋盘的美称。弹棋，古代的一种博戏。三国魏邯郸淳《艺经》曰："弹棋，两人对局，白黑棋各六枚，先列棋相当，更先弹也。其局以石为之。”北宋贺铸《南乡子》词：“玉局弹棋无限意，缠绵。”

颠倒双栖影：棋盘上映着夫妻二人的倒影。双栖，本指飞禽雌雄共同栖止，喻夫妻共处。

花月不曾闲：谓与妻子在花前月下总有说不完的话、做不完的事，不曾空闲。唐白居易《老病》诗：“尽听笙歌夜醉眠，若非月下即花前。”

莫放相思醒：不要让我从相思中醒来。

月上海棠

月上海棠：词牌名。

又名“海棠月”“月上海棠慢”“玉关遥”。调名本义歌咏春夏之夜月亮爬上海棠枝头的美妙景象。此调以《梅苑》无名氏《月上海棠》（南枝昨夜先回暖）为正体。双调，七十字，上下片各六句、四仄韵。另有双调七十二字，上下片各六句、四仄韵等变体。

月上海棠·中元塞外

原头野火烧残碣。
叹英魂、才魄暗销歇。
终古江山，问东风、几番凉热。
惊心事，又到中元时节。

凄凉况是愁中别。
枉沉吟、千里共明月。
露冷鸳鸯，最难忘、满池荷叶。
青鸾杳，碧天云海音绝。

注释

中元：农历七月十五日称中元节，又称“七月半”。民间在这天通过祭祖、烧纸钱、放河灯缅怀亡故亲人。

原头野火烧残碣：燎原野火灼烧着残败的墓碑。原头，原野。残碣，残碑。南宋刘克庄《长相思》词：“野火原头烧断碑，不知名姓谁。”

叹英魂、才魄暗销歇：感叹英雄才俊的魂魄就这样默默消失。唐韩偓《金陵》诗：“自古风流皆暗销，才魂妖魂谁与招。”

终古江山：犹自古江山。江山，代指国家领土、政权。

凉热：冷暖兴衰。

惊心事：惊觉自己的心事。宋赵长卿《满庭芳·元日》词："惊心事，安仁华鬓，年少已逡巡。"

枉沉吟、千里共明月：白白沉思低吟那千里共明月的诗句。南朝宋谢庄《月赋》："美人迈兮音尘阙，隔千里兮共明月。"又北宋苏轼《水调歌头》词："人有悲欢离合，月有阴晴圆缺，此事古难全。但愿人长久，千里共婵娟。"

露冷鸳鸯：寒冷的露水令鸳鸯生畏。明代揭轨《题王金吾所藏徐熙秋荷鸳鸯翡翠图》诗："披香露冷鸳鸯怯，太液波寒翡翠愁。"

青鸾杳：犹杳无音信。青鸾，神话中西王母的信使，代指传信之人。杳，遥远。宋赵令畤《鹧鸪天》词："情渺渺，信沉沉。青鸾无路寄芳音。"

碧天云海音绝：谓与亡妻天人永隔，音信断绝。唐李商隐《嫦娥》诗："嫦娥应悔偷灵药，碧海青天夜夜心。"

说明

该阕为中元塞外之作。上片怀古，叹英灵黯然消逝，感江山兴衰无常。下片思人，悼亡妻音尘断绝，伤满怀离愁别绪。作期盖为康熙二十二年（1683）或二十三年（1684），参见上卷《台城路·塞外七夕》。

声律

"热"读 yè 押韵。"忘"读平声合律，音 wáng。

海棠月·瓶梅

重檐淡月浑如水。
浸寒香、一片小窗里。
双鱼冻合，似曾伴、个人无寐。
横眸处，索笑而今已矣。

与谁更拥灯前髻。
乍横斜、疏影疑飞坠。
铜瓶小注，休教近、麝炉烟气。
酬伊也，几点夜深清泪。

注释

海棠月：词牌名。同“月上海棠”。

重檐：重重屋檐。

淡月浑如水：清净恬淡的月光如流水般柔美。浑如，酷似。

寒香：梅花清冽的香气。

双鱼冻合：谓砚底与砚盖已被冰冻合为一体。双鱼，砚名。佚名《端溪砚谱》：“砚之形制，曰风字，曰凤池，曰合欢，曰玉台，曰双鱼，……”

横眸处：眼波流动处。

索笑：索取笑容，博红颜一笑。南宋陆游《梅花》诗：“不愁索笑无多子，惟恨相思太瘦生。”

拥灯前髻：灯前以手拥捧发髻，谓夫妇灯下相聚。参见上卷《一络索》（过尽遥山如画）“拥髻”注。

乍横斜、疏影疑飞坠：谓突然发现梅枝或横或斜，疏朗的影子疑似从天上飞坠而下。北宋林逋《山园小梅二首》诗其一：“疏影横斜水清浅，暗香浮动月黄昏。”

铜瓶小注：铜瓶中注入少许水。

休教近、麝炉烟气：不要让其靠近麝炉中飘出的烟气。麝炉，燃有麝香的熏炉。

酬：报答。

说明

此阕乃睹瓶梅而思往昔，追怀亡妻之作。

声律

“拥”读上声，音 yǒng。

昭君怨

昭君怨：词牌名。

又名“洛妃怨”“宴西园”等。以宋代万俟咏《昭君怨》（春到南楼雪尽）为正体，双调，四十字，上下片各四句，两仄韵、两平韵。另有变体。此调以六字句为主，上下片各有一个五字句与三字句，且四换韵，故声情颇富变化而不凝涩，既可抒写清明旷朗之情，又可表达深沉婉约之意。

昭君怨

深禁好春谁惜。
薄暮瑶阶伫立。
别院管弦声。
不分明。

又是梨花欲谢。
绣被春寒今夜。
寂寂锁朱门。
梦承恩。

注释

深禁好春谁惜：深宫中的大好春色有谁怜惜。禁，帝王宫殿。宫中又称禁中。东汉蔡邕《独断》："禁中者，门户有禁，非侍御者不得入。"

薄暮：傍晚。北宋范仲淹《岳阳楼记》："薄暮冥冥，虎啸猿啼"。

瑶阶：玉石台阶，亦作石阶的美称。此谓宫中的石阶。

别院管弦声：别处宫院传来的乐曲声。

朱门：朱红色的宫门。古代宫门及王公贵胄的府第大门漆成红色，以示尊贵。

梦承恩：梦到承受帝王恩泽、宠幸。

说明

赵秀亭、冯统一《饮水词校笺》：“‘宫怨’为古来诗家之传统题材，此阕亦摹习之作，试与韦庄《小重山》词对看，即知其意象所本。清代宫廷中宫女已是无多，据陆陇其《三鱼堂日记》：‘今大内之制，使八旗妇女轮入供役，朝入夕出，故宫中女人甚少，不比前朝多蓄怨女。’顺治十五年礼部奏定宫闱女官及宫女人数，总数仅一百五十三人，且其中大多为司灯、司乐、司薄、司食、司彩等工役人员。又《圣祖实录》卷一四四康熙二十九年正月己酉记：‘今除慈宁宫、宁寿宫外，乾清宫妃嫔以下，使令老媪，洒扫宫女以上，合计止一百三十四人，可谓至少。’此为中国宫廷一大改革，宫怨体诗歌产生之社会背景已渐消失。容若此作，只当以‘拟古’视之，并非反映清初现实情事。”

昭君怨

暮雨丝丝吹湿。
倦柳愁荷风急。
瘦骨不禁秋。
总成愁。

别有心情怎说。
未是诉愁时节。
谯鼓已三更。
梦须成。

注释

倦柳愁荷：谓秋天景物萧瑟，秋意已浓。南宋史达祖《秋霁》词："望倦柳愁荷，共感秋色。"

谯鼓已三更：谯楼上已打完三更鼓。谯楼，古代城门上的瞭望楼，上设鼓，用以报更。明叶宪祖《金翠寒衣记》第一折："断送人谯鼓三更侧。"

梦须成：应进入梦乡。须，应。

说明

该阕补遗自汪元治结铁网斋刻本《纳兰词》卷一。

卷五

木兰花令

木兰花令：词牌名。

又名“木兰花”，原唐教坊曲名。据《钦定词谱》云，《花间集》中载有《木兰花》《玉楼春》两调，其七字八句者为《玉楼春》。后因五代欧阳炯词有“同在木兰花下醉”句，五代庾传素词有“木兰红艳多情态”句，遂别名“木兰花”，其实乃《玉楼春》，而非《木兰花》调。容若此词即为《玉楼春》调，依南唐后主李煜《玉楼春》（晚妆初了明肌雪）填，双调小令，五十六字，七言八句，上下片各四句、三仄韵。

木兰花令·拟古决绝词

人生若只如初见。
何事秋风悲画扇。
等闲变却故人心，却道故心人易变。

骊山语罢清宵半。
泪雨零铃终不怨。
何如薄倖锦衣郎，比翼连枝当日愿。

注释

拟古决绝词：谓仿效古人而作的绝交词。决绝，毅然断绝关系。因汉乐府民歌《白头吟》中有“闻君有两意，故来相决绝”句，又唐代诗人元稹有《古决绝词》三首，故云。

何事秋风悲画扇：为何会有画扇在秋风中被弃置的悲情之事。引西汉班婕妤迫于赵飞燕谗害而无奈自请退居长信宫之典。班婕妤在其《怨歌行》中以团扇自比，云：“裁为合欢扇，团团似明月。出入君怀袖，动摇微风发。常恐秋节至，凉飙夺炎热。弃捐箧笥中，恩情中道绝。”后诗家便以“秋风”“团扇”喻指妇人遭弃。

等闲变却故人心：谓故人轻易变了心。等闲，随便、轻易。却，语助词，用于动词后。故人，古称前妻或前夫，亦指故交旧友。

却道故心人易变：却说旧情未变，只是人容易变。故心，犹旧情。化用自南朝齐谢朓《同王主簿怨情》诗："故人心尚尔，故心人不见。"汪元治结铁网斋刻本《纳兰词》将"故心人"误刻为"故人心"，常被后世选本沿袭。

骊山语罢清宵半：引唐明皇与杨贵妃七夕盟誓之典，谓在骊山华清宫长生殿内许完密誓，已是半夜时分。清宵，清静的夜晚。

泪雨零铃终不怨：即使泪水如夜雨般零落在檐铃上也终将无怨无悔。参见上卷《浣溪沙》（凤髻抛残秋草生）"雨淋铃"注。

何如薄倖锦衣郎：唐明皇薄情又如何。何如，犹如何、怎么样。薄倖，犹薄情。倖，同"幸"，宠爱。锦衣郎，衣着华贵的男子，喻唐明皇。

比翼连枝当日愿：谓当日唐明皇与杨贵妃许下过"在天愿作比翼鸟，在地愿为连理枝"的愿望。

说明

该阕词在汪元治结铁网斋刻本《纳兰词》中有副题"柬友"二字，可知此乃容若写给友人的信札，并非单纯的情词。然友人是谁，待考。

长相思

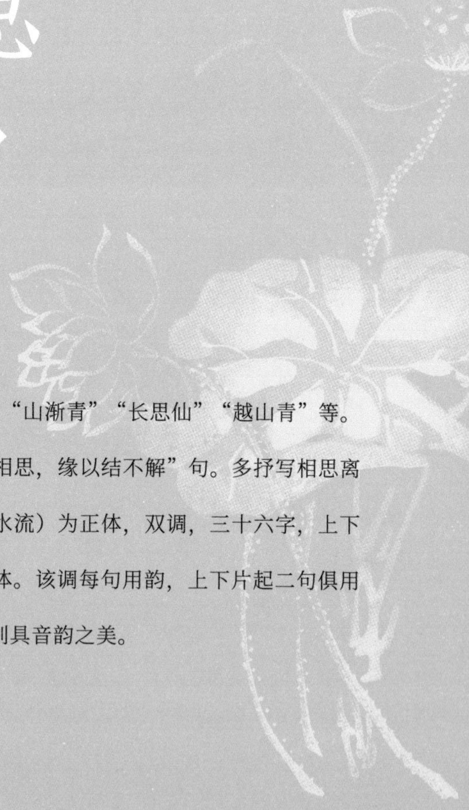

长相思：词牌名。

原唐教坊曲名。又名“相思令”“吴山青”“山渐青”“长思仙”“越山青”等。调名出自《古诗十九首》其十八“著以长相思，缘以结不解”句。多抒写相思离别之情。以唐代白居易词《长相思》（汴水流）为正体，双调，三十六字，上下片各四句，三平韵、一叠韵。另有多种变体。该调每句用韵，上下片起二句俱用叠韵，音节响亮，声情由热烈转为和婉，别具音韵之美。

长相思

山一程。
水一程。
身向榆关那畔行。
夜深千帐灯。

风一更。
雪一更。
聒碎乡心梦不成。
故园无此声。

注释

山一程。水一程：犹山重水复，路途遥远。程，路程。

榆关：山海关旧时别称。位于今河北省秦皇岛市。因其地古有渝水，故又称“渝关”“临渝关”，明代改为今名。

那畔：犹那边。唐末五代诗僧齐己《道林寓居》诗：“青嶂这边来已熟，红尘那畔去应疏。”

千帐灯：数以千计的营帐灯火。千帐，形容营帐之多。

风一更。雪一更：谓整夜风雪不停。一更，约两小时。一夜分五更。

聒碎乡心梦不成：风雪交加的声音将人的思乡之心搅碎，使人无法成眠。

聒，吵扰。

故园：家园，指北京。

说明

赵秀亭、冯统一《饮水词校笺》："康熙二十一年早春，性德随扈东巡，词作于往山海关途中。高士奇《扈从东巡日录》：'二月丙申（十八日），驻跸丰润县城西。是夜云黑无月，周庐幕火，望若繁星也。'又：'二月丁未（二十九日），东风作寒，急雨催暮，夜更变雪。驻跸广宁县羊肠河东。'盖此词上片所写乃二月十八日情形，下片所写乃二月二十九日情形。"

王国维在《人间词话》中云："'明月照积雪''大江流日夜''中天悬明月''黄［长］河落日圆'，此种境界，可谓千古壮观。求之于词，唯纳兰容若塞上之作，如《长相思》之'夜深千帐灯'，《如梦令》之'万帐穹庐人醉，星影摇摇欲坠'差近之。"

画堂春

画堂春：词牌名。

北宋新声。调名始见于北宋秦观《淮海集》。又名“画堂春令”“万峰攒翠”等。“画堂”初指宫殿中绘有彩画的殿堂，后泛指雕梁画栋的厅堂。调名本义歌咏画堂的春色。以秦观词《画堂春》（落红铺径水平池）为正体，双调，四十七字，上片四句、四平韵，下片四句、三平韵。另有多种变体。

画堂春

一生一代一双人。
争教两处销魂。
相思相望不相亲。
天为谁春。

浆向蓝桥易乞，药成碧海难奔。
若容相访饮牛津。
相对忘贫。

注释

一生一代一双人：犹一生一世的一对佳偶。语出唐代诗人骆宾王《代女道士王灵妃赠道士李荣》诗“一生一代一双人”句。

争教两处销魂：犹怎能令其在两处失魂神伤。争教，犹怎教。教，令、让。

相思相望不相亲：谓相互思念，相互守望却不能相互亲近。化用骆宾王《代女道士王灵妃赠道士李荣》诗“相怜相念倍相亲”句。

天为谁春：上天为谁造就这美好的春色？

浆向蓝桥易乞：琼浆容易向蓝桥处讨得。向，去、前往。引裴航在蓝桥遇云英成就神仙眷侣之典。喻有情人结为夫妻容易。据唐代裴铏《传奇·裴航》载，秀才裴航屡试不中，到鄂州访友闲游，在回京的船上得诗一首，其中有“蓝桥便是神仙窟”一句，裴航不解其意，后经蓝桥驿，因口渴乞水，得遇仙女云英，终成眷属。蓝桥，位于今陕西省蓝田县西南的蓝溪之上，相传此地有仙窟，乃裴航遇云英处。代指情人约会定情之处。

药成碧海难奔：虽得到不死之药，但海天茫茫，去何处寻觅你呢。引嫦娥奔月之典，喻与妻子天人永隔，难以相见。据西汉淮南王刘安《淮南子·览冥训》载："羿请不死之药于西王母，姮娥窃以奔月。"东汉高诱注："姮娥，羿妻。羿请不死之药于西王母，未及服之，姮娥盗食之，得仙，奔入月中，为月精也。"又唐代李商隐《嫦娥》诗："嫦娥应悔偷灵药，碧海青天夜夜心。"

若容相访饮牛津：倘若允许我们夫妻在天河相见。容，犹让、允许。访，犹探望。饮牛津，谓天河。据西晋张华《博物志·杂说》载："旧说云天河与海通。近世有人居海渚者，年年八月有浮槎去来，不失期，人有奇志，立飞阁于槎上，多赍粮，乘槎而去。……奄至一处，有城郭状，屋舍甚严，遥望宫中多织妇，见一丈夫牵牛渚次饮之。……此人具说来意，并问此是何处，答曰：'君还至蜀郡访严君平则知之。'……后至蜀，问君平，曰：'某年月日有客星犯牵牛宿。'计年月，正是此人到天河时也。"北宋刘筠《戊申年七夕五绝》诗其四："淅淅风微素月新，鹊桥横绝饮牛津。"

说明

该阕词为悼念亡妻之作。

声律

"忘"读平声合律，音 wáng，口语中读去声。

锦堂春

锦堂春：词牌名。

本名“乌夜啼”，原唐教坊曲名。以南唐后主李煜词《乌夜啼》（昨夜风兼雨）为正体，双调，四十七字，上下片各四句、两平韵。另有变体。容若此词为变体之一，以宋代赵令畤《乌夜啼·春思》为代表，双调，四十八字，上下片各四句、两平韵。调名本义歌咏锦绣华堂的春事。

锦堂春·秋海棠

帘际一痕轻绿，墙阴几簇低花。
夜来微雨西风软，无力任欹斜。

仿佛个人睡起，晕红不著铅华。
天寒翠袖添凄楚，愁近欲栖鸦。

注释

帘际一痕轻绿：帘边有一痕轻微的绿色。际，旁边、近旁。

无力任欹斜：谓秋海棠被秋夜的风雨摧残得娇软无力，任由花枝歪斜不整。

仿佛个人睡起：好像一个美人刚刚睡醒起来。

晕红不著铅华：谓花的颜色仿佛美人脸上泛起的未经脂粉修饰的天然红晕。据北宋僧人惠洪《冷斋夜话》载："东坡作《海棠》诗，曰：'只恐夜深花睡去，更烧银烛照红妆。'事见《太真外传》，曰：'上皇登沉香亭，诏太真妃子。妃子时卯醉未醒，命力士从侍儿扶掖而至。妃子醉颜残妆，鬓乱钗横，不能再拜。上皇笑曰："岂是妃子醉，真海棠睡未足耳。"'"

天寒翠袖添凄楚：谓秋海棠的枝叶仿佛美人在寒冷的天气中身着薄衣翠袖，更增添了几分凄凉哀伤。唐杜甫《佳人》诗："天寒翠袖薄，日暮倚修竹。"

欲栖鸦：谓乌鸦将要栖息之时，犹黄昏。宋赵令畤《乌夜啼·春思》词："年年春事关心事，肠断欲栖鸦。"

说明

底本原无副题，此据张纯修刻本《饮水诗词集》、汪元治刻本《纳兰词》补。

海棠春

海棠春：词牌名。

北宋新声。据《钦定词谱》载：“此调始自秦观，因词中有‘试问海棠花，昨夜开多少’句，故名。”又名“海棠花”“海棠春令”“神清秀”等。调名本义歌咏海棠花竞开的春色。以秦观《海棠春》（流莺窗外啼声巧）为正体，双调，四十八字，上下片各四句、三仄韵。另有变体。

海棠春

落红片片浑如雾。
不教更觅桃源路。
香径晚风寒，月在花飞处。

蔷薇影暗空凝伫。
任碧飐、轻衫萦住。
惊起早栖鸦，飞过秋千去。

注释

不教更觅桃源路：令人不想再去寻找通往世外桃源之路。教，犹令、让。

香径晚风寒：谓走在落满花瓣的小路上，感到晚风吹来阵阵寒意。

月在花飞处：犹抬头望去，月亮就在那花瓣纷飞之处。

蔷薇影暗：蔷薇花的暗影。

空凝伫：白白地凝望伫立。北宋周邦彦《蓦山溪》词："愁无语。空凝伫。"

任碧飐、轻衫萦住：任凭随风摇动的花枝牵缠住轻薄的衣衫。碧飐，碧绿的枝叶随风颤动。

声律

"教"读平声合律，音 jiāo。

河传

河传：词牌名。

原为曲名。调名始于隋代，为隋炀帝将幸江都时所制，其词则创自唐代温庭筠。又名“秋光满目”“庆同天”“月照梨花”等。以温庭筠创调之作《河传》（湖上）为正体，双调，五十五字，上片七句，两仄韵、五平韵，下片七句，三仄韵、四平韵。另有诸多变体。该调每句用韵，短句多，换韵频繁，以致音节曲折复沓，声韵悲切。常用以写景、抒情。

河传

春残。
红怨。
掩双环。
微雨花间昼闲。
无言暗将红泪弹。
阑珊。
香销轻梦还。

斜倚画屏思往事。
皆不是。
空作相思字。
记当时。
垂柳丝。
花枝。
满庭胡蝶儿。

注释

春残：春将尽，犹暮春。

红怨：为花朵的凋残而伤悲。怨，犹悲。

掩双环：犹掩门。双环，两个门环。

微雨花间昼闲：白昼闲来无事，迎着细雨走在花间。

阑珊：谓意绪消沉。明代王錂《春芜记》第二十出："情思转阑珊，更粉消珠泪，翠锁眉山。"

皆不是：犹皆不如意。

空作相思字：白白地写那些饱含相思的文字。南宋辛弃疾《满江红》词："相思字，空盈幅。相思意，何时足。"

胡蝶：同"蝴蝶"。

说明

赵秀亭、冯统一《饮水词校笺》："此词见于《今词初集》，为康熙十五年以前之作。"

洛阳春

洛阳春：词牌名。

北宋新声。该调乃“一落索”之变体。调名更自北宋欧阳修，本义歌咏洛阳春事。然欧阳修词《洛阳春》（红纱未晓黄鹂语）为双调，五十字，上下片各四句、三仄韵。容若此调则依北宋毛滂词《一落索》（月下花前风畔）填，双调，四十六字，上下片各四句、三仄韵。

洛阳春·雪

密洒征鞍无数。
冥迷远树。
乱山重叠杳难分，似五里、蒙蒙雾。

惆怅琐窗深处。
湿花轻絮。
当时悠扬得人怜，也都是、浓香助。

注释

密洒征鞍无数：谓雪花密密地飘洒在无数远行人的马鞍上。

冥迷远树：漫天的飞雪让远方的树木变得迷蒙。冥迷，模糊不清，犹迷蒙。

乱山重叠杳难分：纷乱的群山重重叠叠，隐隐约约，难以分辨。杳，隐约。

似五里、蒙蒙雾：好像五里地外生的蒙蒙雾气。蒙蒙，模糊不清貌。南朝梁元帝萧绎《咏雾》诗："三晨生远雾，五里暗城闉。"

琐窗：透雕有连环图案的窗棂。

湿花轻絮：谓雪花如轻盈的柳絮从琐窗飘飞进来，渐渐融化。湿花，融化的雪花。

当时悠扬得人怜：当时雪花在空中轻盈飘舞的样子惹人怜爱。悠扬，犹飘扬、飞舞。

浓香：此谓妻子于室内燃的熏香。

谒金门

谒金门：词牌名。

原唐教坊曲名。又名“空相忆”“杨花落”“垂杨碧”“醉花春”“春早湖山”等。调名或出自敦煌曲子词“得谒金门朝帝庭”句，本义歌咏朝官等待君王召见。以唐代韦庄词《谒金门》（空相忆）为正体，双调，四十五字，上下片各四句、四仄韵。另有多种变体。该调每句皆用仄韵，声情沉抑、悲咽。

谒金门

风丝袅。
水浸碧天清晓。
一镜湿云青未了。
雨晴春草草。

梦里轻螺谁扫。
帘外落花红小。
独睡起来情悄悄。
寄愁何处好。

注释

风丝袅：风中的柳丝细长柔软，随风飘摆。

水浸碧天清晓：清晨的湖水映着碧蓝的天空。北宋欧阳修《蝶恋花》词："水浸碧天风皱浪。菱花荇蔓随双桨。"

一镜湿云青未了：天上的云朵映照在如镜的湖面上，仿佛浸在水中一般，漫无边际。唐杜甫《望岳》诗："岱宗夫如何，齐鲁青未了。"

春草草：春天匆匆而过。草草，犹匆忙、仓促。北宋晁补之《金凤钩》词："春辞我向何处。怪草草、夜来风雨。"

轻螺谁扫：犹谁来为你轻扫蛾眉。轻螺，喻浅淡的黛眉。螺，螺子黛，古代贵族女子的画眉之物。扫，描画。北宋欧阳修《阮郎归》词：“浅螺黛，淡燕脂，闲妆取次宜。”

落花红小：凋落的花瓣又红又小。

情悄悄：心情忧郁愁闷。悄悄，忧愁貌。五代冯延巳《更漏子》词：“情悄悄，梦依依，离人殊未归。”

寄愁何处好：将一怀愁绪寄托在何处才好？

声律

“悄”读上声押韵，音 qiǎo。

四和香

四和香：词牌名。

本名“四犯令”，调名始见于宋代侯寘《懒窟词》。是合四调的犯声而成的新曲。犯，即“犯调”，又称“犯声”，指移宫换羽，转换宫调，乃乐曲移调变奏的方式之一。一曲之中转调四次，故称四犯。又名“桂华明”“四块玉”。南宋李处全将其更名为“四和香”。以侯寘《四犯令》（月破轻云天淡注）为正体，双调，五十字，上下片各四句、四仄韵。

四和香

麦浪翻晴风飐柳。
已过伤春候。
因甚为他成僝僽。
毕竟是、春迤逗。

红药阑边携素手。
暖语浓于酒。
盼到园花铺似绣。
却更比、春前瘦。

注释

已过伤春候：已经过了因春天的消逝而感伤的节候。候，犹时令。

因甚为他成僝僽：犹因何为他而憔悴。南宋张辑《如梦令》词："僝僽，僝僽，比著梅花谁瘦。"

毕竟是、春迤逗：毕竟还是因为伤春的情绪引逗的。迤逗，犹挑逗、引诱。

红药阑边携素手：在开满红色芍药的栏杆边牵着你的手。宋代赵长卿《长相思·春浓》词："药栏东，药栏西。记得当时素手携。弯弯月似眉。"

说明

下片"盼到园花铺似绣"，底本夺一"园"字，此处依照词律，据汪元治刻本《纳兰词》补。

金菊对芙蓉

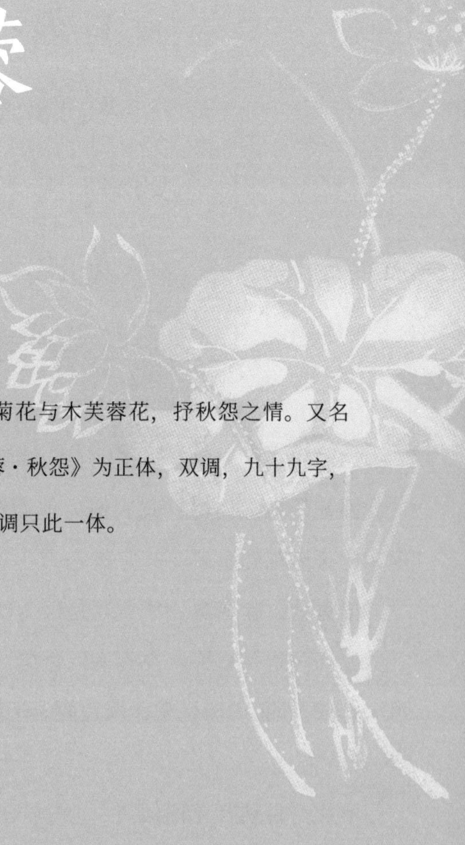

金菊对芙蓉：词牌名。

调名本义歌咏深秋时节相对而开的金黄色菊花与木芙蓉花，抒秋怨之情。又名“忆楚宫”。以宋代词人康与之《金菊对芙蓉·秋怨》为正体，双调，九十九字，上片十句、四平韵，下片十句、五平韵。该调只此一体。

金菊对芙蓉·上元

金鸭消香，银虬泻水，谁家夜笛飞声。
正上林雪霁，鸳甃晶莹。
鱼龙舞罢香车杳，剩尊前、袖掩吴绫。
狂游似梦，而今空记，密约烧灯。

追念往事难凭。
叹火树星桥，回首飘零。
但九逵烟月，依旧笼明。
楚天一带惊烽火，问今宵、可照江城。
小窗残酒，阑珊灯灺，别自关情。

注释

金鸭消香：金色的鸭形香炉中，香已燃尽。唐戴叔伦《春怨》诗："金鸭香消欲断魂，梨花春雨掩重门。"

银虬泻水：古代计时器漏壶底部的银色龙头中滴出的水在权器中倾泻。犹言夜已深沉。银虬，银白色的虬龙，此谓漏壶底部的银质流水龙头。北魏道士李兰《漏刻法》曰："以器贮水，以铜为渴乌，状如钩曲，以引器中水，于银龙口中吐入权器。漏水一升，秤重一斤，时经一刻。"

谁家夜笛飞声：夜里的笛声不知从何处传来。谁家，犹何处。飞，犹传。唐李白《春夜洛城闻笛》诗："谁家玉笛暗飞声，散入春风满洛城。"

正上林雪霁：宫苑中正值雪停天晴。上林，即上林苑，是汉武帝在秦代宫苑的旧址上扩建而成的皇家园林。后泛指宫苑。

鸳甃晶莹：雪后的井壁晶莹透亮。鸳甃，用对称的砖瓦砌成的井壁。

鱼龙舞罢香车杳：谓上元节看完鱼龙百戏，香车走远。鱼龙舞，古代民间乐舞杂技表演的一种。

吴绫：古代吴地所产的丝织品，轻薄精美，名冠全国。北宋晏几道《愁倚阑令》词："枕上怀远诗成。红笺纸、小砑吴绫。寄与征人教念远，莫无情。"

狂游似梦：曾经的纵情游逛似梦一般。

烧灯：犹点灯、燃灯。代指上元夜的灯火，亦代指元夕。南宋蒋捷《绛都春》词："归时记约烧灯夜。"

九逵烟月：谓京城大道上空云雾笼罩的月亮。九逵，谓京城四通八达的大道。据《三辅黄图》载："《三辅决录》曰：'长安城，面三门，四面十二门，皆通达九逵，以相经纬，衢路平正，可并列车轨。'"

笼明：形容月色微明。笼，遮盖、笼罩。

楚天一带惊烽火：谓南方正被战事惊扰。楚天，楚地的天空，因古代楚国在今长江中下游一带，位居南方，故泛指南方。

江城：此谓湖南江华县城。

阑珊灯灺：灯烛即将燃尽。

别自关情：犹独自牵动情怀。

说明

赵秀亭、冯统一《饮水词校笺》："此阕为上元怀远之作，所念为好友张纯修。张纯修，字见阳，康熙十八年秋离京，赴湖南江华县任。见阳临行，性德曾以诗赠别，有'楚国连烽火，深知作吏难'句。此词曾经修改，《瑶华集》犹存其初稿面目，作期可据以考定。'楚天一带'以下二句，《瑶华集》作'锦江烽火连三月，与蟾光、同照神京’。按，锦江，为四川成都，康熙十九年正月初四，勇略将军赵良栋收复成都，消息至京，方及上元，与词之原句恰切，故此词为康熙十九年正月作。词初非赠张者，至同年四月二十一日，作书寄张（即寄张见阳第二十九手简，……），并寄词，因改若干字句，以切寄友之旨。”

声律

“车”读 jū。

风流子

风流子：词牌名。

原唐教坊曲名。此调在唐时为单调小令，宋时为双调慢词，二者迥异。调名本义歌咏风采出众的男子。以五代孙光宪《风流子》（楼倚长衢欲暮）为正体，单调，三十四字，八句，六仄韵。另有诸多双调变体。容若此词为变体之一，依北宋周邦彦《风流子》（枫林凋晚叶）填，双调，一百一十字，上片十二句、四平韵，下片十句、四平韵。

风流子·秋郊即事

平原草枯矣，重阳后、黄叶树骚骚。
记玉勒青丝，落花时节，曾逢拾翠，忽忆吹箫。
今来是、烧痕残碧尽，霜影乱红凋。
秋水映空，寒烟如织，皂雕飞处，天惨云高。

人生须行乐，君知否、容易两鬓萧萧。
自与东君作别，刬地无聊。
算功名何许，此身博得，短衣射虎，沽酒西郊。
便向夕阳影里，倚马挥毫。

注释

骚骚：象声词，风吹树叶声。唐代徐凝《莫愁曲》诗：“玳瑁床头刺战袍，碧纱窗外叶骚骚。”

玉勒青丝：玉勒，玉饰的马衔。青丝，马缰绳。喻骑马游春。

落花时节：犹暮春。唐代杜甫《江南逢李龟年》诗：“正是江南好风景，落花时节又逢君。”

拾翠：拾取翠鸟的羽毛，代指妇女游春。语出三国魏曹植《洛神赋》：“或采明珠，或拾翠羽。”

烧痕残碧尽：野火烧过的痕迹将残留的青草吞尽。

霜影：犹清冷皎洁的月光。南宋范成大《望海亭赋》："忽褰云而涌雾，献霜影于庭宇。"

寒烟如织：寒冷的烟雾弥漫。如织，如织布的丝线般稠密。

皂雕：黑色的雕。

天惨：天色暗淡。北周庾信《小园赋》："风骚骚而树急，天惨惨而云低。"

两鬓萧萧：犹两鬓稀疏，形容年老头发脱落。北宋曾巩《戏书》诗："两鬓萧萧奈老何。"

刬地：犹依旧、照旧。

短衣射虎：谓如飞将军李广般精于骑射，纵情猎场。短衣，身着打猎的装束。引西汉名将李广之典，典出西汉司马迁《史记·李将军列传》："广所居郡闻有虎，尝自射之。及居右北平射虎，虎腾伤广，广亦竟射杀之。"

倚马挥毫：倚着马挥毫写字。典出南朝宋刘义庆《世说新语·文学》："桓宣武北征，袁虎时从，被责免官。会须露布文，唤袁倚马前令作，手不辍笔，俄得七纸，殊可观。"

说明

赵秀亭、冯统一《饮水词校笺》："此为行猎词。词收于《今词初集》，属早期作品。又有'自与东君作别，刬地无聊'及'功名何许'句，当为康熙十五年中进士后，未与馆选，被迫赋闲时作。"

声律

"烧"读去声，音 shào。"射虎"的"射"，古亦可读入声，音 shì，但以读去声为主。

落花时

落花时：词牌名。

该调《钦定词谱》、万树《词律》皆不载，疑为容若自度曲。又名“好花时”。

双调，四十八字，上片五句、三平韵，下片五句、两平韵。

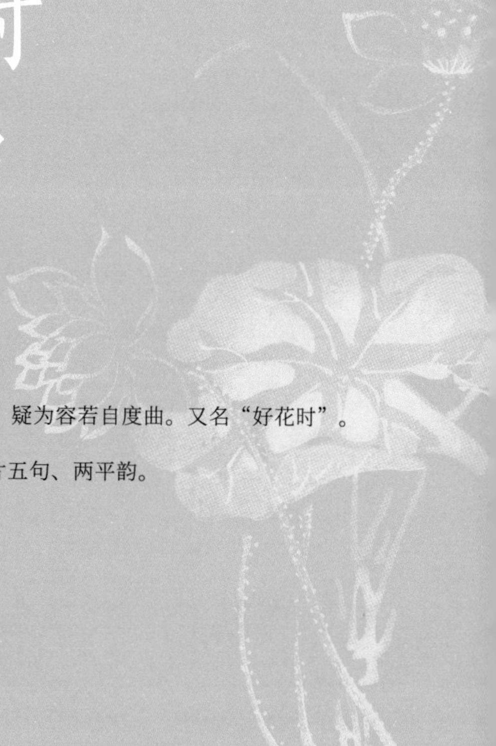

落花时

夕阳谁唤下楼梯。
一握香荑。
回头忍笑阶前立，总无语，也依依。

笺书直恁无凭据，休说相思。
劝伊好向红窗醉，须莫及，落花时。

注释

香荑：喻女子芳香、嫩白、柔滑的手。《诗经·卫风·硕人》：“手如柔荑，肤如凝脂。”东汉应劭《风俗通义》：“荑者，茅始熟中穰也，既白且滑。”

总无语：犹纵然不言语。总，同“纵”。

也依依：也是一副留恋不舍的样子。

笺书直恁无凭据：书信竟然不足为凭。直恁，竟然如此。

声律

“恁”，古音读 rèn。

江城子

江城子：词牌名。

该调源自唐著词（唐代酒令）曲调，最早由唐代词人韦庄依调创作。又名“江神子”“村意远”“水晶帘”。调名本义歌咏扬子江畔的古城金陵。以韦庄词《江城子》（髻鬟狼藉黛眉长）为正体，单调，三十五字，七句，五平韵。另有单调、双调多种变体。

江城子·咏史

湿云全压数峰低。
影凄迷。
望中疑。
非雾非烟，神女欲来时。
若问生涯原是梦，除梦里，没人知。

注释

湿云：谓巫山潮湿、浓重的云。南宋范成大《巫山高》诗："湿云不收烟雨霏。"

数峰：代指巫山十二峰。据南宋陆游《入蜀记》载："……巫山，峰峦上入霄汉，……然十二峰者，不可悉见。所见八九峰，惟神女峰最为纤丽奇峭。"

影凄迷：谓云中的身影凄凉迷茫。

望中疑：在凝望中疑惑。明末清初龚鼎孳《长相思》词："望中疑，梦中疑。"

非雾非烟：谓云变幻莫测，既不像雾，又不像烟。南宋张炎《祝英台近》词："非雾非烟，生气覆瑶草。"

神女欲来时：谓巫山神女将要来临时。

若问生涯原是梦：若问神女的人生，原是梦幻。唐李商隐《无题》诗："神女生涯原是梦。"

说明

该阕词似借咏巫山神女入梦，寄托对亡妻的思念之情。

赵秀亭、冯统一《饮水词校笺》："此阕本宋玉《高唐赋》，咏神女阳台事，无关史事。副题作'咏史'，殊不可解。袁刻、汪刻本不取副题，或缘于此。"

醉桃源

醉桃源：词牌名。

本名“阮郎归”，又名“碧桃春”。据南朝宋刘义庆《幽明录》载，东汉永平年间有阮肇、刘晨二人入天台山采药，于桃源处得遇二仙女，留住半年，思归甚苦，既归则乡邑零落，已经七世。调名本此。以南唐后主李煜《阮郎归》（东风吹水日衔山）为正体，双调，四十七字，上片四句、四平韵，下片五句、四平韵。另有变体。

醉桃源

斜风细雨正霏霏。
画帘拖地垂。
屏山几曲篆香微。
闲庭柳絮飞。

新绿密，乱红稀。
乳莺残日啼。
余寒欲透缕金衣。
落花郎未归。

注释

斜风细雨：绵绵细雨随风斜落。唐代张志和《渔歌子》词："青箬笠，绿蓑衣，斜风细雨不须归。"

霏霏：雨雪密盛貌。

屏山几曲篆香微：犹几扇屏风曲折，篆香飘出轻微的香烟。篆香，形似篆文的盘香，点燃可用来计时。明末陈子龙《醉落魄·春闺风雨》词："几曲屏山。镇日飘香篆。"

闲庭：清静的庭院。闲，清幽、安静。

乳莺残日啼：新生的幼莺在夕阳中啼叫。

缕金衣：用金色的丝线绣的衣服。五代顾敻《荷叶杯》词其五："看看湿透缕金衣。"

踏莎美人

踏莎美人：词牌名。

清代顾贞观自度曲，该调由《踏莎行》和《虞美人》组成。调名本义歌咏美人游春。以顾贞观《踏莎美人》（湿翠群山）为正体，双调，六十二字，上下片各五句，两仄韵、两平韵。

踏莎美人·清明

拾翠归迟，踏青期近。
香笺小叠邻姬讯。
樱桃花谢已清明。
何事绿鬟斜亸宝钗横。

浅黛双弯，柔肠几寸。
不堪更惹其他恨。
晓窗窥梦有流莺。
也觉个侬憔悴可怜生。

注释

拾翠归迟：谓妇女游春晚归。拾翠，参见《风流子·秋郊即事》注。

踏青期近：谓清明郊游的日期临近。踏青，又称“踏春”，指春天到郊外散步游玩，旧俗以清明节为踏青节。

香笺小叠邻姬讯：谓女子所寄的信笺轻叠着传给邻家女子的讯息。唐韩偓《偶见》诗：“小叠红笺书恨字。”又宋代朱淑真《约游春不去》诗其一：“邻姬约我踏青游，强拂愁眉下小楼。”

绿鬟斜亸：乌黑亮泽的鬟髻斜垂下来。亸，下垂。

也觉个侬憔悴可怜生：也感觉那人面容憔悴，怪可怜的。个侬，古代口语，犹这人、那人。生，语气助词。

红窗月

红窗月：词牌名。

此调《钦定词谱》、万树《词律》皆不载，或为容若自度曲。双调，五十八字，上下片各五句、三平韵。

红窗月

燕归花谢，早因循、又过清明。
是一般风景，两样心情。
犹记碧桃影里誓三生。

乌丝阑纸娇红篆，历历春星。
道休孤密约，鉴取深盟。
语罢一丝香露湿银屏。

注释

早因循、又过清明：早就顺应节令，又过了清明。因循，犹顺应自然。西汉司马迁《史记·太史公自序》：“道家无为，又曰无不为，其实易行，其辞难知。其术以虚无为本，以因循为用。”唐代张守节《史记正义》：“任自然也。”北宋王雱《倦寻芳慢》词：“算韶华，又因循过了，清明时候。”

乌丝阑纸娇红篆：谓印有黑色线格的笺纸和娇红的印章。

历历春星：犹如春天的星星般清楚分明。《古诗十九首》其七：“众星何历历。”

道休孤密约：说道不要辜负我们的秘密约定。孤，同“辜”，犹辜负。

鉴取深盟：谓这一纸文书可为凭证，鉴证我们曾许下过三生三世永不分离的盟约。北宋周邦彦《长相思慢》词：“但连环不解，流水长东，难负深盟。”

香露：花草上的露水。

转应曲

转应曲：词牌名。

本名“古调笑”，又名“宫中调笑”“三台令”。唐戴叔伦更调名为“转应曲”。以戴叔伦词《转应曲》（边草）为正体，单调，三十二字，八句，四仄韵、两平韵、两叠韵。该调凡三换韵。起句用叠句，第六、七句倒叠第五句末二字，转以应之，戴叔伦所谓“转应”者，盖取意于此。该调句句入韵，连绵而下，音韵有行云流水之美。

转应曲

明月。
明月。
曾照个人离别。
玉壶红泪相偎。
还似当年夜来。
来夜。
来夜。
肯把清辉重借。

注释

明月。明月。曾照个人离别：化用五代冯延巳《三台令》词："明月。明月。照得离人愁绝。"

玉壶红泪：谓离别时美人伤心的眼泪。引魏文帝宫中美人薛灵芸之典。参见上卷《如梦令》（纤月黄昏庭院）"泪痕红泫"注。

夜来：薛灵芸别名。喻心爱的女子。据东晋王嘉《拾遗记》载："灵芸未至京师十里，帝乘雕玉之辇，以望车徒之盛，嗟曰：'昔者言："朝为行云，暮为行雨。"今非云非雨，非朝非暮。'改灵芸之名曰'夜来'。"

清辉：清冷皎洁的月光。唐杜甫《月圆》诗："故园松桂发，万里共清辉。"

茶瓶儿

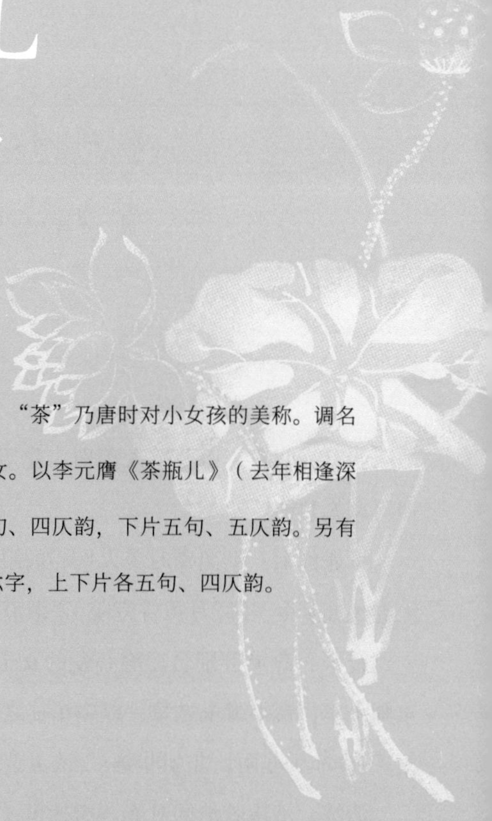

茶瓶儿：词牌名。

据《钦定词谱》载，该调始自北宋李元膺。“茶”乃唐时对小女孩的美称。调名本义似为悼念一个唤作“瓶儿”的年轻歌女。以李元膺《茶瓶儿》（去年相逢深院宇）为正体，双调，五十六字，上片五句、四仄韵，下片五句、五仄韵。另有变体。容若此词为变体之一，双调，五十六字，上下片各五句、四仄韵。

茶瓶儿

杨花糁径樱桃落。
绿阴下、晴波燕掠。
好景成担阁。
秋千背倚，风态宛如昨。

可惜春来总萧索。
人瘦损、纸鸢风恶。
多少芳笺约。
青鸾去也，谁与劝孤酌。

注释

杨花糁径：柳絮散落在小路上。糁，散落。唐代杜甫《绝句漫兴九首》诗其七："糁径杨花铺白毡，点溪荷叶叠青钱。"

晴波：阳光下水波潋滟。唐代杨炯《浮沤赋》："状若初莲出浦，映晴波而未开。"

秋千背倚：谓佳人背靠着秋千。唐代李商隐《无题》诗："十五泣春风，背面秋千下。"

风态宛如昨：犹风姿宛若昨日。

人瘦损：谓人消瘦、憔悴。

风恶：谓风不作美。恶，犹恶劣。南宋陆游《钗头凤》词：“东风恶。欢情薄。”

芳笺约：佳人信笺上的约定。芳笺，芬芳的信笺，代指女子的书信。南宋陆游《月照梨花·闺思》词：“芳笺寄与何处，绣阁珠栊。”

青鸾去也：谓心上人已乘青鸾离去。唐代李白《凤凰曲》诗：“青鸾不独去，更有携手人。”

说明

此阕词或为悼念亡妻之作。

梅梢雪

梅梢雪：词牌名。

原唐教坊曲名。本名“一斛珠”，又名“醉落魄”“醉落拓”“怨春风”“章台月”等。调名取义于唐玄宗赐失宠的梅妃一斛珍珠聊作慰藉之事。以南唐后主李煜《一斛珠》（晓妆初过）为正体，双调，五十七字，上下片各五句、四仄韵。另有变体。

梅梢雪·元夜月蚀

星球映彻。
一痕微褪梅梢雪。
紫姑待话经年别。
窃药心灰，慵把菱花揭。

踏歌才起清钲歇。
扇纨仍似秋期洁。
天公毕竟风流绝。
教看蛾眉，特放些时缺。

注释

元夜：农历正月十五上元节的夜晚。

星球映彻：谓灯笼或烟花的光芒映彻黑夜。映彻，映照透彻。

一痕微褪梅梢雪：梅梢上的雪在灯火的映照下微微融化。

紫姑：古代神话中的厕神。又称“子姑”“坑三姑娘”。相传为唐代寿阳刺史李景之妾，为大妇曹氏所嫉，于正月十五夜被杀于厕中，天帝怜悯，封为厕神。旧俗每于元宵迎祀于家，占卜诸事。事见北宋苏轼《子姑神记》。北宋欧阳修《蓦山溪》词：“应卜紫姑神，问归期、相思望断。”

窃药心灰：谓嫦娥偷食其夫后羿从西王母处得来的不死灵药奔月飞升后，心如死灰。事见西汉淮南王刘安《淮南子·览冥训》。唐代李商隐《嫦娥》诗："嫦娥应悔偷灵药，碧海青天夜夜心。"

慵把菱花揭：懒得揭开菱花镜。菱花，菱角之花，古人常将用于梳妆的铜镜做成菱花形，或以菱花为铜镜背面的图案，故以"菱花"代指梳妆镜。此处喻指明月。

踏歌：盛行于唐代的一种歌舞形式。宋末元初胡三省《资治通鉴音注》："踏歌者，连手而歌，踏地以为节。"

清钲歇：旧俗认为月食乃天狗食月，故家家鸣钲击镜以吓天狗，直到月食结束方才停歇。钲，古代一种行似钟而狭长的打击乐器。歇，指月已复圆，不再鸣钲。

扇纨：指月色皎洁，犹如素绢团扇。纨，素绢。西汉班婕妤《怨歌行》："新裂齐纨素，皎洁如霜雪。裁为合欢扇，团团似明月。"

秋期：男女相会之期，亦代指七夕牛郎织女相会之日。唐代崔涂《七夕》诗："年年七夕渡瑶轩，谁道秋期有泪痕。"

教看蛾眉，特放些时缺：为了看月亮那如美人蛾眉般的形貌，特意放出天狗，制造了这片刻的残缺。教，介词，犹为。蛾眉，如蛾须般细长弯曲的眉毛。些时，犹一会儿、片刻。

说明

赵秀亭、冯统一《饮水词校笺》："词调名一般称'一斛珠'，性德词第二句有'梅梢雪'三字，因用以为调名。陈维崧有《宝鼎现》词，小序云：'甲辰元夕……是岁元夜月蚀。'甲辰是康熙三年（公元一六六四）。据沙罗周期计算，甲辰后另一次元夜月蚀，当在康熙二十年辛酉（公元一六八一）。与性德同时之尤侗、查慎行均有'辛酉元夕月蚀'诗。"

声律

"教"读平声，音 jiāo。"看"读去声合律。

朝中措

朝中措：词牌名。

北宋新声。该调始见于北宋欧阳修《六一词》。又名“芙蓉曲”“照江梅”“梅月圆”等。调名本义歌咏朝廷措置之事。以欧阳修创调之作《朝中措·送刘仲原甫出守维扬》为正体，双调，四十八字，上片四句、三平韵，下片五句、两平韵。另有变体。此调为换头曲，上片流畅，下片稳重，声韵平和，亦不失疏快清朗，适用题材较广。

朝中措

蜀弦秦柱不关情。
尽日掩云屏。
已惜轻翎退粉，更嫌弱絮为萍。

东风多事，余寒吹散，烘暖微酲。
看尽一帘红雨，为谁亲系花铃。

注释

蜀弦秦柱：谓忧伤的琴瑟之声。蜀弦，蜀国弦，乃蜀国哀伤的乐曲。南朝梁简文帝作有《蜀国弦》乐府诗，唐代李贺亦有《蜀国弦》诗。秦柱，秦国架有柱码的筝、瑟类拨弦乐器。唐代唐彦谦《汉代》诗：“别随秦柱促，愁为蜀弦么。”

关情：牵动情怀，犹动情。南朝宋鲍照《代堂上歌行》诗：“万曲不关情，一曲动情多。”

尽日掩云屏：整日遮掩着云母屏风。五代欧阳炯《春光好》词：“垂绣幔，掩云屏，思盈盈。”

轻翎退粉：蝴蝶翅膀上的鳞粉退去。轻翎，蝶翅。南宋罗大经《鹤林玉露》：“《道藏经》云，蝶交则粉退，蜂交则黄退。”

弱絮为萍：柔弱的柳絮化为浮萍。絮，柳絮，又名杨花。据明代王象晋《群芳谱》载：“萍，一名水花。……季春始生，杨花入水所化。”

烘暖微酲：谓春风带来融融暖意，烘得人微醺。烘，用火烤。酲，犹醉酒。

红雨：落红如雨。落红，犹落花。金代史肃《杂诗》：“一帘红雨枕书眠。”

寻芳草

寻芳草：词牌名。

南宋新声。调见辛弃疾《稼轩词》，自注一名“王孙信”。以辛弃疾创调之作《王孙信·调陈萃叟》为正体。双调，五十二字，上片四句、四仄韵，下片四句、三仄韵。此调只此一体，无别首可校。容若此词虽字数与正体相同，但句法不同，双调，五十二字，上片五句、三仄韵，下片四句、三仄韵。

寻芳草·萧寺记梦

客夜怎生过。
梦相伴、绮窗吟和。
薄嗔佯笑道，若不是恁凄凉，肯来么。

来去苦匆匆，准拟待、晓钟敲破。
乍偎人、一闪灯花堕。
却对著、琉璃火。

注释

萧寺：佛寺。参见上卷《点绛唇》（小院新凉）注。

客夜怎生过：客居在外的夜晚怎样度过。

梦相伴、绮窗吟和：梦中有她在绮丽的窗边与我吟诗唱和，相伴长宵。绮窗，雕饰精美的窗。

薄嗔：略微责怪。嗔，对人不满，怪罪。

佯笑：假意装笑。佯，假装。

恁凄凉：犹这么凄凉。恁，这样、这么、如此。

准拟待、晓钟敲破：准备等待报晓的钟声敲破梦境。清代赵我佩《菩萨蛮》词：“晓钟敲破梨花梦。”

乍偎人：刚与人依偎在一起。乍，刚。偎，亲密地挨靠。

一闪灯花堕：犹灯花一闪而坠落。

却对著、琉璃火：犹梦醒后却对着寺庙琉璃灯中的火焰。琉璃火，参见上卷《菩萨蛮》（飘蓬只逐惊飙转）注。

说明

容若此词句法与辛词有别，然其叙事独具风情，故只能迁就文句，未照辛词格律断句。

赵秀亭、冯统一《饮水词校笺》："据'薄嗔''偎人'语，知所梦为亡妻。卢氏既丧，一年余始葬。旧习，其柩应暂厝寺庙。视'肯来么'三字，副题所云'萧寺'，即卢氏厝灵之庙宇。词作于康熙十七年七月之前。

声律

"恁"，依字义此处应读 rèn。"么"读上声押韵。

遐方怨

遐方怨：词牌名。

原唐教坊曲名。据《钦定词谱》载：“此调有两体，单调者，始于温庭筠，双调者，始于顾夐、孙光宪，惟《花间集》有之，宋人无填此者。”此调初为边地舞曲。遐方，犹远方，调名本义歌咏来自僻远边疆的怨情。容若此词为单调，以唐代温庭筠词《遐方怨》（凭绣槛）为定格，三十二字，七句，四平韵。

遐方怨

敧角枕，掩红窗。
梦到江南，伊家博山沉水香。
浣裙归晚坐思量。
轻烟笼浅黛，月茫茫。

注释

敧角枕：斜靠着枕头。角枕，参见上卷《金缕曲》（生怕芳樽满）注。

博山沉水香：博山香炉中燃的沉水香。参见上卷《鹊桥仙》（倦收缃帙）“博山香”注。

浣裙：浣洗衣裙。东汉许慎《说文解字》：“浣，濯衣垢也。”北宋梅尧臣《送任太博归省西都》诗：“子舍今归浣裙切，里门重戒下车勤。”

浅黛：浅淡的黛色，喻女子之眉，亦指远山之色。黛，青黑色。南宋袁去华《瑞鹤仙》词：“映浓愁浅黛，遥山眉妩。”

添字采桑子

添字采桑子：词牌名。

此调《钦定词谱》、万树《词律》皆不载。调名始见于南宋李清照《漱玉词》，是“采桑子”添字变体。因“丑奴儿”与“采桑子”同调异名，故又名“添字丑奴儿”。后来词家所填该调，添字之法与李清照原调略有不同。容若此词乃在原调的上下片各添三字结句，双调，五十字，上下片各五句、三平韵。

添字采桑子

闲愁似与斜阳约，红点苍苔。
蛱蝶飞回。
又是梧桐新绿影，上阶来。

天涯望处音尘断，花谢花开。
懊恼离怀。
空压钿筐金缕绣，合欢鞋。

注释

红点苍苔：谓红色的花瓣凋落在青色的苔藓上。红点，凋落的红色花瓣。苍，青色。唐韩偓《太平谷中玩水上花》诗："一溪红点我独惜，几树蜜房谁见开。"

梧桐新绿影：梧桐新生枝叶的影子。

音尘断：音信断绝。《胡笳十八拍》："故乡隔兮音尘绝，哭无声兮气将咽。"

花谢花开：犹一年又一年。化用唐韩偓《六言三首》诗其二："半寒半暖正好，花开花谢相思。"

空压：犹白白地以手指按压。唐代秦韬玉《贫女》诗："苦恨年年压金线。"

钿筐：镶嵌螺钿的针线筐。

金缕绣：以金丝为线刺绣花样。唐白居易《秦中吟十首・议婚》："红楼富家女，金缕绣罗襦。"

合欢鞋：绣有合欢花、并蒂莲、鸳鸯、鸾凤等带有"合欢"寓意图样的鞋子。

据唐代马缟《中华古今注》载，东晋时，凡娶妇之家，先下丝麻鞋一双，取和谐之义。生活中妇人思念丈夫，女子寄意情郎，也多以绣鞋垫、纳鞋底、送鞋等方式表达，既可显露女方手艺，亦可表露思念情怀。南宋周端臣《古断肠曲三十首》其二十三："压髻慵簪双凤钗，伤心羞觑合欢鞋。"

声律

"鞋"旧读 hái，押韵。

菊花新

菊花新：词牌名。

该调始见于北宋张先《张子野词》。据南宋周密《齐东野语》云：“《菊花新》谱，教坊都管王公谨作也。”调名本义歌咏宋高宗菊夫人善歌舞、妙音律，因失宠而出宫，后又因曲舞重返掖庭之事。以北宋张先《菊花新》（堕髻慵妆来日暮）为正体，双调，五十二字，上下片各四句、三仄韵。另有变体，均为双调。

菊花新·用韵送张见阳令江华

愁绝行人天易暮。
行向鹧鸪声里住。
渺渺洞庭波，木叶下、楚天何处。

折残杨柳应无数。
趁离亭笛声吹度。
有几个征鸿，相伴也、送君南去。

注释

用韵：应是用北宋词人张先《菊花新》同调之韵。

张见阳：张纯修。参见上卷《菩萨蛮·过张见阳山居，赋赠》注。

令江华：赴湖南江华任县令。

愁绝行人天易暮：怀着极度忧闷愁苦的心情送张见阳远行，天色也很快接近黄昏。易，容易。

行向鹧鸪声里住：在鹧鸪鸟"行不得也哥哥"的叫声中停住。参见上卷《摊破浣溪沙》(一霎灯前醉不醒)"鹧鸪啼遍"注。

渺渺洞庭波，木叶下、楚天何处：犹秋风萧瑟，落叶飘零，你要赴任的地方是在洞庭湖那浩渺的烟波中吗。楚天，楚地的天空，代指张纯修的赴任之地湖南江华。战国屈原《九歌·湘夫人》："袅袅兮秋风，洞庭波兮木叶下。"

折残杨柳应无数：谓与你送别依依不舍，杨柳的枝条应折残了无数。

离亭：古人举行送别宴会的驿亭。北宋徐昌图《临江仙》词："饮散离亭西去，浮生长恨飘蓬。"

笛声吹度：犹笛声随风吹过。唐代郑谷《淮上与友人别》诗："数声风笛离亭晚，君向潇湘我向秦。"

说明

该阕为康熙十八年（1679）秋容若送张纯修赴湖南江华任县令的送别之作。

一丛花

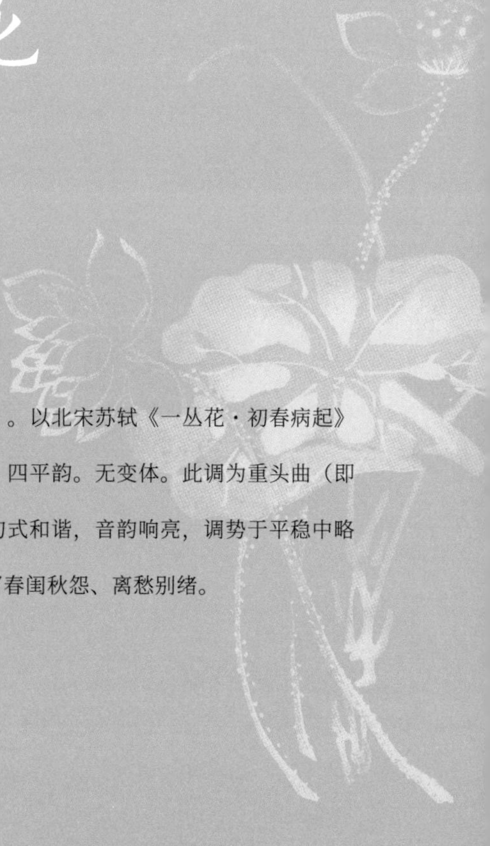

一丛花：词牌名。

北宋新声，始创于张先。又名“一丛花令”。以北宋苏轼《一丛花·初春病起》为正体，双调，七十八字，上下片各七句、四平韵。无变体。此调为重头曲（即上下片声调格律完全相同），用平声韵，句式和谐，音韵响亮，调势于平稳中略显流动，多用于以景言情，借物咏怀，抒写春闺秋怨、离愁别绪。

一丛花·咏并蒂莲

阑珊玉佩罢霓裳。
相对绾红妆。
藕丝风送凌波去，又低头、软语商量。
一种情深，十分心苦，脉脉背斜阳。

色香空尽转生香。
明月小银塘。
桃根桃叶终相守，伴殷勤、双宿鸳鸯。
菰米漂残，沉云乍黑，同梦寄潇湘。

注释

并蒂莲：两朵莲花长在同一根茎上，花蒂于茎上并排相连，又名并头莲、同心芙蓉、合欢莲等。并蒂莲甚为罕见，自古便被视为花中珍品。古人常用以喻指夫妻恩爱，永结同心，或手足情深，血脉相连。

阑珊玉佩：谓舞蹈过后，腰上悬系的玉佩丝绦散乱不整。阑珊，零乱、歪斜貌。

罢霓裳：谓舞罢《霓裳》。《霓裳》乃《霓裳羽衣曲》的简称，又名《霓裳羽衣舞》，乃唐代宫廷乐舞。此曲乃唐玄宗所作。

相对绾红妆：谓两朵并蒂而生的莲花相互牵绾，似两个娇艳的美人相对梳妆。红妆，女子的盛妆，代指美人或娇艳的花卉。

藕丝风：形容微风缕缕，细如藕中之丝。明代王世贞《忆江南》词："柔绿篙添梅子雨，淡黄衫耐藕丝风。"

凌波：谓并蒂莲开在微风吹拂的水面上，犹如美人在碧波上步履轻盈地行走。语出三国魏曹植《洛神赋》："凌波微步，罗袜生尘。"

心苦：莲心清苦。南宋辛弃疾《卜算子·为人赋荷花》词："根底藕丝长，花里莲心苦。"

色香空尽转生香：谓并蒂莲娇美的颜色褪去，转而会生出莲蓬的清香。清顾贞观《小重山》词："色香空尽转难忘。"

桃根桃叶：一母同胞的姊妹，桃叶为姐，桃根为妹，皆为东晋王献之爱妾。喻并蒂莲。

伴殷勤、双宿鸳鸯：谓并蒂莲如鸳鸯般情义深厚，相互陪伴，双宿双栖。殷勤，情深义厚。古人惯以鸳鸯和莲花喻相连相伴。南宋姜夔《念奴娇》词："记来时、尝与鸳鸯为侣。"

菰米漂残：菰米凋残，漂在水中。菰，生于浅水的多年生草本植物，嫩茎称"茭白"，可做蔬菜，果实如细长的黑米，称"菰米"或"雕胡米"，可煮食，亦可入药，为中国古代"六谷"之一。

沉云乍黑：低沉的阴云突变浓重。乍，突然。唐杜甫《秋兴八首》诗其七："波漂菰米沉云黑，露冷莲房坠粉红。"

同梦寄潇湘：同梦，典出《诗经·齐风·鸡鸣》"虫飞薨薨，甘与子同梦"。喻夫妻恩爱情深。后来亦有喻指知己、密友者。寄，犹托付。潇湘，指舜帝二妃娥皇、女英，喻并蒂莲。

说明

赵秀亭、冯统一《饮水词校笺》："顾贞观、严绳孙、秦松龄皆有《一丛花》

‘咏并蒂莲’词，当为同时倡和之作。顾、秦、严同时在京过夏，唯康熙十九、二十年。”

声律

“黑”读 hè。

淡黄柳

淡黄柳：词牌名。

南宋姜夔自度曲。调名本义歌咏秋天由绿转黄的衰柳引发的悲凉心境。以姜夔《淡黄柳》（空城晓角）为正体，双调，六十五字，上片五句、五仄韵，下片七句、五仄韵。另有变体。容若此词为变体之一，双调，六十五字，上片六句、六仄韵，下片六句、四仄韵。该调高亢优美，用入声韵，乃姜夔自度曲中的佳作。

淡黄柳·咏柳

三眠未歇。
乍到秋时节。
一树斜阳蝉更咽。
曾绾灞陵离别。
絮已为萍风卷叶。
空凄切。

长条莫轻折。
苏小恨、倩他说。
尽飘零、游冶章台客。
红板桥空，湔裙人去，依旧晓风残月。

注释

三眠：柽柳，又名三眠柳、人柳。落叶小乔木，枝条纤弱多下垂，皮赤如绛，枝叶如松，花如红蓼，结蒴果。据《三辅故事》载："汉苑中有柳，状如人形，号曰人柳，一日三眠三起。"

曾绾灞陵离别：倒装，犹灞陵离别曾绾。谓在灞陵分手之际，曾经绾柳为别。古人送别时，常折柳相赠。绾，牵住，拉住。灞陵，汉文帝刘恒陵寝，亦作霸陵，位于今陕西省西安市东白鹿原。相传霸陵附近有霸桥，曾为古人折柳送别之处。据《三辅黄图·桥》载："霸桥，在长安东，跨水作桥。汉人送客至此桥，折柳赠别。"唐刘禹锡《杨柳枝词九首》："长安陌上无穷树，唯有垂杨管别离。"唐李白《忆秦娥》："秦楼月，年年柳色，灞陵伤别。"

苏小恨：谓与情人的离别之恨。参见《卜算子·咏柳》"苏小"注。

章台客：喻漂泊离散的伤心之人。章台，原指汉代长安城的繁华主街，因建于秦朝的章台宫遗址附近而得名，街边遍植柳树。至唐代，街区多妓馆，中有名妓柳氏，初被富豪李生纳为姬妾，后与韩翃相互倾慕，成就姻缘。但好景不长，安史之乱爆发，二人因长安沦陷而离散。肃宗收复长安后，韩翃作词寻找柳氏，词曰："章台柳，章台柳，昔日青青今在否。纵使长条似旧垂，亦应攀折他人手。"详见唐代孟棨《本事诗》和北宋李昉等编《太平广记·柳氏传》。

红板桥：泛指红色的木桥，古诗词中常用以喻指情人的分别之地。北宋柳永《迷神引》词："红板桥头秋光暮。"

湔裙人去：喻发妻亡故。参见《临江仙·寒柳》"湔裙梦断"注。

依旧晓风残月：喻物是人非，无限凄凉。北宋柳永《雨霖铃》词："今宵酒醒何处，杨柳岸、晓风残月。"

说明

下片"湔裙"底本原作"溅裙"，此依词意据康熙四十八年（1709）刻本顾彩编《草堂嗣响》、汪刻本《纳兰词》改。

洞仙歌

洞仙歌：词牌名。

原唐教坊曲名。又名“洞仙词”“洞中仙”“洞玄歌”“羽仙歌”等。调名本义歌咏洞中仙人的自在生活。以北宋苏轼《洞仙歌》（冰肌玉骨）为正体。双调，八十三字，上片六句、三仄韵，下片七句、三仄韵。另有诸多变体，容若此词为变体之一，双调，八十三字，上片六句、三仄韵，下片八句、三仄韵。该调音节舒徐，极骀荡摇曳之致。

洞仙歌·咏黄葵

铅华不御，看道家妆就。
问取旁人入时否。
为孤情澹韵，判不宜春，矜标格、开向晚秋时候。

无端轻薄雨，滴损檀心，小叠宫罗镇长皱。
何必诉凄清，为爱秋光，被几日、西风吹瘦。
便零落、蜂黄也休嫌，且对依斜阳、胜偎红袖。

注释

黄葵：锦葵科、秋葵属一年生或二年生草本，花大色黄，种子具有麝香味，是名贵香料，根、叶、花、种子均可入药。

铅华不御：谓不施粉黛，天生丽质。三国魏曹植《洛神赋》："芳泽无加，铅华弗御。"又唐玄宗李隆基《题梅妃画真》诗："铅华不御得天真。"

道家妆就：谓黄葵的花朵如美人身着黄色的道袍，装扮妥当，飘飘欲仙。妆就，装扮完成。据东晋王嘉《拾遗记》载："刘向于成帝之末，校书天禄阁，专精覃思。夜有老人，着黄衣，植青藜杖，登阁而进。……向请问姓名，云：'我是太一之精……。'"后遂以黄衣为道家服色。

入时：合乎最新流行的风尚。唐朱庆餘《近试上张水部》诗："妆罢低声问夫婿，画眉深浅入时无。"

孤情澹韵：性情孤傲，品格清高，风韵淡雅。

判不宜春：甘愿不合春天的时宜。

矜标格：恪守自己的品格、风范。矜，矜持，犹恪守、守正。唐韩偓《席上有赠》诗：“矜严标格绝嫌猜。”

无端轻薄雨：无缘无故下起了小雨。北宋晏几道《生查子》词：“无端轻薄云，暗作廉纤雨。”

檀心：谓黄葵紫檀色的花心。

小叠宫罗镇长皱：谓黄葵轻薄的花瓣如略微叠起的宫罗一般，压着长长的褶皱。宫罗，宫中用的一种质地较薄的丝织品。镇，犹压。皱，谓花瓣重叠处形如褶皱。

蜂黄：谓蜜蜂，因蜜蜂身带黄色，故称。

说明

该阕为借物咏怀之作，黄葵虽非名贵之花，却有仙风道骨，不染世俗，自成标格。容若借写黄葵来抒发自己崇尚自然、恪守清高、不媚世俗的情怀。

疏影

疏影：词牌名。

南宋姜夔自度曲。又名“疏柳”“绿意”“绿影”“暗绿”“解佩环”等。调名取自北宋林逋《山园小梅》诗“疏影横斜水清浅”句，本义歌咏梅树枝条疏朗的影子。以姜夔《疏影》（苔枝缀玉）为正体，双调，一百一十字，上片十句、五仄韵，下片十句、四仄韵。另有变体。该调低缓、沉稳、音节谐婉，多用以咏物抒情，亦有用于赠酬者。

疏影·芭蕉

湘帘卷处。
甚离披翠影，绕檐遮住。
小立吹裾，常伴春慵，掩映绣床金缕。
芳心一束浑难展，清泪裹、隔年愁聚。
更夜深、细听空阶，雨滴梦回无据。

正是秋来寂寞，偏声声点点，助人离绪。
缬被初寒，宿酒全醒，搅碎乱蛩双杵。
西风落尽庭梧叶，还剩得、绿阴如许。
想玉人、和露折来，曾写断肠诗句。

注释

湘帘：用湘妃竹编的帘子，泛指竹帘。

甚离披翠影：谓芭蕉正舒枝展叶，绿影婆娑，随风晃动。甚，犹正。离披，摇荡、晃动貌。清代陈端生《再生缘》第二回：“香风飘渺人心爽，桂影离披夜景新。”

吹裾：风吹拂衣襟。

春慵：春日的慵懒情绪。五代刘兼《昼寝》诗：“花落青苔锦数重，书淫不觉避春慵。”

绣床金缕：谓铺满锦衾绣被、装饰华美的床。金缕，金色的丝线。

芳心一束浑难展：花心一旦被裹束，就难以完全舒展。芳心，犹花心、花蕊。亦喻女子之心。浑，完全。北宋苏轼《贺新郎·夏景》词：“芳心千重似束。”唐李商隐《代赠二首》诗其一：“芭蕉不展丁香结，同向春风各自愁。”

清泪裹、隔年愁聚：谓芭蕉包裹在花心的雨露，犹如清泪，蕴含着隔年的聚散离愁。

更夜深、细听空阶：参见上卷《金缕曲·亡妇忌日有感》“滴空阶”注。

梦回无据：无法回到梦中。无据，无所依凭。宋徽宗赵佶《燕山亭·北行见杏花》词：“无据，和梦也新来不做。”

声声点点：谓芭蕉叶上的雨滴声。南宋朱淑真《闷怀二首》诗其二：“芭蕉叶上梧桐里，点点声声有断肠。”

缬被：染有花纹的丝被。缬，中国古代的一种印染方法。据唐代僧人慧琳《一切经音义》载：“以丝缚缯染之，解丝成文曰缬也。”泛指染有花纹的丝织品。

宿酒全醒：犹昨夜的酒醉已完全清醒。唐白居易《早春即事》诗：“眼重朝眠足，头轻宿酒醒。”

乱蛩双杵：蟋蟀的乱鸣声交叠着捣衣声。双杵，参见上卷《南乡子·捣衣》“捣衣”注。

玉人：如玉的美人，代指所恋女子。

曾写断肠诗句：谓芭蕉叶上曾写下令人伤心的诗句。“蕉叶题诗”乃古代文人的一大雅事。唐韦应物《闲居寄诸弟》：“尽日高斋无一事，芭蕉叶上独题诗。”

说明

赵秀亭、冯统一《饮水词校笺》：“此阕见于《今词初集》，各本异文颇多，当为早期之作。或作于康熙十五年前。沈时栋有《疏影》‘芭蕉，步朱竹垞原韵’词，可知《疏影》‘芭蕉’词由朱彝尊原倡，性德词亦步朱氏词韵之作。朱氏词见《茶烟阁体物集》。”

声律

“听”读去声合律，音 tìng。“醒”读平声合律，音 xīng。

秋水

秋水：词牌名。

容若自度曲。因词有“一眶秋水”句，故名。双调，一百零一字，上下片各九句、四仄韵。

秋水·听雨

谁道破愁须仗酒，酒醒后，心翻醉。
正香销翠被，隔帘惊听，那又是、点点丝丝和泪。
忆翦烛、幽窗小憩。
娇梦垂成，频唤觉、一眶秋水。

依旧乱蛩声里，短檠明灭，怎教人睡。
想几年踪迹，过头风浪，只消受、一段横波花底。
向拥髻灯前提起。
甚日还来，同领略、夜雨空阶滋味。

注释

谁道破愁须仗酒：谁说借酒可以解忧。破，解除。仗，凭借。南宋赵长卿《南乡子》词："谁道破愁须仗酒，君看。酒到愁多破亦难。"

心翻醉：心反而会醉。翻，翻转，反而。

正香销翠被：正是熏香燃尽，翠被犹寒的时候。

点点丝丝和泪：丝丝点点的雨连同眼泪一起滴下。和，连同。

娇梦垂成：美梦将要做成。垂成，将要成功。

频唤觉：屡次被唤醒。

一眶秋水：犹满眼泪水。秋水，喻眼眸，此谓眼中的泪水。

乱蛩：蟋蟀乱鸣。

短檠明灭：短架上的灯火忽明忽暗。短檠，矮灯架。唐韩愈《短灯檠歌》："长檠八尺空自长，短檠二尺便且光。"

过头风浪：喻人生中过大的波折。

一段横波花底：谓一段与爱妻共度的美好时光。横波，眼波，参见《清平乐》（青陵蝶梦）注。

拥髻灯前：参见上卷《一络索》（过尽遥山如画）"拥髻"注。

同领略、夜雨空阶滋味：共同感受夜雨滴落在空阶上的那种孤清凄凉的滋味。南朝梁何逊《临行与故游夜别》诗："夜雨滴空阶，晓灯暗离室。"

说明

该阕为悼念亡妻之作。

声律

"醒"读平声合律，音 xīng。"听"读去声合律，音 tìng。"和"读平声，音 huó。"觉"读入声，音 juè。"拥"读上声，音 yǒng。

潇湘雨

潇湘雨：词牌名。

此调《钦定词谱》、《词律》皆不载，疑为容若自度曲。双调，一百一十字，上片十句、四仄韵，下片十一句、五仄韵。

潇湘雨·送西溟归慈溪

长安一夜雨，便添了、几分秋色。
奈此际萧条，无端又听，渭城风笛。
咫尺层城留不住，久相忘、到此偏相忆。
依依白露丹枫，渐行渐远，天涯南北。

凄寂。
黔娄当日事，总名士、如何消得。
只皂帽蹇驴，西风残照，倦游踪迹。
廿载江南犹落拓，叹一人、知己终难觅。
君须爱酒能诗，鉴湖无恙，一蓑一笠。

注释

西溟：姜宸英。参见上卷《浣溪沙·郊游联句》“姜宸英”注。

慈溪：姜宸英故里。位于浙江省宁波市北部的东海之滨。因治所南有溪，留下东汉董黯“汲水奉母”“母慈子孝”的传说而得名。

长安：代指京城。

奈此际萧条：怎奈此时凄凉萧索。

渭城风笛：随风传来哀怨的笛声，更添离愁。渭城，本为秦都咸阳，汉武帝时更名渭城，治所在今陕西省咸阳市东北。因唐代诗人王维脍炙人口的送别诗《送元二使安西》有“渭城朝雨浥轻尘”句，后人便以“渭城”喻指送别。唐代郑谷《淮上与友人别》诗：“数声风笛离亭晚，君向潇湘我向秦。”

咫尺层城：京城紧密重叠的城墙。咫尺，距离近，形容紧密。层城，此谓京城。南朝梁萧统《昭明文选》唐李善注：“淮南子曰：‘昆仑虚有三山，阆风、桐版、玄圃，层城九重。’”西晋陆机《赠尚书郎顾彦先二首》诗其一：“朝游游层城，夕息旋直庐。”

依依白露丹枫：在寒冷的深秋依依惜别。依依，恋恋不舍貌。白露丹枫，寒生露凝，枫叶经霜而红，形容秋意浓重的深秋景象。

黔娄：战国时有名的隐士，虽家徒四壁，却励志苦节，不肯出仕，死时衾不蔽体。他安贫乐道、不慕浮华、洁身一世的端正品行为世人称颂。东晋陶渊明《咏贫士七首》诗其四：“安贫守贱者，自古有黔娄。”

皂帽蹇驴：头戴黑帽，身骑瘸驴。皂，黑色。蹇，跛足。

倦游：厌倦远离家乡在外为官。西汉司马迁《史记·司马相如列传》：“今文君已失身于司马长卿，长卿故倦游。”南朝宋裴骃《史记集解》引晋郭璞曰：“厌游宦也。”

落拓：冷落寂寞，犹落寞。

叹一人、知己终难觅：感叹人生得一知己都很难。西晋陈寿《三国志·虞翻传》南朝宋裴松之注引《虞翻别传》：“使天下一人知己者，足以不恨。”

鉴湖：位于浙江省绍兴市南，本名镜湖，相传因黄帝铸镜于此而得名。后又因唐代诗人贺知章曾居住于此，得别名贺鉴湖。因姜宸英故里在绍兴东北，离鉴湖不远，故云。

一蓑一笠：着一蓑衣，戴一斗笠，漂泊于江湖之上，谓隐居生活。南宋王质《浣溪沙·有感》词：“一蓑一笠任孤舟。”

说明

赵秀亭、冯统一《饮水词校笺》：“康熙十八年，西溟丁内艰回籍。时西溟已年逾五十，故性德婉劝其放弃出仕之求。然西溟终身追逐仕禄不衰，康熙二十年冬，即又返回京师。至康熙三十六年，方中进士，时年已七十。旋即以顺天乡试案下狱，瘐毙牢中。朱彝尊《书姜编修手书帖子后》曾记云：‘吾友慈溪姜西溟，予尝劝其罢试乡闱，西溟怒不答也。平生不食豕，兼恶人食豕，一日予戏语之曰：假有人注乡贡进士榜，蒸豕一柈，曰：食之则以淡墨书子名，子其食之乎？西溟笑曰：非马肝也。年七十，果以第三人及第。《楚辞》所云年既老而不衰者矣。’性德诸友，西溟最少见识。”

声律

“听”读去声合律，音 tìng。“忘”读平声合律，音 wáng。

木兰花慢

木兰花慢：词牌名。

原唐教坊曲名。该调为“木兰花”的慢曲，以北宋柳永《木兰花慢》（坼桐花烂漫）为正体，双调，一百零一字，上片十句、五平韵，下片十句、七平韵。另有多种变体。容若词为变体之一，双调，一百零一字，上片十一句、五平韵，下片十一句，六平韵、一重韵。

木兰花慢·立秋夜雨，送梁汾南行

盼银河迢递，惊入夜，转清商。
乍西园蝴蝶，轻翻麝粉，暗惹蜂黄。
炎凉。
等闲瞥眼，甚丝丝、点点搅柔肠。
应是登临送客，别离滋味重尝。

疑将。
水墨画疏窗。
孤影淡潇湘。
倩一叶高梧，半条残烛，做尽商量。
荷裳。
被风暗剪，问今宵、谁与盖鸳鸯。
从此羁愁万叠，梦回分付啼螀。

注释

立秋：二十四节气中的第十三个节气，古人习惯将其作为秋季的开始。此谓康熙二十年（1681）立秋之日。

梁汾：顾贞观，容若知己好友。参见上卷《金缕曲·赠梁汾》注。

盼银河迢递：盼望秋高气爽，夜晚能看到天上遥远的银河。迢递，遥远貌。宋代曾觌《瑞鹤仙》词："银河迢递，种玉群仙，共骖鸾鹤。"

惊入夜，转清商：不料天气转变，一场突如其来的秋风闯入夜里。惊，出乎意料。清商，原指古代五音之一的"商"音，因其调悲凉凄清，故称。此谓秋风声。西晋潘岳《悼亡》诗："清商应秋至，溽暑随节阑。"

西园：西边的花园，亦为汉代上林苑的别称，古人常用以代指花园。唐代李德裕《春暮思平泉杂咏二十首·西园》诗："西园最多趣，永日自忘归。"

轻翻麝粉，暗惹蜂黄：谓突如其来的秋风令花园里的蝴蝶纷纷飞起，蜜蜂暗暗躲避。麝粉，即香粉，喻蝴蝶翅膀上的鳞粉。

炎凉：双关语，谓节候由热转凉，亦指世态炎凉。

等闲瞥眼：犹寻常一瞥。谓不经意的瞬间。

疑将：疑似，好像。将，助词。

水墨画疏窗。孤影澹潇湘：谓夜雨淋在疏窗上，如一幅浅淡的潇湘水墨画，衬得窗前的身影越发孤清。唐杜甫《奉先刘少府新画山水障歌》："得非悬圃裂，无乃潇湘翻。"

倩一叶高梧：请高高的梧桐树上飘下的一片落叶。取"一叶知秋"意。

荷裳：荷花的下裙，喻荷叶。唐韩翃《送客归江州》诗："露湿荷裳已报秋。"

盖鸳鸯：谓荷叶为鸳鸯遮蔽风雨。唐郑谷《莲叶》诗："多谢浣溪人不折，雨中留得盖鸳鸯。"

羁愁万叠：羁旅之人愁情浓重。

啼蛩：啼鸣的寒蝉。南宋王沂孙《声声慢》词："啼蛩门静，落叶阶深，秋声又入吾庐。"

说明

赵秀亭、冯统一《饮水词校笺》："康熙二十年夏，吴兆骞入塞事已定，年内即将至京。梁汾原拟与兆骞会于北京，忽得母丧之耗，遂仓卒南归。"

翦湘云

翦湘云：词牌名。

容若挚友顾贞观自度曲，其词序云：“秋海棠叶底多红纹，偶从山中觅得一种，叶上下纯绿，正面尤生翠可爱，花复耐久，因移植书阁，为制此词。”据此可知，该调本为歌咏秋海棠之作。因词中有“翦破湘云一缕”，故以为名。双调，八十八字，上下片各八句、四仄韵。

蓦湘云·送友

险韵慵拈，新声醉倚。
尽历遍情场，懊恼曾记。
不道当时肠断事，还较而今得意。
向西风、约略数年华，旧心情灰矣。

正是冷雨秋槐，鬓丝憔悴。
又领略愁中，送客滋味。
密约重逢知甚日，看取青衫和泪。
梦天涯、绕遍尽由人，只尊前迢递。

注释

险韵慵拈：慵懒地拈取险僻难押的诗韵。北宋晏几道《六幺令》词：“昨夜诗有回文，韵险还慵押。”

新声醉倚：陶醉地依照新的曲调填词，即倚声填词。新声，犹新曲。因“蓦湘云”为顾贞观新谱的自度曲，故称。倚，依照。

历遍情场：经历遍了男女感情方面的事。明王彦泓《即事》诗：“历遍情场滟滪滩，近来心性耐波澜。”

懊恼曾记：还记得那时的烦恼与苦闷。

不道当时肠断事，还较而今得意：不料当时那些伤心欲绝的往事，与如今的遭际相比，还算是好的。不道，不料。

冷雨秋槐：谓秋意浓重、凄凉萧索。唐代杨凝《送客入蜀》诗："明朝骑马摇鞭去，秋雨槐花子午关。"

看取：犹且看。取，助词，无义。

青衫和泪：失意之人的眼泪已浸湿了衣衫。青衫，喻失意之人。典出唐白居易《琵琶行》："座中泣下谁最多，江州司马青衫湿。"

梦天涯、绕遍尽由人：梦中尽管由着人去绕遍天涯，也无所谓。

只尊前迢递：眼前离别之时，就算只是面对面坐在酒樽前，都已感觉遥远，难以承受。迢递，遥远貌。

说明

该阕为送别梁汾的寄赠之作。

声律

"和"读平声 huó。

满宫花

满宫花：词牌名。

该调创自五代，始见于五代后蜀赵崇祚《花间集》所辑尹鹗宫怨词。又名“瑞宫春”“忆章台”“汉宫花”。调名本义歌咏宫苑内落花满地的情景。以五代尹鹗创调之作《满宫花》（月沉沉）为正体，双调，五十字，上下片各五句、三仄韵。另有变体，双调，五十一字，上片五句、三仄韵，下片四句、三仄韵。

满宫花

盼天涯，芳讯绝。
莫是故情全歇。
朦胧寒月影微黄，情更薄于寒月。

麝烟销，兰烬灭。
多少怨眉愁睫。
芙蓉莲子待分明，莫向暗中磨折。

注释

芳讯绝：谓恋人的音讯断绝。

麝烟销：熏炉中的麝香焚尽，香烟消散。销，同“消”。五代顾敻《杨柳枝》词：“鸳帏罗幌麝烟销。烛光摇。”

兰烬灭：烛火熄灭。兰烬，灯烛燃烧后的余烬，因状似兰心，故称。唐皇甫松《梦江南》词：“兰烬落，屏上暗红蕉。”

芙蓉莲子待分明：荷花与莲子尚待分辨清楚。喻事实真相尚不明了。化用《乐府诗集·子夜歌》：“雾露隐芙蓉，见莲不分明。”

莫向暗中磨折：犹不要私下里胡思乱想折磨自己。

说明

此阕词为容若婚前之作，作期不晚于康熙十二年（1673）。

琵琶仙

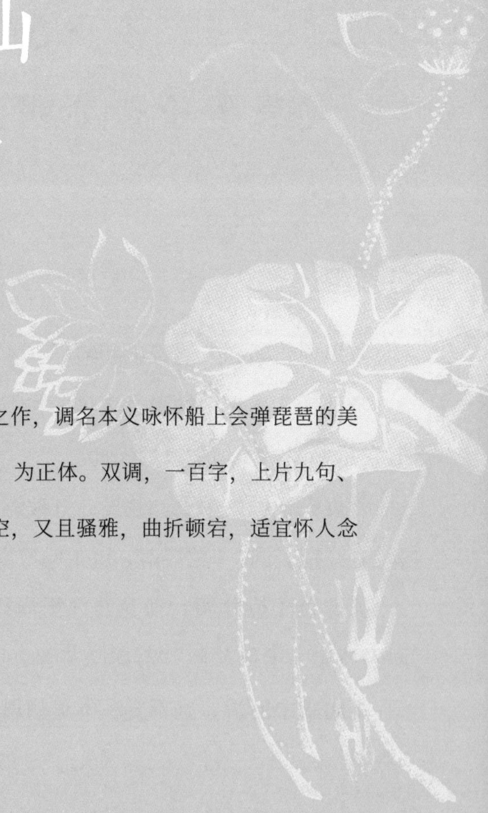

琵琶仙：词牌名。

南宋姜夔自度曲。此调本为情词，乃怀人之作，调名本义咏怀船上会弹琵琶的美人。以姜夔创调之作《琵琶仙》（双桨来时）为正体。双调，一百字，上片九句、四仄韵，下片八句、四仄韵。该调不惟清空，又且骚雅，曲折顿宕，适宜怀人念远、写景抒情。

琵琶仙·中秋

碧海年年，试问取、冰轮为谁圆缺。
吹到一片秋香，清辉了如雪。
愁中看、好天良夜，争知道、尽成悲咽。
只影而今，那堪重对，旧时明月。

花径里、戏捉迷藏，曾惹下萧萧井梧叶。
记否轻纨小扇，又几番凉热。
只落得、填膺百感，总茫茫、不关离别。
一任紫玉无情，夜寒吹裂。

注释

碧海：喻青天。谓夜晚的天空如碧蓝的大海。唐李商隐《嫦娥》诗："嫦娥应悔偷灵药，碧海青天夜夜心。"

冰轮：喻圆月。谓一轮明月皎洁如冰。北宋苏轼《宿九仙山》诗："夜半老僧呼客起，云峰缺处涌冰轮。"

秋香：秋季的花香，多指桂花的香气。亦泛指秋季盛开的鲜花。北宋黄庭坚《鹧鸪天》词："自然今日人心别，未必秋香一夜衰。"

清辉了如雪：清澈的月光皎洁如雪。了，明亮。

好天良夜：犹良辰美景，喻美好的时光。北宋柳永《女冠子》词："相思不得长相聚。好天良夜，无端惹起，千愁万绪。”

井梧叶：井边梧桐树上飘下的落叶。古诗词中常用作悲秋意象。宋代葛立方《菩萨蛮·侍饮赏黄花》词：“井梧叶叶秋风晚。东篱点点金钱满。”

凉热：犹寒暑。

填膺百感：百感交集充斥于胸。膺，胸。

紫玉：笛或箫，因古人多截紫竹而制，故称。唐代陈陶《题僧院紫竹》诗：“霞杯传缥叶，羽管吹紫玉。”

夜寒吹裂：此句犹任凭无情的笛或箫在寒夜中尽抒悲音，直至被吹裂。南宋辛弃疾《贺新郎》词：“长夜笛，莫吹裂。”

说明

赵秀亭、冯统一《饮水词校笺》：“此为中秋怀念亡妻之作。《采桑子》‘海天谁放冰轮满’阕有‘但值凉宵总泪零’句，此阕有‘又几番凉热’句，均非卢氏逝去当年口气，疑此二词作于同年，最早应为康熙十八年。此词‘争知道、尽成悲咽’句，徐刻《通志堂集》、张刻《饮水诗词集》俱漏刻‘争’字，致后来诸本皆少一字。汪元治刻《纳兰词》，见此阕不合律，遂疑为性德自度曲。李慈铭《越缦堂日记》评汪刻本云：‘校雠不精，又指其《琵琶仙》、《秋水》等调为自度曲，盖全不知此事者矣。’此老讥人亦过刻。谢章铤《赌棋山庄词话》卷七云：‘《琵琶仙》系白石自度腔，容若《中秋》阕即填此调，只第六句比原作少一字。’所论甚是，惜不能知所少为何字。康熙四十八年刊《草堂嗣响》收此调，不缺‘争’字，方有全璧存世。”

声律

“看”读去声合律。“热”读 yè 押韵。“只影”的“只”是“隻”的简化字。古时“隻”“衹”是音、义不同的两个字，简化后都作“只”。“衹”一般读上声，“隻”读入声。

御带花

御带花：词牌名。

北宋新声。调见欧阳修词，以欧阳修创调之作《御带花》（青春何处风光好）为正体，双调，一百字，上片九句、四仄韵，下片十句、四仄韵。容若词为变体，双调，九十九字，上片八句、四仄韵，下片十一句、四仄韵。

御带花·重九夜

晚秋却胜春天好，情在冷香深处。
朱楼六扇小屏山，寂寞几分尘土。
虬尾烟销，人梦觉、碎虫零杵。
便强说欢娱，总是无憀心绪。

转忆当年，消受尽，皓腕红萸，嫣然一顾。
如今何事，向禅榻茶烟，怕歌愁舞。
玉粟寒生，且领略、月明清露。
叹此际凄凉，何必更、满城风雨。

注释

冷香：谓菊花清冷的香气。唐王建《野菊》诗：“晚艳出荒篱，冷香著秋水。”

六扇小屏山：六扇折叠的小屏风。五代顾敻《玉楼春》词：“拂水双飞来去燕，曲槛小屏山六扇。”

虬尾烟销：熏炉中飘出的如虬尾般袅袅升腾、盘旋的香烟渐渐消散。虬，无角之龙，此谓香烟飘出的形状。北宋毛滂《临江仙·宿僧舍》：“香残虬尾细，灯暗玉虫偏。”

碎虫零杵：细碎的虫鸣声和零散的砧杵声。

无憀：谓人的感情没有依托，郁闷空虚。憀，寄托、依赖。

皓腕红萸：谓当年的重阳节有知心恋人相伴。皓腕，女子洁白的手腕。红萸，茱萸。旧俗重阳日将茱萸插在头上，或做绛红色的香囊，盛茱萸以系臂，可以避恶免灾。南朝梁吴均《续齐谐记》："汝南桓景，随费长房游学累年，长房谓曰：'九月九日汝家中当有灾，宜急去，令家人各作绛囊，盛茱萸以系臂，登高饮菊花酒，此祸可除。'景如言，齐家登山。夕还，见鸡犬牛羊一时暴死。长房闻之，曰：'此可代也。'今世人九日登高饮酒，妇人带茱萸囊，盖始于此。"又北宋李昉等编《太平御览》引《风土记》："茱萸，椒也，九月九日成熟，赤色，可采。世俗亦以此日折茱萸。费长房云：'以插头髻，云辟恶。'"

禅榻茶烟：禅榻与煮泡茶水时飘出的烟雾。形容清心寡欲。唐杜牧《题禅院》诗："今日鬓丝禅榻畔，茶烟轻扬落花风。"

玉粟寒生：谓皮肤因受寒而生出如粟米状的疙瘩。明梅鼎祚《玉合记》第五出："绿鬟云散袅金翘，双钏寒生玉粟娇。"

月明清露：明亮的月光与清冷的露水。南宋陆游《初见庐山》诗："尚喜东林寻旧社，月明清露湿芙蕖。"

满城风雨：谓城中风雨交加。语出北宋潘大临《题壁》诗残句："满城风雨近重阳。"

说明

赵秀亭、冯统一《饮水词校笺》："此词上片歇拍'便强说欢娱，总是无憀心绪'，校之词律，疑脱一字。性德友人丁炜《紫云词》亦有《御带花》一阕，副题为'重九夜，用侧帽词韵'。若此词果为《侧帽词》中作品，则当作于康熙十五年前。"

东风齐著力

东风齐著力：词牌名。

南宋胡浩然自度曲。该调始见于南宋何士信《草堂诗余》载胡浩然除夕词。调名本义歌咏欢度除夕、春风劲吹、万物复苏、一片祥和的景象。以胡浩然创调之作《东风齐著力·除夕》为正体，双调，九十二字，上片十句、四平韵，下片九句、五平韵。

东风齐著力

电急流光，天生薄命，有泪如潮。
勉为欢谑，到底总无聊。
欲谱频年离恨，言已尽、恨未曾消。
凭谁把，一天愁绪，按出琼箫。

往事水迢迢。
窗前月、几番空照魂销。
旧欢新梦，雁齿小红桥。
最是烧灯时候，宜春髻、酒暖蒲萄。
凄凉煞，五枝青玉，风雨飘飘。

注释

电急流光：谓时光如闪电般瞬息即逝。北宋毛滂《清平乐·己卯长至作》词：“流光电急，又过书云日。”

欢谑：欢快地取笑作乐。唐李白《将进酒》：“陈王昔时宴平乐，斗酒十千恣欢谑。”

欲谱频年离恨：欲将连年的离愁别恨谱写出来。频年，连续几年。谱，作曲填词。

按出琼箫：吹出箫曲。按，吹箫时用手指按在不同的箫孔上以发出不同的乐音。琼箫，玉箫。

往事水迢迢：往事如流水般悠远绵长。唐杜牧《寄扬州韩绰判官》诗："青山隐隐水迢迢，秋尽江南草未凋。"

雁齿小红桥：小红桥上台阶整齐如雁行。雁齿，排列如雁行般的整齐之物，阶石的一级称一齿，故常比喻桥的台阶。唐白居易《题小桥前新竹招客》诗："雁齿小红桥，垂檐低白屋。"

宜春髻：谓女子春日梳着戴有"宜春"彩胜的发髻。南朝梁宗懔《荆楚岁时记》："立春之日，悉剪彩为燕以戴之，帖'宜春'二字。"

酒暖蒲萄：犹葡萄酒暖。蒲萄，即葡萄。唐王翰《凉州词二首》诗其一："蒲萄美酒夜光杯，欲饮琵琶马上催。"

五枝青玉：古代奢华的宫灯，代指华美的灯具。据东晋葛洪《西京杂记》载："高祖初入咸阳宫，……有青玉五枝灯，高七尺五寸，作蟠螭以口衔灯，灯燃鳞甲皆动，焕炳若列星而盈室焉。"唐代李颀《王母歌》："为看青玉五枝灯，蟠螭吐火光欲绝。"

说明

该阕为除夕悼念亡妻之作。眼前的迎春之喜与内心的丧妻之痛形成强烈对比，哀感凄绝，字字血泪，灼人心脾。

忆桃源慢

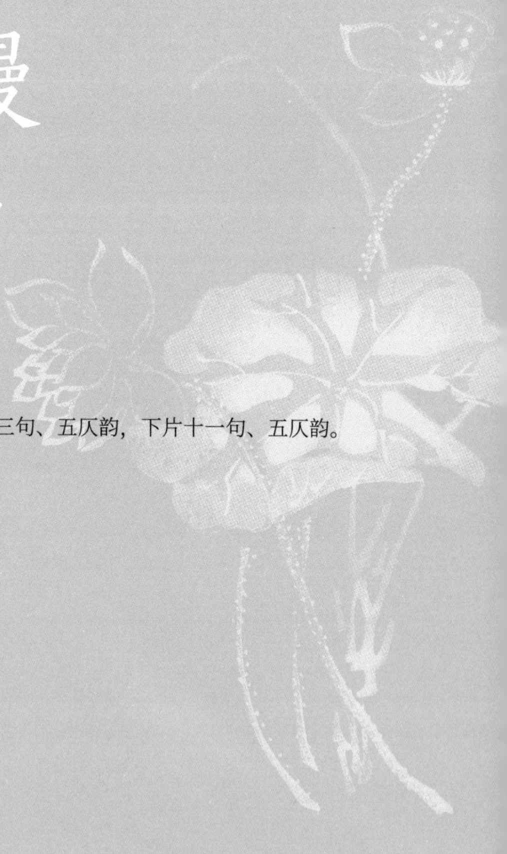

忆桃源慢：词牌名。

容若自度曲。双调，一百二十八字，上片十三句、五仄韵，下片十一句、五仄韵。

忆桃源慢

斜倚熏笼，隔帘寒彻，彻夜寒于水。
离魂何处，一片月明千里。
两地凄凉，多少恨，分付药炉烟细。
近来情绪，非关病酒，如何拥鼻长如醉。
转寻思、不如睡也，看道夜深怎睡。

几年消息浮沉，把朱颜、顿成憔悴。
纸窗风裂，寒到个人衾被。
篆字香消灯灺冷，忽听塞鸿嘹唳。
加餐千万，寄声珍重，而今始会当时意。
早催人、一更更漏，残雪月华满地。

注释

斜倚熏笼：斜着倚靠在熏笼上。熏笼，古代笼罩于火炉上供熏香、熏衣、熏被、烘物、取暖的器物。样式和材质因用途而异。唐白居易《后宫词》：“红颜未老恩先断，斜倚薰笼坐到明。”

离魂：谓离别远游之人。

近来情绪，非关病酒：近来情绪不好的原因与饮酒过量导致身体欠佳无关。

南宋李清照《凤凰台上忆吹箫》词：“新来瘦，非干病酒，不是悲秋。”

拥鼻：以手掩鼻，用雅音曼声吟咏。代指吟诵诗文。引“拥鼻吟”之典，典出唐房玄龄等撰《晋书·谢安传》：“安本能为洛下书生咏，有鼻疾，故其音浊，名流爱其咏而弗能及，或手掩鼻以效之。”唐代唐彦谦《春阴》诗：“天涯已有销魂别，楼上宁无拥鼻吟。”

消息浮沉：没有音信。典出南朝宋刘义庆《世说新语·任诞》：“殷洪乔作豫章郡。临去，都下人因附百许函书。既至石头，悉掷水中，因祝曰：‘沉者自沉，浮者自浮，殷洪乔不能作致书邮。’”

塞鸿嘹唳：塞外鸿雁凄清嘹亮的啼鸣声。

说明

赵秀亭、冯统一《饮水词校笺》：“据‘两地凄凉’‘消息浮沉’句，可知此为怀念友人之作。此词见于《今词初集》，作期当在康熙十七年前。”

声律

“拥”读上声合律，音 yǒng。“鼻”读去声合律，音 bì。

酒泉子

酒泉子：词牌名。

原唐教坊曲名。又名“杏花风”“春雨打窗”等。据清人毛先舒《填词名解》载:“汉武帝置酒泉郡，城下有泉，味如酒。郭弘好饮，尝曰：‘得封酒泉郡，实出望外。’”调名取此，曰“酒泉子”。调名本义即歌咏“酒泉”地名的小曲。以唐代温庭筠《酒泉子》（花映柳条）为正体，双调，四十字，上片五句，两平韵、两仄韵，下片五句，三仄韵、一平韵。另有诸多变体。此调属高平调，多用于伤春悲秋、思乡怀远、征戍行役等题材。

酒泉子

谢却荼蘼。
一片月明如水。
篆香消，犹未睡。
早鸦啼。

嫩寒无赖罗衣薄。
休傍阑干角。
最愁人，灯欲落。
雁还飞。

注释

谢却荼蘼：荼蘼花谢，喻花季终结。却，语助词，用于动词之后。荼蘼，蔷薇科落叶灌木，通常春季结束后才开花，花为白色，有芳香。古人常以荼蘼花开喻百花凋谢，以荼蘼花谢喻花季终结。宋代王淇《春暮游小园》诗："开到荼蘼花事了。"南宋吴淑姬《小重山·春愁》词："谢了荼蘼春事休。"

篆香消：篆字形的盘香燃尽。

嫩寒：犹轻寒。北宋王诜《踏青游》词："金勒狨鞍，西城嫩寒春晓。"

无赖：似憎而实爱，含亲昵意。此句犹轻微的寒意虽如无赖般侵扰着单薄的罗衫，但似乎也能令人感到一丝温存，总比一个人孤零零的好。唐段成式《折杨柳七首》诗其四："长恨早梅无赖极，先将春色出前林。"

灯欲落：悬挂的灯笼将要取下。谓即将天明。

诉衷情

诉衷情：词牌名。

原唐教坊曲名。又名“桃花水”“诉衷情令”“渔父家风”等。该调本是情词，调名本义倾诉衷情。以唐代温庭筠《诉衷情》（莺语）为正体，单调，三十三字，十一句，五仄韵、六平韵。另有单调、双调诸多变体。容若词为变体之一，单调，三十三字，八句，六平韵。此调平中带仄，短句颇多，极富变化。除咏本义外，亦用于言志，抒发春闺秋怨，怀古伤今。

诉衷情

冷落绣衾谁与伴，倚香篝。
春睡起，斜日照梳头。
欲写两眉愁。
休休。
远山残翠收。
莫登楼。

注释

香篝：熏笼。参见上卷《采桑子》（严霜拥絮频惊起）注。

欲写两眉愁：欲将愁眉画。写，犹描眉。

休休：罢了，算了。南宋李清照《凤凰台上忆吹箫》词：“休休。这回去也，千万遍阳关，也则难留。”

远山残翠收：谓停止画眉。远山，如远山般的秀眉。残翠，喻眉色。

少年游

少年游：词牌名。

北宋新声。又名“小阑干”“玉腊梅枝”等。调名本义歌咏少年游乐之事。该调《钦定词谱》以北宋晏殊《少年》（芙蓉花发去年枝）为正体，因词有“长似少年时”句，故取以为名。双调，五十字，上片五句、三平韵，下片五句、两平韵。另有诸多变体。该调清新简淡，婉转流畅，娓娓道来，适于写景、叙事、抒情。

少年游

算来好景只如斯。
惟许有情知。
寻常风月，等闲谈笑，称意即相宜。

十年青鸟音尘断，往事不胜思。
一钩残照，半帘飞絮，总是恼人时。

注释

算来好景只如斯：算起来美好的景况不过如此。斯，代词，此、这、这个，代指语境中的事物。

寻常风月：平常的夫妻情爱。风月，清风明月，喻男女情爱。

等闲谈笑：随便地说笑。

十年青鸟音尘断：十年来音信断绝。青鸟，喻信使。参见上卷《浣溪沙》（记绾长条欲别难）“青雀”注。音尘，音信。

说明

该阕为容若悼念亡妻之作。“十年青鸟音尘断”，言发妻卢氏故去已久。卢氏于康熙十六年（1677）病故，容若于卢氏八周年忌辰之日随亡妻而逝。此词或作于康熙二十四年（1685）容若离世前不久。

声律

“胜”读平声合律，音 shēng。

大酺

大酺：词牌名。

该调乃宋人借唐教坊曲《大酺乐》改制的新声。调名本义歌咏古代帝王为表示欢庆特许民间举行的大会饮。以北宋周邦彦的创调之作《大酺·春雨》为正体，双调，一百三十三字，上片十五句、五仄韵，下片十一句、七仄韵。容若此词为变体，双调，一百三十三字，上片十五句、五仄韵，下片十一句、六仄韵。此调宽舒婉转，舒缓流畅，宜用于节序、祝颂、写景、咏物。

大酺·寄梁汾

只一炉烟，一窗月，断送朱颜如许。
韶光犹在眼，怪无端吹上，几分尘土。
手捻残枝，沉吟往事，浑似前生无据。
鳞鸿凭谁寄，想天涯只影，凄风苦雨。
便砑损吴绫，啼沾蜀纸，有谁同赋。

当时不是错，好花月、合受天公妒。
准拟倩、春归燕子，说与从头，争教他、会人言语。
万一离魂遇，偏梦被、冷香萦住。
刚听得、城头鼓。
相思何益，待把来生祝取。
慧业相同一处。

注释

梁汾：顾贞观。参见上卷《金缕曲·赠梁汾》注。

断送朱颜如许：如这般葬送了青春的容颜。北宋王安石《偶成二首》诗其一：“年光断送朱颜去，世事栽培白发生。”

手捻残枝，沉吟往事，浑似前生无据：谓手里揉搓着残枝，沉思低吟着往事，感觉与梁汾莫名投缘，完全像是前生的旧友。无据，没有原由。唐白居易《临水坐》诗："手把杨枝临水坐，闲思往事似前身。"

鳞鸿：鱼和雁，喻书信。亦作"鱼书雁信"。西晋傅咸《纸赋》："鳞鸿附便，援笔飞书。"

砑损吴绫：谓将用于书写的绫不断地碾压平整以至破损。砑绫，用卵形或弧形的石块碾压薄绫使其平整密实，便于书写。吴绫，参见《金菊对芙蓉·上元》注。

啼沾蜀纸：泪水浸湿蜀笺。沾，浸湿。蜀纸，蜀地所产的精美信纸，犹蜀笺。北宋周邦彦《塞翁吟》词："有蜀纸、堪凭寄恨，等今夜、洒血书词，剪烛亲封。"

当时不是错：谓康熙十年（1671）春顾贞观服阕赴补，任内国史院典籍，不久失官南归，不是他的错，而是受忌者排斥。顾贞观有《风流子》词记其事，副题称"自此不复梦入春明矣"。

准拟倩：准备请。倩，请某人做事。

争教他、会人言语：怎么教会燕子说人的话语。宋徽宗赵佶《燕山亭》词："这双燕，何曾会人言语。"

偏梦被、冷香萦住：偏偏梦被清冷的香气萦绕住。此句似容若《采桑子》词"冷香萦遍红桥梦"意。

相思何益：彼此思念有何益处。南朝梁吴均《咏雪》诗："零泪无人道，相思空何益。"

待把来生祝取：将把来生的缘分祝祷获取。

慧业相同一处：谓来生在一起舞文弄墨，吟诗作赋。慧业，佛教语，智慧的业缘。亦谓文学创作。南朝梁沈约《宋书·谢灵运传》："太守孟𫖮事佛精恳，而为灵运所轻。尝谓𫖮曰：'得道应须慧业文人，生天当在灵运前，成佛必在灵运后。'"

说明

赵秀亭、冯统一《饮水词校笺》："此阕见于《今词初集》。康熙十六年春，梁汾南归，词当作于梁汾既归之后。词中'天公妒'，亦即《金缕曲》'古今同忌'意，全词情致皆与《金缕曲》相似。性德逝后，梁汾有《望海潮》词云：'品题真负当年，倩泪痕和酒，滴醒长眠。香令还家，粉郎依旧，知他一笑幽泉。慧业定生天。怕柔肠侠骨，难忘人间。莫更多情，漫劳天上葬神仙。'乃怀性德之作，犹念'慧业'之句，凄怆万般。"

清代谢章铤《赌棋山庄词话》卷七："纳兰容若深于情者也，固不必刻划《花间》，俎豆《兰畹》，而一声《河满》，辄令人怅惘欲涕。情致与《弹指》最近，故两人遂成莫逆。读两家短调，觉阮亭'脱胎温、李'，犹费拟议。其中赠、寄梁汾《贺新凉》《大酺》诸阕，念念以来生相订交，情至此，非金石所能比坚。"

声律

"只影"的"只"是"隻"的简化字。古时"隻""衹"是音、义不同的两个字，简化后都作"只"。"衹"一般读上声，"隻"读入声。

雨霖铃

雨霖铃：词牌名。

原唐教坊曲名，该曲曾载入唐代崔令钦的《教坊记》中，后用作词调，又名“雨淋铃”“雨霖铃慢”。该调为唐玄宗在安史之乱后悼念杨贵妃而作。据唐代郑处诲《明皇杂录》载：“明皇既幸蜀，西南行，初入斜谷，属霖雨涉旬，于栈道雨中闻铃，音与山相应。上既悼念贵妃，采其声为《雨霖铃》曲，以寄恨焉。”以北宋柳永《雨霖铃》（寒蝉凄切）为正体，双调，一百零三字，上片十句、五仄韵，下片九句、五仄韵。另有变体。此调声情哀怨，多抒写离情别绪。

雨霖铃·种柳

横塘如练。
日迟帘幕，烟丝斜卷。
却从何处移得，章台仿佛，乍舒娇眼。
恰带一痕残照，锁黄昏庭院。
断肠处、又惹相思，碧雾蒙蒙度双燕。

回阑恰就轻阴转。
背风花、不解春深浅。
托根幸自天上，曾试把、霓裳舞遍。
百尺垂垂，早是酒醒，莺语如翦。
只休隔、梦里红楼，望个人儿见。

注释

横塘如练：水塘映着天光，犹如白色的丝绢。横塘，泛指水塘，此谓容若家门前的后海。练，白绢。

日迟：春日白昼变长，光阴迟缓。北宋毛滂《夜行船·余英溪泛舟》词："绮罗香、日迟风慢。"

章台仿佛，乍舒娇眼：谓柳树仿佛美人刚刚舒展开娇媚的眼睛。章台，引

“章台柳”之典，参见《淡黄柳·咏柳》“章台客”注。娇眼，喻初生的柳叶。北宋苏轼《水龙吟·次韵章质夫杨花词》：“萦损柔肠。困酣娇眼，欲开还闭。”

碧雾蒙蒙度双燕：谓一双燕子从笼罩着蒙蒙碧雾的杨柳间飞过。碧雾，形容春天的杨柳初吐新叶，如笼罩着一层绿色的烟雾。

轻阴：稀疏轻淡的树荫。唐李商隐《题小松》诗：“怜君孤秀植庭中，细叶轻阴满座风。”

背风花、不解春深浅：背着风的杨花不了解春色的深浅。

托根幸自天上：幸亏寄身于天上。喻杨柳的根基源自天上二十八宿之一的柳宿。唐白居易《杨柳枝》诗其二：“一树衰残委泥土，双枝荣耀植天庭。定知玄象今春后，柳宿光中添两星。”

霓裳：神仙的衣裳，相传神仙以云为衣裳。此谓杨花如云朵般飞舞。战国屈原《九歌·东君》：“青云衣兮白霓裳，举长矢兮射天狼。”

百尺垂垂：谓长长的柳丝垂下。唐李白《侍从宜春苑奉诏赋龙池柳色初青听新莺百啭歌》：“垂丝百尺挂雕楹，上有好鸟相和鸣。”

莺语如翦：形容黄莺的啼鸣声明亮、整齐。翦，整齐。南宋卢祖皋《清平乐》词：“柳边深院。燕语明如翦。”

说明

该阕词为容若自述种柳之事，其友严绳孙有《雨霖铃·和成容若种柳》词，收录在容若与顾贞观于康熙十六年（1677）合编的《今词初集》中，故该词当作于康熙十六年之前。

金人捧露盘

金人捧露盘：词牌名。

北宋新声。又名“金人捧玉盘”“铜人捧露盘”“铜人捧露盘引”“上丹霄”“西平曲”“天宁乐”“芦花雪”等。该调取自唐代李贺《金铜仙人辞汉歌》，其序云：“魏明帝青龙元年八月，诏宫官牵车西取汉孝武捧露盘仙人，欲立置前殿。宫官既拆盘，仙人临载乃潸然泪下。”后乐家据此制曲。以南宋高观国《金人捧露盘·梅花》为正体，双调，七十九字，上片八句、五平韵，下片九句、四平韵。另有变体。容若此阕为变体之一，双调，七十九字，上片八句、四平韵，下片九句、四平韵。此调音韵和谐，调势奔放，多苍凉、激越之音，后又归于平淡，宜用于怀旧、咏物、感时伤世、言志、祝颂等题材。

金人捧露盘·净业寺观莲，有怀荪友

藕风轻，莲露冷，断虹收。
正红窗、初上帘钩。
田田翠盖，趁斜阳、鱼浪香浮。
此时画阁垂杨岸，睡起梳头。

旧游踪，招提路，重到处，满离忧。
想芙蓉、湖上悠悠。
红衣狼藉，卧看桃叶送兰舟。
午风吹断江南梦，梦里菱讴。

注释

净业寺：位于北京德胜门西积水潭（现称西海）北岸，始建于明嘉靖三十七年（1558），初名“智光寺”，后更名为“净业寺”，清代重修。乾隆初年改为庄亲王家庵。清励宗万《京城古迹考》：“莲花池……旧名积水潭，……在都城西北隅，……池多植莲，因名莲花池。池上有净业寺。又名净业河。”另据明高道素《明水轩日记》载：“净业寺门临水岸，去水止尺许，其东有轩，坐荫高柳，荷香袭人，江南云水之胜无以过此。”

有怀荪友：因容若好友严绳孙曾借宿于净业寺，彼时正值荷季，严绳孙南归，容若于净业寺观赏莲花，怀念友人，故作此篇。

断虹收：残虹消退。

田田翠盖：莲叶如翠绿的伞盖，彼此相连，繁盛茂密。南宋程垓《醉落魄》词："田田翠盖香罗叠。"

鱼浪香浮：风吹湖面，如鱼鳞般的波浪上浮动着莲香。南宋姜夔《惜红衣》词："虹梁水陌，鱼浪吹香。"

招提：梵语音译，本作"拓斗提奢"，简称"拓提"，误为"招提"，意为"四方"，乃游化四方之意。后为寺院的别称。此谓净业寺。

想芙蓉、湖上悠悠：料想荪友在家乡的芙蓉湖上悠然自得。芙蓉湖，又名上湖、射贵湖，位于今无锡、常州、江阴之间。因严绳孙家住无锡，故云。

红衣：喻莲花。南宋姜夔《惜红衣》词："红衣半狼藉。"

桃叶送兰舟：妻妾在岸边送丈夫的船远行。桃叶，东晋王献之爱妾名，代指妻妾。兰舟，船的美称。参见上卷《南乡子》（烟暖雨初收）"桃叶渡"注。

菱讴：采菱时唱的歌谣。讴，歌曲。

说明

赵秀亭、冯统一《饮水词校笺》："此词见于《清平初选后集》，可知必作于康熙十六年之前。检严绳孙（荪友）行履，康熙十一年岁暮入京，十二年春结识性德，不久移寓性德宅中。初秋与性德及徐乾学、姜宸英等游慈仁寺，有诗。十三年早春，南还探家，至晚秋复入京。十五年夏四月，离京南归。此词作期，应在康熙十三年或十五年，细玩词意，以作于康熙十三年荷季为近。明珠府第在德胜门海子岸，距净业寺甚迩。"

声律

"看"读平声合律，音 kān。

翦梧桐

翦梧桐：词牌名。

此调《钦定词谱》、万树《词律》皆不载，乃容若自度曲。此阕为创调之作，因词中有“一翦梧桐”语，故名，歌咏秋风萧瑟、梧桐叶凋落的悲秋情绪。双调，一百零六字，上下片各十一句、四仄韵。

翦梧桐·自度曲

新睡觉，正漏尽、乌啼欲晓。
任百种思量，都来拥枕，薄衾颠倒。
土木形骸，分甘抛掷，只平白、占伊怀抱。
听萧萧，一翦梧桐，此日秋声重到。

若不是、忧能伤人，甚青镜、朱颜易老。
忆少日清狂，花间马上，软风斜照。
端的而今，误因疏起，却懊恼、殢人年少。
料应他，此际闲眠，一样积愁难扫。

注释

自度曲：通晓音律之人自行谱制新曲，也指谱制出的曲子。语出东汉班固《汉书·元帝纪》：“元帝多材艺，善史书，鼓琴瑟，吹洞箫，自度曲，被歌声。”东汉应劭注：“自隐度作新曲，因持新曲以为歌诗声也。”

新睡觉：刚睡醒。唐白居易《长恨歌》：“云鬓半偏新睡觉，花冠不整下堂来。”

薄衾颠倒：盖着薄被辗转反侧。

土木形骸：人的形体如土木般，不加修饰，一任自然。唐房玄龄等撰《晋书·嵇康传》：“康早孤，有奇才，远迈不群。身长七尺八寸，美词气，有风仪，而土木形骸，不自藻饰，人以为龙章凤姿，天质自然。”

分甘抛掷：应甘愿抛弃。分，应当。五代孙光宪《谒金门》词："轻别离，甘抛掷，江上满帆风疾。"

听萧萧，一翦梧桐：听一阵萧萧的风声将梧桐的树叶吹落。翦，同"剪"，削减。南宋叶绍翁《夜书所见》诗："萧萧梧叶送寒声，江上秋风动客情。"

忧能伤人：忧愁能伤害人的身体。东汉孔融《与曹公书论盛孝章》："单孑独立，孤危愁苦，若使忧能伤人，此子不得复永年矣。"

甚：词中用以领句，犹是。宋代杨樵云《满庭芳·影》词："甚徘徊窥镜，交翼鸾文。"

青镜：青铜镜。唐代李峤《梅》诗："妆面回青镜，歌尘起画梁。"

端的：犹真个。北宋晏殊《凤衔杯》词："端的自家心下、眼中人。到处里、觉尖新。"

误因疏起：错误因疏忽而起。南宋蒋捷《满江红》词："万误曾因疏处起，一贤且向贫中觅。"

殢：困扰。

说明

赵秀亭、冯统一《饮水词校笺》："此阕似为薄情少恩、贻误女子青春而生悔。'平白占伊''殢人年少'皆此意。'误因疏起'，谓早年未曾著意于情感。容若娶卢氏之前，先纳庶妻颜氏，时约在康熙十二年。十四年，颜氏产容若长子富格。颜氏长期别居海淀桑榆墅（双榆树），性德眷顾甚少。此阕或即为颜氏而作。"

声律

"觉"读入声，音 juè 。"分"，助动词，读去声，音 fèn。

渔父

渔父：词牌名。

原唐教坊曲名。本名“渔歌子”，又名“渔父乐”“渔父词”“秋日田父辞”等。“渔”亦作“鱼”，调名本义歌咏渔家垂钓之事。五代和凝以此调填词，将其更名为“渔父”，义为捕鱼的老人。以唐张志和《渔歌子》（西塞山前白鹭飞）为正体，单调，二十七字，五句，四平韵。中间三言两句，例用对偶。另有单调及双调诸多变体。该调清新流畅，和谐婉转，富有韵律美。题材多合调名本义。

渔父

收却纶竿落照红。
秋风宁为翦芙蓉。
人淡淡，水蒙蒙。
吹入芦花短笛中。

注释

收却纶竿：收起钓竿。纶，钓鱼竿上的丝线。

落照：落日的余晖，犹夕照。唐王维《送李太守赴上洛》诗：“驿路飞泉洒，关门落照深。”

秋风宁为翦芙蓉：秋风岂是为摧残荷花而起。翦，消除，引申为摧残。芙蓉，荷花的别称。《尔雅·释草》：“荷，芙蕖。”晋郭璞注：“别名芙蓉，江东呼荷。”

吹入芦花短笛中：悠扬的短笛声吹入芦花之中。

说明

该阕补遗自清康熙三十四年（1695）徐釚家刻本《南州草堂集》附《枫江渔父图》题词。

赵秀亭、冯统一《饮水词校笺》：“是阕为题画之作，题于徐釚《枫江渔父图》。徐釚（一六三六—一七〇八），字电发，号虹亭，又号枫江渔父，康熙十八年中博学鸿儒，授检讨。康熙二十五年，会当外转，遽乞归。著有《南州草堂集》，词称《菊庄词》、《枫江渔父词》，并编著有《词苑丛谈》。毛际可《枫江渔父图记》：‘康熙丙辰春，吴江徐君虹亭屡过邸舍，出《枫江渔父图》，相属以记。余谓必画苑名迹，借为赏鉴之重；及展卷，而奚童之执烛于旁者，不觉粲然失笑。固不问而知其为虹亭也。图修广不盈幅，烟波浩荡，有咫尺千里之势。舟中贮酒一瓮，图书数十卷，虹亭纶竿箬笠，箕踞徜徉。读款识，为西泠谢彬之作。彬物故已久，计貌此图，当逾十载，至今犹酷肖如此。’徐釚此图自跋：‘先是，渔父年四十岁，曾属钱塘谢彬画《垂竿图》，因自号枫江渔父云。时康熙三十四年乙亥，渔父年六十。’可知图作于康熙十四年，徐釚四十岁时。今此图尚存，其题跋除见于《南州草堂集》外，又见于陆心源《穰梨馆过眼续录》十五及近人黄宾虹、邓实编《美术丛书》。图为谢彬写照，童生补图，沈荃题字。康熙十七年戊午，徐釚应鸿博征，携图入京，当世名人多有题诗，性德此词在内，此外，尚有顾贞观、徐乾学、汪懋麟、朱彝尊、姜宸英等人题跋。性德此词，当作于康熙十七年至十八年间，其词牌实为《渔歌子》。”

朱崇才《词话丛编续编》引唐圭璋《梦桐词话》曰：“《渔歌子》风致殊胜，词见徐虹亭《枫江渔父图》。一时胜流，咸谓此词可与张致和《渔歌子》并传不朽。世之爱读容若词者亦多矣，又何可不读此阕。”

声律

“渔父”的“父”当读上声，音 fǔ。

明月棹孤舟

明月棹孤舟：词牌名。

北宋新声。本名“夜行船”，宋末元初黄公绍更其名为“明月棹孤舟”。调名本义歌咏月夜行船的景致。该调体格多样。容若此阕词以南宋史达祖《夜行船·正月十八日闻卖杏花有感》为正体，双调，五十六字，上下片各五句、三仄韵。该调与《雨中花》调相类。《钦定词谱》云：“《雨中花》调与《夜行船》调最易相混，宋人集中每多误刻，今照《花草粹编》所编，以两结句五字者，为《雨中花》，两结句六字、七字者，为《夜行船》。”

明月棹孤舟·海淀

一片亭亭空凝伫。
趁西风、霓裳遍舞。
白鸟惊飞，菰蒲叶乱，断续浣纱人语。

丹碧驳残秋夜雨。
风吹去、采菱越女。
辘轳声断，昏鸦欲起，多少博山情绪。

注释

海淀：今北京市海淀区海淀镇的前身，原为北京西北郊的一片浅湖区，后在湖边逐渐形成居民聚落、村镇，元初当地人称之为“海淀”。文献记载最早见于元初王恽所撰《中堂事记》，亦称“海甸”或“海店”。

亭亭：谓荷花高耸直立貌。北宋周敦颐《爱莲说》：“香远益清，亭亭净植。”

空凝伫：徒然凝望伫立。北宋周邦彦《蓦山溪》词：“愁无语。空凝伫。”

趁西风、霓裳遍舞：谓荷花趁着秋风舒展荷叶，翩翩起舞，如美女舞遍《霓裳羽衣曲》。南宋卢炳《满江红》词：“依翠盖、临风一曲，霓裳舞遍。”

丹碧驳残秋夜雨：秋夜的雨中，荷花与荷叶红绿相映，凋残斑驳。

越女：春秋时越国出美女，尤以西施和郑旦为著，被誉为“浣纱双姝”。泛指江南美女。此谓在海淀采菱的女子如江南水乡的女子般美丽。

博山情绪：谓人的愁绪如博山炉中飘出的缕缕香烟，弥漫心扉。南宋陆游《独坐》诗：“博山香雾散霏霏，袖手何妨静掩扉。”

说明

该阕补遗自清康熙二十五年（1686）蒋景祁编天藜阁刻本《瑶华集》。

东风第一枝

东风第一枝：词牌名。

北宋新声。又名“琼林第一枝”。相传此调由吕渭老在北宋宣和年间首创，调名本义歌咏春风中最早开放的梅花，可惜其词已佚。以南宋史达祖《东风第一枝·壬戌闰腊望，雨中立癸亥春，与高宾王各赋》为正体，双调，一百字，上片九句、四仄韵，下片八句、五仄韵。另有变体。该调迂徐平缓，谐婉低沉，多用于叙事写景。除咏梅外，还常用于春词、元夕词和寿词等。

东风第一枝·桃花

薄劣东风，凄其夜雨，晓来依旧庭院。
多情前度崔郎，应叹去年人面。
湘帘乍卷，早迷了、画梁栖燕。
最娇人、清晓莺啼，飞去一枝犹颤。

背山郭、黄昏开遍。
想孤影、夕阳一片。
是谁移向亭皋，伴取晕眉青眼。
五更风雨，莫减却、春光一线。
傍荔墙、牵惹游丝，昨夜绛楼难辨。

注释

薄劣：薄情、恶劣。宋代张元幹《踏莎行》词：“薄劣东风，夭斜落絮，明朝重觅吹笙路。”

多情前度崔郎，应叹去年人面：引唐代诗人崔护“人面桃花”之典。据唐人孟棨《本事诗·情感》载，博陵崔护资质甚美，举进士第，清明日独游都城南郊，酒渴至村居求饮。扣门久之，有女子自门隙问明来意，方持水至，开门，设床命坐，独倚桃树含情伫立，姿容甚丽。次年清明，崔护忽思之，情不可抑，径往寻之，则门墙如故，而大门紧锁，悄无人迹。遂题诗于门曰：“去年今日此门中，人面桃花相映红。人面不知何处去，桃花依旧笑春风。”

湘帘：湘妃竹帘。

亭皋：水边平地。东汉班固《汉书·司马相如传》：“亭皋千里，靡不被筑。”清末王先谦补注：“亭当训平……亭皋千里，犹言平皋千里。皋，水旁地。”

晕眉青眼：喻早春的柳叶如美人淡扫蛾眉，睡眼初展。晕眉，描画淡眉。青眼，犹柳眼。唐元稹《叙诗寄乐天书》：“近世妇人，晕淡眉目，绾约头鬓。”元赵孟頫《早春》诗：“草芽随意绿，柳眼向人青。”

五更风雨，莫减却、春光一线：谓拂晓的风雨不要摧残桃花，将这一丝早春的风光消减。唐代王建《宫词一百首》诗：“自是桃花贪结子，错教人恨五更风。”

傍荔墙、牵惹游丝：谓桃花倚傍在爬有藤蔓的墙边，牵惹着飘游的蛛丝。荔墙，薜荔墙，参见《水龙吟·再送荪友南还》注。

昨夜绛楼难辨：谓娇艳的桃花与红色的楼阁在昨晚的夜色中浑然一体，难以分辨。绛楼，深红色的楼阁。

说明

该阕补遗自蒋景祁编天藜阁刻本《瑶华集》。

赵秀亭、冯统一《饮水词校笺》：“高士奇《蔬香词》有《花发沁园春》“和容若种桃”词，即和此词。作期当在康熙十六年前。”

清代陈淏《精选国朝诗余》：“咏梅名作极多，题桃此为杰构。”

望海潮

望海潮：词牌名。

该调为北宋柳永创制的新声。以柳永创调之作《望海潮》（东南形胜）为正体，双调，一百零七字，上片十一句、五平韵，下片十一句、六平韵。另有变体。此调音律协调，声情婉转，起伏有致。初为歌咏调名本义，后题材逐渐扩展，多用于歌颂升平、酬和朝寿、伤春思归、抒怀泄愤、吟咏江南风物。

望海潮·宝珠洞

汉陵风雨，寒烟衰草，江山满目兴亡。
白日空山，夜深清呗，算来别是凄凉。
往事最堪伤。
想铜驼巷陌，金谷风光。
几处离宫，至今童子牧牛羊。

荒沙一片茫茫。
有桑干一线，雪冷雕翔。
一道炊烟，三分梦雨，忍看林表斜阳。
归雁两三行。
见乱云低水，铁骑荒冈。
僧饭黄昏，松门凉月拂衣裳。

注释

宝珠洞：北京西山南麓八大处公园的第七处寺院，位于平坡山顶。因寺院殿后有岩洞，深广约五米，洞内砾石胶结，状若巨珠，故名。据余棨昌《故都变迁记略》载："宝珠洞当山之翠微处，洞深广丈余，洞石黑白点渗之如珠，故名。

汉陵：汉代帝王的陵墓。借指前朝的皇陵。

寒烟衰草：喻荒凉萧索。北宋王安石《桂枝香·金陵怀古》词："六朝旧事随流水，但寒烟衰草凝绿。"

江山满目兴亡：今昔对比，满眼都是王朝更迭、江山易主的兴盛与衰亡。南宋辛弃疾《念奴娇·登建康赏心亭呈史致道留守》词："虎踞龙蟠何处是，只有兴亡满目。"

铜驼：见上卷《梦江南》（江南好，城阙尚嵯峨）注。

金谷：谓西晋富豪石崇所筑的金谷园。遗址在今河南省洛阳市东北。该园依山形水势而建，风景秀美，绮丽奢华，但却随着石崇的失势而逐渐荒废。喻盛极一时却好景不长的豪华庄园。唐刘禹锡《杨柳枝词九首》诗："金谷园中莺乱飞，铜驼陌上好风吹。"

桑干：桑干河。相传每年桑葚成熟的时候河水干涸，故得名。为永定河的上游，源出山西恢河，在河北省怀来县与洋河汇合称永定河。清朱彝尊《最高楼·登慈仁寺毗卢阁》词："望不尽、军都关一面。流不尽、桑干河一线。"

梦雨：迷蒙细雨。金代王若虚《滹南诗话》："萧闲云：'风头梦雨吹无迹。'盖雨之至细，若有若无者，谓之梦。…… 贺方回有'风头梦雨吹成雪'之句。"

松门：松树掩映下的门户，喻寺门。清朱彝尊《夏初临·天龙寺是高欢避暑宫旧址》词："伴残僧、千山万山，凉月松门。"

说明

此阕补遗自蒋景祁编天藜阁刻本《瑶华集》。

赵秀亭、冯统一《饮水词校笺》："康熙八年，严绳孙曾作《望海潮》"钱唐怀古"词，一时传诵。性德此词，结构字句多与严词相近。如严词'一道愁烟，三分流水，恼人惟有斜阳'三句，性德词作'一道炊烟，三分梦雨，忍看林表斜阳'，尤见趋仿形迹。此词当为性德早期习作，作期应在康熙十四年前。"

声律

"看"读平声合律，音 kān。"骑"读去声合律，音 jì。

瑞鹤仙

瑞鹤仙：词牌名。

北宋新声。又名“一捻红”。因古有仙人子安乘黄鹤登仙的传说，故仙鹤被视为吉祥与长寿的象征。唐代苏颋《享龙池乐章·第七章》有“恩鱼不似昆明钓，瑞鹤长如太液仙”句，调名或本于此，本义咏道家乘鹤登仙事。以北宋周邦彦《瑞鹤仙》（悄郊原带郭）为正体，双调，一百零二字，上片十一句、七仄韵，下片十一句、六仄韵。另有诸多变体。容若此词为变体之一，双调，一百零二字，上片十句、六仄韵，下片十一句、五仄韵。该调句式变化较多，用韵时密时疏，调势曲折，音节顿挫，适于抒写复杂而富变幻之情景，多用于寿词或喜庆的场合。

瑞鹤仙·丙辰生日自寿，起用《弹指词》句，并呈见阳

马齿加长矣。
枉碌碌乾坤，问汝何事。
浮名总如水。
拚尊前杯酒，一生长醉。
残阳影里，问归鸿、归来也未。
且随缘、去住无心，冷眼华亭鹤唳。

无寐。
宿酲犹在，小玉来言，日高花睡。
明月阑杆，曾说与，应须记。
是蛾眉便自、供人嫉妒，风雨飘残花蕊。
叹光阴、老我无能，长歌而已。

校订

副题张刻本原作“丙辰生日自寿，起用弹语句，并呈见阳”，此据汪刻本、娱园本补。上片“问汝”张刻本原作“问女”，汪刻本、娱园本均作“问汝”，“女”古同“汝”，据改。

注释

丙辰生日：康熙十五年丙辰（1676）十二月十二日，时年容若二十二岁。

起用《弹指词》句：《弹指词》乃顾贞观词集，因顾氏《金缕曲·丙午生日自寿》词有“马齿加长矣”句，与容若此词首句相同，故称。

见阳：张纯修。参见上卷《菩萨蛮·过张见阳山居，赋赠》“张见阳”注。

马齿加长：年龄增长。人们常以观察马的牙齿长短及磨损情况来判断马的年龄。旧题战国穀梁赤《春秋穀梁传·僖公二年》：“荀息牵马操璧而前曰：‘璧则犹是也，而马齿加长矣。’”

拚尊前杯酒：甘愿喝这酒筵上的杯中之酒。拚，同“判”，甘愿。尊前，即酒樽前，指酒筵上。

去住：犹去留。

华亭鹤唳：华亭谷的鹤鸣声。喻指令人留恋的过去。华亭，又名华亭谷，在今上海市松江区西，西晋文学家陆机的故乡。典出南朝宋刘义庆《世说新语·尤悔》：“陆平原河桥败，为卢志所谗，被诛。临刑叹曰：‘欲闻华亭鹤唳，可复得乎？’”

宿酲犹在：宿醉还未清醒。

小玉：代指侍女。唐元稹《暮秋》诗：“栖乌满树声声绝，小玉上床铺夜衾。”

是蛾眉便自、供人嫉妒：参见上卷《金缕曲·赠梁汾》“蛾眉谣诼，古今同忌”注。

说明

该阕补遗自张纯修刻本《饮水词集》卷中。

赵秀亭、冯统一《饮水词校笺》：“性德丙辰中进士，原拟翰苑之选，竟不能得。康熙十五年一年间，全然赋闲，未得铨叙。词中‘叹光阴、老我无能’，即由此生慨。作此词时，梁汾在京，方与容若相识未久。”

霜天晓角

霜天晓角：词牌名。

北宋新声。又名“月当窗”“长桥月”“踏月”等。该调首见于北宋隐逸诗人林逋咏梅词，因其词含“霜洁”“玉龙三弄”“晓寒”等语，故取意为名。该调有平、仄两韵格。以林逋《霜天晓角》（冰清霜洁）为正体，双调，四十三字，上片四句、三仄韵，下片五句、四仄韵。另有变体。容若此词为变体，双调，四十三字，上下片各四句，三仄韵。此调凄美婉约，常用以抒发闲情逸致。

霜天晓角

重来对酒。

折尽风前柳。

若问看花情绪，似当日、怎能彀。

休为西风瘦。

痛饮频搔首。

自古青蝇白璧，天已早、安排就。

注释

彀：同“够”。

休为西风瘦：不要为了秋风的凄凉萧瑟而憔悴、消瘦。宋末元初连文凤《中秋偶病》诗：“故国愁心远，西风瘦骨寒。”

痛饮频搔首：痛快地饮酒，频频以手搔头。唐白居易《代书诗一百韵寄微之》诗：“此日空搔首，何人共解颐。”

青蝇白璧：青色的苍蝇落在洁白的璧玉上。喻奸佞小人污好人清白。南朝宋范晔《后汉书·杨震传》唐李贤注：“青蝇，污白使黑，污黑使白，喻佞人变乱善恶也。”唐李白《鞠歌行》：“楚国青蝇何太多，连城白璧遭谗毁。”

说明

该阕补遗自汪元治结铁网斋刻本《纳兰词》卷一。

青衫湿

青衫湿：词牌名。

北宋新声。本名“人月圆”，又名“人月圆令”。此调为北宋王诜所创，因其词中有“华灯盛照，人月圆时”句，故名。本义歌咏元宵夜月圆人团圆的意蕴。因金初吴激《人月圆·宴北人张侍御家有感》词云“江州司马，青衫泪湿，同是天涯”，悲伤感慨，广为流传，成为此调名篇，故又名“青衫湿”。该调以王诜《人月圆·元夜》为正体，双调，四十八字，上片五句、两平韵，下片六句、两平韵。另有变体。此调为换头曲，除上片一个七字句和一个五字句外，其余九句均为四字句，音节甚有特点，自吴激词之后，多用以抒写感旧伤怀之情。

青衫湿·悼亡

近来无限伤心事，谁与话长更。
从教分付，绿窗红泪，早雁初莺。

当时领略，而今断送，总负多情。
忽疑君到，漆灯风飐，痴数春星。

注释

长更：长夜。

从教分付：任凭伤心事分别付与。

绿窗红泪：绿纱窗与伤心的眼泪。唐代李郢《为妻作生日寄意》诗："应恨客程归未得，绿窗红泪冷涓涓。"红泪，参见上卷《如梦令》（纤月黄昏庭院）"泪痕红泫"注。

早雁初莺：早归的大雁与初啼的春莺。唐李大师《南史·萧子显传》："早雁初莺，开花落叶，有来斯应，每不能已。"

漆灯风飐：灵前的灯火被风吹得摇曳颤动。漆灯，以漆为燃料、点于灵前或墓中的灯。飐，风吹物使颤动。

说明

该阕补遗自汪元治结铁网斋刻本《纳兰词》卷二。

此阕悼亡词当作于容若发妻卢氏亡故后不久、灵柩暂厝于双林禅院期间。从"早雁初莺""痴数春星"语可断，该阕当作于康熙十七年（1678）春。

青衫湿遍

青衫湿遍：词牌名。

容若自度曲，双调，一百二十二字，上下片各十句，五平韵。调名源于容若发妻卢氏的离世。康熙十三年（1674），容若娶两广总督卢兴祖之女为妻，婚后夫妻恩爱，琴瑟和鸣。然好景不长，仅过三年，即康熙十六年（1677），卢氏便因产后受寒溘然离世。容若悲痛欲绝，泪水湿遍青衫，故创此调，寄托哀思。

青衫湿遍·悼亡

青衫湿遍，凭伊慰我，忍便相忘。
半月前头扶病，剪刀声、犹在银釭。
忆生来、小胆怯空房。
到而今、独伴梨花影，冷冥冥、尽意凄凉。
愿指魂兮识路，教寻梦也回廊。

咫尺玉钩斜路，一般消受，蔓草残阳。
判把长眠滴醒，和清泪、搅入椒浆。
怕幽泉还为我神伤。
道书生、薄命宜将息，再休耽、怨粉愁香。
料得重圆密誓，难禁寸裂柔肠。

注释

忍便相忘：岂忍将你忘却。

扶病：支撑病体、抱病做事。唐代包佶《答窦拾遗卧病见寄》诗：“今春扶病移沧海，几度承恩对白花。”

银釭：银色的烛台、灯盏，代指灯烛。此句谓妻子抱病做针线活时响起剪刀声的场景仿佛还在灯前。北宋晏几道《鹧鸪天》词：“今宵剩把银釭照，犹恐相逢是梦中。”

小胆怯空房：胆子小，害怕独守空房。唐代常理《古离别》诗：“小胆空房怯，长眉满镜愁。”

咫尺玉钩斜路：亡妻停灵处近在咫尺。玉钩斜，相传为隋炀帝葬宫人处，代指妻子停灵处。

一般消受，蔓草残阳：谓正与亡妻同样忍受着荒烟蔓草在落日余晖中所呈现出的凄怆与苍凉。消受，犹忍受。

判把长眠滴醒：甘愿用眼泪将长眠的妻子滴醒。判，甘愿。

和清泪、搅入椒浆：将眼泪搅入祭奠的酒浆。和，掺和。椒浆，以椒浸制的酒浆，古代多用以祭神。战国屈原《九歌·东皇太一》：“奠桂酒兮椒浆。”

幽泉：幽冥之泉，借指地府或亡者。此谓亡妻。唐姚思廉《陈书·世祖纪》：“朕所以兴言永日，思慰幽泉。”

薄命宜将息：命运不好、福气浅薄之人，应当将养休息、珍重身体。

再休耽：不要再沉溺。

怨粉愁香：女子的愁怨，喻儿女情长。南宋王沂孙《金盏子》词：“厌厌地，终日为伊，香愁粉怨。”

难禁寸裂柔肠：难以禁受这柔肠寸裂的悲痛。寸裂柔肠，形容悲痛至极。

说明

从“半月前头扶病”可知，此阕作于康熙十六年（1677）卢氏初逝、停灵于双林禅院期间。

声律

“忘”读平声押韵，音 wáng。“教”读平声 jiāo。“禁”读平声合律，音 jīn。